MINGUO TONGSU XIAOSHUO
DIANCANG WENKU

民国通俗小说典藏文库·张恨水卷

斯人记

张恨水◎著

中国文史出版社

小说大家张恨水（代序）

张赣生

　　民国通俗小说家中最享盛名者就是张恨水。在抗日战争前后的二十多年间，他的名字真是家喻户晓、妇孺皆知，即使不识字、没读过他的作品的人，也大都知道有位张恨水，就像从来不看戏的人也知道有位梅兰芳一样。

　　张恨水（1895—1967），本名心远，安徽潜山人。他的祖、父两辈均为清代武官。其父光绪年间供职江西，张恨水便是诞生于江西广信。他七岁入塾读书，十一岁时随父由南昌赴新城，在船上发现了一本《残唐演义》，感到很有趣，由此开始读小说，同时又对《千家诗》十分喜爱，读得"莫名其妙的有味"。十三岁时在江西新淦，恰逢塾师赴省城考拔贡，临行给学生们出了十个论文题，张氏后来回忆起这件事时说："我用小铜炉焚好一炉香，就做起斗方小名士来。这个毒是《聊斋》和《红楼梦》给我的。《野叟曝言》也给了我一些影响。那时，我桌上就有一本残本《聊斋》，是套色木版精印的，批注很多。我在这批注上懂了许多典故，又懂了许多形容笔法。例如形容一个很健美的女子，我知道'荷粉露垂，杏花烟润'是绝好的笔法。我那书桌上，除了这部残本《聊斋》外，还有《唐诗别裁》《袁王纲鉴》《东莱博议》。上两部是我自选的，下两部是父亲要我看的。这几部书，看起来很简单，现在我仔细一想，简直就代表了我所取的文学路径。"

　　宣统年间，张恨水转入学堂，接受新式教育，并从上海出版的报纸上获得了一些新知识，开阔了眼界。随后又转入甲种农业学校，除了学习英文、数、理、化之外，他在假期又读了许多林琴南译的小说，懂得了不少描写手法，特别是西方小说的那种心理描写。民国元年，张氏的父亲患急症去世，家庭经济状况随之陷入困境，转年他在亲友资助下考入陈其美主持的蒙藏垦殖学校，到苏州就读。民国二年，讨袁失败，垦殖学校解散，

1

张恨水又返回原籍。当时一般乡间人功利心重，对这样一个无所成就的青年很看不起，甚至当面嘲讽，这对他的自尊心是很大的刺激。因之，张氏在二十岁时又离家外出投奔亲友，先到南昌，不久又到汉口投奔一位搞文明戏的族兄，并开始为一个本家办的小报义务写些小稿，就在此时他取了"恨水"为笔名。过了几个月，经他的族兄介绍加入文明进化团。初始不会演戏，帮着写写说明书之类，后随剧团到各处巡回演出，日久自通，居然也能演小生，还演过《卖油郎独占花魁》的主角。剧团的工作不足以维持生活，脱离剧团后又经几度坎坷，经朋友介绍去芜湖担任《皖江报》总编辑。那年他二十四岁，正是雄心勃勃的年纪，一面自撰长篇《南国相思谱》在《皖江报》连载，一面又为上海的《民国日报》撰中篇章回小说《小说迷魂游地府记》，后为姚民哀收入《小说之霸王》。

1919 年，五四运动吸引了张恨水。他按捺不住"野马尘埃的心"，终于辞去《皖江报》的职务，变卖了行李，又借了十元钱，动身赴京。初到北京，帮一位驻京记者处理新闻稿，赚些钱维持生活，后又到《益世报》当助理编辑。待到 1923 年，局面渐渐打开，除担任"世界通讯社"总编辑外，还为上海的《申报》和《新闻报》写北京通讯。1924 年，张氏应成舍我之邀加入《世界晚报》，并撰写长篇连载小说《春明外史》。这部小说博得了读者的欢迎，张氏也由此成名。1926 年，张氏又发表了他的另一部更重要的作品《金粉世家》，从而进一步扩大了他的影响。但真正把张氏声望推至高峰的是《啼笑因缘》。1929 年，上海的新闻记者团到北京访问，经钱芥尘介绍，张恨水得与严独鹤相识，严即约张撰写长篇小说。后来张氏回忆这件事的过程时说："友人钱芥尘先生，介绍我认识《新闻报》的严独鹤先生，他并在独鹤先生面前极力推许我的小说。那时，《上海画报》（三日刊）曾转载了我的《天上人间》，独鹤先生若对我有认识，也就是这篇小说而已。他倒是没有什么考虑，就约我写一篇，而且愿意带一部分稿子走。……在那几年间，上海洋场章回小说走着两条路子，一条是肉感的，一条是武侠而神怪的。《啼笑因缘》完全和这两种不同。又除了新文艺外，那些长篇运用的对话并不是纯粹白话。而《啼笑因缘》是以国语姿态出现的，这也不同。在这小说发表起初的几天，有人看了很觉眼生，也有人觉得描写过于琐碎，但并没有人主张不向下看。载过两回之后，所有读《新闻报》的人都感到了兴趣。独鹤先生特意写信告诉我，请我加油。不过报社方面根据一贯的作风，怕我这里面没有豪侠人物，会对读者减少吸引力，再三请我写两位侠客。我对于技击这类事本来也有祖传的家话（我祖父和父亲，都有极高的技击能力），但我自己不懂，而且也觉得是当时的一种滥调，我只是勉强地将关寿峰、关秀姑两人写了一些近乎传说的武侠行动……对于该书的批评，有的认为还是章回旧套，还是加以否定。有的认为章回小说到这里有些变了，还可以注意。大致地说，主张文艺革新的人，对此还认为不值一笑。温和一点的人，对该书只是就文论文，褒贬都有。至于爱好章回小说的人，自是予以同情的多。但不管怎么样，这书惹起了文坛上很大的注意，那却是事实。并有人说，如果《啼笑因缘》可以存在，那是被扬弃了的章回小说又要返魂。我真没有料到这书会引起这样大的反应……不过这些批评无论好坏，全给该书做了义务广告。《啼笑因缘》的销数，直到现在，还超过我其他作品的销数。除了国内、南洋各处私人盗印翻版的不算，我所能估计的，该书前后已超过二十版。第一版是一万部，第二版是一万五千部。以后各版有四五千部的，也有两三千部的。因为书销得这样多，所以人家说起张恨水，就联想到《啼笑因缘》。"

不论张氏本人怎样看，《啼笑因缘》是他最有影响的作品，这一点毫无疑问，可以随便举出几件事来证明。《啼笑因缘》发表后，被上海明星公司拍成六集影片，由当时最著名的电影明星胡蝶主演，同时还被改编为戏剧和曲艺，在各地广泛流传；再有《啼笑因缘》被许多人续写，迫使张氏不得不改变初衷，于 1933 年又续写了十回，张氏在《我的写作生涯》中说："在我结束该书的时候，主角虽都没有大团圆，也没有完全告诉戏已终场，但在文字上是看得出来的。我写着每个人都让读者有点儿有余不尽之意，这正是一个处理适当的办法，我绝没有续写下去的意思。可是上海方面，出版商人讲生意经，已经有好几种《啼笑因缘》的尾巴出现，尤其是一种《反啼笑因缘》，自始至终，将我那故事整个地翻案。执笔的又全是南方人，根本没过过黄河。写出的北平社会真是也让人又啼又笑。许多朋友看不下去，而原来出版的书社，见大批后半截买卖被别人抢了去，也分外眼红。无论如何，非让我写一篇续集不可。"这种由别人代庖的续作，出书者至少有四种：惜红馆主《续啼笑因缘》、青萍室主《啼笑因缘三集》、康尊容《新啼笑因缘》和徐哲身《反啼笑因缘》。虽然远不如《红楼梦》续作之多，但在民国通俗小说中已经是首屈一指了。张氏在《我的小说过程》一文中还说："我这次南来，上至党国名流，下至风尘少女，一见着面便问《啼笑因缘》。这不能不使我受宠若惊了。"

《啼笑因缘》使张氏名声大振，约他写稿的报刊和出版家蜂拥而至，有的小报甚至谣传张氏在十几分钟内收到几万元稿费，并用这笔钱在北平买下了一所王府，自备一部汽车。这自然不是事实，但张氏当时收到的稿酬也有六七千元，的确不能算少。这样，他就可以去搜集一些古旧木版小说，想要作一部《中国小说史》。就在此时，日寇侵华的"九一八事变"爆发，张氏的希望随之化为泡影。作为一位爱国的作家，在国难当头的状况下自不会沉默，张恨水在1931至1937的几年间，先后写了《热血之花》《弯弓集》《水浒别传》《东北四连长》《啼笑因缘续集》《风之夜》等涉及抗敌御侮内容的作品。

1934年，张恨水到陕西和甘肃走了一遭，此行使他的思想发生了很大的变化。张氏在《我的写作生涯》中说："陕甘人的苦不是华南人所能想象，也不是华北、东北人所能想象。更切实一点地说，我所经过的那条路，可说大部分的同胞还不够人类起码的生活。……人总是有人性的，这一些事实，引着我的思想起了极大的变迁。文字是生活和思想的反映，所以在西北之行以后，我不讳言我的思想完全变了，文字自然也变了。"此后，他写了《燕归来》，以描写西北人民生活的惨状。

抗日战争全面爆发后，张恨水取道汉口，转赴重庆，于1938年初抵达，即应邀在《新民报》任职。抗战八年间，他除去写了一些战争题材的小说外，还有两种较重要的作品，即《八十一梦》和《魍魉世界》（原名《牛马走》），均先于《新民报》连载，后出单行本。抗战胜利，张氏重返北平，担任《新民报》经理，此后几年他写了《五子登科》等十来部小说，但均未产生重大影响。1948年底，张氏辞去《新民报》职务。1949年夏，他患脑溢血，经过几年调治，病情好转，张氏便又到江南和西北去旅行。1959年，张氏病情转重，至1967年初于北京去世，终年七十三岁。

张恨水一生写了九十多部小说，印成单行本的也在五十种左右。说到张氏作品的总特色，一般常感到不易把握，因为他总在不断地变。其实，这"变"就正是张恨水作品最鲜明的总特色。

张恨水是一个不甘心墨守成规的人，他好动不好静，敢于否定自己，这正是作为开创者必须具备的素质。读一读张氏的《我的写作生涯》，就会发现他总是在讲自己的变，那变的频繁、动因的多样，在民国通俗小说作家中实属仅见。……待到《金粉世家》《啼笑因缘》相继问世，张恨水的名声已如日中天，他在思想上的求新仍未稍解，他说："我又不能光写而不加油，因之，登床以后，我又必拥被看一两点钟书。看的书很拉杂，文艺的、哲学的、社会科学的，我都翻翻。还有几本长期订的杂志，也都看看。我所以不被时代抛得太远，就是这点儿加油的工作不错。"

追求入时，可说是张恨水的一贯作风，不仅小说的内容、思想随时而变，在文字风格上也不断应时变化。仅就内容、思想方面的变化而言，在民国通俗小说作家中也很常见，说不上是张氏独具的特色，但在文字风格上也不断变化，就不同于一般了。张氏在《我的写作生涯》中经常提到这方面的事例，譬如他曾提及回目格式的变化，他说："《春明外史》除了材料为人所注意而外，另有一件事为人所喜于讨论的，就是小说回目的构制。因为我自小就是个弄辞章的人，对中国许多旧小说回目的随便安顿向来就不同意。即到了我自己写小说，我一定要把它写得美善工整些。所以每回的回目都很经一番研究。我自己削足适履地定了好几个原则。一、两个回目，要能包括本回小说的最高潮。二、尽量地求其辞藻华丽。三、取的字句和典故一定要是浑成的，如以'夕阳无限好'，对'高处不胜寒'之类。四、每回的回目，字数一样多，求其一律。五、下联必定以平声落韵。这样，每个回目的写出，倒是能博得读者推敲的。可是我自己就太苦了……这完全是'包三寸金莲求好看'的念头，后来很不愿意向下做。不过创格在前，一时又收不回来。……在我放弃回目制以后，很多朋友反对，我解释我吃力不讨好的缘故，朋友也就笑而释之，谓不讨好云者，这种藻丽的回目，成为礼拜六派的口实。其实礼拜六派多是散体文言小说，堆砌的辞藻见于文内而不在回目内。礼拜六派也有作章回小说的，但他们的回目也很随便。"再譬如他在谈及《金粉世家》时说："以我的生活环境不同和我思想的变迁，加上笔路的修检，以后大概不会再写这样一部书。"诸如此类的变化不胜列举。

张氏的多变还体现在题材的多样化。他说："当年我写小说写得高兴的时候，哪一类的题材我都愿意试试。类似伶人反串的行为，我写过几篇侦探小说，在《世界日报》的旬刊上发表，我是一时兴到之作，现在是连题目都忘记了。其次是我写过两篇武侠小说，最先一篇叫《剑胆琴心》，在北平的《新晨报》上发表的，后来《南京晚报》转载，改名《世外群龙传》。最后上海《金刚钻小报》拿去出版，又叫《剑胆琴心》了。"第二篇叫《中原豪侠传》，是张氏自办《南京人报》时所作。此外，张氏还写过仿古的《水浒别传》和《水浒新传》，他说："《水浒别传》这书是我研究《水浒》后一时高兴之作，写的是打渔杀家那段故事。文字也学《水浒》口气。这原是试试的性质，终于这篇《水浒别传》有点儿成就，引着我在抗战期间写了一篇六七十万字的《水浒新传》。""《水浒新传》当时在上海很叫座。……书里写着水浒人物受了招安，跟随张叔夜和金人打仗。汴梁的陷落，他们一百零八人大多数是战死了。尤其是时迁这路小兄弟，我着力地去写。我的意思，是以愧士大夫阶级。汪精卫和日本人对此书都非常地不满，但说的是宋代故事，他们也无可奈何。这书里的官职地名，我都有桢当的考据。文字我也极力模仿老《水浒》，以免看过《水浒》的人说是不像。"再有就是张氏还仿照《斩鬼传》写过一篇讽刺小说《新斩鬼传》。张恨水的一生都在不停地尝试，探寻着各色各样的内容及表达方式，他甚至也写过完全以实事为根据、类似报告文学的《虎贲万岁》，也写过全属虚幻的、抽象的或象征性的小说《秘密谷》，他的作风颇有些像那位既不愿重复前人也不愿重复自己的现代大画家毕加索。

张恨水写过一篇《我的小说过程》，的确，我们也只有称他的小说为"过程"才最名副其实。从一般意义上讲，任何人由始至终做的事都是一个过程，但有些始终一个模子印出来的过程是乏味的过程，而张氏的小说过程却是千变万化、丰富多彩的过程。有的评论者说张氏"鄙视自己的创作"，我认为这是误解了张氏的所为。张恨水对这一问题的态度，又和白羽、郑证因等人有所不同。张氏说："一面工作，一面也就是学习。世间什么事都是这样。"他对自己作品的批评，是为了写得越来越完善，而不是为了表示鄙视自己的创作道路。张氏对自己所从事的通俗小说创作是颇引以自豪的，并不认为自己低人一等。他说："众所周知，我一贯主张，写章回小说，向通俗路上走，绝不写人家看不懂的文字。"又说："中国的小说，还很难脱掉消闲的作用。对于此，作小说的人，如能有所领悟，他就利用这个机会，以尽他应尽的天职。"这段话不仅是对通俗小说而言，实际也是对新文艺作家们说的。读者看小说，本来就有一层消遣的意思，用一个更适当的说法，是或者要寻求审美愉悦，看通俗小说和看新文艺小说都一样。张氏的意思不是很明显吗？这便是他的态度！张氏是很清醒、很明智的，他一方面承认自己的作品有消闲作用，并不因此灰心，另一方面又不满足于仅供人消遣，而力求把消遣和更重大的社会使命统一起来，以尽其应尽的天职。他能以面对现实、实事求是的态度对待自己的工作，在局限中努力求施展，在必然中努力争自由，这正是他见识高人一筹之处，也正是最明智的选择。当然，我不是说除张氏之外别人都没有做到这一步，事实上民国最杰出的几位通俗小说名家大都能收到这样的效果，但他们往往不像张氏这样表现出鲜明的理论上的自觉。

张恨水在民国通俗小说史上是一位名副其实的大作家，他不仅留下了许多优秀的作品，他一生的探索也为后人留下了许多可贵的经验。

目　　录

1

自　序

　　这篇《斯人记》，是在我写第一次百万字《春明外史》之后，跟着写的。那个时候，我在北平《世界日报》当编辑，编日刊和晚刊的副刊，一面编一面写，根本谈不上什么著述，只是想法子填空白而已。既是填空白，所以驾轻就熟，就挑这种现成的社会材料写，全篇只要打个模糊的轮廓，以后就可以逐日随意下笔，不费多大手脚。我原序里说："描写社会琐事，以博朋友笑谑。"那倒是不折不扣的真话。其实更坦白地说一句，就是偷懒。

　　这种社会章回小说，从最远说，应该是以《儒林外史》为始祖。清朝末年，这类作品风行一时，直到"五四"前后，其风未戢，我必须承认，是受了这个影响，并承袭了这个作风。这种作风最崇高的境界是暴露黑暗，意义是消极的，若以近代评衡文字的目光来看，殊不能达到建设或革命的目的。我的《春明外史》和这篇《斯人记》，以及《春明新史》《新斩鬼传》，甚至最近所作的《牛马走》（《魍魉世界》）等篇，都走的是这一条路。我并不是孜孜不倦，好走这一条路，就是上面所说的取巧与偷懒。为什么取巧与偷懒呢？因为一般做编辑的人所写的小说，是没有稿费的（此说以往，现在有点儿不同），不是腾出另一番工夫来作小说，作小说的工夫，都包括在编稿子里面，他只有图个大体上说得过去，就这样交卷了。

　　但我一部分小说，虽走的是这一条路，而生活的反映及环境的条件许可下，作风又略有分别。例如《春明外史》，多少可以写点儿北京政府的丑态。而《斯人记》就不然，那时所描写的社会，依然是北方政治黑暗的年月，新闻记者随时有遭祸害的可能。我只能写我的朋友，以及我朋友之朋友的故事，俾使大家看了，"以资笑谑"而已。

　　这篇《斯人记》开始写的日子我已记不清楚。报上登载约两年多。结束以后，我也就算了。后来到了二十五年，我在南京办《南京人报》，社中朋友怂恿我印单行本。好在自己有印刷，自己有纸，并不费事，我就印了三千本，分送朋友和《南京人报》的读者，还是"以资笑谑"的意味。去年《万象质刊》社向我商量，翻印这本书，这倒也无所谓，人事的延误，很久没有出书。最近百新书店在西安买到一部署名我作的《京尘影事》，是沦陷区书商盗印的，拿来我看，也要我出书，我哪里作过这部书，很疑惑。及至打开来一看，就是把《斯人记》割裂改名出版的。一经割裂，自然是更不成样子，大令我啼笑皆非。他们就说了，与其让人出改装品，你何不把真的拿出来，多少减却你一点儿盛德之累？我想，盛德是谈不上的，我向来看我是个起码文人。拿真的出来，自然是可以，还是"以资笑谑"吧！这是这书后方重版之由来。

此外，我有点儿感想。我校阅原书一遍，我回想在当年北京政府之下，何以首善之区生活是这样糜烂，连我自己在内，也没有一丝一毫振作的精神？所谓朋友，所谓朋友之朋友，不是大夫阶级，却是士的阶级。中国立国的精神，向来在士气，《斯人记》对北平士气，虽未完全描写出来，大概只有很少数是例外。大部分士，只是捧戏子逛窑子酒食征逐。上焉者，也不过逛公园喝茶，弄弄风月文艺。而娼家和大鼓娘之类，却成了社会趣味的中心。在这一个角度去看政治，那真是中国不亡，是无天理。

这里面所写的朋友、朋友之朋友，不用说，继续糜烂下去的，自然，到了今日，成为沦陷区的人渣。但也不少经过一番磨炼幡然觉悟的，于今在前方与后方都对抗战有所尽力。那些人渣值不得提。这本书，或者有人看到，觉得我也在这种环境下混过，那么，这滋味是不堪回忆了的。我们一同忏悔吧！

三十三年十一月初序于重庆南温泉
张恨水

江 亭 秋

—— 本书发端

（生侧帽青衫）诗云："风定雁行收，云高淡欲流。寒园三日别，落木一城秋。"小生，姓梁名雪崖，别字寒山。生长绿杨洲下，家住黄叶村边。就传书剑，鲤庭忆问对之年；身似梧桐，风尘倦轮蹄之影。江南久别，燕北羁留，说不上什么落拓江湖，实在也就难传楮墨。只因幼耽吟咏，略谙词章，因此寄居春明，砚田自给。任空四壁，相如原自无家；便隐三年，祢衡终算有刺。好在小生鹪鹩之志，不求高枝；鼹鼠之谋，不过一饱。因是笔头所入，除供奉甘旨而外，他无足念。不过文人结习之未忘，牢骚每形于言外，忍俊不禁，发为韵语。此间二三文人，有意推袁，逢人说项，居然以诗人二字相赠。愧不敢当，私还自慰。可怪者，莫道青衫薄福，尽有红粉怜才，许多咏絮名姝，愿做随园弟子。只是未脱青衫，犹摩黄卷，何曾我老，敢谢人师！其中只张梅仙女士，真诚知己，绝异俗人，不畏瓜李之嫌，竟订金兰之契。两岁以来，游屐不断，诗钵频催。岂是客里奇逢，也算人生清福了。

[南吕一剪梅] 莫问青衫旧酒痕，春也愁人，秋也愁人，可怜知己属倾城，风絮前因，花月前身。今日天色晴朗，秋气扑人。恰好万姓腾欢，又是双佳节。梅仙也曾有约，命我在中山公园相候。来此已是格言亭，还不见梅仙到来。且上亭子去，看一看古哲格言，聊以消遣。

（旦刷鬓浓妆上）诗云："不见诗消息，黄花开也迟。两眉秋意绪，除是故人知。"奴，张梅仙。海外飘鸿，人前孤鹤。全家抱端木之遗风，独我留春水之词裔。因是不辞漂泊，就学旧都；尚甘寂寥，未联新雨。一腔女儿幽怨，只在心中；十分游子情怀，还绕膝下。咳！也是我未能免俗，终日情痴。曾因读江南梁寒山之大作，引为神交。偶寄诗简，便成知己。

只是吾人不生有情之天，各抱难言之隐。半做师生，谊联手足。所幸梁兄虽似槁木死灰，而却循循善诱，岂唯不愧屋漏，犹能借助他山，佩感之余，情好弥笃。今因国庆，各有一日余暇。我知梁兄身家不遇，事业全灰，每遇佳节，更增烦恼。特约其同上江亭，借忘忧闷。我一个女儿家，对此环境，无可奈何，只得如此。你看，梁兄徘徊亭上，已自候我多时了。

一点秋心半未明，道是无情，正是多情。相逢一样说飘零，爱也何曾，怜也何能？

（旦微笑介）梁兄久候了。（生）梅仙，我怕你读书甚勤，要爽约哩。（旦指石柱桎言介）梁兄，你看那上面的格言：自古皆有死，民无信不立。（生）前言戏之耳。今天天安门庆祝大会，万人空巷，此间相去咫尺。你看人山人海，热闹过甚，不是我们清谈之所。（旦）我倒早有个计划了，际此天高气清，何不到陶然亭去一游？（生）那地方只是一片荒地，几间破庙，有什么可游之处？（旦）现在时已暮秋，那万顷寒芦，必已飞花作絮，当然有一派清趣。我们只图耳根清净，痛快一谈，管它什么破庙！（生笑介）只卿才是解人。（旦微笑）余子何堪共语？（生旦同行介，绕场复上。）（生）梅仙，你看，一带古城，双株残柳，好不清凉也。

［绣带儿］长空里几行雁影，残秋画出归程。孤城下几个荒亭，寒林处几处低坟，凄清。

（旦）不要说那种颓丧的话，不要做那种颓丧的思想。梁兄，你看哪。

［太师引］万顷黄芦连小径，却斜掩白杨半层。风初定，都无市声，是何处暮笳突起孤城？

（旦）情景是萧疏之极了。这一片军号之声，好不令人心弦震荡也！

［懒画眉］地僻途荒没人行，怎奈秋声到处听，心中兀自吃虚惊。将一片幽心幻此情。

（生）梅仙，你为何恁地慢？（旦笑介）这个地方，冷清清的，四顾无人，遍地荒冢，我有些胆怯。（生叹介）你不见古人有叹骷之篇、秋坟之咏吗？你我现在怕坟，终久也是坟中之人哪！

［缄缄箱］你休为鬼境锁眉鬐，我却爱凄凉风景。把凄凉今日消磨惯，到来日凄凉看得轻。君须省，只这万家宫阙，常变作一片秋坟。

（旦笑介）梁兄言之诚是，我心地坦然了。这里万芦成海，一径通幽，我们就此慢慢行去。（旦指点介）行，行，四边人静。吹芦花作雪，飞去无形。

（生）梅仙你不愧是春水后人，形容得出。（旦微笑，仍指点介）那地方。

［前腔］重楼半隐，环绕着白粉墙平。

（生）那就是陶然亭了。（旦）啊！亭亭，一丛乱树对人青。（生）那一丛乱树，便是香冢与鹦鹉冢了。（旦）哎！不过黄土墩上瓦砾场中，两幢断碑，何以负这样的盛名？宇宙之间，凡事有幸有不幸哩。（旦一手支颐，一手抚胸，痴立介）（生）梅仙你为何静立不语，莫非想得什么佳句吗？（旦良久不语介，长叹介）我的感触良深呀。对此蔓草萦骨，拱木敛魂啊！

［春窗绣］［宜春令］芳心里相思一寸，变作了昆池底万年灰烬。梁兄呀！

［锁窗寒］我比方这秋柳精神，对残照西风也断魂。甚心思，打点出野马诗情，最可怜一对凄凉人影。更哪堪形之吟咏。［绣衣郎］思沉沉，只无言有恨。思沉沉，只无言有恨。

（生）虽然，如此沉思，必然有动于中。（旦）我想这香冢与鹦鹉冢，不过几捧残花、一只哀鸟。大千世界之中，类此不幸之事，知有多少！他们都湮没无闻，与草木同岫，倒不如此花此鸟，各有千秋。他人不说，就以我所知的两个人而论，他的事迹，恰是可泣可歌，有声有色。而且他们所做的事，其时其地，却与这两冢有关。百年之后，人只知有香冢鹦鹉冢，谁知道这一对痴男怨女呢？由此说来，人生有幸有不幸也。（生）梅仙所说，是哪一个？（旦）这一对人吗？他以不是因缘，自隐名姓。只因相识奈何天中，吊古陶然亭畔，无限伤心，不能干泪。握手痛哭之余，彼此竟牺牲一切，站立在这冢上，定了婚约，换了戒指。这男的原是出山之水，这女的便成沾絮之泥。这种婚姻，不甚光明，已觉痛苦。偏又周郎命短，凤不双飞；倩女魂销，草成独活。（生）言之倒也可怜，定情之处甚多，订婚何必在此？这二人未免自坏吉兆了。（旦）他们本是一对伤心人，其情恍惚尔……

（旦凄然不语介）（生强笑介）未坠杞人之天，莫垂楚囚之泣。那西向一痕青影，几点荒烟，正是城外的西山，且上陶然亭去。

（僧迎上介）壁破芦萧补，楼空蝙蝠飞。二位游客到了。（生）你看，一座名胜之地，只是满处尘埃，一廊败叶，萧条之极了。可有休息之处？（僧推客室门介，生拂袖介）这一阵阴晦之气，已是难忍。（旦）这佛堂之后，有一带走廊，下临芦塘，远望西山，不如到那边去吧。（行介，僧设旧椅桌茶具介，生旦同坐介）（生）这芦塘远处，几点杨柳人家，倒也有些兴趣。

［大胜乐］远遥遥烟雾笼晴，有还无西山影。石栏杆外天涯近。我这里依栏闲眺啊。他只是［节节高］心头闷。笑又颦，行还定。七分端庄三分俊，支颐闲让风吹鬓。相看无言向斜阳，这般憔悴人难忍。梅仙，你是一个新时代的女子，为什么有这样工愁善病的状态？（旦微笑介）此全因梁兄不好，既然知道我容易触景生情，何不反对我游览江亭的提议？（生笑介）提议者责人，附和者有罪吗？（旦笑介）只是徒唤奈何，爱必强为欢笑。（生平视笑介）梅仙，此情此地，我忽忆一事。友人张恨水，他所作之《春明外史》中有一回，记的是"曲槛喜相逢烹茶享客"，正是一男一女在陶然亭雅集。那女的名李冬青，与君十分相似，只是一个如索李春芳，一个如丹梅冬艳，微有不同。（旦拂衣笑介）兄对我身蔽绮维，有微词乎？我以为素富贵，行乎富贵，还不失为率直。李冬青落落孤芳，亭亭净植，我哪比得上？只是我不愿梁兄学那豪气消沉、清才抑郁的杨杏园。（旦拈巾低头，低语介）不得缔此世之良缘，爱枉做来生之幻梦。（生）梅仙，你怕我步杏园后尘，不免短命吗？其实他成为街谈巷语之资，博得后人不少同情之泪。我们二人，纵相守一天，也不过腐同草木。（旦）闻张君近又有长篇小说问世，兄既系彼友人，彼或拉我作为陪客，亦未可知。（生）闻他新作，要写若干对神仙眷属、美满姻缘，尔我败兴之人，未必可入风流之队。（旦）《春明外史》又何尝不是悲剧？

［东瓯令］相思债，泪珠情，写出文章才当真。虽然难铲山般恨，不坠入风流阵，你且把此情诉与后来人。

［金莲子］纵道我是酸丁，得人家道句可怜生。（生笑介）果然如此，倒不妨请他将你我写上书去。现在暮霭横天，昏鸦投林，我们可以回去。顺道一访张君，介绍与君相见，尊意如何？（旦）使得，行者。

［余音］一刹那，黄昏近，凄然掩袂下江亭，与君且去访这位久客春明的恨水生。

（生付香金介，僧送介，生旦行下场介。）

（生）如此清游也可怜，

（旦）归来两袖带寒烟。

（生）诗心十日情无尽。

（旦）犹绕芦亭夕照边。

（发端完）

第一回

生女别妍媸疗贫学曲
得人在妩媚送笑登龙

却说中国人的思想，向来是是古而非今，以为五帝时代不如三皇；夏商周三朝，不如唐虞；唐宋元明，不如汉晋。甚至降到清末，以为咸、同时代的人，不如乾、嘉；光、宣时代的人，又不如咸、同。像这样一步一步退下去，千万年后，不知道中国人要变成个什么样子了。这话可又说回来了，这种思想，却也不能说他毫无根据。有人说，民国八九年的北京看到民国二三年是唐虞之世。到了民国十六七年，看民国八九年的北京，又是唐虞之世。然则社会上的现状，是一步一步后退的，岂不显然？

诸君莫说这是笑话，本来稗官小说，也就卑之毋甚高论。在我动笔时候，北京已是北平，都城南迁了。回想当年，真和现在有许多不同的地方。本来国家迁都，自有它的大道理，吾侪小民，何必置什么末议？不过一个人目睹沧桑，这荆棘铜驼之感，是少不了的。加上我的朋友和我朋友的朋友，他们在这几年之中，或兴或衰，或留或走，也就极苍狗白云变幻之态了。我们怎能无动于衷？

世界上的文字，本来就不必到一种特异地方去寻材料，只要说得尽情，言之成理，自然成章。况且小说一道，本来是街头巷尾之谈，那种材料更是俯拾即是。所以这一部小说不必装腔作势，说什么有托而述；也不必说楼阁凭空，全是杜撰。不过把斯人耳闻目睹的事，似乎可资玩味与谈助的，随便记将下来，文字里面，加些小说匠固有的点缀，作为长篇小说。所以老老实实，就名它为《斯人记》。《斯人记》云者，一可说是斯人所记；二可说是把斯人事记将下来。若说冠盖满京华，斯人独憔悴，作者斯记，有独清独醒之感，则吾岂敢？那倒不如说是死人所记为得了。

闲话说了半天，我这一点儿感想，却从何而起？我记得古人有两句诗："溪边多少如花女，头白溪头尚浣纱。"这正是说，人生有幸有不幸。

而我所忽然感到的，就是有两个女子，同时学艺，一个升天，一个坠地。足以代表一部书上人物的缩影，不如就把她请来，做一个开场人物。而且她关系半部莺花，一朝声色，倒也不愧做一个说部先锋。

若论这个人是谁，在若干年前，她不过是十六七岁的小家碧玉。她是旗人，父亲姓个寿字。自个儿小名菊儿，一直到十五岁，依然是这样叫着。可是父母不和，打了一场官司。不知如何，她父亲是大输特输，判了永远监禁，小菊就跟着母亲过活了。她母亲是个能干人，一向带着三分男性。满胡同里都叫她一声寿二爷。寿二爷除了丈夫，只有一个独生女儿。过起日子来，未免显着枯寂，而且先是一点儿进项没有。到后来有一个好街坊，倒和她很好，就在一处合作寻生活。

这人姓牛，单名一个贵字，人称牛大爷。牛大爷是个白肉胖子，银盆一张大脸，只因为脸上肉太多，向上一拥，把眼睛的眶子挤小了，只剩得一条缝。他脑袋后面，比脸上的肉更多，在后脑勺子下，涌出一大撮肉，一层一层地叠将起来，像半个葫芦一般。他前后有这两块肉一挤，脑袋上万万生不住头发，就秃着一颗脑袋，由此一来，人家又给他起诨号了，背后叫他大秃牛。大秃牛是个混混，前前后后几条胡同没有不认识他的，这胡同里要发生什么小事，他一拍大腿从中一劝说，大概就可了结。寿二爷因为他这一点，觉得他够朋友，就和他联合一处，开了一座洗衣房。另外请了一个教戏的给菊儿教戏，两家三口人过日子，虽然苦一点儿，究竟也有个办法了。

这个教戏的叫短腿李，原是个唱青衣的戏子，只因扮相不好，唱不红。到了中年，索性倒了嗓子，不能登台，于是就以教戏为生。这一条西城根胡同里，他教了两个女徒弟，一个是菊儿，一个是吕家大姐儿。不知不觉教了八个月，就送她两个人到天桥小戏园子去登台。先是充些零碎，后来有点儿舞台经验了，菊儿改名芳芝仙，大姐儿改名吕芝仙，唱正式的角儿。唱了两个月，芳芝仙大红特红，由开锣戏改到唱压轴子。吕芝仙却还是唱前几出戏。

有一天散了戏，两个芝仙同坐了一辆人力车回来。到了寿二爷洗衣房门口刚刚下车，却碰到吕芝仙的母亲在油盐店里买东西回来。她母亲吕大娘怒从心起，因冲着芳芝仙的面子，又不好骂，勉强笑道："哟！孩子，你拿多少戏份儿了？又坐洋车回来。"芳芝仙在身上一掏，掏出十几个铜子，给了车钱，就回过脸来，笑着对她道："大婶，你别怪大姐了，她原

7

不肯坐车，是我请她的。"在她们这样说话时，寿二爷听了便赶出门来了，大姐妈一看寿二爷，头上梳着一个钻天旗人髻，倒有两绺头发分披到耳鬓边。身上穿了一件蓝布大长袍，两只衫袖各卷了一角，手上拿了一块盘子大、寸来厚的锅饼咬了几个大缺口，嘴里还是鼓起咀嚼着。彼此一见，远远地各蹲了两蹲，请了个半截儿安。寿二爷笑道："大姐，家里坐一会儿喝碗水去。"大姐妈道："我正有几句话和你谈，坐一会儿吧。"于是寿二爷领头，将大姐妈引到屋子里去坐。两个姑娘也都跟进来了。

寿二爷一看大姐妈放下的菜筐子，里面有一个纸口袋，盛着一袋杂合面，另外一只粗饭碗，盛一点子香油，筐子上横搁着一大把二尺来长的老菠菜。寿二爷一见，笑道："大姐，你真会过日子啊。"大姐妈道："这有什么法子呢？你瞧，她爸爸到张家口去了，是两三个月不给家里来信。我们这丫头和你家姑娘一块儿学戏，你姑娘学多少了，她还是这两手。这就全靠她，每天拿五十个子儿的戏份儿。房钱该下两个月来，房东直催。这年头儿，吃什么都涨钱。杂合面，今天又涨上一个子儿，吃什么也吃不起了。这要不省一点儿，怎么办啦？前几个日子，为了会钱，到处抓不着，把一件大棉袄当了。我想写一两银子，打算除了一块钱会钱，还剩俩钱使。可是当铺里，凭你怎么说，就只肯写八钱。刚刚是够那注会份儿。我就怕当当，这个日子用得痛快不是？下年一刮大北风，你瞧，这就够着急。"寿二爷放了那锅饼，将手在大腿上一拍，说道："你这话一点儿不错，我只要能对付过去，就不敢当当。"

大姐妈道："老姐姐，你这日子就好过了，不说别的，就靠大姑娘这戏份儿，每天二十吊钱，你就够花的。合着现在洋钱的市价，这也就够三四十块钱一个月了。将来再有机会，到大戏馆子里一露，凭她这个扮相儿唱功儿，准红得起来。一月不定挣个三百五百的。我这丫头可就差得远着啦。"说毕，叹了一口气道，"干脆是没有指望。"寿二爷道："我的意思，你们大姑娘，不要唱青衣，改唱衫子吧。现在唱衫子唱得好，比唱青衣还容易红。"大姐妈道："除非是那么着。我想她师傅来了，求你给提一提。"

寿二爷一面说着话一面提开水，沏上一壶茶，放到桌上来，斟了一杯，放到大姐妈面前说道："这不是末子，是二百一包的，你喝一杯。"大姐妈端起杯子喝了一口，笑道："是好的，不错。不瞒你说，这一阵子我因为给人家做一点活儿，晚上老是熬一个大半夜。据人说喝点儿茶，可以不打瞌睡，所以常常买三百一包、二百一包的，到了晚上自己沏着喝。这真不假，喝下去，就不要睡。”寿二爷道：“大姐，您可别这样，现在你勉强地做，就这样过去了，病根可种在身上。将来上了一点儿年纪，全发出来，您可招架不住。”大妞妈道：“我哪里不知道？可是要不这样，现在就没有日子过。”说毕，不住叹气。寿二爷道：“我们都是一样的人，你那份苦日子，我也知道。今儿个下午李师傅要是来了，我给他提一声儿，把《乌龙院》《翠屏山》《双摇会》这些戏，先教给你姑娘，这样的戏，只要肯卖力，总可讨好的。”大妞妈站起来提了菜筐子，口里说道：“费您心了，将来我再谢您。家里还扔下一个小的，只嚷饿啦，明儿再来坐吧。”说毕，和吕芝仙一块儿回家去了。

芳芝仙见没有了人，这才笑道：“妈，我上回不是告诉你，有一个姓刘的捧我吗？今日我没上戏馆子的时候，到九岁红家里去了一趟，可就碰着了他。他死七八赖，一定要请我今儿个去吃馆子。我听人说，他当过大兵，我可不敢去。”寿二爷道：“当大兵的怎么样，他不是人吗？这人捧得很久，请你吃饭，去一趟也不要紧。他真要能花钱，就让他到咱们家来坐。我们要人捧，想尽挑小白脸，那可不成。”芳芝仙一噘嘴道：“你这是什么话！只要捧过我的，我是满应酬，没有不理的。若是不理会，我现在哪会唱得这样红？”寿二爷道：“在天桥唱戏，红一辈子也是枉然。你师傅给我提好几次了，说是游戏场的坤戏班子，还要添一个青衣，可以想法子把你介绍过去。我是催了好儿回了，他老是说不忙，我又不好老逼着他。今天他来了，你自己对他说说看。”芳芝仙道：“要好大家好，这有什么怕说的呢？今天他来了，我和他说，保管有几分成功。”寿二爷笑道：“你瞧，说曹操曹操就到了。”

风门一拉，进来一个三十多岁的汉子，头戴青布小瓜皮帽，结着樱桃大的红疙瘩，耳朵上夹了大半根烟卷，满脸黄黝，配了短胡桩子。身上灰布夹袍，也不知道有多少斑点。外套一件青布夹马褂，由青转成了焦黄色，倒是袖口上有两处地方，放出一片油亮。他提着个蓝布胡琴袋，走了进来笑道：“怎么提上我了？”这人就是那教戏的短腿李。寿二爷道：“您来得正好，刚沏的茶，喝一杯吧。”于是芳芝仙就倒了一杯茶，递给短腿李。

他笑道：“你们不用说，有什么事谈到我全知道。”芳芝仙笑道：“您说，这是什么事？”短腿李笑道：“你娘儿俩，梦里也想的，不就是进游戏场吗？唱戏就怕没有本事，有本事自然会红，自然有人请，你们忙什么？

这件事，我比你们还急呢。我做师傅的，还不愿徒弟好吗？"寿二爷一拍手，哈哈笑道："我们姑娘，究竟比我机灵，她就说您也望好，不会不放在心上的。不过这件事，是咱们求人家，不是人家求咱们。人家要找一个唱青衣的人，北京城里要多少，也用得着到处找吗？我想总是费您心，多去找人家两趟。"

短腿李道："我不是不去找人，游戏场的那个经理是南边人，他坏得没有人比他再坏的了。你要是多去找他一两趟，他就知道你上劲，他可满不在乎。说起包银来，你准不敢开大口。"寿二爷道："我们只要搭得上大班子，就不必谈价钱了。他就给三十块钱包银我也唱。游戏场的人，比天桥的人，总强个十倍。只要有人捧，你瞧吧。就是没人捧，这一上了大班子，以后就好办了。"短腿李道："我实在不愿抢着办。既然是你说不在乎包银，我想那总行。今天晚上，我就给你进行。"

寿二爷听了，站将起来，向短腿李一蹲身子，笑道："我这儿先谢谢你了。"于是在身上掏了一阵子，掏出一大卷东西，有包茶叶的纸，有十几根取灯，有两三张铜子票，有两三张破手纸，有二十多个铜子，还有一小卷蓝白棉线。她看了一看东西，又伸手到衣袋里掏去，闭了眼睛一会儿，想着道："呀！哪里去了？"芳芝仙道："妈，你丢了什么？又是钥匙吧？"寿二爷睁眼一看，见手纸中间，露出一角红纸，笑道："在这里了。"揭开叠的手纸，原来是包大爱国烟卷。那烟盒子，压得平平的像一块纸壳子一般。拿它起来，向左手心里一倒，倒出许多烟末，一根整烟，一根烧焦了头的半截烟。那烟卷因盒子是扁平的，也压扁了。寿二爷将那根整的，在桌上缓搓了几搓，递给短腿李，笑道："五爷，抽根烟。"短腿李接过烟来，看了一看，也笑道："这是上两个礼拜六，我在这儿看见你买的，今儿个还有？"寿二爷道："菊儿她干爸爸，他抽关东烟，我除非上茅房，不然，可不抽。"芳芝仙笑道："您真缺。"寿二爷两手伸着一翻说道："又不是外人，怕什么？"短腿李笑道："现在男女平权的年头儿，说这么一句话，很不算什么。"寿二爷道："这不结了，谁吃了能不拉呀。"这一说大家都笑了。

短腿李道："大姑娘，你今天把那《梅龙镇》再唱一遍吧，还有一两个字不大对，改一改就行了。"于是拉着胡琴，让芳芝仙唱了几段，将胡琴弓一收挂在线纽扣上，笑道："行了，我这就去给你办事。今天怎么大妞没有来？这孩子就是这样不用功。她妈只抱怨孩子唱不红，就不管她孩子来学不来学。"寿二爷道:"今天可不怪她不来。因为她妈刚才在这儿去,托我有话和你说。"短腿李道:"她还有什么话,难道埋怨我教得不好不成?"寿二爷道:"那倒不是,她也是只抱怨她姑娘不行。因此和我商量,想不学青衣了,专唱衫子。"短腿李一皱眉道:"唱衫子,唱六子也不成。都是我的徒弟,我不能背着谁说谁。可是大妞这孩子,我实没办法。《汾河湾》四句原板,闹了一个礼拜,还不对劲儿,这件事我懒得说了,先把你们的事办妥了再说吧。"说时把耳朵缝那根烟取下来点着吸了,口里喷着烟,就溜达出来了。

他一想,这件事,先得找那后台管理袁大头。只要他多说几句好话,经理也就碍着面子,只好答应了。因此在胡同口上二荤铺里吃了一点儿东西,雇了一辆破人力车,就到游戏场来。他们吃戏饭的人,把门的都也看得出来,他说是找人,就让他一直到后台去。

到了后台,只见那袁大头,扯了几个扮了戏的女孩子,直向戏帘子下推,口里连连说道:"上,上,上。"一阵风似的,把那几个女孩子送上场了。一回头,又嚷道:"还有人呢?"就在这时,他看见短腿李了,笑道:"请你待一会儿,我就来陪你。"短腿李道:"不要紧,你去招呼她们吧。"

一会儿工夫,袁大头过来,拉了短腿李到一边去笑道:"我老想请你喝几盅,总是没有工夫。"短腿李道:"咱们自己哥们儿,还讲这个。我就是为了上次托你的话,听不到一个信儿,不知道成不成?"袁大头道:"不是你来说,我倒忘了,这倒正是个机会。我们这儿后天又要走一个青衣,经理正和我商量,要找一个扮相儿好的。我还没有说定人呢。"短腿李听了这话,心里就是一喜,因问道:"大哥,你现在有事没事?抽得开身子抽不开身子?"袁大头道:"倒是没什么事。"短腿李道:"这儿也不是说话的地方,我请你喝一盅去,咱们慢慢地谈一谈。"袁大头道:"我刚吃过晚饭了,而且这儿也走不开。"

短腿李拉住他的手,回头一望,见没有人在身边,便道:"离这儿不远,有一家熟人,我们去烧两口。"说时,伸开右手的大指和小指,将大指放在嘴唇边,笑着问道:"您瞧怎么样?"袁大头眯了眼睛笑道:"怎么着?这地方你比我还熟。"短腿李笑道:"别的事我不敢说,你要抽好土的话,交给兄弟我了,保管比哪儿还强。"袁大头道:"那我们就去一趟,这儿丢下,也没有什么。"短腿李见袁大头已经答应去抽烟,心里很是欢喜,就和他到一家私卖大烟的人家来。

短腿李引他进来，这人家平房三间，除了中间屋子不算，两边两只大炕，一边炕上各摆下一副烟家具。他们一直走进房，早就有个二十多岁的娘儿们，笑着迎上前来招待。先把烟灯亮起，挑了二个小盒子烟膏放在炕上。袁大头望着那豌豆大的灯火，不由得张了一张嘴直乐，于是二人放头横炕睡下，扶起烟枪，鸦雀无声地各烧了几口。直等到满屋子烟雾腾腾，短腿李这才烧了一个极大的烟泡子向斗里一插，然后顺过枪口，对袁大头道："大哥，您抽这一口。"袁大头手扶着烟枪，却笑道："怎么尽让我抽？"短腿李道："你先抽这一口，下一口我就抽了。"袁大头也不客气，就捧了枪抽上。

短腿李提了烟签子，就着灯火，给他拨弄枪斗上的烟泡，一面说道："咱们哥儿俩，同混了这些年，彼此什么事不知道？你瞧我现在闹到这步田地，就不成个样儿。虽然教了几个女学生，全不争气，没有一个成的，我这一辈子，就算完啦。现在总算有点儿希望，教了一个芳芝仙，戏是我教的，我不是在您面前吹，若说她的扮相，明儿您瞧，和游戏场的坤角儿一比，准不能比下去。就是一层，没有机会上大班子。在天桥红上一辈子，那又算得什么？"

他说话时，袁大头口里吸着大烟，鼻子里就不住地哼哼。他一骨碌爬起身来，拿了烟盘子边的茶壶，嘴就着嘴，昂起头来，咕嘟咕嘟，喝了一口瘾后茶，然后鼻子里、嘴里和火云洞一般雾气腾腾地将烟喷了出来，他面孔倒好像是江西的庐山，完全都隐在云雾里了。这时他带喷着烟带说道："我也听见人说你教出一个好徒弟来了，这姑娘多大岁数了？"短腿李道："才十七岁。大哥，要不，我带来给您瞧瞧。要是成，就费您心，这个缺别让人得去了。真是不成，交情是交情，办事是办事，我不能说一定要您办成。"说着话时，又是烧了一口挺大的烟泡子，插上烟斗，顺着枪送了过来。袁大头将手背一反推烟枪说道："得了，我够了，你自己来一口吧。"短腿李哪里肯，一定要他再吸这一口。

一阵烟瘾，过得袁大头心满意足，坐将起来，把手按了一按膝盖，说道："好兄弟，俗言说，肥水不落外人田，这一句话，你都不知道吗？这孩子据你这样说，一定不会错，你明天带她到我家里，当面谈一谈。回头我带她去见我们那经理。因为他这个人就是这样，爱这么一点儿虚面子，总得先敷衍敷衍他。"

短腿李只要事办成，袁大头怎样说怎样好。到了次日，在南方稻香村买了四色点心，又在水果铺子里买了一篓水果，带着芳芝仙到袁大头家去。袁大头一见短腿李提了许多东西走到院子里，心中早就是一喜。再一看，后面跟了一个十七八岁的姑娘。正是一副鹅蛋脸儿，漆黑的眼珠、漆黑的头发，正好配上那一张白脸。旗人家姑娘，多半是直挺挺的，这姑娘的腰身，却十分苗条。不用猜，就是那个芳芝仙了。

袁大头由屋里向院子外一蹿，连笑带嚷道："这是怎么说，来就来是了，还带东西做什么？"短腿李还不曾说话，芳芝仙便止住了步，遥遥蹲了一蹲，四平八稳，给袁大头请了个双腿儿安。袁大头笑道："这就是寿老板了。很好，很好，请进来坐。"袁大头的妇人金氏也迎了出来，把芳芝仙请到屋里，满盘招待。芳芝仙本来预备了一肚子的戏学，等候袁大头考试，不料袁大头竟是说好，一句也不曾问。

短腿李是个知事的，便对袁大头道："这不算礼物，不过姑娘初来，不好意思白手进门。我那里预备了几两好土，自己没有敢熬，明天一准送过来，聊表寸心。"袁大头笑道："那是什么话？我这里收的礼物，还没道完谢呢，你怎么又说送礼的话！可是我话说明，要说有好东西，自己哥们儿，大家尝一点儿，这个我承认。若说是谢礼，做这么一点儿芝麻大的事，先得要好处，我这人瞧着可不够朋友。"短腿李道："谁又敢说是谢礼呢？"

袁大头越发笑了，因道："那就好。你请回去，我带着姑娘一块去见那经理。姑娘这样温柔的人，他八成儿就对劲儿，只要他一点头，不但可以加入，以后准能红。"短腿李道："唱红是没准儿的，一来要用功，二来也要碰造化。我这就是拜托一件，务必请您帮忙给她说成。钱我是不敢说，只要您在戏码上多维持一点儿就把忙帮大了。"袁大头道："反正我是尽力去办，办到哪里是哪里。今天我们那任经理，正在园子里查账，这个时候就去，没有卖票，办事的人也都没到，可以从从容容地谈一谈。"短腿李对芳芝仙道："你就和袁大叔一路去吧。说话谨慎点儿，别露怯。"芳芝仙含着笑点头哼了几声。这就三人出门分头而去。

袁大头雇了两辆车，一块儿拉到游戏场的门口，就在前引导，引到经理室去。那经理任秀鸣刚刚把账给清过去，衔了一根雪茄烟，斜躺着坐在一张半旧沙发上，微微闭着眼睛，在那里养神。这时忽然听得门敲了两下，接上有人叫了一声经理，任秀鸣道："进来吧。"一抬头，只见袁大头之后跟随一个十七八岁的姑娘，只穿着一件长长的花布旗袍，羞答答地走了过来。还没有开言，袁大头就对她道："这是任经理。"人家听说，就斯斯文文鞠了一躬。

任秀鸣一猜就是一个唱戏的，不过没有一点儿女戏子的习气罢了，当时点了点头说："请坐。"袁大头先坐下，芳芝仙却微微向后退了几步只靠住了一把椅子，没有敢坐下。任秀鸣见她这样子，不由得就先带三分喜色，后来袁大头婉转地说，她能唱许多戏，也真是有缘，任秀鸣却不怎样考量，便道："我们反正要找人，寿老板愿来，那很好。"芳芝仙心里预料着这事不定要费多少唇舌，不想一帆风顺，三言两语，便解决下来了。心里有一阵子愉快，那脸上就禁不住有一点儿笑容，还是不住地低了头，偷看任秀鸣的颜色。

任秀鸣见她含情脉脉益发是欢喜，又道："我说了这样办，就这样办，你回去和你家里商量，定下前三天打炮的戏。三天以后，我们就可以正式订合同。你既然唱了有些日子，自己当然也有些把握，这事总办得妥。"芳芝仙道："我家里没有什么商量的，只要您这儿答应了，我自己就可以定下三天打炮的戏。"任秀鸣答道："好吧，你就先说出来，我给你记下。"一面说着，就站了起来走到桌子边去，坐下拿起笔来，偏着头望她，等她报戏。她报一样任秀鸣就写一样，写完了，都是如《玉堂春》《汾河湾》之类，很重头的戏。任秀鸣把头在笔杆边连连点上了几点道："行！行！行！"他的手按在一张写字台上，芳芝仙报起戏来，就站在他的左手下，两手不知不觉地按住了桌沿，真个像十根水葱儿摆在人面前。任秀鸣道："好吧，我们的话就是这样一言为定。至于详细办法，我托袁老板和你府上去商量。"芳芝仙一机灵，又给任秀鸣请了一个安，连道两声谢，这才掉转身躯，缓缓而去。袁大头问道："经理，你看这孩子怎样？扮相准不会错，可就不知道能唱不能唱？"任秀鸣道："你不是说她师傅很好吗？既然有好师傅，一定不会坏到哪儿去，我们就让她打三天炮再说。"袁大头向来是跟着任经理说话，经理都说这人能唱，自己哪有不赞成之理，便连连说好。

那边短腿李正也恨不得早一刻得着消息，当天晚上就到袁家去了一趟。袁大头一见面，就连拱两下手道："恭喜恭喜，事情全办得了。"短腿李道："有您出来帮着办，我就知道这件事坏不了，但不知道任经理是怎样的说法。"袁大头一想，人家曾答应送我几两烟土，应该先给人家一点儿好消息才是，便把任秀鸣完全满意的话说了一个痛快。短腿李一想，连经理都乐意了，这事还有什么问题，便笑着一拍手道："大哥，我不是说了吗？这事只要一办成，准不能让您丢人。这样一来，我们共事的日子可就长了，以后还得请您多多维持。"说时，眉毛向上一扬，胸脯也挺了起来，看他这一份得意，简直是不可以用言语去形容。至于烟土的话，却一字不曾提到。

袁大头一见，心里有二十分不高兴，于是将脸色一正，只管晃着脑袋道："天下事情不能看得那样容易吧？无论是谁，没有上台，事情都不能定的。任经理是喜好无常的人，他说的话，不能就说是刻板刻的没有变动。就算他真的答应了，在旁边挑眼的人还有的是啦。"短腿李道："是的，是的，做兄弟的还有什么不明白？凡事都求您携带，我决计忘不了这一份情。"

袁大头见他又软下来，索性道："据我看，我们那任经理他就是靠一时高兴做事，也没有去想一想。你想也没瞧过人家的戏好不好，马上就请她。若是到了台上之后并不能唱，她唱的人要什么紧，可是戏园子里丢了这个面子，向哪里挽回呢？这样办，我就不大赞成。"短腿李道："袁大哥说的这话，自是有理。可是兄弟和大哥的交情不同，只要能对付，大哥就得帮忙。我不敢说我们姑娘唱得怎样，不过上台唱总是能唱的。你瞧，我说了半天的话，把一件正经事倒忘记了。"于是在身上摸索了半天，摸出两个纸包来，一个纸包，都有豆腐块那样大。他手上托着纸包，笑嘻嘻地送到袁大头面前道："大哥，这就是我上回说的那点儿东西。少虽少一点儿，好在咱们哥们儿不是外人，你就留下玩几天。这话可又就回来了，瓜子虽小是人心啦。"

袁大头不曾打开那纸包，早就迎风闻到一股陈土香气。及至将纸包接到手里，掂了一掂，约莫有二两一包。这种土，是不能照市价算的，就是照市价算，也得三元五毛上下才买到一两。三四一十二，四五得二十，就这样算，也够十四元钱之多了，笑道："我大胆喊你一句兄弟。老兄弟，你这样办，似乎有点儿和老大哥开玩笑。以为大哥做这一点儿事，还要你送黑礼吗？这话一让外人听了，透着咱们哥们儿没有义气。这是何必呢？你就不费事，难道人家经理都答应了，我还有不做这顺水人情的道理吗？你费事我真不过意。"

短腿李道："我又不是买的东西，费什么事呢？"袁大头道："虽然是家里有的，你存着这点儿东西我一齐给你拿了来，这是显得有点儿过分。"

15

短腿李道："不，我家里还有，又不止这个。你熬得了，我再要到这里来，咱们哥儿俩，就可以对吹几口了。"袁大头笑着将烟土收起，拍了短腿李两下肩膀道："不是你哥哥夸口，我准保你以后有好土抽。"短腿李道："戏园子里的事，我就托重你了。说句不见外的话，我的事，也就和你的事差不多，总不至于要我老惦记着。"袁大头不住地将头乱晃，说道："不至于，不至于。你放心回去告诉大姑娘，预备打炮吧。"短腿李见事已十分有把握，自是欢喜，便告辞回去。要走的时候，袁大头要拉住他在家里吃饭，短腿李再三不肯，袁大头才将他送出大门。

短腿李得了这种好消息，首先便是向芳芝仙的母亲寿二爷去报信。到了寿家，正遇着芳芝仙的继父大秃牛。大秃牛穿着一件对襟排扣夹袄，连着里面的汗衫一个纽扣也不曾扣上，露出胸面前堆油也似的一摊肥肉。沿着胸窝由上直下，稀稀落落长了一路细丝卷头的黑毛。他倒是像一个有福气的人，挺着一只大肚子，横锁了一条板带，束住裤腰。裤带上搭一条毛绒手巾，正揸下手巾，来揩头上的汗珠。短腿李先笑道："大爷，没出门?"大秃牛道："没出门。你瞧，大姑娘还没有红起来，先长了脾气了，嫌面条儿没卤，要吃烙饼。她妈也是偏，又不理她。没法子，我只好来动手。你瞧，几张饼烙我这一头的汗。"短腿李笑道："这会子你烙饼给她吃，到了明年这时候，你怕她不会烧鱼翅海参给你吃吗?"大秃牛道："那个我可不敢望，只要她多挣几个，能凑乎着大家过一个安闲日子，那就得了。"短腿李道："我瞧这孩子准有希望，不信，你望后瞧。刚才我从袁大头那里来，先是直挑眼，后来我拿出那三两多烟土来，什么都答应了，只差没有叫我爸爸。我就知道这东西爱贪小便宜，只要眼面前能吃点儿亏，事情没有办不成功的。"大秃牛笑道："我不知道您是要用这种手段。若是我知道，用不着四两土，只要把两毛钱买一盒烟卷去送他，他就够乐的了。"

两人一路笑着进屋里去。寿二爷嘴里正衔着一根烟卷，两手一叉腰，靠住了房门望着芳芝仙吃烙饼，那样子心里是有些不大愿意，见了人进来也不作声。短腿李向她拱手道："大嫂，恭喜，恭喜，事情总算全妥了，就让我们自己拣定日子登台。那袁大头抽了三四两土，完全跟着我们说话。据我看，以后我们多给他一点儿好处，一定能给咱们帮大忙。"寿二爷先是知道这事成功了，总怕还有什么变卦，现在短腿李又是这样说了，事情已是千稳万稳，心里也是欢喜，就不怨芳芝仙要吃烙饼了，因道：

“这儿事既然成了，天桥就不用去了。趁这两天工夫，好好地把嗓子吊一吊。”

芳芝仙自伏在桌上吃饼，却不理她妈。寿二爷道：“怎么不言语了？我们不说你什么，你倒生我的气吗？别生气了，我给你摊两个鸡蛋吧。”芳芝仙笑着将身子一扭道：“别理我，我不吃鸡蛋。”大秃牛对短腿李笑道：“怎么样，我说大姑娘长了脾气不是？”说毕这话，嘻嘻地直乐。寿二爷看见大秃牛乐，她也乐，芳芝仙只管噘嘴，他们都觉得那是有意思的。短腿李是师傅，更是要捧场了。

从这天起，芳芝仙就换了一种身价，行动方便，穿吃好了起来。过了几天，靠了袁大头做内应，已经在游戏场登台，打了三天炮。这一位任秀鸣经理，是终年也难得正正当当听一次戏的，在芳芝仙登台的时候，他竟抽空看了两次，第一他就觉得扮相好，第二态度也非常温柔，不等三天的炮打完，他就先对袁大头说，一定请她。到了第三日短腿李带着寿二爷、芳芝仙，三人一路，到经理室去订合同，依着任秀鸣的意思，原来有两个二路青衣花衫，一个是每月六十元，一个是每月包银八十元，芳芝仙是天桥新上来的一个人物，钱不必给得太多了，就打算给她六十元，事先和短腿李谈了一谈，也没有什么不可以。

这天，芳芝仙穿了一件淡绿色的夹旗袍，学着女学生，平分左右，梳了两个圆髻，头发抹得光滑不乱，齐齐整整，大有大家闺秀的风度。任秀鸣就不由得生了一个念头，凭人家这样的身份，只给她六十块钱一月，未免对不住人，还是给她八十元吧。我们这大一个公司，一个月哪在乎二十块钱呢？因是大家进来坐下之后，他就说：“寿老板戏不错，只是怕戏太少一点儿。”短腿李听他这种口音，料定他不过是给六十元的包银。望了望任秀鸣，又望了一望寿二爷，料也有事宜在后。不料任秀鸣说道：“我看寿老板人很老实，将来可以长久地共事，我也不照原额算，总可以加个十块八块的。”他说这话时，心里计算着，就是出的钱介乎六十八十之间。让他们一争，再加到八十元。就在这个当儿，他的听差送来一壶香茗，把茶杯子摆好了，正要向杯子里斟茶，电话铃响了，于是放了茶壶去接电话。

芳芝仙正靠了桌子坐的，她见茶壶摆着，就提起壶把来，先斟了一杯茶，先嘻嘻地笑着，又轻轻地说道：“经理，您喝茶。”一说着这话，脸上一红。任秀鸣受了这种优待，心里更乐了，刚才想给她七十元的意思，现在又改变了，觉得要和人家表示好感起见，总得给八十元，若先说七十，让人家争了，再加为八十，面子上就不大好看。听差回来斟过茶之后，任秀鸣把一只右腿架在左腿上，向着短腿李道："我总特别优待，打算暂定八十元的包银，不知各位意下如何？"短腿李还没有作声，寿二爷将身子挺一挺，脸对着任秀鸣一笑，接上说道："照经理说，经理给这么多钱可也真不少。不过我们姑娘在外边，行头是可以穷凑乎，到你这儿来了，可不行啦。第一就得制许多新行头，其余的都多花起来。自然，我们自己先得想法子，垫着花。可是戏馆子里包银多一点儿，我们以后就可以每月还债，一面还找补些。经理，唱好了，也是戏馆子里的好处啊。"任秀鸣原是不大愿意得罪芳芝仙的，再经寿二爷一说，便沉吟了一会子。

芳芝仙原不开口，默然坐在一边，现在见母亲说过，任秀鸣虽没有答应，也不曾拒绝，或者还可以要求加一点儿，因笑着对任秀鸣道："经理，我妈说的都是真话，您还有什么不明白的？没有什么说的，请你多帮一点儿忙。"任秀鸣听了这几句话，面子又软下来，便道："我们先订两个月合同，每月包银八十元。过了两个月，真是彼此相投，再加一点儿，也没有什么办不到。"短腿李一听合同期限这样短，却有些着慌，眼睛看着寿二爷，对任秀鸣道："经理说得很对，包银我们就不争了，倒是合同日子订长一点儿的好，省得将来又说第二次话。"任秀鸣心里暗存着一百块钱的数目，让他们慢慢去争，不料只出八十块钱，事就妥了。短腿李说要把日子订长一点儿，当然可以办到，于是大家欢天喜地地就把合同订定六个月。

芳芝仙也就天天来唱戏，先是顶着原来青衣的缺，戏码子唱在半中间，芳芝仙就和后台管事袁大头商量，能不能把码子往后挪一挪。袁大头说："照着咱们私人交情说，那是可以的。不过由我把戏码子乱挪，别人是要反对的，非经理下命令不可。他现在正在经理房里烧烟，你何不寻他去？他对你，我瞧倒很客气。"芳芝仙每次碰到任秀鸣，他总是笑嘻嘻地点头，料得去说话，不至于碰大钉子，就整了整衣裳领子，摸了一摸鬓发走到经理室去。

她走到那门口，就闻见一股很浓重的鸦片烟气味。隔了门帘子，听见稀里呼噜，门里有人抽鸦片抽得正醋。她明知是任秀鸣在里面，却低低地问了一声道："经理在家吗？"任秀鸣一听那声音，非常尖脆，就知道是芳芝仙，连连说道："请进来，请进来。"芳芝仙一掀门帘子，只见上面一张铁床上，被条叠得高高的，床中间一盏烟灯之下，照着摆了许多烟家具。任秀鸣一个人横睡在左边，床面前放了一个方凳他摆脚。他见芳芝仙进门，一翻身坐将起来，踢着床面前的方凳子，让芳芝仙坐下。

芳芝仙又将方凳向后挪了一挪，这才坐下，笑道："经理，你一个人烧烟吗？"任秀鸣道："我没有瘾，不过玩两口提一提精神，自己随便烧烧就行了。你会不会这个？"芳芝仙笑道："我们年轻轻儿的会了这个那还了得吗？"任秀鸣笑道："你师傅可是个大烟鬼。"芳芝仙道："可不是？我就为他这事发愁啦。"任秀鸣将腿一架，身子一晃，对她笑道："有你这样的本事，还怕养不起师傅的大烟吗？"芳芝仙道："这话可不敢说，遇事还得请经理帮忙。"说到这句话，就要出口，多少有些害臊，不由得低了头，抽出胁下掖着的手绢来握了嘴，接上咳嗽了几声。任秀鸣道："我还不帮你的忙吗？只要说得出去的，我总是办。"芳芝仙默然了一会儿，又微微咳嗽了两三声，这才红着脸向任秀鸣笑了一笑道："我有件事求求您。"

任秀鸣见她这样，料到必有所求，便道："你只管说，我总可以商量。"芳芝仙偷眼看他颜色，是很和气，料到没有什么大问题，便笑道："这事在您，说难就难，说容易也就容易。"任秀鸣道："究竟是什么事呢？你想改合同吗？"芳芝仙道："那怎么成？我的意思，不过和您商量商量，想把戏码子给我向后挪一挪，可是真要不成，我也不敢勉强。"说这话时，低了头，眼睛只看了胸面前。任秀鸣看不到她的脸，他只能看到她黑缎子似的发顶，因笑道："就是这一件事吗？这倒没有什么难的。你的意思要挪后多少呢？"芳芝仙这才抬起头来，微笑道："这就是您的意思了。我说要唱压轴子，那也能够吗？"

任秀鸣在烟盘子旁边，拿起一筒烟卷，掀开盖，送到芳芝仙面前，说道："抽烟。"芳芝仙笑着站了起来，摇了一摇头。任秀鸣于是自取了一根，擦了洋火，一口吸去，只见烟卷上的火头向里直烧了过去。任秀鸣取下烟卷，站起来，向茶几上烟盘子里弹了一弹烟灰，然后背着手在屋子缓缓地踱着。芳芝仙看他这情形，料是不容易办到，便站起来道："我不过这样说一声儿，若是经理真觉得为难那就不必提了。"任秀鸣道："把戏码子挪一挪，那是不成问题的事，只要我对袁大头说一声就行了。不过我还有些排新戏的事，要和你商量商量。你哪天有工夫，我请你吃饭。"说这话，扛着肩膀只是向着芳芝仙傻笑。

芳芝仙见任秀鸣踌躇了半天，当然是戏码子不容易挪动，不料说了出

19

来，却是要请她吃饭。吃饭虽然是一种很平常的事，可是任秀鸣不坦然地说出，倒显得不大方便。芳芝仙正了颜色，低声道："这您不要客气。""这您不要客气"六个字出了她的嘴唇，几乎就没有了声音，任秀鸣并没有听见一点儿。不过她要说的那种意思，任秀鸣倒是知道，因笑道："那要什么紧，她们我也是常请吃饭的。我就是这样，有赏有罚，谁的戏要唱得好，我不另外报酬一下，心里是过不去。"芳芝仙道："要唱得好，也是我们本分的事，哪里能另外要谢礼哩。"任秀鸣道："这是我的意思。又不是你和我要求的，那要什么紧？我明天也不请你到外面去，就是这里面的美味轩，随便吃点儿东西，你早一点儿来就是了，你不来，倒是不给面子。"

芳芝仙心想，一个刚进戏园子的角儿，经理给面子单独地请吃饭，哪有可以不去之理？若是不去，岂不是自己砸自己的饭碗？当时答道："您倒不必客气，明天有工夫我就来叨扰。没有工夫，就改日再说吧。"任秀鸣笑道："你无非是到戏园子来唱戏，那里边还有别的事呢！来吧来吧。回头我对袁大头说，明天就把你的戏码子移到倒第三。只要你努一点儿力，唱压轴子都没有什么难的。"芳芝仙听说马上就挪戏码子，这个机会是不能放过，就向任秀鸣蹲一蹲，请了一个安。任秀鸣笑道："多礼，多礼，明天就候驾了。"

芳芝仙当时也没有说什么，自告辞回家。到了家里，她母亲寿二爷，看见她脸上带有笑意，便问道："什么事情办好了，你又这样乐意？"芳芝仙道："我和任秀鸣办好了，戏码子往后挪，挪到倒第三。"寿二爷两只大巴掌一伸，噼噼啪啪地拍了几下，笑道："我说怎么样？这位任经理，待咱们不错。"芳芝仙道："南边人是不好惹的。这家伙可真缺。"寿二爷道："他缺他的，咱们干咱们的，哪有什么关系呢？"芳芝仙道："怎么没关系？您瞧，我要他挪戏码子，他就请我吃饭，还说明了，只请我一个人。"寿二爷道："他请吃饭，你就扰他一餐。反正又不是我们吃亏的事，有什么不干？再说你想红起来，不拍着他一点儿可是不成。"芳芝仙道："后台早就有人说闲话了。说是不明白是什么道理，我一个新进来的人，经理这样相信。"寿二爷道："我也听见过这种话的，他妈的，这不是狗拿耗子，多管闲事吗？我们还是干我们的。我们红起来了，他们白瞪眼，能拿咱们怎样？唱戏的就没好人，要做大姑娘小姐，待在家里待着做去，唱了戏还要个什么干净？"

大秃牛提着一只鸟笼，正由天桥茶馆里回来，一进门就问道："这又同谁嚷？这么大嗓子。"寿二爷就把刚才的话说了一遍。大秃牛眯着两只肉眼，先笑了起来道："好哇，大姑娘，有经理请吃饭。这一下去，你还不是台柱子？"芳芝仙道："照你们这样说，那是大可以去的了？"寿二爷道："为什么不能去？这样的机会，人家找不着，你倒有些不在乎。"芳芝仙道："去我是去，告诉师傅不告诉师傅呢？"大秃牛道："别告诉他吧。他又好吃，又好喝。他知道经理请你，死七八赖地也要去闹一份儿，那就很讨厌。"他们一家人商量了一阵，就完全决定了。

当晚芳芝仙唱夜戏的时候回了任秀鸣的信，到了次日寿二爷给芳芝仙梳条辫子，又给她换了一件衣服。一到十点钟，寿二爷就催芳芝仙去。芳芝仙道："人家请的是十二点钟，去得这样早做什么？"寿二爷道："由家到园子里，总要半点钟。在那里等人家一会儿，也就是十一点多钟了，情愿咱们等人家，也别让人家等咱们。"芳芝仙一想也对，就上戏馆子去了。

任秀鸣昨天晚晌听了芳芝仙的回信，心里就乐了，当时就把后台管事袁大头叫来："芳芝仙的戏码子，排得大不妥当。我们排戏码子，不管是新人是旧人，只要她能叫座，就望后排。芳芝仙的戏码子，从今天起，就挪到倒第三。"袁大头道："倒第三，太后一点儿吧？这里就剩一个胡子张仲波、花衫梅少卿，她们要是合串起来，芳芝仙就到倒第二了。"任秀鸣道："倒第二就倒第二，那要什么紧？依我说，梅少卿的本领，未必比芳芝仙高多少。而且梅少卿的妈梅月卿架子太大，好像我们戏馆子，非她不可似的，我很讨厌这一股子劲儿。"袁大头见把台柱子压下去了，那还说什么？于是芳芝仙的戏码，就决定了从这日起，列为倒第三，任秀鸣也觉得这种办法，很对得住芳芝仙，到了十一点钟，就到美味轩去等候。

真是知己之见，大抵相同，不到十分钟，芳芝仙就来了。任秀鸣乐得什么似的，直给她要汤要菜。吃过饭之后，又沏了一壶茶，细谈一阵，然后兴尽而散。过了两天，芳芝仙的师傅短腿李和任秀鸣私下借几块钱零用，任秀鸣给了，所以他们的交情，总见得日有进步。总是有志者事竟成了。

第二回

赞梅菊齐芳艺名突起
得芝兰并座佳运频来

这时，直把这里的台柱子梅少卿气得要死，以为芳芝仙是个新起来的角儿，为什么经理捧得这样厉害。有一天梅少卿请了假，芳芝仙就和那个老生张仲波合唱大轴子。他们这后台，有一个特别化装室：专一预备台柱子扮戏的。现在梅少卿是台柱子，这里就只有梅少卿一人能扮戏。当梅少卿请假的时候，恰好经理任秀鸣到后台来参观，芳芝仙的母亲寿二爷也在一旁照应。看见经理，赶忙向前点头招呼，任秀鸣笑道："你瞧你们姑娘红得多快，这就唱大轴子了。"芳芝仙一撇嘴道："那算什么啊！台柱子没来，我们给人家打替工来了。人家拿多少钱，我们拿多少钱，唱了大轴子，也没有意思。别的不说，就是这间小屋子，我们唱到大轴子，也不能进去的。"任秀鸣笑道："空着也是空着，你要进去就搬进去吧。"芳芝仙道："好！我们就搬进去，这可是经理的命令。"

寿二爷见姑娘和经理开玩笑，这一乐，把姑娘的小名儿叫出来了，笑道："你瞧小菊儿。"芳芝仙也不管任秀鸣是不是笑话，竟一直就拿了扮戏的东西，走进那间特别室去。任秀鸣和寿二爷在后面跟着，也进来了。任秀鸣笑道："寿老板，我今天可知道你的真名字了。"芳芝仙笑道："知道就知道，那要什么紧？就是凭着你经理的资格，也不能叫我的小名。"任秀鸣道："其实这个名字也不坏。依我说，把儿字改为卿字，也就很好了。咱们这儿倒也不错，两个大角儿，一个是梅花，一个是菊花。哈哈！我倒给你们想好了副匾额，可以说是梅菊齐芳。"于是把桌上化装的笔，在壁上写了梅菊齐芳四个字，又怕芳芝仙不懂，把这个字的意义，很详细地说了。寿二爷在一边听见乐不可支，只伸了两只大巴掌去拍屁股。

也是事有凑巧，这一天包厢里面却有可注意的贵客在内。这人也是唱旦的，不过是个男子。他名叫华小兰，只要提起这三个字，几乎是妇孺皆知。他本人倒罢了，他有一个扮月里嫦娥的化妆相，南北各省拿去当种种印刷品上的图案，无论是谁，一见就知道是华小兰。他有这样的身份，在戏剧界负了什么盛名，可以不言而喻。漫说是剧界，就是国家兴亡大事，他也间接着有几分关系。因此华小兰到的地方，人家都也把他当一种特别的人来观看。有人要能得他说一句话，恐怕比从前的圣谕还觉可贵三分了。这时他忽然坐到包厢里听戏，台上唱戏的人，岂不是一种殊遇？

寿二爷在特别化装室里谈话，谈得高兴极了，在女儿快要上场之先，因走到上场门边，掀开一角门帘，向外探望。这一探望，灯光之下，正见华小兰坐在对面包厢里。他们唱戏的人，有一种老规矩，凡是到大庭广众之中的地方去，总戴上一副无框墨晶大眼镜，为的是挡住一半脸子。华小兰坐在包厢里，本也是戴了一副墨晶眼镜的。偏是寿二爷在门帘子张望之时，他正摘了下来，用手绢去擦镜子。寿二爷见他身穿了月白绸的夹袍，套着花青缎子坎肩，头发向后梳得溜光，真是个美男子。他就不是华小兰，这种装饰，也值得令人注意，现在一看是华小兰，不由她心里乱跳，回转身，伸了两手，乱拍乱舞口里嚷道："姑娘，可了不得！可了不得！"芳芝仙把头梳好，正在穿衣裳，见她母亲这种样子，便道："什么事，吓我一大跳。"寿二爷笑道："你猜怎么着？华小兰坐在包厢里，听你的戏来了。"

芳芝仙心里明白，自己是个初出茅庐的角儿，无论如何，没有这样大的号召能力，可以把华小兰吸得来。他就是来了，一定也是来听梅少卿的戏。至于梅少卿今天请假，那他是不会知道的。因此她母亲苍蝇见血似的，尽管拍着来拍着去，她却毫不动心，因道："我不信，他会到这儿来听戏。"寿二爷道："我知道你也不会相信。来来来，你到上场门那里看看，是他不是他？我要说错了，我输脑袋给你。"芳芝仙听母亲这样说，料到不假。但是众目昭彰之下，可不便先过去看，只放在心里。过了一会儿，临到自己上场，门帘子一掀，一个抢步出台，同时眼光不由得向台下射去。这一看之下，可不是正中包厢里，有个美男子吗？那人虽然戴了墨晶眼镜，但是他那面庞的轮廓是不会改。由这轮廓上看去，依然看出那是和图画上的华小兰模样无二。今天初次唱压轴子，就有这样一个内行人物来参观，这面子大了。自己生怕一看台下，心事就散了，所以目光并不放出台口，聚精会神地只唱自己的戏。

她倒罢了，寿二爷站在上场门外，看看自己女儿，又看看台下的华小兰。见他看看台上，又回过头去，和同座的人说话。他有时仰了脸望着台上，有时又微微地将头点上一二下，看那样子，分明是表示一点儿赞成的意味。心里直着急，人家这样表示好感，芳芝仙为什么不把目光对台下看去，让人家看了，心里也好痛快一点儿。等着芳芝仙脸子望到上场门，马上就对她努嘴挤眼，外带摆脖子，那意思是叫她对台下飞眼。芳芝仙对于此层，未尝不明白，但是怕望着台下就会糊涂了。现在母亲只管在一边发命令，不理不好，理了更不好，只得背转身去。寿二爷看见，气得站在一边，不住地扭了衣服和搓手。

芳芝仙今天原唱的是《汾河湾》，后来柳迎春和薛仁贵口角的时候，她正坐台口，面对华小兰。一个台上，一个台下，彼此面对着面，那四道目光绝没有不会相触的。芳芝仙故意微低着头，板着面孔，那眼珠却在眶子里，尽管向华小兰看去。华小兰既是个名旦，又是专一研究妇女心理的人，芳芝仙对他这一种表示，自然也是心领神会。

华小兰身边坐的张宦槎，穿了一件灰哔叽的夹袍，将衫袖吊着高高的，抬来一只右腿，踏在前面椅子上，右手撑住膝盖托了下巴，口里衔着一柄大头烟斗，并不抽烟，只管望了台上出神。一直等芳芝仙不坐在台口了，手里拿着烟斗，却将胳膊碰了一碰华小兰，叫他的号道："雪魂，你看台上这小妮儿，她很有意思呢。"这张宦槎是个白胖子，他微斜着一坐，就把华小兰挤到一边去，华小兰那边，恰好是个瘦子马子明。马子明在那尖瘦的鼻梁上，架了一副大框眼镜，正也看得有味。经张宦槎一说，他向着华小兰微笑了一笑。

不多大一会儿工夫，台上的戏快完了，他们三人出了包厢先走。这三个人都是有汽车的，马子明问道："怎么样，我们各自回家吗？"张宦槎道："不，我和雪魂同坐你的车子，到你家里去谈谈。"马子明在身上掏了金表一看道："果然还早，到我那里去坐坐吧。"于是三人同车到了马家，一直到上房马子明的内客室里坐下。

张宦槎口里衔了烟斗，首先鼓掌道："我们今天是去找梅少卿的，不料遇着了这个芳芝仙，有意思，有意思。"马子明道："倒也长得不错，不知道是哪路来的角色。"张宦槎道："哪要打听？是很容易的事，打个电话给酒壶李四，可让他给咱们调查一下子，事情就全明白了。"华小兰道："我听说是个旗人，大概她家里原不是梨园行。"马子明听戏的时候，就看出华小兰有些爱芳芝仙的意思，现在有意无意之间，看他倒是不反对调查芳芝仙的来路，便道："这种新红起来的角色，要捧她是很容易的，你信不信？只要雪魂请客，把人叫她来谈谈，她没有不来的。"华小兰道："笑话了。别糟蹋人家那样不值钱，我从来没有和她见过一回面，怎样能够一叫就来。"马子明道："谁不知道华小兰，还用得着认识吗？"华小兰道："不是认识不认识的话，一点儿交情没有，怎样好意思请人家来？"张宦槎道："怎么没有交情？你没看见她唱戏的时候，她只管拿眼睛瞧着你吗？"华小兰笑道："别胡说了。说得人家更不值钱了。"马子明道："张五爷说得有道理。你想，你那脸子，不就是把华小兰三个字写在上面一样了吗？漫说她在台上唱戏看见了你要注意，就是看到一个不相干的内行坐在包厢里，她心里记挂着，总也要看一看。"华小兰道："这话倒也是对的。三爷老提她做什么？真要捧她吗？"马子明笑道："你两下都有意思，给你两个人介绍，让你们都认识吧。"华小兰道："别开玩笑吧。让报馆里人知道，又要当着新稀罕儿去传说了。"

张宦槎道："雪魂，我看你很有点儿怕报馆里的人。你是让上次那日本鬼子敲得你太厉害了。"马子明道："那一回，我就对雪魂说了，让他造谣言去，不理他，看他怎么样。总是雪魂图省事，送了他们三千块钱才了事。现在你们这种小事，他拿不了多少错，就让登上报，一转瞬就过去了，要什么紧？"华小兰道："大报倒罢了，就是那些小报，闹什么事实儿小说，什么话他也写得出。"马子明听他这话，竟是很愿意干，便笑道："好吧，让我们问问酒壶李四，他认识不认识，他若是认识，我就约个日子请她吃饭。大家同席吃一顿就成了朋友，以后谁要请谁，可以直接的办，就不必我来请客了。"华小兰不说不好，也不说好，只是微笑。马子明知道他对芳芝仙十分乐意，只是不好说出口。若是真介绍芳芝仙和他成了朋友，一定是种极得意事。当日随便说了一阵，也过去。

过了两日，因为马子明说的那个酒壶李四前来借钱，不由想到此事，因问道："游戏场那个芳芝仙你认识不认识？"李四笑道："三爷，你怎么提到了她？"马子明道："也是一天，闲着无聊去听了她一出戏，觉得倒不怎样坏，可是不知道她是什么来历，所以我问问你。你是九流三教哪儿也有熟人，大概总会知道一点儿。"李四笑道："这个人吗？我熟极了。"马子明道："你怎么和她熟？"李四道："三爷，你想想，北京城当姑娘的唱戏的，有一个不知道酒壶李四的吗？有一次在游戏场里走走，碰到了芳芝仙的母亲，她看见是我，不住地点头，说是没有事请到她家里去坐。"马子明道："你到她家里去过吗？"李四一看马子明的神气，是很注意的问这句话，连忙道："我是向来不大捧坤角的，她叫我去，我可没有去。"马子明道："你既然没去，何以又说和她熟呢？"李四道："这无非是戏场里会面。那里的坤角，我认识的也不止一个。"

马子明笑道："这样说，要你给我们介绍一下子，那是不费事的了。"李四道："三爷和她们来往，还用得着什么介绍吗？只要说出马三爷三个字，要叫她来，她还不是像得了圣旨一样。"马子明道："我倒不要捧她。只因雪魂看了她一回戏，他以为很好。我倒想给他介绍，让他们成个朋友。芳芝仙认识了雪魂，那是造化，你想要学青衣花衫戏，除了雪魂，还有第二个好主儿吗？这只要雪魂肯下功夫一教，芳芝仙的前途，那是真未可限量。"李四鼓掌道："好极了，好极了。他俩要交上了朋友，那倒是很有趣的事。只要华老板愿意，芳芝仙的事交给我了，我要她来她就不至于不来，何况还有马三爷的面子。最难得的就是华老板这种规矩人要捧她，她要不来打着灯笼哪儿找这机会去。"马子明笑道："你说得有如此之容易，很好很好，我明晚上在家里约两个人吃便饭，你可以把芳芝仙找来，大家谈谈。"李四笑着一拍胸道："不成问题，都交给我了。几点钟吧？"马子明道："点钟不要定，就是迟一点儿来也没有关系，只要她肯来就行了。"李四连连答应道："准成准成，明日八点钟，我就把她带来。"

李四他原是个黑胖子，说到这里眯着他一双肉眼，对了马子明笑道："三爷叫我做事，只要能办得到的无有不办。可是我求三爷的事，可就瞧三爷高兴不高兴，三爷要是不高兴，我就说破了嘴唇那也是枉然。"马子明道："酒壶，你不用绕着弯子说话。你直说吧，又要借着这个题目敲我多少钱？"李四道："我怎敢敲三爷的钱呢？更不敢借什么题目，不过顺便的这样白说一声。"马子明道："我记得，是你上次和我借三百块钱，我还没有答应你，明天晚上我就开支票给你，一点儿不含糊。"李四听说开支票，忍不住笑道："三爷，你太什么了。我酒壶李四，靠着是你们几位阔人吃饭，对于阔人派的差事，我有个不死心塌地去做的吗？你就先给我钱，我也不敢拿了钱不办事。"马子明道："那不行，你索性进一步得一步，又要先拿钱了。你要这样，我就一个也不给。"李四连连作揖道："了不得！了不得！这钱今天不用了，明天再说吧。"马子明笑道："这不结了，你好好地办妥这件事吧。"他真的当天不提钱的事，坐了一会儿，很高兴地去了。

到了次日，马子明吩咐厨子做了几样好菜，也不敢多约人，仍只是华小兰、张宦槎之外，另外加了一个戚雨峰。这个戚雨峰也是个有钱的名士，平生专捧华小兰一人。自从华小兰在科班起，一直捧到他做了梨园领袖，还不曾止。凡是华小兰唱的新戏，也就十之八九是这位戚雨峰先生手编的，所以华小兰有什么特殊的举动，却是不敢瞒着他。马子明要给华小兰介绍女友，当然也是一种盛典，所以也把他请到。马子明约定是八点钟吃晚饭。华小兰因为有话和马子明说，特意来早一点儿，七点半钟就到了。

华小兰以为自己早了，走到马家，在客厅外面，就听见客厅里面有嬉笑之声。同时，客厅里的电灯，也是十分光亮，隔窗纱，就看见里面几个人影，华小兰一面自掀帘子，一面自说道："我说我很早啦，还有比我早的。"一言未了，只见那沙发椅子上，已有一个盛装女子，盈盈然地站将起来。这正是这几天以来，心里未曾放得下去的那个芳芝仙，私下固然是老念着的，可是一见之下，就觉得有些不好意思，倒愣住了，不便走上前去。

那芳芝仙到了此地，不能不振着精神，充量的大方，因此低低地喊了一声华老板，却向着华小兰蹲了一蹲。脸上泛着微红，目光不敢正视，却看着人家的脚。华小兰不料人家先招呼，急忙中拱了拱手，又点着头。酒壶李四一见，连忙起来叫道："华老板，华老板，请这里坐。"一面说着，一面站了起来，因为他的沙发椅子，正和芳芝仙的椅子拐角相接。华小兰道："随便坐吧。我们都是常见面的人，客气什么?"李四哪里肯，走了过来，带推带送，硬把他推到那里坐下。芳芝仙看见他坐下，这才含着笑，低头坐下去。马子明见他和她都有些含羞答答的，只坐了抽雪茄，老不作声，心想看你两人，是谁先开口。华小兰轻轻咳嗽两声，向痰盂里吐了两口唾沫，又在茶几上烟盒子里取了一根烟抽着，他不作声，芳芝仙更不作声了。

马子明在一旁看得有趣，正要看出一个究竟来，偏是李四他不懂这个窍，生怕局面弄僵了，便道："华老板，上次你反串《黄鹤楼》，我看了来的，比以前更进步了，唱小生就是小生，真不含糊。那天上的座不坏啊！楼上楼下全满了。"华小兰道："是什么时候的事？"李四道："上个礼拜。"华小兰道："不对吧？我有一年多没有反串这出戏了。"这一句话，把李四的话也弄僵了，笑了一笑，答不上话来。芳芝仙看见，也禁不住笑，抽出胁下掖的手绢，只握住了嘴。马子明笑道："李四爷说话，总是信口开河的，谁不知道。雪魂也太不客气，当着人的面麻麻糊糊承认下来就是了，何必弄得他难为情呢？"这一说，他们三人又乐了。李四道："我说漏了要什么紧，引得您三位都笑了，我这话有价值了，寿老板，你说是不是？"芳芝仙笑道："四爷，你太客气了，我可不敢这样子想。"华小兰笑道："李四爷这人真随便，什么话也说得出口。"李四笑道："华老板，你不要说我尽撒谎，难道花个块儿八毛的买个座儿都不成吗？"马子明摇摇手道："得了，得了，不要把这话再往下提了。寿老板在这里，雪魂何不和她谈谈戏？"芳芝仙听说，连忙答道："三爷，你提这个，我真成了孔夫子面前卖书文了。"说着话，可就望了华小兰一眼。华小兰笑道："你客气什么呢？大家研究研究也是好的。"

芳芝仙正要回话，张宦槎和戚雨峰一同进来了，大家又是一阵谦让。张宦槎笑道："刚才听到雪魂说，要大家研究研究，什么事情？"华小兰刚才所说，原是随便一句谦逊的话，说出去就算了，不料张宦槎又要研究研究，不声明一句吧，话闹不明白。声明一句吧，现在自己很愿意和芳芝仙交朋友，倒令人有些不好意思，便微微一笑。偶然一掉头看看芳芝仙，她和自己，似乎有同样的感想，手按着沙发椅靠，只管抚摩，头也不抬起来，似乎带有两三分笑意。

张宦槎嘴里始终没有放下他那烟斗，斗上一点儿热气没有，嘴里依然有一口气无一口气向里吸着，情不自禁地点了两下头。马子明见他这样笑问道："宦槎，你一个人好像得着什么似的，老微笑什么？说出来听听。"张宦槎笑道："我是想到古人一句诗，乃是'心有灵犀一点通'。"马子明听了，也是微笑而不言。

那华小兰虽是科班出身，终日跟着斗方名士周旋，也就懂得一些辞藻。张宦槎说的那话，他却在可解不可解之间。当时张宦槎望着他吟吟地笑，他就脸上泛出微红来，只管将头偏到一边。马子明也笑道："寿老板，你的戏已是很不错。不过古装戏还没唱过，我介绍雪魂给你说说古装戏吧。"芳芝仙微笑道："那敢情好，可是我笨得很，不容易学，华老板可别嫌麻烦。"华小兰这才回过头来道："这话太客气了。"李四见他们俩已经搭上了腔，总算自己介绍得不错。乐得一阵奇笑，由心窝里直达眉毛尖，将肩膀抬了一抬道："这事我明天一定到报上去鼓吹，说是寿老板已经拜华老板为师。这样一来，寿老板就更要红起来了。"马子明正色道："这个你可别胡闹，我们不过一时高兴，给他们俩介绍介绍。这话一传到外边去了，好话没有，坏话可是一大堆。不但雪魂有些不方便，我们大家都不好。"李四竖起自己的右手，啪啪两声，在脑袋上拍了两下，又一顿脚道："该打！我说话就是这样糊涂。再说华大奶奶那个性格儿，可也不容易说话，我无缘无故给华老板鼓吹收了女门生，这不是找挨骂吗？"

华小兰一听这话，心里很不高兴。因为无论哪个男子，是不愿意在女朋友面前说有太太的。纵然是朋友知道，也不肯将自己在太太面前的态度说出来。现在李四说自己收女徒弟，太太不愿意，芳芝仙一来要笑自己怕老婆，二来又要疑心自己不敢交女朋友，对于自己，可以说完全有害而无利，觉得酒壶李四这张嘴实在是臭。这不应该叫酒壶，实在应该叫便壶，对他那嘴才名副其实。李四见华小兰表示不满意的态度，也慌了，只是伸了手抓耳朵。

这时，大家都寂然起来，不知说哪一句话好。恰好是客厅门一推，伸进一颗脑袋来。大家只一看那帽子，是浅灰色细呢，帽箍却是白底子红蓝相间的条子花。再往下看，是豆绿绸的夹衫，罩着堆花青缎子紧身坎肩。帽子底下，一张小尖尖的脸儿，两只圆眼珠，这正是华小兰唯一助手陶佩蓉，也是一个唱青衣花旦的。他不但唱戏，在班子里给华小兰管事，在家里还帮助华小兰料理家务。华小兰也曾私私地对他说了，芳芝仙的戏唱得很好，今天晚上马三爷请在一块儿吃饭。陶佩蓉就想着，三爷连我都要瞒起来，这事很见得他们进行得厉害，因笑道："我也瞧瞧去，成不成？"华小兰和他是无所不谈，无所不为的人，也就不必隐瞒着，所以就约了他来。

他一来之后，酒菜也都预备齐了，就请大家入席。马子明知道他两人是很愿意坐在一处，和大家丢了一个眼色，让他们虚谦的时候，大家都坐下了，只剩了两个附近下方主席的空位子。绝没有客人见了旁席不坐，反要坐上面的，所以华小兰只得先坐下。马子明右手，华小兰左手，还有一个空方凳，马子明用手拍了方凳两下笑道："寿老板，我知道你是不肯上坐的，免得虚来一套客气，你就在这里坐吧。"芳芝仙低着头就坐下了。

陶佩蓉唱戏不成，小心眼儿可比谁也多，他见华小兰和芳芝仙这一番情形，知道他两人未免有情。在大家吃得半醉的时候，便道："寿老板，我明天请在场的各位，同吃一餐小馆子，不知道你赏脸不赏脸。"芳芝仙道："陶老板这话太言重了，我给您陪客。"陶佩蓉道："这话不对，只有你是客。雪魂师兄和我的交情最深，我做东，也只有请他陪客才对。"华小兰听说微笑。戚雨峰翘着小胡子一乐，点点头道："佩蓉说话，很是委婉。含而不露，明天什么时候，请到什么地方？"陶佩蓉道："东兴楼，十二点。"芳芝仙道："东兴楼在什么地方？"陶佩蓉道："在东安门那儿。"芳芝仙道："哎呀！路远啦，我们住在西城的人，真是够瞧的了。"华小兰道："不要紧，我们这儿有的是车子，到那时候，派到府上去接就是了。"陶佩蓉道："是啊！难道还要你雇了洋车坐着来吗？我们华老板就会派车子来接。"李四对芳芝仙道："路远不要紧，绝误不了你园子的戏，真是到了时候，我就送你到园子里去。明天上午，我就到府上去……"他说到这里，偷眼看看华小兰的颜色，见有些不高兴，就道："因为我要找一个朋友，要走府上门口经过的。我可要替陶老板催客，让你上了汽车先走，我再坐我的破胶皮车跟着来呢。"说毕，自己一鼓掌打了一个哈哈。

大家且不理他，一面吃饭，一面闲谈。在场的人，都是与戏有关的，谈来谈去，自又不免谈到戏的问题上去。戚雨峰操着他那保府的家乡话，对芳芝仙道："何不演两出古装戏玩玩？"说时，回头对马子明道："她要是穿起古装衣，真可以说是亭亭玉立。"说着他笑起来，在眼角边皱起一路鱼尾寿星纹。芳芝仙听着倒罢了，华小兰见他这样，知道他乐大发了，也就回头一看芳芝仙，她喝了几杯酒下肚，醉色上脸，有如搽了一层浅浅的胭脂一般。芳芝仙再微微一笑，真个娇艳如花。陶佩蓉看见，因问芳芝仙道："寿老板照得有相片没有？"芳芝仙道："家里有两张，我明天带了来。"陶佩蓉道："好极了，你送我们两张，我们也预备两张交换。"张宦槎笑道："反正好看的相片子拿来，一样还把好看的片子拿去，绝不能把我这样大胖子相片去换。"说时目视华小兰。他却只当不知道，低了头吃菜。华小兰越是有点子害臊，大家越看到他和芳芝仙是有点儿关系，因此大家尽管撮合他两人的感情。一餐饭吃完，两人的情意又融洽了许多。

坐了一会儿，芳芝仙因要唱戏，告辞就要走。陶佩蓉道："坐洋车去，要等到什么时候呢？叫华老板的车子送你去吧。"芳芝仙道："不必，还早，来得及呢。"华小兰因为不好意思表示，所以没有作声。现在芳芝仙谦逊，怕是她疑心自己未曾开口，所以不肯坐，便道："我的车子，在这里也是闲着，何必不坐呢？"芳芝仙道："那就多谢了。"华小兰于是吩咐汽车夫，开车送寿老板上戏馆子。芳芝仙当着面道了谢，就别大家出门而去。

汽车走起来，自然是快，不一会儿就到了游戏场。她母亲寿二爷因为知道她不回去的，已经由家里将她的行头带来了。这时正在后台找人说闲话，一见芳芝仙进来，一句话还没有说出，芳芝仙先笑着说道："妈！你猜我怎么回来得这样快？"寿二爷道："我哪里知道？"芳芝仙道："我坐汽车回来的。他们的汽车真好，又平稳又走得快，一点儿响声都没有。"寿二爷笑道："谁的汽车？"芳芝仙本来想说是华老板的汽车，转身一想，他和女子往来，是不大公开的，给他秘密着一点儿吧。便道："是马三爷的汽车。他说，明天上午请我吃饭，还用汽车到咱们家里去接我呢！"寿二爷一拍手道："这可了不得。咱们那样的破大门，门口来上这一辆大汽车，街坊都得要当新稀罕见了。孩子，你往后瞧吧，以后你坐多了，我也许能坐两回。"

这时，那台柱子梅少卿也来了。因为芳芝仙红起来得快，心里很不平。而且那一天自己请假，芳芝仙竟不客气，敢到特别化装室来扮戏，太可恨了。她在一边见芳芝仙母女大谈其汽车，在一边鼻子一哼，冷笑道："不开眼！这算什么，有本事自己买辆汽车坐，那才好吹呢。"所幸她的声音低，恰好前台又在唱武装戏，锣鼓打得震天一般响，因此芳芝仙还没有十分听清楚。不过梅少卿对她母女说话，表示不乐意听，那是知道的。不过没有抓着话柄，也就只好按下不提。

当时芳芝仙母女都高兴大了。唱戏回去之后，是大秃牛出来开了门，寿二爷还不曾进去，隔着门就嚷："老牛，这事不错啊。不想华小兰把我们姑娘捧上了。那马三爷请了大姑娘吃饭，华小兰就把自己的汽车送她回来。他说了，明天上午，还是用汽车来接咱们姑娘。"寿二爷一面说着话，一面门开了向里走，她就没有留神脚下有什么东西没有。脚下一伸开，轰咚啪嗒，响声闹成一片，寿二爷个儿既大，分量又沉，如倒了一座铁塔一般，黑暗之中，就倒在地下。大秃牛连忙问道："怎么了？怎么了？别乐大发了。"

寿二爷躺在地下，半天没有言语，半晌，慢慢地哎哟了一声。大秃牛道："这一下，大概摔得不轻，我去拿灯亮来。"寿二爷道："别废话，要什么灯亮。"说时，她拍了一拍身上的土，已经站起来了，笑道："我忘了院子里放着脚盆，一下子踏在上面，就摔了这么一下。"大秃牛究竟念在老伙伴的情上，走上前挽着她一只胳膊，挽了进屋子。灯光下一看，她一件长衫，湿了大半边，那水沿着衣底襟向下直淋。她头上额角边，黑一大块，黑的中间，又青了一块。大秃牛道："这一下子，真不是个玩意儿。你怎么不仔细一点儿。"大秃牛只管心疼，芳芝仙坐在旁边一张椅子上，一只手撑了左腮，只管望着发傻笑。大秃牛道："你这孩子，妈摔得头青面肿，你在一边，倒乐得起来。"芳芝仙道："她自己都不在乎，要我怎么样呢？要我哭吗？"大秃牛道："你这孩子没良心。"寿二爷连连摇手道："得了，得了，我又没摔着什么，我自己都不觉得怎么样，你又和她捣什么乱呢？"芳芝仙原要和大秃牛顶上两句，因见母亲已经说他了，自己就不必再开什么口，一低头自己屋子去了。

不多一会儿工夫，大秃牛捧了一只碗进来，笑道："大姑娘，给你熬了一碗京米粥，你要就菜吃，还是喝甜的？"芳芝仙总不作声，许久许久才答道："放在桌上吧。"说这话时，头也不曾回转来，大秃牛笑道："就这样一点儿小事，你也值得生什么气，算我说错了还不成吗？端了粥来，你又不吃，过一会子可就凉了。要糖不要？"芳芝仙见大秃牛认了错，这才答应了一个要字。寿二爷在外边听到，早就把糖送过来了。寿二爷在屋子里，直等芳芝仙喝完了那一碗粥，这才出去，当时夜已深了，没有再说什么，就睡了觉。

次日清晨大秃牛怕芳芝仙怒气未息，待一会儿，华小兰汽车来接，她不肯去，那就糟了。所以一早晌，大秃牛也不敢多说话。到了十点多钟，华小兰派来的汽车，果然到了，寿二爷听见门口汽车喇叭声响了两下，早就一阵风似的跑了出去。那汽车夫下了车，正走上前来，寿二爷不等他开口，先就问道："你们是华老板那里来的吗？"汽车夫答应是。寿二爷连连点头道："那就对了。芳芝仙就是我的姑娘，劳驾啊，还要你们这样老远地来接她。"汽车夫一看寿二爷老大的个儿，心想：芳芝仙脸子长得很俊的，我就纳闷，她的个儿，怎么长得那样结实。照她母亲的样子看起来，也怪不得要养活那么一个闺女了。当时便道："寿老板在家吗？"寿二爷道："在家等着啦。你进来喝碗水再走吧。"汽车夫道："不用了。我们华老板和马行长都等着呢。"寿二爷回转身来，一路嚷了进去，便道："姑娘，你就去吧，马行长和华老板，都在那里等着你了。"芳芝仙本来也就要老早修饰好了的，这会子说走就走，便出来坐了汽车，直上东兴楼而来。

一入座，昨天的客，全到了。又是华小兰坐的地方，空了一个方凳。芳芝仙搭讪笑道："今天怎么这样早啊？"一面说一面就在空位上坐下了。陶佩蓉道："今天提早是有原因的，我们要请你和华老板扮出戏照两张相。你看成不成？"芳芝仙低了头，眼睛却瞟了华小兰一下，微笑道："那怎样配得上啊。"这句话刚说毕，在席上的人，异口同声地说道："配得上，配得上，正配，正配。"华小兰听了他们的话，并不作声，只是微笑。

大家因为都赶着要看这一芝一兰同照一张相，就不肯用废话来耗费时间，很快地就吃完了饭。马子明笑道："寿老板，我们要求的事，怎么样，能办得到吗？"芳芝仙道："三爷说话，总是客气。"李四举起两只手，在空中乱摇，口里嚷道："去，都去，不成问题，不成问题。到哪一家去我先去预备。"马子明皱了眉道："老李，你又瞎起什么哄。我早已通知荣光了，我们同去就得。"李四平生就不肯得罪做官或有钱的人。马三爷是个银行家，他说的话，向来认为是有理的，更不敢驳他一个字，当时将脑袋一缩，笑道："我真糊涂，三爷主持的事，自然不等要办，早就办得齐齐备备的，哪里用得着我这饭桶来多事。"

大家听了他的话，都禁不住笑。好在芳芝仙是默认可以去了，华小兰更是求仁得仁。于是大家各坐上汽车，戚雨峰和张宦槎一辆，马子明和陶佩蓉一辆，李四一脚也跨上去，坐了倒座儿，华小兰也上了自己的车子，只把芳芝仙一人扔在地下站着。小汽车夫见她一人没有上车，就侧了身子，开着车门，让芳芝仙上去。芳芝仙四围望了一望，也就低头坐上车去。小汽车夫将车门关好，一上车，车子便开动了。

芳芝仙这时见与华小兰两个人在车里，便露着牙齿一笑道："这是谁胡出主意，要我们去照相？"华小兰笑道："照相就照相，那要什么紧？你和我们在一块儿玩，你妈干涉吗？"芳芝仙笑道："和别人出去玩儿，她是不肯的，和你在一处，随便怎么着，她也不说话的。"华小兰道："那为什么？"芳芝仙道："我也不明白，你就猜吧。"华小兰笑道："你别言语，哪一天我私私地请你母亲和你吃饭。"芳芝仙点头笑道："来！准来！别说是请我妈，就是请我一个人，我也来。"华小兰道："准来吗？你妈放心吗？"芳芝仙瞟了他一眼，笑道："为什么不放心吗！你要说明白一点儿。"华小兰道："也不是说别的。我是常到上海去的，仔细我把你拐到上海去卖了。"芳芝仙道："只要你有那个本领，我就让你拐。天下哪有这样漂亮的拐子，我怕拐不成别人，仔细人家把拐子卖了。"华小兰笑道："你这倒很会说话，刚才吃饭，许多人和你说话，你怎么不大说话呢？"芳芝仙笑道："我爱……"

刚说到这里，忽然小汽车夫道："华老板，到了。"芳芝仙看时，汽车已经停在一家照相馆门口。小汽车夫站在马路上开了车门等着人下去呢。华小兰笑着先下来，芳芝仙跟在后面，同进照相馆去。这里除了同来的一班人，还有两个像听差模样似的人，提了一个包袱，也坐在一边等候。李四笑道："寿老板，你瞧瞧行头都拿来了。我们都说妥了，让你和华老板合扮天女散花。"芳芝仙还未置可否，大家就簇拥着她到换衣室里去化装。化装完毕，就出来照相，芳芝仙一脚踏出门，见照相室里这些人，倒有点儿不好意思，低了头咬着嘴唇。身边有一张椅子，连忙一歪身坐下，伏在茶几上只是笑。马子明道："你瞧，这倒真做上戏了。"这一说，大家越笑着起哄，随着华小兰扮了天女出来了，笑道："我真没有你们的法子，非这样办不成。"芳芝仙勉强忍住了笑，站起来道："我真不会。"张宦槎笑道："这又不是戏台上，会不会有什么关系？来吧，来吧，别让人家照相的着急！"芳芝仙被催不过，只好红了脸羞答答地和华小兰站在一处比着姿势。这里刚刚对好了光，啪的一声，把相照上了。

只见跌跌撞撞，一个苍白胡须的老头子，鼓了掌直钻将进来，昂着头念道："'雄兔脚扑朔，雌兔眼迷离，两兔傍地走，安能辨我是雄雌'？哈哈，木兰词这四句诗真可以借用一下子了。"他本来年老，牙齿不甚关风，而且又带一点儿广东尾音，他文绉绉地念上一遍。在场的人，倒没有几个明白，李四知道他是有名的辞章家龚隐庐老先生，哼哼唧唧，大概是念

34

诗。因为他一向做上中等官，便远远地一拱手道："龚隐老来了，久违久违，念得好唐诗。"龚隐庐一抹胡子笑道："李四爷，你也念过唐诗？"李四道："怎么没有念过，刚才隐老念的，我就从小念过……"正要向下说，因见龚隐庐已经走到芳芝仙面前去了，自己不愿意打扰，端起肩膀咳嗽两声，就停住话不说了。

龚隐庐竖起马褂大袖口，用手牵着下巴上两三绺胡须，先笑着叫了一声好，接上又赞一声好，点头道："这真个如入芝兰之室了。是谁出的好主意？刚才我打电话到马三爷家里去，才听见这个消息，你们又吃又乐，都不带我老头儿一个吗？"这里华小兰是他的干儿子，芳芝仙也是不久由经理介绍，拜在他名下为干姑娘，算不是外人。其余的人，都和他是朋友，很无忌惮，所以他一说，大家都笑了。龚隐庐道："马三爷，你为什么事先不通知我，以为我不赞成这件事吗？"他一说不要紧，华小兰和芳芝仙都红了脸。龚隐庐道："我对这件事，我是极力赞成的，而且我的意思，介绍你二人见面。这一下子先成了朋友，那更好了。今天晚上，都在我家里吃晚饭，不许不来。"大家见老头儿高兴，都答应了。接上华小兰、芳芝仙又照了两张相，这才算得尽兴。他和她也忙着去卸装。

卸完装之后，芳芝仙就道："时候可不早，我得上戏馆子去。"华小兰道："我也是要出前门的，可以送你去。"在场的人，大家都知趣，只彼此望着笑了一笑。华小兰也顾不得许多，只好硬着脸皮，和芳芝仙一路出门，上车而去。车子一直快过前门了，芳芝仙由身上一掏，掏出两张相片来，微笑道："你们不是说要我的相片吗？你拿了去吧。"华小兰道："为什么这时候才拿出来？"芳芝仙道："他们闹得忘了，没有和我要，我就不必给他们了。"华小兰道："这样说，你是留着送给我的了，谢谢。"芳芝仙道："送是送给你，但是你可别让你们大奶奶知道。我听说你们大奶奶很厉害呢。"华小兰道："你听到谁说的，这话是靠不住的。"芳芝仙笑道："那又何必瞒呢？厉害也碍不着我什么事。"她说这话之时，那声音几乎小得像蚊子叫一般，除了她自己，简直听不见，不过虽不听到，她那个意思，是很可以知道的。由这一张相片子起，两人要好的程度，就慢慢地加深了。

当天晚，是在龚隐庐家吃饭会的面。第二天华小兰在光明唱戏，给她留下一个包厢，又会了面。像李四这般人，又能给他们跑腿，消息越发灵通了。这事慢慢传到任秀鸣耳朵里去了，倒有点儿不大高兴。不过自己先把芳芝仙一阵猛抬举，抬到现在，已经有一部分号召的能力。当梅少卿不到的时候，就由芳芝仙唱压轴子。芳芝仙一唱压轴子，也就觉得身份大了，常常跑到特别化装室里去扮戏。梅少卿已经和她嫌隙很深，对于这件事十分不满意。现在听到任秀鸣和她也发生了意见，她已失了泰山之靠，若是要出一口气，这倒是个机会。梅少卿白天休息没来，芳芝仙又无意到特别化装室去扮了一回戏。

晚晌梅少卿到了，她一见屋子里乱七八糟，便骂道："这又是谁跑到我屋子里来？趁我不在这里，偷着来，补这个空子，我瞧就没有意思。别说我还在这儿，我就是不在这儿，这儿还得另外去找人，也不至于让那只会拍马的人来顶这个缺。"梅少卿越骂越高兴，骂得久了，这声音就由屋子里传到屋子外去。屋子外有个唱小丑儿的就搭腔道："嘿！骂上了。咱们当小角儿的，别要想来出个风头，往紫禁城里跑，让人家骂得狗血淋头，什么意思。"这小丑儿唠叨着未完，就当当啷一声响，后台就是一阵乱。

第三回

失宠作良图帮闲早约
辍歌惜小别快睹先临

　　却说梅少卿在那里骂芳芝仙，有一个小丑儿，就在当中挑拨，唠叨着两下传话，那芳芝仙正是趾高气扬之时，只愿意人捧，不愿意人骂，现在梅少卿在一边冷嘲热讽，已觉是难堪，偏是有人从中挑拨，更是忍无可忍。当时正在喝茶，拿着手上的茶杯，直向梅少卿化装室里飞去。不偏不斜，那茶杯正砸在一面大镜子上，当的一声，两物俱破。梅少卿一回头见是芳芝仙动手，就奔到她面前，伸手过去，啪的一声，就打了她一个耳光。芳芝仙人长得漂亮，身体却长得非常健康，梅少卿和她相反，向来瘦怯怯的力量是很有限。芳芝仙猛不防让梅少卿打了一掌，闹得半边脸发烧，眼睛里火星乱进，这一下子，她气极了，向着梅少卿胸前，两手就是一推，梅少卿支持不住，身体向后一坐，便倒在地下。

　　袁大头正在后台，一看不成事体，连忙向中间一拦，其余后台的人，见管事已经出马，也两边劝解，男男女女纠成一团。哭声，喊声，骂人声，劝解声，配上前台的锣鼓，哪里还分辨得出谁说什么？只见芳芝仙在人丛中乱跳，身子直往前挤。梅少卿呢？眼泪满面，张着嘴号，一只白手，只管向人缝里伸将出来，对芳芝仙那边乱指。任秀鸣得了消息，也连忙赶着来了，带骂带劝，将梅少卿先拥进化装室里去，把她两人分开，后台海涛也似的风潮，方才渐渐平息。

　　任秀鸣一调查这事，虽然由于芳芝仙到了特别化装室而起，但是芳芝仙所以敢进这里来，却是自己做的主。要说芳芝仙的不是，先要论起自己的不是。这种情形，只好模糊一点儿，遮掩过去，就算了。况且梅少卿是快要满合同的人，平常她母亲极力监视她的行动，一点儿也不让她做戏外的应酬。就是梅少卿自己，性情也非常高傲，在营业上虽然很欢迎她，在私人方面，简直一点儿感情没有。论起芳芝仙，恰好和她成一个反比例，

37

她母亲寿二爷，是唯恐她女儿不和人家交朋友，从来就不知道什么叫作监视。不但不监视，芳芝仙年岁小，有许多不合交际的地方，还从中指点指点。所以任秀鸣对于她两人的交涉，觉得芳芝仙有理的成分居多，无理的成分居少。无论当面背后，不肯说梅少卿是的。梅少卿哪肯受得了这种委屈，恨不得马上就脱离游戏场。不过因为合同的关系，不能随便就跑，只好忍耐着。好在合同也快满了，满了之后，无论如何，不向下继续。

当日勉强把戏唱完，回得家去，不问三七二十一，伏在桌上就暗暗哭将起来。她母亲梅月卿原是个有名的花旦，躺在床上，对着绿豆火焰的烟灯，过晚上的正餐瘾，一见女儿哭泣，便知受了委屈，因待一口气将烟斗上一个大泡子抽完了，喷着烟坐起来，问道："怎么？大丫头什么事又哭了？"梅少卿用手绢擦着眼泪道："还不是那妖精，哪有别人呢！"于是就把今天晚上打架的事说了一遍。梅月卿已经拿了一根烟卷在手上，点了火坐在那里慢慢抽着，闭了眼睛，只听她女儿说话。一直等梅少卿把话说完了，她把一根烟也抽了三分之二，喷出一口烟来，哼了一声道："这全是任秀鸣这东西的主意，把芳芝仙惯得这样无法无天。好吧，让他捧她去，合同满了，无论如何，我们也不在游戏场唱了。"

梅少卿道："我也是这样想，但是我们还是到上海，还是天津去呢？"梅月卿道："哪儿也不去，我们还在北平待着，我们要看一看，究竟是谁唱得下去！"梅少卿道："我们在北平待着还要自己组班吗？"梅月卿道："那倒用不着。坤音社的人和我说了几次，要我们也加入。我就因为离京不离京的心事，还没有决定，所以没有答应，现在我们说愿加入，他是求之而不得。"梅少卿道："他们那里有个金飞霞，还要我去做什么？"梅月卿道："原来我也是这么听说，后来我听到她要上哈尔滨，她们这儿没有了台柱子，你想，她怎样不着急呢？"

梅少卿道："据我看，我们也不宜就答应。若是答应了，倒好像我给人家填空似的。"梅月卿道："为了这个，所以我的意思，要大大地和他开口，这样一来，张老头儿和他儿子都乐意，叫他捧场，那是不成问题的。"梅少卿道："老头子罢了，只会胡花钱。倒是张二爷人很熟，我们先请来问问看。他若说是我们可以加入坤音社，我先就请他给我们帮忙。"梅月卿道："可是这话又说回来了，他是没有常性的人，今天捧这个，明天捧那个，一点儿准儿没有，这又有两三天没有看见他了，不知他又和谁混在一处。"梅少卿道："今天晚上，我还看见他在包厢里的，听说和老头子要算账，前天吵了两次嘴，也许为这个没有到我们这儿来。"

梅月卿道："和他老头子算什么账？"梅少卿道："借了他老头子三千块钱，过了期了，本利全没有还。老头子现在只管向他催。他急了和老头子吵了一顿。老头子说，从此以后，爷儿俩永远不通来往，谁也别和谁要钱。张二爷听了，你想乐意不乐意？"梅月卿道："乐意什么？他和老头子来往，总只有他花老头子的钱，哪有老头子花他的钱？现在断了来往，他就花不着老头子的了。以后还是找找老头子的好。上次堂会，和张二爷配了一出《武家坡》，后来老头子只噘嘴。"梅少卿道："别提了。张二爷唱得那样糟，谁愿意和他在一块儿唱？我也是让他逼得没有法子啊。老头子若是不乐意，我就和老头子照样配一出《武家坡》，也没有什么。可是他上台唱吗？"

正说到这里，听见老妈子嚷道："二爷来了。"梅月卿道："真巧，说曹操曹操就到了。"梅少卿便避到后面一间屋子里去，将冷手巾擦了一把脸又重新敷了一层雪花膏，然后才出来。那个张二爷张景文看见，就连忙笑着站了起来对梅少卿一招手道："来来，我问你几句话。怎么一回事，今天你的戏唱得很马前。"梅少卿一面说着话，一面走过来，坐在张景文面前。只见他那满头的头发，都用油粘成左右大小两黑片，紧紧地、平平地，贴在头上。一张大脸，糊满了雪花膏，一片一片的白色。那两腮上的胡子，被刮得光光的，胡桩子虽然没有，因为他是很重的连须胡子，在肉里的胡子根，却没有法子取消，因此两腮上倒弄成一片青色，白里套青，倒是怪难看的，而且嘴唇上红红的，似乎他又搽上了一些胭脂。

梅少卿心里虽然这样看不下去，口里却不肯直说出来，因笑道："二爷，今天晚上又打算哪里逛去，脸上刮得这样光光的，真是漂亮啊。"张景文被她当面一阵恭维，乐得两只眼珠只在一副玳瑁宽边的眼镜里乱转，笑道："别瞎说。我天天都是这样，有什么可奇怪的。"梅少卿道："我倒不是奇怪，因为到了这样夜深了，还是收拾得好好的。"张景文笑道："别往下说了，我收拾得好好的，就是来看你啊。"因为她母亲也在这里，这话似乎唐突一点儿，便偏了头望着梅月卿也笑了一笑。因见她躺在床上抽烟，有毫不在乎的样子，又转脸过来看着梅少卿。梅少卿随时手一捞，在地下把一只花毛狮子小哈巴狗抱到怀里，只管抚那狗脊梁上的毛，低了头一根一根给它摸得顺顺的。

张景文见她有些含情脉脉的样子，心里先就乐了，因道："我听说你和芳芝仙闹起来了，那很犯不着，她是什么出身，和她比就失了自己的身份了。"梅少卿道："谁愿意和她闹。可是心里憋着一口气，当时真忍不下去。"张景文道："你老是和她闹别扭，合同满了你还干不干呢？"梅少卿道："合同满了，一万块钱一个月我也不干。"说着，又怕他听不明白，便将坤音社金飞霞要走，那边请去抵缺的话说了一遍。

张景文口里衔着烟卷靠了椅子背，脚架在方凳上，倒是很自在的样子，因摇着腿道："这里合同没有满，那里就有人请，很好的事啊。"梅少卿道："我也知道是很好的事情。可是到了那个时候，没有人捧场，那怎么办呢？"张景文笑道："梅老板，你别绕着弯儿说话，干脆，你叫我捧场。这一点儿小应酬，全交给我，准办得了，你们告诉老头子没有？"梅月卿知道他父子两人捧角，是毫不避讳的，便道："因这事我们还没有决定，所以也没有对将军说。"张景文笑道："你们真傻，有这样的事，不先对他说，倒先对我说。其实不管成不成，只要对他说了，他就和你先拿三分主意。一拿主意，那就好了，他先得给钱。这两天天津房钱收齐了，刚刚解来，老头子手上有的是钱，何不就趁这个机会去和他弄几文？老头子别的钱不肯花，你们这样的人去说话，他总得应酬的。"

梅月卿笑道："二爷，这可是你说的。"张景文道："是我说的，那要什么紧？老头子捧一辈子的角，花一辈子的冤钱，当一辈子的冤桶。可是当一辈子的冤桶，他还是乐意的。"梅月卿道："照二爷这样说，二爷是不会花冤钱，不肯当冤桶的了。"张景文道："那没准儿自己觉得很值不是？别人就可说你冤大了。"梅少卿笑道："二爷说话，是想到什么，就说什么，现在连自己也说起来了。"张景文道："我这全是实话，可是你别多心。我们这样好的交情，只要能帮忙总是帮忙，还谈到什么冤不冤？你别以为我先说这话，是怕花钱啦。"

梅少卿笑道："二爷这说来说去，我简直没有什么可说的了。那么，依照你的话，我们就搭坤音社的班了。"张景文道："那也别忙，让我去找一找金飞霞，看她是不是上哈尔滨。她要是没有要走的话，一个班里绝不能容两个台柱，那就别提了。"梅月卿道："二爷若是肯辛苦一趟，那是最好不过的事。因为二爷是事外之人，随便和她们说话，她们是不疑心的。"张景文道："我和她家里，虽没有什么交情，认识是认识的，这几句不相干的话，一定可以问得出来。问明了，我就回你们的话。明天晚上准有回信。"梅月卿听了，先就道了几声谢，又请张景文到床上躺着，给他烧了两口烟，张景文很高兴地回家去了。

到了次日，吃过早点，趁金飞霞没有上戏馆子的时候，就到金家去了。金飞霞的父亲，穿了一件灰绸长袍，大大的长长的袖子，左胳膊垂将下来，看不见手。右手拿了两个核桃，只管搓着。他昂了头，正在大门外张望，看见一辆汽车来了，就向旁边一闪。张景文下了车，金老头就躬身向前作了个揖，把手举了举，操着一口津音道："二爷，你好，好久我不见你了。"张景文道："飞霞在家吗？"金老头连连点头道："在家，在家！请进来坐。"于是手里搓着核桃，在前面引路，将张景文引了进去。

金飞霞拿了手抄的小本子坐在门边，就着亮念戏词。一见张景文，便站将起来，笑道："什么风把二爷吹来了？"说时，放下抄本，就叫人张罗茶水。金老头昂了头，摆着大袖子，已避到一边去了。张景文道："我听说你要上哈尔滨了，所以特意来看看你。"金飞霞道："你别听外面人胡说，我在这儿唱得好好的，又上哪里去？"张景文笑道："我听说宋三爷在奉天很阔，现在也到哈尔滨去了。"金飞霞掀唇一笑，露出一粒金牙，接上瞟了张景文一眼道："你这话我不大懂。哪个宋三爷？"张景文笑道："我们也是朋友，在一块听过戏，他的事你以为我不知道吗？"金飞霞道："认识我们倒是认识的。你以为我靠他捧我，我就上哈尔滨吗？我走是得走一趟，是到天津看我母亲去。"

张景文捧角，虽然是朝三暮四，但是他捧谁的时候，就专门捧谁，不捧第二个人，他并不需要和金飞霞接近。当时他证明金飞霞不上哈尔滨，责任已了，也不多耽搁，就告辞走了。

金老头见客已行，却慢慢地走进来，一个咕噜着上腔道："这小子总不来，来了就走，不知道干啥。"金飞霞坐着自看她的戏词，不理会他。金老头道："这小舅子，有钱就望梅少卿身上花，花光了，才跑咱这里来。"金飞霞忍不住了，这才放下本子，板着脸道："你这可像人话？越老越糊涂了。"金老头将眼睛一横，伸着拳头，扑通的在桌上捶了一下，一面嚷将起来道："我……娘，我怎么越老越糊涂了？我是叫你唱唱戏，不是叫你陪人耍。我二十多岁的姑娘陪人开心，我图的是哪一头？"老头子虽然六十多岁，却没有蓄胡须。他嚷时，口水像下毛毛雨一般，向外四飞，及至嚷住了，两张嘴唇皮，兀自一上一下乱跳。

金飞霞因这老头子，是向来蛮不讲理，动手就打，自幼怕他惯了，到了现在，老头子虽然从不打人，不过看了他那种穷凶极恶的样子，总有些害怕。所以老头子一发气，她不再作声，便伏在桌上哭了。老头子站在屋子当中，瞪了眼睛，只管望着她，一言不发。半晌，在身上掏出一个瓷器的小鼻烟壶，倒了一小撮薄荷散在桌子犄角，用手上一个食指，蘸了那药末，只向左右两鼻孔里送，鼻子就窸窸窣窣几声向里面吸。原来金飞霞一家子都在礼，戒了烟酒，连鼻子都不能闻，所以用薄荷散代。老头子气极了，忘了神，只管去闻。他虽没蓄胡子，那硬邦邦的胡桩子却是不少，薄荷散粘在胡桩之上，犹如草上之霜，白了一层。金飞霞见父亲不骂，胆子又大些，格外哭得厉害。金老头站在那里，发了一会儿愣，想到已经十一点钟了，再过两个时辰，就要唱戏了，她要一赌气，不肯上台，岂不糟糕？

原来这坤音社的组织，和别班子不同，他们这班子，全是唱本戏，每个名角，担任戏中一个重要分子，若有一人不到，戏中就少一个重要分子，这戏就演不成了。况且他们排戏的时候，各念各的词，谁也不替谁。这天坤音社唱的是《茜窗泪影》，金飞霞正去戏里头一个含冤负屈的姑娘，就是戏里的主角。金飞霞若是不到，《茜窗泪影》固然是不能演，就改演别的戏，然而别的戏，也短不了是金飞霞充主角，照样地不能演。所以金飞霞老哭着不歇，一发牵动全身，今天只好停演。

这样一来，又不好意思来劝她，于是左手搓着核桃，右手蘸薄荷散塞鼻子眼。足足支持着有十几分钟，然后才一顿脚道："姑奶奶，你不哭行不行？现在已经十二点钟了，你还打算上戏馆子吗？"金飞霞掏出手绢，一面揩泪，一面哽咽着道："给你骂了一顿，现在快上戏馆子了，又来央告我，你指望我是三岁两岁的小孩子呢，两句话就可以哄好的。我不干了，你怎么样？"说毕，突然起来一阵风似的，跑回房去了。

金老头看见，这一急非同小可，连忙对着屋子乱嚷道："怎么样？你不打算上戏馆子了吗？"一面说着，一面在屋子里顿脚，金飞霞进了屋，身子向床上一倒伏在枕上，自睡她的觉，无论老头子怎样嚷，总给他一个不闻不问。老头子看了一看形势僵得厉害，只得私下疏通老妈子，叫她去劝金飞霞，她答复得很坚决，说是无论如何，我不上戏馆子了，要我上戏馆子，叫他先拿刀来。金老头麻烦了几次，慢慢地就挨到十二点钟，看看她是万不肯上戏馆子的了，只得到对面煤铺子里去，借了一个电话，通到戏馆子去，说是今天金飞霞请假。戏园子前台，接到这个消息，就猜个十之八九。他父女两个，又在办交涉。这种事，每年少不得发生几次的。所以后台的人，毫不犹豫，写了一张很大的纸条，贴在门口，就是金飞霞因病请假，今日停剧。下面也并没注明不日照常开演。因为知道金飞霞天天忍受她父亲的气，积得久了，就要发泄一次。一发泄出来，绝不是一两天就可了事的。

他们前台这样猜想，果然不出所料，到了次日，金飞霞睡在床上，根本就没有起身。可是这样一来，戏馆子里就大大着急了。原来他们这里的组织，坤角都是按月定包银，逐日拿钱。金飞霞包银是一千二，若是十成座，自然是一日拿四十元。若是上座不好呢，就按成数减收。金飞霞每月挣那些钱，牺牲了一两天，自然不在乎，可是其他拿小戏份儿的角色，就有些受不了。一天不拿钱，就得一天白耗着，前台的人，更是只望着这个吃饭，若老是停演，大家不得了。因为金飞霞和一个唱花旦的珍珠花感情最好，大家就请珍珠花去看金飞霞的病，顺便给她父女调停一下。

珍珠花在公私两方，都是情无可却的，就坐了自己的包车，到金飞霞家来。走进门就见金家的女仆赵妈，因问道："他家大姑娘病好点儿吗？"赵妈回头向身后看着，见没有人，这才低了声音道："哪有什么病，又是老头子和她吵上了。今天这大半天了，还没有吃东西。"珍珠花走进院子，隔了窗户便喊道："大姐啊，你怎么不舒服了，今天好些吗？"珍珠花貌仅中姿，却是天生一副娇滴滴的喉咙，一双活泼泼的眼睛。她那嗓子，只要说一句话，就令人会发生一种快感。金飞霞躺在床上，正闷得慌，听见珍珠花的声音，便道："进来吧，我猜你今天就会来的。"

珍珠花一进房门，见金飞霞蓬着一把头发，两鬓松松的掩住了耳朵，面上只敷一层薄粉，略带黄色。身上穿了一件豆绿色的海绒短袄，倒只扣了两个纽扣，右肩下的衣襟，翻转一块来。用薄被盖了下半截，斜靠在床栏杆上。见人进来，笑着点头道："床上坐吧。"说时用手拍一拍垫褥。珍珠花果然坐下来，因道："你是什么病，大概就是多吃了凉东西。我就对你说了，那几天别嘴馋。"金飞霞道："哪里是啊？我和老头子闹别扭呢。"珍珠花道："老头子又怎么样了？又要讨姨奶奶吗？六七十岁的人还是这样花心？"金飞霞道："他花心不花心我倒不去管他。你瞧他不是很花心吗？他对我倒管得十分严厉。我们吃了这碗饭，没有个人缘儿哪成？家里来了两三个朋友，这是很不算什么。可是他就把自己那副花心眼来看人，我的朋友，只许来长胡子的老头，不许来年轻的，一来年轻的，就得在旁边看守，总怕是我给人拐跑了。我们生来狗命，应该和他唱一辈子戏，挣

43

一辈子钱。你想咱们现在是什么岁数儿，再和他唱几年，成了老太婆了，花花世界，哪里还有我们的份儿？"

珍珠花笑道："你说这话存了什么心眼儿了？"金飞霞道："珍珠花，难道你不腻吗？你想我们唱的是本戏，白天一点钟就得到，到了六七点钟散戏，回来吃饭，吃过饭，又赶回戏馆子把夜戏唱到十二点钟。三天两天的，又该排新戏，一闹就闹到两三点。明天上午起来，就念戏词。有时加段什么跳舞，还得临时练。一天到晚，哪里还有休息的工夫！这样拼命地忙，为着什么？"珍珠花道："你这话倒是真的。可是我们现在说一句走，班子就散了，谁也不能放过，也不知道哪一天是了局？"

她说到这里，忽然微微一笑道："捧你的人，什么样子的也有。你总可以在这里找一个小白脸儿，现在那个洋学生捧得很上劲，你知道他是什么人吗？"金飞霞道："别瞎说，哪里来的洋学生？"珍珠花笑道："哪里来的洋学生，你不知道吗？别装傻了。"金飞霞笑道："你们真喜欢和人家起诨号，怎么会是洋学生？"珍珠花道："他老穿西服，戴着圆眼镜，那不是洋学生吗？"金飞霞道："穿西服就是洋学生吗？我看他不见得怎样洋派。"

珍珠花伸了一个手指，在她的额角上戳了一下，微笑道："你这是不打自招了。你不知道有个洋学生，你说的他又是谁呢？请问，请问。"口里说着头伸过来，一直就问得金飞霞的脸上来。她把头偏到一边，两只手撑住珍珠花的肩膀向旁边一推。珍珠花借着这个就睡在金飞霞的身上，口里嚷着道："不成，不成。你自己说错了话，反要打我，我得和你闹上。"说时，就在金飞霞的怀里乱滚。金飞霞只将珍珠花乱推，咯咯地笑道："姑奶奶，别闹了，我受不了。"两个人带笑带闹，在床上揪住一团，金飞霞不盖被了，下面穿一件单的叉脚裤子，赤了一双脚，只管乱蹬。珍珠花坐起来，就用手抚着发，笑道："好好地睡着吧，别冻了，假病可就弄成真病了。"金飞霞鼓了腮帮子，眼睛瞪着珍珠花道："别胡说，你这话是给我罪上加罪。"

珍珠花强着把她拖进被里去，和她盖得好好的，然后说道："一来就闹，我都累了。老实坐着，好好的说几句话吧。你这一请假，前台是急得了不得，只催我和爷儿俩劝和。劝和我是劝不来，不过前台是真急，你看大家的情分上，明天你还到馆子里去吧。"金飞霞道："照你这样说，我们为着人家唱一辈子的戏不成？现在呢，他们是指着我们吃饭，若是我们死了呢，他们又指望谁？"珍珠花笑道："我是人家托我来劝解的，唱不唱都在乎你，你可别和我抬杠。"金飞霞道："我倒不是爱抬杠，我们老为了面子顾全人家，真有些傻。"珍珠花道："我也知道我们傻，可是不唱吧，就得找主儿，我们找谁去？有钱的不要咱们，没有钱的又不敢要咱们。待着待着又是一年，不唱怎么办？"

金飞霞道："你倒是有个有钱的人爱啊！林喜万师长，不是早就要讨你吗？"珍珠花道："人家都是这样说，可是我真不敢答应。他已经有个太太了，闹到结局，我还是去做个三房四房，有什么意思？"金飞霞道："我们唱戏的人，还想做一品夫人吗？那可不易呢。"珍珠花道："就是这样，老解决不了。你还是同我一样。"金飞霞道："我和你的意见，有点儿不同。我倒不一定找做官的，只要他有钱够我一辈子花的，我就去，哪怕做生意买卖的呢，我都乐意。可是我绝不做二房。"

珍珠花本来是劝她唱戏的，一谈到两人婚姻问题上，便觉得有趣，忘其所以的，只管谈下去。珍珠花也就靠住床栏，只管望下说。金老头先见珍珠花来了，知道是来劝解的，怕她碍着自己不好说话，因此避出大门，在街上散了散步，顺便看了一个朋友。两小时之后，珍珠花还是没走，金老头便走到隔壁屋子里一听，她们倒谈得唧唧哝哝说个不了。仔细一听，说来说去，都是婚姻问题。金老头生平有一桩大恨，就是怕人和他女儿提婚姻问题。他女儿现在每年多要挣一万几，少要挣七八千，若把女儿嫁了，他就每年有上万的大损失，所以他死也不许人把女儿的婚事谈出来。这时珍珠花和金飞霞在里面所谈，正是婚姻问题，金老头子听了，早是怒从心上起，不过碍着珍珠花的情面，不便嚷出来，便喊着珍珠花道："余老板，外面来坐吧。"珍珠花知道老头子到了外面屋子里来了，对着金飞霞，伸了一伸舌头。金飞霞对她挥着手，就让她出来。

金老头一见珍珠花笑道："又要你老远跑了来，我真过意不去。"珍珠花道："自己姐妹们，哪里还分这些彼此呢？我来的时候太久了，我要走了，大姐，明儿见吧。"一面说着，一面就走出屋子来。金老头也知道她不愿和自己说话，无论如何，是留不住的，便带送着她走出院子来，因低低问道："余老板劝她得怎样了？她明天能去吗？"珍珠花道："她愿意去了。"说到这里回头看了一看，然后才说道："你哪，带得过去，也就麻烦点儿，别太什么了。"金老头手上搓着两个核桃瞪着大眼睛，直望着珍珠花往下听下文。珍珠花说完，他将核桃搓得嘎咤一下响，叹了一口气道："我的二姑娘，我还要怎么让她啊。她噜嘟了两天一宿，我什么都没有说，

45

这还不成吗?"珍珠花道:"那就是了,只要你不再说什么,明天她一定上戏馆的了。"

老头子只要金飞霞肯唱戏,任何条件都接受了。当时珍珠花走后,金老头赶快就打电话给喜乐园,说是金飞霞明天一准就可以销假,让前台贴海报。同时几个卖座儿的,也就分头通知他们的熟人,尽他们向来拿人家小费的责任。

这卖座儿当中有个金麻子,是一个专能拉人的角色。他得了金飞霞销假的消息,便打电话通知那些熟主顾。其中有个贾叔遥,尤其是每日必到的主顾,所以头一个电话,就通到贾宅,请三少爷说话。那边听差把贾叔遥请来了,也就在电话里报告道:"三少爷,金飞霞明天唱戏了。你请客不请客,我给留四个座儿吧。"贾叔遥并不曾知道金飞霞明天可以上台,更不曾打算到请客,不过看座儿的一问,就不好意思说不请客。加上金飞霞停演的前一天就因事未到,不看戏有三天之久,明知看座儿的是想把三天未给的钱捞了去。少年是要面子,也觉得可以答应,便在电话里应了"好吧"两个字。

到了次日,恰好是个星期六,贴的《茜窗泪影》,又是新排的戏,因此上了十成座。到了下午两点多钟,金飞霞快要上场了,贾叔遥也就来了。他们老听戏而又和戏子有交情的人,和平常听戏的人不同,他们在戏园子里有个一定的座位,三百六十天都在那里。来了固然坐在那里,不来,看座儿的人也不敢卖出去。反正听戏的人,照给戏价就是了。贾叔遥在喜乐园已有一个座位,永久是他的。这个座位在第三排。正中一路椅子的第一位,正对看台口的正中,看戏极是方便。这日贾叔遥因为金麻子留了四个座位,只好四处找朋友听戏。

原来在戏园子里捧角,请人听戏也是一桩苦恼。因为你每天一个人来听戏,台上人见了,觉得你这人交游太不广,而且也很小气。所以在捧场,立角上,纵然不能每天请十个八个朋友,一星期总要有一个两次才好。可是这又为难了,当你不约朋友的时候,朋友来了,你是本戏园子有资格的人,所谓聊尽地主之谊,买票是义不容辞。而当你要请朋友的时候,他偏是有事,不能来,你倒非再三请求不可。由此一来,请朋友听戏倒像是要人家帮忙。被请的人,有时为情面所拘,还不能不去,成了尽义务的性质。所以捧角者花了钱,也少不得叫屈。

要论贾叔遥临时请客,还不至于为难,不过,今天是个礼拜六,事前没有约会，到了下午时候，朋友都各有地方消遣去了。因之他上午的时候，就拣几个相当的朋友，分别打电话去请。直把朋友请妥了，才吃过午饭，安心来听戏。当他到戏馆子的时候，朋友都来了。因为他们都由贾叔遥通知了，只要对看座儿的说声贾先生的座，他们自然就知道了。

贾叔遥一到，金麻子走了过来接了帽子去，跟着就沏了一壶茶来。戏馆子的茶壶，永久是破盖或缺口，甚至满壶锔上了钉，而这一把壶却是洁白完整的。壶嘴子上套了两张包茶叶的小块纸，表示一小包顶上的茶叶。当时贾叔遥和先到的朋友各打了一个招呼，便坐下听戏。

这里坐下，台上的金飞霞也就登场了。贾叔遥这三位朋友，昂着头早就是一阵好，叫将起来。金飞霞走到台口，有意无意之间，眼光向台下一溜，这第三排一个西装少年的影子，早已映入眼帘。在她这目光一转之下，台底下的贾叔遥，更是首先有一种感觉。因为上面的眼光，虽是出其不意地向这里一来，可是看戏的眼光，始终是射到她身上的，她要由那里看谁，自然和谁的眼光相触了。和贾叔遥紧靠的一个朋友，将手胳膊拐了他一下，笑道："她已经看见你，和你打无线电了。"贾叔遥倒不否认，只是笑将出来。金飞霞看了自己，固然是愉快，这事朋友都知道了，更是愉快。但凡无情人的男子希望人家说他有个情人；有情人的男子，更希望人家说他们感情好。捧戏的人，捧得戏子在台上以目相视，就觉钱没有白花。若是这种情况朋友都会知道，那简直可以说小成功了。那几个朋友，更是有心凑趣，只要金飞霞在台上一举一动，就手上鼓掌，口里叫好，同时并举。

金飞霞在台上，自然知道，只好暂不看着台下。不一会儿工夫，珍珠花也上场了。在台上，两个正是一对姊妹，站在一处，当别个角色在表演的时候，珍珠花偷空向台下一看，便向着金飞霞微微一笑，低低地道："瞧见没有？洋学生来了。"说着将目光向台下一转射到金飞霞身上，复又转过来望着台下，金飞霞鼓了嘴，咬着舌尖，不让笑出来。珍珠花又低声道："你瞧见没有？今天又换了一根大红的领带，多么漂亮。"金飞霞将眼睛微微一瞪，低声骂道："缺德！咱们后台见。"说到这里，该要演戏就不提了。

贾叔遥看见她两人说话的情形，知道是为了自己的事情，心里这时另有一种快感，却没有法子可以形容出来。他在喜乐园听戏，从前是偶然一月来几回，最近一个多月，是天天来。遇到金飞霞唱得好的时候，总是首先鼓掌。在前几天，金飞霞似乎不在意，一个星期之后，当贾叔遥鼓掌之时，她就偶然对这里看上一两眼。分明她知道台下有个人对她表示好感了。在台下的，当然要增加一种兴趣。又过了几天，她向台下看人，不是偶然的了，有了机会不知不觉的，就会看到台下来。贾叔遥本在青春时代，西服穿得整整齐齐的，这也就不免有一种挑拨性，因之一日过一日，慢慢就有点儿情愫了。越是这样，贾叔遥就越不能不来。这日见面，已隔了三天之久，正是不多时别旧情浓，金飞霞在做戏的时候，人到了台口，倒不怎样，只要一转身，常常左右顾盼中间，目光对这边一转，贾叔遥知道她是明明白白表示意思更深了一层，只是自除了听戏鼓掌而外，却没有别的表示了，倒很踌躇。在其他捧角的，可以直接撞到坤伶家里去。自己哪有这种勇气，就是站在戏馆子门口，等坤伶卸装后出门，自己也是不肯做。因此，这天感情兴奋之时，只多鼓了两次掌而已。

不料这其中，倒引出了一个多事者。这人在喜乐园听戏的程度，远在贾叔遥之上。所以贾叔遥到喜乐园听戏之时，就认识了这人，后来慢慢成了朋友，这人名叫郭步徐，是专门捧珍珠花的，感情倒也不错，没有事的时候，常到珍珠花家里去闲着谈天。他见贾叔遥未免过于老实，他花钱捧角，不过是耗几个钟头的时间叫几句好。这种捧角，实在太外行了，他凭了两年捧角的成绩，倒有些心得，就很愿意指引指引他。不过凭空无缘无故，这事又不好说。恰好今天金飞霞和他特别表示好感，他也非常的愉快，因就借着这个机会，和贾叔遥说话。

当戏唱完以后，大家站起身来，郭步徐手里拿着帽子遥遥地对贾叔遥招了两招。贾叔遥见他一手举过了头，知道他是留着说话，便站住未走。等到他座里人散稀了，郭步徐走了过来，低声笑道："今天的戏，有个意思。"贾叔遥道："新排的戏，像看电影一样，只好看一两次，看久了就索然无味。今天的戏，我看过五六次了。"郭步徐笑道："我不是说戏有意思，我是说唱戏的人，今天有意思。"贾叔遥知道他指的是金飞霞，也不免笑了一笑，戴着帽子，就慢慢地向外面走。郭步徐和他并排走着，偏了头就着他的耳朵说道："她很惦记你的，你知道吗？她在一个人面前打听你的消息好几次了。"贾叔遥听说，心里早欢喜一阵，却故意问道："谁打听我？"郭步徐笑道："你这岂不是明知故问，难道金飞霞对你这番意思，你还不明白吗？"

贾叔遥笑道："她怎样打听我？你怎样又知道？"郭步徐道："是珍珠

花问起来的，说是第三排那个穿洋服的是谁，我知道他姓贾，不知道他是干什么的。我可照实说了，说你是财政总长的侄子。"贾叔遥连连摇头笑道："不相干，不相干。你说那个财政总长，和我隔得远，勉强可以说是本家吧。"郭步徐道："那倒不管他，反正说是你叔叔，那没有错。你猜怎么样？珍珠花她倒反埋怨你太老实，为什么不到金飞霞家里去看看呢？"贾叔遥道："老实说，我常来听戏，无非是为金飞霞人很聪明，赞成她的艺术。她认识我算是她一个知己，我的精神，总不算白费。她就不知道我捧她，不来认识我，那也没有什么关系。"郭步徐道："你这话，我明白。照你这样说，我们捧角为什么？"贾叔遥笑道："我捧角就是这个主意，你说捧角为什么呢？"郭步徐道："你还要说什么，无非是……"

他们俩只管说话，就忘了神，这时站在一个过路的院子当中，四围一看，人都走完了。郭步徐一回头，恰好珍珠花由后台的侧门出来，也就向这边来，他就忍住话不说了。珍珠花走过来向郭步徐笑了一笑，对贾叔遥也点了一点头。郭步徐便道："这就是贾先生，你认识认识。"珍珠花眼睛在贾叔遥周身一射，先抿嘴微笑然后道："怎么不认得？"贾叔遥天天捧角，真见了坤伶，倒又没话说。珍珠花和他一说，他倒红着脸不敢作声。还是郭步徐倒不让他着急，随便地插了一句话道："贾先生说，要去拜访二老板。"珍珠花连忙说道："欢迎，欢迎！什么时候去？"郭步徐道："拣日不如撞日，撞日不如今日，说去就去。"珍珠花笑道："成啦！我先回去一步了，请你二位随后就来吧。"说毕，她就走出戏园子去了。她自己有的包车，马上就登车赶回了家。贾叔遥借了这个红娘，就有法进展了。

第四回

深夜喜犹来听歌当课
微波惊乍托献寿封金

这里郭步徐很高兴，便道："她家住在草厂六条，由这儿穿过前门大街就到了。我们慢慢地走了去，她在家里就预备好了。"贾叔遥道："你常去吗？若不是常去，你得花钱。为陪我去花了钱，我就过意不去。"郭步徐笑道："老实说，实在我自己想去，不过借你这点儿事由为名罢了。花钱算什么，只要咱们乐意就得了。再说咱们去过的人，隔着日子久了，总也要去一两回才好。不然，她倒说咱们怕花钱不敢去。"贾叔遥笑道："这个理由不很充足，干脆，你就说自己要去就是。"二人说笑着，便慢慢地向草厂六条而来。

到了珍珠花门口，贾叔遥原在前面却向后一缩，让郭步徐向前。他去打门，贾叔遥就听见门里恶狠狠的有人问了一声谁。贾叔遥一想，为什么这样凶，大概是不许乱走的吧。那郭步徐却不在乎，从从容容地回答了一个我字。于是大门开了，一个老妈子似的人站在门里。一声应了，就有人跟着出来，贾叔遥一看，是个三十上下的小伙子。身上穿着蓝布大褂，歪戴着一顶瓜皮小帽，一看就是北京一个土混混，很觉欢迎非其人。恰好郭步徐退后一步，把贾叔遥让在前面，那人向贾叔遥浑身上下打量了一番，觉得是生人，便正着脸色，问是找谁。郭步徐抢上前一步问道："二老板在家吗？"他一见郭步徐，立刻脸上转了笑容，便道："大爷，好久不见啦。珍珠花在家，我进去告诉她。"说毕，也不关门，先抽身进去了。贾叔遥一想，这是怎么一回事？立刻之间，他就是两样的面孔，戏子家里的人，真是不同啊！

郭步徐也不等他回报，便引着贾叔遥进去。走到院子里，上面风门就开了，珍珠花已经扶着门框点着头笑道："请进来坐。"郭步徐在前，贾叔遥在后，走进那间北屋。屋里靠了墙，摆了一套朱漆佛龛，面前一张长桌，列着白锡五供。桌前布了红桌围，像庙里一间小佛堂。两旁列了八张椅子，四个茶几，珍珠花就让他俩在上面坐下，她自己在下方一把旧椅子上坐了。

还未开言，进来一个五十上下的老妇人，黄瘦的面孔，手上拿了一片鞋底，一面呼啦呼啦地扯起长麻索，一面向前来。她笑道："我就听见嗓音很熟，可不是郭大爷吗？你老也不来坐坐，今天来难得呀！"说着她一掉脸对贾叔遥道："这位先生贵姓？"贾叔遥道："我姓贾。"她听到一个贾字，对他周身上下，又看了一看，这才微笑道："哦！贾先生，我知道。飞霞那儿，你去过吗？"贾叔遥笑道："不瞒你说，我听了几年戏，我没有到哪位老板家里去过，今天总算是第一次。"他一面说着，一面看她那样子，有两三分像珍珠花的相貌，逆料她一定就是珍珠花的母亲，平常人家称为余家婶子的。她道："那倒没有什么，随便哪家，都可以来坐的。唱戏总得人捧，不捧哪儿红得起来啊。您很好，我一见面就看出来了。唉！这年头儿唱戏可不易呀，学了本事，还得有个人缘儿，我们姑娘戏是学到现在也不敢停。人缘儿倒是不坏。这话又说回来了，还是得各位先生瞧得起她，您说对不对？"她一张嘴像放了千子鞭，始终不曾停歇一下，贾叔遥觉得虽然与解语花相对，弄一个这样厌物老妪，究竟也是乐不敌苦。听她说话，也只是笑笑，就不敢多搭腔了。

那郭步徐见了珍珠花，心里就愉快得像喝醉了一般，两只眼珠，不住地向她身上看来，她母亲说些什么倒丝毫未加留意。贾叔遥不说话了，他又不说话了，余家婶子倒很知趣，笑道："你瞧，我说话都说忘了，也不沏茶去！"说毕，起身就走了。珍珠花也站起身，将旁边屋子门帘一掀笑道："请我屋子来坐坐吧。"郭步徐巴不得一声，先起身了，贾叔遥也就跟了进去。

这屋子里竟和贾叔遥理想中的秀闺差得太远，靠窗户一张大炕，半头堆了一叠箱杠，半头堆了被褥。一根粗铁丝横在头上，垂着一幅花布帷子，卷在箱杠那一头，就算是帐子了。北平人规矩，炕是应该占领大半间屋子的，所以她这里的炕，也是不能例外。炕下只让横头放了一张梳妆台，对面放了一张小桌，两把椅子，其余的地方，就很有限了。

珍珠花把郭贾二位让在椅子上坐了，自己坐在炕上，对贾叔遥笑道："这可没飞霞的屋子好。她是铜床，洋式的桌椅，我这地方脏得很。"贾叔遥道："真客气。我们是拜访二老板来的，又不是看屋子来的，比屋子做什么呢？你这屋子，虽然是北派的，可是很干净的。"说话时，抬头向墙上一看，那雪白的纸糊墙上，挂着一个二十四寸大半身相片，那相片是个戏装的男子。胖胖的圆脸，长了一副八字须，年纪大概已到五十附近。贾叔遥心里很奇怪，怎么一个唱戏的女伶屋子里会挂一个军官的大相片在墙上。本想问一句，又怕这事犯忌讳。看了一看相，接着又看了一看郭步徐。谁知他倒不避嫌疑，就笑问道："这相片是谁，你认识吗？"贾叔遥偏头想了一想道："倒是很熟，可是一时要我指出来他是谁，我倒记不起来。"郭步徐笑道："这是二老板一个多年的好朋友。"珍珠花便笑道："也不算什么好朋友，不过认识得很久就是了。他是林喜万师长，你应该知道。"贾叔遥也曾听人说过，有一个师长捧珍珠花捧得非常厉害，大概就是他了。珍珠花居然把他的相片悬起来，对他的感情真也不坏。郭步徐笑道："你为什么看得尽管出神？"贾叔遥是初次见面的朋友，总怕因为郭步徐口角上不慎，惹出是非来，便不理他这话，只和珍珠花闲谈。

珍珠花似有意似无意的，就谈到贾叔遥家事上来，问他家里有些什么人。他说了有母亲，有哥哥，有嫂嫂，有姐姐，然而出阁了，所以家里人很少。珍珠花笑道："太太还没有过门吗？"贾叔遥笑道："根本上就没有，打哪儿过门去？"珍珠花笑着问郭步徐道："这话是真吗？"郭步徐道："他又没有托你做媒，为什么要说谎呢？"珍珠花笑道："说你傻，你真傻，我不和你说了。"说毕，便掉过脸来道："贾先生，你什么时候上飞霞那儿去玩玩？"贾叔遥道："过些日子再说吧。"珍珠花眼珠对他一溜，然后微微一笑道："我有一句话告诉你，你别嚷。"贾叔遥道："你叮嘱了我不说，我自然不说。"珍珠花又看看郭步徐道："你呢？"郭步徐道："我猜这事，就不关我什么事，我更不要说了。"珍珠花这才对贾叔遥道："飞霞在我面前，已经就打听好几次了。我实在也不知道，所以我对她没有说什么。她待你的意思，真不错，你可以去看看她。你的意思怎么样？"贾叔遥听说，不由得心里发生一阵奇异的愉快，笑将出来道："我没有什么意思。"这话说出口，又觉太囫囵，倒好像是对金飞霞没有什么意思，接上说道："我对于去不去，没有什么。"

珍珠花还要说什么，开门的那个汉子，却进来倒茶。郭步徐倒是和他很客气，笑着站起身来，叫了一声大老板。贾叔遥这才明白，所谓二老板的原因，却由此而出。他倒了茶敷衍了几句，倒是走了，可是珍珠花的母亲，却又进来了。她进来之后，就和珍珠花一并排坐着，脸朝了郭步徐。

她哪说什么好的，又告起苦来了。她道："贾先生，你不知道，唱戏别提有多么难了，别的班子还好些，我们这班子花头最多，今天唱时装戏，明天唱古装戏，后天又唱洋装戏，这行头都是挺花钱。我们挣多少钱一个月，这样做起来，哪里受得了？可是你要是不做吧，姑娘又爱个面子，戏就没法儿唱。"贾叔遥听她这话的口音，竟是开口要郭步徐替珍珠花做行头，听了怪不受用。郭步徐本人，倒是不在乎，两个指头夹了一根烟卷，尽管放在口角上抽，倒反而放出一丝丝的笑容来。

究竟珍珠花聪明，觉得她母亲所说，不是时候，便对母亲瞟了一眼，接口笑道："难可是难，不过闹了几个月，把这难关也就难过去了。差不多的戏，都可以对付，不是万不得已，我是不添什么行头了。"这句话，表面上不着实际，骨子里已是把母亲的话，完全推翻，把她母亲气得什么似的，板住了脸，就一句话也不肯多说。

又闲谈了几句，贾叔遥看着没有什么意思，就催郭步徐要走。珍珠花笑道："忙什么？难得来的，坐一会儿再走吧。"郭步徐听了她这话，刚要站起来的身子，复又坐下去。无如贾叔遥见了这种情形，一定要走，郭步徐正有些为难，心里不免想了一想，又偷偷地瞥了贾叔遥一眼，见贾叔遥已经站起身来，郭步徐没法，就在身上一掏，掏出了八张一元的钞票。他将八张钞票分作两小叠，向桌上轻轻一放道："二老板，这个分给小刘老李吧。"原来小刘是跟包的，老李是包车夫。珍珠花还未开口，她母亲连忙就说道："哎哟！还要你花钱。"便隔着窗户嚷道："小刘，老李！"她这样一嚷，外面早就知道里面是给钱了。一个在院子里，一个在大门洞子里，不约而同答应了一个喂字，在这一个喂字中，小刘和老李已经走到中间房子里来了。珍珠花的母亲笑道："郭先生赏你两个人的钱，你们谢谢吧。"小刘和老李齐声的谢了一句，然后才笑嘻嘻地走出去了，珍珠花只送到院子里，叫了一声再会。

贾叔遥跟了郭步徐走到胡同里，就笑道："她倒很殷勤，可是她屋子里那个大相片，让人看了，有点儿不大高兴。"郭步徐道："你真是个傻子，你以为她墙上挂的哪个人的相片，就是和哪人好吗？那可错了，她们的规矩，花钱老爷的相片，放大了挂在壁上。心爱人的相片，就缩小了，放在口袋里。我问你，愿意做花钱的阔佬呢，还是愿意做人家心上的人呢？"贾叔遥道："当然愿做人家心上的爱人。"郭步徐道："这不结了？我没有这个资格做爱人，不过说要把我的相片挂在坤伶屋子里墙上，我倒是不希望的。"贾叔遥听了，才明白坤角家里，平常挂的一张相片，还有这些缘由，人家说做到老，学到老，真是不错。对于捧角这种小事，还有许多转折，又何况其他呢？

郭步徐见他低着头只管想，便问想什么事？贾叔遥说道："没有想什么。"郭步徐笑道："飞霞那样对你，有所感动吗？今天晚上，她新唱《狸猫换太子》，完全是皮黄，没有梆子，你不好意思不去吧？"贾叔遥皱了眉道："怎样办？我现时在书局子里，调了晚班，至早，也得十点半钟完事，我哪有工夫来听戏？"郭步徐道："你不会早一点儿去，早一点儿赶完了就出来吗？"贾叔遥道："赶一天两天可以，老赶着办事可不成。我要听夜戏，就得天天来听夜戏，听一天两天没有什么意思，所以我索性不来了。"郭步徐道："但是她今晚唱新唱的戏，你总得到一到才好。"贾叔遥一想，这话也很对，就答应了去，因道："我不回家吃饭了，这就上书局子里去。请你代我打一个电话给麻子，叫他给留个座。"郭步徐道："你不会在书局子里打电话吗？"贾叔遥道："不成，那里同事多，一让他们知道了，他们就爱起哄的。"郭步徐道："打电话是不成问题的，只要你肯来就是了。"贾叔遥道："就是那么说，我先回书局子里去了。"

他因为天天由东城到南城来听戏，听戏之后，回去吃饭，吃饭之后，再上书局，每日固定的路可不少，因此他也自备了一辆车子，他因为到珍珠花家来，不愿让车夫知道，叫车子歇在宾宴茶楼门口等着。坐包车的人，出门固然是便利。若是遇到有些地方不愿车夫知道之时，想法子先得把车夫支开去，正也是一种不便利。

当贾叔遥走到宾宴楼，找着了车夫，就坐车到他服务的渥德书局。这书局里的编译室，来得太早了，只屋子中间，亮了一盏灯，空荡荡的没有一个同事在内。于是一按铃，叫了一个听差进来，吩咐厨房做一碗木樨饭，切了一碟冷荤，就在编译室吃起来，吃过之后，便将他每日应编的书稿，全堆在桌上，一面看，一面编改，一直编到了三分之二，同事的先生们才纷纷地来到。每日来得最早的一个就是梁寒山。因为他的工作比别人多一点儿，下班还要比别人晚，非早来不可，所以他进编译室之时，以看到有人为例外。这时他一进门，笑道："啊，今天你怎样来得如此早，打算先走吗？"叔遥道："我是在公园里出来，因为懒回去了，所以一直就上这里来。"他虽是这样说，脸上可带着有点儿笑容。

梁寒山回头，见听差在扭电灯，便道："你去替我找一份小报来。"贾叔遥道："为什么这时看早报，而且要看小报？"梁寒山笑道："我和你犯了一样的毛病，发了戏瘾，我们打算今天晚上听戏去，所以要找份小报，看看今晚响有些什么戏。"贾叔遥低了头，拿了一支红水笔，小鸡啄米似的，只管在稿子上点句，口里随便说道："你听戏吗？好极了，可以请我一个。"梁寒山笑道："可以，做这种小东，是不成问题的事。"说时已接过一张小报，正在那里看戏园子广告。笑道："真很好，今天晚响，是金飞霞唱新排的第二本《狸猫换太子》。我请你，我请你，这就先打发人去占座位。"

贾叔遥让他猜中了心病，颜色不免有些变动，依然还是很快的，拿了红笔写稿子。梁寒山看他虽然低了头，却还有笑意拥上脸来，因道："笑什么？你以为我请不起客吗？我一定请，我今天请一晚的假，陪你去听戏，你看好不好？"贾叔遥只笑着答应了一个好字，却不肯多说什么。一会儿工夫，他把稿子办好了，只草草率率地一卷，一面起身，一面就告诉听差，让车夫点灯。手上做着，口里说着，眼睛却望了壁上那一架钟。梁寒山笑道："我猜中了。是不是？早就说你要先走的了。你上哪里去？"贾叔遥道："家里有点儿事，要早点儿回去。"梁寒山道："既然如此，为什么你先不说……"贾叔遥哪里等得了他说完那句为什么，在衣架上取下帽子戴着，马上就走了。

走出书局大门坐上车就说到喜乐园，不到二十分钟，就拉到喜乐园门口。一面下车，一面掀起一点儿袖子，就看手表，原来还不过九点钟，走到池子里去，几个熟看座儿的，都用眼光射住了他。有的还道："今天晚响，怎么贾先生也来了，这是头遭呀！"贾叔遥听了他们的话，也只是笑，金麻子却早过来给他接住了帽子，笑道："是啊，晚响也得来才好。"贾叔遥不想来听了一次夜戏，却会弄得许多人注意，因此只呆望着台上，却不肯四周去看，以免和熟人抵眼光。

不料台上人注意他，比台底下更厉害。金飞霞一出台，目光却向贾叔遥固定坐的地方一溜，似乎她在后台，就得着了消息，说是贾叔遥来了。贾叔遥打算等她出来了，鼓几下掌，让她知道。不料自己这一着棋还没有下，人家倒先知道了。这样一来，心里自有一番欢喜。到了要散戏的时候，金麻子送上帽子来，却说她明天白天没戏，晚上来不来？贾叔遥在这里是有资格的人，不肯来了一天，第二天就不来，一口便说来，叫他留座。从此以后，他每日都是提早到书局，十点钟前后，必定设法赶到喜乐园来。他捧金飞霞，同事早就知道十之七八。现在他每晚提早办事，提早出去，大家更是猜得很明白了。

有一天下午，刮了几阵西北风，天气就阴阴暗暗的。冬日本来天气短，天阴的时候，更加就容易天黑。贾叔遥从一个朋友家出来，因见天色黑了，他不回家吃晚饭，马上就上书局，一直到了书局编译部，看许多日班同事，正在低头工作，心想他们怎样加入晚班？及至抬头一看钟，原来还不到五点，日班还没有下班。自己为金飞霞所颠倒，总怕误了听戏的时刻，用心过度，索性连日夜都分不开了，自己如此用情之痴，图着什么？细想来，也觉可笑。既来之，则安之，到了书局里，没有再回去的道理，不过至早至早，也要到七点钟上班，现在还没有到五点钟，这其中两个钟头，要怎么的度过去呢？

想来想去，倒想得一个法了，不如到康健球房去打两盘台球。打球这件事，其不懂之先，觉得拿了一根棍，绕了球台，顶着四个磁团儿，没有什么趣味，但是到了会打球之后，就觉得有味，能找到朋友和朋友比上一盘，固然是好，找不着朋友，叫球房里的波哀做对方，也是一样有趣。他打球的志向既决定了，马上就到康健球房去，到了那里，只一推门，一个人早就咦了一声。贾叔遥看时，原是同事穆旭初，他倒拿了一根球棍，站在球台一边，单穿着皮袍，两只袖子，都卷起来了一小截，一簇子白羊毛，向外翻露。他原来是广东人，操了不规则的京话笑道："好极了。"南方人学京话，好极了三个字，其初最容易上口，所以常说。到了后来京话学会了，好极了三个字就成了口头禅，不免常常要说出来，就是不好极了的事情，也是好极了了。

这时穆旭初说了好极了三个字，贾叔遥却也以平常视之，他倒先迎上前来笑道："你来得好极了，天气真冷，我也懒得回学校去吃晚饭，一路到对门江苏小馆子里去吃点儿东西，再来打两盘，回头一路上书局去，你看好不好？"贾叔遥本来饿了，也就依了他的办法，两人便去吃饭。这穆旭初正也是个小戏迷，坐在桌上等菜的时候，便将筷子敲了桌沿，唱起《捉放曹》来。他这一唱，把贾叔遥的戏味也引起来了，于是摇着头，轻轻随声和之，默那湖广音韵的神。菜来了，两人一面谈戏，一面吃饭。吃完了，贾叔遥笑道："你这一段西皮，板眼韵味，唱得都对，就是咬字差一点儿，这是南方人没有办法的事。"穆旭初道："可不是？这一出戏，我学了半个月了。其初，我唱那马行在的马字，学了一提高，念成抹。后来听名角并不如此,我又改过来了。"贾叔遥道:"是吗?我倒没有留意。"穆旭初道:"我唱给你听。"于是在雅座里比着姿势,一句一句的唱。贾叔遥却把三个指头拍了桌子点板,两人你唱我和,研究得有味,直等伙计送上账单来,才知道会账,再同到对门去打球。一打球就是两盘,贾叔遥一抬头,只见壁上的挂钟,已是八点三刻了。想起今晚还得听戏,要赶快上书局才好。因此会了球费,和穆旭初忙着就到渥德书局来了。

偏是今天经理发了一篇新到的书稿,请贾叔遥审查,不能忽略,一审查之后,就十点半钟了。贾叔遥也不管别事办没有办,将未完的稿子,向抽屉里一塞,一面叫听差,吩咐车夫点灯。梁寒山和他的座位只隔了一个桌子犄角,见他如此匆忙,就把桌上的纸片,用红墨水写了十四个字,用手一推,送到贾叔遥面前。贾叔遥已站起来,穿了大氅要走,两手插在袋里,俯着身子一看,原来是两句老诗,是:"每日更忙须一至,夜深犹自点灯来。"穆旭初坐在他紧隔壁,早是一拍桌子站起来笑道:"好极了!尤其是点灯两个字,形容得天衣无缝。"贾叔遥笑道:"完了事了,反正回家睡觉也早,找个地方消遣,未尝不好。"说时,就一掀棉布帘子,走将出来。

就在这时候,一阵冷风迎面吹来,头向衣领子里一钻,满脸就让一种冷东西洒了一下。这外面一道走廊,原来很宽的,不容易吹来雨雪。这时他仔细一看,原来满院子白雪,已经下了一层雪了。才刚一阵檐风,把檐上的雪,卷着打了一个胡旋,吹到脸上来。贾叔遥觉得浑身一阵奇冷,便将手把大衣一抄,抄得紧紧的。走出大门,车夫已经把车拉着放在雪地里。披了一张毯子,只在阶沿上冻得跳脚。贾叔遥坐上车去,车夫知道是上喜乐园,拉起来飞跑,就到喜乐园去了。到了喜乐园,贾叔遥一看池座里也不过二百个人,台上的人演戏,简直就是敷衍了事。

这时,金飞霞在场上,她一眼看见贾叔遥坐下,这样夜深,冒这风雪还跑了来,实在盛情可感。在台上无非是对人家看上几眼,不过是平常的事,贾叔遥也不觉得有什么奇异的感触。及至戏快要完了,金麻子给他送了存着的大衣来,轻轻地说道:"贾先生,请您别忙走,我还有东西给您带去。"贾叔遥一想,是了,他曾托我和他兄弟找一件小事,大概这就有一个履历条子,给我带了去。于是戏散之时,且不忙走,只站在池子里。一会儿工夫,金麻子提了一个纸盒子来。贾叔遥认得是隔壁两三轩装西式点心的盒子。金麻子四围望了一望,笑嘻嘻地轻声说道:"贾先生,这是金老板买了送您的。"贾叔遥万不料金飞霞有这一着，心里那一种欢喜，说不出来是什么样子。当时和金麻子说："给我谢谢金老板。"第二句话就说不出来了。随即提了点心，走出戏园。

坐上车去，心里想着：她为什么突如其来地送我几盒点心，我要怎样答谢她呢？无论如何，我要到她家里看看她去才对。对他们家里跟包车夫，赏几个小费，那也有限。不过自己虽和她彼此心照，和她还没谈说过一句话，若是到她家里去，她不相认起来，多难为情？不会，不会。她今天都送东西给我了，不但认识我，对我已有相当的感情，至多是不见，哪有见怪之理，只要去会面是无问题的。但是一个少年男子，去会一个美貌女子，这已很尴尬的事，若要拜会她怎样说呢？自己向来不善于交际，倘是可以会到，也怕失仪，最好是请个人把我带去最好了。这种事是有的，只要找一个靠女戏子吃饭的人去一去，那就行了。那个老听蹭戏的刘仲和，不是和我表示过两回，可以代为引见吗？我原是向来讨厌这班人的，事到临头，说不得了，明天听戏的时候，遇见他再和他谈谈看。

一个人坐在车上，就这样思潮起落，想个牵连不断，忽然身子往前一栽，原来到了家了。下得车来一看，胡同地下的雪，已堆得一二尺深，自己大衣上也积了不少的雪花，这才觉得浑身寒冷，两只脚都冻得不能走路了。他扑去身上的雪，回到自己屋子里，良久，身上才回暖起来。他把那包点心放在桌上，自己就看了那几盒点心出神，想了一阵子，去得去不得，依然没有决定，这也只好明日再说。

到了次日起来，漱洗之后，先将那点心盒打开，盛了一碟子，就慢慢嚼咀那滋味。这时看一看窗子外，雪还没有停，今天当然不能演戏，也没有法子和她道谢。后来想了想，不如到东安市场去走走，看看若有什么相当的东西，就买一样送去，一来可表示谢忱，二来也可以借此慢慢接近。主意想定，吃过午饭，就踏雪到东安市场来。在市场上找了一阵子，忽然看到洋货铺里窗子里，放了一面大圆镜子，心里灵机一动，觉得送她这样东西最好。既可以合用，圆镜子两个字，又很含有寓意在内，于是将镜子买了，又配了手绢香粉香水三样，一块儿包好。因看手表，已到了三点钟了，今天送去，万万来不及。因想起东安楼茶社，上面还有票友清唱，就听清唱去，混一两个点头再回家。

这样想着，可是到了东安楼，今天因为下雪，清唱也停了。不过来了，也不愿回去，就让伙计沏了一壶茶在躺椅上躺一躺。偶然之间，却有

58

金飞霞三个很熟的字，传入耳朵，回头看时，隔座上有两个人正在那里谈坤伶，一个道："飞霞吗？她真有阔人捧哩。第一个就是交通总长西门重两父子，此外还有李大胖老小两掌柜。"贾叔遥听到这里，自感到一种不痛快，但是心里很愿知道这件事的究竟，又不肯不往下听，连茶也不喝，听他们向下说。

这个就问道："西门重这样大身份的人，还能天天到戏园子里去听戏吗？"那人道："只要有子儿，何必要到戏园子里去呢？我听说他每个月，总要到金飞霞家里去一两趟，去一趟，总得给个四百五百的。他这儿子倒不像老子那样傻，天天听戏，飞霞因为他老子花钱，倒不肯得罪他。"这个道："父子捧角倒有些趣味。"那人道："这算什么呢？那李大胖才算是真正父子捧角啦。老掌柜李老头儿，今年有六十多岁了，他就爱看金飞霞的戏，洋钱是整大把的花，自己的房子，让给金飞霞住，自己的汽车，也给飞霞坐。前几天飞霞已实行拜他做干爸爸了。飞霞的父亲，本来就生了一条坏心眼，以为唱戏要唱红，非有人捧不可。但是捧的人，若是小白脸儿，那可担着一份心。最好是有钱又谈不到爱情的人，金老头才愿意他捧。像李老头儿钱是有，这一大把胡子的人，飞霞哪里爱他。所以老掌柜尽管和飞霞要好，金老头敞开来让他捧，一点儿也不害怕。飞霞因为老头儿真肯花钱，也常常地到李掌柜家里去，这一下子，可把小掌柜乐坏了，真是运气来了，肥猪拱门。"这个道："这小掌柜一定很漂亮吧？"那人道："哈哈！别提了。一个大海胖子，那脸子要唱《八蜡庙》的金大力，准不用得开脸。秃着一颗脑袋，寒碜得要命。我敢说他三百六十根骨头，没有一根是雅的。"这个道："他有多大年纪？"那人道："不到四十也有三十八九了。你别以为小掌柜三个字好听，实在他有做老掌柜的资格了。"

贾叔遥听了这一番话，真个心灰意冷到了极点。这两个月来，他只常在池座里发现一个黑胖子专叫金飞霞的好。据人说，那是一个番菜馆子里的掌柜。因为他年纪大，脸子又黑，人又蠢得好像猪一样，知道金飞霞是看不入眼的，所以让他胡闹去，也没有谁来理会他。现在听此二位所谈，金飞霞竟是常到他家里去，可见这样聪明女子，天天在台上唱爱情戏，还带教忠教孝，结果，自己也是打不破拜金主义。当时越想越不服这个奇怪的理由，自己只是一个笔墨生涯的人，没有许多钱去和市侩竞争，只靠这一点儿艺术赏鉴的热情，哪里能争胜人家？如此一想，觉得自己以后不必听戏，也不必去捧了，于是懒洋洋地回家。

及至到了家里，一看金飞霞所送自己的四盒点心，还放在桌上，转身一想，李黑胖虽有钱，本人并不在看戏以外多耗费什么，飞霞依然和我表示很好，可见她还不是完全以金钱为重。况且她先送了我的东西，若从此不理人家，岂不辜负她一番盛情？这样想去，到了次日，依然是去听戏。买的那几样东西，却叫专人先送到她家里去，另外附上一张名片。

　　这日在戏场上，贾叔遥一见她出来首先鼓掌，表示谢意，她一出台，也就先向贾叔遥看来，眼睛似乎在那里说："知道了，谢谢。"贾叔遥自送东西去以后，心里老有一件事解决不下，不知道金飞霞见了礼物作何感想。及至金飞霞出台，彼此注目礼成，知道她欣然受领了，心里就一阵愉快。可是回头一看，比自己后排的地方，那个黑胖子，又在那里发狂，叫了一句好，秃脑袋向上一撞，那一脸的横肉，笑得令人可怕。贾叔遥心里就想：像你这种人，也知道怜香惜玉吗？也知道赏鉴艺术吗？我真有些不相信。

　　今天恰好郭步徐请客，坐到自己隔壁来了，因低头笑道："你瞧那个大黑脸。"郭步徐笑道："别瞧，我知道的比你多。"贾叔遥道："我也知道，他不是父子捧角吗？"郭步徐道："他还不算父子捧角，老头儿不大来呢！那黄胡子嘴里正衔着一根虬角烟嘴，斜坐着，那是爸爸。另外有个瘦猴子似的，睁了两眼，直瞪台上。你瞧那块骨头。"贾叔遥知道那两人是捧珍珠花的，和郭步徐也算是情敌，他骂那胡子，却也难怪。不过他们是爷儿俩，倒不知道。因为他们天天来听戏，各找各的座，各给各的钱，各叫各的好，真看不出是一家人，而且还是父子。因道："真的吗？父子两个人，谁捧得有成绩呢？"郭步徐冷笑道："那样子能捧出成绩来吗？珍珠花也对我说过，说他父子太缺。这老头儿也听几个月戏，比儿子日子还久，可是珍珠花不但没有和他说过一句话，眼睛都没有看过他一会儿。"贾叔遥笑道："说就说，不要望着人家，人家知道了多难为情。"郭步徐道："要什么紧？他还知道什么叫寒碜吗？"

　　可是他虽这样说了，那边的那个黄胡子，倒真知道这边在骂他，他索性大叫其好，心想：我偏要捧，你管得着吗？原来这人叫黄全德，是外交界的一个小官僚。手边钱虽不十分多，闲工夫倒有的是，所以每日喜欢的戏，他总要来看。他的儿子叫黄学孝，是一个大学生，起先也是老子偶然带他来看一两回戏，后来他看得有味，也就天天来。黄全德自己来了，就不能禁止儿子不来，况且儿子来听戏，也是自己带的。这时要他不来，如何能够呢？所以也模模糊糊，只当不知道。儿子叫儿子的好，他叫他的好。

这时郭步徐在那边笑说他，他知道无非是酸素作用。然而他也知道珍珠花对于他的感情并不十分深，心想我努一点儿力，未必做不到你那样子。前排的黄学孝又误会了父亲的意思，以为郭步徐今天请客，我这边叫好的力量，不要不如他。俗言道得好：上阵还要父子兵，今天得和父亲在联合战线上叫好。于是父亲叫好，他也叫好，父亲鼓掌，他也鼓掌。那黄全德捧角的神气，很是令人注意，他老是举起手，高过于顶，然后鼓掌。而且他还有一种绝技，他嘴角上常衔着那虬角嘴，嘴偶一吸，烟灰自落。叫好的时候，声音出自喉间，嘴角上的烟嘴，不过一动，却不掉下来。他父子两人在台底下一发狂，不知道底细的，还没有什么关系。那些知道父子捧角的，看了这种情形，都当一桩新鲜事儿，不住地向这边看来。

台上珍珠花原知道台下黄全德爷儿俩，是一对怪物。虽然自己不在乎他这样两个人捧，但是一打听，黄全德也是做官的，身份不算低。况且看那样子，也不是花不起钱的人，因之不理会他们，也不表示讨厌他们。这日他父子两人，突然发起狂来，大叫好而特叫好，那种样子实在令人好笑。珍珠花原没有想到他是和郭步徐捣乱，猜不着他是因妒叫好，以为他久捧无路可入，有些发狂了，心想，理一理他吧，免得失去两个信徒，因之当黄全德举手鼓掌之后，眼光就向那儿溜。黄全德捧珍珠花以来，猜想她知道有这样一个人而已，情形上却丝毫没有表示。这时她的眼光，居然向这里一溜，真是做梦也想不到的事，心里这一阵狂热，直由丹田通到顶门心，越发噼噼啪啪鼓起掌来。在鼓掌的时候，同时口里还不断地叫好。珍珠花那眼光一溜，给予他的一种愉快，比什么兴奋剂还觉有滋味。珍珠花见他这样，更是好笑，不由得又把眼光向那里一溜，接上还举起袖子遮着脸，满头珠花颤动，可想到她在台上笑得厉害。这一下子，不但黄全德乐了，连黄学孝心里也是阵奇痒，跟着他父亲接二连三地叫好还带鼓掌，满戏园子，热闹了许多。直把这戏唱完，他父子二人的叫声，方始完毕。

还是黄全德比他儿子直率些，到散戏的时候，就叫着他儿子道："学孝，你看见今天珍珠花的情形没有？"黄学孝笑道："怎么没有看见？她是因为我们叫好得多了，今天对着我望了一下。"黄全德道："她是望着我，还不止一回呢。我因为明天有个应酬，本打算不来，这样子，倒是非来不可了。你明天来不来？"黄学孝道："人家对我都表示了好感，为什么不来?"黄全德以为儿子总是这样误会,当珍珠花望着他,真不胜遗憾。可是更正这话,又怕伤了父子的感情,失了父亲的身份,也只好算了。

这天回去,把在第一楼纸摊上所买珍珠花的相片,拿在灯下,仔细把玩,闹个爱不忍释。心想:古人所谓,诚之所至,金石为开。而今看起来,真是不错。不过人家对我既然有进一步的表示,我也不能不表示进展一步。这进展一步的法子,没有别的什么,就是送她的钱了。想到这里,便打开箱子来,看看还有多少钱。仔细一点儿,却不见多,不过八十多元钱。心想这一些款子,如何能送人。现在到阴历年底还有十几天,要送钱就得年前送去,算是一种送年礼的意思。写信去,这样措辞,也比较大方,就可以说,兹值年底送来若干元,以为压岁之资,着祝某老板延年益寿云云。不过既以若干金为寿,数目至少要一百二十元以上,赛过俗语一百二十岁那一句话。

一个人这样计划,只管扶了箱子盖出神,一不留意,箱子盖倒下来,那铜搭扣在脑袋上打了一个大包。这一下子可打得不轻,打得黄全德晕过去了半天,都走不动,慢慢地拿起手来,将打起了包的地方把指头摩擦了一会儿。自己痛定了,自己好笑起来,心想这个人怎么一回事,好好儿的自己将自己打上这么一下。珍珠花呀珍珠花,像我这样痴,你一点儿也不知道,真是辜负我这一番好意呀。我要望不着和你相识,坐一坐谈一谈,我这人也就算完了。又一想,重赏之下,必有勇夫,这可也就未见得毫无希望。我不必顾什么一百二十岁以上,干脆就是以二百金为寿吧。现在年里只有这些日子,所有箱子里的钱,就一个也不动包,免得凑不起来。不过我是个有钱就花的人,这次非下个决心不可。因此就找了一张纸,把那八十多块钱,一齐包将起来。包起来之后,还用笔在包上题了一行字,一面是:"此款为献寿之资,不得动用。"一面写了某年某月某日某某谨封。将款子包好了,心里这才坦然,要是送二百块钱,这就过了三分之一了。加以努力,未尝办不到,这样想着,当天晚晌,格外睡得安稳。

从这天起,他每日设法筹款,筹到款子之后,不但不敢用,连看也不敢多看一眼。拿了回家来,马上就用纸封好,以免挪动。究竟有毅力做事,总是容易成功的,到了腊月二十五日,他把钱就凑齐了。不过这钱里面,有十元的钞票,有一元的钞票,而且不是一家银行的。另外还有二三十块现洋。黄全德一想,这样乱七八糟的款子,若送到人家里去,显然见得是凑起来的款子,这非全数换成一律的不可,若表示阔绰起见,最好是换两张一百元的。不过送两张票子，数目上又太少了，还是换五十元一张的好，五十元一张，二百元就是四张。拿出来，先就让人吃上一惊，主意打定，就把封存的纸包，一共二十四包，一齐打开，用手绢来包好了。到了次日，就拿到银号里去换，虽然贴了一点儿水，倒换得一律五十元的新票子，非常地痛快。票子换得了，拿回家来，马上就用一个加大的厚壳信封套上，上面写了："岁敬二百元，谨乞余二老板晒纳"，下款署了"黄全德拜献。"

信封写好了，可又为难起来，这信若由听差送去，半途路上，他若是拐走，怎么办？二百元事小，自己这一番心血，好容易忙了一个礼拜凑成整数，若是丢了，年里日子太短，无论如何，不能再凑，误了年敬大事。若说自己送去吧，一来和人家在台下无一面一语之缘，怎好到人家里去，自己当送礼的专使，也失了官体。人家去不是，自己去也不是，倒弄得进退两难起来。想了半日，究竟让他想得了一个妙法。便叫听差和自己一路出门，到了珍珠花门口，才由身上掏出那个装钞票的信套来。自己站在珍珠花家四五十步以外，却把信交给了听差让他送去，并说无论如何，请二老板必定收下。不过请她赐一张名片，写明收到二百元。

听差虽然看破，有些不高兴，但也只好照办。他拿了信，走到余家门口打门将信送着进去。恰好是珍珠花的母亲出来开的门，她接了信，一摸里面厚厚的，知道是附有东西。送信的听差，又说要等名片，很像是送礼物来了的，就叫他在车夫屋子里等着，自己拿了信进去给珍珠花看。珍珠花将信拆开，却取出四张钞票，另外有两张八行，一张名片。信上的话，虽不大认得，那名片上黄全德三个字是认得的。对于送钞票来的意思，也就明白了一半。

好在这芦草园附近唱戏的同业很多，就叫跟包的找了一个认识字的熟人来，将信念了一念。那人说是倒没有别的，信上说二百块钱给二老板做过年礼。无论如何，务必请你收下，你要不收下，他心里就非常难过。收下就请你给他一张回片，写明收到了二百元。珍珠道："你瞧，这可不是怪事？我和他一不沾亲，二不带故，从来没有来往，为什么送这样重的年礼，我不知道他这是什么意思，不能收他的钱，叫那个听差带回去吧。"她母亲究竟不像她那样傻，便道："人家送来了，咱们就收下吧。"珍珠花把桌子上的钞票，一把拿起来向地下一摔，骂道："现他妈的现世报，谁没有看见过两百块钱。叫人家收下，还要给他写收据。他舍不得就别送来，拿回去孝敬他妈吧。"她母亲连忙在地下捡起来，笑道："你瞧这孩子，收不收在你，人家也没有什么坏意？也不至于骂人家。"珍珠花道："也没有坏意吗？他以为我收了钱，就可以和他认识呢。"她母亲道："唱戏总是要人家捧的，人家送了钱来，总算是个真捧我们的，我们干吗还骂人家？他要我们收下，我们就收下来，他要写张收条就写张收条，这又不算卖身字纸，怕他什么呢？"珍珠花见她母亲如此一说，一味是看了钱说话。收到了手的二百块钱，叫她还退出去，大概是不肯的，便道："你要收下就收下，反正我还是这样。"自己一赌气，避到里面屋子里去了。

第五回

虎髯一掀情天嗟莫补
花丛三顾长夜喜能狂

　　珍珠花母亲是人在家中坐，钱从天上来，乐得把这款子一律全收，找了一张珍珠花的片子，就请来看信的那人填上了收到二百元。另外自掏了一块钱，赏给那听差，听差拿了名片出门，已经把黄全德等得二十四分不耐烦，及至听差将名片递上，见是珍珠花的名片，就喜欢得了不得，烦恼自然消除。加上那上面又注了一行字，疑惑那就是珍珠花的亲笔。这就高兴极了，把那张名片揣在贴肉的小褂袋内，表示亲近之意。二百元送掉，计划一个多礼拜的事，总算完全办妥，就很高兴地回家。当天晚上去听戏，叫好也就格外得劲儿。

　　照说起来，这钱是珍珠花不愿收的，珍珠花也不必对黄全德特别表示好感。但是做坤伶的人，平常是不敢得罪人的，求不到人捧，也不至于惹了人来砸。至于热烈来捧的人，不问如何，总得接受。不过或浓或淡对之，全在自己分别罢了。今晚黄全德高兴的样子，珍珠花知这是花了二百块钱的缘故。因为这样，所以当黄全德在那里拼命叫好的时候，珍珠花免不了又对他看了两眼。这一来，真把黄全德乐得无可无不可。珍珠花的意思，无非是敷衍敷衍他的，他既然知道自己已表示感谢了，这二百块钱，他就会觉得送之不冤，那也就人心未失了。因此在瞟过他几眼之后，也就算了。

　　可怜黄全德苦心孤诣，积了一个礼拜的钱，就只消受她在台上遥遥地瞟了两眼，也就算了。而自己还不知道，尽管在台下拼命地狂喊，一直到戏散了，他痴心妄想，以为珍珠花总还有什么特别的表示，赶快走出戏园子，在大门口对面一家店铺的阶沿上站着，眼巴巴地望着里面，等着珍珠花出来，就可以看她是否有进一步的表示。心想：她一定有的。若是没有，为什么她在台上，今日对我格外多看几眼呢？于是对他儿子也不告诉，静悄悄地站在人丛中后面，眼睛只管射住了戏园子里出来的人。那看戏人一阵风狂浪涌地各自散开了，出来的人慢慢稀少，那些坤伶也就三三两两从里面走将出来。到了最后，珍珠花和金飞霞两人也就笑嘻嘻的，一路说着话出来。向外翻着一大片雪也似的白毛领子，和那浓脂未尽的脸，互相配衬，格外好看。金飞霞出来，先坐自己的汽车走了，珍珠花自己也有一辆崭亮的包车，这时那车子上下四盏水月电石灯，点得通亮，却拉着歇在戏园子横门。

黄全德一看，这个机会，却不可错过，马上身子一挤，站到街当中，口里却不住的，大声疾呼叫洋车。他以为这种办法，可以取瑟而歌，让珍珠花注意。珍珠花一出戏园子门，就看见他是翘着下巴颏，向戏园子门口望着，就猜破了他的心思，这时他在街心里乱嚷，心里更明白他的用意，暗暗之中只把嘴撇了一下，头也不曾回转来，坐上车，车夫拉着飞腿地走了。

到了家，她母亲笑嘻嘻地走进她房里来，笑道："你知道吗，林师长来了。"珍珠花道："真的吗？谁说的？"她母亲道："他派了一个马弁到咱们家来报告来了，说是住在花园饭店，因为要到总统府去，不然就上戏馆子听戏去了。若是十二点钟回了饭店，还派汽车来接你了，若到了一两点钟，就不来接你了。"珍珠花道："我也是天天望他来。听到人说，他要做督军了，别的我是不想，只要他给我买辆汽车。"她母亲道："坐洋车也是坐，坐汽车也是坐，一定要汽车做什么？干脆，叫他给咱们几个钱得了。"珍珠花道："您总要钱，看你有足的时候没有？那个姓黄的不是花了两百块钱吗？他就自负得了不得，巴不得马上我给他道谢才好。刚才散戏的时候，简直站到我的车子边下来了，我真是给他肉麻。他再要是这样，我简直就不理他，看他怎么样！"她母亲笑道："站到边下来，他就能咬你一口吗？你这孩子，就是这样，只要不喜欢那人，那人割了肉给你吃，你也嫌是酸的。"珍珠花笑道："你是得了人家二百块钱，就说人家好话，我为什么说他好呢？"她母亲道："哦！你就为了我收下二百块钱，有些不服气吗？明天你和林师长多要些，我少分你一点儿，不就结了吗？"母女二人说笑一阵，夜色更深了，那林师长的汽车，依然未来，大概今天晚上，是不会来接了，这样才安下心去睡觉。

到了次日，珍珠花怕林师长午前就会来接，九点钟就起来了，三把两把，赶快就将头梳起来。果然，等她修饰清楚，门口就呜嘟嘟，接连几次汽车喇叭响。珍珠花母亲就像发了疯似的，赶忙向外跑，一面嚷道："林师长来了，林师长来了。"人还没有到大门边，远远地伸出两只手去开门，门打开了，身子就向门边一闪。那两道眼光，早如射箭一般，射出大门外，早就看见大门外横着一辆汽车，一个大汉站在门外，这不是别人，正是林喜万师长。她赶快把心窝里要发生的笑容，齐堆到脸上，表现出来，然后从从容容，身子向下一蹲，和林师长请了一个安，笑嘻嘻地道："师长！您来了。"林师长含笑点了一个头，鼻子里哼了一声，就向门里走。她身子老远地闪到一边，等林喜万过去了，然后跟着在身后，一路嚷道："二姑娘，林师长来了。"

恰好这时候，珍珠花在屋子里换衣服，刚刚把紧身的小坎肩脱了，正等着穿一件干净的，听到母亲说林师长来了，赶快找了一件穿上，急急忙忙来扣纽扣。这种坎肩，扣子是异常多的，而且还非常之紧，急忙之中哪里扣得起来，第三个扣在第一个窟窿里，第七个扣在第五个窟窿里，扣得乱七八糟，简直塞成了一个团团，正要将外衣向身上罩时，林喜万已经走到外面堂屋里来了。珍珠花听见脚步响，连忙就在屋子里喊道："别进来，别进来，我在换衣服呢。"手上提一件绒汗衫，赶紧站上炕去，就把帐子连扯了几下，展开了几幅，把身子一闪，藏在那帐子里面。

林喜万听到她嚷，只管发笑，停了一会儿，就问道："衣服换好了没有？我该进来了吧？"珍珠花笑道："还早着呢，请您在外面等一两个钟头吧。"林喜万听了她这话，知道她已是穿好了衣服，不管她答应不答应，就闯将进来。珍珠花正弯了腰，对着梳妆台上的镜子，在那里扑粉。在镜子里看见林喜万的人影子，却故意装着不知道，只管低了头，对着镜子扑粉。林喜万放着轻脚步，两只肩膀，一抬一抬地走上前去，走得近了，两手向前一操，拦腰一把，将珍珠花抱住，笑道："你这东西，分明在这里擦粉，你说是换衣服，要我在外面老站，我这该怎样子罚你呢？"珍珠花身子一扭道："许久没见，一见就闹。"林师长依然抱着，伸了脑袋过来乱闻。珍珠花笑道："别闹，别闹，我妈就要进来了，看见了成什么样子呢？"林师长这才松了手，坐在炕沿上。珍珠花拉着他的手，就并排坐下。

林喜万道："昨天晚上，我在花园饭店等了你一宿，怎么你总不去了呢？"珍珠花道："你不是说十一点钟来接我吗？你的汽车没来，我就睡了。"林喜万道："难道我不来接，你就不能去吗？等得我心里烦躁极了，到今日早上，我还有气。"珍珠花以为他是玩话，就伸了一只手，给他抚摩着胸口，一下一下地由上向下抹，笑道："别气，别气，今天晚上，我戏也不唱，早早地就到花园饭店来看你，好不好？"林喜万一笑道："真的吗？靠不住吧？"

珍珠花见他笑时，那八字胡向上一翘，煞是有趣，就把头靠在他肩膀上，伸了一只手，去揪他的胡子。嘴唇皮是活肉，用手去揪胡子，胡子被牵得多，岂有不疼之理。先揪了一两下，林喜万忍痛没有作声。珍珠花却不知道，笑嘻嘻的，用右手大拇指食指两个指头，揪了右边，又揪左边。林喜万心里原有些不高兴，经她一再地揪胡子，一把将她手夺住，向下一摔，突然站了起来道："我知道，你现在有小白脸儿捧你，嫌我是老头子了。这要什么紧，咱们以后不来往就是了。"说毕，马上就向外走。珍珠花要分辩几句，一刻儿说不出理由来，要伸手去拉他吧，又不好意思。只在这犹豫之间，林喜万已经走出大门，坐上汽车去了。

这一下子，决裂到万分，珍珠花又羞又愧，就回身向炕边走去，自己本恃着林师长做一个钱柜子，好解决一切不能解决的问题，把他气走了，自己多少事坏了，且不管他。人家都知道林师长是自己的靠山，唱一辈子戏，把一个靠山反弄丢了，这是多么寒碜的事。越想越心窄，两手扶炕沿，人向炕上一倒，头就撞了下去。

她母亲正为了林师长跑了，赶进来问她，一见她向炕上要撞，赶紧一把将她抱住，就问道："孩子，你这做什么？"珍珠花心里万分委屈，不由得向她妈哭将起来。她妈道："你说呀，究竟为了什么事呢？"珍珠花正在伤心，一时哽咽着喉咙，哪里说得出来。哭了许久，这才把自己高兴，和林喜万闹着玩，揪了他胡子的话说了一遍。自己说到揪胡子的话，也不由得低了头咬着嘴唇笑起来。她母亲道："你这孩子，实在也不分上下了，怎么动手揪起人家的胡子来呢？若是他真和我们恼了，那可笑话了。今天晚上你就自己到花园饭店去和他赔罪。"珍珠花道："我不去。他这样生气一走，我就够寒碜的了。"说着这话，自己就侧着身子躺在炕上，顺手掏了个枕头过来，两只手抱着颠来倒去，也不说话，也不哭，好像是这样老搬枕头，就能搬出什么办法来似的。

珍珠花母亲也是觉得这事弄得太糟。正指望林喜万到了京，可以弄他个一两千块钱，这样一来，要钱的话，简直水月镜花了。她靠了门悬了一只脚站住，也是望着她女儿出神。珍珠花道："我自己去是不好意思去的。依着我的意思，不如去请金大姐和三爷去说一声，就请宋三爷到花园饭店去一趟，给我们调停调停。那三爷和林师长他们都是熟人，一说准成。"她妈道："哪个宋三爷？"珍珠花坐起来道："妈，你真是装糊涂，怎么宋三爷也不知道，不就是说要讨金大姐的那个人吗！他来了北京不多久。"她妈昂着头想了一想道："哦！我想起来了。他现在有什么差事？"珍珠花道："听说快要做总长了。他的汽车常停在馆子门口，挂着总统府红字汽车牌子的，那就是的。"

她妈听说，一屁股坐在一张方凳上，不由得昂头叹了一口气道："唱戏唱得像你金大姐才有意思，多少阔人儿捧。可是这孩子聪明一世，迷糊一时，什么她也不在眼里，愣给李老头爷儿俩缠住。那李胖子凭这样好，也是开番菜馆子的，有什么大出息。我想，就不嫁宋三爷，嫁给西门总长也好，为什么嫁李胖子呢？"珍珠花道："李胖子心眼儿好啊。嫁给李胖子总还可以闹个两头大，若是嫁给别人，可不定做第几房呢！"她妈道："做姨太太怕什么呢？只要享福就是了。做正能卖多少钱一斤。一个娘儿们，不吃不喝，就能过一辈子吗？越是做大官的人，越是做太太没有意思，花花世界都让给姨太太的。再说唱戏的人，压根就不是什么有身份的人，做了大官的姨太太，那就不屈。"说毕，两手一抱，向后壁一靠，接上又叹一口气道，"年轻人总是糊涂。"

珍珠花看她母亲这种情形，更听她的话音，知道母亲误会了自己的意思，以为自己怕跟林喜万去当姨太太，因道："你别那样七扯八拉的说我了，我只要有一碗饭吃跟谁也行。我没有想做什么太太，你别猜错了我的意思。可是总要人家要，我们才能跟了人家去。难道说像捏糖人儿似的，满街敲着小锣卖去吗？"她母亲听了这话，倒不禁为之一笑，就道："你这孩子就是这样嘴硬。那也好，你既有这一番心事，今天晚上，你就自己去找林师长去。只要他和你好，又能出力又能出钱，比有一百五十个人捧你都强。"珍珠花且不答应她母亲的话，搁在心里。

到了晚上在戏园子里会到了金飞霞，因就把自己和林喜万闹翻了的话，从头至尾，一五一十告诉了她，请她转托宋三爷去疏通。金飞霞笑道："你这孩子，实在淘气，好好的，为什么揪起人家胡子来了呢？他和你恼了，活该！下回我看你还和不和别人胡闹。"珍珠花一鼓嘴，将身子微摆了几摆，笑道："大姐，这一点儿事，你都不帮忙，下回你也有找着我的时候，我不管也行吗？"金飞霞鼻子尖一耸，笑道："我没有找你的时候，你别把话吓我，我是不怕的。"珍珠花道："真的吗？就没有一点儿事找我吗？我来问你……”说到这里，走了过来，两手扶住金飞霞的右肩，对着她的耳朵，哝哝地说了几句，她听了只是微笑。说完，珍珠花又对她睒了一睒眼，笑着问道："怎么样？"

金飞霞笑道："你不要绕了弯子说话了，这件事你交给我，我准把你的人给你弄回来就是了。"珍珠花道："别嚷，别嚷！嚷得大家知道了，算什么意思。"金飞霞向她瞧了一眼，又微笑了一笑。珍珠花道："人家心里真着急，你还是这样不在乎似的。"金飞霞道："你既然着急，为什么刚才还和我说笑话呢？"珍珠花听说身子一扭，下面一跺脚。金飞霞道："得了，放心扮你的戏吧，我准给你办成功就是了。我要不办成，以后见了面，你别叫我大姐，你简直的……"珍珠花一伸手握住了她的嘴，笑道："得了！得了！你别说，我相信你的话就是了。"经过了这一番交涉，珍珠花才放了心。

这天晚上过去了，到了次日上午，金飞霞就打电话到宋敬叔的家里去，问宋三爷在家没有？这宋敬叔是个最忙的人，他虽然和金飞霞很好，但是向来脚不履戏园。金飞霞要和他见面，不是到他家里来，就是饭馆子、公园里相会。这时宋敬叔正在家里，他接了电话，就约了下午六点半钟在撷英番菜馆吃饭。这个时候，正是金飞霞休息的时间，就到撷英来赴约。

这里除了宋敬叔，还有一个西装男子在座。他衣服穿得齐齐整整的，分发梳得光光溜溜的，一望而知就是一个好漂亮的人。宋敬叔就笑着站起来道："我给你介绍介绍，这是申志一先生。"申志一笑着和她点了点头，操着南方官话说道："这是金老板，我早认识的了。"金飞霞看他和宋敬叔是很随便的态度，料着不是二等阔人。倒不可小看了人家，便又和他微微一鞠躬，笑道："申老爷，您说话太客气了，我可不敢当啊。"说着话，她就坐下了。看见桌上放了汽水瓶，就拿起瓶来，向人家玻璃杯子里各斟上了一杯。申志一笑道："金老板也是客，怎么敬起酒来？"金飞霞道："这可是水，不是酒。"宋敬叔道："不管是酒是水，你代表了主人敬客，总是没有错儿的了。"金飞霞笑道："我代表你也不要紧，这总也不算什么高攀吧！"宋敬叔笑道："这个我倒赞成，希望你老做我代表才好呢。"

这句话太明显了，说得金飞霞倒有些不好意思，只是端起杯子来喝汽水，却不说别的什么。宋敬叔也觉得自己的话太言重了，且把这话扯开，因道："今天上午，你不是打电话找我吗？有什么事？"金飞霞道："也是我帮人家的忙，并不是我自己的事，就是珍珠花昨天和林师长恼了，要请你出来给他们俩调停调停。"宋敬叔道："他俩感情很好啊。为什么决裂了呢？"金飞霞用着刀叉切碟子里的小食，低头略带一点儿微笑，却不肯说。宋敬叔道："你既然要我出来调停，当然要把他人决裂的原因告诉我，糊里糊涂的叫我怎样去调停呢？"金飞霞一笑道："我待一会儿告诉你。"申志一道："这样说碍着我在当面不便说了，我就先避开让你们二位说吧。"说时，把胸面前的那块白围布一扯，放在桌上，站起身就要走。金飞霞也笑着站起来道："申老爷，你这是干吗？真让我们难为情了。实在没有什么不能公开的话，我不过这样逗着好玩罢了。"申志一看她这副情形，这才坐将下来。金飞霞也就不再和珍珠花忌讳，把揪林喜万胡子这一段笑话说了出来。

宋敬叔道："这孩子也太淘气，应该让她吃点儿小亏，急上一急，从此以后，我想她不会再顽皮了吧？"申志一听他说到这里，也不说什么，只把眼睛望着宋敬叔的脸。原来他的嘴上，正养了一撮极短时髦胡子，在鼻子下面，掩了上唇三分之一的地方。宋敬叔还没有理会到申志一呆望的缘由，就道："你为什么老望着我？"申志一用手遥遥对他的嘴唇一指道："我替你危险啦。"宋敬叔放下叉子，用一个食指指鼻子下道："这个吗？不要紧的，我这个胡子是表示不是胡闹的小孩子罢了，并不是表示年老，倒是不大讨人的厌，以至于要人来揪。"因偏过头去问金飞霞道："你说是不是呢？"金飞霞笑着一偏头很急促地答道："我不知道。"申志一看到，觉得甚是有趣，就哈哈大笑。

说笑着，不多大一会儿，咖啡就送上来了。申志一却没有喝，起身就要走。宋敬叔道："我知道的，你这次到北京来，是好玩的，并没有大了不得的事，你为什么还老是这样忙呢？"申志一笑道："就是为了玩忙。今天晚上，已有几帮人约着玩，这个时候还不去，人家要等得急坏了。"宋敬叔笑道："有什么好玩的地方，能不能带我去一个？"申志一不说什么，望了一望金飞霞，在帽钩上取下帽子来戴着，就告辞出来了。

他在上海，坐汽车惯了的，到北京来，虽是短局的做客，依然还是包了一辆汽车。这撷英番菜馆，他的楼座，是倒转着又倒转着上去的，里面就怪别扭。门口是廊房头条，街道很宽阔，只要生意一好，门口车马一多，就会挤塞了路，几十分钟之久，也不会散开。申志一的一辆汽车，正停在许多车子中间，恰好不先不后，有一辆马车在前面坏了轮上的胶皮带，两旁人行路，汽车停着占了，中间空下的三尺路，塞一个正满。等到马夫要把那迟缓的马车挪开，迎面来了两辆加大汽车，抵住了，移转不得。要倒退吧，后面又是一辆跟着一辆的汽车和人力车。巡警跑过来疏通，要那两辆大汽车倒退，放马车过去。这汽车却是司令部的，他不肯受这退让的侮辱。然而停了五分钟，汽车夫也觉得开不上前，倒是肯退了，可是只这一犹豫，后面的车子，也越来越多，一同挤上，哪里又能退呢？于是大家不能进退，只有车铃响，喇叭响，汽车机器响，闹成一片。

申志一赶着出来，原是要走，便坐上车去。及至坐上车之后，左右前后全是车子，没有五寸大的空地，怎样开得动，汽车夫只管捏着喇叭，呜呜地响。申志一向来是和平好说话的人，这时也气极了，心想我把车硬开了出去，撞死你们这班阻碍交通的东西。他在车子里，白发了一阵子急，约莫有三四十分钟的工夫，才由四五个警察，将街上的车辆疏通。汽车慢慢地转着轮子，开出了重围。申志一是要到韩家潭去，路并不多，若是不坐车，肯走了去，也就早已到了。车子开进韩家潭，偏是又岔上了车，他领了教了，不坐车，就走下车来了。

原来他有一个朋友金粟海，今天晚上他在双合班菊芳姑娘屋子里请吃花酒，也有他一角。他因为吃花酒是闹不是吃，所以先和宋敬叔在一处吃了一餐大菜，这时才来。下车不多路，就走到了。这里他已来过几次了，因之一进门，那班子里人就喝着五小姐客来了。菊芳屋子里阿姨打着门帘，他含笑着就抢步走了进去。他以为人总到得很多了，走进来一看，只有主人翁金粟海一个人坐在沙发上，客到了，先笑着起来让座，笑道："申先生到了。热闹了，热闹了。"那个菊芳姑娘，不声不响地将阿姨倒了的一杯茶，送到申志一站着附近的一张茶几上。申志一道："多谢，多谢！"菊芳笑着道："熟人客气什么？"那声音极低，几乎听不出来。

申志一见她穿了枣红色的驼绒袍，不过是镶白色的牙条，并不怎样花巧。新剪月牙式的短发，更把那圆脸配合得圆整了。她短袖外光着两只胳膊，低了头坐在一边，直播弄那橡皮温手壶，便笑对金粟海道："老五真是老实。拥有你这样善于体贴的人，可以做他的护花使者。"金粟海笑道："我们就是这么一回事，无用的客人，配上了无用的姑娘。"菊芳听说，坐在那里，还是微笑，却不再说什么。

一会儿工夫，只听到楼底下一阵喧嚷。这里娘姨一掀门帘，便笑着向金粟海道："陆大爷来了。"看她脸上，却另有一种得意的情形。原来这陆大爷是长江巡阅使陆伯华的儿子，叫陆幼华，这人从幼年在上海长大，除了跟着父亲学了些军旅政治迎送酬酢之事而外，其余的脂粉队里，歌舞场中，无一不到，无一不精。交的朋友，上至于督军总长，下至于市井少年，江湖好汉，也无一不有。这个时候，南北有八大公子，他也占了一位。若要说他所长，可以说以风流见胜了。不过不是他知己之交，猜不透他的性情，因为他在脂粉队里，是抱博爱主义的，就给他取了一个名字叫垃圾马车。垃圾马车，是上海的名词，就是北京倒土的土车，什么也装了去的。所以人家因为他倒是无所谓的，看他地位这样的高，都想和他接近，一进窑子门，谁不知道陆大爷！

陆幼华在群众的欢迎声中，上了楼，走进菊芳房中，便道："怎么只有你两个人？"一句未了，却听见门帘外有一个口操江北音的，连忙接上说道："大爷，我只比你缓一步，我也来了。"说时，无人打门帘，由门帘子下钻进一个人来。他一进门脱了大氅，取下皮帽，显出一身大花墨绿绮缎长袍，大八团花缎马褂，纽扣上系着一个珐琅质徽章，完全露在外面。他头发梳得溜光的，架着一副大眼镜，是个极时髦的装束。

陆幼华还不曾看见他，听了他那一口江北话，就知道是林老三林一心，因道："林三，今天下午，我打电话找你，你到哪里去了？"林一心笑嘻嘻地道："大爷虽没有找着我，我可是替大爷办事去了。"陆幼华道："你替我办了什么事？"林一心道："贾老板在东安市场订的一双皮鞋，约了今天下午去拿。贾老板前天就说了，自己懒为了一双皮鞋，跑这么远去，我就把这一趟差事承担下来，下午是我上东安市场去。取了皮鞋之后，我不敢停留，就送到贾老板那里去。"陆幼华道："你说了这大套，又不是和我办什么事，什么意思？"林一心道："你不要说那种屈心的话了。再过一些时，鼎鼎大名的贾湘琴，若不是陆大爷的姨太太，不但我这一趟差事，不算功劳，以后我也不姓林。"

陆幼华嘴上，原养了一撮贾波林式的小胡子，他听了这话，将左手一个食指不住地在胡子上摩擦，笑道："你怎样能下这种断语，知道她要嫁我？"林一心道："她亲自对我说的还会假吗？我曾问她，贾老板怎样不唱戏？她说我要跟陆大爷了，还唱什么戏？"陆幼华笑着对金粟海道："她倒比我还公开，这样子我是非讨她不成。"说时在烟筒子里取了一支烟，菊芳早擦了火柴，过来给他点上。他就问道："楼下那个梳头的，生意好吗？回头我叫她的条子。"菊芳听了，望着他微笑了一笑。陆幼华道："你不用

73

笑，我是有名的垃圾马车，不分老少，只要我一刻儿心动，我马上就来事。"说着回头对金粟海道："你问问他看，我这话真不真？"菊芳笑道："我又没有说什么，要问什么呢？"陆幼华道："你虽没有说什么，可是你那样笑我，可不是好意哩。"林一心道："大爷猜得是不错。老五是怕大爷眼界太高，看不上眼，其实大爷是抱了博爱主义，倒无所谓。"陆幼华道："不要说闲话了，叫他把席摆上来吧。吃了酒之后，我还有我的事。"金粟海道："还有两三个人没到，我们还等一等吧？"陆幼华道："现在宾主有四个人，也可以吃了。我在上海一个人就吃过双台。"

金粟海见他只管在屋子里打旋转，一刻儿也不能安身，知道他急于要去敷衍贾湘琴，就不必再耽误，吩咐一面摆席，一面打电话催客。不多一会儿，又把江心波先生请来了，席面也摆好。金粟海就在横窗前一张长桌边坐下。解事的阿姨，就把桌灯上的电线向插销里一插，灯光亮了，然后奉上一个红木小托盘，里面放着笔砚和局票，一齐放到金粟海面前，他拿起笔，伸到砚台里蘸了两蘸墨，偏着头先望申志一笑道："哪一个？"申志一笑道："我还没有相当的人呢。"金粟海道："有，有，有，就是昨天在旅馆里碰到的那个老六吧？你以为如何呢？"申志一笑道："陌生的人，叫她来怪不好意思的，还是……"金粟海笑道："有什么不好意思呢？昨天你不是极力赞成她吗？"申志一道："赞成是赞成，你又不认识，我又不认识，糊里糊涂把人家叫来吗？"陆幼华笑道："那要什么紧，照上海的办法好了。在上海不都是先叫局而后认识吗？"金粟海笑道："是她。"于是提笔就写了销今馆小玉月仙，下面注了一个申字。写毕又偏着头问道："还有谁？"申志一道："行了行了，就是这个吧。"金粟海很知他对玉月仙用意甚专，就依着他的意思，不再替他叫人。此外又接连写了六七张局票，林一心陆幼华都是两个，其余就只一个。

局票发了，大家入席，大家恭维陆幼华坐首席，陆幼华不肯。林一心笑道："大爷你就坐吧！金粟海是主人翁，不消说了。申志翁是你的把弟，江心翁是我们极熟的朋友，不能客气，我呢，不消说了，只算是后生小辈。试问在这些客里面，除了您还有谁能坐首席。"说着，他先在桌上拿过酒壶来，给首席斟上一杯酒。陆幼华笑道："林三，你胡闹。这酒应该是姑娘斟的，你怎样给老五代起劳来？"这话说了，大家都给他有点儿不好意思，他一点儿也不在乎，笑道："这要什么紧！这酒壶又不是姑娘的专利品，平常我们也拿酒壶的，怎么到了吃花酒就不许拿。可惜我这脸子不好，要是脸子好，和老五代表倒也不在乎。"说着，索性拿了壶，满桌上一斟，大家哈哈一阵笑，也就算了。陆幼华不便推辞，也就入座。

上了两三样热菜，姑娘也就来了。等到小玉月仙来了，大家因为是申志一特意赞赏的人物，她一进门，这些眼光，就不约而同地射到她身上。她穿了件灰鼠的外套，一进门早就脱下来，身上穿件杏黄色织花的夹袍，袖子短短的，露出两条粉红的手胳膊。那花是淡红和葱绿配合起来，真是鲜艳夺目。脸子上围了一条白绒绳的窄围巾，长长的、轻轻的，和衣裳的颜色，极其调和。下面她穿了白色的跳舞绿袜，裹着骨肉停匀的两只玉腿。足上穿了杏黄色的高跟鞋，一走身子一闪动，显出那娉娉婷婷的样子。那圆圆的脸儿，和刚熟的苹果一般，有红有白，非常的娇艳好看。申志一看见，眼珠早是在她浑身上下打量一番，觉得风头十足，实在是可人意。

她将大衣脱了，就站着停了一停，因问旁边的阿姨道："是哪一位招呼的？"阿姨便指着申志一道："是这位申老爷。"玉月仙看见他身后有张方凳子，就轻轻悄悄地侧了身子挨着他坐下。这个时候，身后早有那胭脂花粉香，绕袭周身，迷人欲醉。回头一看她时，她就微微一笑道："你认识我吗？"申志一道："我们在四方饭店见过好几回面了。"月仙道："见过好几回面吗？我倒……"申志一道："你倒怎么样？倒没有知道这一件事吗？"玉月仙笑道："你真明白我心里的事，你都知道了。"金粟海笑道："两个人拉拉手吧，新见的朋友应该客气一点儿。"申志一笑道："粟翁一副儿女心肠。无论是人家结婚，娶如夫人，招呼姑娘，总是望人家成功的。"说着，哈哈笑了起来。金粟海笑道："老六拉拉手吧，面子面子。"

玉月仙虽然还只十七岁，可是她的领家外号拿摩温，却是一个斫轮老手，什么圈套枪花，都教给她了。她今天一看席面上的人，首先就有一个陆小帅在座，其余的是老白相。申志一穿着一套极漂亮的西服，手上又戴着一只钻石戒指，年纪似乎还不到三十，也是一个公子哥儿。这样的人，自然不是随便的客人可比。金粟海老叫拉手，看看申志一有点儿不便先伸手的样子，她就笑道："外国人见面，都是女人先伸出手来行礼的。拉手就拉手，要什么紧。"说毕，她就伸出手来，让申志一握着。申志一笑道："我们倒是认识了再握手。"于是又笑了一阵。这时大家叫来的局都到齐了，便唱将起来。大家说笑一阵子，玉月仙先要走，临走的时候，对申志一道："回头请过来坐坐。"金粟海代答道："一定来，一定来。"申志一不置可否，只是笑。散了席，陆幼华先要走。林一心跟着陆幼华的，大爷一走，他也要走。申志一就和金粟海江心波一同到销今馆来。

玉月仙看见申志一那种情形，知道他要来的，重敷了脂粉，又换了一件绿底印花印度缎的衣服，周身是水波浪细毛的滚边，头发上同时也另束了一根绿绸束发带，申志一走进门，见她是焕然一新，笑道："我几乎不认得了，真漂亮啊。我们说来就来，不失信吧？"玉月仙道："像申老爷这样的人，说话还能不算话吗？说来自然是会来的了。"当时招待大家坐下，招待了一遍茶烟，就坐下谈话。申志一是上海人，金粟海和江心波又是两位老上海，因此大家谈谈，就不免谈到上海的人情风俗上去，这样一扯，话就谈得非常的长了。

申志一对于这个人，越看越中意。这屋子是三间房，外面是两间打通的，里面却只是一间。申志一私下将金粟海扯了一把，于是独自一人走到里面屋子里去，金粟海也就跟着走了进来，他拉着金粟海的手，拖了一个桌子犄角坐下，因笑着低低问道："这小家伙倒是不错，你看我是怎样开口？"金粟海道："你的意思怎样呢？还是为了她一个条子，来了却这一场债呢，还是想做出交情来呢？"申志一道："自然是愿意做出交情来。而且我们都是行客，成熟得越快就越好。"金粟海道："天下没有姑娘不开口，客人要赶着做花头之理。你要对她表示好感，只有把钱开得重重的。我们平均数是开五块，你开十块，也就不少了。"申志一道："你们有些时候，不也是开十块钱吗？有限的事，多就多花一点儿，算什么，开二十块钱吧。"金粟海虽觉得这个数目太多，但是看他正在高兴头上，不愿拦阻他，况且申志一向来赋性慷慨，不做小手笔的事，在他也就近于上中了，因笑道："倒没有什么不可以，不过这样一办，就有些难乎为继。"申志一道："也没有什么难乎为继。这是我们一种手腕，将来自然有法子摆脱。"金粟海笑道："只要你有把握，那就放手做去得了。"

申志一笑了一笑，又和他走了出来。随便谈了几句话，就在身上掏出皮夹，取了一沓十元的钞票，浮面抽了两张，斜斜地叠着，向瓜子碟里一放。小玉月仙和房间里的人看见他这种举动，都不由得心里一惊，那目光早如闪电一般，对着那碟子望去。原来这和娼门的规矩，已增加到二十倍了。申志一给了钱，不肯停留，马上就走了。

他这回到北京来，和陆幼华金粟海各在西方饭店里，开了一所大房间。当时回得家去，先到他房间里去坐，他笑道："还只十二点钟，太早了，我们找两个人来谈谈吧。"金粟海道："难道你是要叫老六？"申志一笑道："不大好，不大好，太现痕迹了。这样一来，她要就来，或者有些不好意思。她要是不来吧，我们也没有面子。不如明日去一趟，当面和她说明，那就稳当多了。"金粟海道："这个很对。"说不多一会儿，菊芳来了，陆幼华林一心也来了，他又另带了一个姑娘来，一闹就是两点钟，这晚上也就过去了。

到了次日下午四点钟，天还未黑，申志一拉了金粟海就要他到销今馆去。金粟海道："太早吧？"申志一道："早一些好，我去邀她吃晚饭。"金粟海见他很热心就同去了。到了销今馆，玉月仙刚梳完头，开了电灯，对着镜子在擦粉。房里阿姨把申金二位让进里边那间屋子来，她动也不动，依旧对着镜子，只回转头来向申志一等道："对不住，请坐一坐。"说毕，仍回转头去，只管照镜子。金粟海也知道玉月仙的领家，是有名的拿摩温。大概这个妇人，就是所谓拿摩温，因就注意看怎么样，口里可依旧和申志一说话，表示并不曾留意的样子。淡淡地问道："申老爷想请六小姐吃晚饭，能赏光吗？"玉月仙口里说着不敢当，谦逊两句。一面装着在桌子抽屉里拿东西，不经意似的，轻轻地和拿摩温谈了几句话，然后走来说道："要去就去，我要早点儿回来呢。"金粟海听说，便站起身来，笑道："既然如此，我们就走。"玉月仙打开了玻璃橱，取出一件绿海绒的斗篷来，交给申志一道："劳驾！劳驾！"于是掉过身去，将背对着人。申志一真个听她的话，就提了斗篷上肩，给她轻轻披在身上。她两手向怀里一抄，然后说道："我们走吧。"申志一自照昨日的例，开了二十元的盘子钱，于是三个人一齐走出大门，坐上汽车。

申志一因为醒红楼是有名的馆子，虽然贵一点儿，究竟有两样好吃的菜，因此就到醒红楼来。三人走进一间雅座，人少屋子大，觉得空荡荡的。申志一道："不知道老陆在哪里，把他找来了，好不好？"金粟海道："这个时候，他未必回了饭店，哪里找他去？"申志一想他未必在家，也就算了。吃过了饭之后，金粟海就对申志一说道："我们到西方饭店去，休息会子。"申志一道："回去做什么？回去也是坐不住的，还是胡同里走走吧，也许就可以会到老陆的。"

玉月仙听说他要到胡同里去，心想刚才他开二十块盘子钱走的，今天晚上，当然不会再去了，自己老在这里等着，没有意思，于是就要走。申志一道："你不是要回去吗？"玉月仙道："是回去啊，问我做什么？"申志一道："你既是要回去，我们顺道把车子送你回去得了，不强似你一个人先走吗？"玉月仙道："你真送我回去吗？"申志一道："这算什么呢？也值得撒谎吗？"玉月仙见他如此说，果然就没有走，等到申志一会了账，于是三个人一同走出酒馆子，坐上汽车，开到销金馆来。

车子停了，小汽车夫就来开车门。他们坐车，是玉月仙坐在中间，申志一和金粟海坐两边。小汽车夫正好在申志一这一边开了车门。申志一本来就觉得过门不入，有些不好意思，现在恰好又在自己这一边开了车门，如若端居不动，分明是怕花那二十元的盘子钱。一生赋性慷慨，岂肯在玩笑场中，做出这样吝啬的样子来，因此很随便的样子就下了车，站到销金馆大门口石阶上了。这销金馆的上下龟头，早就传扬出去，说是六小姐有一位新客人，是开二十块盘子钱的，因此申志一进出，格外注意，也就早已认得了。前不到两个钟头，大家看见这位阔客，是由这里去的。不料现在他又来了，一会儿工夫，就要开四十块盘子钱，钱越花得多，人越来得密，这真是一个大手笔，不可用平常眼光来看待的了。所以申志一刚到门口，在门洞边那班报信的龟奴，早是老远地站着张望。

金粟海见这种形势，知道非进去不可。玉月仙下了汽车，他也就下了汽车，于是三人一同进去，玉月仙看见申志一手头很阔，逆料他陪着一同到门口，决计不能不进去，这倒也不十分惊异，不过经此一度周旋，彼此熟识了许多，倒是谈笑无忌。坐了一会儿，申志一向金粟海笑道："你应该去看看老五了，我们不要老坐了。"于是又掏了二十块钱，开了盘子钱，和金粟海一路出大门。

这里到菊芳那里，路并不远，因之也没有上汽车，就走了前去。到了菊芳那里，金粟海就像到了家里一般，是极熟的，向沙发上坐下去，不由得嘘了一口气，对着申志一微笑道："像你这种办法做的，我还是第一次看见。"申志一笑道："这又能算什么呢？"他说这话时，菊芳不在面前，便笑道："也不过多花二三十块钱罢了，我们哪里不用呢？"他这样解释的法子，金粟海也就一笑。

坐不多久，林一心打了电话来了，问金申二位在不在这里，及至申志一接了电话，他就说和陆幼华江心波在二妙班，还是二位过去呢，还是他三人过来？申志一说是刚刚坐下，茶都没有喝。林一心听了，就承认了过来。挂上电话，不到十五分钟，早是一阵喧笑之声，三人走进屋子来。金粟海看见他们来，脸上只是微笑，陆幼华道："粟海怎么这样快活，一定有什么可乐的事情，说出来大家听听。"林一心道："是啊！应当说出来大家听听。"陆幼华道："你就不说，我也猜到了八成。"林一心道："大爷不猜则已，这猜，我想总有个八九不离十。"照例，陆幼华说话，林一心必定要跟从在后面附和一句的，这次他却附和得特别奇怪，因笑道："一心，你是个没有耳朵的神仙吧，我能猜个八九不离十，你怎样会知道，我猜人家的，能猜八九不离十，还不算什么。你知道我能猜个八九不离十，连我猜的程度如何，你都知道了，你这么阴阳八卦，却不是当玩。我问你，你知道我向哪一路猜？"

这一篇又像是开玩笑，又像是损人的话，倒让人不好怎么答复。可是林一心处之坦然，笑道："大爷，你这一问，好像是可以难倒我哩，其实我这是经验之谈。往日我看大爷猜什么事情，总猜得相差不远，今天猜，又是在高兴头上，所以我知道你总可以猜得八九不离十呢！"陆幼华笑道："我问也会问，你答也会答。"说到这里，把这笔公案丢开，回转来问申志一道："是不是你老六那里耍了什么花头？"申志一笑道："没有什么。"陆幼华道："粟海你一定知道的，你说吧。"金粟海道："也没有什么可奇怪的，不过请老六吃了一餐饭。饭前是自己去接的，饭后又是亲自送去的。"这一说，大家都明白了，就是他开了四十块钱盘子。陆幼华笑道："这件事果然值得大书特书一笔。"林一心原是坐着的，笑着站起来，鼓着掌道："我说怎么样，大爷一猜就把志翁的心事猜着了不是？这就猜个十成十，哪止八九？"陆幼华因为自己当着众人，损了他几句，以为他必减少捧场态度的，不料林一心真个一心恭敬，虽然受了几句话，还是一样的恭敬，这也只好归斯受之而已矣，不能再和人家为难了。因就把别的事提起，就笑了一阵。

约莫坐了一个钟头，江心波道："我们可以走了吧？再不走，把老五的屋子都要拆掉了。"菊芳微笑道："大家还有地方要去，就说有地方要去，何必对我说这客气话呢？"望着金粟海又是一笑。金粟海对大家道："是的。我每次到这里来，四条腿的板凳，总会坐得只剩两条腿的。我们可以走了。"陆幼华道："你坐不坐有什么关系，反正过一会儿，老五就要到旅馆里去的，总是在一处的。"申志一道："这样说，应该会那不能到一处的了。"陆幼华笑道："对了，应该陪你到老六那里去。"申志一道："笑话，今天晚上，我已经去过两回的了。"陆幼华道："去过两趟什么要紧，再去一趟就凑成三顾茅庐了。"申志一道："要玩，哪儿不能去，何必一定要到销金馆去呢?"林一心道:"去不去没有关系,我们走出去了再说吧。"于是五个人一同起身出门。

走到胡同里,大家都不上汽车,陆幼华手里拿一根手杖指东搠西的,就在前面走。这里原离销金馆不远,看看要到门口了,申志一走上前,一把将陆幼华拉去,笑道:"不能闹,不能闹。一天晚上,连着去开六十块钱的盘子,人家不要说我们疯了吗?"陆幼华道:"就花六十块钱,又算什么呢?这还去拉拉扯扯,多么寒碜。"申志一道:"并不是拉拉扯扯。这样玩,人家疑心我们开特别快车,并不漂亮。"陆幼华道:"怎样不漂亮?王金龙嫖院,见面银子三百两,喝杯香茶就起身,那都成了千秋佳话。你要想做一点儿面子,哪里怕多花几个钱!"说这句话时,已经走到销金馆门口,申志一也不便硬不进去,只得大大方方一同向里走。这一下子,不但全班子里人注意,连小玉月仙自己,也为之愕然起来。

第六回

荡子金多驱车购彩锦
美人计巧破梦索钻环

在八大胡同里，挥金如土的人自然是很多。整把花上二百三百，也不算什么，眼里看惯了。可是二十块钱盘子做三次给，一晚还要来三回，这是什么用意呢？申志一自己觉来得太密了，先笑起来道："我总要算是稀客了。一晚上的工夫，不过来了三回。"玉月仙笑道："这也无所谓稀密。这一天因为顺便，来个四回五回，也不算多。若是公事忙，就是三天来一回，那也不算少。只要自自然然，不是勉强的就得了。"说着对大家一笑道，"阿对？"陆幼华鼓起掌来道："对！对！对！老六真是会说话。"于是大家就哄笑了一阵。

那小玉月仙的领家拿摩温，她见众人之中有个陆幼华大公子在内，这是上海有名的花花太岁，手段虽然厉害，只要把他敷衍好了，花钱倒不在乎。申志一既是他同一路的朋友，当然是不怕花钱，今天晚上来三回，虽然不见得是申志一完全自动的，可是他这人一定是看上了老六，有点儿情痴，所以只要朋友一鼓吹，他又来一回。在胡同里走的人，和姑娘有交情，只怕他拐走。若是姑娘没交情，越是实心实意地用情，也就越是实心实意地用钱，这样的人，岂有不欢迎之理。当时拿摩温就满脸装出笑容，走到大家面前，帮那房里人张罗茶水。当她递一支烟卷给申志一的时候，笑道："听说申老爷住在西方饭店，但不知是哪一号？"申志一听她的口音，大有想玉月仙到饭店里去之势，就笑道："住在四十八号，你问我做什么？"拿摩温望着他的脸微笑了一笑，丢了一个眼色，申志一会意，就不问了。

玉月仙一看自己领家亲自出马，立刻也就变了态度。申志一是坐在长的沙发上的。她拿了一支烟卷，衔住吸将起来。只吸了两口，递给申志一，顺便就一蹲身坐到沙发上，和他紧紧相靠。陆幼华一鼓掌道："你们的交情，真是成熟得快极了。只两天的工夫，就这样亲热。我主张你两人做进一步的表示。"林一心道："大爷，怎样叫进一步的表示呢？"陆幼华道："进一步的表示，有什么不明白。这全靠志一如何报效，我们才好说话。"申志一听了，只是微笑。金粟海道："没有什么话说，志一明天请客，明天请客！"申志一想，吃花酒是不算什么，可是相识不过三天，似乎急促一点儿。自己的意思倒无所谓，但是玉月仙的态度，又没有十分表示出来，如何好开口呢？

玉月仙见了申志一尽管笑，却不开口，已明白他的意思了，因握着他的手道："明天真赏面子在我这里请客吗？"她侧着身子，眼睛斜视着，嘴角上微微露出一点儿笑意。陆幼华就过来道："这多人在这里，岂有开玩笑之理？"玉月仙又问申志一道："是怎样地办呢？"陆幼华道："当然是双台，你们就这样预备吧。"玉月仙笑着望了申志一，他虽没有说什么，笑着点了一点头，果然是不成问题的了。当晚大家一闹，就是两点钟才回旅馆。申志一因为拿摩温才问了自己在旅馆里住的号数，以为玉月仙今天晚上会到旅馆里来的，但是等到三点钟也不见来，这也算了。

到了次日晚上，果然在销今馆摆双台花酒，事后一算账，共一百六十多块钱，申志一也不算那些零碎账，开销了二百块钱。给钱的时候，是把玉月仙拉到里面屋子里给的，数着钞票的时候，就另拿了十张十元的，向她手中一塞，笑道："今天你很累了个，这算是给你酬劳的。"玉月仙倒有些不在乎的样子，随便答应了三个字，"谢谢啊！"于是一抽身就到前面屋子去了。当天这一闹，又是很夜深而散。

到了次日晚上，金粟海陆幼华和申志一三个人，都不曾出旅馆门，同在金粟海屋子闲谈。陆幼华道："今天晚上怎么样？"金粟海笑道。"民亦劳止，汔可小休。在家里谈谈吧？"陆幼华道："那么，找两个人来谈谈，不出门也好，今天可以叫老六来了。"金粟海也觉三天之间，申志一也花费得可以，叫她来，她是义不容辞的。也不问申志一的意思如何，摘下电话筒，就向销今馆打了个电话去。一问起玉月仙，是那个拿摩温接的电话，说是真对不起，老六出城里的条子去了，回来的时候，一定叫她来。说毕，又说了几句对不起。陆幼华在旁已听到了，沉思道："果然这样的吗？"金粟海生怕说明了，大煞风景。事到如今，已经下了不少的功夫，实在也不容有大家猜想的事情发生，因笑道："这两天城里有好几处热闹场合，稍微红一些的人儿，出城里条子的很多，这倒不必去揣度。"申志

82

一笑道："粟翁真是一副儿女心肠，对于姑娘，总是原谅的。"金粟海笑道："那也无所谓，我们本是借此寻娱乐的，何必反要为这个找烦恼呢。"大家说笑了一阵，把这事也就说忘了。

又过了一天，申志一上午在旅馆里打了一个电话给玉月仙，说是昨晚上本要到销今馆来的，因为知道你进城去了所以没有来。玉月仙道："可不是吗？闹到三点多钟才回来，头晕极了。你在哪里，没有吃午饭吗？"申志一道："我正要出去吃饭，你能不能来一个？"玉月仙毫不考虑，一口就答应了。这时饭店里，只有申志一一个人，他邀不到伴，就先坐了汽车到撷英饭馆去，然后让车子去接玉月仙。玉月仙来了，笑道："我本来没有工夫来，因为昨天晚上没遵你的命令，今天不能不来。"说时，就挨着申志一身边坐下。申志一道："上午你有什么事忙，这是随口说的一句话吧？"玉月仙道："我原约好了我们那里老三老四，到瑞蚨祥去剪两件衣料。"申志一道："这样的事吗？那就吃了饭去，也不算迟啊。"玉月仙正要了一杯红茶，用三个指头，捏了那茶匙的小柄，一点一点舀了呷着，眼睛却斜望着申志一道："你真是戆，人家剪了料子不走，还在那里老等我吗？"申志一笑道："那也不要紧，吃了饭之后，我陪你去剪就是了。"玉月仙巴不得他说这句话，便道："那倒可以，我要买什么料子，还可以请你做参谋呢。"申志一道："参谋我是不敢，当个顾问吧。"玉月仙道："参谋和顾问有什么分别？"申志一道："参谋是想好了主意，请你去办。顾问是站在你身边，专候你问话的。你若是不问，我就不说话了。"玉月仙将那小茶匙伸了过来，在申志一的腮上，轻轻掏了一下，笑道："你倒会说。"说时抿嘴一笑，瞅了他一眼。

申志一见玉月仙今日的态度，未免有情，心里很是爽快。自己向来就不会在用钱上刻薄人，玉月仙虽然是有意要他上绸缎庄，他倒不曾用心，吃过了饭，又问玉月仙一声去不去？玉月仙笑道："我是最讲信用的人，既然说了去，无论如何，我也要去的。你怎样？有工夫吗？若没有工夫，你就不必去了。"申志一道："为什么不去，我就是可以不讲信用的人吗？"玉月仙道："不是那样说。因为你事很忙，怕你抽不开身来。上绸缎庄剪衣料，又不是什么要紧的事，我一人也是一样去的。当真说要你陪着去就非要人去不可吗？"申志一道："我既答应了你可以去，自然要去。"于是会了饭账，一同出门，就陪着玉月仙上瑞蚨祥绸缎庄。汽车由街上直开进大门，直停到柜外的大天井里。

店里伙计见是坐汽车来的客，就格外加以注意。柜外两个招待，立刻扩充为四个。玉月仙进了店门，随着上楼。店伙看她这种情形，既是坐汽车来的，又有一个穿漂亮西装的人在一处，料定她不是平常的顾客，早有两个店伙，满脸含着笑容，走上前来问道："小姐，买点儿什么衣料？新到的巴黎缎，很不错。"这个还未说完，又来了一个年长些的店伙，笑道："请坐，请坐。小姐要什么料子让他们拿来看。"玉月仙点了点头道："你给我拿两件旗袍料来看。"店伙弯了腰，偏着头笑问道："成件的吗？有绣花的杭缎，好不好？"玉月仙道："管他是苏缎是杭缎，你拿来我看看，只要料子好就行了。"店伙听了，早就轮流不息地，几个捧着衣料来看。

玉月仙看了，手托着料子，就回过头来问申志一，这个可好，那个可好，申志一批评了两样，也赞成了两样。玉月仙除了自己心里所爱的衣料之外，申志一赞成的，她都买了。申志一见她不挑选了，还问道："够了吗？还要别的不要？"玉月仙微笑着，心里却想了一想，因道："我原不要许多的，因为你赞成，我已经多买两件料了，哪里还要呢？"申志一见她不要了，就让店伙算账。归结起来，乃是一百五十多元。申志一毫不踌躇，在身上掏出皮夹来，掏出十六张十元的钞票，叫店伙找钱。

玉月仙见身边没人，便问道："现在你往哪里去？"申志一道："我打算听戏去。"玉月仙微微一笑道："有朋友没有？能不能顺便请一请我呢？"申志一真料不到她倒先开口要一路去听戏，总算慢慢地有感情了，因道："怎么说不能请的话，就是怕你不肯赏光。"玉月仙再要说时，店伙已经来了。她也不再说什么，就和申志一下楼，店伙自把买的东西，在胁下一夹，送到车上。玉月仙和申志一坐上车，他对车夫说，开到华乐园。玉月仙也不作声，这自然赞同的了。到了戏园子门口，吩咐汽车夫将绸料送到班子里去，自去陪着申志一坐包厢听戏。

戏到唱完了，申志一因笑道："你今天陪我一天，真是难得。"玉月仙道："哟！为什么说这样的俏皮话？还是为了昨晚上你叫我没有去的关系吗？"申志一道："并不是为昨天晚上的事，不过这几天你总没有到饭店里去过。还是为认识了我不愿去呢，还是向来就不大去呢？"玉月仙瞅了他一眼，又伸手轻轻地在他大腿上掐了一下，笑道："说你说俏皮话，你的俏皮话倒说得更厉害了。"申志一哈哈笑道："我也知道你没有法子答复我呢。"玉月仙道："有什么不能答复，我今天晚上准到你饭店里去。不过你两只脚是锁不住的，我去了，恐怕你未必就在家。"申志一道："准在家，

准在家，你几时到？"玉月仙微微地昂着头，眼皮向上一撩，想道："总得十二点钟以后吧？"申志一道："行了，行了，无论如何，那个时候，我是在家的。现在我先送你回家再说，去不去……"说到此，不向下说，又哈哈地笑了。这时戏已完场，申志一坐了汽车送她回销今馆，坐了半点钟才走，又开了二十元的盘子钱而去。

申志一回到了饭店里，只听到陆幼华屋子里闹得厉害，走近前，那房门是半掩的，三四个客和五六个姑娘，闹成一片。因为客都是生人，自己且不上前，就到隔壁屋子里来看金粟海。金粟海买了十几样小件古董，全放在桌子上。他手上捧着一册原拓本的字帖，映着电光，一页一页地翻着看。翻完了，倒过来，又翻上一遍。他一抬头，见申志一进来，就把桌上那一只雨过天青色，七寸高葫芦式的小花瓶，提了起来，笑道："你看看，真便宜，只一块二毛钱。"于是一手捏了瓶底，一手捏了瓶口，映着光转将起来，现出爱不忍释的样子道："你看这色气多好，叫雨过天青。"说时，放下瓶，又在桌上拿起一只瓷面的德国小钟来，笑道："真是笑话，在上海住家的人，到北京来买洋货。然而……"突然有一个人接嘴说道："不用说，反正是很便宜。"申志一看时，原来是菊芳老五斜靠在一张沙发椅上，这时才坐起来说话。金粟海道："不是我说便宜，实在便宜。这样便宜的东西，为什么不买？"菊芳嘴一撇道："这样子，你也快成垃圾马车了。上一趟市场，就会买这些东西回来。"申志一道："垃圾马车，真是名副其实，你看看隔壁屋子里挤了那一屋子人。"金粟海道："你且不要管人家事，你自己的事，办得怎样了？今日晚上老六来不来？"申志一还没有答言，菊芳先说道："那总不好意思不来吧？"申志一笑道："老五究竟为人忠厚，你就断定她要来，可是也说不定。"

金粟海见申志一还是说没有把握的话，分明是玉月仙还没有切实的表示，觉得她太不对了。妓女虽然不必谈什么爱情，然而客人存心忠厚，姑娘不应当反来欺骗他。况且申志一钱也花了，面子也做了，就在生意上说，也不应当再掉枪花。自己不好唱这个花脸，打这个抱不平，当时就借故到陆幼华房间里去把话告诉了他。陆幼华道："不要紧，我直接和拿摩温去办一办交涉。"于是就要了销今馆的电话指明要拿摩温接话。一交谈，陆幼华就道："我姓陆，你是拿摩温吗？"拿摩温笑道："哎，陆大爷你怎么也叫起来？"陆幼华道："拿摩温，外国人说是第一。你这个人，真是上海人说的度好老。"拿摩温走来就碰上了钉子，知道他是申志一的盟兄，又住在一家饭店，这样说话，当然是有用意的。这种公子哥儿，敲起他的钱来，可以尽量敲，但是可也不能得罪他。他老子是个巡阅使，要办什么人也办得动，何况一个娼家？因之虽然碰了钉子，一点儿也不敢露出怨气，就笑道："大爷，我真不知道什么得罪你了，真对不住。待一会儿，我要送阿囡到申老爷那里来的，当面给你赔罪，好不好？"陆幼华心想：这老鸨真厉害，我的话没有说出口，她倒先知道了，就问道："老六在家吗？"拿摩温道："出条子去了，一会儿就回来的，回来了，我就同她来。"陆幼华道："准能来吗？"拿摩温笑道："你这是笑话了，怎么加上一个能字呢？"陆幼华道："好吧！痴汉等丫头，我们就这样等着吧！"说毕，将话筒挂上了，回过头来对金粟海道："你去告诉老申，我保险，今天她准来。"金粟海觉得她们也无辞可措，不能不来。好在陆幼华这屋子里有姑娘，大家在一块儿闹着，说说笑笑，也就不觉等得怎样久。

后来人渐渐散了，已经是一点钟了，还不见玉月仙来。陆幼华气极了，一顿脚道："真不讲交情，我要慢慢地和她们算账。"申志一倒不觉怎样，只是微笑。过了一会儿，陆幼华实在忍不住了，又向销金馆打电话。拿摩温一接电话，说道："真对不住。今晚上阿囡出条子喝酒喝得太多了，回来吐了一地。让她清醒一下子，一会儿就来。"陆幼华道："醉了吗？那就不来……"拿摩温笑道："来的，来的，我这就叫她来。"电话说完了，陆幼华道："她说喝醉了酒，回头我看看她是不是果然喝醉了。"大家于是在申志一房间里齐集，躺着说闲话。

约莫有二十分钟工夫房门一推，只见玉月仙穿着一件皮大衣，歪歪斜斜地走进来。走了进来，且不说什么，靠住了桌子，一只手捧着皮水袋，一只手掀了头上戴的那顶软呢匝花的帽子。帽子放在桌上，将手捏了一个小拳头，捶着额角道："真该打，酒喝多了，头上浑东东，刚才上楼，差一点儿摔在楼梯上。真对不住，有累三位老爷久候。"说毕，有气无力的，慢慢解大衣纽扣。

申志一看她脸上，真有些红红的，果然是喝醉了似的，看她这样四肢无力，摇摇欲倒的样子，也就不说什么。陆幼华望着她脸上笑道："在哪里来？喝了这么些个酒？"玉月仙慢慢地将大衣解下来，挂上衣钩上，看见申志一旁边，还有一张空椅子，就向上一倒，人靠着那椅子背，头靠着椅背上端，闭了一闭眼睛，口里答着陆幼华道："是湘妃老七那里有客摆酒，有几个熟人会闹酒的，都聚在一块儿，闹得非常厉害。"一回头又对申志一笑道，"买一点儿水果给我吃，好不好？"申志一见她这样一说话，果然一阵酒气，向人脸上一喷。便起身按了一按电铃，把茶房叫了进来，给了他一块钱，叫他去买一块钱水果来。随后仍在原椅上坐下，玉月仙拖了他的手，让他摸一摸额顶，问道："热不热？"申志一摸着她的额头，果然有些热，笑道："何苦呢？好好的喝成这个样子。"金粟海陆幼华先是不大相信她喝醉了，现在一看，果然她有些醉容。而且申志一极端怜惜她，旁的人也就不能说什么。

大家坐了一会儿，水果买来了，申志一先拿了一个蜜柑剥开，分了一半，放在玉月仙手上，玉月仙虽然将手捏住，却不去分开瓣子来，垂了手斜靠着，只是懒洋洋的。申志一见她这样子，料是她不愿剥，就一瓣一瓣分着，送到她嘴唇边去，她于是张开嘴来接着吃了。吃完一个蜜柑，申志一重新又剥一个蜜柑，一口气就剥了四五个。随后申志一剥了一瓣，只管向她嘴边送，她抿着嘴，却摇摇头。申志一见她已不吃了，就不剥了，笑着拍了一拍她的肩膀道："睡一会子吧，一下子就好了。"金粟海和陆幼华见她意志缠绵，相视微笑了一笑，说几句话，各自走开，屋子里就只剩得他和她了。

申志一一看表，已经快两点钟了，因问道："酒醒一点儿没有？回去不回去呢？"玉月仙的头，仍旧枕着沙发，眼皮微抬了一抬，眼珠向申志一转了一下，微笑道："先是催人家来，这又催人家去吗？"申志一笑道："我看你酒还没有醒得好，以为这里不如家里睡觉舒服。那么我给你放一盆水洗一个澡，好不好？"玉月仙先是摇了一摇头，接着又点了点头。申志一知道她是愿意洗澡，就到洗澡房里，去放了一盆水。走出来看时，只是玉月仙已将旗袍脱了。上身穿着一件紧紧的桃红小夹袄，映着那白肉，真是美丽。她就穿了短衣到洗澡房里去。一会子工夫她手里拿着鞋，拖着拖鞋就出来了。将鞋子一扔，坐在床上缩了脚，马上就躺下。头睡在枕上伸了一个懒腰，笑道："我倦极了，劳驾，牵一牵被，给我盖上。"申志一道："你怎么洗一会子就好了？"玉月仙道："我一点儿力气没有，在水里坐了一会子就起来了。"申志一道："那么，你睡也好。"说到这里，听到外面的钟当当当敲上三下。这时旅馆里非常清静，人声都不听到了。

及至打四点钟，玉月仙一个翻身坐起来，叫了一声哎呀。申志一在床上，猛然听得哎哟一声，倒吓了一跳，坐起来睁眼看时，只见玉月仙俯着身子，掀开被来，满处乱找。申志一道："你丢了什么东西了，这样子地找？"玉月仙将头一偏，用手摸着左边的耳朵道："你瞧，我这只环子丢了。"申志一看时，左耳果然是空的，右耳上却戴了一只钻石环子，紧紧地挂在耳朵眼上。那钻石怕不有豌豆那大，一只至少也值二百元以上，因道："这又何必急得这个样子呢？丢在床上，反正总在床上，还会跑出房门去不成？"玉月仙道："谢谢你，你起来一下子，让我寻寻看。东西是不值什么，不过这是我心爱的，丢了一只，这一只也就残了。"说时，两眉深锁。

申志一看她这样子，不忍拒绝，只得披衣起来，让她去找。她站在床沿边，枕头被褥，一阵乱掀，恨不得把床都翻将过来，哪里有钻石耳环。玉月仙在床上寻不着，在满屋子找。擦了火柴，这里照照，那里照照。时光容易，哨的几声，又五点钟了。玉月仙忽然站住，昂着头一想，叫出一个哦字，马上跑到浴室里去了。去了许久，然后无精打采地出来，向床上一坐，叹了一口气道："今天遇到几个短命的酒鬼，拼命要人家喝酒，喝得糊里糊涂，这环子也不知道在哪里丢了。我原说出条子回去，就取下来的，因急于要到这里来，忘了取下，所以就戴来了。"说着，起身又要寻找。

申志一看她这样寻找的法子，非找到天亮不可，便道："你不用找了，明天再说吧。若是找不着，我明天赔偿了这一只环子就是了。"玉月仙道："不是赔不赔的话，好好的丢了一只环子，把一副心爱的东西弄残了，真是可惜。"申志一道："东西已经残了，就是可爱，也是枉然。无论如何，我负责任，赔偿你一只环子就是了。"玉月仙听了这话，这才坐在床沿上，望着申志一道："你虽然是这样说，可是我心里很过不去。"申志一道："那算什么，只要你不为着这个烦恼就行了。"玉月仙道："就是你和我去买一个，未必能和我剩下的这一只能配成一对。"申志一道："一只环子，怎么的配法，我也不去算那些细账。明天送你六百块钱，让你自己去买就是了。"玉月仙道："果然这样，你真救了我一救了，不然的话，我明天回去，一定会让我姆妈逼死。"申志一笑道："也不过两三百块钱的事罢了，又何至于闹到那步田地呢？"

玉月仙听他所说，大有毫不在乎的样子，就走上前一步，拉着申志一的手道："你说这话，不是拿一粒宽心丸给我吃吧？你说了这话，可是要算数的。"申志一原坐在椅子上，玉月仙便斜立着，靠在他怀里，笑道："你若是骗我，我是不依你的。"说时，扭着身子，鼻子里又哼了几声，装出撒娇的样子来。申志一拍了她的肩膀道："你放心睡觉吧，无论找得到找不到，明天一起来，我就拿六百元给你，你看妥当不妥当呢？已经说明，你还醉不醉呢？"玉月仙笑道："原先是醉的，只这样一吓，把我的酒吓醒了。"说时走过去，向床上一倒道："现在我不怕，又有点儿醉了。"申志一笑道："这一晚上，我也真够你磨的了。"说着连打几个呵欠。他这样赔人家六百块钱，很不算什么，只是人疲倦极了，要睡得厉害，扶上床就睡得很熟了。

次日起来，已经有一点钟了。玉月仙却早已修饰好了，静静地坐在一边。申志一看她两处眉头，多少还有些皱痕。漱洗完了，茶也不曾喝，就叫茶房到柜上去，将存的钱取了六百元钞票来，轻轻地向玉月仙怀里一放道："现在你可以安心回去了。"玉月仙见了这一大叠钞票，不由得扑哧一声，笑了出来。停了一停，才微笑道："若是配得到一只，还是私下配一只带了回去的好，你这样一来，我过意不去，姆妈也过意不去。"申志一道："是在我这里丢的，我当然负一半责任。"玉月仙见他这样说，知道他是丝毫未曾介意，便在身上掏出一块手绢，将钞票完全包好了，便道："晚上会吧。"站起身来就要走，申志一笑着点了点头，玉月仙便开房门回去。走到门外了，复又转身回来，笑着对申志一道："昨晚上的事，你不要对人说，这样大的人还丢了东西，怪难为情的。"申志一道："你就不叮嘱我，我也不会告诉人的，你在我这里丢了东西了，我巴巴地告诉人，还有什么面子吗？"玉月仙抿嘴笑着点了点头，就冉冉而去了。

玉月仙去不多久，申志一连忙走到金粟海房间里去。金粟海穿了大衣戴了皮帽子，正要出门。他见着申志一，不觉微笑道："现在你总算是如愿以偿了吧？"申志一半天不言语，只是微笑。金粟海见他笑里似乎带一种勉强的意思，好像不快乐的表示，因问道："怎么样？她说了什么没有？"申志一笑道："不用提了，上海人跑到北京来当曲辫子。"金粟海便笑道："玩笑场中，原不在乎，不过你所取的攻势太猛。"申志一道："不对！不对！以为我觉得花钱花多了吗？不是为这个，我是说昨晚上的事。"陆幼华本已走到他的屋里去了，因为没人，就找到这里来。这时听到这句话，便搭腔道："怎么样，难道说还有什么问题吗？"一面说，一面走将进来。申志一笑道："问题大了，闹到刚才，方总算完全解决。"陆幼华道："我就知道，老六长是长得漂亮，实在也会掉枪花，她又出了什么主意？"申志一笑道："她是叫我不要说，把曲辫子曲到底。其实我早已明白，不过省得不痛快，就干脆再送她一笔罢了。"于是就把昨晚上玉月仙睡到半醒，起来找钻石环子的一幕趣剧，说了一遍。

陆幼华一拍腿道："唉！你这人太老实，明知她是做的圈套，你为什么还要赔她的呢？你若是在昨晚上通知我一声，我就有办法对付她。"申志一笑道："小事，小事，她也用心挺苦，何必戳穿纸老虎，让她难过哩。"金粟海笑道："像你这样在外面玩笑，钱是自然花得多，但是气总是不会受的，因为你实在看得空，不放在心上。"申志一摇摇手道："不说了，不说了，大概都没有吃饭，我们一路出去吃饭吧。"金粟海笑道："我们是道不同不相为谋，你是要吃大馆子的，我是要吃小馆子的。我还要顺便去找一个朋友，也许就请那个朋友吃饭。"申志一道："找一个什么人，请到一处吃饭也可以。"金粟海道："是一家书局子里的撰述家，上海书局，要托他弄点儿稿件。"陆幼华道："上海的洋场才子还会少了，何至于跑到北京来找人？"金粟海笑道："隔行如隔山，你哪里知道。上海那些有名的著作家，不是太忙，就是堕落。太忙的，你向他要稿子，无论多少，他也应酬了，请人做了，他署上一个名就了事，而且价目也太大，短篇小说，有出到十块钱一千字的。拿大价钱买假货，何必？就算他自己肯做，随便写一点儿东西给你，也好不了。堕落的不必说了，洋行里，电影公司里，报馆里，书局里，或者衙门里，挂上许多名，容易钱挣惯了，只管花天酒地去闹，叫他作文字来卖钱，他就不干了。有名著作家，本来不多，其次的，一块一千字，背了招牌卖文的，多得很，可是实在不高明。这北京方面，究竟读书的人多，没有事干，靠了卖文为生的也不少，他既然靠了这个为生，做起来就不能拆烂污。所以我就想替上海书局，物色几位人才。"陆幼华笑道："这样说来，也就和唱戏的差不多，你是到北京来邀角的了。你去邀角吧，不要误了你的正事。"金粟海因为已经把汽车叫到门口来了，不愿多耽搁，自坐了汽车向环宇印书局来。

原来这边书局里梁寒山和他也是神交已久的朋友，这次金粟海到北京来，经朋友的介绍，在酒馆子里会过一回面，谈得很是投机。今天金粟海要来，事先曾打了一个电话来通知，所以他到了，一递名片进去，梁寒山就请到客厅里相会。金粟海先就笑道："这一向子为了一些无味的应酬，花天酒地，闹得不成话说，早要来拜访的，就一直延搁到了现在。"梁寒山也笑道："花酒或有之，天地则未必吧？在北京这地方谋生，除非闭门谢客则已，若是少不了交朋友，吃酒和走胡同两件事，却是难免。"金粟海道："是了。常在杂志上看到大作，许多地方，好像是言之有物，大概也是免不了应酬的。这样的作品就好，熟的东西，写出来偏是新鲜有趣，最不容易。我托梁寒山先生的事，怎么样？大概一定可以办到的。"梁寒山道："作东西好不好，还另是一个问题，根本上现在我就没有工夫。可是金先生的面子，又是推辞不得的。"说时端着听差送来的茶杯，慢慢地喝了几口茶，就借这个时候，沉吟了一会子。

金粟海道："一定请帮忙，一定请帮忙，这是书局里托我带来的稿费，请梁先生收下。"他说时，就在衣袋里一掏，掏出一沓钞票，轻轻地放在桌上。梁寒山一看，却是十元一张的，大概那是一百元，因笑道："这是笑话了。哪里有先拿钱后做稿子的，这个我不敢拜领。"金粟海笑道："这也不算稿费，不过是一点儿定钱罢了。只管收下，不给稿子也不要紧。"说着带笑拱拱手。梁寒山看见这种样子，真是却之不恭，因道："暂存这里也好。若是将来稿子办不到，原款还可以奉回的。"金粟海笑着还是拱拱手道："不要推辞，不要推辞。"

梁寒山一想：和上海任何书局，都没有什么来往，人家也没有等着自己做稿子之必要。何至于出许多钱定稿子？这金粟海最喜欢捧文人的，一定是他在那边书局硬介绍下了，又怕这边不答应，所以代垫出一百元定款来。这样热心的朋友，自然不能过拂人家的盛意，只得笑道："既然如此，我总勉力去做，不负金先生这一番提携之意。"金粟海见他如此说，就欢喜了，要请梁寒山一路去吃馆子，梁寒山便答应做小东。金粟海道："做东不做东，都没有关系，但是我喜欢在小馆子里小吃。意存居如何？"梁寒山道："我吃馆子，也是细大不捐的，他们那里的炒牛肉丝、虾仁泡蛋、虾仁豆腐……"金粟海不等他说完，连道："同意同意，阁下原来也去过的，好极了。"说着，已经将放在衣架上的大衣，取来穿起。等着梁寒山一路出门，同坐汽车到意存居来。

这铺子倒像一家江南成衣铺，一扇小门，垂着一幅蓝布帘。掀开蓝布帘子进去，是一间极小的屋，伸手都可以摸到屋顶。屋子里就是半边厨房，虽然不在这里烹调，然而陈列碗碟笼屉，已经占了不少的地方。其余的地方，就犬牙交错，列着桌椅。这里的伙计，对金梁二人都认识，便让到屋子里面，一间小雅座里来，这虽是白天，那屋子里，已经点上电灯了。金粟海笑道："吃这种馆子，只能谈口福，别的是在所不计的了。"说时，伙计就来问还有客没有？金粟海说没有客。伙计道："要什么菜？热炒叉烧腊肠、炒牛肉丝、炒响螺、萝卜丝鲫鱼。"梁寒山笑道："真有你的，你所报的，我们都认为对劲儿。"伙计道："好，老主顾吗，怎么会不知道？"金梁两人商量着，又添了两样，便坐着等菜。

这雅座的门帘子，并没有放下来，只见一个穿蓝袍哔叽马褂的人，带着一个窈窕艳装的女子，在门前踅过去，到隔壁屋子去了。金粟海道："奇怪，这个女子的面孔我好像在哪里会过。"梁寒山道："金先生对于春明声色，广征博闻，当然会知道的。她姓王，粟海先生想得起来吗？"金粟海笑道："哦！错了。我哪里是认得她！因为她的面孔，和名旦角陈傲霜有些像，所以我说有些熟了。"梁寒山道："金先生绝不至于不认得她的，我提一个人，你知道不知道？王淡霞，熟不熟？"两个人说话的声音，本来不高，金粟海又把声音低了一低道："她外号九尾狐，哪个不知道？这一位和她有什么关系呢？"梁寒山道："这位吗？就是她的妹妹，现在已经出台唱戏，捧的人很是不少，居然要成为台柱了。人家把她和她两个姐姐总括地算起来，叫作王氏三杰。"金粟海道："哦！就是她啊。从前她姐姐在百顺胡同做生意的时候，我也去过的。她脸上黄黄的，蓬着一把枯燥焦黄的头发，老是扎上一根翘柄辫子，身上穿一件花布褂子，只是灰色底子，显出一团团痕迹，分不出颜色来。几年不见身体长高大了，人也变漂亮了，真是女大十八变。"梁寒山道："你不是说她有些像陈傲霜吗？她倒老实不客气，就叫傲霜。索性唱的腔调，也跟着人走，学那游丝腔。"金粟海道："唱得怎样？还好吗？"梁寒山道："我只听了一回，好不好，另是一个问题，我都替她闷得难受，仿佛有一种声浪在嗓子眼里，有格格不吐之病。"金粟海笑道："不要说吧，让人家听见了，很不好意思。"

这个时候菜已上来了，二人吃着饭时，却听到那小傲霜在屋子里笑着说道："别瞎说了，没有的话。"听那口音，倒是很清脆的京腔。金粟海轻轻地道："你听她这声音很溜亮的，怎么唱起来闷人呢？"正说时，又听到她说道："六爷，他们都主张我到上海去，上海熟人少，我有些不敢去。"复听见一个男子声音笑道："不要紧，我给你多写几封信介绍介绍就行了。明天我有工夫给你去找一找林老头子，只要他肯写几封亲笔信，一定可以发生效力。我看他倒很爱你、很疼你。"女子的声音又道："不要瞎说，人家那样大年纪的老人家，你还拿他开玩笑。"男子的声音道："是啊，他是那大的年纪，我才说这话哩。你想，他的孙子都快有你这大的年纪了，说他一句疼你，这有什么使不得。"说到这里，那女子笑了，接上那男子也笑了，以后两人的声音，就叽叽咕咕说起来，隔壁却听不清楚。这边一餐饭都吃完了，那边还是叽叽咕咕地说。

梁寒山本来想听个究竟，无奈饭已吃完，不便在这里久等。金粟海要走，自己也就跟着走。依着金粟海的意思，一定要把汽车送他回家，梁寒山说不必了，还有一个朋友在中央公园等候。金粟海道："这样的冷天，到中央公园去，什么意思，喝西北风吗？"梁寒山道："今天天气晴得很好，到里面去晒着太阳散步散步，也很不错。"金粟海道："那就再会吧。"于是坐了汽车先走。梁寒山雇了车到中央公园来。

这是十二月天气，园里草木，一齐枯槁了。那就是那青翠拂天的柏树林子，那柏叶自呈着一种灰黑的颜色，地下的沙土，似乎为风雪所侵，虽是晴天，还是苍白的，表现出一种枯涩的样子来。园里并没有什么游人，倒是路头上有几只白项的乌鸦，由柏枝上飞下来，在那里慢慢走，好像是找食吃。梁寒山并没有人约他到这里，只因为连日愁闷，今日天晴，要在公园里走走，若说是大冷天一个人游公园，倒有些奇异，所以只说是赴约了。这时，刚是冬日正午，拣着有阳光的地方，暖气晒在身上，却也很是暖和。走了大半个圈子，踱进社稷坛去，因就和着身上的大衣，在石阶上坐下，斜望着红墙之下，那旧宫城的端门城楼，楼阁凌空，半面红墙，两只飞鸟，掩映半弯枯树，大有画意。琉璃黄瓦让太阳照着，另有一种光彩，突然有一群乌鸦，掠空而过，却有几只乌鸦，落在黄瓦的屋脊上。心想：一朝的严肃宏壮之地，如今不过是寒日荒林，昏鸦相集，人生真是无常啊。又想到小的时候，随着父亲，宦游福建，在衙门里看到一张画的北京全图，心里就欣羡得了不得，以为将来长大成人，能到北京去玩一趟，今生死也无怨了。而今真个到北京来了许多年，不但不觉得怎样好，而且还以为这地方许多令人不能满意之处。真是古人所说的，凡所难求皆绝好，及能如愿又平常了。我现在所想的事很多，都是认为绝对求不到的。设若将来有一天求到了，是不是也认为平常哩？

一个人望那一角宫城，只管想入非非。忽然有一个警察，由身边走将过去，老是将眼光向人浑身上下打量。走过去不多久，他又走将转来，还是慢慢地由身边过去。梁寒山醒悟起来，莫不是他来研究我的。本来这空空落落一个社稷坛，我一个人如醉如痴地坐着，怎样不会令人注意？他迟疑了一会子，一笑起身，就向坛外来。

走到坛外石碑坊边，只见一男一女，两个学生似的青年，架着图画

93

板，手上捧着一个颜料盘子，对着一角城楼，在那里画风景画。两个人一面画，一面说笑。男的道："努力一点儿吧，我们赶着开了这个展览会，就可以结婚了。"女的道："你今天一天，把这话提了好几回了，不腻吗？"男的听说，猛然一转身子，正要走到女的那边去，一回头，看见身后有人，不好意思，便低了头。梁寒山大是解人，不愿扫人家的兴，匆匆地走开。到了树林子里大路上，心想：我的观念，完全错了。从前我主张独游，以为山水文艺，都可以调和人生的枯寂。而今看起来，还是双游好，而且山水文艺，能加些情料在内，更是相得益彰了。那一双画家，一样的在空荡荡的社稷坛里，一样的对着那一角端门，我看去只是一场感慨，人家看来却是一种兴奋剂。这可见得风景虽是死的，怎样看法就完全在人了。以后就是万分无聊，这些名胜地方，也不必来了，这样想着，于是一个人就徘徊着想回去。

第七回

凄怨十阕词斯人有迹
风流一席话和尚多情

梁寒山要由公园回去，刚上回廊就碰到贾叔遥，他穿了一件皮大氅，慢慢地向里走，一见之下，就先笑道："好极了，碰得正合适，我有一阕词请你给我斟酌一下。"说时，便在大衣袋里掏出一张纸，递给梁寒山看。梁寒山道："这真是德不孤了，怎么我冒冷来游公园，你也冒冷来游公园。"一面说一面看那稿纸，词牌名乃是《凤凰台上忆吹箫》。因道："你还未忘情于金飞霞吗？"贾叔遥道："你还没有看内容，怎样就知道是为金飞霞而作呢？"梁寒山道："她不是叫凤箫楼主吗？她现在名花有主不唱了，戏园子就成了凤去台空，你现在用了这个《凤凰台上忆吹箫》的词牌名，你不是说她，说谁呢？"贾叔遥笑道："对是对了，但是我填这一阕词，并不是怨恨之作，她送了我一张相片，我想把这阕词写在上面。填得太坏，要不得，不过意思是有的。希望你根据我的意思，给我改上一改，现在你先别忙看。"说着拿了那稿子，便塞他袋里。

梁寒山道："你为什么跑到这里来？知道我在这里，特意赶了来吗？"贾叔遥道："那倒不是，我也是感觉得心里烦躁，就到这里来的。大概你也是烦躁之一了。"梁寒山一笑，不说什么。贾叔遥原是向公园里走的，半路上遇到了他，不觉掉转身来和他说话，一面说一面走，竟走到大门口，而且一直出了大门。梁寒山回家向西走，他是要向东走的，这才醒悟过来，笑道："我是进公园的，怎么跑出来了？"梁寒山道："我们是一对丧魂失魄的朋友，所以才如此啊。"于是二人一笑而别。

梁寒山回到家里去，将贾叔遥的词拿出来看一看，意思也说得过去，不过字的四声，有点儿不大妥当，便在书架上拿了一本词律，给他校对校对。一翻书，书里掉出一片压干的杜鹃花瓣来，看了这一朵干花，就想起来了。原是本年四五月里，作了几首杜鹃词，随便登在文艺月刊的空白地方。书发行以后，来了一封无名信，信里说，知先生爱杜鹃花，今以所有者，分一朵相赠，不敢望谢。今有数阕词，愿先生代为正之。改正以后，登之贵杂志，某即领教矣。信大约是这样说，那几阕词，也在信里，可是正要看，因为来了客，就夹这几本词律里，以后忘记了。光阴易过，今日才重翻此案，真对不住这风尘中一个不相识的文字之交了。于是将杜鹃花瓣先拿开，将书本提在手里抖了几抖，果然抖出一封信来。抽出信囊里的纸，信已没有了，只有朱丝格写的一张稿子。开首便是两阕《菩萨蛮》，那词道：

今年又算轻离别，茜窗冷落梨花月。花气袭朝眠，一天杨柳烟。　　休将归燕问，问也无音信。争不忆江南？莺花三月三。

东风又绿庭前树，消磨一半青春去。春那解消磨，人把春误过。　　若有阳春脚，愿把红丝缚。缚也是空留，红颜不白头。

把这两阕词从头一念，不觉先诧异起来，怎么叫我改，我未必作得有他这样好。不过看这字迹，非常的秀媚，不像是个男子写的字，词的口气，也近于闺阁。他觉得有味了，便坐在沙发椅上，向下慢慢地细看。下面乃是一阕《采桑子》，并注着：中央公园四宜轩前看杏花偶感。第二阕未注，是《南歌子》。那词是：

十年寒食天涯惯。细雨寒沙，浅水明霞，又向天涯看杏花。寒园犹少春风意，古堞鸣笳，废殿栖鸦，荆棘铜驼帝子家。

细雨萧窗冷，孤灯夜坐迟。一丝幽怨没人知，犹自焚香起读纳兰词。　　花月心期误，江潮信息稀。落花帘外已成泥，不似去年燕子尚南归。

看到这里，情不自禁地赞了一声好。这种口吻，完全是个女子了。看到词胎息浑厚，绝不是平常人填词，凑乎成功的。女子之中，有填得这样好词的，真是不多见。转身一想，不要傻了，词人之词，总是纤艳的，怎样就断定这人是女子呢？不过这人笔调这样秀娟流利，是个聪明之作，就不是女子，也是个洒脱之士，值得和他交个朋友，可惜自己把这信置之未复，把这朋友失之交臂了。于是接着往下看，是两阕《忆江南》：

飞不起，一缕枕边魂。昨夜曾经江上路，归来犹带水云痕，今夜料难行。

愁不寐，残月又沉西。凉到雀屏银烛暗，梦回鸡塞玉绳低，风里夜乌啼。

这词里满是离愁别绪，而且像离家很远，这人的境遇，或者很可怜。以上六阕词，是一张纸誊的，字迹倒还端正。此外又是一张朱丝格，共是四阕词，一阕是《如梦令》，三阕是《浣溪沙》。那词是：

空把玉箫频弄，寒夜迢迢谁共。只有素心梅，纸帐铜瓶相供。相供相供，伴作一窗幽梦。

爱学梅花作淡妆，一春半是素衣裳。自然眉样慢商量。一点闲愁如止水，三分诗意隔横塘。不嫌孤独立斜阳。

蚕已三眠柳三眠，等闲又过晚春天。惜花怕到落花前。蕉叶卷心如宿醉，莲花隔世味枯禅。吟成寄与阿谁边。

欲作家书转又休，双蛾缄翠漾春愁。支颐忽堕玉搔头。夕照半楼人独坐，落花几点雨初收。倚窗底事不肠柔？

这一张纸却写得很潦草，尤其是最后三阕，一个字连着一个字写下去。其中有几句，还是涂改了的。这分明是给信的时候，匆匆填的，那意思是要把寄来的词，一共凑成十阕。这又可见这人的才思敏捷了。在最后三阕词里，是真情的流露，不啻赤裸裸表现是个女子。所谓"一春半是素衣裳，自然眉样慢商量"，所谓"支颐忽堕玉搔头"，这都是女子的神气。若是真有这样一个女子，不但愿和她为文字之交，而且大可逢人说项，将她鼓吹一番了。想到这里，就把这十阕词，从头高吟一遍。

97

梁寒山住的这地方，是一所小跨院，只有两明一暗的三间小屋，为读书卖文之处，与家中人却是隔绝的。院子里原有一架紫藤花，两株海棠，这样冬天，都成了枯干。寒风忽然吹起，拂着枯条，作那种呜咽的声音，越显得这地方枯寂。所以他一人在屋子里独坐高吟，却没有人来理会。

将词高吟多遍，都快要读熟了，忽然想起一件事，记得上海有家杂志社的编辑，很有文名，有一个女子和他通信，由讨论文字讨论得成为文字之交。成了文字之交，这编辑先生还想进一步去发生恋爱。那女子来信，字里行间，倒也不拒绝，只是总不肯见面。把这位先生急得像热石上蚂蚁一般，不知道怎样是好？到了最后，他实在忍无可忍了，就将自己亲手抄的诗稿，和自己最近所照的一张相片，用双挂号寄给了那个女友，请她务必回一封信，约一个时候见面。若是不见面，自己一定就会因此生病急死。不料这信去后，一天两天，三四天，始终不见那女子有回信来。一直过了一个礼拜，依旧不见那人回信，他方急得要死。又过了几天，再写一封信去永诀，那人才回了一封信，说他是个男子，以前的信，都是开玩笑的。这位编辑初还不信，后来调查属实，弄成一个大笑话。从此以后，当编辑先生的对女投稿家，都不敢枉攀朋友。纵然知道真是个女子，也不敢冒昧和人家通信，以免万一之差。

想到这里，心里冷淡了许多。但是这十阕词，凄楚婉转，倒也念之有味。尤其是那《南歌子》的下半阕"花月心期误，江潮信息稀。落花帘外已成泥，不似去年燕子尚南归。"不由得就牢牢记在心上，脱口就可吟了出来。从前袁子才看了旅馆里的题壁诗，有天涯沿路访斯人之句，有感于中，文字动人，真也古今一辙。可惜这个人好像是个女子，故意去寻她，有一点儿嫌疑。若断定是个男子，我倒可以在报上登一则小广告，约他谈一谈了。

梁寒山只管这样想，把贾叔遥托他改词的事，都完全忘记了。及至醒悟过来，屋子里已经漆黑，天早已晚了。这才扭着电灯，将词稿收起，吃过晚饭，到书局子去上班。贾叔遥一见面，就问词填得怎样？梁寒山原是一个字未曾改正，可又不能这样对人说，顿了一顿，便笑道："很好，很好。"贾叔遥道："我看你根本上就没有看。无论如何，我是一个初填词的人，会好到哪里去呢？"梁寒山道："虽然有一两个字欠妥，那是小疵，无甚关系，明天我和你斟酌一下子吧。也许点金成铁，将原作改得太糟，那可不能怪我了。"贾叔遥道："阿弥陀佛，你会比我糟，这可不成话了。"

梁寒山笑道："你怎样念起佛来，不是不相信佛的吗？"贾叔遥道："我并不是不相信佛，不过觉得不容易懂罢了。不久我还托一个居士，给我写一篇金刚经呢。"

梁寒山道："你提这个居士，我知道了，他要写三千篇金刚经送人呢。"他们的同事唐国模，正也是个好佛的人，便插嘴道："这居士叫静方的吗？他的字是写得好。我在朋友家里，看见过他写的经。人家裱成了小中堂。那经后面，除了注着年月日之外，并写了第一千九百多号，我看了很是纳闷，这样一说，我倒明白了，原来他是要写满三千号。这人写了一千九百多号，就是三天写一幅，也有十八九年的成绩了，总算有毅力的人。"贾叔遥道："一个人既然学佛，干脆出家就是了，为什么做一生的居士哩？"梁寒山道："那大概是堂上有双亲，或者有其他不得已的关系。"贾叔遥道："可是我说句口过的话，也可在财政部交通部盐务署都有差事。许多阔人，也愿意和他谈佛学。他是为了官才老当居士哩，还是为当了居士，就得着这些差事呢？做居士的人，应当兼许多挂名差事吗？"梁寒山道："唉！这个年头儿，哪一界求全才也难，我们只好退一步论人，哪里可以看得这样死呢？做居士的人，本没有出家，只要居心端正，兼一点儿挂名差事，是大有可原的。多少出了家的人，还无法无天呢！"唐国模道："寒山兄认得这人吗？给我弄一张字好不好？"梁寒山道："我认是不认得，总可以间接托人求得的。"唐国模道："可惜。今年逛厂甸，有人临赵松雪的一幅金刚经吊屏，我没有买来。"

寒山听了这话，忽然一拍桌子道："哦！有了，我记起来了。"人家见他这样，都莫名其妙，可是他却十分得意。原来他虽在书局里办事，心里可记挂着今天翻出来的那十阕词，究竟是个什么人呢？仿佛又记得"古堞鸣筇，废殿栖鸦，荆棘铜驼帝子家"。在哪里看过这三句词。现在一提到厂甸，想起今年新春在那里书市上，曾买到一本油印小册子，叫作《咏梅词》，其中确有这样三句词，回去一定要对上一对，若是对了，就可以断定这是个女子。因为那上面有许多词言明了作者是个女子呢。大家问他时，他却笑着说想起一件小事，含糊地就遮掩过去了。

在书局里下了班，到了家里，首先就到书架子上把零碎的小册子，一本一本，都清理了一会子。清理了一个多钟头，闹得头昏脑发烧，居然把这一本小册子寻到了。把这本词从头至尾，细细一看，除了最后那三阕《浣溪沙》而外，其余的都誊印在上面。书的前面，也有一段小序，中间有几句说，或兰闺夜静，绣榻天长，背灯寻梦，拈带微吟，偶有悠悠不尽之思，都作凄迷难遣之句。吟固无聊，弃之可惜。又有几句说，明知工愁善病，非今日女子应有之思。而不求自来，实亦非我故作懊侬之句。最后几句说，由是油印数十份，分赠同窗之友，借留鸿爪之缘。不必灾梨祸枣，而亦终胜调脂弄粉也。由这些话上面看去，这人岂不是一个女子？那序后面，记着年月日，张梅仙序。在词的开宗明义之处，也是署着梅仙二字。梁寒山考据考到这里，总算把这事考了个水落石出。不过看那借留鸿爪之一句，倒好像她是已经毕业的学生，离开学校回家了。真个要一访斯人，恐怕倒不免像袁子才，势成天涯沿路了。想到这里，抬头一看，壁钟已过两点，自己这种举动，未免近于无聊，也就熄灯就寝。次日醒来，已经是上午十点钟以后了。

吃过午饭，正打算出去，却有朋友陶达生来了。梁寒山笑道："你倒来得巧，我正有件事要托你。"陶达生道："你不说，我就知道了，你托我好几回了，要弄一张佛像。我真对不住，忙得把这件事忘了。其实很容易的。"梁寒山道："佛像我不要了。现在我听说有一个静方居士，能写金刚经的吊屏送人，我想托你给我找两份。据说字写得非常之好。"陶达生道："字好不好，我是不知道，不过求他写字的人，倒是不少。那很容易，随便哪一天我遇到他一说就成。像你们负有文学名誉的人，只要对他一提，他就十分乐意，做和尚的人，就是爱和有名的人物来往。哪还用得着什么求不求？"

梁寒山道："你不是说可以给我介绍和灵慧和尚做朋友吗？什么时候实行？"陶达生笑道："你要是愿意交一个有趣的人做朋友，还是百了和尚好。这和尚一肚子佛学，可又九流三教无所不知，和他谈个一两回，你真摸不着他是怎样一个人物。"梁寒山笑道："你不是说偷着看《金瓶梅》的那个和尚吗？"陶达生笑着点了点头道："是他。可是他不过爱闹着玩，其实倒不是个花和尚。"梁寒山道："花和尚要什么紧，能参欢喜禅，才会悟到色即是空啦。南边有处地方是观世音菩萨的大本营，那里的出家人，总是干净的了，可是据我一个知道内幕的朋友说，那些和尚，只要一过开庙之期，大批的到上海去打野鸡。害了花柳病，乱打六零六。有一个医生，专门给和尚打六零六倒发了财。又像小说上，夜壶煨肉的那一段笑话，我们看着是不过笑话而已。可是我的朋友真碰到过一回，那和尚还是用敬佛的檀香去煨的，你说这事是多么亵渎佛教。"

陶达生笑道："你既然知道和尚是怎样坏的人，为什么你倒喜欢佛教？"梁寒山道："唯其我喜欢学佛，我才恨这些不成材料的和尚。"陶达生摇手道："那算了。我说的那百了和尚，还则罢了。那灵慧和尚就有点儿多情，够得上不成材料。介绍和你一见面，你若做起文章一骂他们，那可糟了。"梁寒山道："你若介绍我认识了他，好歹是个朋友，我哪有骂他之理。"陶达生想了一想，笑道："我还是介绍和百了先见面吧。那人倒是很随便，今天下午没事，我找着了他，先和他约一个日子。二次我们就一路去。"梁寒山道："就是到我这里来也不要紧。我什么也不忌讳，就是和尚进门，也当平常人一般看待。"陶达生笑道："那更好了。那百了和尚喜欢吃稻香村的点心，你只要预备一点儿好点心，他一吃之后，除了把佛学里的奥妙之处愿意告诉你而外，南北几十省他都走遍了，他要把所经过地方的山水人情风俗谈上一谈，就都很有味。"梁寒山道："好，你先去约一约。我要认识和尚，倒不一定要跟去学佛，只要找一所好庙，能在庙里借几间屋子里读书作文，就算达到了目的。"陶达生道："这是很容易的事，一定可以办到，今天下午我本要到南城去的，顺便我就到太清寺去走一趟，看看百了和尚在庙里没有？"梁寒山道："你若是去，你就告诉他，我这里言情小说很多，要荤些的，像《金瓶梅》一样的也有。"陶达生听说，也笑了，坐谈了一会儿，他就别了梁寒山而去。

这一天晚上，陶达生放下许多事都没有办，就到太清寺去。这里是一条冷胡同，由东到西不过两盏电灯，昏黄的灯光里，照着庙门，双扉坚闭了一列围墙，静沉沉的，也不见一点儿人影。倒是一阵檀香的气味，在半空里荡漾，接着卜卜的一阵木鱼声音，隐约可听，人在这种空气里，自然会有一种不可思议的感想。抬头看看天上，那一钩如玉的新月，正斜挂着，做那窥人的样子，在那枯槁枝的冬树上。陶达生在月光地里，走上前敲一敲门，半晌有人在门里问了一声谁。陶达生道："我姓陶，会百了师的。"那人道："哦！是陶先生。"说着话自己开了门。门洞子里，电灯并没有亮，只有个悬在梁上大团灯笼里面点着一支蜡。陶达生看见，烛光下映着那一副有红似白的小面孔，正是那十四岁的小和尚是空，走进来问道："外面没有佛事吧？百了师在家吗？"是空道："有佛事，都不相干，用不着百了师去的。他现在在禅堂看经。"陶达生道："我自到他那里去，你不要作声。"是空因为他们是熟的朋友，果然他就不作声，让他一人进去。

他走到了百了和尚屋外，只见靠近窗户纸所在，一团白光，大概是亮了悬在桌上的电灯，他正在看书呢。因放轻脚步贴近窗户站了一站，只听见里面有一种吃吃然的笑声，陶达生在外面笑道："百了师，怎么一个人在屋里笑将起来？"百了在屋子里道："哦！哦！谁？是陶先生吗？我来扭着外面屋子里的灯，请进，请进。"说时，他已扭明正中屋子里的电灯。这屋子，正中没有佛龛，只有一张大桌。桌上摆了尊瓷器大士像，一尊维摩佛像，一尊装金的接引佛像。两架纸糊四角风灯，配着一只乌玉的三耳古鼎，此外还有一套瓷的小五供，旁边一盏蓝花瓷器灯台，清油灯盘子，正点着一束灯草，放出菜豆大的灯火。其余的地方，倒高高低低，陈列一二十盆梅花。一掀帘子进来屋子里自有一种沁人心脾的香味。陶达生连说了几句好香好香。

百了和尚引他进屋子坐下，笑道："真香吗？但是我倒不觉得。"陶达生道："你总在香里面坐着，让香把你熏透了，你自然闻不出香味来。外面这屋子，向来不是空着吗？何以这会子又陈列得这样雅静？"百了道："做和尚的人，不像俗家，他这一颗心，一点儿疏忽不得，所谓道高一尺，魔高一丈，就是警戒和尚的缘故。我们眼睛所看到，耳朵所听到，若是不干净一点儿，就容易染到魔道缠绕，所以我因闲着无事，把这外边屋子，布置一番。"陶达生笑道："这样看来，你倒是打算做一个干净和尚了。"百了道："你这话我有点儿不能承认。照你这样说，难道今日以前，我就不是干净和尚了？"陶达生也就笑了起来。

说着走到屋里，一看桌上放着一本《维摩诘经》，笑道："嘿！看起这样深功夫的经书来了。"说时，将经书拿过来捧在手上。这是毛边纸的木版书，有一尺长，七八寸宽，捧在手里，倒是挺厚的一本。他一拿过去，百了本就想伸手来夺，但是他已拿在手里，夺也来不及了。陶达生拿着书，只是一抖，啪的一声，掉下一本小本子来。陶达生手快，一弯腰就在地下捡起来。一看，是五寸长的一本小书，书面上有白纸的签字，乃是《绣像绝妙艳情小说灯草和尚》。百了和尚没有抢得及，把一慈悲脸儿，臊得白里转红，红里转青，只坐在一边，发出傻笑来。

陶达生笑道："你看言情小说也不要紧，为什么看《灯草和尚》这种书。这书里的和尚，还不把你们佛家子弟骂一个够吗？"百了用手搔着腮道："我原先也不过说一个风流和尚罢了，不知道他是那样骂得和尚不堪。"陶达生笑道："小说上那些言情之事，全是鬼话，靠不住的。只有现在社会上发生的事情，的的确确，说出来有名有姓有地点，那才是有趣。"百了笑道："上次你在这儿谈的，确是有味，可惜我有事，没有等最后那段故事讲完，我就走了。今天有事没有事？若是没有事，我欢迎你在这里演说。"陶达生笑道："要我在这里演说也可以……"百了不等他说完，就抢着道："自然不会让你白说。"说着，他就忙着开橱子，拉抽屉乱转了一阵，马上摆出四分干果碟子，又把原来的一壶茶倒了，加上茶叶，亲自到厨房里去，沏了一茶壶来。先斟了一杯茶，送到陶达生面前，笑道："这茶叶不错，是湖南来的。"陶达生坐在桌边端在手里，不曾喝，先就一阵清香扑入鼻端，呷了一口，点头笑了一笑道："真是不错。"

百了笑着在对面坐下，道："上次你说到王小脚第二次出嫁的那一天，到了晚上，她怎么样？"陶达生道："怎么样呢？过了一晚，就是明天了。"百了荡漾着大衫袖，连连摆了几下手道："你说吧，不要和我为难。"陶达生笑道："这话倒也有些奇怪，我说也罢，不说也罢，是我自己的事，和你有什么为难之处呢？"百了笑道："一个笑话没有听完，正如吃饭吃到半饱，让人夺了碗一般，你想，这不是很难受吗？"陶达生道："就是据你所说，情形果然如此，那也要就当时的情形而言。我这一段话是前好几天和你说的，不但听的人应该忘了，就是我说这话的人，也早已丢在九霄云外，还有什么半饱不半饱？"百了笑道："我也不用得三弯九转地说了，老实说，就是你所谈的有趣，我非常爱听。"陶达生笑道："说了半天，你这才说了一句老实话。要我说倒可以，不过上次讲的那一段事，我都记不清了。今天我重新讲一个有趣的吧。"百了道："只要是有趣，新的旧的都好。吃两块点心再说吧。"说着，就在碟子里挑了几块核桃酥、芝麻饼放到他面前，陶达生却情不过，就把朋友在外面胡闹的事，提姓不提名，说了两件给和尚听。和尚一听之下，真欢喜得无可无不可，手里拿着点心，嘴里吃得吧唧吧唧的响，眼睛眯成了一条缝，只管向着陶达生微笑。

陶达生也是说得高兴，由朋友玩笑的事情，谈到了逛窑子，由逛窑子又谈到了暗门子。百了一听说乐得两只眼睛成了一条缝，将手一拍大腿道："别的都罢了，唯有这一条路子，我却没有听到人说过。据人传说，我们这庙前庙后，就不少这一路角色。这话真的吗？你也逛过没有？"陶达生道："不能再谈了，谈到夜深，漆黑的胡同，我怎样回去？"百了道："若是你怕的话，我可以预先雇好一辆车，送你回府。我们那间客房，倒也干净，就在那里睡也好。"陶达生道："我家里煨了一大罐冰糖莲子粥，正等着我回去吃，我若不回去，肚子在这里空着，莲子粥在家里空着，那是什么算盘？"百了笑道："你就为的是这个吗？那很容易办。不瞒你说，我这里留得有顶好的浙江笋干，你若是在这里多坐会儿，我可以把笋干拿出来，用水发开了，加上口蘑，给你煮上一大碗三鲜素面吃，你看好不好？"陶达生笑道："我吃惯了荤的人，这素面恐怕吃不过来。"百了笑道："这一件事，你可别拿话来试我，我们这和尚，虽不十分干净，可是也不过开开玩笑，取个乐儿，要说为非作歹的事，可真没有。"陶达生笑道："你们果然就一点儿荤都不吃吗？我可听到说和尚庙里用夜壶烧肉吃哩。"百了笑道："这挖苦和尚，也就到所以然了。和尚要吃肉，随便怎样偷着吃都可以，为什么一定要用夜壶煨着吃呢，这不是想入非非吗？"陶达生笑道："没有夜壶煨肉，给我来两碗好素菜也可以。"百了道："这个要赶办，实在是来不及了，你真要吃菜，我还藏得有些笋豆和五香萝卜干，都一齐拿出来吧。"

陶达生见和尚是这样百依百顺，也不忍心再难为他了，又坐着谈下去。每谈到一个女子，百了先就问怎样的脸、怎样的身材、怎样的嗓音，其次就问剪发没有剪发、穿什么衣服、穿什么鞋，甚至是长裤是短裤，袜子齐平哪里，都要问个清楚明白。陶达生是喜欢开玩笑的人，他见百了和尚听得那样有趣越是添枝添叶，形容入妙，把一个百了和尚听得两只眼睛，笑得睁不开，左手扶在桌上，只管捻佛珠，右手伸开巴掌，却不住地去擦脸，嘴角老是笑得歪着，扶正不过来。一直让陶达生把一段惟妙惟肖的趣事说完之后，张开嘴来打一个呵欠。

陶达生笑道："怎么样？听得有趣？"百了和尚用手将光头乱摩抚一阵，微笑道："有趣是有趣，可是样样有趣的事，和尚听了有什么用处，还不是白听一阵子吗？"陶达生道："那要什么紧？现在大家都是和尚头，你把这件大袍子一脱，穿上一件长衫，时髦些索性换上一套西装，无论你到哪里去逛，明的也好，暗的也好，有谁知道？"百了合着掌齐手胸口，连叫了两声"阿弥陀佛，阿弥陀佛"。陶达生笑道："为什么念阿弥陀佛，难道这是做不得的事吗？"百了笑道："和尚冒充俗家去宿娼，你倒以为是做得的吗？纵然不犯戒，也犯了法。"陶达生笑道："犯戒你们是不怕的，除非怕犯法。其实这个年头儿恋爱自由，也不算犯法。你若是怕犯法我倒有个绝妙的主意。"百了听了，连忙站起身来问道："你有什么绝妙的主意？"陶达生笑道："傻子，你这样辛辛苦苦做什么，不会还了俗吗？"百了笑道："我说你是什么好主意，原来是叫我还俗，为什么出家呢？"陶达生一想，你倒会辩，我来驳你一句，便笑道："既出家……"再要向下说，觉得有些不妙，便改口道，"就不能还俗吗？别人我不知道，唐朝那个贾岛，他是有名的诗人，他就是出了家再还俗的。"

百了笑道："这是古人，如何比得？"说到这里，笑了一笑道，"你别看我喜欢讨论娘儿们的问题，其实是闹着好玩。在街上碰到漂亮的娘儿们，我总是闪开到一边去的。"陶达生道："你一个和尚，在大街偷看人家，已经够也。你不躲开一点儿，打算怎么样？想挨揍吗？"百了指着他笑道："话到了你嘴里，没有好的，你又怎样知道我偷看人家呢？"陶达生笑道："这是很容易知道的事。你不看人家，怎样知道她长得漂亮？既然看了，和尚在大街上看人家妇女，没有睁着大眼珠，向人家对面对看了去的。我合逻辑推论下去，所以知道你是偷看。"百了笑道："你骂苦了我了。"陶达生笑道："那真不是骂你，我倒怜惜你们很寂寞。老实说，人生在世，无非是做两样事。一是求形式上的安慰，一是求精神上的安慰。要说求形式上的安慰吧，你们是绝对没有的。要说求精神上的安慰吧，实际上怎样，我不知道，若是表面上看来，你们是并没有安慰的。"

这一句话，百了似乎受了很大的刺激，两只大衫袖覆住了两只大腿，双眼皮向下垂着，几乎要成睡着了的样子。他却慢慢地答道："这话对你们俗家，是没有法子解释的。尤其是你们这些年轻的人，不容易领悟。"陶达生走上前，将他的肩膀，摇撼了几下，笑道："你这一副样子，倒真装得像。醒醒吧，让我再来谈两段风流韵事给你听听。"百了笑道："你这孩子，实在是调皮，谈来谈去，就会谈到和尚头上来的。谈上了就得挖苦我两句。"陶达生笑道："并不是我挖苦你，是这样谈起来才觉得有趣。"百了笑道："拿和尚开味，倒算有趣？你这人很好！"

正说到这里，斋厨下的火工，已经把面菜送了上来，和尚就陪着陶达生一块儿吃面。吃完了面，火工来收拾了碗筷去。百了重斟了一杯茶，放在他面前，笑道："现在是吃饱了，先喝一杯茶吧。"陶达生道："这样子，你是要继续地向下讲了？"百了道："你若是不讲什么，我们就这样相对枯坐吗？那也觉得有些无聊吧？"陶达生道："也罢，我来讲讲学生们的恋爱给你听吧。"百了头一偏，哦了一声显出很惊讶的样子道："学生恋爱史？那很好。你说，你说。"陶达生笑道："看你这副神情，倒好像是学生的恋爱史，就格外值得注意似的。"百了道："那是自然啦。现在是青年人的世界，谈恋爱不在年轻的时候谈，还到年老的时候来谈不成？况且学生总是有知识的人，他们谈起恋爱来，自然又入木三分，比平常人谈得会更有兴趣的。"陶达生道："这样说你是很羡慕当学生的了。"百了情不自禁地，又竖起手来摸了一摸和尚头，笑道："我若是倒长回十五岁，我就当学生去了。不要谈那些不相干的辩论吧，你还是言归正传。"陶达生也谈起兴趣来了，又拣那些有趣的新闻，和他谈了一点多钟。

谈毕，有一点钟了，依着百了，还要请他谈一谈。陶达生说是支持不住，非睡不可。和尚只好是送他到客室里去安歇，自己一人，回到禅房，想起陶达生说的话，真个非常有趣。先是坐着想，终而靠着椅子背想，到最后却躺在床上想。清醒白醒的，只管瞪两只眼睛望了屋顶，想了一阵，又坐起来，看见桌上还有壶茶，站到桌子边，斟上一杯先喝了。喝了一杯，又喝了一杯。把杯子放下，背着两只大袖，就在屋子里踱来踱去。由那屋角上，踱到这边房门口，又踱到那边屋角上去。就是这样踱来踱去的，竟忘其所以了。百了直想了半晚，脑筋里面，构成了无数个无数折的幻境。那幻境里面都是很甜蜜的生活，自己浸润其中，与和尚这样清淡的生活，适得其反。眉头一皱，顿着脚几下，便决定了一个志向，手头上还存得有几百块钱，拿了这个钱，自己就另创造一个世界去。

原来，前几天这里的方丈也曾说过，有一所中等的庙，可以让自己去主持，如今想起来，就算主持一所庙，那有什么意思？还不是过这种清淡的生活吗？要说做和尚清心寡欲，一直做到成佛成祖，固然是好。但是真能办到这种地步的，却有几个？自己做了这些年的和尚，就从来没有看见过谁是把和尚当作和尚做的，无非是借了这个名目混饭吃而已。要说混饭吃，什么事都可以做，何必守苦做和尚呢？这样想着，倒觉着板着面子做和尚乃是欺世盗名，不如俗家为了吃饭做事，更是居心正直了。他心里是这样想着，脚下就不由自主的，只管放开脚步走来走去。人的心不在这两只脚上，所以这两只脚尽管走得十二分忙碌，却也不见得怎样疲劳。

这庙里是极清静的所在，加上到了这样夜深，什么生物的动作都停止了，万籁无声，落下一根小针到地上，都可以听出它的响声来。和尚虽然惯在岑寂的环境里，而今更加上一层岑寂，不由得他不再加上一层注意了。在岑寂的境况里，忽然有一种幽香，若断若续的，扑入鼻端。百了一想，这外面屋子里，并未点上佛香，哪里来的这一股气味？于是掀开门帘，探着头向外看去，只见外面供案上那一盏古式的清油灯，一点豌豆大的灯火，依然亮着，照见屋子里，只是一种昏黄的颜色。那四围列的梅花盆景，映着许多若有若无的影子，模糊一片，这倒加添这屋子里不少幽灵的气象。

供案上的那几尊佛，仿佛是格外沉静着，垂着手，微闭了双目，脸上不带笑容，可也不带愁容或怒容，只是沉静静的，觉得慈悲庄严，令人对之起一种不可思议的敬仰心。百了先是在门边，情不自己，走到了外屋，更又情不自已地走到了佛案，剔了一剔灯光，对着佛像端详了一会儿。所闻的一种香，现在也明白了，乃是未开的梅花，和香炉里烧过犹念的檀香灰，酿成这一种很飘忽的气味。你看这几尊佛像，在这飘忽的香味里，那种镇静的样子，恰是可做人生的表率。做和尚的人好好地修养，何尝不能做到这一步田地。这样想着，就把刚才一番热烈的思想，完全洗去，自己点了点头道："这是菩萨点化我来了，我既然做了和尚，当然根据了和尚这一条路向前做，我又何必三心二意，另打别的主意？"这样想了，倒把一夜的烦恼自然解除，安心安意进屋去，在床上睡觉。

第八回

绮语难忘买书怜佛子
芳名重晤问字过诗家

次日起来时，陶达生已经早起来了，百了先到客房里去看他。他一见就笑道："昨晚上睡得好，没有做什么梦吗？"百了将右手的巴掌伸开比着鼻子尖，微微点了一点头。陶达生笑道："你别做这种假道学的样子了。干脆心里要怎样才觉得舒服，就怎样去做，千万别口里是一样，心里又是一样。那样办，人家看去，固然是不顺眼，就是自己精神上也会弄得痛不痛，痒不痒，格外难过。"百了的心事，正是时刻不定之际，被他劈头三大板斧，倒弄得又不知怎样措辞是好。半晌，笑道："你不在我屋里，你就不要说笑话了。弄得大家知道，笑话更大了。"陶达生道："说笑话要什么紧呢？要这样公开，才见得真是说笑话，若是躲在屋子里叽叽咕咕地说笑，那倒显得不规矩了。"百了笑道："你是会说，凭你翻来覆去地说，你都算是有理。"陶达生笑着想了一想，因轻轻地对他道："我有一件买卖和你兜揽兜揽，不知道你要不要？"百了道："我有什么买卖可做？"

陶达生微笑着也不作声，却在身上掏出日记本子来，用自来水笔，在上面写了秘戏图三个字。百了道："你那里有这种东西？拿给我看看。"说时，脸上完全是笑容。眼睛的宽度，缩小了三分之二，眼珠不由得斜到一边，表示他那一种笑意，完全由心里荡漾出来，没有丝毫勉强的意思夹杂其间，同时不住地用手扒着大腿搔痒。陶达生道："我身上却不现成，你若是要，我便去拿给你看。"百了笑道："真有这种东西吗？在哪里得来的？"陶达生笑道："你若是请我大吃一餐的话，我就带你去开这个金矿。"百了指着陶达生笑道："你这个孩子，真是淘气，为什么老要敲我竹杠？"陶达生道："这个名词，我有些不能承认。凡敲竹杠也者，必定有强迫你非办不可的趋势。照着现在你说的话看起来，难道你对于我介绍的画片，也有非买不可的趋势吗？"

和尚原倒觉得振振有词，给他这样一反问，倒无话可说了，笑了一笑，却没说什么。陶达生道："我要回去了，你买不买？请我不请我？干脆地快说。"百了道："要请你一餐，那很不算什么，何必还要用什么缘故。"陶达生道："你肯请我就是了。荤馆子你也不好意思进去，素馆子我又不愿进去，两下为难。不如到东安市场烧食摊子上，买上一元钱酱鸡卤鸭之类，当面递给我，让我拿回去慢慢地咀嚼。"百了道："那也可以，要买荤菜，哪里也有，又何必远巴巴地跑到东安市场去哩？"陶达生道："这却有个原因，因为我的金矿，也在那里，你送了我的礼之后，我马上就带你去视察金矿。"百了道："你真厉害，倒要先钱后货。就是那样办吧。什么时候去？"陶达生道："下午五点钟的时候，我在茶楼上喝茶，你可以一直到茶楼上去找我。我们要遵守时间，过时不候。"百了想了一想，笑道："幸而我是闹着玩，这件事可有可无。若是我真非要这个不可，岂不是受死了你的限制吗？"陶达生道："若果如此，我的竹杠更大了，岂止要吃你一顿点心而已呢？"说毕，他也就笑着去了。

　　这百了和尚，真个异常地守时刻，到了下午五点钟，他就溜到东安市场来，自己正在上茶楼的梯子，后面就有人嚷道："百了师，不必去找我了，我还比你来得晚呢。"百了一回头，只见陶达生还在楼下。于是，转身走下楼来，笑道："你看怎么样，我这人总算言而有信吧。走，我们上烧食摊子上去，我先给你去买吃的。我既然答应了，干脆我就去买，用不着推诿了。"陶达生笑道："你真是痛快。不过你这样太痛快了，我真要你买给我吃，倒显得我这人贪食过馋。好吧，我先带你买东西去。"于是自己在前引导，一引就引到一家书摊子边来。

　　这摊子上，横着用铜丝悬了一块牌子，牌子上刻了红字，乃是劝善书庄。摊子上的主人翁，正在张罗买卖。他一看见陶达生，就笑道："陶先生，你好久不照顾我们了。"陶达生道："今天特意照顾你们来了。"那卖书的笑着和他点了点头，望了一望道："请你等一等。"他于是专一和别的买书者尽先交易，把生意做完了，因看见陶达生后面站了一个和尚，踌躇着却不好说什么。陶达生明白了，就先问道："现在有新到的好片子没有？"卖书的看了一看和尚，又看了一看陶达生，笑道："是谁要？"陶达生道："你还不认识我吗？你管是谁要，你认识我，就卖给我得了。"卖书的笑道："那位大师父是你一处吗？"陶达生笑道："你管他是一处不是一处，傻瓜，你生意做回去了。"卖书的轻轻地道："这儿可没有，你得跟着我到家里去看。"陶达生道："好吧，这就去，我还有事，得到别处去呢。"

　　卖书的招呼了他一个同伙，看守摊子，自己就在前引导。陶达生是老主顾了，跟着他走。百了站在后面，倒踌躇起来。卖书的一看这种情形，早已明白了，笑着对他点了一点头道："你也来，不要紧。"百了也是巴不得一声，就晃动着两只飘飘然的大袖，跟着来了。那卖书的在前走，一直引他们出了东安市场的大门，逛到对过一条胡同里，有一家门口，悬了堆栈的牌子，卖书的就推门引他们进去。这里好像有许多家卖书的，转了两个弯，把他们引进一间堆书的屋子，笑道："请坐，请坐。还是要书，还是要照片？"陶达生刚要说只要照片，百了连忙接着说道："有些什么书？拿出来看看。"卖书的于是打开一只长木柜的盖，两手一捧，在这里面捧出一大叠书，放在桌上，先就拿出一本小册子来，送到百了前面，笑道："这是新出版的，你看了，准说不错。"百了一看那书面是白的，却没有标上书名，百了道："这是什么书？怎么没有名字？"陶达生笑道："有名字就平常了，唯有不署明书名的书，内容才是耐看呢。你翻开将内容瞧一瞧。"百了原没有看过这种书，站着靠住了桌子，左手托着书，右手就随便翻了一页看。大概也不过看了三四行下去，就觉着非往下看不可，因此相片忘了看，书价也忘了问，只是捧着书往下看。

　　陶达生见他看入了神，且不惊动他，就挑了一张放大的相片，轻悄悄地向书页上一放，字被画片盖住了，已是看不见，看见的乃是画片。百了一看，就由不得一笑，对陶达生道："这好像是照的一样。"陶达生道："自然是照的，若是画的就不值钱了。"百了于是放下书，将相片拿到窗户边，仔细看了一看，点点头道："果然是照的。"一回头时，只见桌子上，大大小小，已堆了许多相片。百了且放了手上的，来看桌上的。这些片子上的人相，果然光怪陆离，有许多是想入非非的。一个佛家子弟，哪里看过这些东西，觉得这种增长见识的图画，一张也不能放过，因此摇着头道："我不信这是真的，我总要想法子找出一个破绽来。"于是将那画片，颠来倒去地翻看，只管注意着，以便找出那画片不真实的破绽。但是调查的结果，不但找不出一些破绽，倒觉得的确要算是写实的作风。

　　卖书的看他这样，便问道："大师父要多少，一样挑一张。好吗？"百了笑道："我不过闹着玩，要许多做什么？"陶达生笑道："挖着一个金矿，是不容易的事，既然挖着了，就可以多多带些金砖回去，何以只要一点点呢？"卖书的也笑道："你不像陶先生，可以一个人来买。下次你要是一个人来，我可是不敢招待的。"陶达生笑道："听见没有？多买一点儿吧！"百了笑着，却没有驳回他的话。卖书的自然是卖得越多越好，捧了一大堆的画片，放在百了面前，然后又问百了要不要书看？百了道："既然你一定要卖给我，你就随便挑出两本来吧。"卖书的听说，又带着笑，放了一叠书在百了面前，结果一算账，共是六元八角。百了一伸舌头道："这够两袋白面的钱了，真不是玩意儿。"陶达生道："你又不是常买，逢场作戏，要什么紧？据我看，恐怕你今生也只有一次，多花几个钱，又算什么？"百了把书和画片都已挑了，叫他扔下几样，实在也有些舍不得，又经陶达生这样一劝，他就毫不犹豫，在身上掏出钱来，一齐买了。卖书的将一张报纸，把东西全来包好，百了就如往常捧佛经一般，把书捧着走了。

出了栈房，百了对陶达生道："我是言而有信的，我还陪你到市场里去，给你买吃的。"陶达生笑道："我是闹着玩，当真要你买吃的吗？若是那样，真不够朋友了。"百了道："你是闹着玩，我又何尝不是闹着玩？请你吃一点儿东西，不见得就把和尚吃穷，你又何必客气？"陶达生道："我倒并不是怕将你吃穷，不过吃人家的东西，要人家自动地请才好，指定要人家请，是不大合适的。就是勉强吃下去，心里也未见得受用哩。你若是因为由我介绍出来，你才得到金矿，要谢我这一点儿功劳，这倒有个办法。我的朋友梁寒山很有心学佛，打算和你们出家人常常周旋周旋，从这里面，多少得一点儿佛学，不知道你可愿意和他交朋友？"百了道："这是很容易的事，你从中一介绍，我就和那位梁先生成为朋友了，何必还提出来算一个条件？"陶达生道："这虽然不必算条件，但是那梁先生还想要静方居士给他写两条金刚经的小中堂，能不能办到？"百了道："这太容易了。静方居士他写中堂原是还愿，并不是像旁的大书家卖字或传名，要搭什么架子。他是有工夫就写的，一点儿也不踌躇。"陶达生道："得了，只要你答应这两个条件，我就很认为满意了，约了一个日子，我带那梁先生到庙里来拜访你。好不好？"百了道："这梁先生不就是编京华杂志的那人吗？我是常听你提到他的。这种人……"陶达生笑道："我代你说了吧，这种人和你们来往，是很欢迎的，可以表示你们和文人来往，很是文雅。"百了将大衫袖拂了两拂，笑道："口过，口过。"陶达生道："这算什么口过，一个和尚能附庸风雅究竟不错，比巴结官府，往在缘簿上多写两笔，那总好得多吧？"百了笑道："说来说去总是和尚不好。我也不说了，你说我怎样，我就承认是怎样，这你也就无甚可说的了吧？"陶达生听他如此说，也就一笑而别。

这百了和尚回得庙去，把那相片和好书看得流连忘返，并未出房门，只是在屋子里坐着。坐得久了，觉得也有些倦，伸了一个懒腰站起来，便到外面屋子里来，散步散步。这时已夜深了，案上的青灯古佛，还同昨晚上一样，沉寂寂的。但是百了的感想，却有些和昨日不同。心想：一个人修道到了家，也不过像一尊佛一样，垂着眉毛，闭了眼睛，默默地坐着，这有什么意思。譬如这许多梅花，开得实在是好看。又譬如这香炉里的沉檀，实在有一股香味，但是佛的意思，花不是花，香不是香，不必闻，也不必看，一切都是没有。仔细想来，这话真是不通，既不必看，何以要长眼睛？既不必闻，何以又要长鼻子？现成的好东西，都要当粪土，偏又说西方有个极乐世界，真是说不通，我要是佛爷，少不得也是像桌上的佛像一样，静默着受人家供奉。但是这又有什么趣味？做一个和尚要痴心痴意地向佛道上钻，真是自寻死路了。况是自己出家以来，始终也没有看见哪一家学佛学成了功的，只是向下学去，自己还打算升天去成佛做祖不成？这样一想，觉得那慈悲的佛像，不是可亲，倒变成了可怜。

百了一个人，纳了一会子闷，将手一拍，自言自语地道："罢！我还是干我的。"这一句话说出口不打紧，却有一个人在屋子外答应道："百了师，你是什么事下了决心，你要干你的？"凭空听了人说话，百了倒吓了一跳，可是在这一刹那，一个和尚已经走进来，看时，那是灵慧和尚。这灵慧是西天寺的方丈，年纪不过四十上下，白净的面孔，长长的睫毛，见人就是一笑，非常的和蔼可亲。因为他是这样和蔼，无论男女施主，对他都感情很好。和尚里面，一来因为他是一个大庙的方丈，二来在北京和尚队里，又是第二三把交椅，对他也很尊崇。

百了在和尚班里，还不过是二路角色，灵慧现在亲自来看他，自然要当一位上司看待，连忙合了手掌笑道："阿弥陀佛，我有什么下了决心！不过是说要下功夫看看书罢了，灵慧师怎样夜深跑来了？"灵慧道："我听说无相师从南方来了，我想找他谈谈。"说时回头望了一望，就扯着百了的大衫袖道，"有一笔好买卖，我介绍你们去办。南墙有一幢观音阁，庙真好，共是三进，有电灯电话自来水，是一个老姑子在里面住。这姑子把庙当了她的家，把她俗家的兄弟侄儿侄女，一齐引在庙里住。昨天我在素香斋请客，有宋总监在内，谈起北京庙宇，我就故意谈到观音阁去，我连念了几声阿弥陀佛，说是出家人说不出口，这样一来，宋总监就追着问。"百了一拍掌道："这条计很妙！这叫作欲擒故纵的法子。后来你怎样说呢？"灵慧道："后来我说，说出家人的坏处本不应该的，但是这种人借出家为名，占了佛地，来养活她的家族，这简直是欺圣罔法，劝劝他们省悟也好。于是我把那庙里的事，当了满席的人，和盘托出。"百了一顿脚道："可惜！可惜！把机会错过了，这应该趁热打铁，就在那时候把话加重些。"灵慧笑道："你以为我是个傻瓜吗？难道这一点子事情都不知道？我自然无中生有，加上了一大段话，在席的人都说，这庙里的姑子既然这样不守戒，那就可以把她的庙充了公产。"

百了听了这话，两只眼睛，翻着酒杯大小，向灵慧望着，一拍腿说声糟了。灵慧道："别忙，我在当面，哪里糟得了。当时我就说，那不好，公家充了公，那姑子她会反过来说官场觊觎她的庙产。她不管好歹到僧尼公会去一请愿，大小是一场交涉。公家拿了一所庙来，也没有什么用处。最好这件事是另找僧人到庙里去住持，公家不过是尊重佛地整顿风化，不要一点儿好处，那就一点儿问题都没有了。宋总监很以我的话为然，说是要和僧尼公会接洽，办这件事。我想公会里面，不能不看我一点儿面子，你再托人出来一疏通，这一幢庙不愁不是你的。听说附庙有几所房子，可以收房钱，不强似你在这里吗？"百了听着，伸起一只手，连连将耳朵搔了几下，笑道："那敢情好。你帮我这一个大忙，将来成功之后，那庙产我们就是三一三十一。"灵慧笑道："我并不在乎此。老实一句话，我们做的事，谁也瞒不了谁，只要彼此能帮忙就是了。"百了道："那是自然，何消说得？"

灵慧说到这里，跑到堂屋门口，向外望了一望，见院子里并没有人，复转身进房来拉了百了，同在禅榻上坐，先嘻嘻地眯着眼睛一笑，然后说道："我听说这月半边，严宅你们有一坛佛事，对吗？"百了道："不到月半边，后三天就到期了。"灵慧低了一低声音道："他们家是善道人家，都敬菩萨。"百了道："可不是？最是他们家三姨太太好念佛。"灵慧听到一声三姨太，笑容更深厚了，嘴角边的两道腮纹，印下去了好深，低声道："你也知道？你认得她吗？"百了道："这里她也来过几回，我所以认得。从前她也是常到贵刹里去的，你比我们更熟了。"灵慧笑着静默了两分钟，就伏在百了肩膀上，对着他的耳朵说了几句。百了点头笑道："在你原也是没有法子，她是一个将军的夫人，哪里能得罪她。"灵慧道："不管她，过去的事不说了。这回你到严宅去做佛事，能不能想个法子让我也去一个？"百了伸开五指，将短头发搔得窸窣窸窣地响，口里沉吟着道："若是别个平常的人去，那不算什么。你灵慧师向来不应佛事，怎么忽然去凑我们的场合。"灵慧笑道："就是为了这个，我要来和你商量了。你想想看，有没有什么较好的法子，让我也去一个？"百了道："灵慧师真是要去一趟，那倒不费什么，我看不如到那个日子，你借了一件事，到严宅找我谈话，你就可以大模大样地去了。"灵慧笑道："这种主意，谁也会想得出，但是事情不能那样撞巧，当我到严宅去的时候，恰好就会碰到她。"百了被他这样一提，才想破了，便道："这倒也虑的是，你又不能不分黑日白日的，只管去找我们。这样吧，我这趟佛事，自己不去了，我的事就请你代着。那么，前后你有一个礼拜可以在那里了。"说到这里，他就望了灵慧和尚嘻嘻地笑。

灵慧忘了这是和同道说话，却把老着使了出来，合了掌尽管念着阿弥陀佛。百了道："这样办固然是好，还有一层，我若白白地不去，还是怕人疑心，最好是说我有了病，支持不住，我就当着说怕撞木钟，来请你去代我两天。你还可以表示不大乐意的样子，可是为了不看僧面看佛面，又不得不去，只管先去一天。去了一天之后，我老是不肯说病好，你就可以老住下干了。"灵慧突然站起来，拍了一拍百了的肩膀，笑道："好师弟！你想得很周到，做师兄的一定好好酬报你一下。老实说，我在北京恐怕待不久，我那庙里的事，就可交给你去办，你看，那不好吗？"百了道："这话我就不相信了。你现在北京和尚班里不是第一，也是第二，难道别的所在，还有好似这里的不成？再说，你现在还想着到严宅去哩，哪里还能跑到别的地方去哩？"灵慧笑道："阿弥陀佛，菩萨照在头上，我是向来不撒谎的。你所说的那两段理由，都不成问题。现在我且不说，到了那个时候你就自然明白了。"百了虽然猜不出他持有何项理由，但是料想他也不会说话骗人，就欢天喜地地将灵慧所说的话，完全照办了。灵慧当日将百了足足安慰一起，把百了喜欢得满头搔不着痒处。谈了一会儿，灵慧就告辞去了。

百了看了一晚上书和画，精神大为奋发。到了次日，他想起陶达生要的两轴金刚经吊屏，便不辞劳苦，远远地跑到静方居士那里去要。约好之后，还怕陶达生心里挂念，又亲自去通知一个信。陶达生因为到梁寒山家尚不甚远，就邀着百了一路，向梁寒山家里来。到了梁寒山家一打门，他家听差，看见一个光头僧人，倒吃了一惊，正要问为什么打门，见他身后转出一个人，却是陶达生。他认得陶达生是主人翁的朋友，这和尚算是没有走错，不过又对那和尚望了一望。陶达生会意，便道："他也是你们梁先生的朋友，说我和他一路来的，你进去先说一声儿也好。"听差的究竟不敢把和尚胡乱向家里引，便先进去问。梁寒山一听和尚来了，便笑着迎向大门口来，陶达生将身子一闪，就在一边，给二人介绍。百了一见，便合了掌，弯着腰深深地打了个问讯。脸色正正的，微微地带上了一点儿笑意。梁寒山请他进门，他垂了一只大衫袖，一只手伸平巴掌，放在胸前，一步一步很郑重地向前走。到了客厅里，和尚只择了一旁一张小木椅坐下，眼皮微微下垂，现出一种沉静的样子。梁寒山一想，这和尚虽然不过中年，然而看他这一副样子，却是一尘不染，是个道德高尚的人，陶达生所说的话，却完全不可靠了。

寒暄已毕，梁寒山首先就谈到佛学上去。说是自己很愿学佛，可是没有法子和有道德的高僧往还，所以请陶先生介绍。百了道："高僧是不敢说的，不过出家人昼夜都在经典之旁，自然比读书人多些工夫研究。其实儒家和和尚往还，也不一定和佛学有好处。倒是我们佛家，对孔孟的学说，有很多的帮助。并不是和尚小看儒家，像宋朝的理学，说的那个正心诚意，还不就是套自佛家的明心见性吗？设若不是隋唐五代佛学在中国那样传播，未必宋朝有这种理学发生。"说到这里，身子欠了一欠微笑道："这并不是和尚非素是丹，党同伐异，在学问一方面说，我这话似乎不过分。"梁寒山笑道："我并不是儒家，更谈不到是哪一党，和尚只管说。"百了道："这样说起来，贫僧还没有梁先生旷达了。梁先生，你看贫僧所说，宋朝的理学是由佛学蜕化出来的，有没有根据？"梁寒山道："虽然不必是蜕化来的，至少受了佛学的影响。因为那个时候，朝野都谈佛学，学佛的人，又真有学问，他们的言行，不能不令清高自赏的读书人注意。当时佛学者与孔门所读安贫乐道的君子，实在相近。有些狂狷者流，简直就相似了。因此和尚和文人往还，以及文人出家，成为常事，那怎么会不受影响呢？本来无论什么哲学，总抛不开理智的话，他们各家的学说，有些相同原也不足为异。如来佛是个宗教家，也是个大哲学家，孔子可以说他是文学家、教育家、政治家，而实在还是一个哲学家。这东西两位圣人，他们唯一的要点，就是救世。孔夫子说吾道一以贯之，忠恕而已矣，便是佛教的阿耨多罗三藐三菩提心。孔门的学说，揭出仁义二字来做；佛门的学说，便揭出慈悲二字来做。仁义和慈悲，试问是不是博爱？关于这一点，根本上相同，所以说由佛学化出宋儒的理学，原不勉强。就说宋儒讲理学，为了适用起见，他是革佛学的命，倒也可通。唐朝的读书人，不明这一层，便是胡闹地辟佛。韩退之自己抬自己，远承孟子的道统，其实他在孔家学说里，不过空空洞洞人云亦云，一点儿发明和扩大的成绩也没有。《谏佛骨表》就不算村妇骂街，只说个道其所道，非吾之所谓道，简直也是夜郎自大，无的放矢，只是小家子气。"

百了原只道他是个平常文丐，联络联络，留为宣传之用，不料一谈起来，他却说得很扼要，倒吃了一惊。梁寒山见百了默然不语，右手将握着的佛珠，只管一个一个地掐着，好像藏着机锋似的。梁寒山想道：是了，他和我是生见面的朋友，也许是我的话，过于爽快，失了谈佛学的态度。因笑道："我们这狂放的样子，讨论佛学，原是不对，还请大和尚见教。"说时，听差已将预备好了的干果碟子端了出来。梁寒山笑道："大和尚，这都是素的，且食蛤蜊吧。"百了正想说一句谦谢之辞的，见人家又来一句机锋，却不好谦逊了，只微微一笑，将两个指头夹了一块核桃酥，慢慢地咀嚼着。

大家一句话不说，直瞧百了吃完了一块核桃酥，梁寒山这才笑道："百了师真是炉火纯青，在不知不觉之间，让我感到了一种和蔼可亲之处。"百了于是合了一合掌道："并不是贫僧有什么可亲，一来是我们有缘，二来是梁先生是个有慧根的人，所以和法门子弟觉得容易接近一点儿。"梁寒山笑着点了一点头道："我们这一会总算有缘的了。我要问一问和尚，将来能不能出家？"百了笑道："能不能出家，和尚不知道，还是梁先生请问一个能知道的吧。这个人，和尚不能说是你，梁先生也不能说是我，对不对？"说着，他轻轻地一拍掌，站着笑了起来。

陶达生抓了一大把花生仁在手心里，正吃得很香，听到他们说这些似通不通的话，便皱眉道："我给你二位闷死了，你二位还要不要往下谈，若是要再往下谈的话，我就先告辞。"梁寒山笑道："要说起与咱家有缘无缘，我想你是一个最无缘的人了。我们谈得这般有味，偏是你听了，只觉得无聊，你说怪不怪？"陶达生笑道："这话不对。你说我与佛家子弟无缘，你问一问百了师看，我们可是多年多月的老朋友呢！我们两人不到一处则已，若是到了一处非谈三四个钟点不可。"百了听他这样说，心里倒吓了一跳，不要他糊里糊涂的，无事不谈，把和尚和他所谈的话都说出

116

来，那可糟了，便站起身来向梁寒山一合掌道："暂且告辞，哪天有工夫请到小庙去谈谈。"梁寒山笑道："我是一定奉访的，顺便我也向和尚借几部佛书看看。"那和尚也不多说话，笑嘻嘻的，摇摆着袖子而去。

梁寒山一直送到大门口，只望着和尚从从容容而去，心想道：这样看起来，陶达生的话，是靠不住的了。你看这和尚安静深沉，绝没有一点儿年轻浮躁之气，这不是有相当涵养的人，是勉强不过来的。陶达生说他喜欢说笑话，我想有德性的和尚，故意游戏三昧，或者有之，若是一定说他是胸中不正，就是有意犯这种绮戒，那也未免小看了这和尚了，我是久想结个方外之交，总是不得其人，不料原是闹着玩，倒反而认识了这个百了和尚。人生交朋友，也和求其他的事情一样，要打算结交这个人，总是碰不了头，甚至老远地相约着到一处来，都会失之交臂。缘分的这个缘字，我们不能不相信了。梁寒山如此这一想，觉得和尚完全是好人。不过陶达生又说过，这和尚曾和他一同在东安市场买过春画，这话多少有些根据，不能完全向壁虚造，哪一天有工夫，倒要把这事来证实一下。

这天他如此想着，过了两天因得这半天工夫，就特意跑到东安市场去调查这一件事。各书铺子里，当然是不便去问，也就沿着各处的书摊子，一所一所看了去，打算在无意之中，看有这种买好书好画的人没有。但是仔细观察的结果，并没有这种人。就是陶达生说的那个书摊子，那摊子边站了两个卖书的，也极其规矩，这样一来，又觉陶达生的话，是不可靠的了。于是把做侦探的心事丢开，且在书摊子上来找一找书看。看了两家摊子，看到第三家摊子上，只见一个斑白头发的老先生，身上穿了一件深灰布老毛皮袍，袖口小得缚住了手腕，一望而知是十年前的衣服。皮袍上罩了一件粗呢的夹卧龙袋，那呢子平一块，毛一块，手肘下有一大块都麻了花儿了。他头上戴了一顶乌缎子瓜皮，光灿灿的。光不是缎子光，乃是帽子上的油渍光。鼻梁上架了一副铜架老花眼镜。那眼镜是旧式的，两只脚绝像油龙虾的两只大钳子，左右环抱，钉住了老先生的太阳穴。这老先生一只手拿了大红呢子风帽，一手在摊子上翻动一本书，只管翻，大有爱不忍释之势。梁寒山一看，却是一本《晚晴唐诗钞》。

梁寒山认得这位老先生，乃是著名的诗家金继渊先生。他的诗是义山学社，是非常老练典则的。自己虽然爱晚唐，可是看了他的大作，也不能不佩服他的功夫老到。从前曾经朋友介绍，和他见过两面，所以认识他，本想上前招呼，无奈金先生翻书翻得入神，目不斜视，叫人没有法子去招呼。那书摊子上的人，看见他翻得头都不肯抬起来，便道："老先生，你要不要呢？便宜点儿，你出三块五就拿去吧。"金继渊抬起头，放下书，望了一望笑道："实在太多一点儿，平常你也不过卖两块钱罢了。"卖书的道："三块五，少一个也不卖。"说时，他就在金继渊手上接过书去，放在书架上。

梁寒山一看，不过是八本一函的线装木版书，要这些钱，实在是多了。看他因老先生看得厉害就奇货可居起来，心里倒有些不服，便取下帽子和老人一点头道："金老先生，久违了。"金继渊对梁寒山望了一望，两手向额上一拉眼镜腿，取下眼镜，伸头看了看梁寒山，口里哦了两声，带点着头。梁寒山道："老先生不认得我吗？我姓梁……"金继渊手抱着眼镜，连连拱揖道："想起来了，想起来了，真是好久不见。最近有什么得意的大作出版没有？"梁寒山笑道："我们是混饭吃，有什么得意不得意。哪里像老先生著作等身，藏之名山，留之后世，传之其人呢？"金继渊笑道："舍下离此不远，同到舍下一谈，如何？"梁寒山正想和这位老先生讨教，金继渊既然相请，落得答应，便连连点头，说是可以奉陪。于是他就随着老先生一路出了市场门。

梁寒山早已闻名，这位金老先生，是个节俭大家，轻易却不肯坐车的。无论晴雨风雪，他总是步行，这就用不着强人所难，不要开口叫车。于是陪着他说话，慢慢地跟了他走。到了他家里，不过是一幢小小的四合院子，靠南三间矮屋，便是金先生书房与客厅，一个混合的所在。他把梁寒山引到客厅里来，已是三九天了，东犄角所还列着一张长形的藤桌，一把藤椅，椅子圈都破了好几个窟窿，椅子上垫了一张小狗皮毯子，毛都没有了。金先生倒以为这是张安乐椅，就让梁寒山在那安乐椅子上坐了。梁寒山觉得盛情不可却，就坐下。一看这桌上，只有摆着砚台和笔筒的地方，有一尺见方的空所，其余便重重叠叠，堆了大小厚薄的书本，此外便是讲义册子、学生课卷、应用的稿件，以及来往的信札。乱蓬蓬的，找不着一点儿头绪。

金继渊对客厅外面叫了沏茶，可是没有谁答应。梁寒山道："我们不客气，老先生用不着费事。"金继渊总觉着茶都不递一杯，过意不去，只得自己跑了出去。过了许久许久，才有一个黄瘦面孔的老妈子，拿了两个茶杯，双手捧着茶壶把茶壶嘴，一扭一扭地来了。她将茶杯茶壶放在桌上，斟上了一杯茶，双手捧着放到梁寒山面前去，还笑着露了黄板牙，叫了一声"你尝尝"。在她以为这是很客气，然而梁寒山倒不免为之打了一个寒噤。

当时因坐在桌子边，就不免看到桌上的文件。因见砚台底下，斜压着一封信，信的下款，有张梅仙三个字，不禁失声问道："金先生，这个张女士是很会作诗的那个女士吗？"金继渊道："也不能算很会，不过言之成理罢了。"梁寒山道："大概她也是金先生的高足吧？金先生教了好几年大学的书，像这样扫眉才子的学生，一定很多。"金继渊用手理了一理胡子就笑道："有是有几个，但是也不见得有什么很高的程度。这张女士，她现在不是学生，一样的为人师了。因和我旧有师生之谊，所以还不断地有书信往来。"梁寒山道："张女士现时在些什么地方教书？"金继渊道："扶秀博爱成仁这几个学校，都有她的钟点。其实她的意思，倒不想教上许多。哎！像我一样，当教书匠，是个苦事，本来所得有限，又是论钟点算的，你不多教几点钟，那怎么办？可是教书教多了，都是替旁人预备的，自己想要研究要看的书，还是不能如愿。"梁寒山道："金先生所教的，正是金先生所研究的，自己的学问，得有传人，最是痛快的事。所谓得天下贤才而教育之，一乐也。"金继渊昂了昂头微摆胡子道："难言之矣。"梁寒山道："这有什么难言之处？"

一提到这里，金继渊就谈到现在的学生如何不肯读书，程度又是如何低。又谈到国文一道，学生怎样不屑于研究，自己亲眼看到，有许多大学生，竟不能写一封平常通顺的家信。这一谈下去，足有半个钟头，他未曾间断。梁寒山正想借着老先生口里，探一探这位张女士的人品学问，以及年龄籍贯。偏是他越谈越远，叫人没有法子往上面谈。直至他把话谈完了，梁寒山道："现在学生的情形，果然如此，不过也有例外，譬如这位张女士就不是这样了。"金继渊道："倒有几个人，不过这真是沙里淘金了。女子能自成一家，倒也代有其人。而且成名也很容易，这就由于一来女子容易惹人注意，二来从前女子识字的少，能读书已经了不得，能做文章，更是容易传名了。袁子才从前也曾大收女弟子，他还有一本女弟子诗，其实那些诗，不尽可靠，有好些诗，都是袁子才代作的。"梁寒山以为好容易谈得上题了，偏是他又提上了袁子才。人家既然谈起来了，又不便置之不理，只好随声敷衍。这一敷衍，金继渊又谈到袁子才的诗，又谈到王渔阳的神韵一派，沈归愚的格律一派，到后来索性谈了两个钟点，全是二百年前的事。一直到天色快黑，梁寒山才起身告辞而去。

当天晚上，又添了一番心事。对这位张女士，从前虽有天涯沿路访斯人的感想，事过境迁，也就算了。不料无意之中，在金老先生那里又得着了她的消息，她居然还在北京，这竟用不着天涯沿路，真个是踏破铁鞋无觅处，得来全不费工夫，不能不算一桩奇遇。自己也不解是何缘故，心里老放这事不下，由书局里回来，已经有十二点钟了。一直进了书房，扭明了电灯，在写字台抽斗里，将信笺匣子取出，找了两张洁白的信笺，放在一边，打开墨盒，提桌上的笔，蘸了墨，就在一张信纸上写：梅仙女士文鉴。只写了这六个字，心里就踌躇起来，这信怎样写呢？写得朴实点儿，或者是写得华丽一点儿。若写得朴实一点儿，怕自己的才情，一点儿表露不出来，梅仙女士岂不要笑从前错赏识了，原来是个银样镴枪头。要写得华丽些，又怕不庄重，让人家说是失了以文会友的原意。想到这里，把刚才进屋那一鼓作气的兴味，完全减少了。索性放下了笔，就在屋里踱了几步。

刚一开步，觉得身上有点儿周转不灵，低头一看，自己不由好笑起来，原来回家以后，一心念着写信，却忘了脱大衣。只一摆衫袖，扑通一声，一样东西落在地板上，再低头一看，却是阔边呢帽，也是回来之后，未曾取下，还戴在头上的，心想：这样写信，真成了个心无二用了。踱着想了一会儿，觉得自己未免庸人自扰。哪一个礼拜，也短不了给生朋友去一两封信，从来就未曾有这样踌躇过，何以今天给一个女朋友去一封信，就是这样考虑。给朋友去信，干脆去信就是了，又何必这样心神不定呢？管他是男子是女子，我就照着平常回朋友的信，给她去一封信就是了。这样想着，便又复身提笔写起信来。那信是：

梅仙女士文鉴：

　　春暮承赐大作，如珊瑚之网，遍获珠玉，徘徊展诵，固不厌百回读也，乃以文债冗集，检点羁迟，名山之作，竟束高阁。中心惭疚，莫可言宣。事后欲道歉仄，又苦鸿鲤之无由。每忆《随园诗话》中"天涯沿路访斯人"之句，窃引以自况焉。顷者，偶访尊师继渊丈，得悉女士人群一鹤，犹在春明，敢忘形外之嫌，一通倾仰之意。梅以仙称自非凡品，女士超然尘外之人，对仆陈此寸笺，或不责其唐突欤？岁云暮矣，雪意满天，红炉煮茗之间，乌几吹藜之夜，应获新诗不少，如不记前愆，见示佳叶，自当早日付梓，公诸同好也。特达微忱，敬候好音。

梁寒山顿首

梁寒山从从容容地写，从头至尾，看了一遍，大体还属稳妥大方，那张女士看见，纵然置之不理，却也未必见怪，便决定了照发，据金继渊说，她在扶秀几个中学教书，直接寄信到扶秀中学，必然可以收到的。这样决定了，马上就写了一个信封，贴好邮票，便放在抽屉里。次日早上起来漱洗之后，什么事也不办，揣了这封信就出门。他心里想着，叫听差送，或者扔在邮筒子里，都靠不住，只有亲到邮务局去，在自己一方面，才算尽了责。至于这一封信投到那边学校去，张女士是否可以收到，那只好听之于天。好在家中到邮务局也不远，穿过两个胡同就到了，早上起来无事，亲自送去，借了这个机会，运动运动，也是好的。于是一人很高兴地便到邮务局跑了一趟。

信去之后，逆料第一日是不会有回信的，到了次日下午，并不见信。心想着，平常信本是到得慢的。设若她接了信之后，又迟两个钟头，回的信，或者也扔在邮筒子里，那就时间更迟了，或慢到今天下午，也未可知，于是又放过去了。可是这一整天，还是未到信，信是自己投到邮务局去的，当然不会有错，邮务局绝没有投不到之理。投到扶秀学校，她也不能不收到，她收到了不回信，就是一笑置之了。自己一腔热血，要和这位女诗人订个文字之交，究竟有些突兀。一个女子，自然和一个男子不同。男子们文字唱和，尽可不必认识，就订交起来，女子可不然，其中划着一道礼教的鸿沟呢，那么，自己这一棋是枉下了。梁寒山这样一想，把天涯沿路访斯人的一种观念，就完全打消，也就不把那一封信置之念中了。

过了两天，有一日下午，自外面回家，只见自己的写字台上，用铜尺压住了一封信。那信的下款，印着红字，正是私立扶秀中学一行字，立刻心里有一种说不出来的感觉，好像腔子里的血荡漾了一下。拿起这纸，连忙取把剪纸的剪子在手，怕伤了里面的信纸，慢慢地剪了信封口，抽出里面信纸，是一张学校的八行启事笺，那信道：

寒山先生文鉴：

　　大示敬悉，前寄拙作数首，意在就正高明，砚田冗苦，久已

忘之矣。来书殷殷，复提旧事，足见虚怀若谷，唯梅对辞章，一
知半解，不敢当耳。日与顽童为伍，绝未一作韵语，无足呈者，
俟他日有暇，再当录一二拙作请教也。特此奉复，不尽一一。

张梅仙敬白

梁寒山接信到手，匆匆地就看一遍。看得太快了，书中究竟说的是些
什么，并没有看出来，于是从头至尾，把信又仔细看了一遍。看过之后，
这才看出人家这一封信，竟十分客气，虽不曾说可以订个文字之交，然而
并不限定只有一次通信的了，心里感觉得高兴，把那信依然放到信封里，
顺手就插在衣袋里。觉得从前所猜男女间划了一道礼教的鸿沟，那是自己
神经过敏了。

第九回

顾曲看奇人随声喝彩
惊寒怜知己寄字赠袍

当日梁寒山高兴了一阵，那信就收在自己写字台一个抽斗里，未肯和平常的信一样，看毕就扔到字纸篓里去。而且自己想着，人家既来了信，若是不回复人家一声，人家一定又要疑到自己搭架子，不爱理人，那如何使得，应当再回复一封信才是。于是又写了一封信道：

梅仙女士文鉴：

　　承惠复音，足见谦怀。高明二字，绝非如下走其人所能当。然而他山之石，可以攻玉，则文字间之磋商，有足贡一得者，固不敢辞也，如有佳章，能以快先睹否，日望之矣，即颂文祺。

梁寒山顿首

信写好了，记得今天晚上，大街上有夜市，可以逛逛夜市，买点儿零碎东西，顺便就把这封信送到邮务局信箱子里去，那么，明日上午就可到了。算计得不错，披上大衣，便去逛夜市。到了街上，且先将信送到邮务局去，然后再逛夜市。送信之后，一看夜市上，只有几处零件摊、袜子摊，点了一盏淡黄色的玻璃罩灯，放在马路边的高坡便道上。守摊子的人，都穿了臃而且肿的老羊皮袍子，戴着那一顶口袋式的兜头帽，笼了袖子，缩着脖子，便转着身躯，只管跳脚，那意思，以为这也是一种运动，可以借此取取暖。大街上，虽然还有些来往的人，无如这时已交四九寒天，没有多少人在路上停留的，因此有几个夜摊子，已经有人在那里收拾了。梁寒山是为逛夜市来的，倒也不能不看看，于是绕上便道，沿着摊子看去。只看了一个摊子，一阵西北风，带了许多沙子，盖头盖脸，扑将过

123

来，眼睛不由自主地就会闭上。大衣鼓住了风，好像有许多人要把自己来推倒一样。缩着脖子打了一个寒噤，这实不能再逛了。看见街边有车，跳上车就让车夫拉了走。

到了家里，一推屋子门进去，觉得便有一阵热气迎面而来。及脱了大衣坐定，赶忙就抽手绢，揩抹清水似的冷鼻涕。立刻两只耳朵又烧又痒。这正是刚才冷得过分了，一到热屋子里，有一种热的反应。这一封平信发出去，其实不过普通的酬酢，然而这一趟辛苦，未免牺牲太大了。梁寒山总算有一点儿经验，知道纵然有回信，次日也是不能到的，也没有等候回信。那边应该是次日下午收到，下午回信，便马上投到邮局，也是次日下午投到。一来一往，这就是三天了。

但是他所猜的，也不完全对，因为次天一早，回信就来了。自从这天起，每隔一天，彼此就一封信来往。信上先是说些客气话，后来就由客气话谈到文学的问题上去，实行攻错起来。在每日的正午十二点半钟的时候，有一个送信的邮差，要走大门口过去。若是第一天张梅仙没有信来，在第二天正午的时候，门铃一响，梁寒山就会亲自跑到大门口去开门，三次准有两次是碰到那个邮差送信来。这样地过去了两个星期，梁寒山差不多收到张梅仙有七八封信，除了最先两封信外，其余的信，都是梁寒山到大门口来，在邮差手上接了过去的。

这一天，正下了一场铺天盖地的大雪，院子里的雪层，积到有一尺多厚。梁寒山关了书房门，正对了火炉子看书。忽然听到一阵门铃响，抬头看壁上的挂钟时，正是十二点半。心里想着这是邮差到了，丢了书本，马上开着门就向外跑。因为院子里久没有人来往，雪层没有破坏。梁寒山糊里糊涂，向院子里就走，两只脚插进雪里，雪就盖过脚踝以上。但也顾不得了，一直抢到大门口去开门。门一开了，果然是那穿着绿色衣服的邮差。但一见梁寒山，手里递过一封信来，笑道："梁先生，您猜得真准，我每回送了这扶秀女学的信来，总是您自己接了去。"梁寒山道："谁说的，我向来就随便，什么事自己也可以做。不过你从前没有留心过，就以为我没有收过信罢了。"邮差笑道："也许是没有闹清，好大雪，您进去瞧信吧。回见。"说着，点了一点头，踏着雪走了。

梁寒山拿信回了书房，不觉想起邮差的话来，邮差说，您进去瞧信吧。这分明是他都知道自己等着这信看了。这种举动，让邮差知道了，又何况他人，这样一来，自明日起，以后不必自己去开大门接信了。他决定了，到了次日十二点半钟，自己就不去开大门。偏是这天听差又不在家，门铃响了一阵又响一阵，不由自主地，又跑了出去开门。开门来可不是邮差，邮差之外，还又另站着一个人，乃是贾叔遥。梁寒山和贾叔遥打招呼，就没有理邮差。邮差笑道："梁先生，明儿见。"说毕，他笑着去了。

梁寒山对贾叔遥道："天还没晴，满地堆着积雪，为什么跑了来？"贾叔遥道："我是乘雪访友，不让古人呢。"梁寒山道："唯其是这样，所以我亲自来开门，以表示欢迎。"贾叔遥一边跟随着进去，一边笑道："你是欢迎我的吗？你是欢迎邮差先生吧？"梁寒山引他进了客厅，却把手上的信一扬道："一封本城发的平信罢了，我欢迎什么呢？"说着将信向袋里一揣。贾叔遥原没有注意他收到一封什么信，他这样收藏，贾叔遥倒奇怪起来了，笑道："我并不管你那什么信，我是来讨债的。"梁寒山道："我这人做事实在大意，三块五块的临时借了人家的钱，事后总是忘了，真对不住。"贾叔遥道："不是那种债，是一位女朋友的债呢！你真善忘啊，由此可见你对朋友容易失信了。"这样一说，梁寒山更不懂了，忙问是什么女朋友债？贾叔遥道："你是真不记得，还是假不记得呢？若是假不记得，或者你是不得已而推诿，犹有可说，若是真不记得，我就不能恕你了。"

梁寒山用手摸着额顶，想了一想，笑着摇了摇头道："你不必怨我吧，我是真不记得。"贾叔遥就拿了梁寒山桌上的纸笔，行书带草地写了一个茶杯口大的凤字，提了纸角，向着梁寒山一扬。梁寒山偏着头，望了那个字，出了一会儿神，将手又搔了一搔头发笑道："不行，我还是记不起来，朋友中没有一个叫凤字的。"贾叔遥笑道："了不得，你真是把我这件事忘了！"于是索性把那凤字写成了四个字，鸣凤楼主。梁寒山一拍着桌子，哦了一声道："原来说的是这件事，我明白了。鸣凤楼主不是金飞霞的别号吗？你为了她，不是填一阕《凤凰台上忆吹箫》要我给你斟酌斟酌吗？这一阕词，我看了一看很是不错，就是下半阕起首两个字，有点儿不浑成，本来这两个字是起句，又要叶韵，原不容易的，你只把那两个字，换一换就大可用了。"贾叔遥道："你是把我原稿丢了，打算给我一顶高帽子戴就过去了呢！恐怕你看都不曾看哩。你且说，我原稿是哪个字不妥？"梁寒山笑道："这真对不住，当那天我看过了你的尊稿以后，恰好接连有几件事发生，把你这稿子忙中一塞，就塞掉了。事后要找，可找不出。不过……"贾叔遥笑道："这完全是推托之词了。我不管那些，你既然丢了，你得赔偿我的损失。"梁寒山笑道："你又何必说什么赔偿损失的话呢，你

125

就是指定了我作，我也义不容辞啊。不过既然是为鸣凤楼主而作，你能不能介绍鸣凤楼主和我认识认识呢？"贾叔遥道："难道你还没有见过她？"梁寒山道："见是见过，不过在台下和其他看戏的人一样所看见的，那有什么为奇。"

贾叔遥昂着头长叹了一声道："你要是早两个星期有这种要求，我是很乐于介绍的。到了现在，我觉得既没有做督军省长，又没有做银行总裁、银行经理，歌舞场中大可以不去。据我的经验来说，这有三个时期：第一个时期，花了钱，费了力，得不着一点儿好处，然而精神是安慰的，因为有一线希望在那里呢；第二时期，更花钱，更费力，并得不了多大的好处，然而处处要撑场面，时时怕失了异性的欢心，精神上，就增加了不少的痛苦；第三个时期，花钱费力，还是一样，好处减少，场面上有时敷衍不过异性的欢心，究竟不能维持，精神上的痛苦，更不可以言语形容了。你猜怎么着，我现在就正堕入这第三个时期中了，你何必光顾到这里面去。"

梁寒山笑道："你这人的话，真是该打。你既然看破声色场中的事，不再向这里面走，何以又巴巴地要为那人填上一阕词？不但填词，还怕填得不好，一定要给你帮忙，这又是什么意思呢？"贾叔遥被他一驳，驳得倒没有话说，笑道："你这话似乎……"梁寒山道："似乎什么呢？"贾叔遥笑道："你不必问了，你要见她，这事有些难办，别人我倒是可以介绍。这是什么缘故呢？其一，因为我从来不到她家里去的，要会她不过打电话请她出来。你想，现在我还能够打电话去请她吗？其二，因为她是有保护者的人了，我若打电话把她请出来，她也受很大的嫌疑。你真愿意和此中人来往，有一个人，真是一个多情多义的女子，你不能不认识她。"梁寒山道："是谁？你能说她一句多情多义的女子，一定不错，我不信坤伶里面，还有这种好人。"贾叔遥摇了一摇头道："不能那样说吧？十步之内，必有芳草，你就能断定坤伶里面，没有好人吗？这个女孩子，是个唱须生的，和鸣凤楼主同事，你或者也见过她。"

梁寒山向椅子背上一靠，人往下一溜，摇着头笑道："不对劲儿，谁愿和那一大把长胡子……"贾叔遥道："你不要傻了，胡子是假的，又不是生长的，况且你不过要见她一见而已，又何必问其他。"梁寒山道："你不知道男子看女子，是带点儿美术眼光吗？"贾叔遥笑道："你尽管带美术眼光去看，我说这位女士，无论如何也不至于不美。男女的交际，本来以金钱为转移，至于歌舞场中的女子，更是非钱不谈。唯有我说的这个人，她不但不要捧角家的钱，她反而把钱送给捧角的。她出钱并不是收买人来捧，也并不是为了这人长得好看，买他的欢心，完全是为了人家因捧她而坠落，她出钱周济他，让他好读书。"

梁寒山突然坐将起来，笑道："这是《品花宝鉴》上的故事呀，难道现在真有这种人？我倒愿闻其详。"贾叔遥道："头回我要你给我稿子，你要我先说一段秘密。这次，我也要援例，你把稿子给我，我就说给你听。"梁寒山道："我真丢了。一张纸条，丢了许久，我哪里去找？你真要那个，除非我现抓一首。"贾叔遥道："那更好了。我给你一个钟头的限期，请你到里边书房里去作，我在这里看报等你。"梁寒山道："你是怎么回事？这种不相干的事，你倒这样上紧，难道这还有等着要的吗？"贾叔遥笑道："自然有一点儿原因，不然，路上这样深的雪，我何必跑了来？你来给我作得了，我索性把这里面一段原因也告诉你。"梁寒山两手插入西装裤袋里，站在屋子中间，只管望了贾叔遥出神。贾叔遥笑道："你不必猜，我这事另外还绕了一个弯子，你是猜不出来的。因为我并不是把这首词送给鸣凤楼主去看呢。"梁寒山笑道："这真奇了。你不是送给她，却又是为她而作。"贾叔遥笑道："可不是。人家都以为我有凤迷，因此我要把我迷凤的程度表示一番。"

梁寒山两手一拍，笑道："吾知之矣，吾知之矣！"于是连忙向里面书房里一跑，坐到书桌边，提起笔来蘸着墨盒里的墨，左手按着额际，闭了眼睛想了一想，因隔着壁子喊道："叔遥，起首三句，我已想得了，我念给你听，用得用不得。"因高声念道："十斛量珠，千金买笑，空余两字无缘。"贾叔遥道："这就行。不过，照你这样做法，把我所要说的，走来就说个干净，以下怎么样子说呢？"梁寒山道："只要你说行，那我就有办法。我就怕的是作出来不合你的口味，把全篇变成了废话。"贾叔遥道："好，好！你快作吧，不要搜索枯肠，弄到三四个钟头，那就不好办了。"

梁寒山抓住了这点意思，就觉得不大难下笔，约莫半点钟工夫连作带涂改，就把那词填起来了。因拿了出来，和贾叔遥同坐一张沙发上，两手扯着，正要念给他听，他接了过去，头一摇着咕咕叽叽，就把杭州老音念将起来。那词是：

十斛量珠，千金买笑，空余两字无缘。算青衫误我，我误华年。为问城南消息，人去也，谁拾遗钿。从今后，应无热泪，更染新弦。　　堪怜。旧时燕子，趁巷口斜阳，还到楼边。便紫钗寻遍，玉已成烟。莫把桃花年命，还为我，写上红笺。青灯畔，凄凉旧雨，来话从前。

　　贾叔遥道："比我作的强得多了。但是杜撰的典故太多，把我骂苦了。最妙的，是我常唱的从今后再不能把你来瞧，你把从今后三个字也用进去了。不错，她是有一出新戏，叫《冰窗热泪》，也硬给她嵌上。"梁寒山笑道："这叫欲加之罪何患无辞了。还有没有呢？"贾叔遥道："怎么没有？旧时燕子，还到楼边，那不是旧典新用吗？你指的是广德楼呢，广和楼呢，还是第一楼呢？第一楼吧？因为下午四五点钟，我常到第一楼去听一出票友戏的。不过城南游艺园我可没有和她去过。"梁寒山不等他说完，抢着道："你简直胡扯了。连'白狼河北音书断，丹凤城南秋夜长'这种老唐诗，你都会疑我是杜撰的，那还有哪一句不能疑是杜撰哩？倒是最后一结，我用的是你们的典。你曾说过，那人曾把红纸条儿开了一张八字给你，请你替他算命。你又说几个老捧角家，晚上不听戏，就到你家来谈天，所以我那样一收。"贾叔遥道："却又来，这不是你自己画的供吗？不过你用得真浑成，若是不留心，真猜不到你是胡扯的。"梁寒山道："这样说，我竟是白费力，这稿子不能用了。"贾叔遥笑道："这就好。要这样表示，才合我的意思。"

　　梁寒山道："这样说，我的条件是履行了，你答应我的事，怎么样？履行不履行呢？"贾叔遥道："当然履行，我先说那个多情多义的女子吧。"梁寒山道："在我未承认你说的女子是多情多义的人以前，希望你不要加上这个形容词，行不行？"贾叔遥笑道："我就不加形容词。她叫井兰芬……"梁寒山道："哦，你说的是她！她的戏名字，倒是很熟，令你这样崇拜，我倒出乎意料以外。"贾叔遥道："以前我也不知道她有什么可注意的所在，这乃是最近发现的。在我同一排座，有一个听戏的人，不过二十多岁，戴一副近视眼的眼镜，只要井兰芬一出台，他就不分青白叫好。他本是个近视眼，低了头，也不望着台上，只管乱叫。不过当井兰芬唱的时候，他多用一只手在前排椅子后靠拍着板。他那一颗青皮的头，不住晃摇，缩了脖子，真有些酸态可掬。我虽然知道他是捧井兰芬的，料得和井兰芬也没有多大关系。后来有一班丘八，也是捧井兰芬的，很讨厌这人叫

128

好。因为他总是叫，容易赛过别人去，而且也实在吵人。有一天丘八就骂起来了，说是那小子不准叫好，再叫好，我就揍你。他只当没有听见，还是叫他的好。其中有一个丘八，气他不过，走过来，就给了他一个耳刮子。这在差不多的人，纵不抵抗，也不应该还在那里受窘了。谁知他真有唾面自干的本领，人家打了他一个耳刮子，他脸红都不一红，还是低头听戏，摆了头叫好，这样一来，满戏园子的人都笑了起来了。"

梁寒山道："真有这样一个人吗？这人未免太没有志气了。"贾叔遥道："你不要说他没有志气，他用情却比任何人还专一。他原是杭州人，家里倒有几个钱。当井兰芬在杭州唱戏的时候，他却是中学堂里一个学生，常常听井兰芬的戏。二人都是青春年少的人，慢慢就认识了。后来井兰芬到上海，他在上海进了一个大学。及至井兰芬回北京，他也转学到北京来。到了北京离家已远，无人干涉他的行动，他于是放开胆来听戏。原先家里每月寄一百块钱来，本来也就够用。他除了学费而外，就全花在戏园子里，他既天天听戏，功课当然赶不上，三次年考，倒有两次留级。在旁人读书被留级，以为是不幸的事，他倒正中下怀，落得借此在北京多待两年。不过他这种行动，家里也知道了，以为自甘堕落，就断绝了他的经济，让他好回家去，谁知他要在北京听戏，穷死也不回家。"

梁寒山道："他不回家，哪来的钱用呢？"贾叔遥道："不外是在同乡亲友那里借贷。好在当学生的人，生活费很有限，不难筹措。"梁寒山道："生活费有人帮助罢了，听戏的费，又靠谁来出呢？"贾叔遥道："这一份钱归井兰芬出了。不但戏钱，连小费都是井兰芬代付了。因为井兰芬知道他为了自己牺牲得很大，又知道他没钱，所以替他按日出戏价。这件事，实行也有半年来了。"梁寒山道："她也很有名了，还在乎这样一个人来捧她吗？"贾叔遥道："这并不是她要人捧，因为那人非听戏不可，既要听戏，必定是当了东西，卖了东西，来凑乎这笔戏价。她很不忍再让人家担了这一种负担听，所以把钱预先代付了，却让人通知那人一声，叫那人不要付戏价。"

梁寒山笑道："说了半天，你还没有告诉我那人姓甚名谁？"贾叔遥道："我也不知道他叫什么名字，只知道他姓何，戏园子人都绰号他光棍。"梁寒山昂头叹了口气道："只要有钱，愚蠢如李胖子，有人叫他掌柜。若是没钱，像这个姓何的，实实在在的大学生，倒会成了光棍。他又何曾沾了人家什么呢？光则有之，棍却未必吧？"贾叔遥道："你和他这样同情，我倒可以介绍介绍你和他见面，成为一个朋友。"梁寒山道："倒不必做朋友，人家不明其故，还会疑心我们别有用意。不如你再请我听一回戏，让我在戏园子看看他就行了。"贾叔遥道："他也不过是一个直鼻子横眼睛的人，哪有什么看的？"梁寒山道："一个人捧角捧到这种程度，不能不算是个怪人了，我要看一看他究竟有什么异乎常人之处没有？在我们就可以说是好奇心重了。"贾叔遥道："明天的戏不错，井兰芬反串小生，你可以看出她的本来面目来。我好久不听戏了，明天陪你去一趟，你准到吗？"梁寒山道："我按了你约定的钟点，准到。"贾叔遥笑道："可是你到书局子里去，不要说出来，一让大家知道，又是一场讨论。我很不愿把我的事，当诸位谈天的资料。"梁寒山道："那要什么紧，我们想把事情让人家当资料谈去，还不能够呢！而且你把这一条路子打通了，谈料也正多啊。你不是说这一首词，另外有用意吗？这又是可谈的了，可不可以让我知道？"

贾叔遥道："这个我可以告诉你的。这首词是我送给薛爱青看的。"梁寒山走过来，笑着拍了一拍他的肩膀道："怪不得你离开了鸣凤楼主，原来又找到了这样好的一个朋友，这一位的美，倒有些合乎诗经上所说的硕人其颀的硕人，而且唱和做工，都不错。"贾叔遥道："不要胡说了，我们哪想做那种癞蛤蟆，和她交朋友。这不过因为我有两次和我的朋友拜访她，谈到了飞霞的事，我的朋友极力和我一吹，说是她如何钟情，每日不是作诗，就是填词。她就笑着要我把一点儿稿子给她看，我就答应了。"梁寒山道："我不过知道她认识几个字罢了，原来她还有这种本领。"贾叔遥道："其实她也不见得懂，不过这是女子一种虚荣心的表现，以为她好文墨，比平常坤伶只认得几个字又要高一筹，我们拿什么辞章之类给她看，她总是点头说好，你在表面上看去，也就不能疑心她不懂呢。"梁寒山道："这总也算是力争上流，不能说她完全是虚荣心。这个人我倒想和她谈一谈，你能不能介绍一下？"贾叔遥道："你不要忙啊。我们听戏熬了两三年的资格，也不过如此。你刚一听说，就要认识这个，认识那个，那不太快了一点子吗？"梁寒山一听说，也就笑了。

贾叔遥伸头向玻璃窗外一看，梁家的听差正在院子里扫雪，原来扫干净的石板地上，又铺上了一片白毡，雪又下起来了，因道："明天要是不晴，就展期一天吧。因为旧式的戏园，十分地冷，怕你坐不住哩。我回去了，晚上再定局吧。"说毕，贾叔遥走了。

到了次日，天色虽没有晴，却也没有再下雪，街上的积雪都让打扫夫扫着堆在街道两边。下午的时候，梁寒山走到大门口来看看，只见雪胡同里地上，正如在棉花堆中，辟了一条人行路。地上的土，先让积雪潮润了，扫过之后，风吹着一冻，犹如石板，正好走路，心想：且不问贾叔遥到不到，我一个人也去。不然这件事放在心里不解决，也是不安的。这样想着，马上坐车到喜声戏院去。

进得戏园子，经过一条长夹道，瓦檐转过来的旋风，刮着屋檐上的碎雪，向人身上乱飞乱扑，那阵割人肌肤的奇冷，简直未可以言语来形容。掀开蓝布门帘子走进池座，先就觉得里面阴沉沉的雾气腾腾，原来这阴沉沉的，是全戏园并不开设窗户，只是池座一个大落地罩，光线不够。雾沉沉的，是池座里四围塞闭，许多人在戏园子里抽烟，呼吸着那不更换的空气，酝酿成这种现状。梁寒山一想，北京人对于艺术的赏鉴，是赛过任何人的，这样的所在，能安心听戏，已是不容易。最奇怪的，却是这一班捧角家，朝于斯，夕于斯，可以在这地方听上三四年，这种人不得神经衰弱病，不得肺病，不得一切传染病，不能不说他身体是特别的健康了。自己往常也到旧式戏园子来过，不像今日阴天这样所受的感触深。但是既来之，则安之，便走进池子去找座。

偏是今日的戏不坏，池子前排，都坐满了，找着看座儿的商量总说没有。梁寒山一想，那就不必听了，因问一个看座儿的道："有位贾先生，你认识不认识？"那看座儿的道："您问的贾二少爷吗？他这儿有座。您又不早说，早说我就引您坐下了。这儿来，这儿来。"说时，他在前面走，就用手向梁寒山招着。一直引到前面第三排，正面找了一个位子，让他坐下。他倒很奇怪，不知道这位子，何以空出来的。

约莫等了半点钟，本戏就上场了。第二场，就是那个井兰芬所反串的小生主角，梁寒山正想着，那个用情专一的大学生，不知在哪里，这就应该叫好了。等好一叫出来，我就要开始侦查……想到这里，右耳边突然一个喔字响将起来。梁寒山回头看去，却是一个戴了近视眼镜的人，原来低了头，这时突然将头向上一冲，一个喔字，就在这时破空而出。那人倒也不过二十岁上下，脸上黄瘦黄瘦的，缩着身体，卷了一件大氅，将脖子都缩在里头。头上戴了一顶毛绳帽子，将两只耳朵都把来遮住了，看那样子，倒是极马虎没有什么脾气的人。贾叔遥说的那个捧角家，大概就是他了。

正这样想时，那人低了头，喔！喔！又叫了两声。这样一来，更证明了他是捧井兰芬的那个何先生，便又仔细看了他一看。他身上那件大氅，袖口和腰身，都极其紧细，袖子犹如紧身袄一样。本是毛织物的面子，那毛织物磨光了，就剩了一条一条儿的斜纹粗线，而且还有好几处，磨得光滑滑的，犹如上了一层油漆一般。这样的大衣，缚在身上，本来应该是很难受的，不过这位何先生倒是大衣领子上一阵一阵嘘出白气来，正是冷得厉害的光景。看那大衣里，单薄薄的，不但没有穿皮袍，简直还没有穿棉袍，微微露出一截小衫袖来，正是一件呢质的夹衣。这样冷天，穿皮袍子还不能出风呢，何况还是夹袍子，怪不得他不能脱下大衣了。

梁寒山正在奇异别人不怕冷，只觉自己两只脚板慢慢地有点儿麻酥，那一股冷气，自下而上，越来越加紧，一直冷到膝盖上来。一看着，偌大一个池座，只靠戏台，有两只破旧铁炉子，而且那烟囱直接就由两廊穿出，并不见炉口上有一点儿红光。不望炉子倒也罢，望了炉子，反觉一点儿暖气俱无了。池子里是这样冷，梁寒山的大衣，又早脱给看座儿的收起来了，这时候要拿衣回来，也特现得怕冷一点儿，只得安之若素。两只脚板，却不住地在地下跳着，以便发生暖气。他这样冷不是？台上的那位井兰芬老板，却不住地看将过来。梁寒山一想，他为什么老看我，难道我这样怕冷，还现出了什么寒酸样子吗？于是振作精神，且正襟危坐，但是自己虽然正襟危坐，井兰芬还是看过来。自己心里，不由得好笑起来，我这个人真是有些不自量，我一个生来的观客，哪里会引起台上人的注意哩？人家是别有所寓呀！这样想着，就不觉激动了一番陈腐的诗人敦厚之旨，眼睛只看台上，并不再回顾并坐的何先生，以示无所用心于其间。

正在装麻糊的时候，一个看座儿的，走了过来，低了头，一手掩了半边嘴唇，轻声对他道："梁先生，贾二少爷来了。"梁寒山一抬头，只见贾叔遥坐在并排的另一条凳上，中间只隔了一条一尺宽的人行路。梁寒山道："你几时来的，我怎样一点儿不知道？"这时看座儿的，已走开了，贾叔遥向这边侧了身子，轻轻地笑道："你是心不在焉。"他说完了这句，他又坐正了，就不容梁寒山从中辩驳。梁寒山也只好看戏，却不说什么。可是今天那位鸣凤楼主金老板出来了，贾叔遥并不叫好。不但不叫好，而且也不鼓掌，和从前听戏的样子，简直不同了，因靠近身子问他道："怎么不叫好？"贾叔遥微笑道："有了程度了，用不着做小孩子胡闹了。"梁寒山道："不然……"贾叔遥眼睛望着，微摆了一摆头。梁寒山原不过一点儿小怀疑，所以向贾叔遥问一问。贾叔遥这个答复，更让他不明理由所在。但是听戏的人，是不愿人纷扰的，只好忍住，等到戏散了再来问他。

戏演过去了一半，隔壁那个何先生，忽然一抬手，把梁寒山这边的一杯茶却碰翻了，把他一件蓝湖绉袍子湿了一大块。何先生一见，连忙掉过身来，拱着两手道："对不住，对不住！"梁寒山虽然可惜这件袍子，倒是和他搭话的一个好机会，抽出手绢来，将皮袍面子擦了一擦，笑着答道："不要紧。"何先生听他如此说，又陪着笑了一笑。梁寒山道："你阁下倒是天天来。"何先生笑道："倒是不很间断，你先生也常来吗？"说到这里，向台上喊了一个喔字。喊完，又回过脸来对梁寒山道："你先生贵姓？"梁寒山告诉了他，并问他贵姓。何先生对台上喊道："好哇！"手却在袋里掏出一张名片来，递给梁寒山。接过来看时，上印着何乐有，字以行，浙江杭县。梁寒山道："何先生好地方啊，生长在西子湖边。"何乐有鼓了几下掌，似咳嗽似的，轻描淡写地又叫出一个好字变音的喔字来，回头答应着道："岂敢，岂敢！你先生看井兰芬的戏怎么样？"梁寒山道："很好，很好！"何乐有道："她不但是戏唱得好，而且为人极正派，不像别人那样胡来。"梁寒山见台上的戏，正演到吃紧的时候，自己不能不看，可是这个何先生又说个滔滔不绝，也不能不理，于是点着头，口里哼着答应。何乐有见他正在听戏，没有理会到谈话，也就不说了。

一直到听完了戏，大家站起身来，梁寒山却想起来先前人家说话，未曾注意到，不能不和人家再说两句，免得人家疑心，以为看不起他，因道："何先生贵寓在什么地方，哪一天得暇，我过来拜访。"何乐有听说，点头连说："不敢当，过两天我到贵寓去奉访吧。老实说，敝寓是寒酸得不可言状，实在不能见客。"梁寒山只说了一句"你太客气"，再要说时，贾叔遥早已站起来，在前行走，梁寒山恐怕他是反对自己和何乐有接近，就这样马马虎虎地走开了。

何乐有倒是无所用心于其间，两手插在大衣袋里，一步一步，慢慢地跟着人向戏园子外走。走到长夹道上，忽有一个人在手胳膊上碰了一碰，回头看时，是井兰芬一个跟包的陈老实。同时，大衣袋里，似乎揣进一样东西去。何乐有会意，对他望了一望，走出戏园子，就在街道一边站着，由大衣袋里抽出手来，手上也就带出一张纸条来。一看那纸条写的是：

乐有我兄：

我在台上，屡次看你。看到你那寒素的样子，实在替你难过。明天不必来了，妹有东西送去。

芬上

　　何乐有看到，心想她叫我不要来，难道后台有人为了我笑她吗？若是如此，我就暂且不来，等有了衣服再说吧。因此，第二天他藏在会馆里就不曾出来，静等井兰芬的好音。

　　这日刚吃午饭的时候，井兰芬果然派陈老实来了。他胁下夹了一个大布包袱，到会馆来，向长班问明何乐有所在，笑嘻嘻地一直奔进他的住屋。他屋子里只有一张旧桌子，一副床铺板。铺上铺了稻草帘子，盖着一床破旧的蓝布褥子，此外什么东西也没有。屋子中间，放了一个一尺来高的炉子，里面倒是烧了一炉子煤火，他靠近炉子，在一张圆凳上坐了，凭空伸着两手，只在火上烘烤，火光映着他的脸，倒是红红的。陈老实将门一拉，何乐有看见，连忙站起来，十分不好意思，乱点着头道："你来了？难得，难得。我住在会馆里是暂局，这里闹得很不好。"说完，直搓着两手。

　　当他住在公寓里的时候，陈老实倒是常向他这里来，他的光景很好，屋子里相当地华丽。现在一贫如洗，床上是一片青毡，不但他要难为情，就是陈老实自己，也觉得这一来太冒昧了，简直是撕破人家面子。当时也不便在这里坐下，表示什么拜访的诚意了，装出很忙的样子来，立刻把包袱在桌上打开，里面却是一件深灰色粗哔叽棉袍子，他手一提，悬了起来，笑道："何先生，你试试看。这是井老板叫我在估衣铺里给你买来的。若是不合适的话，还可以拿去调换。"何乐有急于要掩饰他自己怕寒素的态度，赶快就把袍子穿了起来。真是天从人愿，这袍子不大不小，穿在身上，恰合他的身材。何乐有低了头看看袍子前面，又回头看看袍子后面，摆着袖子，走了两步，笑说："是我自己做的，也不能这样合适，多谢井老板了。"陈老实道："别忙多谢，还有哩。"说道，伸手在袋里一掏，掏出一叠钞票，就双手送到何乐有面前，拱了一拱手笑道，"井老板说，这一点儿钱，送给您零花。"何乐有跳起来道："那还了得！她辛辛苦苦在台上挣来的几个钱，自己养活一大家子人都嫌不够，怎好分给我用？我穷虽穷，她的钱，无论如何，我是不好意思用的。"

　　陈老实将钞票放在桌上，手按了桌子做一个使劲的样子，脸上放出很诚恳的样子道："何先生，我们也认识很久了，你别嫌我嘴直，我有几句话，得和你说。"何乐有道："你这人很老实的，你有话尽管说，我不怪你。"于是将一张断了靠背的椅子挪了一挪，意思是让陈老实坐下。陈老实只管说话，忘其所以，也就不客气坐下去。这屋子里，就只有这一把椅子，床又离开炉子远一点儿，他自己只好装了听陈老实说话，且站在炉子边。陈老实道："何先生，你听这么久的戏了，捧戏子是怎样一个下场，要什么人来捧戏子，您大概知道。像您这样年轻轻儿的人，读了书，毕了业，正好去找一份正当事情干，不辜负您老太爷花费多钱为您读书一场。您现在什么事也不干，就为了听井老板的戏流落在北京，您这是怎样一个算盘？"

何乐有听到这里，就不免要发他的脾气。好在他为人，向来不和人家红脸失色的，马上就笑道："笑话了。难道我听戏听穷了，还能连累别人不成？井兰芬向来是看得起我的，她似乎不会疑心我。"陈老实向上一站，一撒手道："这倒奇了。井老板不说这话，难道我这旁边的人，还怕您连累吗！何先生，您听我说。戏不是不能听，戏子也不是不能捧，可是这种玩笑的事，总别让您耽误了正事。井老板说因为您这人实心眼，不像那些捧角的是胡来一起，所以她把您当自己的老兄一样看待，望您向好路上走。她若是嫌您穷，怕受您的连累，那她就不理会您，也没有什么关系。反正她一不和您沾亲，二不和您带故，您也不能去找她。她现在看到您冷得难受，又送您钱，又送您衣服，怎会有什么疑心之处？我说的话，都是她告诉我的意思，一来是觉得您这样浮荡下去很是可惜；二来您耽误了光阴，都为的是她，所以她良心上过不去，不能不劝您一劝。我想她这些话，比送您一百件衣服一万块钱，还要贵重些。您仔细想一想，我这话对不对？"

何乐有本来就觉得井兰芬送他东西，很是可感，经陈老实从从容容一说，果然很是有理，不觉笼了两只衫袖，呆呆地站着，一句话也说不出来，只管低了头望着那白炉子的火出神。陈老实看他这情形，知道他已为忠言所劝，就拉着他的手道："何先生您想我的话对吗？"何乐有道："你的话是对的。但事到如今，我也没什么法子挽回，只好顺着错路走。"陈老实道："更不对了！你说顺着错路走，还打算在会馆里穷上一辈子不成？这是怎么一个错法，我倒有些不明白。"何乐有实在也没有话说了，却把自己戴的那一副眼镜取将下来，先用口对镜子呵了一呵气，然后又把镜子上抹擦抹擦。只是站着出神，并不曾有一句具体的话答复出来。

陈老实笑道："你想我这话说对了不是？井老板对我说了，让我先劝劝您。您若是愿意听，我还有话说呢。"何乐有将眼镜戴上，又笑道："我算听你的话了，你还有什么可说的呢？"陈老实便拉了他的手，一路坐到床上去，并排坐下，将手按了一按他的胳膊，做出很亲切的样子来，却道："何先生，井老板对于你，真是真心实意啊。她说只要你回心转意，她可以帮你一个大忙，筹百十块钱，让你做盘缠回家。这事除了我，她不让第四个人知道，一点儿也碍不着你的面子。你若是不回去，她也没法，可是她的家里对您很不乐意，您就是听戏，也闹不出来一个好来。"

何乐有先是不作声，后来叹一口气道："我并不是要听戏，我是一日不见她，就像不舒服似的。我也知道听白戏，是没面子的事，以后我想法子花钱就是了。"陈老实道："咳！您这人真是！哪有这样子执迷不悟的！"何乐有道："我怎样执迷不悟？"陈老实道："井老板不要你去听戏，并不是说你没有钱花。她的意思是不让你去受气。你听戏也听有这多年了，戏园子里的事，你还有什么不懂的？无论前台后台，谁的眼睛不是望着雪白的银子说话？你在戏园子里进进出出，谁不认识你，你就花钱听戏，不过是破费几文戏价，那些认识你的，和你要点儿好处，你有没有呢？你若是没有，他们依样地看你不起，你更是花钱去买气受。要说我们井老板，她和你的交情可不在听戏不听戏上面讲话。你说你不见她，好像不舒服，你可知你见了她，她更不舒服。这话说了可别生气。你若是要给你自己争面子，和井老板争面子，这时候你就该想法找一份好事情干，周年半载后，带个三千五千敞开来一花。那些看不起你的人，我包他们都要围着你叫老爷。那个时候，不但出了气要了面子回来，你和井老板两人的事，就要往正路上去办，都没有什么不可以。"

何乐有听到这里，正色说道："你这句话可说错了。井老板和我的感情，虽然很是不错，我们真是兄妹一般的，没有一点儿别的事。你是知道的，我们一个月也不会一回面，会了面总是正正经经谈几句话，不曾说过别的什么。"陈老实笑道："你这人是书呆子，我不和你说许多了。桌上的钱你收下，我说的话你想想，想通了给我一个信儿吧。"陈老实说完了这话，起身就走，何乐有要挽留他时，他已走出了何乐有这重院子了。

第十回

下顾感分金清歌永诀
投怀能作态约指双收

　　这时，何乐有呆了一呆，心想：得了人家的好处，还不曾道谢着一声呢，这不现着太无情一点儿吗？可是一叫他说话，就会让大家知道，反而不好，只得由他去。自己走回房将钱拿到手上，又细想了一想，若说井兰芬瞧自己不起，何以会给我的衣服和许多钱。若说她瞧得起，何以又不让自己再去听戏？这莫非是陈老实他心里有这一番意思，借了井兰芬为名，来对我说的。固然他这意思不坏，但是他哪里知道我的为人呢？这样想着，过身也就把陈老实的话忘了。

　　到了次日，依旧还是去听戏。自然是天天来坐的那个老位子。坐不大多一会儿，那看座儿的老杨，走过来低了头，就对他的耳朵说道："何先生，今天这位子，可是别扭哩，后台有人通知出来了，说是别给你留座儿。"说到这里，嘿嘿地一笑道："你瞧！是我们几多年的老主顾了，我不先问你一声，就能不留座儿吗？"何乐有一想，陈老实这话，果然要实现了。这倒也不算什么，自己花钱听戏就是了。于是伸手向袋里一掏，恰是今天出来得匆忙，没有带钱出来。好在老杨是熟极了的人，倒也不要紧，因笑道："我知道了，以后照给戏价就得，现在你别忙说。"老杨先是看他穿了一件新棉袍子，所以和他客气两句，现在听他的话，竟没有打算给钱，也就不便多说，一声不言语，走到一边去了。

　　何乐有听了二十分钟的戏，愁云尽卷，台上正有人唱慢板西皮，低了头，听得入味，手拍了前排的椅子背，中间三个指头，轮流点板，然后一拍。这时，忽然觉得右肩上有人连拍了几下，回头看时，一排站了三四个人在座椅前。最前一个，养了八字胡子，挂着一副铜钱大的眼镜，垂到鼻梁梗上来，眼光可由眼镜边上射将出来看人。何乐有认得，这是前面票房里的人。正要站起来说话，那胡子却笑说道："你尽管坐下听戏，没什么。

你给戏价吧。"何乐有道:"咦!奇了。难道说我这一份戏价,是归井老板出,你们会不知道吗?"那胡子道:"我们怎么不知道?若要是不知道,也不等着今日来和你要钱了。"何乐有道:"这件事,井老板还没有通知我。"那胡子昂着头打了一个哈哈,笑道:"你放心,我们绝不能收你两份儿戏价。今天若是井老板给了钱,我们又来收你的,这就不够朋友。我们口说无凭,事后请你去问井老板,若是问出我们收了两边的钱,我们情愿受罚。"何乐有道:"既是井老板不肯出这一笔钱,那也不要紧,以后归我算就是了。"那胡子道:"你错了,我不说是以后的话,我是说今天的戏价,你得拿出来。何先生是我们老主顾,一说就明白的,还用得着我们多说吗?"说时,又伸手拍何乐有的肩膀。

这一下子,真让何乐有为难了。若一定说是等井兰芬出钱,他们已经说得斩钉截铁,是干干净净不承认这笔账的了。若说马上就归自己出,恰是身上不曾带得一个钱,腰里是软的,怎样充得过这个好汉。在他这样一踌躇,那几个来收戏价的,就知道他是没有钱。胡子将脸一板道:"何先生,你是知道的,听戏可不能记账。这不像别的买卖,赊出去一份,没有什么关系。你若是不占这个座位,我们马上就可以卖钱。"何乐有听他这种话,分明是疑心自己听白戏惯了,永不花钱的。要揭去他们这疑虑就非马上掏出钱来不可,掏不出来,就未免成了僵局。想了一想,便站起身来道:"你们这话说得有理,我不能驳回。可是我今天没有想到井老板不管了,所以不曾带得钱来。明天来了,一块儿给,一个钱也不能少。我何某人说了这话,不能从明天起就不来,诸位总可以放心的。若是不放心,我身上这件棉袍子,总还值个块儿八毛的,我就脱下来,押在柜上,明天拿钱来取。若是让我听到半中间,为了没有钱就逃走,我可不做那事。"一面说着一面解大衣纽扣,说道:"这里挤得很,我掉不过浑身来,我到前面去脱给你们。"那胡子还没说话,后面就有一人挤上前将手按着他的肩膀道:"你坐下,你坐下。何先生,咱们都是熟人,谁不知道谁?只要把话说开了,今天给,明天给,都行。你那样说,就不敢当了。"他从中一圆场,大家就散开了。

何乐有穷惯了,受人家的欺侮,也受惯了,他丝毫不曾介意。人家走了,他依然还是坐在那里听戏,坐在他前后左右的人,都还在替他难受,他又把手拍起板眼来了。台上井兰芬,都冷眼看见了,心想:这人真算有忍心了。吃了人家这样一场羞辱,他还像没事一般。当年也曾花过钱听戏，前台那些人，哪个不是对他卑躬屈膝。而今戏价也不曾少一个，不过不是自己出。你看，这些人，对他就大大地不同了。他这样抹尽了面子，当然都是为着我，我并不曾和他说一句情话，他为着什么呢？这样想着，越是心里过不去，到了后台，当然是无精打采。恰好今天她的母亲井二奶奶也到后台来了。她来的意思，正是唆使了前台，去要何乐有的戏票，不承认她女儿的垫款。她现在看到井兰芬闷闷不乐的样子，料到井兰芬怪她，不该废去何乐有的客票。现在后台人多，这事一闹起来，很不像样子，且忍住不说。

等戏完了，井兰芬回得家去，还不曾说什么，井二奶奶先就嚷起来道："今天的事，我知道你很不乐意。可是人家捧角儿的，都要像你这样，花了钱买来捧，家里就别指望有钱了，都喝西北风去！拼了白让人听戏，要人捧有什么难？就是找一百个我也找得着。你认识这个姓何的不要紧，反正有个人叫好。可是我在背地里听了多少闲言闲语，人家都说井兰芬没有人捧，让一个听蹭戏的乌七八糟叫好。瞧那穷小子那一份德行，就让人生气。要这种人来捧，倒不如上大街上拉花子去。你瞧！这话我听到受得了吗？"

井二奶奶是把别人的话，来学说给井兰芬听，并不算是骂她。可是井兰芬听了这话，一句一字，都如心上把刀割了一般。要据这样说，唱戏简直和当窑姐儿的一样，只是挑那有钱的来相好，钱没有了，交情也没有了。越是让母亲骂得厉害，越是面红耳赤，不是为着怕母亲疑心，几乎要哭出来呢！

到了次日白天，恰好是排戏的日子，不用得上台，井兰芬就借着这个机会，说是人不舒服，躺在床上了。本来戏班里排戏，就是这些零碎角儿讨厌。为免除他们闹不清起见，不能把戏情全部告诉他们，可是断章取义，又怕他们摸不着头脑，所以格外要细心教，至于当主角的，自然都有几分小聪明，戏情只要从头至尾一说，在情理方面一想，就会记住了。坤伶们编的新戏，那些词句，全由老戏词上翻版下来，不过是更改三四个字，还有什么不容易记住的？所以井兰芬歇一天不去排戏，却也没什么关系。井二奶奶以为昨天的事很小，过去了就算了，料到井兰芬不会因这事挂心的。

下午井二奶奶有点儿私事，出门去了。井兰芬凑着这个空子，悄悄地走上大街，雇了一辆人力车，多给车夫几个钱便飞也似的拉到何乐有会馆。进了大门，那长班也是个小戏迷，他就认得这是井兰芬，三脚两步，跳着向里跑，口里嚷道："何先生，何先生，来人了！"一脚忘了上走廊阶石，跌了个笔直。何乐有一人，正在屋子里检点他一年来的当票，听得长班拼命地嚷着，人来了，人来了，他以为是讨债的来了，这倒很好，正可把自己的苦况暴露出来，让人家看看，究竟自己是穷不穷。不料长班嚷着，有上文没下文，突然而止。连忙打开房门来看，只见长班半边脸是尘土，弯了腰在那里擦膝盖。他正要问他碰着了没有，忽然有个女子的声音叫声何先生。这一抬头，不料却是念念不忘的人来了，哎呀了一声道："井老板怎么来了？请坐，请坐！"口里虽是这样说着，但是脸上不住地起了犹疑之态。因为当年有钱的时候，都是约了她在公园里，或在酒馆子里会面。自己寓所，她也来过一两回，不过那时住在最阔的公寓里，并不是会馆里这般穷荒。而今让井兰芬看到屋子里这样简陋，一来是自己不好意思，二来也觉得不是招待知己之处。但是在这犹疑之时，井兰芬已经走进了房门口，只好将身子侧到一边让她进来。

井兰芬走进来，一眼就看到桌上一叠当票，一想，穷人是最不愿人知道他穷状的，这样一来，岂不与人以难堪，因此连忙掉过脸去，迎着何乐有说话。何乐有料想她已看见了，瞒也无益，因此索性老实一点儿，就让她在桌边椅子上坐下，笑道："我这是南方人说的话，骑牛撞见亲家公了。你看，我在这里开当票子展览会呢。"井兰芬见他已说出来了，这倒不必替他去隐瞒，因笑道："这要什么紧？自己有东西拿去当，总比伸手和人去借好一点儿。我们有时候短钱用，不也是拿行头去当吗？"经井兰芬这一说，何乐有才把当票揣上了身，且让她在那张破椅子上坐下。白炉子上，本放了一把洋铁水壶，正热到了沸点，呼突呼突，由盖子缝里，向外冒着热气。便在桌上纸堆里，找出来一个小黄纸包的茶叶，茶壶也没有，只把那茶叶包打开，放到桌上一只空饭碗里去。提了壶一冲，那些茶叶，一涌而上的，浮在水面上。

井兰芬看这样子，简直用不着主人翁多事招待，免得人家受累，因笑道："何先生您先坐下，我有话对您说，说完了我就要走，您用不着张罗。"何乐有回头看了一看，倒退了几步，就坐到床上，笑道："我就坐下。其实我是没有什么可张罗的。老实说，不是井老板昨日接济了我一点儿款子，今天连这二枚一包的茶叶，都没有呢。"井兰芬道："别的话都不用提了。前天我叫陈老实来劝你的话，句句都是实言。你若是为了我不回去，这样流落在北京，叫我怎么过意得去？这我也没有别的法子，只好从此就不干了，省得你放不过去。"何乐有连连摇手道："别着急，别着急！你觉得我天天去听戏，对你有些不妥，从此以后，我不去听戏就是了。"井兰芬一挺胸脯叹了一口气道："你这人真是傻。"何乐有道："你不让我听戏，我就不听戏，怎样我又算是傻呢？"井兰芬道："咳！你完全错了。我不要你听戏，不是说你去了丢了我什么面子。你瞧瞧……"说时将手向屋子里周围一指道，"你为了听戏，落到这一步田地，还有什么可听的？我的意思，是让你不听戏了，趁着还能帮你一点儿忙的时候，你就赶快回家。你府上，不是没有饭吃的人家，你又不是一点儿本领没有的人，可是刚刚毕业的大学学生哩。你只要好好地去干，干得发了财，再到北京来，舒舒服服听你的戏，谁拦得住你？"何乐有道："说虽是这样说，难道我发了财再来，你还会在这里唱戏吗？"

井兰芬扑哧一笑，又叹了一口气道："像你这样的人，我真没有你什么法子。"说着在身上又掏出一小卷钞票来，零零碎碎，多半是一元一张的，一共约莫也有二三十元。她将这钞票放在桌上道："这钱是我零碎积下来的，多是不多，你就看我这一点儿心事吧。我多话也用不着劝你，你信我的话，拿了钱做盘缠回去，咱们就是好朋友。你不听我的话，还是要流落在北京，各有各人的志气，我也没有你的法子。"说毕，一言不发，坐着望了何乐有的脸。

何乐有捏着拳头，在大腿上一捶，突然站立起来，头一偏道："井老板，你真是我的好朋友，我再要不听你的话，我这人就是凉血动物了。得！我明天晚上就走。你明天白天有戏，以后不定能不能见着你演戏了，我还去听一次，成不成？"井兰芬听他说得这样的决断，是走定了，便道："这倒没有什么不可以，不过你不要听了一天戏，又这样耽误下来就是了。"何乐有道："那我决不至于的。你若是不要我去，我就不去。免得你在台上唱戏，惦记着我，把戏唱坏了。"井兰芬听他说得如此之委婉，心里又有些不忍，便笑道："你只管去吧。我在台上不往台下瞧就是了，你还有什么话没有？我是溜出来的，我要回去了。"井兰芬说着，已是站起身来，手扶桌子犄角，要走不走的样子，望了何乐有几眼。何乐有道："事是没有事，话也没有什么话。不过我想你这样的好朋友，临别赠言，一定可以告诉我几句好话。"井兰芬原不曾离开那椅子，又坐下了，因道："我有什么可说的呢？"于是左手托了脸，撑在椅靠上，慢慢站起来，慢慢说道，"还是那句话，你还是好好找一份事业干去。"说着话心想这人捧我六七年，落一个这样的下场，又是可惜又是可怜。于是一手拿了那包茶叶的小纸包卷成了一个小纸棍儿，只是在桌上搓。何乐有道："这次分别，可不定哪年会了，何不多坐一会儿。你帮了我这样一个大忙，我将来应当怎样谢你才对？"井兰芬低头呆了一呆，将手上纸棍儿一扔道："走了！何先生记着我的话，别忘了。"话不曾说完，头也不回，推开房门就走了。何乐有从从容容到大门口来送时，人已去远了。

到了第二日，何乐有真个把东西收拾停当，预备了南下。他的朋友无多，也用不了忙着辞行。至于其他琐务，更是没有。这一天决定了走，反而觉得心里空荡荡的，清闲自在。下午没有事，到戏园子里去是特别的早。他往常坐的那个座位，本来空着的，看座儿的先笑脸迎着他道："喂！你昨天没来，这个位子卖出去了。"何乐有也不和他计较，在身上掏出一块现洋，交给看座儿道："随便对付一个地方都成。"看座儿的见他先掏出钱来，倒红了脸，横着眼笑嘻嘻地道："何先生，您怎么啦？您给我们来这手。你以为我是怕您不给钱吗？"何乐有笑着摇手道："何必说那些话，我迟早是给，这不干脆些吗？"看座儿的既然收了钱，就让他在这一边的空位上坐下，而且给他泡了一壶龙井茶。因为这一元钱里面，还有二毛多钱，正可以落下来做小费，何必不联络联络人家呢？自此以后，他好像又要花钱了，联络好了，少不得又是一个小财神爷。可是何乐有倒不留意及此，直望了台上发呆。心想几年以来捧角，算做了一场大梦，今天才醒过来。由此可见得光阴易过，又可见人事不可靠。想着想着，不觉抬起一只手来，撑住了头。手肘撑在前排的椅子靠背上，低头看着胸前，竟不知身之何在了。

忽然觉得手胳膊一碰，身边坐下来一个人，回头看时，却也是这里的老主顾贾叔遥，于是对他笑着，点了一个头。贾叔遥忽然看见他坐在这里，倒出于意外，心想这家伙真是能够忍耐，接二连三的给他的打击，他还是逆来顺受。可是仔细看他，今天的情形，多少有些变了。他只管低了头，安安静静地听戏，并不像往常那样胡乱叫好。井兰芬在台上的时候，他也不过偶然抬头看一看，依旧低下头来。到了五点钟的时候，他忽然站起，对贾叔遥道："贾先生，我要先走一步，后会有期了。"说毕，让出座位，径自去了。贾叔遥正也是歌舞场中的一个伤心人，看到何乐有这种态度，心想，今天何以不终场而去，这里面未免大有缘故。及至向看座的打听，看座儿的却说今天他是花钱来的，可不是听蹭戏。贾叔遥一想，这个理由，太不充足了。既然是花了钱，更应当安安稳稳地坐着看，为什么要走？再看看台上的井兰芬似乎对何乐有留下这个空位子，也看了几次，惊讶之状，现于眉宇。贾叔遥都记下了，当天虽然打听不出来，逆料过一两天后，自然可以知道，心想这里面又不知是什么糊涂账。快乐场中，往往先是快乐，后是烦恼，这楼上楼下的观客，不见得就没有第二个何先生吧？

想到这里，就不免抬起头来，也跟着向楼上楼下，四周一看。看到楼上第三个包厢里，却有一个带女眷的人，笑嘻嘻地向他招了几下手。接上又把右手的食指，向空间伸出来，摇了两摇，意思问是一个人吗？贾叔遥看见，就明白了，对他点了点头。那人见他果是一人，又招了一招手还是要他去。贾叔遥因为和他在银行界久已熟识的，虽然没有什么交情，然而人家一再约了去，也不得不敷衍一下，便走出池子，绕道上楼，原来这人叫包月洲，乃是集成银行的总经理，贾叔遥一家人，多半在银行界做事，他们自混得很熟，所以贾叔遥也和包月洲相识。

当时到了楼上包厢里，包月洲起身相迎，他身旁坐了一位青年女子，身上披了一件灰鼠斗篷，手操着斗篷外沿，亮晶晶的，无名指上，露出一颗钻戒。只看这种华贵气象，逆料自然是银行家的眷属。但是正在犹豫之间，那女子也望着点了点头微笑，却并不曾起身。包月洲笑着问道："认识不认识？"贾叔遥见他如此一问，就不能以嫂夫人相称，而又不好说什么，笑道："没有见过。"包月洲笑道："这是鼎鼎大名的玉月仙，你不认识吗？"贾叔遥这才知道她是一个窑姐儿，心想你既是这种人，为什么见了人，还是大模大样的，难道在班子里见客的时候，也是这样吗？于是也就不睬她，自行坐下，去和包月洲谈话。

包月洲一手握住他的手，一手拍了他的肩膀道："听见说你和这里台柱子感情很不错，给我们介绍介绍，行不行呢？"贾叔遥笑道："台柱子，要你们大银行家来捧才行，我们不过是个穷书生，哪里有介绍资格。"包月洲道："你也不错啊，财政总长的本家。"玉月仙听了这话，就向贾叔遥看了一眼。贾叔遥正想说一句，我算什么财政总长的本家，原是没有关系的。因玉月仙对他一看，他就不说这句话了，只是对着包月洲微笑了一笑。他们这包厢的栏杆板上，本摆下了许多茶点烟卷，当时玉月仙起身在烟卷筒子里取出两根烟卷，顺手递了一根给包月洲，然后站起来，伸出一只雪白的胳膊，将烟递到贾叔遥面前，笑道："请抽烟。"贾叔遥顺手接过来只脸上带了一点儿笑意，头也不曾点一下，自擦了火柴抽着烟，和包月洲道："楼下我还有朋友，改日再谈。"说毕，径自下楼去了。

玉月仙用眼睛瞟着他后影，等他下了楼，回过脸来，对包月洲说了一句上海话："架子度来希。"包月洲笑道："你没有听见说吗？他家里有财政总长呢！像这样的阔少爷，为什么不摆摆架子呢？"包月洲原是玩话，玉月仙倒越是相信，对着楼下池子里，又看了一看。包月洲笑道："你注意他为什么？因为没有这个吗？"说时，将右手一个食指摸着嘴唇上下的胡子。玉月仙将脚轻轻踢了一下，又瞅了他一眼道："少胡说。"包月洲笑道："少胡说吗？今天我倒真有几句话，要和你说一说呢。听完了戏，回头我们一路吃饭去，一面吃一面说。"玉月仙道："你要说的话，我都知道。三言两语可以了结的事情，你要这样拖泥带水，老弄不清。"包月洲道："今天就是三言两语，不拖泥带水了。"玉月仙道："那我们就走吧，不必听戏了。"包月洲对于听戏也是心不在焉。玉月仙说要走，马上就陪了她一路出去。

包月洲的汽车就停在戏园门口，二人出了门，便一同上德国饭店。因为资产阶级的人，都有这样一个习惯。若是一两个人吃饭，就以到那里为宜。地方是很干净，而花钱却不至于十分少。资产阶级若也像常人吃小馆子一样，不过花个三块两块，那未免太小气了。所以他或者邀一两个人小吃，多半是在德国饭店。当时由南城到东城虽然路远，然而坐了汽车来，并也不要多大一会儿就到了。

包月洲和玉月仙在一间小屋子里坐下，还不等菜来，玉月仙先就笑道："有几句话，随便哪里也好说，何必还要老远地跑到东城来？有什么话你就说吧。"包月洲正开了一瓶啤酒，倒在玻璃杯子里，眼睛望着酒在杯子里打旋转，放下瓶子，喝了一口酒，然后笑了一笑。玉月仙道："你怎么样有这些个做作。有什么话说什么话就是了，说错了我也不怪你。"包月洲笑道："我倒不是怕你怪我，我说倒有些羞答答地难于启齿哩。"说着便哈哈大笑一阵。玉月仙道："说吧，不要闹了，我还等着要回去哩。"包月洲喝了一口啤酒，正色说道："不玩了，我老实说吧。听你母亲的口气，对于你的身价，竟非要两万不可。这话不有一点儿过于吗？你总算和我不错，你现在实实在在说一声，要多少钱才能办到？"玉月仙正色道："你不要以为我妈的话，说得有些过于，一个姑娘，场面做大了，她自然

144

有许多钱的开销。我这几年以来，都是空场面，借了债来……"

包月洲伸出手来，一只手握住了她的手，摇撼了几下，笑道："不必说，不必说，我全明白了。你有多少亏空，我都不管，反正我既要讨你，自然要帮你家一个大忙，最好使你们家里人，不用再做这种事情。"玉月仙道："你好不明白。你想，我要嫁了你，他们只要有饭吃，有衣穿，又何必做这种事呢？遇到你这样银行界的大老官，总是不容易的。从此我有了靠，我也愿他们不再去做作孽的事。你并不是拿不出这几个钱的人，何必不问你要呢？当真的，拿出一万两万你还在乎吗？一夜麻将，你也不止输这些呢。"包月洲笑道："你们不懂银行内容的人，就常常有这种错误，以为在银行里办事的人一定有钱，你要知道银行里的钱，是许多股东的资本，和银行里办事的人不相干。我们在里面办事，也不过是按月拿薪水。像开一家小油盐店，也有个东家和伙计，伙计在油盐店里可能乱拿一个钱东西吗？"玉月仙道："以后我们就是一家人了，你还在我面前撒谎吗？谁不知道你在集成银行里，下有很多的本钱，就像自己开的一样呢？"说时，把包月洲装啤酒的那个玻璃杯子拿了过来，自己先喝一口，然后又送到包月洲口边让他也喝一口，笑道："你在我面前这样撒谎，非罚你不可！"

包月洲经她这种米汤一灌，只觉浑身酥软，哪里还有抵抗的力量。将那口酒咕嘟一下喝下去了，就笑道："若是你自己要用钱，叫我想点儿法子，我未尝不可设法。只是你定的这些数目，也并不是为了你自己，你又何必为人这样出力？"玉月仙道："你要知道我和他们要钱，也正是为了我自己，他们钱用不够，是不能将我放手的。将来我是你的人，你的钱我总也不愿无缘无故送给别人，你想是不是？"包月洲道："照你这样一说，我是非拿出那些钱来不可了。好吧！今天晚上，你回去对你母亲说，我可以凑乎一万五，比我原定的数目，又多五千了。我今天暂且不到你那儿去，省得抵了面，倒不好说什么。明天下午，你打一个电话告诉我，我就有个准数了。"

玉月仙一个数目字也没有说出来，包月洲时而说两万，时而说一万，时而又说一万五。玉月仙索性不把数目的字样提出，只是说将来要赁一种怎样的房子住，屋子里要摆些什么像样的家具。以后自己没有事，要做起人家人来，除了星期，也不出门。还要包月洲请一个女教员，教自己读书识字，最好女教员懂得女工，还可以教自己一些本事。凡是娶妓女做姨太太的，就是怕姨太太进门以后，还不脱娟门的习气，而且一点儿事不能做，反要出外游荡，令人担着一份忧虑。现在玉月仙说的话，对包月洲所忧是件件对症下药，怎能不为之心花怒放？当时含着笑将大菜吃完就亲自送玉月仙出去，一路上汽车，玉月仙走到大门口正有一辆汽车，开到门口停住。车内首先下来一个人，不是别个，正是申志一。

申志一自那天晚上，允许了赔玉月仙的钻石耳环，果然照数赔了六百块钱，玉月仙也就含糊了事。约过了一个礼拜，申志一就到上海的时候，曾允许买一个钻石戒指送玉月仙，以表示赔钱还不算是人情，必要丢了钻石，还赔钻石，玉月仙也就把这话听在心里了。她知道申志一到北京是过路客，再来的话，不见得有什么把握。今天出来，恰是将一对钻石耳环都戴上了。这时，猛不及防顶头相遇，这一对钻石耳环岂不让人看见。一时间急中生智，人一蹲下去，做拔鞋子的样子，乘便将斗篷的皮领向上一操，将大半截脸遮住。申志一当然猜不到南城人老远地到东城来吃大菜，也就不曾注意。玉月仙居然对面不相识的，和包月洲一路坐上汽车了。

汽车到了销今馆，包月洲不曾下车，她一人回屋子了。她母亲拿摩温一见，便笑道："你那对耳环，取下来，过几天再戴吧。"玉月仙道："我知道，你不是说老申回了北京吗？我在德国饭店门口碰到他，把斗篷遮了脸，他没有看见我。"拿摩温道："这样子又是老包找你吃饭去了，他说了什么没有？"玉月仙走到帘子边，帘子将掀起一角，向外张望了一下，然后扯着拿摩温的衫袖，一同坐到沙发椅上，把包月洲说的话，和他说话的情形，都照实说了。拿摩温垂着她那只下巴，先是静静地听着，一些也不作声，直等玉月仙说完了，她才答道："你若是能照我的话行事，他就是出一万块钱，也可以答应他。就是怕你在我面前都答应了做，到了要做的时候，你又做不出来。"玉月仙道："怎样做不出来？他家里又不是铜门铁锁，一去就把我关起来，我又怕些什么？"拿摩温把那双肿眼泡的眼睛成了一条缝，脸泡上两块肉鼓动起来，笑道："你能这样说，就算是我的好孩子。就是这样办，答应总是答应姓包的，能挤得他拿出一万五，或者两万来，那固然是好。若是拿不出，只拿一万，也行，反正我们总现拿他一万。"两个人商量了一阵，就把算盘打定。

不多大会儿，只听了院子里龟奴吆喝，拿摩温在窗帘子里掀开一角，向外望着，连忙反过手来，向玉月仙招了一招，回头说道："老申来了，老申来了。"说着，便迎上前去打门帘子，只见申志一他一个人笑嘻嘻地走了进来。玉月仙也抢上前两步，握着申志一的手道："你打电话来的时候，我刚刚出条子回来。我也来不及打电话给你，就坐了车子，到饭店里来看你，谁知道你又走了。"申志一道："咳！你为什么不打电话给我，我是邀了两个朋友到德国饭店吃晚饭去了。你若是有电话给我，我就坐了汽车邀你一同去，那是多好。"玉月仙笑道："也不用得可惜了，反正现在已经见了面呢。"她说着话，给申志一取下了帽子，脱下了大衣，牵着他的手，一路到里面卧室里床上去坐，她就斜着身子，偎靠在他怀里。申志一笑道："我走的时候，听说你有恭喜的消息，现在怎样？那位包先生刚才在德国饭店，我还碰见了他，刚好是我进去他出来。他还带了一位很标致的女人在一处，大概是他的姨太太，或是另一位相好吧？"

　　玉月仙听了这话，心里倒不由得扑通跳了一下，脸上自然飞上一层红晕。好在她是背靠在申志一怀里，人家却看不见她的脸。她将肩膀碰了申志一一下，笑道："不要瞎说。姓包的也不过是我一个平常的客人，他带了女人，和我有什么关系。"二人说笑了一阵，玉月仙见他刚才说的话，并非故意俏皮，大概德国饭店那一幕，他是不知道的。于是站起来将手环抱了申志一的脖子，笑问道："你说在上海给我带东西来的，现在怎么样？"申志一道："我说了话，是不会失信的。"于是在身摸索了一会儿，摸出一个锦装小匣子来，因递给玉月仙笑道："你打开来看看，能值多少钱？"玉月仙也不走开，坐在申志一腿上，就把锦匣子打开来一看，果然是一颗亮晶晶的钻石戒指。因戴在无名指上映着电灯光，反复看了几看，心里非常之欢喜，就连跳带跑地，跑到外边屋子里去，送给她母亲拿摩温看，拿摩温忍不住笑将起来。立刻大家忙成一团，送茶送水。向来拿摩温好在房间进进出出的，客人见了是非常讨厌。今天拿摩温聪明起来，躲到房外去，无论如何，也不进来，这倒是申志一认识玉月仙以来，第一件痛快事。

　　当天晚上坐到两点钟，由玉月仙亲自送他回饭店去，到了次日玉月仙想起母亲和她说的话，便在下午三点钟向集成银行包月洲通了个电话。包月洲一接电话，心里就是一喜，因料到没有什么好消息玉月仙是不会打电话来的。及至一接电话，玉月仙果然说是事情已然有些眉目了，你今天晚上，可以到我这里来，仔细商量。包月洲听了这话，喜不自胜，在电话里连说好好，到了晚上八点钟，只是刚吃晚饭，便到销今馆来了。他到这里来，情形又和申志一不同了，几乎有一半像自己家里一样，随随便便去到玉月仙房里就向床上一倒。玉月仙也是随身就在床沿上坐下，一手拉了包

147

月洲起来，笑道："来了就睡，你有多少年没睡过觉？你坐起来让我慢慢地对你说。"包月洲当她拉手之时，一眼看见她手指上戴了那样大的一颗钻石戒指，笑道："新制下吗？我以前没有看见过啊！"

玉月仙早就留意了包月洲戴的钻石戒指，也曾探过他的口气，据他说，这是他五年前一次做买卖赚了钱，银行股东共同送他的，戴在手指上已经有五年了。这样说来，人家是纪念品，如何可以要他的，因此不曾开口要。这时包月洲在一拉手之际，看到她的钻戒，倒先问起来，这正合其意，且不去答复新旧的问题，也不拉他了，玉月仙索性伏在他身上，将戒指给他看，笑问道："老行家，请你看一看，我这东西，究竟怎么样？"包月洲两手捧住她一只手，仔细地看了一看，笑道："错倒是不错，可是和我这个比起来，就小得多了。"玉月仙道："我不信，你把你的取下来让我比一比看。"于是先站起来，两手抱了包月洲的脖子，让他坐起来。包月洲的钻戒本来在玉月仙那只之上，自己既然说了好，不能不让她一比，让她心悦诚服，便含着笑，轻轻地慢慢地，将那只钻戒脱下来，交到玉月仙手里。玉月仙将自己一只也脱下来，一个手掌心，托了两只钻戒，便在电灯光下，头向后偏，故意作远看，笑道："果然是你的不错。咳！我们不说这个了，谈正经的事吧。"

因就拉了包月洲的手，一同在沙发上坐下。伏在他的肩上低声道："老的意思，已经让我说肯了，就是听你一句话，究竟拿出多少钱来？"包月洲道："我不是说了吗，可以拿一万。真是添个千儿八百的呢，我也只好承认，绝不能因为这一点儿小事，把我们已成的局面重新打破。"玉月仙道："是呀！我也是这样说。你若是真肯救我出火坑，多花几个钱，也不能去计较。若是你都要计较，我就没法子嫁人了。"包月洲明知她说这话，有灌迷汤的意味，但是人家用十分和悦的颜色来说话，绝不能说人家不是好意，而不接受，便笑道："整万的洋钱，也不见得不在乎吧？不过我也犯不着向你哭穷，说我拿不出来。"玉月仙又伏在他肩上，对了他的耳朵，叽叽咕咕说了一阵，末了，平常声音道："就是十二号房间吧，那间房子大，洗澡盆也干净。"

包月洲点点头答应了。他坐了一会儿，也就有事要跑。不过自己那个戒指，戴在她手上，那是怎么办？若是和她要回来，显然自己小气。若是不要回来，她就这样含糊戴了下去，什么时候可以拿回来呢？心里这样想着，口里几回想说，看到玉月仙始终不在乎的样子，并没有注意到这件事

148

情上来，自己想了一想：反正今夜晚还是要会面的，到了那个时候，再向她要，也不算迟。这样想着，索性一字不提，当没有这件事一般，很平常地去了。但是他心里这样计划着，他那种计划，始终不能实行。因为到了约会的饭店里，玉月仙是尽量讨论嫁娶问题。讨论得有了结果，夜已深了，大家都要安歇，不能再向下说了。

一直到了次日正午十二点，玉月仙到房后洗澡间里去洗脸，将手上两只钻戒还戴着，没有取下，包月洲有了机会了，便也跟了去。见玉月仙伸手到脸盆里去，便笑道："你洗脸，向来都不取下戒指的吗？"玉月仙道："是啊！我还戴了你一只戒指，你不用提醒，我忘不了的。"这几句话，也是带着玩笑意味的，可是包月洲听了，正如什么东西扎了面孔一样，作声不得。半晌，笑道："你戴着我的钻戒，又不是要我的，我要拿回来，说拿回来就是了，何必还要绕这么大弯子，先点醒了你再说呢。"玉月仙笑道："你猜准了我不要你的吗？"包月洲不好说什么，笑了一笑。玉月仙道："你到外面去吧，我还有事呢。"包月洲也不便老盯着她，就退出洗澡间，坐在外面屋子里等她。

一会儿工夫，玉月仙出来了，笑道："并不是我见财起意，我想从今天起，我是你的人了。平常人一娶一嫁，有许多固定的金银首饰，我终身大事，和你要一两件东西做纪念，总也可以。但是纪念品，只要有纪念的价值就行，倒不一定要多少。你对我说过，这一粒钻戒，是你的纪念品，把你的纪念品移作我的纪念品，是最好不过的了，所以我想和你要下来。"包月洲以为她不肯除下来，纵有吞并之意，也不过勉强地留下，不料她侃侃而谈倒有一片大道理。她本来认识几个字，用上两个新名词，更觉是理由充足。自己要说嫁娶都定了，连一个订婚的戒指，都舍不得给她，这不但小气，而且也对人家表示不亲信的态度了，因笑道："你要留下做订婚的戒指吗？那你留下就是了。你就不和我要这个，我也会给你一点儿东西做纪念的。不过这个戒指，我是看得很重的，除非你，别人我是不能相送的呢。"玉月仙笑道："你这有什么舍不得的，东西到我这里来了，将来还不是跟我的人一路过去吗？我替你收下，也就算保险了。"包月洲听她说了这样的体己话儿，漫说是一只钻石戒指，就是十只八只一齐送了她，也觉得为数很值，就也不向下追究了。

这时，他已和玉月仙商量妥当，共给她出身价一万五千元。今天是星期四，就择定了星期接她出销今馆。她也自即日起，下捐停止营业。依着

149

情形说，这事本来太急促一点儿，可是包月洲生了一种新感想，以为玉月仙既然算是自己的夫人，就不能眼睁睁地看着如夫人还在窑子里接客，所以一谈判成功之后，马上就要把玉月仙接出来。因为日子是这样快的缘故，出来不及另营金屋，就决定在西方饭店租下三间房子，暂时安顿，一面从从容容看定了相当的房屋，然后再正式住家。玉月仙既然答应嫁他，这些小事情，当然不必拘执什么意见，一律照着包月洲的办法办去。包月洲正是陶醉了的时代，玉月仙又能遵从他的意思，哪里还计较别的什么，便高高兴兴地预备做新郎。次日就开了一张一万五千元的支票交给拿摩温，日期却填的是下星期一，这也无非是慎重一点儿的意思。果然拿摩温还有什么变卦，人不能出来时，那么这支票就不付款。但是玉月仙母女是很决心解决这一个问题的，包月洲倒算过虑了。

这天玉月仙回去，直截痛快地就叫人到乐户捐处声明下捐，到了晚上，并不在班子里，一人上电影院去看电影。包月洲晚上来了，拿摩温就告诉他道："包老爷，她总算对得住你的了。你要她下捐，马上就下捐。下了捐还怕有人来会，又到电影院里去躲开。就是圣旨，也不过这样灵吧？"包月洲听了这话，自然是二十分高兴，就约定十二点钟在饭店里等她，先去了。

他去不多时，申志一也来了，因问玉月仙哪里去了？拿摩温笑道："申老爷你又和我们开玩笑了。这一件事，你难道不晓得。"申志一一时摸不着头脑，因问道："什么事？你劈脑一问，我倒糊涂了。"拿摩温摇了摇头道："不能吧？难道玉月仙和你这样要好，这样大的事她都不告诉你一声？"申志一道："我就是昨日见了她在一处谈了几句话，她何曾告诉我什么？"拿摩温将那一张银盆大脸呆住，凝神想了一想，点头笑道："也许因为申老爷昨天才到的，她来不及告诉。"申志一心想：这老家伙说话吞吞吐吐，又要掉什么枪花。昨天我走来就送了一粒钻戒了，还嫌少吗？因笑道："我也是个急性人，肚里藏不住什么的，你说得这样隐隐约约，叫我好不难过。"拿摩温笑道："申老爷我告诉你，要给玉月仙道喜才对哩。今天已退了捐，马上就要从良了。"

申志一听到这话，立刻觉得送她这一只钻戒，未免太冤，自己若是迟到一天，就省下整千的洋钱了。不过他心里虽然这样想，面子上不表示出来，反正这东西，已是送出去的了，悔也悔不过来，何必在她们面前显着不大方，于是哈哈一笑道："这果然是好事，应该道贺的。是哪个有福的人把她讨了呢?"拿摩温道:"是集成银行的包经理。"申志一听了这话,又是一个感触。我每次和玉月仙开玩笑,问她和老包的情形怎样,她总是说很平常。这样看来,竟完全是假话,这种人未免太靠不住了。从今以后也总算学了一个乖。银钱不算什么,把人心看破了也是值得的事。当时和拿摩温勉强说笑了一阵,就回饭店去了。

第十一回

大妇千里来一筹莫展
新人数朝去四大皆空

真也是事情恰巧，申志一也住在西方饭店，他的房间在楼上，不歪不斜，正在包月洲新房的上面。若是去了楼板，可以说两位情敌，同住在一间屋子里。不过申志一绝想不到玉月仙嫁了包月洲，还会住在旅馆里。包月洲虽知道这西方饭店的客人，冶游的不少，也不见得就有玉月仙的要好朋友在内，所以他也毫不考虑的，在这里营下暂时的金屋。

时光易过，转身就是星期，到了包月洲纳妾、玉月仙出嫁的日子了。这一天，包月洲也在西方饭店小小地请了一餐客，到了十几位好友，大家吃喝说笑闹了一阵。新娘玉月仙是个青楼中人物，原不知道什么叫作害臊，也就很大方的，和新郎在一块儿陪客。大家也不必闹什么新房，到了晚上十二点钟，各人就散了。包月洲自由自在地和玉月仙谈心，不须顾虑到没有时间，也没有人从中来障碍，总算是实享藏娇金屋的好处了。

可是这样的好事，偏是日子极短，也不知是谁，把这消息传将出去，让包月洲的夫人知道了。包月洲的夫人，原住在上海，在包月洲决定纳妾的时候，电报就到了上海。夫人一接到电讯，结束了一些琐碎的事情，便搭了京沪通车，追到北京。北京城里，包月洲原也有一所房子，只随便几个男女仆人守家。包太太一到了家里，首先就让人打电话通知包月洲，说是自己来了。包月洲不是亲自听了太太说话，真还不肯相信有这事。现在太太来了，好像飞将军从天而下，分明是为了自己娶姨太太来的，不然，事先何以一点儿消息也不露。这事万万强硬不得，还只有一味敷衍太太才是，于是将银行里事办清楚了，连忙坐了汽车赶回家来。

太太一见面劈头就冷笑一声问道："哼！你做的好事。我又没有死，你以为你在北京做的事，我在上海就不知道吗？我也没有别的话，你要讨人，不过要把我和我的儿女安插一下，不然我们就以性命相拼。"包月洲道：“真是空穴来风，哪里有这么一回事？难道你还为了这样一种不可靠的谣言，千里迢迢地跑了过来吗？”说时，翘起嘴角上一些短胡桩子，微微一笑，接上鼓着巴掌，又哈哈大笑起来。包太太看他面不改色，反笑嘻嘻地闹着玩，不像做了什么亏心事似的，自己也跟着狐疑起来。包月洲见太太沉吟不定的样子，似乎为自己之说所动，索性笑道：“我猜一猜吧！你是得到谁的消息。是了，一定是你干姐姐邓太太去的信。也不知道她在哪里打牌打糊涂了，听到风就是雨。这个太太真是会开玩笑，她不过花一毛多钱的邮费，让人家凭空跑了几千里路，冤枉不冤枉。我明天倒要请她来问问，我讨了谁，讨这人又在哪里？”

包太太听他的话，一步逼近一步，简直把讨人的事，一点儿也不放在心上，这不能说他完全是做作的了。因道：“你不要胡猜，邓家大姐虽然常和我通信，她不管你包家的事。”包月洲笑道：“我不过这样说，承认不承认，那全在你。若是不承认，真是哑子吃黄连，苦在肚子里了。这是你上了你干姐一个大当，若是上了我这样一个大当，那还了得吗？”说毕，又是一阵哈哈大笑。包太太由上海憋着一肚子怒气，一直到了北京私宅，未曾发泄，静等包月洲见面要搬出天理国法人情来开一下谈判。现在给包月洲左一个哈哈右一个哈哈笑得迷离惝恍，怒气就完全暗消了。包月洲见太太不是一见面时那种激烈的样子了，心中暗喜，便对太太道：“我说的话你未必肯信，你可以邀着邓太太到亲戚朋友家里去调查调查，看我究竟有什么轨外行动没有？”包太太冷笑道：“调查我自然要调查的，难道凭你这样说上一套，我就信了。不过也用不着找邓太太，我一个人就会调查水落石出的。你不要一再提到邓太太，又牵扯上别人。”包月洲笑道：“好了，把这一页书揭过去，我们谈谈别的吧。”于是他立刻转过话锋，就问些上海家中的情形，又问问上海开了几家跳舞场，新编了些什么戏。由下午回来起，直陪太太谈话，谈到晚上十一点钟。包太太把这次来的任务，完全忘了，也就不再提。

这时却有一个电话来，听差说是彭总长来的电话，请经理过去。包月洲道：“这样晚了，他有什么事呢！大概又是三差一的局面，要我去凑一脚了。你回绝他，就说我不在家。”听差答应去了。包太太道：“他常邀你打牌吗？”包月洲道：“他哪里会常邀到我头上来，也不过偶然的事罢了。”谈谈说说的有半点钟，听差又来说，还是彭总长来的电话，说有要紧的事商量，务必请经理去一趟。包月洲还没有说话，包太太便道：“人家一次两次地来请你，一定有要紧事，你就去一趟吧。"包月洲笑道："我是因为你今天新到，应该在家里陪着你，不愿出去的。"包太太道："胡说，你不要以为我分不出公私邪正来。你真有事出去应酬，我还能禁止你吗？"包月洲拱拱手道："我说错了，对不住，我去一会儿就回来。"于是含着笑出门上汽车去了。

汽车风驰电掣一般，到了西方饭店，一直走进赁住的新房里去。玉月仙拿了一副扑克牌，无精打采地坐在小桌边翻弄。她见包月洲进来，只抬头看了看，并没有作声，又去翻牌。玉月仙本另雇了一个苏州娘姨在房间里伺候，娘姨走上前，接过去了大衣和帽子，便笑道："老爷，我们打了两回电话了。接电话的人是谁？再三叮嘱，说不要打电话，自然有回电的。"包月洲笑道："我那个电话，是不打的好。电话在前面客厅里，来来往往的人很多。"玉月仙手拿了一把牌，向下一抛，撒了满桌，站起来问道："我是你的家眷，还是你的丫头？"包月洲笑道："你这话是什么意思？我倒不懂。"玉月仙道："家里人和家里人打电话，怕来来往往的人听见，这是什么意思，我才是不懂呢！"包月洲顿了一顿，笑道："这缘故我得慢慢地对你说，你不要急。"玉月仙道："你不是说这北京一份家，家里只有些底下人，没有什么人干涉吗？怎么家里又不能打电话了？我只来三天，你就前言不符后语了。"包月洲道："并不是我前言不符后语，乃是天有不测风云，人有旦夕祸福。因为我们太太，不知道在哪里得了这个消息，她赶到北京来了。我想我们的事，要好好安顿，就不能让她知道一点儿。所以我在家里极力地避去这层嫌疑，让她摸不着头脑。我的手腕，总算不错，她居然把我的话，信以为实，以为我并没有讨人。"

玉月仙听他的话，略微沉静了两三分钟，因问道："你这话果然是真吗？你们的太太，又没有千里眼，顺风耳，何以就在这个日子赶到了？"包月洲道："事先我也是一点儿不知道。今天下午突然接到家里的电话，说是太太来了，我还以为是你到家里去了呢。"玉月仙将嘴一撇道："你以为是我吗？我没有那大胆子，敢打太太的旗号。我是什么人，我也配那样称呼。"包月洲道："你不信就算了。但我是确是这样想，后来我到了家里，我才知道是她。她一提到这件事，我马上就给她一个满不在乎，她也以为果然是谣言。只要这样做下去，我想不到半个月，她就要回上海去了。"玉月仙也没说什么，只是笑着将鼻子哼了一声。包月洲见她这样子虽然有些不乐意，却也不至于有失望的表示，觉得这方面的敷衍之法，还不算难。坐谈了一会儿，拍着玉月仙肩膀道："这真是对不住，我要走了，有话明天再说吧。"玉月仙靠着椅背，垂头不语。包月洲道："这件事我也是没有法子，你总可以原谅的。"玉月仙道："只要你把话说明了，我是不怪你的。你要瞒我我就不高兴了。"说毕，微微一笑。包月洲看她面子上虽然不生气，但是两道眉峰，深深地锁着，好像是十分的勉强。这样一来，自己心里，倒十分过意不去，怅怅地站立一会儿，就走了。

玉月仙原是板着脸，及至包月洲走了，便向着娘姨道："他走了很好，我们到哪里白相白相去。"娘姨道："听戏看电影都过了时候了。"玉月仙道："我们到班子里去看看吧？三天没有回去又不知道是什么样子了。"娘姨道："不要去吧？让包老爷知道了，面子上下不来，人家花了许多钱讨你，为着什么呢？不就是不愿意在班子里混吗？你刚出来一两天，又回去了，在情理上也说不过去，我们无论是个长局是个短局，暂时这几天总要做得干净一点儿，不能让人家说话。"玉月仙道："那要什么紧，他做得初一，我就做得初二，可是他先对不住我呢。"

嘴里和娘姨说着话，人坐在沙发上，伸手就一摸壁上挂的电话取了下来，报号道：楼上七十二号。电话接上了，玉月仙便问道："申志一先生在家吗？"接电话的，正是申志一自己，便问是那一位。玉月仙笑道："你猜我是谁吧？"申志一笑道："哦！知道了，又是楼下包太太。"玉月仙道："不要缺德了，什么包太太？"申志一道："现在的太太，不含糊啊。"玉月仙道："不要废话了，我要到你房间里来白相白相，行不行？"申志一道："挡驾挡驾，我和包经理可不认识呢！"玉月仙道："怎么回事，我们的交情一笔勾销了吗？"申志一道："当然啊！"玉月仙道："我不和你说这些废话了。"说毕，就将电话挂上。娘姨见她碰了人家一个橡皮钉子，倒替她难为情。她却到梳妆台，找了粉扑子，对镜子扑了一扑粉，又找了小牙梳将头发梳了一阵，这才笑嘻嘻地上楼而去。

到了楼上七十二号，只见申志一屋子里是满房宾客，有两位是极熟的朋友，就是那陆幼华和林一心。门只一推，陆幼华首先看见，就站将起来鼓掌道："包太太来了，欢迎！欢迎！"玉月仙撇了嘴笑了进来，一直走到众人身边，笑道："为什么损我？"申志一这时不能把这位不速之客硬推将出去，只得倒了一杯茶，双手捧着放在茶几上。玉月仙道："多谢了。为什么在电话里挡驾？"申志一道："这一层，你还不能原谅吗？照着情理说，必定要认识老爷，才能够认识人家太太。"陆幼华道："此话不通，我就有好几位太太朋友，并不认识她的老爷。"林一心道："大爷说得对。现在社交公开时代，男女交朋友，满不算一回事。"玉月仙道："这还像话，况且我们住在一个饭店里，不是朋友，还是街坊呢。"大家见玉月仙这般的开通，乐得和她开开玩笑，大家在一处凑着一个热闹，不觉就到了一点多钟，还是有两位客告辞要走，玉月仙觉得未便独后，也就下楼去了。照说这一晚上，她是很寂寞，可是她上楼一白相，就很快活地过去一宿了。

次日睡到正午一点钟，方才醒过来，在床上翻了一个身，苏州娘姨走到床面前叫道："六小姐，醒醒吧，一点钟敲过了。"玉月仙在床上歪斜着蒙胧的睡眼，微笑道："你叫我什么？还叫我小姐吗？"苏州娘姨一扭头笑道："真是的，叫惯了口就改不过来了。"玉月仙一面揉着眼珠，一面坐了起来，靠住了枕头伸了一个懒腰，笑道："管他三七二十一，过了几天太太瘾再说。"娘姨道："要过太太瘾的话，应当搬到公馆里去住，好好教做起人家人来。住在这饭店里，不三不四，过个什么太太瘾呢？"玉月仙道："我要是照你那样的说法去办，我图什么？这样年轻轻的，就要丢开这花花世界。"苏州娘姨道："六小姐，你现在是这样年轻，将来你要年纪老成一点儿，你的本领就要和姆妈一样了。"说着将大拇指一伸。玉月仙道："我不愿长到七八十岁，我也不愿人家叫我老前辈。一个人上了年纪，到哪里去也要落后。新式样的衣服不能穿，脂粉也不能用，那是活受罪。"苏州娘姨道："哎呀啦！这样说法，我们这三十多几的人，慢慢地就要老实打扮了，那还活得有什么意思呢？"

玉月仙只笑一笑，伸着手，将床头边茶几上的烟卷筒子拿了过来，抽了一支烟卷在手，娘姨连忙擦了一根火，走上前，给她将烟点上。玉月仙坐在床头，将被盖了下半截，上身将搭在床挡上的灰鼠斗篷，披在身上，和娘姨说着话，一直抽完了一支烟卷，外面过道里挂的壁钟，当地敲了两下，她才下了床，踏着拖鞋，去洗脸间洗脸。等她梳洗完毕，换了衣服，就是三点多钟了。冬日天短，稍微一周转，夜幕开张，就只见街上万家灯火了。玉月仙掏手表看看，是五点三刻，因对娘姨道："一直到这个时候老爷没有来，也没有打一个电话来，把我们都忘记了。忘记了就忘记了吧，我也不管他，我要出去吃晚饭了。你打一个电话到楼上去，问问申先生在家里没有？"娘姨道："六小姐，你就自在一点儿吧。现在究竟是太太了，和老爷陌生的人来往，究竟不大方便。我们总不要让人家捉到错处啊。你要到哪里去吃晚饭，我陪你去一趟吧。"玉月仙想了一想，也觉自己的理短一点儿，便笑道："你的胆子比我的胆子还小呢。"娘姨道："不是胆子小，我们让一个理字捆住了，有什么法子呢？"玉月仙道："这话倒是对，现在我们尽管让着他，将来总有一天，和他算一笔总账。"娘姨笑道："哎哟，夫妻们还有什么总账不总账呢？"玉月仙对她这话，也不置可否，只将嘴一撇。娘姨也觉自己这话过于滑稽，也就陪着一笑，于是乎算了。二人出了饭店，一同找小馆子吃晚饭去了。

她们刚走出门十分钟，包月洲就来了。饭店茶房开了门，让包月洲进去，包月洲问太太哪里去了。茶房就说三点钟才起床，刚才出去，说是吃晚饭去了。包月洲问是哪一家，他又不知道，只好坐在屋子里等着，等了快一个钟头，玉月仙还不见回饭店来。包月洲到饭店里来，原未曾得太太的同意，趁着太太预备晚饭溜了出来的。这时就过了一个多钟头了，若是再不回去，太太一追问起来，可是一层麻烦，只得留下话，叫茶房转告玉月仙，自己便回去了。

玉月仙将一餐饭吃完，她又带了娘姨在街上买这样买那样，回饭店来，已是八点多钟了。一推房门进来，就嗅到一股很浓厚的雪茄烟味，因问茶房道："包二爷来了吗？"茶房道："太太一出门，他就来了。一人坐在屋子里，足等了两个钟头，他不耐烦再等，就走了。"玉月仙道："他说了什么没有？"茶房道："他没有说什么，就是吩咐我告诉太太，说他来了。"茶房说毕退了出去。玉月仙回头对娘姨道："来了一趟，这又算什么？还要他告诉人。难道把我讨了来，应该抛在这饭店里的吗？"娘姨笑道："你不要说他来这一趟不算什么，我相信他一定还是偷着跑来的呢。今天来了一趟，明天来不来，还不知道呢！"玉月仙道："一个人这样怕老婆，就不该娶两房家眷。明天他若还是这样，我就和他开谈判。"娘姨道："你何必这样急呢？现在无拘无束，住在这里，非常地自由，多么好。你倒愿意他绊住了你吗？"玉月仙点点头道："我为了这一层，暂且住下几天再说。我也坐不住，上楼看看老申回来没有。"说着，就上楼去了。恰好今天楼上申志一和几个朋友在打小牌玩，玉月仙一去，勾留下来，并且在一处吃夜宵，一直到两点多钟，才下楼回房睡觉。

到了次日，还是一点钟以后醒过来。她一醒，便问娘姨是几点钟。娘姨说："十二点钟已经敲过，也就不算早了。"玉月仙道："这个时候，老包总在银行里的。你给我打一个电话问问看，他现在在干什么？"娘姨道："叫他来吗？"玉月仙道："我们越叫他来，他越要搭架子了。你在电话里先不要问他，让他问你，看他说什么。"娘姨于是拿起话机，叫到银行里去。包月洲接着电话，就明白了，说是请太太说话吧。于是在电话里诉了许多苦，说是无论如何，今天七八点钟一定来。而且住在饭店里总不成体统，当然要想个办法出来。玉月仙听他说得如此肯定，料着今天是必来的了。趁着他不来的时候，下午三点钟出去了一趟，不到六点钟，便回饭店来等着，就是楼上也不肯去。总怕恰好让他碰着，彼此有些不方便。哪里知道由七八点钟等到一两点钟，还不见到，就是电话也不曾有一个，由此看来，他不是有意失信，就是包太太管住了，抽不动身。娘姨笑道："不必等了，今天是决计不来的了。明天打电话，好好俏皮他几句吧。"玉月仙道："俏皮他做什么！要这样才好一跌两断，大家无话可说呢。"娘姨笑道："若是照了这一种情形走下去，是不大好呢！"玉月仙鼻子哼了一声，却不说什么。

自从这一晚上起，包月洲和玉月仙的感情，就生了裂痕。次日，玉月仙也不再打电话到银行里去了，下午起床之后，就带了娘姨一路出去听戏。恰恰这天下午，包月洲想尽了法子，才抽出两个钟头工夫来。有了这工夫，满心想和玉月仙说出委屈之处，求她谅解，不料一问茶房，说是一下床就出去了。包月洲口里虽然不说什么，胸中未免添上一层烦恼。开了门，闷闷地坐了两个钟头，扫兴而去。到了晚上，就在家里打电话来问，九点钟打一次电话，不曾回饭店；十一点钟打一次电话，还不曾回饭店；一点半钟打一次电话，却是娘姨接的电话，说是太太睡了。包月洲道："睡着了，也把她叫醒。"娘姨在电话里笑了一阵说："有话明天说吧。一定把太太叫醒，她会生我气的。"说着，她就把电话挂上了。包月洲这一气，恨不能把牙齿咬碎。依着本性，一定要追到西方饭店去看看，究竟玉月仙是不是睡了。无如一点钟出门，太太又会生疑心，犯不着再加上一层烦恼，只得忍耐了。

好容易忍耐到了次日上午十一点多钟，才打电话到西方饭店去问，倒是玉月仙接的电话。她先说："我知道你因为昨天晚上没有接电话，有点儿疑心。你既然疑心，就来看守着我得了。你要陪着老妖精，又挂念着我，一心系两头，哪里行呢？"她也是和娘姨一样，不等包月洲再说话，就挂上了电话。包月洲不能再忍了，将银行里要办的事暂且搁下，坐了汽车飞快地到西方饭店来。到了房间里，玉月仙先笑道："告了几分钟的假呢？居然来了。"包月洲道："怎么我一进门，你就给我钉子碰？"玉月仙道："这是实话，怎么说是给你钉子碰？"包月洲本来是一肚子气，但是一看到玉月仙，不知是何缘故，气就完全沉下去了。走进房来，看到床上的被叠得整整齐齐的，玉月仙却蓬着一把头发，似乎起床以后，还不曾梳头。玉月仙却是什么也不理会，取了一根烟，两个指头夹着，坐在一边自抽烟，一口一口喷出来，自在不过。

　　包月洲道："昨天晚上睡得那样早，今天何以又起得这样迟？"玉月仙撮着嘴叠，吹出一口烟，那烟像一支箭一般射了出来。两眼呆望着那烟出神，半晌才答应道："这样无聊的日子，除了多多地睡觉，还有什么法子来消遣？我倒是愿意走出饭店去玩玩，但是你放心吗？"包月洲知道她已经够放荡的了，再要说她到饭店外去玩玩也不妨事，那就更不得了。因之玉月仙说出这话，他却不作声。玉月仙道："却又来，你既然不放我出去，我不多多地睡觉怎么办？"包月洲道："这份事却是我对你不起。我要知道讨你过门，就会发生这种情形，迟一点儿日子也不要紧，现在暂请你受一点儿委屈……"玉月仙不等他向下说，就抢着问道："你讨我来，不是要我来过日子，是要我来受委屈的吗？"包月洲道："我不是说了，事前没有料到这一着吗？你慢慢地等着，我总有法子。"玉月仙鼻子哼了一声道："总有法子，哪一辈子呢？"

　　包月洲说一句，玉月仙就驳一句，驳得包月洲无词可答。但是他嘴里无话可说，心中却十分地愤恨，也取了一根雪茄，斜躺在椅子上，慢慢地抽着，彼此都不说话。无意之中，一眼看到玉月仙手上，只戴了一只钻石戒指，自己送她的那只却没有戴，所戴的乃是原来那只小的罢了。因问道："两只钻戒，你怎么只戴一只呢？"玉月仙道："东西是我的了，你就不必问。我卖了也好，丢了也好，送了人也好，你管不着。"包月洲道："我怎么管不着？漫说一只戒指，就是一个人，现在我也能管，你如不信，就去问问年纪大一些的人看。"玉月仙道："我不用问，我明白。你自己还受人家的管呢，怎样来管我？"苏州娘姨看见他们说话，说得面红耳赤，怕再要向下说，就格外地僵了，便从中劝解道："都少说句吧，包老爷你赶快去找一所房子吧。找到了房子住，我们有一个安顿的地方，比在饭店里方便，你就隔一两天回来一次也不要紧了。"

　　包月洲本来还想往下说，银行里有些琐事，又等着去料理，只得气愤愤地走了。这倒好了玉月仙，她反正是破了面子，到了下午就带着苏州娘姨出去了，一直闹到晚上十二点钟以后才回饭店。回了饭店，又故意打电话到班子里去，找姊妹们谈心。这样闹了两三天，包月洲也听到一点儿消息，又和玉月仙口头上争论了两场。

一次，玉月仙索性提出条件来，说包月洲不能陪她，她就脱离关系。包月洲听了这话，跳起来道："什么？我花了一万多块钱，就为了接你到饭店来住几天吗？"玉月仙道："原不是在饭店里住几天就了事。我也很愿搬到你家里住，才正式像一个当家的人。你说什么时候搬吧？你叫我今天搬，我就今天去。你叫我明天搬，我就明天去。你的意思怎么样呢？"玉月仙说时，微微地带着一丝淡笑，很不在乎的样子。包月洲道："你何必一定要到我家里去，我赁房子给你住就是了。"玉月仙道："赁房子也可以，你哪一天赁呢？揭开天窗说亮话，你的老妖精一天在北京，你是一天不敢讨人的，这样的场面散了也好，何苦活受罪呢？"包月洲道："你怎么口口声声要散，难道你成心在我姓包的人身上溺个浴？"玉月仙哼的一声冷笑着。包月洲道："笑什么？姓包的不配人家溺浴呢，还是人家溺浴，我莫奈他何呢？"玉月仙道："你不要提溺浴两个字。你讨我，是你再三再四说起来的，我又没带一丝一毫的勉强。漫说我现在还没有走，就是走了，也不能算是溺浴。"包月洲道："我听你的口气，竟是非走不可的样子。你要走我也不能拦阻，但是我总不该人财两空。"玉月仙道："什么人财两空？我不过是得了你一只钻石戒指。一个要好客人送姑娘一只钻戒这也很平常，难道还好意思讨回去不成？"包月洲越听她的话音，越是不对，这样子，简直就是说明无条件的下场，便道："好吧！我看你往下做吧！总有讲理的地方。"玉月仙听他所说，鼻子里又哼了一声。包月洲看这种情形，现在是说决裂，当时是万分扭转不过来，只好不作声地走了。

这是当日上午的事，到了这日下午，再到西方饭店去，屋子又是空空无人，玉月仙和苏州娘姨都出去了。包月洲一想，这是不用等候的了，知道她们二人一出去，不到晚上十一点钟以后，是不回来的。于是坐在沙发上，呆呆地想着，人家说千金买笑，我倒花了万金买气受，我真是没来由。有了那些个钱，我做什么事不好，为什么要讨这一房姜。一人慢慢地想着，忽然发觉床上叠的棉被，不是新制的，乃是饭店的东西。心里忽然醒悟过来，莫非她们卷逃而去，且看那几只箱子如何？床角边堆的四口大皮箱虽在，可是另有两只手提小皮箱，也不见了。这就是惹下心里的狐疑，赶快上前看那箱子，锁并没有锁上，打开箱子盖一看，里面却是空的。这一只移开，又看第二只，里面只剩几颗杀虫的樟脑丸子，在箱底上乱滚。揭开第三只箱子，里面连布条儿也没有一片，第四只箱子，就不必看了，只用手拍了一拍箱子盖，那箱子咚咚然作鼓声。包月洲这一气，犹如用热酒烫了五脏，从里面狂醉出来。当时在沙发上坐下，只管望了那箱子，自己一人连连说道："最毒妇人心，最毒妇人心！"半天没有个理会去。后来想到他的朋友花国柱，对于嫖界的事，素有研究，就打电话把他请来商量。

花国柱接了包月洲的电话，坐着汽车来了。一进房门，便笑着问新嫂子呢？包月洲先叹一口气，接上又笑道："你别问了，我算漂一世的海今天在阳沟翻了船了。"花国柱道："怎么样？她是涩浴的吗？"包月洲道："涩浴不要紧，可是她涩得太快了。"于是就把经过的情形，略微对花国柱说了一说。花国柱把那四只箱子，打开了看一看，笑道："这是她成心骗你的，这四大箱子东西，慢慢腾挪出去，岂是一天所能的事呢？"包月洲道："我也就为了这一点恨她，这样看来，女子都是口蜜腹剑的东西，口里尽管和你亲亲热热，心里早是恨不得咬你一口。"花国柱道："你这未免求之太苛了。能口里亲亲热热，大爷们花几个钱，还不算冤。所怕者，就是连口里也一样地和你拼斗起来，这就没有一点儿意思了。"包月洲道："以后欢笑场中，我算看破了。"

花国柱忽然哈哈大笑起来，笑着弯了腰，接连哎哟了几声。包月洲道："什么事，你笑得这样厉害？"花国柱将手拍着箱子道："我不笑别的，我笑她涩浴，涩出一个故典来了。"包月洲道："什么典故？"花国柱拍着箱子数道："一只空，两只空，三只四只也是空。这就叫作四大皆空。"包月洲一听他这一句话，也不由得笑将起来，因道："真个是四大皆空。"接上叹了一口气道，"她纵然骗了我这些东西，我也不会穷。她生成这一副贼骨头，无非还是当娼，想破了，也就不算回事了。"花国柱道："花了钱，受了气，干吗？落个想破了拉倒呀？玉月仙跑得了，拿摩温跑不了，我给你找拿摩温去。她对于这件事怎样说？无论如何，是她骗了你的钱，又不是骗了她的钱，我们给她公了私了，总不会闹出个无理来。你找我来的意思怎样？请你说一说。"包月洲道："我就是因为一时计无所出，才找了你来商量商量。"花国柱道："事不宜迟，我马上找拿摩温去，看她怎样说？她要是认账，我们就和她好商量。玉月仙尽管去干她的，她的身价，可是要退回来。拿摩温若是不认账，我们就告她一状。整万的洋钱，我们总要和她算算这一盘账。"包月洲道："我也是气得了不得。不过真要闹起来了，弄得满城风雨，也不大好。"花国柱道："事情弄到这种程度，你以为对外还能保守秘密吗？依我说，不如我们照实宣布了出来，还觉得我们理直气壮。"

包月洲正望了那四大皆空的四只箱子出神，长叹了一口气。接上将脚又一顿道："无论如何，我要出一出这口气，这个贱丫头，心肠太狠，她骗去了我一万多块钱，那还不要紧，她千不该，万不该，不该把我那只做纪念品的钻石戒指也骗了去。"花国柱道："现在你瞎生气，也是无用，我们还是认定了和她决裂，再看结果。我这就找来拿摩温去。"说毕，他就走了。

包月洲一人坐在这里，又四围搜寻搜寻。忽然在床头下面，捡起一样东西，不由跳着脚叫了起来。原来那是一张四寸合照的相片，影子是一男一女，女的是玉月仙，男的也三十上下的人，面孔很熟，好像见过多次，却是想不起常在哪里见面的。后来一拍那相片，记起来了，这是玉月仙的乌师。平常吃花酒叫条子，玉月仙唱戏，都是这乌师拉胡琴。这种人做娼妓的寄生虫，比娼妓的人格，还要下一层。不料玉月仙竟会看中了他，和他合摄一影，这真是奇怪之至。拿了那张相片，看了又看，便使劲向地一掷。相片仰着向上，正看着那一双情影。于是又拿了起来，三把两把，撕成了许多块，向痰盂子里摔下去，口里骂道："我知道是这种贱货，贴我一万块钱，我也不要！"越想越气，不能再在这里坐了，就坐了汽车回去。

到了晚上，花国柱来了，同他在客厅里相见。包月洲先说道："怎么样？你尽管说吧，太太打牌去了。"花国柱摇了一摇头道："拿摩温这东西真是厉害。她说包二爷在她手里讨了人去的，那是不错，她又没给包二爷保险，说玉月仙能不死不跑。这回跑了，漫说自己不知道，包二爷又没亲眼看见我带回来的，怎样和我来要人？"包月洲道："这是她说的话吗？好哇，倒比我们还硬。"于是站起来背了手，在客厅中间踱来踱去，花国柱微笑，将手摸着那上唇的短胡子道："要是别人，就让她唬住了。但是我老花可是那样容易打发的人？"包月洲道："她说得这样厉害，你还有什么法子可以对付她？"花国柱道："她不是说得很硬吗？我就和她软上。我说你不要误会了我的意思，我是来做调人的。我是希望老六和二爷言归于好。万一说得好呢？岂不省了许多麻烦。说不好呢，人家花了一万多，也绝不能让她一跑了之。他是一个银行家，老实说，军警两界有的是熟人。他只要递一张呈子，东西两站一注意，不怕老六飞上天去。她在北京，以

162

后还是归生意上呢，那块牌子恐怕不容易挂出去；还是嫁人呢，她是逃妾了，哪个敢受？她还是躲在家里，永久不出来呢，那岂不是活受罪。而且包二爷也是要想法找她的。所以她和包二爷尽管脱离关系，人家买得了她的身，买不了她的心，也只好让她走。但是要想圆满解决，总得好来好去。说开了，以后由她愿意怎样办，谁也不能干涉谁，何必这样藏头露尾，自己和自己捣麻烦呢？她听了我的话，就说：'老六已经在我这里赎身走了，不是我的人了。她就是出来了我也管她不着。'"

包月洲一拍手道："听她这种口音，分明她们是串通一气，来骗我的钱了。人走了，拿摩温岂有不知道之理？"花国柱笑道："她们人还没有过来，已经早定下脱身之计的了。经不得好处一说，坏处又一说，拿摩温无词可对，承认她们知道玉月仙的住所。"包月洲忽然站住，面对着他道："什么？她已承认了。你的确是花界老手，这样困难的事情，有你一钻，马上就行了。"花国柱道："她承认是承认了，不过像她们这种人，钱到了她手上，你再想拿回去，无异由虎口里去夺出肉来，那是不容易的。"包月洲一拍手道："难道说，就罢了不成？"花国柱道："我们既然着手和她办交涉，当然要办出一个眉目来。我就是问你的意思，还是得罢休且罢休呢，还是要彻底地和拿摩温干一下？"包月洲道："事到于今，我还和她讲什么客气？"花国柱道："那就是了。这几天，你表面上且莫动声色，我还是和拿摩温去周旋，表示你钱不在乎，只要有一个结束。她希望玉月仙再出场面，当然也是希望有个结束的。见你不十分激烈，她就会出来当玉月仙的代表。只要她戴上这帽子，那就好了，你可以到法庭里去告她们一状。无论如何，她不能不承认是打虎。就以做生意买卖而论，也不履行契约呀！到那时候，她有什么理由不还你钱？"

包月洲笑道："你这种办法，真是厉害，我很佩服，就是这样办。要告状我也有现成的顾问。我有一个朋友贾叔遥，他是法政学校刚毕业的学生，正打算做律师，我可以请他来谈谈，要找哪个律师？要怎样下手？"花国柱却站起来拍了拍包月洲的肩膀，笑道："钱弄回来，数目不少啊，要怎样地向我们酬劳呢？可别过河拆桥啊！"包月洲笑道："笑话。我这个钱，本是花出去了的。只要弄得回来，犹如捡到的款子一般。我要懂交情，焉有不酬报之理。"花国柱笑道："你错了，我不是要你拿洋钱出来酬报，将来有玩儿的机会带上我一个，那就是了。"包月洲道："这是很容易的事，诸事就费你心吧。"说着，就和花国柱作了几个揖。这晚上，两个人商量了半晚的计划。到了次日，二人就分头进行这一件事。

第三日包月洲就专诚拜谒，到贾叔遥家去。贾家的门房，拿了名片进去，贾叔遥倒惊讶起来，看着名片踌躇了一会子。听差道："他和二爷不是很熟的朋友吗？"贾叔遥道："他是个银行家，排场很大的。要说来会我们大爷，在银行界共过事，还说得过去。我们隔了行，平常去见他，他还怕我们揩他的油呢，今天倒来肥……"听差也笑道："肥猪拱门的事也是有的。不然，哪里会有这么一句话呢？"贾叔遥道："好吧，你请进来吧。"听差把包月洲请进来。

他一到院子里，就连叫两声叔遥兄。进了他的书房，取下帽子，先作了两个揖，笑道："这屋子既曲折，你又布置得很雅致。很好！我早要过来奉看，总是不得空。再说老哥你又是个忙人，我来了，未见得就赶上你老哥在家。今天来得正好，居然遇着了。近来听戏没有？有什么好作品？"贾叔遥笑着区话答话，也没有问他来意。包月洲道："我今天来拜访，有一点儿小小的事情奉恳，不知道叔遥兄能不能帮个忙。"因就把讨姨太太的事，略微报告一番，就问贾叔遥，若是告她一状要怎样措辞。贾叔遥笑道："这是很有理的事，准保可以胜诉。这有什么为难的？告她诈财赖婚就是了。你只要写上一张状子，连律师都用不着请的。"包月洲听说用不着请律师，索性多多地和贾叔遥请教，约他暗中做一个顾问。说是银行里原请有一位律师做法律顾问，因为他到上海去了，也没有再请人。像你老哥这样的学问，一定可以当一个名律师，在书局子里干笔头生活，那实在太苦。你老哥若是要请律师执照，费用上我可以帮个小忙，执照到手，我们银行里，首先请你做常年律师。这并不是我写不兑现的空头支票，反正我们那里是要请人的，何不请熟人呢？

贾叔遥见他说得十分诚恳，虽然有求而来，表示总很好。人情做到底，索性把状纸的草稿也答应替他写。于是请包月洲一边沙发上坐着，一边说话，一面就着写字台上的纸笔，给他打起草稿来。字数不过二三百，贾叔遥却字斟句酌的，一句一句地想着写着，写完，笔向墨盒上一架伸了一个懒腰，笑道："大概不至于坍台。"包月洲将那张状纸拿过来从头至尾一看，果然写得很切实，便拱着手作了两个揖连说谢谢。事情这已算办得功德圆满了，告辞而去。

第十二回

一席冠裳无言做俗客
满城风雨努力苦寒儒

　　贾叔遥这一天本发了薪水，身上揣着钱，就想邀几个朋友，晚上去找一点儿娱乐。听了包月洲这一重公案之后，心里大受感动。觉得娱乐这一件事，虽然可以用金钱去买，有时金钱所买得的恰是烦恼，成了娱乐一个反面。以自己在歌场上所耗的金钱和时间而论，不能算少，所得的又是些什么呢？因此一想，把找娱乐的心，完全取消。想到有几部书，早就要买，因为没有工夫上书局，都耽误了，今天不如把这要求娱乐的钱，省了下来，到市场上去买书去。于是揣了一些钞票在身上，车子也不坐，就步行到东安市场来。

　　这时有五点钟了，正是市场里人多的时候，很多艳装的女子，挨身而过。当那女子过去的时间，也就有一阵浓厚的香气，随之而过。而且这种的女子，身后总有一两个轻薄子弟，若即若离地跟随下去。忽然觉得有人在肩头上拍了一下，回头一看，却是梁寒山，因笑道："你怎么也到这里来了？"梁寒山道："有人请在东城吃晚饭，来得早了，想在市场里消磨半个钟头，然后再去。我早就看见你了，你那一双眼光，只是在人丛中射来射去，也不知道你在这里找谁？"贾叔遥道："我是看灯兼看看灯人。"梁寒山道："我的目的和你不同。我到市场里来，不是上杂耍场看那些下流社会的娱乐，就是逛书摊子收买旧书。"贾叔遥笑道："我们是殊途而同归了。我到市场里来，正是要来收书。"

　　于是二人一转弯，转到买书的商场里来。梁寒山笑道："在这边书市里溜达的人，和那边溜达的，恰是相处在反面的。这里的人，非穷即酸。"贾叔遥道："那也不见得，难道那边的人，就是非富即甜吗？"两个人口里说着话，眼光都射在旧书摊子书上。旁边忽有一个人笑道："梁先生这话对了。这里的人，是非穷即酸呢。"梁寒山回头看时，又是那位诗翁金继

165

渊先生，连忙取下帽子一点头道："又在这里碰到金老先生，巧得很了。"金继渊笑道："一个星期，我总有一两回由这书摊子边经过。这就是过屠门而大嚼，虽不得肉，聊以快意云尔啊！"说毕，呵呵一笑。贾叔遥和金继渊不认识，这就由梁寒山从中介绍。贾叔遥的先生，和金继渊是同年，也是很耳熟他为人的。他在逊清，也是个进士，由此联想到戏里头所谓第八名进士，已经是一登龙门，身价十倍，何以这位老先生，穿了一身旧布衣，还组上几个补丁，难道在前清，就没有剩下一个钱？况且他现在还在好几个大学教书，便是两三块钱一点钟，也有一二百元收入，不应该穷得不如我们后生小子。心里这样想，就看看那老先生的态度。

那老先生倒是一副蔼然可亲的样子，胁下夹了一个旧报纸的小扁包，笑嘻嘻地问梁寒山道："二位也加入这穷酸队里吗？"梁寒山道："我们偶然到市场里来逛逛罢了，根本上就没有工夫看书，哪又有工夫来找书？金先生夹了这一包搜罗了一些什么？"金继渊笑道："这不是书，这是我吃饭的敲门砖。别的大教授，他们都有一个大皮包，应用的东西，都放在大皮包里。但是有那个大皮包，必得配上一套西装，至少也要一双皮鞋，方才相称，然而我这样昏庸老朽的人，那样时髦打扮起来，岂不要笑掉人的牙齿？所以我索性皮包也不要，只拿几张报纸一包，这倒也很便当。坏了一张，又换一张，天天用新皮包呢！"说着，又笑起来。梁寒山道："这也是老前辈的俭朴主义，有以致此，不能算是穷酸。俭朴惯了的人，就是有了钱，要他挥霍也是觉得不合适的。"金继渊笑道："梁先生这话很对，哪一天有工夫，我很愿请梁先生再到我舍下去谈谈。"梁寒山道："那一定来的。"金继渊笑道："上次简慢得很，这次我一定聊备薄酒，以博一醉，贾先生能不能也赏光一路来？"贾叔遥答应若有工夫，一定来的。于是金继渊笑着拱手而去。

贾叔遥道："你怎么和这老先生认识？我们是不易和他们谈拢的呢。"梁寒山道："也没有什么谈不拢的，他的主张，我们不赞成的，不作声也就算了，况且他又是老先生，是父辈的人，我们还不能让一点儿吗？"贾叔遥笑道："要这样迁就去交朋友，我相信无论什么人，都可以交成朋友。"梁寒山道："交朋友总得凑乎。因为那人认为愿意，我才交。既然愿意，当然我要去凑乎他了。"贾叔遥还未曾答话，忽然听得身边扑哧一笑。两人同回头看时，有两个少妇，挨身而过，一个约莫有十七八岁，一个约莫有二十一二岁，都剪了发，披了斗篷，装束倒很是时髦，不过脸上虽涂着很浓厚的胭脂粉，隐着她们的肌肤，很是瘦削，倒像是害病新回头的人一样。当他们这样去看她们，同时她们也回头来，向贾梁二人一笑，才小步姗姗地走了。贾叔遥低低地问道："这好像不是正经人，你在哪里认识她的？她倒对你一笑。"梁寒山道："我还以为她们认识你，你倒以为我是认识她们吗？"贾叔遥道："我明白了。你有工夫没有工夫？若有工夫我给你介绍介绍。"梁寒山看看洋货铺子里挂的钟，已经过了六点，便道："要认识这两位新朋友，等有工夫再来吧。我要去赴席了。最好是你先认识了，将来再介绍给我。"说毕，便一笑而别。

梁寒山出了东安市场，坐车来到他赴席的侯宅来。这侯宅的主人翁，也是一个世家子弟，虽然有钱，嗜好与人不同，只有点儿名士迷。他由许多杂志上，看到梁寒山是一个同调，因此很想和梁寒山谈谈，在他的朋友中，本有一个消寒会，每礼拜在一处吃上一次，而且约定了只在各人家里，不上馆子。他曾找认识的朋友，征求梁寒山的同意，可否也加入这个消寒会。梁寒山其初觉得一个陌生朋友相请，列席的又多是陌生朋友，有点儿不合适，还未曾答应。到了次日，这位主人侯快轩先生，已经下了请柬来了。想了一想，不能那样不识抬举，也不必回信了，今天一直就来赴约。

到了胡同里，只见前面一只大门灯亮着，一列摆下好几辆汽车，车夫也用不着招呼，到了那里就停下了。梁寒山到门房投了名片，听差看了看，就请他进去。晚上电灯光下，也看不见这房屋的式样，不过一进门之后，随着画廊，已经走过两重院落。到了一幢正屋之前，看到玻璃窗灯光灿烂，又是人语喧哗，大概这里就是会客之所了。听差将他导引进去，那是一所极大的客厅，桌椅炕凳，一律都是紫檀木的，雕着那很精致的花样。电灯都用仿古的纱灯罩罩着，垂着极长的穗子。在灯影里看到那墙上张挂的字画，越显得是古色古香了。只这一进门，便觉得那种世禄之家的富贵气象。

这时，在旁边一列太师椅上，坐着三个人，都站了起来。其中一个二十多岁的少年，眼睛似乎有点儿近视，戴了一副厚的眼镜。他见客来，先笑着上前，躬了身子，深深地作了两个揖，笑道："梁先生，我们都是久仰得很的了。"此外两人，一个是梁寒山的熟人石岱华。石岱华就笑着从中介绍道："这是主人翁侯快轩先生。"又指着一个穿青呢马褂、灰哔叽袍子的人道："这是唐泰士先生。"那人口里衔着一支烟卷，对梁寒山看了一看，没有说什么。侯快轩立刻很恭敬地，请着梁寒山在上首一把椅子上坐了，笑道："我们是神交已久，应该早认识的了，不料到今日才会面。最近还有什么佳作没有？"梁寒山笑道："作是不断地作，佳可是谈不上。"那唐泰士又向梁寒山望了一望。梁寒山默然了，就向着这大厅四围一看。两边有两所仿古的大古玩格架，随着格架，陈列上许多大小方圆的古玩。格架之一端，有一扇屏门，正是转通到这檀木花炕的后面。那后面有一阵笑语之声发生出来。侯快轩站起来拱拱手道："后面还有许多朋友，我给梁先生介绍介绍吧。"于是这大厅上四人，转过这屏门后边来。

这里是一个六角式的小屋子，前面的形式很是壮丽，这里的形式，恰是纤小，一前一后，一大一小，却来个反面。屋子里四周，列着低矮平软的沙发，间着精致的几案，桌上陈设着小匣子盛的小件古玩，所以这屋子里虽然有点儿欧化，还不失为古雅。这屋子里一共有五位宾客，倒都是青年人。其中有个胖些的，梁寒山认得，他令尊在前清做过巡抚和公使，现在还是大官，乃是孔端己先生。其余的人就不认得了。石岱华就先介绍一位瘦子，乃是吴文成公的孙少爷吴敏苏先生。那人倒是挺和气，坐在皮椅子上，突然向上一站道："这是梁先生，久仰久仰！是今年上春吧？我看到梁先生在杂志上作的那几篇滑稽文，作得真好。要这样的材料，我知道的还很不少，可以贡献贡献给梁先生。"梁寒山来不及答话，侯快轩又介绍他认识了三个人，乃是陶伟业、宋佩斋、陈梦周三位先生。陶宋二位，是少年部员，宋佩斋也是一位少爷。当时大家一阵寒暄，分别坐下。

那陶伟业先生穿了一件宝蓝色的湖绉袍子，斜躺在一张皮面的躺椅上，笑道："六爷，我们这会，定着永久不许在酒馆子里吃吗？"侯快轩衔着一根雪茄，背了手站着，于是取出烟来，弹了一弹灰，笑道："你这话我明白，是不是因为在家里吃饭，有点儿受拘束？可是我们有话在先，乃是消寒雅集呢。既然要雅，当然是斯斯文文的。"孔端己正和石岱华在一边谈时局，听了这话，偏过身子来说道："莫不是作诗？那何必呢？我们无非找几个朋友在一处，谈得开心，要说作诗，我就不会。就是你们会作诗的诸公，我觉得也有些乐不敌苦。"唐泰士原和梁寒山坐得相近，却偏过头对孔端己道："二爷这话，我赞成。说到作诗，无论如何，也比不上樊樊山易实甫那些老头子。做成了那样一个诗翁，也没有什么，然而那是多少年的成绩啊！我就是主张热酒热菜吃一个痛快。"

梁寒山听了侯快轩的话，正想提到作诗那一层上去，现在有人把老诗翁抬了出来，就不好意思再向下说了。预先一肚子理想的事，都成了幻境，就默然地坐着。看到茶几上陈设了一套精装的印谱，就拿了一本出来翻阅。陶伟业道："六爷，下回轮着我吧。我住在饭店里，至多也只能请在饭店里的。"大家说着话，本沉寂了一会子，这一提，大家入席。梁寒山自觉这里是生所在，站起来，退了后，好让人家上前。果然，主客让先走，有一阵虚谦。石岱华望了他一眼，觉得总脱不了那穷措大的气味，见了这些公子哥儿，有点儿怯场，便顺手扶了扶他的胳膊，暗中倒很使劲，要他走上前一步，和人客气。梁寒山会意，就上前了。石岱华放出很自然的样子，笑道："不要客气吧，随便吧，我就先走了。"说时，他望着梁寒山。说毕，他先走了。

大家由客厅里，让到一间小屋子里，列了圆桌子的席，主人翁抵死要梁寒山上座，说是只有他一个人是初次来的。吴敏苏和宋佩斋也是如此主张。宋佩斋还过来换着，有勉强之意。唐泰士嘴里还衔着半截烟卷，一语不发，先在横头凳上坐下，对着梁寒山那件八成旧的线春驼绒袍子看了一遍。石岱华眉头有点儿皱，似乎有什么感觉，也看了过来。梁寒山倒有些心慌，也不知道是哪里失仪，让人家这样注意，便笑着对侯快轩道："那么，恭敬不如从命，我就坐下了。"他这一坐，其余的人，自然好说，也就纷纷坐下。石岱华紧邻着他坐的，就像看护妇对付病人一般，不时地用眼光照顾了他。

说时，桌上已经开始斟过了一巡酒，大家喝了酒，先由喝绍兴酒上谈起。陶伟业端着杯子喝了一口，又举起那拳大的蓝花玉瓷杯，映着电灯亮，看了一看，笑道："这酒的气味和颜色都好，哪家的?"他本是问侯快轩，侯快轩还未曾答言，吴敏苏坐在他对面，举杯喝了一口酒，笑道："这是联芳家的无疑，八毛呢，一块呢?"侯快轩道："这只是五毛的罢了。"吴敏苏道："太便宜了。这一定是因六哥是老主顾，所以格外客气。"梁寒山喝酒是个外行。他们谈到了酒经，却是不能插嘴，只好拿起碟子里的瓜子来嗑着。

石岱华对于酒，也是外行，他便掉转头来对唐泰士道："这一向子，见着化欧没有?"唐泰士脸上现出很得意的样子，笑道："同乡里几个当做长的，总算化欧手段了，干得最久的了。不过他这次上台，外交办得不大高明。昨天我们还在一处吃饭，他很高兴，乱拉人打小牌。我因为有事就先溜开了。"石岱华道："他的兴致果然不浅，还想兼财政呢。"陈梦周插上一句道："现在的财政，不容易对付呀！我们敝亲，干了两个月次长，老是嚷不了。"唐泰士道："有什么不了呢，多发两笔公债，也就行了。"陈梦周道："各人有各人的难处，不是局外人可以理想得到的。说起发公债，好像是一件极容易的事，由财政部印刷局一印就得了。但是印只管由你印，银行里不肯承销，也是枉然。我们敝亲那银行，总算有些名望的了，然而他们的资本，都借给政府去了，弄得外强中干。可是话就说回来了，这些银行家，无论怎样穷，也比我们好，打起牌来极小极小也是输赢两三万。"

他们这边谈政治，那边谈酒经，梁寒山全不在行，本来极想表示自己不怯场，而偏是没有说话机会，一直把面前一碟子嗑完了，也不能加上一句去。侯快轩怕冷淡了他，就端了酒杯，向梁寒山劝酒。那几个谈政治的，就越发谈得起劲。石岱华说得很得意的时候望了梁寒山笑，因道："寒山兄是闭门著述，理乱不闻的人，我倒很钦佩。"梁寒山笑道："治理是理乱不闻，我根本上就缺乏政治常识。"侯快轩道："寒山兄太客气了，从来名士生涯，就不爱与闻他人家国事。"唐泰士笑道："六哥，这话有些不然啊！共和国民，谁也该有政治常识，谁也该谈谈政治。不然要选举起来，岂不是格格不入？在场没有哪个做名士，我又要说一句，中国的事情，一大半就误在这班半瓶醋的名士手上。"

梁寒山听了这话，心里倒不由得扑通跳了一下。眼望着唐泰士石岱华两人的颜色，却又毫不在乎似的。这也就算了。心里想道，和这班人谈话，总会是格格不入的，与其勉强在这里坐着，倒不如早走干净了。心里正计划着，要怎样才能够走开，侯快轩却隔了桌子，遥遥地拱手笑道："寒山兄你还是喝一杯吧。我们这些人，是极随便的，可不要客气。"梁寒山笑道："我原是不知道什么叫客气，若要客气，还不能初次拜谒，就来大吃大喝呢。"这一说，倒让满桌子人都笑了。自这一笑之后，这才把一桌一边谈风月，一边谈政治，一边谈娱乐，两个不同的论调，并拢到一处。因为这样，梁寒山比较得有些生气，才把这一餐酒席吃完。大家说笑着，又到那小客厅里来。

小客厅里往北，有两扇推门，推门里，又是一所船厅，周围都是仿了船的模型。厅里并没有别的东西，只是摆着一层一层的盆景。梁寒山推了门，走进来看花，石岱华也由后面跟了上来。他向梁寒山笑道："你看这房子怎样？真好哇！这样的地方，你大概没有到过多少处吧？若是多来几回，于你作文上，不无多少补益吧?"梁寒山倒没有说什么，只是向他笑了一笑。说到这里，侯快轩也来了，笑道:"看花吗? 简陋得很，没有什么佳种，不过高高低低，看起来，倒还热闹罢了。"石岱华道:"好极了。这些花，搜罗就不容易。侯兄真是雅人啦。"梁寒山趁着这个机会便道:"今天很痛快，吃了个八成醉，又看了这些个好花。只是可惜我这人太忙，不能在这里多耽搁，我要先告辞了。"侯快轩道:"我也知道梁兄是忙人，但是稍坐片时，谅也不妨事。"梁寒山笑道:"实在有他，异日再来领教吧。"说着拱手告辞。到那小客厅里，也是和大家拱拱手。侯快轩连说简慢不恭，一直送到大门口。等梁寒山上了车子，他才回转身去。

他到了家里时，已经有九点钟了。走到院子里，看着自己那间其大如舟的小书房，不由得自叹了一口气。晚上虽然还有些事要办，进得屋去，精神非常懊丧，便倒在一张软榻上。家中用人以为他喝酒醉了，让他去睡，也不来惊醒他。和衣而睡，直睡到半夜醒来，又和衣上床睡了。次早醒来，只见书桌上有一封信柬放在那里，打开来看时上面是一张便条，上写道:

　　往日无课，又不免在家中枯坐竟日矣。午间拟邀驾一谈，备
　　有落花生与烧刀子，以助谈兴，能不见却否?

继渊顿

自言自语地道:这老头子却也兴致不浅。因午间恰也无事，就依着金继渊的约会，于十二点钟，向金家来拜访。老头子一听门环响，却亲自出来开门。梁寒山笑道:"烦劳老先生了，我又来打搅你了。"金继渊笑道:"我是应门无五尺之童，遇事都是亲自上前的。穷措大的生活，就是这样，可不要见笑。"说着，引了梁寒山到他那书房里去。他先在马褂的纽扣下暗袋里，摸索了一阵，摸了三个小黄纸包出来。他笑道:"家里常用的茶叶，粗糙得很，不足以供客，我这是早上下课回家，买了三包好龙井。"一面说着一面把书架上那只当古玩陈设的宜兴壶拿了来，放下袖子，掸了一掸壶上的浮尘，然后便叫老妈子提开水来。老妈子将水提来了，他自掀开壶盖，先斟上开水，洗刷洗刷了壶里面，然后打开一包茶叶放了进去。将宜兴壶放在桌上，提着开水壶，高高地向下冲。冲完了，将开水壶交给

老妈子，两手捧着壶放到梁寒山所坐的面前茶几上，现出一种得意的样子，笑道："我平常无事，颇好喝个茶。这把壶很好，有三十七年的历史了。"梁寒山道："老先生真是爱惜物件，平常一把随用的茶壶，能用到三十多年。这是不容易的东西。"

金继渊已经斟好两杯茶分了宾主坐下，笑道："平常日用的东西，本来不容易用到这久，但是我这把茶壶，却当别论，不是嘉宾来了，我不用它，不是逢到佳节，我不用它，不是自己作诗填词，我不用它，不是扫地焚香，我不用它，措大无所宝，以茶壶为宝。"说毕，拍手哈哈大笑。梁寒山道："老先生，我是没有跟上读旧书的人。大概老前辈所谓名教中自有乐地，像你老先生是真能得着此中乐极了。"金继渊道："不然。所谓名教中自有乐地的话，乃是学理学的人说的话，我原来是学辞章的，知一般老先生根本就不协调。在老弟台你这样大年纪的时候，人家一样地说我是狂狷之流，倒不料如今成了昏庸老朽的人物了。"金继渊越说越是高兴，前三十年后三十年，他一生闲情逸致的事，都说了出来。

在他谈得高兴之际，那老妈子进进出出，已经在一张小圆桌上摆下了酒菜，金继渊就对梁寒山拱拱手道："我已声明，只是有落花生下酒的，可不要嫌简慢。"梁寒山笑道："若是那样，我就不敢来了。"于是二人就了圆桌子对面坐下。一看那桌上，摆了四个碟子，一碟子是青皮豆，一碟子卤蛋，一碟子是酱醋拌的小红萝卜，一碟子是南货店里买的白皮咸肉。这时那老妈子又捧了一个藤编小簸箩来，里面装着满满的一箩子花生。箩放在桌上，金继渊抓了一大把放到梁寒山面前，自己也抓了一把放在面前，于是就剥了花生，喝起酒来。这酒壶也很别致，乃是一只装杏仁露的八寸高瓶子。瓶上贴着中外大药房的仿单，兀自未曾撕去。老先生喝得很高兴，一瓶子酒，梁寒山只喝了十分之二，其余的酒，就让他一个人自斟自饮，喝个干净了。

依着金继渊的意思，还要去打一瓶酒。梁寒山却笑着拦住道："用不着了，这就多了。有道是醉翁之意不在酒。"这句话金继渊听了，是非常之对劲儿，就不主张再打酒了。恰好院子里有个山东口音的人嚷道："送包子来了。"金继渊道："你拿进来吧。又不是没有来过的。"于是一个十几岁的徒弟，提了一个大木盒子进来。掀开提盒盖，先有一阵葱蒜味扑鼻而来。看时，乃是两大碗红豆细米粥，一大盘天津包子。那小徒弟都放在桌上，提了提盒走了。金继渊首先夹了个拳头大的包子，放到梁寒山面前来，笑道："这是胡同口上，一个点心摊子上的。味儿很不错，他那里不卖别的什么，只卖细米粥和天津包子，尝一个吧。"梁寒山想不吃，又怕拂了人家的盛意，只得夹起包子来咬了一口。包子的肉馅倒是不小，里面还有一条条绿色的，那正是葱或者青蒜丝儿了。所幸还没有多大的气味，就把那个包子吃了。依着金继渊还要他吃两个。他说这红豆粥很香，先吃粥吧，怕吃多了包子，粥就吃不下去了。金继渊听他如此说，这也就不再勉强了。他喝完了那一碗粥，便站起来笑道："吃饱了，吃饱了。"金继渊笑道："东西是没有什么可吃的，不过谈得很痛快罢了。"于是他也站起来，拈了两个花生在手上剥着，笑道："此会甚乐。不可无诗以纪之。"

梁寒山明知他有诗翁之号，纵然好作诗，也不能在诗翁面前班门弄斧，因笑道："老先生有这种兴致，我极愿瞻仰。"金继渊道："要作诗，自然是联句了，不能是我一个人作。"梁寒山道："我作了诗请老先生改，还有点儿不好意思拿出手呢，何况是联句？"金继渊笑着点了点头道："何其谦也？这不由得，我想起了袁子才的话，少年老成，人生不幸。老弟台，你何不放纵一点子？"说时，又拊掌哈哈大笑。梁寒山见这老头子十分高兴，也就不十分拘着长幼之别，开怀和他一谈。一直谈到上灯的时候，方才告别而去。

金继渊送客出了而后，只见他太太由里面走到书房里来，皱着眉道："无缘无故，吃个什么酒，请个什么客！你看，剥了这一地的花生壳。"金继渊笑道："这算请什么客呢？不过朋友来了，喝一点儿吃一点儿助助谈兴。"金太太道："学堂里的薪水，怎么样了？快发了吧？"金继渊道："哪里有一点儿消息，这一个月里，决计是无望的了。"金太太道："我看你吃吃喝喝，这样高兴，以为是发了一笔财了，原来还是黄柏树下弹琴，苦中作乐。"金继渊叹了一口气道："咳！君子固穷，小人穷斯滥矣。"金太太将嘴一撇道："这两句话，你总说过一千回了。"金继渊一看他太太虽是四十将近，然而身上穿了紫色的袍子，还是徐娘半老，丰韵犹存，因拈着胡子笑道："以我这样的地位，还要你穿假绸料做的衣服，这是我很为愧对的。然而这才算是贫贱夫妻呀。"金太太微微瞪了他一眼道："这种穷日子，哪个像你过得那样高兴。"说毕，她便掉头出门去了。

金继渊望着太太的后影，长叹了一声。他那个八岁的小少爷小骥，一跳一跳地由后面跑出来，伸着一只小手，到金继渊面前来道："爸爸！你给我几个大花，我妈打牌去了，又不知道什么时候回来，我可等不及呢。"

金继渊见孩子说得可怜，在身上探索了一下，掏出一个手巾包，打开来，里面也有铜子，也有铜子票，也有毛钱票，还有一块现洋钱。将票子和铜子都点了一点，然后拿了三个大子交到小骥手里，笑道："拿去吧，可别买生的冷的吃。"小骥接了钱，跳着走了。

金继渊在屋子里背着手，走来走去，先是想到家事，继而是想到学校里的薪水，最后是想到自己的两个儿子。管他呢，有了这儿子，就是传授衣钵的人了。再说自己省吃俭用，已积下六七千块钱，存在一个朋友那里，可以按月生下六厘息。这六七千块钱，作为孩子教育费，也就勉强可以说够了。自己活着一天，教书的事，总可以继续一天。无论如何，有书教，吃饭的钱，总是有的，这也就不至于发生若何的大困难了。想到这里人也有精神，泰然起来，复又在灯下摊开书来念，借以替太太守着大门。一直候到深夜一点，金太太才回家来。金继渊看太太脸上的颜色，有点儿不好，似乎输了钱，也就不敢说什么了。金太太一进门，早就脱了衣服睡觉，什么也不管，金继渊却摸门摸壁，将门户检点一周，然后才敢登床。

次日上午九点钟，西城一家大学，正是有课。因此上午七点钟，就爬起来了。起床只觉身上一阵奇寒，似乎比平常的天气，要冷好几倍，推开窗子向外一望，只见天气阴暗暗的，院子里半空中飞着如烟如雾的细雨丝。那清晨的寒风吹来，把细雨吹得一卷一卷地腾落，恰像是烟头。雨虽是细，无如下得极密，敞着走出去，大概是不能够。因此找了一件棉坎肩加上，又把衣柜底下一双牛皮钉鞋翻了出来，掸了一掸灰穿上。然后在衣柜顶拿了雨伞在手，正打算要走，他的少爷小骥，也披了衣服跟着出来了。金继渊握着他的手道："下雨了，上学不上学？"小骥道："第一堂是上国文呢，怎么不去？"金继渊于是在身上掏出二十个铜子交给他道："留着雇车上学吧。下雨了，你又没有皮鞋，可别买吃的。"小骥接着铜子，喜欢得直跳。

金继渊因怕时间来不及，也未曾多说话，开了大门，撑了雨伞，就走上街来，他由东往西，正要走过那又长又宽的东西长安街。斜风迎面吹来，手里的雨伞，实在是不好撑。将伞挡住了上面，却又挡不住下面，把一件棉袍子打湿了大半截。这有钉的皮鞋，和无钉的皮鞋，恰好相处在反面，走路是非常的不起脚，走三步，不免要退回去两步。路上的人力车夫，看见这位老先生穿了钉鞋打着雨伞，对着风走，便远远地拉了车子过来，连问道："上哪儿？老先生，我拉去。"金继渊向车夫摆了摆头，依然地向前走。那车夫不曾看出，拖了车子，又追将上来。又一个车夫在后面笑道："嘿！好买卖，赶上去啦。这老头儿天天早上打这条路上过，谁也没瞧见过他花了一个子儿的车钱。跟着吧，跟到西便门多跑马场去。哈哈！"那车夫听了这话，磨转车把，就不跟下去了。金继渊对于这些，并不理会，还是将伞抵着迎面的风，一步一步很从容地走去。

好容易走到了学校里，两只撑伞的手，放下伞之后，只管抖颤，大概一路之上，已是吃力不少。忙着走进休息室，看一看挂钟，已是八点半钟。在路上逆风而行，不知不觉，已经快牺牲一个钟点。因找了一份报，随手翻了翻，混去半个钟头，这就打上堂钟。金继渊所教的是辞章，听讲的学生就不大多。今天是阴雨天，不是路近的学生，就都没有来。因之堂上一共八个学生，倒是寂静。

金继渊一上讲台，便有一个学生问道："金先生，这样斜风细雨的天，也是走来的吗？"金继渊道："是走来的，你怎么知道？"那学生指着他的长衣道："怎么不知道呢？你瞧，那衣服后面的下摆，溅了那些个泥点，不是走来的，哪里会有呢？金先生真能吃苦，我们当学生的还赶不上呢。"金继渊笑道："你们不要笑我省钱，学堂里有四个月不曾发薪水了。我若是不省俭一点儿，不要说坐车子，吃饭的钱，也就早早没有了。幸而我稳当一点儿，早就很省俭，所以到现在还能走路来上课。我对诸位说，是不必隐瞒，老老实实，就是舍不得那几个车钱。若是对人说起来，我就说我教书的生活，太拘板了，借着每日上课，走几步路，运动运动身体，岂不是好？我这样走惯了，将来有开运动会的时候，加上老人赛跑一项，我准能抢上第一名。"这些学生，听到他说得很有劲，都笑将起来。

金继渊上的课，是诗学概论，没有书本，也没有讲义，只要到上课的时候，在教室里散讲几点钟。学生因为他是一个老好先生，除了平常做点儿东西，让他改改而外，上课的时候，却也不为深究，与其让他讲什么汉魏六朝、李杜苏黄，倒不因谈谈天，比较还有兴趣，因此金继渊上起课来，倒不十分受累，一会儿的工夫，就把一点钟的时间过去了。今天是阴天，学生到得少，大家也正是无精打采地念书，谈谈天倒也可以解闷，因此你一问，我一答，只管谈了下去，听到打了下堂钟，金继渊算是一句书也没有讲，就下堂了，有两个学生谈得比较高兴，还陪着他谈到休息室里去。金继渊见学生对他的感情很好，心里十分高兴，下一堂是中国文学史，教这一堂课的先生没有来，打电话请他代一代，他也就慨然答应了。

上完了这两堂课，那雨丝更来得紧密了。金继渊因为家里还有许多课卷，要赶回去改好，因此也来不及等雨势小些，又撑了雨伞，走回家去。

这时由西向东走，风是从后面来的，将纸伞扛在肩膀上，走起来就便当得多，走到天安门，那地方忽宽阔起来了。因为有一只鞋带散了，便低头去系。不料这样一弯腰，恰好一阵风来，将伞掀了开去。自己使劲一拉，却将那把纸伞，撕成两半边，伸直腰来一看，虽然勉强还可以撑着，然而上下两方，缺了两只大口，那风卷雨势，直扑了来，把衣服湿成了整片的。衣服湿到这种样子，更用不着坐车了，就这样雨水淋漓到了家里。金太太一见，便道："你这是做什么？弄成这水淋鸡似的。你瞧，伞也不放在屋子外头，淋了这一地的水。"金继渊笑道："你也不知道今天的天气，走路多么不方便，伞又让风刮破。怎样不会洒一身的水。"还是他家里的老妈子赵妈，看见先生浑身透湿，老人家可经受不起，因道："这衣服透湿，你脱下来换了吧。弄出了毛病可不是玩的。"金太太也觉得他这衣服湿得过分一点儿，因道："叫你换，你就换去吧，生了病也是麻烦啊！"

金继渊也是早觉得身上凉飕飕的，经人家一提，仿佛身上倒格外地冷，因此也就进房去，重新换一身衣服。不料换了衣服，立刻觉得有些头晕，早晨吹了寒风，昨晚上又是没有睡足的，一点儿头晕，却也是意料中事，因此也没有对哪个人说，还如平常一样。下午东城一家大学，也有一点钟课，因为路近，又去了。到了晚上，就不大想吃饭，本想熬一点儿稀饭吃，想起这两天，家里都是买的零米，大概米都吃完了，若要熬稀饭，势必再去买米，未免费事，因要了一些开水，泡了大半碗饭吃，也就算了。吃过饭后，身子兀自疲倦，便早一点儿登床睡觉，以补昨晚的不足。睡到床上，背一贴着被褥，和往日大不相同，竟有一样说不出来的舒适。趁着这一阵子舒适，把两脚伸直更是痛快，就这样很甜蜜地睡将过去了。一晚睡到天亮，仿佛身也不曾翻一下。

醒了过来，看看窗子上的纸色，还是阴暗暗的，不见一点儿阳光，料是天气还未曾晴，今天早上，西城还是有两堂课，得趁此起来。于是披衣起床，看看桌上那一架旧闹钟，已到八点，呀了一声，连忙扣了衣服的纽扣，走到堂屋来，开门向外一看。就在这个时候，脸上和脖子里一阵阴凉，不由得人打了一个冷战。原来是屋檐下一口风，卷了一阵雨烟，扑将过来，他向后退了一步，将门随手关上，呆了一呆。

他家的老妈子也起来了，却对他说："老先生，你今天不能去了，要去，又会弄得一身透湿的。昨天我就瞧你不舒服了，今天你就别去了。这么大岁数，你干吗那样受累啊！"金继渊笑道："看你不出，你倒是个有良心的，唉！我也和你一样，是没有法子啊。你要有饭吃，这大岁数，又何至于到我家里来做事。"这一句话兜动老妈子的心事，也就放了事不做，站在一边，和金继渊大谈其奶奶经。金太太正睡在劲头上，听到老妈子叽叽喳喳说话，就在床上骂道："这一大早上，哪里有许多话，你们起来了，就不愿意人家多睡一会儿吗？"金继渊听说，就连和老妈子，摇了几摇手，彼此就不说什么了。不过外面院子里的雨势，比先前来得更大，檐溜的点滴声，滴滴答答地响着，身上本来就有些不舒服，听到这种檐溜之声，就格外要增进心上的不快。心想从来也没有缺过课，缺一两次，总也不打紧。况且今天天气不好，学生到得一定不多，在事实上说也不至于误人家多少事。

他的毅力，实在没有法振作他衰败的精神，让老妈子提了一壶热茶，自己捧着一壶茶坐在椅子上取暖，口里喝茶，眼望着玻璃窗子外的天色不觉诗兴大发，却念道："子规声里雨如烟。"只刚念得一句，忽然外面有一阵打门声，心里想着，这一清早，哪有人来，便叫老妈子去开门。老妈子开了门回来说，是米铺送了半包米来了。金继渊摸着胡子笑道："我以为天下有那么巧，又是催租吏来了，打断了诗兴。现在是送米来了，这倒恰好相处在反面了。满城风雨近重阳，秋兴也，子规声里雨如烟，春兴也，究竟是秋兴不如春兴哩。"老妈子听他文兼诗地说着，翻了两只大眼睛望着他。金继渊笑道："我不是和你说话，你叫米铺里伙计，把米倒下来吧。"老妈子道："老先生，米钱呢？"金继渊道："半包，八块多呢。这时候没有钱，叫他把米暂放下来，上午我送去就是了。"老妈子照样地去回话，却在大门口嚷将起来。金继渊赶了出去，便问她为什么。老妈子道："米铺里这小子不开眼，我说上午送钱去，他把米袋又扛回去了。我们还等着煮饭呢。我叫他把米放下，他只是不理，你说可气不可气？"金继渊道："那也不能怪人家。他做的是生意买卖，我们没有钱给人家，就不能怪人家把米袋扛回去。早上没有米不要紧，还是在胡同口上先买一餐零米吃吧。"老妈子见主人翁都不生气，自己也就犯不着多说话，自去做事去了。

金继渊一个人坐在屋子里出神，便觉身上有点儿支持不住，若是在这里枯坐，未免无聊，因慢慢走到那书房兼作客厅的屋子里去，随手找了一本书，摊在桌上来看。但是今日情形特别，无论如何，将书看不出意思来，越看人是越疲倦，就坐不住了。他将书一抛，两手伏在桌上，枕着手臂睡觉。睡了一会儿，人更是疲倦，索性拿了一床薄被，铺在藤床上，就睡将起来。还是老妈子看了不过意，就把金太太叫醒，说是老先生病了，请太太起来看一看。金太太一面披衣起床，一面说道："刚才还听到说话呢，怎么一会子工夫就病了？"老妈子道："看那样子，好像很不舒服似的，现在都躺下了。"金太太听说是真病了，就走到书房里来看他。只见金继渊将一床薄被，半垫半盖，遮了下半截。却用了好几件衣服，垒着一个高高的枕头，将头枕了。手上捧了一本书，带哼带看。金太太道："你怎么了，真是有些不舒服吗？"金继渊点了点头道："大概是昨天湿了雨，受了寒了。不要紧的。"金太太道："你就好好地躺一会儿吧。又看个什么书呢？"金继渊道："原为着心里难过得很，看看书混混，人就好些。要是点儿小病，看书真看得好。"金太太道："你就是有这样一个怪毛病，越穷越看书，越是心里难受越看书，我就让你去看吧。"老妈子道："老先生准是昨天淋了生雨，受了寒了。今天不是我拦着，还打算出去呢。我看，要熬点儿粥让他喝喝吧。"

金太太一想昨天上市场回来，街上那样斜风斜雨，老头子在外面走来走去，就惹了病，也是老大不忍，她便点点头道："好吧，熬一点儿粥喝吧。"因走到藤床边，用手摸了一摸金继渊的额角，问道："现在你觉得怎么样，好一点子吗？"金继渊哼着道："没有什么病，躺一会子就好了。"金太太道："我给你熬一点儿粥喝，你要什么菜不要？"金继渊摇了一摇手道："我不要吃什么，粥也不必熬，家里还没有米呢。"金太太道："没有米吗？我倒忘了。"停了一会儿，又道："好吧，我先去买一点儿米给你熬上粥。"金继渊因身上拿钱不出，却不好和金太太说什么，只好把书本捧了起来看。金太太心里原有许多不痛快，因见金继渊病在床上，又不好再与人家以难堪，也就忍住不说。吃饭的时候，金继渊喝了一碗半稀饭，精神比较地健旺些。

金太太因为天气不好，也不能出门，让金继渊去睡，盖好被褥，自己拿了一双鞋，坐在一边做，和金继渊谈天消遣。谈来谈去，谈到经济问题，金太太便道："你放在赵家的账，有这么久没有摊过一个利钱给我们了，我们应该去问问，究竟是怎样算账。"金继渊道："我原说钱放在他那里比银行还稳，因为他有上十万的家财，还一直做着大官，料想也不会把我们的钱花了。这两年我们的境况不好，没有在他那里存钱，他就也不大给我们利钱，这事倒让我有点儿疑心，但是我想赵先生为人，总不至于那样吧？"金太太道："现在家里一个钱没有，你又病了，我想到他那里去弄几个钱来用，你看怎样？"金继渊道："那有什么不可以？家里既然是等着要钱用，今天就可以去。"金太太一想，老头子病了，哪里不用几个钱，家里既然没有，只好去动存款了，因道："那也好，我这就雇车去，你在家里好好儿静养一会子。"说毕，换了一件衣服，便坐车到赵家去。这不幸的事就跟着来了。

第十三回

书不疗贫无钱难赎命
花如解语有酒可浇愁

  这赵家的主人翁，是一个旅长，现在已经出征去了，北京公馆里，只有两个太太和少爷小姐们。这天金太太来了，由赵家正太太外面客厅来相见。赵太太先道："哟！今天下雨的天你怎样也出来了。"金太太笑道："我是无事不登三宝殿，今天有点儿事来相求，所以下雨也只好出来。"金太太和赵太太是对面对坐在长椅上的，金太太却对着赵太太的脸平视着。见赵太太的脸，微微泛上了一点儿红晕，她的头也有一点儿偏，似乎是躲开人家的眼光。金太太胸脯一伸，轻轻咳嗽了两声，然后说道："我们先生存在府上的一点儿款子，好久也没有算过账了，我想和赵太太算一算。这两天家里很短钱用，我想在你这儿带一点儿款子去用用。"赵太太道："哟！这件事，我倒听到说过一点儿。不过这种款子，是金先生陆陆续续付过来，交给我们旅长的，钱是多少，是怎样一个办法，我全不知道。我们旅长出差去了，这种银钱的事，我可是不能做主，怎么办呢？要不，让我写信问我们旅长呀。"

  金太太以为和赵太太从容商量，赵太太多少总要通融一点儿款子。若据现在赵太太所说，却是完全不管的神气。本来这些款子，并不是自己送到赵家来的，也不曾大家当面结过一回总数目，如何能一定和人家索债呢？便笑道："我们又不是外人，这还忙着问些什么呢？我今天来，不过是因为手里缺钱，想来通融一点儿款子罢了。"赵太太听了这话，许久许久没有作声，然后笑道："金太太难得来的。他们来往的账目，且不管他，就是以金太太冒雨来到舍下而论，只要可以帮忙之处，自然总要帮忙，但不知道金太太要多少钱？"金太太心里想，如此一说，分明我是来借钱的，不是来索债的了。依着自己的脾气就想不要钱，可是自己家里这两天正用光了，况且金老先生又病着，不能不预备一点儿钱，便道："随便吧。若是多通融几个，那就更好。"赵太太笑道："请金太太等一等，我就来。"于是起身入内去了。金太太一想，就是让她自己去筹划，总也有个几十元拿出来，不开口要多少，也是一个法子，少了，她总拿不出手的。

赵太太进去以后，约莫有半个钟头这才出来，手里拿着十块现洋，就送到金太太面前茶几上，望着她笑道："我们旅长这个月的家用还没有寄回来，手边也是很恐慌，就只凑乎得了这一点子，真对不住。"说话时，那脸上的笑容越发地浓厚。金太太看见这十块钱，心里非常地不高兴，想凭着我们多年朋友的关系，来借个二三十，也不应该拒绝，不料她把我们存款的事情，一笔抹杀，却只拿十块钱出来，这分明是有心赖债。本想不要这钱，一来手边实在缺钱用，二来存了几千块钱在赵家是没有字据的，若是和她翻了脸，他们索性不认账，我们怎样和他们打官司去？金太太心里如此盘算着，只好懒洋洋地笑道："蒙你情了。"赵太太笑道："事情不凑巧，我们很惭愧了。王妈，给金太太雇一辆车，要雨篷不漏的。说好了，在我这里来拿车钱。"她说着这话，可就歪了身子向着窗户外。金太太看到这副情形，便站将起来。赵太太笑道："别忙这一会子工夫啊！让他们先雇好车。"金太太道："不必客气，我一边走着，一边雇车去。"赵太太便伸手一拦道："那可使不得，胡同里全是泥浆。王妈，快一点儿雇车去。"金太太心里已是愤不可遏，哪里还肯多坐一分钟，笑道："不要紧，不要紧，出门就有车。"说着，就勉强走了出来，看到车子，也不说多少价钱，坐了车就回家了。

到了家里，金继渊正放下了书，眼已望着窗户外，见金太太推门进来，他先笑了，问道："拿了多少钱回来了？我想起来了，赵旅长不在家呢，赵太太能做主拿多少钱呢？"金太太一声也不言语，只板着脸坐在一边，半晌，叹了一口气。金继渊道："也许赶上人家手边不便了，这无非多跑一趟，算什么！"金太太道："若光是跑一趟，那要什么紧？可是据我看来，人家要把我们的钱，根本不承认了。"于是就把赵太太所说的话，和她说话的态度，从头至尾说了一遍。

金继渊一听，也觉得情形有点儿不妙，但是说到赖账一层，似乎还不至于，便道："太太们的眼光浅，自然只知道拿钱进去，不知道拿钱出来。这事等我病好了，和赵旅长仔细算一算。无论如何这多年的好朋友，总不能因为钱财上翻了脸。"金太太原是一肚皮疑惧，现在看金继渊的情形，却非常之镇静，似乎不至于出什么事，自己又何必白操心，因此想开一点子，也就不说什么了。

不过金继渊的病势，到了下午，还是不大见好，他那瘦削的两颊，竟浅浅地起了一层红晕，伸手一摸，兀自烫手。金太太便道："你果然病了，睡是睡不好的，依我说，也去找一个大夫来瞧瞧吧。"金继渊头睡在枕头上，摆了两摆。金太太道："你不要舍不得钱，只要身体好，多少钱挣不出来呢？"金继渊闭着眼，没有答复。金太太知道他的脾气固执的，也不能十分勉强他请医生，只好给他盖了盖被，又烧了一壶热水，预备给他泡茶喝，自己便坐在一边来陪着他。可是金继渊在这天下午就觉得病势愈发地沉重。到了晚上，他的精神，已有些糊涂，热度只管增加，人是只管要睡。金太太这不由得不着急起来，连夜就把一个同乡大夫找来了。好在这大夫念同乡之情，只要了五块钱马金，开了一剂发散药方子而去。金太太看床上的病人，不敢耽误，又亲到药铺里拣了药回来给他熬上，服侍着他吃了药下去。

金继渊清醒了一会儿，见她进进出出，闹个不歇，便哼着问道："太太，还在下雨吗？"金太太道："还在下呢，更下得大了。"金继渊道："这药是你拣来的吗？多少钱？"金太太道："钱不多，三毛多钱罢了。"金继渊道："是谁替我瞧的病？大夫出马，至少也是两块钱啊。"金太太坐在一边就着床头边桌子上的油灯做女工，只点头哼了一声，没有答复。心里可就想着，这药倒还见效，若是明天再请大夫来一次，这病就可以好了。但是一共只弄来十块钱，连马金药费车钱，已经用去六块多了，明日哪里找钱去？说不得了，明天到学校里和会计商量，借个十块八块，看在我们先生教书多年，又是害病，或者可以通融通融。

一个人这样想着，就没有留神床上，猛然一抬头，只见金继渊脸上盖着一本书不见一丝动作，这倒吓得心跳到口里，连忙揭开书，只见金继渊睁着两眼，长长地哼了一声，因板着脸问道："你这是做什么？"金继渊皱着眉道："我一点儿力气没有，书都拿不动了。"金太太道："你弄到这一步田地，都是为了书，现在病得手抬不起来，还要看什么胄头书？书还是能吃呢，还是能当一个大子儿用呢？"说着，走了过去，伸手把金继渊的书一把抢了过来，向地下一摔。金继渊哼着道："你不要我看书，原是好意，你又何必把书来抛在地下。"说着在枕上昂起头来，只管侧望着地下。金太太总觉他是一个病人，又不忍使他着急，只得将书捡了起来。金继渊在床上长叹了一口气道："宁可天下人负我罢了。"自这时候起，他的病

182

势，更见得沉重，也不再要书看。

过了一夜，到了次日早上，金太太看金先生的病，虽不十分危险，上几岁年纪的人，究竟精神大为衰弱，不能不加意诊治。可是家里因为学校里欠薪一年有余，这一向过日子就是金先生在外面随时张罗钱来应付的，家里统共不过有三四块钱，如何来调养这病人。自己一急，也不觉得五中烦躁，好像有病一样，不吃不喝。老妈子做好了饭，只让两个小少爷吃。

纳闷纳到了下午，居然想起一条计来，私下把金先生常说的几部明版书，用个包袱包了，坐了车子，就到金先生几位老朋友家里作押账借钱去。偏偏这日是星期，一个人也不在家，都没有找着。半路走过一家当铺，发了痴心，送到当铺里去当。当铺伙计将包袱打开，笑了起来，对她道："大嫂，自从盘古开天地，你听说哪家当铺当书的?"金太太把一张脸臊得通红，什么话也说不出来，将书包着，又夹了回去。老头子顽固得糊涂，有了钱，既不置产业，也不存在银行里，偏说是朋友家里稳妥，要存到朋友家里。现在钱存在人家腰包里，反客为主，倒要去哀求人家施舍。病了没有钱医治，也是活该，我为他发着什么急。心里这样想着，把想法子弄钱的心思，就完全打消。

回得家去，把书包放下，慢慢地走到金继渊床面前来。只见他双目紧闭，两个瘦颊，却增了一层红晕。颧骨高撑起来，把那两个眼眶，越显得凹了下去。嘴下那几根稀稀的胡子仿佛都现着枯焦，蓬乱起来。伸手探了探他的鼻息，越是急促而不自然。金太太心里不由得劈扑劈扑，又乱跳起来，便问道："骥儿爸爸，骥儿爸爸，你身体现在怎么样了?"连叫几声，却不见金继渊答应一声，金太太将手轻轻地摇撼了几下，金继渊哼了一声。金太太心里一焦急，却只管望了病人发呆。还是老妈子进来问道："太太，我看老先生的病，今天很是沉重，你还得找大夫瞧，这可不是闹着玩的。"金太太望着床上，本也就包含着一把眼泪，经老妈子这样一说，不禁哇的一声，哭了出来。老妈子连连摇手道："太太，太太，这不是哭的事，再说你也别当着病人这样哭。"金太太在身上掏出手绢握住了嘴，便到隔壁屋子里去坐着垂泪。老妈子看见太太伤心，也走了过来解劝几句。金太太两行眼泪如雨一般，由脸上滚将下来，一面哽咽着道："设若有个好歹，这一家人怎么办呢?"一语未了，索性放开声音哭将起来。老妈子道："这不是哭的事啊，你还得赶紧找大夫啊，现在可是一刻工夫也不能耽误了。"金太太觉得也是，揩着眼泪，连忙打开箱子，挑了几件衣服，交给老妈子去当，等老妈子当了钱回来，才亲自出去找一位有名的贾济世大夫。

这位大夫在北京城里，很有名声，在普通社会里，没有不知道他的。金太太找到他家里，倒是在家，可是他家的听差说，大夫这就出门，要看两三家的病。第一家是钱总长家里远在后门，到你们那儿，要晚一点儿，回家去等着吧。金太太道："可不可以请大夫先上我们那儿呢？"听差瞪着眼道："挂号总有一个前后啊！你那么着急，怎么不用汽车来接我们大夫？"金太太心里有事，也不便和他计较，只好先回家去等着。

过了三个钟头，天色已大黑了，这才听到噼啪几下敲门声，接上有人说道："大夫来了。"老妈子出去一开门，只见电灯光下，烂泥地里，横着一辆八成旧的马车，拉车子的马，把头垂着要与膝盖相着，似乎也就生了病，马车门开了，下来一个穿长袍马褂、顶着盆式呢帽的老先生。他用手牵着衣服的下摆，脚尖点着地，抢着走进门来，说道："是这家吗？"老妈子看他这样，便是贾济世大夫了，可不能怠慢，连忙答道："是是！我给你拿个灯来吧。"贾大夫道："用不着，你在前面引路吧。"老妈子于是把他引到书房里来，让金太太相陪。金太太本想谦逊两句，那贾大夫却不让她开口，先就说道："病人在哪里，先瞧病吧。"金太太将贾大夫引到床边，请他在一张方凳上坐下。床沿上已经垒了一叠书，金太太把金继渊的一只手从被里引了出来放在书上，那贾大夫马上俯着身子，伸过一只手去按着脉。他那手上的指甲，准有一寸来长，黄黄的，黑黑的，活像一个鸟爪子。只当金太太对他手指甲出神的当儿他已把病人的右手脉看好，对金太太道："换他那一只手来按按。"金太太将病人的右手放进被去，牵扯了半天，只把他在床里边的一只左手引出来。贾大夫见她费事，便站起身来，迎上前去，执着金继渊的手，按了一按。看他闭了眼睛，偏着头，嘴上两股八字胡，略动了一动。他似乎已探得了病源，点了一点头，将病人的手摔下，便扬着面孔道："不要什么紧，重感冒罢了。从前吃过哪个大夫的药？"金太太便说没有请大夫，是一个同乡瞧的。贾大夫冷笑道："病也是闹着这玩的吗？怎么把这个请起同乡交情来。不是当医生的，哪里可以叫他看病？"一面说，一面走到书房那边去。

金太太看他的情形，倒好像是这病治得有些不大对路，连忙在后面跟了上去，问道："先生，这病怎么样？不要紧吗？"贾大夫且不睬她，见桌上已经摆着现成的笔砚，就伏在桌上，行书带草，开了一个药方子。写毕，对金太太道："马上就拣了来给他熬着喝下去，明天上午，就可以好了。"说着，金太太一看，这也用不着留茶了，便将一个五块钱的红纸包拿出来一伸手要递给贾大夫。贾大夫看见并不接着，皱了眉将头一摆道："你可以交给我的小马车夫。"金太太见他先一摇头，倒以为他是贫病施诊，并不要钱，后来他说交给小马车夫，才知道，他是有点儿不好意思。便将红纸包交与老妈子，让他送到门口，交给小马车夫。小马车夫接着那纸包，当面打开来，看了一看，见是五张一元的钞票，便一张一张地点了，对老妈子用手一挥道："没有错。"老妈子道："那怎么会错呢？请了大夫来，能说不给钱吗？"说到这里，恰好贾大夫由里面出来了，小车夫抢着去开车门。老妈子也就没有再说什么，目睹贾大夫坐上马车，关了门进来。

金太太想，既是这药吃下去就有效的，也不可耽误了，因此吩咐老妈子看着病人，自己便上街去拣药。赶着回来，还不过十点钟，赶忙兴了一炉子火，把药熬好了，服侍着金继渊把药汤喝下去。这个时候金继渊病得越发沉重，人已是糊里糊涂的，一点儿什么事也不知道。金太太想，幸而今晚上请了大夫，若迟到明天早上，又不知怎样了？这一晚上，金太太以为药吃下去了，倒有个把稳，便放心去睡觉。金继渊上半夜里，还哼了一阵，到了下半夜也就睡得很好。金太太觉得这药果然有点儿效验，也就宽心许多。

次日清晨起来见金继渊直挺挺地躺在床上，脸色由苍白变成了瓦灰，哪里都不曾有一点儿挪动。自己站在床面前，先看着不免有点儿害怕，越害怕就越着急，伸手一摸金继渊的鼻息，半晌，才觉得有一丝凉风拂着指尖。便伏在床沿上连喊了几声骥儿爸爸。金继渊似乎有点儿知觉，眼珠向旁边一转，两粒豆子大的眼泪由眼角流到脸上。金太太嚷道："骥儿爸爸，你要明白你去不得啊！"老妈子听到这边屋子里哭声，手上拿了一把扫帚也站到床前来一看，病人双目一闭，已经睡着了似的，伸手一摸，早是没有气了。扶起身上一只围襟角，擦着眼泪道："可怜的一位老先生！"这一句话，打动了金太太的心，坐到隔壁屋子里，顿脚痛哭起来。

乱了一阵子，还是老妈子将她劝住，说不是哭的事，得设法办善后。金太太也就想好了主意，让老妈子坐了一辆洋车，分别到一些相关的朋友家里去报信。自己抱着一个五岁的女孩子，坐在灵床前啜泣。那骥儿拿了一张纸钱，在房门口屋檐底下，有一张没一张地烧，家里并无第四个人，更显着凄惨。过了许久，几位朋友才陆续来了。大家一看这种情形，料得金继渊极身后萧条之能事。便问金太太哪里还有款子没有？要赶快办后事。金太太事到于今，也就把存款在赵家的事说了。大家一想，既是有那些钱，说不得了，纵无借字收据，磕头也要磕几个回来。家里的事由大家料理，就让金太太带了两个孩子，一路到赵家去要钱。

到了赵家，依然还是那位正太太出来相见。金太太不曾说话，先跪下去，口里哽咽着道："这是怎么好啊！我们先生今天上午过去了。孩子……"她带来的两个孩子，都让教训乖了，一听到孩子两个字，便到赵太太脚边跪下，捣蒜般磕着头。金太太道："多磕两个头吧。求求伯母，可怜可怜你们，帮一点儿忙了。"·赵太太扶起了这个，又跪下了那个，好容易把她母子三人扶起，对金太太道："这实在是不幸的事，有话慢慢说吧。"金太太一面哭着，一面告苦，然后就提到存的那笔款子，现在非动用不可，请先通融一点子。赵太太听了这话，默然了一会儿，然后说道："照理呢，我是不敢担这个重担子，不过金先生既是去世了，少不得要钱用，我多少可筹划一点儿。我私人，百十块钱先垫一下也不妨。至于那笔存款，那是金先生和我们旅长办的，我可不知道。"金太太听她的口音，大有死不认账之势，这一急非同小可，又跪了下来，止了哭，哽着嗓子道："赵太太，你总得帮我一点儿忙。不然，我回去也是不得了，我母子三人，就不回去了。"

赵太太正在骑虎难下之时，忽然有个长衣男子，背着手，口里衔着玳瑁烟嘴，抽着烟卷，走了进来，就跟着赵太太一块儿相劝。据赵太太说，这是二老爷。二老爷究竟是个男子，一口便认了账，说是那笔款子，存在银行里，金太太打算怎么办呢？金太太就说，先挪移四五百元回去办丧事，其余的再说。二老爷道："那又何必多此一道手续，你就今天一齐拿回去得了。这个数目，我知道，共是一千二百块钱。还有几百块钱，放在手边也好，就不必存在我这里，又由我这里存到银行里。"金太太骇然，站起来看着二老爷道："二老爷，这话不对吧？这数目共是七千多呢。人还只死去两个时辰，我就会忘了事吗？"二老爷听说把脸色一顿道："什么六七千！听你的口音，不是说我们瞒你的账吗？你仔细想想！我们家兄做到旅长，何至于瞒你这几个钱。你这话太藐视我们了。"金太太气得两手交叉在胸前，一句话也说不出。二老爷顿了一顿，又笑道："这也难怪，金太太急糊涂了，说话有点儿不对，我们也不计较。你想这账又没有一个

186

字据的，我们要不认，你有什么法子。既是认了，又何必瞒数目？"金太太被他一阵驳说，一句话没有了，只是哭泣。二老爷和赵太太说来说去总说是一千二百块钱。若是要就请写一张两清的字据，把这事收束，金太太想想，若是不答应，恐怕过了这个机会，一块二毛钱也要不到，只得请二老爷写了一张字自己画上押。金太太拿出一千二百块钱钞票来，算是正账，又另外拿出五十块钱来算作利息。经这一番大波折，就到下午两点钟了。金太太挂记着家里，把钱揣好，带了孩子回家。二老爷格外地多情，怕她半路上出了岔儿，一直护送她到家门口才走了。

到金家的这些朋友，听说六七千块钱的账，只一千二百块钱就算了事，都说金太太人太老实。然而事已做了，也只能罢休。那些朋友，本已代为买定衣衾棺木，现在钱来了，就可以拿钱对货，大家越发地可以放手办丧事。朋友中本都是些文人，便和他作了一个哀启，随着讣闻印送，并且定了廿七那日，在泡影寺借地方开一个吊，那意思也是替他扬身后之名。但是这个日子，正值北京城有一度政变，市面上是十分的萧条，差不多的人，都不大出门。金家这讣闻，不论新旧知交，只要稍微认识，就送上一份。

几天之后，也有一份寄到梁寒山那里，梁寒山将讣闻一看，不由得拍着桌子，自己唉了一声道："怎么一回事，他死了？只歇了两个礼拜没有会着面，就永不见了。"本要听戏去的，这就扫兴不愿去了。到了金继渊开吊的那一天，梁寒山想起老先生生前那一番折节下交，不能不去祭吊一番，于是抽出半天工夫，便专诚到泡影寺来。他想到金继渊的朋友，自己多半不认得，若是去早了，遇到许多吊祭的，并无一个认识，对面并不招呼，板着面孔进进出出，却也无味，因此挨到下午三点钟，方才前去。这地方本在南城，庙后是冷僻的胡同，面前却是一片荒地，直连到陶然亭附近的那一片苇塘，交通虽然便利，究竟偏僻一点儿。金家本来是不主张在此开吊，因为金先生的灵柩，就停在这里，而且庙里老和尚和金先生生前是作诗写字的朋友，将租用费奉送了。金太太为着省几个钱，就在这里举办了。

当梁寒山走到庙门口下了车，却并不见门口有什么车马，也不见有人招待，心想莫非是错了。正犹豫着，恰好出来一个小和尚，因就问是不是有金家在这里开吊。小和尚道："是的，在偏西院里，那不是他们的招待。"说着，将手向庙里一棵大槐树下一指。只见一个五十岁上下的人，手上捏了一朵白纸菊花，背了手踱来踱去。他一抬头见梁寒山，料是来吊祭的，就连忙把纸菊花插向马褂子纽扣上，拱手相迎，梁寒山先道："对不住得很，我来迟了，因为有点儿事情耽误。"那人似乎也懂他的意思，连说不迟。那人说着将梁寒山引到西边院子里来。梁寒山一看上面佛堂前，倒也横门扎了一座白色牌坊，有两三个杠房里的吹鼓手，都坐在门外边两条凳上说闲话。看见有人来了，这才一阵风似的，站了起来，手忙脚乱吹着喇叭，打起鼓来。那个打鼓的两手拿了鼓槌，却向着梁寒山点头嚷道："先生，先生，请在院子里站一站吧，我们还没有吹打上，人家孝堂上，还没有预备好呢。"梁寒山一想这话也对，果然就在院子里站了一站。那位招待员，本也就极踌躇地走着，现在梁寒山停住倒正中其意，也就在院子里站着。

约有四五分钟的工夫，招待员这才将他引进孝堂。那里面正中桌上，放了金继渊一张大半身相架，供了鲜花香烛，桌子边放着四个花圈。满孝堂只有三幅孝嶂，七八副挽联，此外并无别物。桌上一对绿蜡，烧得只剩了一小寸了，檀香炉空摆着，也没有烟。梁寒山走到供桌前，正待向上鞠躬，桌子边走出两个穿孝衣的孩子，倒先跪下了。还是那招待员聪明，抢上前一把扯住，说道："鞠躬，鞠躬。"梁寒山行礼毕，就牵着小孩子的手抚摩了几下，站着出神。还是招待员将他引到旁边屋子里待茶。

这一所空荡荡的孝堂，竟没有第二个客。梁寒山这也就明白了，并不是自己来迟了，原来的情形，大概就是这样。和那招待员说着话，未免向四壁看看挽联。究竟金继渊的朋友，都是些文人，各联都有各联的好处。最后靠门的附近，却有一副长联，字迹写得非常秀弱，挂起来，未免有点儿不称，因此格外可以注意，便站起来，上前去看，那联是：

老去填词，事业空追万红友，可怜春明门外，残月晓风，知公梦醒何处？

穷还作客，室家唯剩一青毡，请看泡影寺前，荒烟蔓草，有谁来哭先生！

因想道：何言之愤也。再看上款署的是继渊师座大人千古，下款是受业张梅仙鞠躬。啊！是她，怪不得有这样的手笔。然而这下联倒好像是看到这庙里情形，然后才落笔似的。因问招待员道："这是一位女士写的

188

啊?"招待员道:"可不是。这位张女士,原是送了一个花圈。到了这里来以后,和师母一谈,她也感伤起来,叫人去买了一副挽联,向和尚要了笔墨,写起来就挂在壁上。"梁寒山道:"我说呢,何以把泡影寺三个字都写了进去!"招待员道:"也有几个人看过了,却说这挽联本地风光很切,只是有点儿骂人。"梁寒山道:"也不算骂人,不过有点儿不平罢了。她是学生,替老师说几句公道话,却也不见得过分哩。"招待员见他很是许可,也就跟着他的话敷衍了一阵。梁寒山看看这里的孝堂,都有收拾的样子,也不必在这里多耽误了,就告辞回家去。

这个日子,已是阳历三月将尽,天气已不十分寒冷。出来的时候,天气原是晴爽的,可是这时候回去,天气便阴暗下来。车子在路上走,风吹到身上,愈现得凉气袭人。胡同里,人家矮墙上露出几枝雪白的梨花,让风吹得抖颤,更觉有一种荒凉的意味。由荒凉这两个字,又突然地想到那副挽联上,所谓"荒烟蔓草,有谁来哭先生",觉得这话虽然有点儿愤激,仔细一想,却有至理,我得写一封信给她,看她是什么意思。回家之后,到了书房里果然首先一着,就是找了信纸信封,写了一封信给张梅仙。大意说是今天也曾到过泡影寺吊孝的,一先一后可惜失之交臂。但是那一副挽联却看见了,可谓古道热肠了。

过了一天,接到一封回信,照例是谦逊两句,说是当日一时愤激,说出了这种话,事后一想,也就觉得多事。信后又发了一顿感慨,说是中国旧文学,赶不上世界潮流,究竟不可学,吾侪自先就走错了路,走到这不能回旋的路上来,很是后悔。梁寒山见这文中,有吾侪两个字,足见她并不嫌弃,有同病相怜之感,这总可算是个文字之交了。这个女子,究竟不知道是怎样一个人物。看她由来的文字,仿佛不免落那中国女诗家的老套,善病工愁。若是照那副挽联上的话看起来,她的性情,又是很刚的了。我倒要看看她,究竟是怎样一种人物?只是并无缘由,如何要和一个陌生的女子见面,这也只好待机会罢了。他把这个意思,横搁在心里,老是解决不下。其间有一个星期,值着窗明几净,也曾写过几首诗,填过几阕词,寄给张梅仙。她还是那样,有信必答,却没有什么切实的友谊表示。梁寒山因为她那样淡淡的,自己并无认识这位女士之必要,不过是欣赏她的才调而已。那也就算了。

恰好接连几天,都有宴会,而且最后一天,又是轮到那个聚餐会。这一期会,是那位吴敏荪的东。梁寒山已经做了一回东,答谢他们了,本来想不到的。但是这位吴先生，人很和气，每次相会，都谈得如流水一般的不断。在一会之中，除了侯快轩而外，要算这人特别垂青，当他请客，若是不去，心里有点儿不过意，因此不嫌东城之远，就来赴这场宴会。这吴敏荪先生因为家中还有长辈，在家请客，要减少好些趣味，因此和那位陶伟业先生商量好了，就借他的新居莫愁饭店取乐。他们且不上饭厅，就在陶先生屋子紧隔壁开了两间房间，一间吃饭，一间却作为大家茶烟谈笑之所，自始排场，就很热闹。

当梁寒山到了莫愁饭店的时间，客是到得格外的早，人都全到齐了。而且事情很特别，在座却有一位女客，看那女客，不过十七八岁，短短的头发烫着一层一层的波纹。头发受着火的烫夹，不免都蓬松起来，所以她的头发却格外地宽大，犹如一顶乌丝编制的凉帽。但是她脸上的脂粉，红是红，白是白，和这乌丝头发一比，恰是格外娇媚。这个日子，到了晚上，天气还是很凉的，看她却只穿了一件蓝印度绸的长夹袄，袖子短短儿的，腰是紧紧儿的，便越发是看得她身子娇小，她正斜了身子坐着。和她同坐一张沙发椅子上的，就是那政治家唐泰士先生。那女子将身子靠住在他身上，头枕在唐泰士肩上，嘴里吸着一支烟卷，眼睛却斜望着进门的人。梁寒山进来之后，少不得一处一处向大家点头，对于这女子料得有些来路不正，然而又不敢决定她是妓女，或者是唐先生的如夫人也未可知，这倒不能藐视人家，因此也就给她点了一个头。她不站起来回礼，也不说什么，不过是将眼睛望着人，又向人直喷一口烟过来，喷烟的时候，却微微一笑。在她这一笑之时，梁寒山明白了，这不就是和贾叔遥逛东安市场遇见的那个人吗？日子太久了，不能完全记得她模样，现在她笑将起来，看她那种笑容，和那日临去一笑相同，所以想起来了。

当时梁寒山放在心里，且不说什么，只装不知道，到隔壁屋子里，找了吴敏荪坐在一处。吴敏荪一见，便笑道："梁先生，你看见那边屋子里一朵解语之花没有？"梁寒山笑着点了点头。吴敏荪笑道："我给梁先生介绍介绍，好不好？"梁寒山一想，她是唐泰士的人，踌躇着了一会子，笑着摇了一摇头，却对那边望了一望。吴敏荪会意，笑道："不要紧，她是无所属的。"说着便对那边屋子喊道："老六，这儿来，我们给你介绍介绍。"只这一声，那女子哦的一声答应着，就笑着走了过来，因对吴敏荪道："要给我介绍一位朋友吗？是不是这一位？"说着向梁寒山一指。梁寒山笑道："是我，但是我想用不着人介绍，我们也会认识的了。"吴敏荪瞧着那女子一会儿，问道："怎么回事，你们早就认识的吗？"那女子红了脸笑道："你听他瞎说，我们哪里认识？"梁寒山笑道："这话我得解释，免得吴先生发生误会。因为我常在东城这几条热闹街上走，常常看见她，所以认识。"吴敏荪点头笑道："这话我懂了，莫不是在王府井大街一带看见她？那里有一个学校，她每天得去上两点钟课呢。"那女子一伸手捏了吴敏荪的胳膊一下，吴敏荪哈哈笑了一声，人向后一退。那女子笑道："干吗你也和我寻开心呢。"梁寒山跟着他们一处哈哈一笑，把这事就掩饰过去了。

那女子倒是很大方，见梁寒山和吴敏荪并坐一张长椅上呢，就俯着身子，将手拨着两人的腿道："分开一点儿，让我也坐下。"说着，在两人中间挤着下去。吴敏荪笑着将腿一缩道："慢点儿，慢点儿，压着我一块肉，痛得要命。"那女子将腰扭了一扭，笑道："不管，我来加塞。"吴敏荪道："不要闹，好好地谈一谈吧。"梁寒山也笑道："果然的，我还没有请教贵姓哩。"吴敏荪道："你这人太善忘了。刚才你一进来，我不就说了，让你会一会解语之花吗？"这四个字里面，她的姓名全有了。梁寒山想了一想，笑道："有了，莫非贵姓是解，芳名是语花？这名字真是响亮得很啦。"她答道："你别信他们损人，解我可姓解，名字不是这个。"说着，在身上掏出一个水红线囊出来。线囊里面，是一面小粉镜，她抽出粉镜，却带出几张名片。她拿了一张，顺手递了过来。梁寒山接着一看，不过二指宽，一寸多长，片子犄角上，各印了两朵鲜红的海棠花。正中印着解玉贞。旁边有更小的字，是江苏京寓水花胡同，借用电话六七八九。

梁寒山将那名片看了许久，却是一笑。解玉贞道："你笑什么，名字起得不好吗？"梁寒山道："不是，不是。我笑这名片，倒是逢人只说三分话哩。说贵处是江苏，可没有说是哪一县，说京寓水花胡同，又没有哪一号门牌。说是有电话号码，又没证明哪一局，真有趣了。"解玉贞将他的腿一拍，笑道："你这人真是认真。"只说了这一个真字，只听得那边房子里有人答道："谁认真？老六。"解玉贞道："四姐，你来这边坐，介绍你见一个新朋友。"说着话时，又走过来一个女子，不是别人，也是那回在东安市场遇见同解玉贞一同游逛的。她倒和梁寒山点了个头，笑道："久违。"解玉贞伸了脚踢她的腿道："别瞎说，你在哪里和人家相会过，怎么说上久违了？"那女子忽然醒悟过来，倒红了脸。

陶伟业正坐在一边椅子那儿抽烟卷，便走上前来，拍着她的肩膀道：

"我明白了，你也是常在王府井大街一带，遇着这位梁先生的，对不对？"梁寒山站起来嚷道："不要开玩笑，解小姐给我介绍吧。"解玉贞道："四姐，你掏一张名片给人家吧，省得我介绍。"那女子笑着，点了点头，就在身上掏出一张名片给梁寒山。看时，形式也差不多，不过那片子上印的花，不是海棠，却是石榴。名字是沈冰清。梁寒山道："高雅得很，高雅得很！在哪里坐？我让位吧。"陶伟业笑道："不能啦，你那里已经有一位，足够揩油的了，这一位还不该让给我们吗？"说着，拉了她的手，就向怀里拖将过去。沈冰清穿着高底鞋子，真有些站不住，就向他怀里一倒，笑道："哎呀！要摔死我了。"于是她便跟着陶伟业坐到那边去。

吴敏苏道："不要闹了，我看还是拿了胡琴来，我们先来上一段吧。"那解玉贞听到说要唱，她在这里，好像格外内行似的，马上跑到那陶伟业屋子里去，取了一把胡琴来，双手递给吴敏苏道："拉拉拉，谁唱呢？"只她这一拿胡琴，两边屋子里的人，都拥到一处来，异口同声地说："老六唱，老六唱。"解玉贞摸了摸脖子，笑道："不行。今天我嗓子坏了。"宋佩斋就笑道："解女士还拿乔吗？"侯快轩口里衔了一根雪茄，也是对着她微笑。解玉贞道："六爷，你笑什么？"侯快轩道："这么些人说，怎么你还不赏光呢？别是……"解玉贞瞟了他一眼，笑道："你不许望下说了。我唱一段《坐宫》，还不行吗？"陶伟业笑道："这样看起来，还是六哥的面子大。六哥说要她唱，话还没有说完，她就答应了。我们这些个人，都是白说了。"侯快轩笑道："没有的话，没有的话。你们不信，我可以举一个反比例。"因笑道，"老六，你不要唱吧。"解玉贞笑着，正待说话，侯快轩又道，"你可不要借雨倒台，就说不唱，你这样一来，我的嫌疑就更大了。"这样一说，大家就都哈哈大笑起来。还是陶伟业接过胡琴去笑道："谁也不要迁就谁，我来拉胡琴了。"

于是坐到一边，左腿架在右腿上，先调了一调弦子，笑道："行了，唱吧。"于是望着解玉贞就慢慢地唱了起来。她一面唱着，一面含了笑容，眼睛向大家瞟来瞟去。不仅大家听了心里受用，就是这几道眼色，大家就不由得跟在后面鼓起掌来。她把这一段《坐宫》唱完，大家围着叫好，唐泰士还走上前伸手摸了她的脖子一下，笑道："你今天的风头总算出够了。"吴敏苏道："你不要动手动脚，这是人家有专利权的呀！"解玉贞道："吴二爷，你这话，有点儿太对不住朋友呀！你简直把我当了一种新发明的物品了。"梁寒山点了点头道："解女士很有善通常识，连专利权三个字都解释得出来。"吴敏苏道："你不要错看了人家，她的的确确，受过中等以上的教育。"解玉贞笑道："别损我了。我若是有那样的资格，我自己也能凭着本领去挣钱，何至于跑到这儿来，给诸位取乐儿呢？"吴敏苏道："别那样说，我们大家都是朋友，这是社交公开呀！"说着，也鼓了掌一阵狂笑起来。

解玉贞道："说笑归说笑，真话归真话。我们四姐的字，很是写得不错，哪儿有找女书记的没有？请各位给她找一份事。"那沈冰清听了这话，果然将脸色正了一正，笑道："这事要找唐先生，我想总有个八成可成。"唐泰士笑道："找女书记的没有，我倒有一位朋友，要另找一位时髦的太太，你的资格倒是很对劲儿。"说着对沈冰清浑身上下溜了一眼。沈冰清笑道："成啦！真有那样的主儿，我有什么不乐意的？"吴敏苏笑道："老六，你这介绍人做成功了。你自己呢？我路上倒有个朋友，要学英文，你准可以去当英文教员。"梁寒山道："原来解女士英文很好。"解玉贞道："嘿！你别叫解女士了，叫得我怪难为情的，干脆，就是老六吧。你别信他，我懂得什么英文，不过会说极简单的几句外国话罢了。"

陶伟业道："我们不是来谈学问和职业，来吧，我们还是来唱上一段。这回该老四唱了。唱什么呢？我想给大家来一段青衣，一定是很受欢迎的。"沈冰清道："唱大嗓都对付不了，要唱小嗓，更不行了。"解玉贞道："我都唱了，你为什么客气？你和我唱的那一段《南天门》就很好，我们就唱《南天门》吧。"大家听了这话，便应声嚷起来，说是二位能合唱一出，大家更是加倍的欢迎了。于是由向一个人劝驾，变了向两个人劝驾，哪里容得她二人不唱。沈冰清见大家都说解玉贞唱得好，也就不像先那样推诿，因道："六妹，我们只好献丑了。"她竟不再等解玉贞表示同意，就向陶伟业笑道："就请你拉《南天门》吧。"她原和陶伟业并排坐着，这时却略把头偏了一点儿，微微咳嗽了两声。

她的头这样一偏，却恰好和梁寒山视线相对，无缘无故，对着展齿一笑，然后低下头去。她虽然浓抹着脂粉，实有几分丰韵，梁寒山无故受她一笑，未免心里一动，因此情不自禁地，也对她一笑。这个时候，胡琴过板拉完，她已经开口唱起来了。梁寒山斜坐着，呆望了她，等她耍了花腔的时候，大家鼓掌叫好，梁寒山也跟了叫好。沈冰清看了一看解玉贞，又看了一看梁寒山，抿嘴微笑，梁寒山一见，不由得脸上通红，站起来要倒一杯茶喝，搭讪着就走开了。

当他走开的时候，宋佩斋却在隔壁屋子里，对他一招手。他走了过去，宋佩斋笑道："这个聚餐会，与我们原来的意思，大相违背了。我们原说聚餐的意思，是集合一班朋友来作诗，现在诗作不成，专门是吃。吃还不算，另外还带这种临时加入的女宾。"梁寒山笑道："作诗究竟是苦事，现在有吃有闹，比原意就有趣得多。可惜这聚餐会，是限于私宅的，若是都像今日，假座饭店，一定一天比一天热闹。"宋佩斋笑道："梁先生是第一天得了这种趣味，所以说好。若是你真闹长久了，恐怕也会烦腻。"梁寒山道："那不见得。"宋佩斋道："你看陶先生吴二爷和她们都很好吗？但是据我所知，他们都没有什么大关系。"梁寒山道："那个老大，和吴二爷如何？"宋佩斋口里衔了半截雪茄，微笑着半天不作声。梁寒山道："我看若即若离的，倒似乎关系很深呢。"

宋佩斋将雪茄取下来，背了手在背后弹灰，在屋子里踱来踱去。梁寒山见他脸上带着微笑，似乎这里面，含有深秘的作用，就不好说什么。他突然站住，向梁寒山笑道："然则先生其有意乎？"梁寒山连连摇着手道："不！不！而且君子不夺人之所好。"宋佩斋笑道："不必相瞒，刚才阁下坐在那里，她秋波微托的时候，我已经看见了。这也无所谓夺人之好。吴二爷不过和她姐姐认识，她姐姐上天津去了，今天她是来代表的。她的意思，未尝不想在群客之中，找一个对方，只是我们都太熟了，她不好怎样进行。梁兄和她初次相识，她正好施行催眠术。"梁寒山笑道："这也不见得。"宋佩斋笑道："这又何必客气，若是有意的话，只要我暗暗给她一个信，她就会喜欢得了不得。"梁寒山道："不必！不必！那样办，未免太不文明，我要先告辞了。"宋佩斋点点头道："也好，我们留到将来再说吧。"

他二人在这里谈着话，那边二人合唱的《南天门》，也刚刚唱完。陶伟业拉得得意，还接上地向下拉。吴敏苏道："别闹了，别闹了。大家没有吃饭，肚子都饿着呢。吃了再来吧。"于是那边屋子里的人，都拥到这边来。那边架起圆桌面，就安排宴席。安排好了，除了下面上菜的一方，是主人翁坐了以外，其余的人，并不谦逊，各各坐下。梁寒山因为和在座的人，比较的都生疏些，所以等了一等才入席。然而等他入席的时候，只空了邻座解玉贞身边那张空椅子了。梁寒山本想谦逊一下子，无奈这在座的人，都是不谦逊的，唯有自己一个人谦逊太多礼了，也是不好。正踌躇着，解玉贞就伸手连连拍着椅子道："坐下，坐下。"梁寒山道："你不是和吴先生坐在一处的吗？我怎样坐到这里来了？"解玉贞一伸手拉了他的衣襟，笑道："别难为情了。我都不客气，你还客气一些什么呢？"说着，将梁寒山的衣服使劲地拉。梁寒山一想，若是不坐下，也拉得难看，只得一笑之下就坐下去了。别人都不觉得，唯有宋佩斋是坐在他当面的，却对他微微一笑。

那解玉贞身上的脂粉香，正是浓厚，梁寒山坐在她身边，一阵一阵送到鼻子里来，虽然坐在履舃交错之间，然而闻到这种香气，就不由得自己会起一种奇异的感想。那解玉贞却又偏是不怕闹，只管向梁寒山劝菜劝酒。梁寒山笑道："你怎么只劝我一个人喝酒？在桌上的人多着呢。"陶伟业道："那是她特别优待啊！还不好吗？"梁寒山道："这一层特别优待，我恰是受不了。因为我就不会喝酒。"解玉贞听说，偏过了身子来，右手在上面斟酒，口里说道："这一杯酒，无论如何是要喝的，若是不喝，我就……"她左手却暗暗地由椅子边伸了过去，拧了梁寒山的手胳膊一下。梁寒山待要说什么时，解玉贞却又瞟了他一眼，嘴角微微地一欠，梁寒山这就无可说的，只得默然端了杯子喝了一口。

解玉贞见他受劝，就不时地给他劝酒。劝到最后，梁寒山自己觉得酒力不胜，便用手将酒杯子按住，笑道："对不住，恕我不能从命了。"解玉贞手里拿着一柄小提壶，只管伸到梁寒山面前，不肯拿回去，笑道："你总得喝了这一杯。"梁寒山道："那为什么？"解玉贞由侯快轩面前看起，向桌上其他人面前同时扫了一眼，笑道："诸位都不是大诗家吗？这有两句诗的故典非喝不可的。"梁寒山笑道："什么？你知道两句诗的故典？"解玉贞笑道："你不要看小了我啊！我们就不懂诗？"说着这话，向侯快轩又抿嘴一笑。梁寒山道："我知道了这是有师傅教的。"解玉贞道："当然有师傅教的，谁是一生下地，说什么就懂什么呢？况且这作诗又不是一件容易的事，怎样不要人教？"梁寒山笑道："算你说得有理了，你说出来了，我就喝这么一杯。喝醉了也不要紧，反正是回家睡觉去。"解玉贞不慌不忙先把自己面前半杯酒斟满了，然后要了梁寒山的杯子，也给他斟上，就举着杯子笑道："劝君更尽一杯酒，与尔同销万古愁。"说着，端起杯子，一仰脖子，一口气喝了。然后翻过杯子来，向梁寒山亮着底，叫了一声干！梁寒山道："这两句现成的集唐，你是哪里买来的？"解玉贞道："不管是集糖还是集盐，你既然有约在先，我说明了，你就得喝。不然我这杯子翻了出来，我就收不回去。"梁寒山也觉这两句话用得很恰当，一高兴，也就端起来干了一杯，照样地向她亮着底。桌上的人除了唐泰士而外大家都鼓起掌来，就是这一杯酒喝得痛快！

　　梁寒山本来就有七八分酒意，一滴酒也添不下去的，现在突然又干了一大杯，酒量便超越过去了，当时还不觉得怎样，约莫过了五分钟，头脑子就昏沉沉的有些坐不住，因站了起来笑道："我有点儿醉了，对不住，我要先走一步。"席上坐的人，看他的颜色，似乎确是醉了，由他走了也好，便没有人来强留他。他站将起来，大家都随着站起来，这便是送客的意思了。听差打了一条手巾送上来，梁寒山擦了一把脸，晃荡晃荡地走将起来，不过心里很明白，极力地将身子镇定着。走出大门，坐上车子，人便向后斜躺着坐住。那悠悠的晚风吹来，钻进鼻子里嘴里，越是把一肚子酒兴，一直提到胸口以上，在车上几乎要栽将下来。到了家里，便是撑持不住，马上回房，倒在床上睡了。人虽睡在床上，恰是飘飘荡荡，如腾云驾雾一般，也不知身子在哪里。他觉得若干年来，没有做过这样好的梦，那似乎是撒下相思种子了。

第十四回

生女耀门楣闾阎侧目
迎宾易冠服鸡犬皆仙

一直到次日上午，红日满窗，被太阳光将人逼醒，已是大半上午了。他因为自己工作的时候，受不住家里人纷扰，与家中分东西两院而住。他家里，竟另是一个简单的家庭，只有一个年老的仆人管理门户。所以睡到这般时候，也并没有人来惊动他。还是他坐起来了咳嗽了几声，那老仆才给他送将茶水来。坐定了一会儿，才来用茶水。然而看了那太阳光，黄澄澄的，竟和平常不同了。坐一会儿，站起身来了，一看挂钟已有四点多了。那老仆人陈忠，便笑道："梁先生，昨晚上您在哪儿喝酒，醉得很可以了。"梁寒山笑了笑道："生平一百零一回的事。"陈忠道："这位劝酒的主人翁，会把梁先生灌醉了，本事却是不小。"梁寒山笑道："我也是这样说，可不是本事不小吗？我这人身上还像有病，不能做事，今天要休息一天的了。你给我打个电话，到书局里去请假，我要到公园里去散散步了。"说着便走出门向公园来。

到了公园里，在阳光下面一照，觉得精神为之一爽，走一截路，便在路边露椅上坐着休息。忽听得有人在身后轻轻地笑道："就是一个人吗？"梁寒山抬头一看，却是昨晚同席的沈冰清女士，站在椅子后面，连忙站起来道："你也是一个人吗？昨晚我醉了，今天睡得是刚刚起床。老六实在会劝酒啊，以后我不敢见驾了。"沈冰清笑道："你不敢见驾吗？巧了，她现在一个人坐在来今雨轩喝咖啡，得找一个人陪着她，你若不敢见驾，我就不对她说看见你了。"梁寒山笑道："她一个人在那里吗？恐怕还有男朋友吧？"沈冰清道："你不是不敢见驾吗？管她和什么人在一处，反正妨碍不着你什么。"梁寒山笑道："妨碍是妨碍不了什么，她既然到公园里来了，我要躲着不见她，倒不好了。"沈冰清看了他一眼，又笑了一笑，说道："你等着吧，我去叫她来。这里只你两个人，才好谈心哩。"梁寒山道："不必叫她来吧，我精神不大好，我要在这里休息。"沈冰清并不曾理会他的话，径自走了。

一会儿工夫，那解玉贞果然来了，随随便便，就挨了梁寒山一张椅子上坐下了。梁寒山觉得在这路边和她同坐，让人看见有点儿不雅。可是人家刚走来坐下，又不便自己突然站起，倒很是踌躇。解玉贞倒看破了他的情形，将腿轻轻敲了他一下道："你不好意思和我同坐吗？那要什么紧？公园带着爱人的多着哩！"梁寒山笑道："但是你并不是我的爱人啦！"解玉贞道："准那样说着，我当然是高攀不上。但是，我们总算是朋友啊！"说着，斜睨了梁寒山一眼。梁寒山点了点头道："你真聪明，也很会说话，只是很可惜。"解玉贞听到这里，默然了许久，坐了一会儿，站起来笑道："我还有事，得先走一步，明日下午三点钟，我们在来今雨轩会面吧！"梁寒山道："你明天还来吗？"解玉贞斜睨着道："陪你谈谈啊！你不乐意吗？"说毕，一笑走了。

梁寒山心想这人叫解语花，真算名副其实的了。当时心里很痛快，次日，就按着时间，到来今雨轩来了。由三点等到五点，哪里有点儿影子，正待起身要走，茶房才嚷梁先生电话，姓解的找。梁寒山一接电话，解玉贞在电话里，千说对不住万说对不住，约了明天下午三点，准先到来等候。您若是怪我呢，您就不必来了。梁寒山连说笑话，又答应准来。这天虽然等的时候还多，就也不在意了。到了次日下午三点钟，高高兴兴地来到来今雨轩，然而哪里有解玉贞？梁寒山好不高兴，这人一次失信，二次又失信，岂不是拿我开玩笑？不过她虽约三点钟以前到，也许为一点儿小事，有点儿前后差移，不能断定她就毫不延误。既来之，则安之，我就在这里吃一点儿东西，等上她一等。因此就挑着栏杆边来往走廊下，一张椅子边坐下，眼光却只对那前来的行人注意。但是一直又等了一个钟头，依然没有解玉贞的影子。昨日还打了一个电话来，向自己道歉，到今日，连电话也不打了，只管把人丢在一边，绝不理会。这种女子，本来是以金钱为转移的，只要能用手段，就无所不用其极。自己一时解想不开，竟为她所迷惑，实在太冤。当时一气愤，突然站起身来，交了茶账，愤愤而去。

自这天起，把这事就丢开了。那解玉贞也就不曾向自己打电话，也不曾给什么信息，只不知她为何而来惹人，惹人之后，又不理人，这总算是个疑问了。在一个礼拜之中，也曾到公园来散步一两回。有一次走到来今雨轩居然将解玉贞碰到了，但是并不是她一个人，除了她以外，还有一个五十上下的老头子，同席而坐。那老头子倒梳着光溜的分发，穿了闪闪作光的绸缎衣服，只管和解玉贞斟茶递点心。解玉贞分明是向这边望着的，看见了梁寒山，她洋洋不睬，却突然地转过脸去。梁寒山却故意慢慢地在回廊外走，看她怎的。后来走过一个女仆样子的人，走到解玉贞面前，却对解玉贞叫了一声太太。这一下子，更是给梁寒山一个重大的疑团了。她分明是一朵无主的名花，怎样成了太太？既是太太，那个老头子，便是她的老爷了。她既有了老爷，何以还做这种生意，这真是不可解。人家既有了老爷，这是不可沾染的，且自让开她。于是背挽两手，一步一步地走去。

忽然觉得手掌心里，有了一块重颠颠的东西。拿过来看时，是一块石头，接上有一人在身后扑哧一笑。回头一看，又是那沈冰清女士。她笑道："我早看见你，所以先弯到这屋子后等你。我有几句话对你说，我们走着谈吧。"于是挽了他的手，就在柏树林里走着。梁寒山将胳膊抽了回来，见路边有一张露椅，就请她坐下。自己靠定一棵树站住，很自在的样子说道："什么话？请说吧。"沈冰清瞅着他微笑道："你怨她，连我也怨上吗？"梁寒山道："我怨谁？我很不懂你这话。"沈冰清道："你要真是不懂，我也不必说了。你今天看到六姐和那老头子坐在一处，不理你，你一定很纳闷。我告诉你，那就是她的人儿。"梁寒山微笑道："你就是告诉我这个话吗？我早知道了。"沈冰清对他凝神望了一望，摇着头道："你知道吗？这话靠不住。你既知道，你说六妹嫁过去多少天了？"梁寒山道："据你说她还是新嫁过去的吗？"沈冰清笑道："可不是，你不知道吗？坐下来，我告诉你吧。"于是拉了他的衣服，让他坐下。

梁寒山便坐下来道："你说吧，我就静静地听着。"沈冰清笑道："傻子啊，你别以为她上次约你两回她是冤你，她实在也是有意于你啊！可惜你没有缘分……"梁寒山道："不要胡说了，我和她有什么缘？你只说她为什么嫁人嫁得那样快吧。"沈冰清道："她就是约你的第二天嫁的啊！他们这位老爷，从前并不曾和她相识。有人把他引到六妹家去了，他一见就说好，一口气出两千块钱，要把六妹讨去做姨太太。六妹的妈，想到老让她混，也不是事，有这样能出钱的人，倒不能放过，就加了一倍讨价，要老头儿出四千。说来说去，老头儿出了三千，她妈就答应了。六妹当面不便推却，背后就对她妈说，砍了头也不能嫁给老头子，又哭又骂，闹了一宿。第二日，那老头子带了她坐了一天汽车，又送了她一只钻石戒指，也不知怎么样，她就委委屈屈答应了。先嫁过去，都不很大出来。老头子新买了一辆汽车，就常常同坐着出来。我就揩过几回油，常同她们玩呢。"

梁寒山道："他们夫妻感情很好的了？"沈冰清道："人心都是肉做的，老头子只管在她身上花钱，她怎样能不和他好呢？"梁寒山点了点头，问道："老头子姓什么？他的大太太呢？"沈冰清道："大家都叫他周督办，大太太在天津住，不上北京来的。他们有条件，老头子不带六妹上天津去，六妹也不许一个人背着老头子出门。她不是看见你不能招呼，昨天听戏，吴二爷在隔壁包厢里，她看也不看一眼呢。"梁寒山道："原来如此！"复又笑道，"那两天算我白等了。你怎么样，也找着这样一个老爷没有？"沈冰清道："穷一辈子，也只认命，这样坐鸟笼的太太，我才不想做呢。"梁寒山起身道："再会吧，我回去了。"便和她作别而去。

经过这一回事，他就有很长久的日子，不曾到公园去，无聊的时候，只是邀一两个朋友去听戏。这听戏朋友当中，有一位龙伯高先生，乃是一位道地的戏迷。若是有好戏，打个电话去约会，那是十有八九不会推辞的。有一天星期，赶上好几家戏园子有戏，梁寒山一早便将报上的戏目广告一看，便觉得今天这戏不能失之交臂，总得到一家去看看。但是一看桌上今天预备编撰的文稿，又比平常为多。若是放下来抽一点儿工夫去看半天戏，回来稿子不齐，又得大赶而特赶，因此把出门的念头，完全打消了。吃过午饭，正在伏案构思，龙伯高却一直撞进他的书房内，一见他伏在桌上写字，便皱了眉道："咳！今天星期，也是这样赶，你打算发多少钱的财？听戏去，听戏去！"梁寒山道："我这样子，能发财吗？"龙伯高道："不能发财，依人作嫁，还要这样干，更是不值得了。今天戏的确不坏，是《连环套》带《盗钩》。"说着他两手牵了哗叽袍子的大襟，身子一转，来了一个亮相，便唱道："黄天霸，好大胆，独自一个来探山。"梁寒山笑道："连唱带做，怎么倒不带锣鼓？"龙伯高并不理会这话，接着唱道："俺李逵做事太莽撞。"梁寒山要拦也不行，一直等他这段《丁甲山》唱完了，才问他道："你是不是要去听戏？你不去，我倒赞成，因为我已经在家里听戏了。"

龙伯高这才把唱瘾过足，因道："当然去，不过这个时候还早，现在就去，太没有意思了。最好是两点钟到戏馆子里，六点多钟听完戏，然后到小馆子里去吃东西，花钱不多，却很是舒服。"梁寒山道："果然常是这样，也不能说是花钱不多呢！"龙伯高皱了眉道："犹太人！犹太人！"梁寒山笑道："我至少听你把这话批评人在一百次以上。犹太人何其多也？"龙伯高也笑起来了，说道："你不要看犹太人亡了国，然而他们还握着世界上一部分经济权呢！我可以随便举几个例。"梁寒山道："我很相信你的话，何必要举什么例？既然决定去听，钱是花定了，听一两出戏。不强似在家里闲谈吗？"说着，先找了一件马褂加上，又在衣架上取下帽子，拿在手里。龙伯高道："你忙什么？还坐一会子吧。无论什么时候，我总可以找得着位子的。"梁寒山索性将帽子戴在头上，站在房门口去。龙伯高一见，这才跟了他出来。

到了他们要去的天乐戏院里，且不问人多少，那半空中的空气，已经是雾气腾腾的。梁寒山笑道："不要看人多少，你看这乌压压的空气，就知道满座了。这戏大概是听不成功了。"龙伯高道："不忙。龙先生来总有人替他找出一个座位来的，决计不能就这样回去。"正说时，走来一个人，穿着蓝布衫，外罩黑布紧身坎肩，三个口袋里都是包鼓鼓的。下面那个口袋里，许多零包茶叶，一直涨到口外来。左肩上垂着一个蓝布长褡裢，左手五个指头缝里，都夹着整叠的钞票。梁寒山一见，知道这是看座儿的了。正待上前招呼他找座位，他见了龙伯高，早是连连点着头道："龙先生您刚来，给您留着座儿啦。"龙伯高道："魏三，我是两个人，有吗？"魏三踌躇着道："今天可真没想到您是两位，您等着，我给您去迁换迁换吧。"说着，他转身去了。龙伯高笑道："你看怎么样？座位还能发生问题吗？"一抬头，魏三站在前排又点头招手。于是二人便一同走将过去，果然在许多观客拥挤之中，却有两个空位子，二人安然地坐下。

眼见得许多进来的看客，要和看座儿的通融一个位子，都不得要领扫兴而去。但是坐的这一排，还不过空两个位子而已，比这更前一排，却有几个人在那里坐着，其余的位子，就全是空的。梁寒山道："这戏园子卖座的，真有些不讲理。先来的没有位子，后来的走了来就坐下，这是什么玩意儿？"龙伯高道："那个座位吗？是不卖的了。我回回来都看见如此，不知是谁永久霸占了。"梁寒山道："怎么不卖？是戏园子留着送人的吗？"龙伯高道："送人？那戏价恐怕比买的票还要贵个十倍百倍千倍。待了一会儿，你看着就明白了。"这时，好戏已经上场了，梁寒山图着看戏，就没有把这个问题向下研究。

这个戏班子里的台柱，就是那鼎鼎大名的华小兰，一直等压轴《连环套》唱过去了，是华小兰《四郎探母》的大轴，那场面就已经更换了。就在这个当儿，也不知事情如何那样巧，前面那空椅上位子，都让人坐满了。有两个人还是刚刚落座。梁寒山认得那个瘦子，就是有名的银行家马子明。马子明身边，有一个白胖子，那是国务院参议张宦楼。张宦楼身边，一个小胡子，正站在他座位边，左右前后和许多人点头，有些人和他点头的，还跟着叫一声戚三爷。这人更容易知道了，乃是编剧大家戚雨峰先生。梁寒山因他看到这边来，也和他点了个头。他落了座，龙伯高问道："这个人大概是戏园通。怎么这里的人全认识。"梁寒山轻轻地道："你听戏成了戏迷，怎么连他全不认识？他是华小兰的导演者。华小兰在皮黄上的创作，都是出自他的手笔。"龙伯高正待说话时，却为了一阵鼓掌之声，将他的话头打断，原来是华小兰唱着摇板出了场了，那鼓掌之声，正是以面前一排的声音为暴烈，大概那一排的人，是没有一个不鼓掌的。龙伯高道："你该明白了，这是一派高等捧角家。唱戏唱到华小兰这种样子，还是少不了人捧，可见他也不是真本事。"

正说时，过来一个看座儿的欠了一欠身子，满脸堆下笑来道："您啦，我候了。"龙伯高皱了眉，将前靠椅上的茶托，用手一拍，轻轻喝道："浑蛋！唱得最好的时候，就来要钱。"于是将两块钱四角毛票，向茶托上一捧，喝道："拿去。"看座儿笑道："是，是，叨光，再赏几个茶钱。"龙伯高突然身子向上一站，轻轻喝道："一个也没有。"后来魏三抢着过来，将他一拉道："龙老爷，你不认识。"过去拉着他便走了，龙伯高这才安然地听戏。一直等那两个把关的国舅上场，那魏三才走过来，将茶壶给龙伯高斟了一杯茶，然后笑道："我们那伙计，他是新来的，龙老爷，您原谅。"龙伯高道："我今天不给小账了。"魏三笑道："不要紧，茶价不给也不要紧。龙老爷常照顾我们，照理就得请请，可是不够资格，我们不敢说。明天戏更好，给您留几个座儿？龙老爷。"龙伯高拿出来的钱还不曾收回去，便将四角角票收到面前，另换了一块钱，一推道："拿去，拿去。"魏三笑着请了一个安道："龙老爷，别价，别价，您哪回一个人来，也没有少赏过我们。今天大礼拜六的，又是两位，老早给您留着座儿。毛票您还收回去？"说着又是一笑。龙伯高只得将毛票又一推道："拿去。"魏三笑嘻嘻的，请了一个安，取得一块钱小账去了。梁寒山笑道："由此看来，同一并小账，这里面倒大大有个分别呢。"

龙伯高却没有理会这事，他听了戏，只轻轻地替戏台上人背戏词。无论生旦哪一个人出台，台上还不曾开口，他已经把戏词告诉人了，甚至于哪一句唱要耍腔，哪一句唱要平平而过，他都预先知道。正看到热闹处，忽然前面这排座客，接二连三的，一个个都溜之乎也。龙伯高看到心里好生奇怪。恰是看座的由这里过，便问这是什么意思。看座儿左右一望，并不见人，才走过来低低笑道："华大奶奶来了，他们去见大奶奶去了。您瞧，那不是？"说着，将嘴对楼上包厢一努。龙梁二人同回头向包厢里看时，只见一个华装少妇，被许多人众星捧月似的，拥在一个包厢里坐着。那妇人瘦瘦的脸儿，眼眶子也很大，倒似乎害了痨病。可是她左右前后，虽有许多人拥着，她并不理会，一双眼睛，只管望着对面包厢里。那包厢里，坐有一位十八九岁的女子，也有三四个人陪着。鹅蛋脸儿，淡抹着脂粉，倒很有几分姿色。

梁寒山明白了，回过头来，对龙伯高笑道："这里要戏外演戏了。"龙伯高道："只有戏内演戏，哪来的戏外演戏哩？"梁寒山道："这两对面包戏，快要演《双摇会》了，你说是戏外演戏不是？"龙伯高道："相公是谁？就是这位华老板吗？"梁寒山道："当然啦，难道华大奶奶还能跑到你龙府上去唱《双摇会》不成？"龙伯高听了这话，也觉得是件有趣的事，立刻回着头向包厢里看去。当他们向包厢里注意的时候，那个少妇却向台上看着戏，回转头去，对同座的人说话，并不以为有人注意她。后来突站起，好像是说不听戏了，就和同厢的人，一阵风似的离开了包厢。再回头看这边华大奶奶时，板着脸一阵冷笑。龙伯高回转头来对梁寒山道："这一幕戏，实在是好，可惜我们不得其究竟。"梁寒山笑道："要打听别的事我不能办到，要打听西楼包厢里那个人，却是极容易的事了。我家里的老听差，家里和他们是街坊，只要我和听差一问，就全知道了。"龙伯高道："你说了半天，她是谁？"梁寒山道："她也是大名鼎鼎，因为你向来不听坤角的，所以对于她们很欠认识。说出来你或者知道，她就是与华小兰齐名的芳芝仙。"龙伯高这才明白。正待向下说时，台上正唱起来，便停止谈话听戏了。

散了戏，二人邀一处吃小馆子，吃饭的时候，龙伯高笑道："回家无事，你把这一段新闻打听打听看，我倒愿意打听个水落石出哩。"梁寒山点头道："行，过两天我就可以把这件事很详细地告诉你了。"龙伯高点着头，笑着分手而去。这晚上梁寒山回到家里，就将老管家陈忠叫到面前，把今日所看见的告诉了他。他笑道："这个容易，明日我回去一趟就明白了。"

到了次日，陈忠告了一天的假，回家去看看，一进胡同，经过烧饼摊子，那个卖烧饼的张三，便和他点头道："啊！陈二爷，好久不见，今天您也回来了吗？这算是赶上了。"陈忠道："我赶上什么？"张三道："这一档子事，您会不知道，这可就真怪。今天寿老太太也拜访旧街坊来了。还是在她原住的老地方，招待咱们。一来是不忘旧的意思，二来是补喝喜酒。因为她办喜事，咱们这儿的穷小子，可没敢去送礼。现在她倒是不受什么，光请咱们喝几盅。待一会儿我也去，听说是四海春的菜，我就爱吃个炸丸子，咱们闹他两杯好不好？"陈忠笑道："我的三哥，核桃拌豆腐，一罗一块，你闹了这大半天，我简直没有明白。"张三道："我对您说了吧。寿老太太，就是您那老街坊寿二爷。她的闺女芳芝仙，和华小兰在一处吃过两回馆子。华老板的老斗一捧场，这芳芝仙就给他做二奶奶了。芳芝仙一阔，寿二爷也就抖起来了，大家都叫她老太太。"陈忠道："有这么一回事吗？怎么老没听见说，喜帖儿也没下一封。"张三道："都快嫁过去两个月了，您老没回来，所以不知道，这一条胡同，简直把这一档子事，编成了鼓儿词啦！真别提窝心，要说添闺女都能像芳芝仙一样，谁也犯不上养儿子了。您瞧我那三个小淘气的干吗了，两个大的捡煤核，回家来，浑身上下一瞧，简直不是他妈人的；小的放着不要钱的书不念，整天价在街上追电车。我就骂我那口子，这样的儿子，当年为什么不拉在坑里了。我要有芳芝仙这么一个姑娘，马上死了也闭眼睛。"

　　胡同口上停着五六辆候主顾的人力车，车夫都坐在脚踏上谈天，听见张三这样抱怨了一阵子，大家哄的一声，就笑起来。有的道："三哥，不是我说你，栽花也得有个好苗儿，栽树也得有个好秧儿。"张三笑道："你别往下说，我明白了。你说我那口子长相不好，养不了好的。对不对？你瞧芳芝仙的妈寿二爷，她又是什么脑袋瓜子？古言说得好，破窑里出好货啊！"又一个车夫道："三哥！你别卖烧饼了，回家烧破窑去，好不好？"这一说，大家又笑起来，陈忠也忍不住笑了，因道："你们这些年轻的哥儿们凑在一处，总没有好的话。我问你们，这寿家的喜酒，怎么补到今日才喝？"张三道："这有两层说法。听说，芳芝仙先嫁过去，没有赁房，不过住在旅馆里，这是凑合的局面，事先可没对人说。再说华老板的那个王大奶奶可真厉害，华小兰哪敢把讨二奶奶的事告诉她。直瞒到现在，房子是赁了，家也安了，大奶奶那儿，还没有十分说明，不过说是要讨芳芝仙罢了，对外面说芳芝仙可姓了华。寿二爷也是住在那里，回头你瞧瞧。"

正说到这里，胡同口上，呜嘟嘟一阵汽车喇叭叫，陈忠赶紧一闪，闪到烧饼摊子后面。一辆蓝漆光亮的汽车，飞也似的开了过来。汽车里坐着一个五十附近的老妇人，颠得身子上下簸动。大家对她望时，她也对着烧饼摊子和人力车停歇处，只管笑着两面点头。汽车过去了，张三道："陈二爷，瞧见没有？这就是寿老太太。从前在我摊子上吃烧饼麻花的时候，穿了一件蓝布大褂，腰一挺着，咱们都说她女带男相，没有十个八个爷们，也送她不到老。现在呢，你瞧，穿缎子袍子，手上戴了一副金镯，就觉得她那个大个儿是福相，饭碗似的胳膊生成了要金子来配的。这一坐汽车，更了不得。"那边拉车的，就有一个接嘴说道："你别瞧她以先女带男相，这就是她的福相。要是一个小个儿，吃惯了窝窝头，现在陡然餐餐吃起肥鸡大肉，真架不住，也许吃个三天五天的，就得翘辫子。"又一个车夫道："别说她，要说她的闺女芳芝仙，真有个长相儿，这前后几条胡同里，无论哪一个大宅门里，也挑不出这样好看的一个人来，照说，她就得找个好主儿。"张三道："真是七十二行，行行中状元。芳芝仙脸上虽说是长得好，要是不唱戏，也没有今日。像华小兰这样的角儿，以前的事不能提，而今家私几十万，家里像贝子府一般，媳妇娶上一个，又是一个，多么好！"

陈忠见他们说得那样高兴，自己也插不下嘴去问，便慢慢地走回家去。他的妇人和他的女儿，正在院子里和同院的大谈寿老太太的事。他女儿大姐一见父亲，嚷了一声爸爸回来了。他妇人刘氏便笑道："你是忘了家的人，今天也赶着找酒喝来了？谁告诉你的？你成了顺风耳了。"陈忠笑道："你们这样说，我这人馋得都不成人了。两个月也不回来一趟，回来了就是赶吃赶喝。"大姐笑道："上次寿老太太回来对着我们再三地说，要请您谈谈。我想找您，妈说您那个脾气，人家越将就，您是越不是凑合的，别为这个招您生气，又得罪了寿老太太，所以我也没去找您。"陈忠道："我们虽然给人家当奴才，可没有当寿家的奴才，你干吗左一句寿老太太，右一句寿老太太，叫得酸溜溜的。"大姐笑道："你瞧，这样就生了气吗？别提了，回头人家来请吃酒，我们就说您没有回来得了。"陈忠道："这又不对了。你们知道，我回来做什么？我就是打听芳芝仙的事来了。她家既然是请我去喝酒，我顺便就去叨扰她两盅。"他老婆刘氏笑道："据你这样说，才是道理。谁下地来就是当奴才的，还是看各人巴结的本事。就说她芳芝仙，她要不是会巴结华小兰，她哪儿能够住洋楼坐汽车？要像你老跟着你那穷主子，我们娘儿俩，只吃一辈子窝窝头了。"陈忠要想再辩两句，又因她是母女两个，未必可以说得赢她，只得忍住一口气把这事含糊过去。

约莫过了两个钟头，那芳芝仙的义父大秃牛，却亲自拜访来了。他穿了蓝花缎袍子，外罩围花青缎大襟马褂，头上也戴了一顶墨绿厚呢的盆式大帽，一进门就两手取了帽子，一路作揖走了进来，笑道："二爷，二爷，咱们好久不见，您好？老要找您喝一盅，总为着我那姑娘要我照应，我抽不开身来。"陈忠笑道："大喜啊！我听说你招了个女婿，怎么不先知会我一声？我也要道个喜儿才对。"大秃牛笑道："人家都是这样说，我招了个好女婿。老实说像华老板这样的人，给咱们做女婿，咱们还有什么可说的？虽然说是二房，可是他们原来的那一位，又没有添一男半女的，哪儿撑得起来！咱们姑娘过去，给他传上后代香烟，也就是和原配一样了。况且两下里并不见面，也可以说是两头大了。"陈忠道："古来二夫人做起大事来多得很，那要什么紧，就戏上说，你瞧那《珠帘寨》的李克用，他不就是听那位二皇娘的支使吗？"大秃牛将帽子向头上一碰，腾出两只手来，不住地拍着大腿笑道："你这话是真对。咱们不在那什么名分，名分能值多少钱？再说要名分，也不让姑娘唱戏了。这年头儿咱们就是得想法子，怎么弄上这两顿窝头来。只要让两顿窝头有了着落，其余的事，就好说话。今天我是来接二嫂子大姑娘过去喝两盅，赶巧二爷也在家里，真是难得的事。您这就请过去，咱们多喝上两盅，好不好？"陈忠笑道："我正也要找你谈谈呢，您先在我这里喝一碗水。"大秃牛一笑，把一双肉眯眼，笑得合成了一条缝，然后一伸右手大拇指道："咱们哥们儿，不许吹牛，也不许装孙子，我那里有上好的香片和龙井，这还不算，今天请客我另外挑了两桶自来水。要喝，您就到我那里去喝吧。"

陈忠见他如此说，就也趁机而入，跟了他一路到他家里去。果然他家里焕然一新，换了一个世界。门口那些洗衣作坊的东西，都收拾了一个干净。一进屋子，白纸糊得光一般亮，整堂的榆木桌椅，齐齐整整摆列。堂屋正中书案上，还列着几样古董。就是主人家里，也不见这些。陈忠正要夸耀两句，大秃牛一拍他的肩膀道："你别在这里坐，到我书房里瞧瞧吧。"陈忠倒是一愣，他的肚子里认识的字，也不会多似我的，怎样也有了书房？笑道："牛大哥，怎么着？您是越有钱越懂礼，现在发了财，倒用起功了。"大秃牛笑道："哪里用什么功？我是拾掇出来一间屋子，看个小说，记个账。他们因为我们姑爷那儿有书房，给我这间屋子，也起了书房的名字了。"说着话，走进那书房。只见横窗摆了写字台，旁边还有三张半新不旧的沙发，写字桌正中放了一本《孟姜女寻夫》，一本《六言杂字》。陈忠一伸手，方要去翻，大秃牛就让他在沙发上坐下，笑道："咱们痛痛快快地谈谈吧。"说着，就嚷道，"小四儿，把我买的那个好叶子冲一壶来，华老板在巴黎公司买的那洋饼干点心，装两碟子来。"说时，大秃牛将他那颗脑袋，接连晃了几晃，那一份得意，在这面上，就也十足地表现出来。

　　不多时，果然有个二十来岁的小伙子，捧了茶壶点心进来，恭而且敬的，一样一样放在茶几上。大秃牛斟了一杯茶，送到陈忠面前，笑道："真有一股清香，你闻闻？"陈忠笑道："这茶叶果然好，大概又是华老板那边分来的了。"大秃牛道："可不是？哪一回到上海去，都有人送东西给他。这茶叶还是打上海带来的哩。"陈忠笑道："找了个好女婿，真比生个好儿子还强。你瞧，吃的喝的穿的，你哪一样没有？"大秃牛伸起一只手来，在脑袋上搔了一阵，只忍不住微笑。陈忠呷了一口茶道："这件喜事，我老早就听到了消息，我想凭大姑娘那个模样，成功是一定成功的，可料不到成功有这样子快。"大秃牛笑道："咱们是自己弟兄，没有什么话不可以说的。老实说，我也想不到有这样快。不料小兰他一乐意，马上就办。外头人都说，没有办喜事，就是随便住在旅馆里的。这话，可有些委屈人。我们姑娘也是用汽车接过去的，而且他们那些好朋友，都在新赁的屋子里，闹了一宿。随后我和她妈，因为她短人照应，我们也搬过去住了。小兰那一边，原是没有什么可说的，就是那边的亲家也说，小兰这大年纪了，应该要添个孩子，我们姑娘嫁过去，那是十二分欢迎的。不过我们姑娘，她那个脾气，也是太执拗一点儿，什么什么……"说着，端起茶杯来呷了一口茶，然后说道，"昨天晚上，她们已经在戏园子里会了面。据说，也就没有什么了。"陈忠笑道："这个我明白的，昨天我们先生去听戏，他也说都看见了。"

　　大秃牛还要说时，只听到外面一片喧哗之声，说是姑奶奶回来了。这就一二十个男女，和众星捧月一般，簇拥着芳芝仙进来。芳芝仙已不是从前穿蓝布大褂的那种装束，除了浑身锦绣而外，这织花缎子旗袍，由脖上垂下来一挂浑圆晶亮的珠圈。两只耳朵下，又缀着两朵银光，正是一对极大的钻石。陈忠已是让大秃牛让着走到门外。陈忠笑着叫了一声姑奶奶。

芳芝仙笑道："呀！您别这样称呼啊！您好？"说时，芳芝仙抬手抚了抚鬓发，又露出手指上那一颗钻石戒指。陈忠也道："您好！您好！华老板好？"芳芝仙道："他可忙着啦！昨天晚上，由馆子里回来，听说还到那个总长家里吃饭。今天他也说到这来瞧瞧诸位的，又让一个外国人请着去了。"陈忠还要说时，那位寿二爷，手牵着旗袍的大襟，笑着道："别站着说话啊，屋子里去坐着吧。我算着你该到了，屋子里已经给你泡好了茶，进去坐吧。"说着捧了芳芝仙一只胳膊，带拥带捧的，就把她捧进屋子去了。

只在这一会儿，左右前后的街坊，就牵线不断地进门，尤其是妇女们，还不曾进堂屋门，在院里先就喊上老太太大姑奶奶了。大秃牛有位从前洗衣的伙计马老，如今穿哔叽袍子，花缎马褂，替他当招待，伙计的媳妇马嫂子，从前的衣服，补丁加补丁，而今也有一件大缎花丝葛袍子，手腕上还戴着两只笔管粗的银镯。她那一双又粗又黑的手胳膊，现在也让香胰子擦得又光又白，露了一大截子在外面，提着一壶开水，进进出出。陈忠忍不住叫了一声马大嫂。马大嫂放下开水壶，笑嘻嘻地向陈忠请了个安。叫了一声"二爷您好"，说着，站立起来，将手腕子上的银镯子，向上拢了一拢，然后才走了。陈忠将这些事，都看在眼里。还是大秃牛爽快，笑着一拉陈忠的肩膀道："小马帮了我多年，我也没有什么帮他的地方。咱们都好，就把他一个人捧下来，我心里也怪难受的，所以我托小兰给他在银行里找了一份小事情，一个月却也挣个五十六十的。说不得，咱们私下又津贴他一点儿。瞧他公母俩，不是过得挺舒服不是？"陈忠笑道："这是您好心，提拔他。怪不得我们先生常说什么有饭大家吃呢。"大秃牛听道："我算什么？够提拔人的吗？这全是咱们姑娘的力量。"陈忠笑道："那还是您的力量。要不是您让姑娘学戏，又哪里能够攀上这一头亲呢？"大秃牛听了，两手捧了大肚子哈哈大笑。

这个时候，客就越来越多了。寿家也就像办喜事一样，后院子里也搭上了棚，摆下许多席面。大秃牛要亲自出马招待客人了，陈忠也就走到院子里，找了那个马伙计坐在一边闲谈。他原是洗衣服的时候就喜欢闲谈，出名的绰号话匣子。这时陈忠一坐过来，他先笑道："陈二爷，咱们做梦也想不到有今天啦。"陈忠笑道："那也不见得，我早就瞧你像是个发财的样子。"马伙计一听这话，禁不住乐了，因道："我从前算命，算命先生也是这样说，说我上了三十岁就要发财。我当时实在不相信，而今看起来这算命先生，算得是真灵。"陈忠笑道："他们这一档子事，可说郎才女貌，别说你得了好处，很是高兴，就是我们做老街坊的，也是高兴的。据牛大爷说……"说到这里，四周一望，身边并没有什么人，因轻轻地笑说道，"和那边是两头大。"

马伙计笑道："哪有那么容易的事？先说这件事，那边大奶奶，直闹直哭，闹了好几天。华老板你别瞧他在台上那样能说能做，在家里就像傻子似的，大奶奶一闹，他是一点儿办法没有。可是华老板这班朋友，都在一边生气，说华老板挣这么些个钱，不嫖不赌，再讨一房人，不算过分。况且大奶奶又害着痨病，身体太坏，直到现在也没添一个孩子。让华老板讨一个人，添两个孩子，也是大家的好处。这不是很有理的话吗？你瞧她怎么说？她说添孩子是别人的，与她有什么好处？再说添了孩子，那新的人有了这一层把柄，那更要了不得，我干吗把天下让人家坐。那班朋友又说了，照中国习惯说，不生儿子，是犯七出之条的。就是外国的拿破仑，因为皇后不生儿子，把那又有爱情又好看的约瑟芬，也离了婚呢。"陈忠笑道："怎你真是福至心灵，连外国的故事你都知道。"马伙计笑道："我哪里又知道什么外国故事、中国故事？这全是他们那班朋友说的。他们一到这边来谈天，就会提起这话，至少我听到他们说过五十回了，我还记不住吗！"

陈忠道："既然如此，那边大奶奶应该答应！"马伙计道："她哪里肯答应？她说，有钱的人，没有儿子就可以讨小。若是没有钱的，那怎么办呢？据她这样说，是把主意拿定了，决计不肯让这件事成功的了。后来还是华老板的老太太出来说，你这是什么成心，难道要绝了我华家的后代根，你才甘心吗？你真要是这样，我自有地方找人和你讲理去。这样一来，她没有话说了，才生着气说，不管了，随大家去办。"陈忠笑道："原来拿出这样一个大题目来压迫她，她当然没有什么话可说的了。不过这两头大的话，恐怕不容易通过！"马伙计笑了一笑，然后说道："这话现在不说也罢，那边原先还只肯当着不知道，以为不是华家人。前几天才说了几个条件，每逢星期二、四、六，让华老板上这边来，其余的日子，都不许。只要华老板把这件事答应了，其余的事，都好商量。其实华老板晚上不在这儿，白天是在这儿。没有这条件，晚半天还不敢明明地来，有了这个条件，华老板就可以放开了胆子在这边睡了。那边提的条件，真是有些苛。"陈忠笑道："要据你这样说，这边的大姑奶奶，不但是两头儿大，恐怕这一个小字儿，还没有十分巴结上呢。凭她现在的地位，就能给你们凑合得这样热闹，若是她再向上升一步，你们就更阔了。这可是一人得道，全家登仙了。"

马伙计笑得只搔着脖子。他正想说什么，一个黄瘦面孔的女子，穿了一件八成旧的蓝布衫缓缓走了过来，看她那欲前不前的样子，倒像是很害臊。陈忠想起来了，这是芳芝仙的师姊妹吕芝仙。她原来的名字，就叫吕大辫，和芳芝仙是跟着短腿李学戏的。马伙计一见，笑着先说道："大辫你怎么这时候才来？我们大姑娘等着要和你谈谈哩。"吕芝仙因马伙计当了许多人叫她的小名，未免脸上一阵绯红，对马伙计瞅了一眼。陈忠便站起来点头笑道："大姑娘，我们好久不见，您好？"吕芝仙点头笑道："您好？今天回家来的吗？"陈忠笑道："刚才回来不多大一会儿。大姑娘今天没有上戏馆子吗？"吕芝仙慢慢走过来，走得挨着桌子边，靠了方凳子，屁股挨着一点儿凳子边，笑道："现在不到天桥去了，在天乐园赶夜场呢。"陈忠道："那很好哇！只要这样慢慢地干下去总会爬起来的。早就听见说您学会《汾河湾》这一类的戏。"吕芝仙连连点头笑道："我现在不唱衫子，改丑行了。"陈忠笑道："拿多少戏份儿呢？"吕芝仙红了脸，只低了头不作声。陈忠见她有些难为情的样子，料得有不便出口之处，也就不向下说了。

坐了一会儿，芳芝仙自己出来了，向吕芝仙一招手，吕芝仙赶快跑了过去，拉着她的手道："大姐，你好？我早就要看看你，总没工夫去。"芳芝仙笑道："多久不见，称呼都改了。大妹怎么改了大姐呢？"吕芝仙道："现在你还比从前啦，我怎样敢叫你大妹呢？"芳芝仙道："咱们好姐妹们，别说这样的话了。"拉了吕芝仙一只手，就向屋子里去了。陈忠对马伙计叹了一口气道："你瞧，她们是同窗学艺的人，一个就爬得那样高，一个就跌得那样低，天下的事真是难说得很。"马伙计道："咱也不怨人，谁叫她自己不争气学不好戏呢？"陈忠应了一声是，点了一下头，因为宾客已纷纷地入座，就不便再和人家说什么。

吃酒的时候，大秃牛寿二爷都出来陪席，芳芝仙只站在台阶上，笑着说了一声没有菜，就避开了。有人说大姑奶奶也不来喝一盅？大秃牛就代答道："她不成！华老板还等着她回去吃饭呢。诸位没有看见门口那一辆汽车吗？那就是等着她回去的。"大秃牛说着，那颗秃脑袋只是摇摆不定。酒至半酣，芳芝仙果然告辞。在席上的人，听到她要走的消息，大家都放了杯筷一齐送到大门口来。芳芝仙上了汽车，汽车开出了胡同口，大家方才回转身来入席。陈忠看在眼里，又不免叹了两口气。不等席终就推有事告辞了。

第十五回

冒雨过荒丘寻盟黑夜
飞笺谑文友盛会华堂

陈忠在家绕了一个弯，就回了梁宅，梁寒山一见，就向他连连招手。陈忠走到书房里，先叹了一口气道："梁先生你要打听的那个事，已经是真的了。这样看来为人倒不可以不生个好闺女。"于是将今日经过的事说了一番，因笑道："打是打听清楚了，但不知梁先生和这事有什么相干，为什么要急于调查出来？"梁寒山道："我不告诉你，你一定很奇怪。其实告诉你，你也未必明白。现在上海有个朋友要调查戏子实在的情形，编一部书出来。第一个要调查的就是华小兰。你想他有这样好的材料，我为什么不调查？"陈忠笑道："他们这种人，你别瞧他坐汽车住洋楼，实说出来，一个大钱也不值。放了正经工夫，干吗去替他这种人作书？书一作出来，那他们更要了不得了。"梁寒山把手一挥，笑道："你懂得什么，去吧。"

陈忠去了。梁寒山拿出一叠仿古精印的宣纸正要写信，窗子外面，却有人连连叫了两声梁先生。梁寒山回头看时，乃是《九州日报》的记者仲启圣。还不曾答话时，仲启圣推门进来了，笑着道："梁先生，好久不见，我要来请教请教，不耽误工作吗？"梁寒山迎着到书房里坐，因道："仲大哥，你未免太客气了。"仲启圣因主人让开了写字桌的地方，就随身坐在主人的椅子上。见一个水晶镇纸下，压一张信笺，上写："梅仙先生文鉴：朔地苦寒，榆杨晚叶。"他连忙将信笺和镇纸一推道："原来是信。"梁寒山道："信也不要紧，不过是给朋友平常的信罢了。"仲启圣笑道："是不是女朋友？起首就写得这文绉绉的。"梁寒山道："这话有些不对，难道说给男朋友写信，就不许文绉绉吗？但是我不瞒你，这信我的确是给女朋友的。听说你也有一个女朋友，过从很密吧？"仲启圣道："冤枉，冤枉！不过是一个平常同业罢了。我因为她是个弱者，可是常帮她一些忙，后来朋友有点儿误会，我就避开了。"梁寒山道："是不是叫萨爱仁的那位女新闻记者？听说她常光顾到你们贵社里呢。"仲启圣道："真是没有办法，我既不能不见她，又不能当面和她绝交，只好让她麻烦了。我今天来看你就是特意来请教，有什么法子可以摆脱开来？"

梁寒山道："朋友还怕多吗？为什么要摆脱开来？你就是说她是个女子，正大光明地交朋友，男的也好女的也好，要什么紧？老实说，你这人太客气了，弄得人家认为你实在蔼然可亲。凡是女子，最喜欢的就是温存。你这样客气，正是投了女子所好，叫她怎样不来将就你？"仲启圣道："你说的全不对题。我并不是怕交朋友，我是怕她纠缠我，让我做不好事情。"梁寒山道："果然如此，我倒有个办法。就是从此以后，你见了她就生气，她说什么你就驳什么，她请教什么你就回绝什么，不到一个礼拜，准保她要和你绝交，不认为朋友了。"仲启圣道："法子果然是好，但是叫我怎样拉得下面子来？"梁寒山道："你既怕和她亲近又拉不下面子来，那可没有第二个好法子了。"仲启圣笑道："我和别人提起，别人都开玩笑的。唯有你倒多少给我出了一个主意，管他呢，我也就姑试为之吧。我现在到国务院去一趟，弄一点儿打电报的新闻。她一定在那里的，我就可以把你告诉我的法了实行起来了。"说着拿了帽子戴上，就向国务院而来。

今天因访友谈话，却是来晚了一点儿，新闻记者招待处，已是寂无一人了。自心里深自懊悔，为了不相干的事，把正经事给耽误了。在屋子里周旋了一会儿，正待要走，这里专任的茶房，却抢着进来，笑道："仲先生，您刚来，我在这儿候着您啦。"一面说着，一面伸手到衣袋里去摸索，就摸索出一张纸片来。仲启圣一见连说劳驾。茶房道："我也是拿了诸位先生的稿子，照抄一份的，您要是还不能来，我就要打电话报告给您了。您瞧我抄得不大清楚吧？"仲启圣道："很好很好，我们抄的也不过如此。"口里说着，手上便拿了纸片来看。见头一行十一二个字，就有四个错字，也不多看了，就向身上一揣。茶房笑道："我有一件事要求求仲先生，昨天想说因未得便，今天这儿……"说着又望了他一笑。仲启圣道："只要办得到的，总可以，请你说吧。"茶房又笑道："本来过年，仲先生就赏得多，现在又要……太什么了。"仲启圣道："是了，你短零钱，要多少？"说时，便伸手到衣袋里去。茶房踌躇了一会子，然后微欠着身子笑道："一气发了薪水就奉还的。不知道仲先生身上便不便？我想借两块钱。"仲启圣道："有，有。为什么还要说借？"话不曾说完，已经就掏出两块钱来，交在茶房手上。茶房笑着鞠了一个躬，连道谢谢。仲启圣因为时间晚了，没有弄新闻的机会，就打算要走。茶房见他有些失望的样子，便道："仲先生，您别忙走，也许还可以找点儿新闻。我给您到里边瞧瞧去。"仲启圣道："好极了。你看宋秘书在里面没有？最好能找他和我谈谈。"茶房答应是，去了。

仲启圣一人坐在很大的招待室里，很觉无聊，就把茶房拿来的纸片掏出来，一个字一个字，给他来改正。看了几行，门一推进来一个人，仲启圣以为是茶房来了，连忙起身向前相迎，原来却是萨爱仁女士。她不等仲启圣开口先笑道："我算定了，你不能不来的，所以我和大家走出去了，又转回来。"仲启圣想到梁寒山的话要冷冷地对待她，因之一点儿笑容也不放出来，却只鼻子里哼了一声，算是答应她话。她笑道："你得了消息没有？我怕你今天赶不上，给你抄了一份，正打算亲自送到你报馆里去，你不是要打上海的电报吗？晚了可不好。但是我又怕你来了，未免两下里扑个空，所以我又转回来。再遇不到你，我就只好不辞路远亲到贵社去了。"她这样说了一遍，仲启圣却不好意思再用冷面孔对待人家了，因道："谢谢你，我太忙，萨女士到我那里去，我又不能好好地招待。"萨爱仁道："我们都是新闻记者，谁也知道谁的难处，何必客气？"

仲启圣再要说时，那茶房已经来了，笑道："仲先生您快去吧！我刚才和宋秘书说了，他说请您进去谈谈。"仲启圣心里很自幸，以为可以借这个机会脱身。跟着茶房到里面去，和宋秘书谈了半点钟的话。回头又在衙门里游荡了半个钟头，前后整有一小时之久，心想，那位萨女士这应该走回去了。不料走到重门下，萨爱仁正在门下徘徊着。她一见就迎上前来，笑道："得的材料一定不少，谈话谈了这么久了。"仲启圣笑道："瞎说一阵，并没有什么材料。"萨爱仁笑道："这应该回去赶稿子了。有工夫谈谈吗？"仲启圣笑道："我这份忙，萨女士还有什么不知道的。"萨爱仁望了他一望，又微笑。于是把手上拿着的那条绉纱围巾，向脖子上一绕，围巾起了一个旋花，因为她并没有拿住这一头，围巾就在肩膀后面溜下去了。仲启圣恰在身后，看到人家丢了一条围巾下来，总不能完全置之不理，便弯腰拾了起来嚷道："萨女士，萨女士，丢了东西了。"萨爱仁回头来看了看，笑道："哟！围巾怎么丢了。"说着却不用手来接，倒背着手向后退了两步。仲启圣看她站定了，将背朝着人，分明是等着人给她围上了。若是装着不理，未免拉不下面子来，只得两手拿了围巾，抢上前一步给她披上了。萨爱仁这才回转头来半鞠着躬，给他道了一声谢谢。仲启圣笑道："太客气。"说了这三个字，就走出了门，跳上自己的包月车。

萨爱仁在大门外台阶下，却连连对他招手道："仲先生，仲先生！"仲启圣见她那种慌忙的样子，以为有什么要紧的事，只得喊住了车子，从车子上走下来，问萨爱仁有什么事。萨爱仁站在仲启圣当面，咬了牙，低头想了一想，微笑道："没有什么事，回头再说吧。"仲启圣见她说不出所以然来，便又回身要上车，萨爱仁情不自禁地，却伸手扯了一扯仲启圣的衣襟，低声问道："今天下午，仲先生在贵社吗？"仲启圣道："今天下午不在家，因为有个约会呢。"萨爱仁道："有个约会吗？几点钟到几点钟？"仲启圣道："自下午四点到晚上九点。"萨爱仁笑道："没有这样长的聚会。"仲启圣道："并不是光吃酒，还有许多事情要商量哩。"萨爱仁道："明天下午，我再来拜访你吧。"仲启圣随便点了个头，自上车回去了。

一走进编辑部，有位同人甄伍德，正斜靠了躺背椅子上，撅着短胡想心事。他一见仲启圣便笑道："嘿！你那位爱人，今天连打三四个电话来找你，你到哪里去了。我接的电话冒充你，她不肯信。"说时，连撅着短胡子道，"我非把这个取消不可了。"仲启圣正忙着要做事，他这样说了，也并没有去理会。

这天过了，次日萨爱仁的什么约会，却也没有留心，一早有事，就出去了。到了上午十一点钟的时候，萨爱仁就打了一个电话来。甄伍德正在家里无事，要找一个什么事开心，听了电话铃响，便抢着来接电话。一听是女子的声音，便极力将声音放低道："我启圣啦，你哪一位？"萨爱仁并没有料到有人走来就冒充，因笑道："我是爱仁，你这时候能在家多等一等吗？我就来。"甄伍德连说决计等，决计等。萨爱仁听这口音，却有点儿不像仲启圣说话，正想追问几句话时，那边的电话又挂上了，好在九州报社是常去的，就是碰了一个钉子也没有多大关系。也就不怎样疑惑，马上就由公寓门口雇了车子，一直到九州报社来。

到了编辑部里，这是上午，当然寂然无人。走到仲启圣的卧室外，见门是虚掩着。将门一推伸头一望，屋子里也是没有人。横摆下一张写字桌上，一管铜镇尺，却压了一张字条在下面。萨爱仁心里一动，便走进房来，伏在桌上将字条一看，只见那字条写着碗口大的字，是：

电话悉。我有事，不能久等。社中说话亦不便。如有事相商，今晚六时，在陶然亭外候我。余面详。

　　萨爱仁一见，一喜之下，那一颗心儿乎由腔子里跳到口里来。这字条上没写明谁给谁的，照口气说，当然是为了我留下之约了。她又怕这字条让别人看见，有些不大好，连忙将字条一抓，揣在身上收起，轻轻悄悄地就出了报社，依然回寓了。心里想着，这人的行动，也是奇怪。男女朋友，大大方方地谈话，要什么紧？为什么要我晚上跑到陶然亭去，莫不是他另有什么用意？哎！真是一个傻瓜。想到这里，就不由得一笑。这也就不必出门了，一个人回公寓，先且休息休息，到了晚上六点钟，换了衣裙，就叫茶房雇辆车到陶然亭。茶房雇了许久回来说，这时候了，拉车的都不肯到那儿去。说是路又远又黑，回来又没有回头生意，都不愿去。要不然，您可以雇车到南横街。那儿到陶然亭路不远，雇车容易些，您先坐到南横街，到了南横街再换车吧。萨爱仁虽有些不愿意，然而实在雇不到车，也是无法，这也只好先坐了车到南横街再说。

　　坐上车子，出了胡同，街上的电灯，已经都亮上了，心里一想，陶然亭是去过一回的，那地方荒僻得很，现在就是这样晚了，若是到了那里，岂不完全是黑夜了。一个女子，黑夜跑到那种地方，怕有一种危险吧？但是转身一想，若是不去的话，便是自己失了约。屡次三番，要约仲启圣谈谈，都不能够。好容易今天得了这样一个机会，倒又不去，连自己也对不住了。陶然亭那里虽然荒僻一点儿，也是有人家的所在，难道那里的人，晚上就不出门吗？他们既然可以出门，我当然也可以去了。她这样想着，心里也就坦然，于是就让车子拉到了南横街。在南横街下车之后，站着一望恰是十字街口。东西两头，零零落落，还有几盏如早星的电灯。由南看去，乃是一条冷胡同，黑洞洞的，并没有灯，由此向前，好像越上前，越开阔，是荒野的地方。一面付着车钱，一面踌躇起来，若是就由这里向南，未免太可怕了。

　　正在怔着，恰好这个时候，却有一辆人力车拉到面前来，便问要车吗？萨爱仁道："陶然亭多少钱？"车夫道："你是上陶然亭吗？"萨爱仁顿了一顿道："我家就住在那儿。"车夫道："不错，前两天有人搬到庙里去住，那就是您府上，怪不得了。要不然，这时候，谁到那儿去？天怪黑，又没有回头生意，你给两毛钱吧。"萨爱仁不知由此往陶然亭，还有多少路，看这车夫，脸上撑起两方高颧骨，满腮斑白的短桩胡子，分明是个老人家，比较可靠一点儿，也就不和他讲价，就依了他道："就给两毛钱，你拉快一点儿吧。"

坐上车去，车夫扶起把来，正向这一条胡同里，直拉将走。斜斜的拐了一个弯，已经不见一点儿灯光，胡同两边的矮屋散了开来，有一家没一家，已经成了不成片段的敌地。又过去一点儿，索性一家人家也没有了。眼前只是黑沉沉的一片，抬头一看天上，也不过四五颗星，在半空里一闪一闪，正看着它闪动时，忽然又不见了，别的地方倒同时冒出一丛很小很小的星来，不觉失声道："今天怎么这样黑？"一言未了，迎面吹来一阵冷风，身上如凉水浇了一般，不由得两只手合抱胸前，紧紧地捧着。在这时候，恰有几点冰凉的东西，打在脸上，萨爱仁道："哟呀！怎么办？下雨了，有雨布没有？"车夫一面拉着车，一面喘气道："太太……我没有打算今天下雨，我没带雨布。前面更没有躲雨的地方，要不，我拉您回去？"萨爱仁道："既然拉到这里，哪里还有回去的道理。你快一点儿拉吧。"车夫听说，依然还是喘着气，一步一步地向前拉去。那迎面的风，一阵接着一阵，吹得更紧了。风里的雨点子，也比以前更密，不断地打在脸上和手背上。

车子已经拉到了南下洼子，那芦苇地里芦苇桩子，让风刮得窸窸窣窣的作响。向前一望，一片黑沉沉的大地，其中常杂些高低不齐，一丛一丛的黑影子，像喝醉了的人一样，在地下只管颤动。心里本想问车夫一声，那是什么？可是又怕问出来了，车夫落井下石，更要来恐吓劫持，便坐在车上咳嗽个不止，心里就也跟着忐忑，跳个不了。这车子一步一步向前拉，拉得和黑影慢慢相近，及至定睛看时，原来是人家坟基上的小柏树，树底下，隆然高起两个坟堆，堆前有一块短石碑，远望着，俨然是一个人蹲在那里一样，莫不是坟墓里的鬼出来了？正想着，又是一阵风，挟着地下的沙土，就那坟边打了一个胡旋，向车子上直扑过来。萨爱仁毛骨悚然，哇的一声叫了起来。

车子正对着风向前拉，忽觉得萨爱仁大嚷一声，吓了一跳，几乎把车子仰得翻过来，连忙回过头来问道："太太，你这是怎么了？"萨爱仁这时全副的精神，分作两半，一半是怕鬼，一半是喜欢要得着爱人谈天。车夫虽然叫了她两声太太，她也并不为这个注意，因问道："这里到陶然亭，还有多少路？"车夫道："现在也不过走了一半，您要是回去还不迟。若是再向前走，遇到了大雨，可没有办法。"萨爱仁道："你这人怎么了？我花了钱坐车，我说要到哪里，你就得拉我到哪里，遇着雨遇不着雨，你就别管了。"车夫因她如此说，扶起把来又向前飞跑。跑不了多远，又遇着一所古冢，古冢之外，有一块长方形的东西，摆在地上，很像是一口未曾掩埋的棺材。萨爱仁也不敢仔细去看了，坐在车上只闭着双眼。但是这一条路，左右前后不断的都是坟墓，睁开眼来便可以看见。加上半空里的雨点，又慢慢密起来，打在身上，由湿成了一小块湿成了一大块，外面这件薄棉袄差不多都湿透过去了。车子刚刚拉过鹦鹉冢，早又哗啦啦一声，下来一阵急雨，淋得人体无完肤。所幸这就到了陶然亭大门外，萨爱仁也来不及给车钱了，操着了两只手就顺着台阶向上飞跑，在大门洞子站着。车夫以为忘了给钱了，一面嚷着，一面追了上来。她匆忙着付了车钱，车子拉走，就只剩她一个人了。

这陶然亭的古庙门里，向来有一条大恶狗，平常来了客人也就是乱吠。现在风雨横天，又有人乱嚷，怎样不急，早已隔在里面大吠起来。这庙里的南屋，新进驻了一队兵，听到犬声大作，就打开庙门来看。见一个妇人，操手靠在大门洞里，台阶下面，有一辆人力车，在风雨里拉着走了，因问道："这般时候，你到这儿来做什么的？"萨爱仁见一个穿制服的人，手上拿了一盏玻璃灯，向自己一照，知道他不免要干涉，答道："我是新闻记者。"兵道："新闻记者？陶然亭出了什么无头命案，要你这女访员来访？"萨爱仁道："我是来逛逛的。"那兵大笑道："黑漆漆来逛什么？来逛南下洼子的夜市吗？"萨爱仁道："我逛我的，关你什么事？要你这样追着问干什么？"她说这话时，已是冷气侵心，两手捧胸脯，哆嗦个不住。兵看了她这情形，便道："我看你满身都是水，你走了进来吧。"萨爱仁道："我不进去，我要站在这里等人。"兵道："你等谁？"萨爱仁道："我说了，我的事与你毫不相干，你老要追问干什么？"

他们正这样交涉时，把其余的兵和庙里的和尚都惊动了。萨爱仁受不住檐下的冷风吹袭，也走到大门以内来。大家团团将她围住，见她淋得落水鸡似的，头发纷披到脸上，实在难看。这里的人，十之七八，就都认她是疯子。一面让她到厨房里去，让她一人在灶前烘衣服。一面打了电话到附近的警察区里，说这里来了一个形迹可疑的女子，请派一个人来查问查问。区里得了这个电话，立刻派了一名巡长、两名警士，一路到陶然亭来。警士见了萨爱仁，便问她是哪里人？到这里来干什么的？萨爱仁一看警察来了，知道这事情已经闹大。待要不理会，他们真把人带到区里去，那也是件麻烦事，只得直说出来，是《九州日报》的仲先生约在这里会面。若是你们要交涉，我不会他，我就回去了。警士问来问去，居然问到了一个实的人，便道："既是有人约你来此的，那更好，我们这就打电话问他去。"于是一个电话就通到《九州日报》。

仲启圣这时刚刚回社来用晚饭，听差说是陶然亭有人找仲先生说话，心里好生奇怪。陶然亭那地方自从初到北京，为了慕访名胜去过一次而外，以后总没到那里去过，那地方哪里还会有人打电话来找我，心里纳着闷。一接电话，却是女子的声音着道："我是爱仁啦，你不是约着六点钟在这里会面吗？我一个人冒着雨，从坟堆里跑到这里来，你怎么还在家里待着？现在这里的军警把我当犯人一样团团围住，你快来吧。要不然他们会把我带区呢。"仲启圣一听，心里吓了大跳，便道："你不要胡闹，我几时约你上陶然亭的？"萨爱仁道："怎么没有呢？今天上午，我到你报社里去，你在桌上留下一张字条，上面写得明明白白，叫我在陶然亭等你。这张字条，我还留着在身边呢。"仲启圣想，现在且不必问她去的原因，先把她弄回来要紧，就对她道："好吧，我就来，请一位警察过来和我说话。"警察过来接话了，仲启圣就告诉他那女子有神经病，请好好地看住，马上就来接她。

陶然亭的电话打完了，仲启圣就打电话叫了一辆汽车，独自坐着，直向陶然亭而来。仲启圣坐在车子里，隔着玻璃向外面张望，只见大野沉沉，其黑如墨。自己心里不住地暗忖，这种地方，就是一个壮汉，这时也不敢来，何况是个女子呢？她真是有神经病，好端端的要跑到陶然亭来干吗？一路上如此思量，到了陶然亭刚一停车，早有几个人接将出来。巡长巡警见仲启圣是坐汽车来的，把原来一同带区问话的意思，便已取消。巡长先问道："你这位先生是为着那位萨女士的事情来的吗？"仲启圣道："是的，是的，她现在什么地方？"巡长道："我们也看不出她怎样一个路数，不好怎样办。况且她又是一位女士，我们哪里强迫得？现在客厅里待着呢。"仲启圣道："她有病，今天下午，还送她到医院里去瞧过的，不料她一人晚上跑到这里来。诸位想想，若是一个好人，谁有这样大的胆。"巡长巡警都说这话不错，一直把仲启圣引到庙里的接待室里来。

只见萨爱仁背着一盏煤油灯，披着头发，脸子黄黄的，眼圈儿红红的，纵横着泪痕，倒像是个疯妇。她一见仲启圣，满肚子委屈不知从何说起，索性哇的一声哭将起来。她这哭，倒添仲启圣一个主意，便将巡警拉到屋外低声道："我看她今天的病发得更大了。不能再惹她，这里离医院很远，可真没有办法，你让她骗着她先上了车子再说吧，请二位在门外等一等。"巡警们听他这样说，果然在外等着。仲启圣在屋子里轻轻地对萨爱仁道："形势严重得很，你赶快走吧，要不然，恐怕连我都跑不脱身。"萨爱仁本来有些害怕，见人家慎重其事地说着，眼泪都吓干了，站起就跨出房门来，竟不用人招呼，直奔大门。仲启圣也在后面跟着，就让她上车。巡警们多管一场事，就多一场事的麻烦，既是她有人领回去，乐得不追问，所以也并不来拦阻。

仲启圣和萨爱仁同上了汽车，直待开走了，便问道："你今天怎么弄出这样一个大笑话？几乎把我卷入旋涡，都要带区里去。"萨爱仁道："只怪你不好。哪里也可以叙会，你为什么约我到陶然亭来呢？"仲启圣道："你真有些精神病吗？我几时约你到陶然亭来？"萨爱仁也不多辩，就在衣袋里掏出一张字纸来交给他看，道："这不是你写的，放在你桌上给我看的吗？"车篷顶上这盏电灯正亮着，仲启圣一看，唉了一声道："怎么你连谁的笔迹都分不出来了？你仔细看看，这是我的字吗？这是我们那位甄先生和你开玩笑的。你怎么也不考量一下，糊里糊涂，就跑到陶然亭来了。我果然约你，随便什么时候，都可以和你当面说妥，何必留一个字条在桌上，多此一举。而且我又怎会知道你会到我报社里去找我？想一定是甄先生留好了字条，冒名打电话把你叫去的。"萨爱仁道："对了，我到你报馆的时候，不瞧见人。我以为你一定在自己屋里，所以到您屋子里找你，不料人没有，桌上倒留一张字，好像你知道我会来似的，和打电话正是一事，我怎样不相信呢！"仲启圣道："冤枉，冤枉，我今天一早就出门去了，直到天快黑才回报馆。我接了陶然亭的电话，我倒吓了一跳呢。今天你这回事，做得多么荒唐，不但你自己会发生性命的危险，就是我，也有口难辩冤枉。万一发生事故，我跳到黄河里去也洗不清了。"仲启圣一向对她很和气，说到这里，颜色未免正了一正，不能再和她和气了。萨爱仁默然了半晌，然后一笑道："这样一来，足见得我这人做事，是实心实意的了。岂不因此增长我们……"仲启圣道："我们的友谊，本就不错，哪还用得要这事来证明？"说着话时，车子已经到了大街上。仲启圣却叫汽车夫送萨爱仁回家，回头到《九州日报》来拿钱。自己径自先下汽车，另雇人力车回报社去了。

回到报社来，只见甄伍德歪躺在一张软椅上笑嘻嘻地望着人，仲启圣觉得他这个玩笑，开得太大了，本来想见了他，说他几句的，及至一见他那种样子，也只得笑道："你害苦了我了。花一笔汽车费，还是小事，设若她出了什么意外，我要负多大的责任？"甄伍德笑道："我是试试她的诚意如何？于你很有利啊！"说毕这句话，不等仲启圣再说，一个人就走到编辑部去了。

几个同事的，正动手要编稿子，先坐着闲谈。有一个道："在电影上看到她很漂亮的。可是本人的脸子，并不怎样好，脸上还有许多雀斑。"一个道："嘿嘿！你认识她，怎么不给同事的介绍介绍。"那个答道："那有什么难？过两天她就要亲自登台的，花几毛钱买票你可以看到她了。"甄伍德笑道："你们说的是谁？说的是电影明星柳爱梅吗？你们不要着急，准可以和她会面。不但可以和她会面，而且还要扰她一餐吃的呢。"大家都问道："她要请客吗？"甄伍德道："可不是？昨日我会到她，她当面和我说的，就是要和大家领教领教。"大家都说，大概她也不能都请。但是她请一个，我们就到一个，不能辜负人家这种盛意的。说时，大家哈哈一笑。笑了过去，各人做事，也把这事丢开了。

到了次日，甄伍德却起了一个早，私自跑到南纸店里，买了一百二十封请帖，揣在身上，带回家来。这时，还不过七点钟，所有编辑部的同人，都没起床。进得屋将房门关上，便把一本北京新闻调查录翻了出来，按着表上的报馆通信社，每处至少下一封请帖。写明"星期日正午十二时，洁樽候光，席设北海漪澜堂，柳爱梅订"。并在几封名记者的帖子上附注两行小字，是"日梅当恭自歌唱以助余兴"。按着表，共写了八十多张，其余未写的三十几封请帖，就以本人的熟人填上。帖子写得好了，仍旧揣在身上，见同事的还不曾有什么人起来，于是悄悄地走出大门，就一直上邮政分局来，买了一百二十张半分邮票，将请帖一齐贴上，然后投到邮箱子里去。办妥了笑嘻嘻地回来，便打了一个电话到漪澜堂去，自称是北京饭店，柳爱梅女士后天要在你们这里请客。先订十桌，若是临时人到得多，也许再添一两桌。

漪澜堂得了这个电话，来了这一宗大买卖，心里自然欢喜得了不得。但是买卖太大了，不能凭电话就办。先垫下钱本，预备了东西，临时若是有什么变化，这个亏怎样吃得起？因此在电话里就顺便问一声柳小姐是住在多少号房间？甄伍德在电话里听了这句话，倒为之愕然，难道他们还看出我们真实情形来了？就随便答应一句道："柳小姐住在三百八十号，你若是要打电话找她，要在晚上十二点钟以后，因为太早了她没有起来，起来以后她又出去了。"漪澜堂的伙计听了，放在心上。不过晚上十二点钟以后，早就收了生意了，谁还来打电话？可是生意如此之大，也不敢胡答应，过了一点钟，就打电话到北京饭店去，问你们这儿三百八十号，住的有一位演电影的柳小姐吗？那边回话说，我们这儿住的中国人很少，没有柳小姐。说毕，电话机早搁下了。伙计对柜上一报告，账房先生便骂道："他妈的这是哪个绝了后代的，给老爷们开这样的玩笑。我们要不问一问，把东西照办了，我们做给谁吃？自己来过一个热闹年吗？我们若是访到了这人，我非灌他吃一餐大粪不可。"大家说一阵笑一阵，也就算了。

不料到了礼拜日十二点钟，陆陆续续的，就来了不少的客。店伙也不解，何以今天的生意，格外好起来。正要上前招待，来的人都问柳小姐请客在哪里？伙计待要说没这回事，人家可是先打电话来了，订了座的，回头柳小姐来了，一定要见怪。要说有这回事，偏偏又一点儿没有准备，马上哪里忙得过来？只得说道："您先沏一壶茶喝吧？柳小姐还没有来呢。"大家以为柳爱梅纵然没有来，请客的这件事已证实的了，大家就照着熟人，分组而坐。人越来越多，到了后来就到有八九十人。可是时间快一点钟了，不见主人到，也不见有代表到，大家都急了。有几位刁钻些的，心想主人尽管缓到，吃过了，不怕你主人翁不给钱。因此要包子的，要鸡丝面的，要三炮台烟卷的，要得非常的热闹。不料一直快到两点钟了，主人还不见到，大家觉得此事有些不妙。有人知道柳爱梅住在西安饭店的，就打电话去问：柳小姐请的客都到齐了，何以还没有到？

柳爱梅这时起床而后，洗过澡，正拿了一叠日报来看，在好几份报上，都看到柳爱梅今天请客的新闻。她不由得惊讶起来，就问她同伴的人道："这是哪里来的话？我们几时说要请客？"大家都疑惑起来，不知谁开这么一个大玩笑，造了这一个谣言不算，而且漪澜堂还真有人打电话来催主人翁，玩笑未免太奇怪了。只得告诉饭店里茶房，说是柳小姐本打算请客，但今天没有请客。

这电话回到了漪澜堂，所有来的一些新闻记者，有几个机警些的便也觉得有些破绽，柳爱梅果然请客绝不能下了帖子，又置之不理。唱戏演电影的，他们联络新闻记者还来不及，哪有拿新闻记者开玩笑之理？她既住在饭店里，若要请客，大可以用饭店里自制的请柬发出来，为什么还到外面去买那些很粗的纸张？于是就把茶房叫来，仔细盘查一下。

茶房也觉今天的事，有点儿不妙，柜上费了许多的茶点烟卷，还找不着主人是谁。见客人一问起来，只得把那天有人冒充北京饭店打电话来订座的话，详细说了一遍。大家一听，面面相觑，这何消说，一定是有人和柳爱梅捣乱，替她发请帖，好把新闻界得罪了，种下冤仇。无论如何，今天的这一餐是漂了。漂亮些的，各人掏本钱来，还了各人座上的茶烟点心钱。那几个刁钻些的，原来想揩点儿油水再说，所以敞开来要这样要那样，像一个会东的样子，现在到了会东的时候，当然义不容辞，只好拿出钱来。大家耗了两三个钟头，高兴而来，扫兴而去。

有几个工夫较闲的人觉得今天上了这样的大当，非图报复不可。这事虽不知道是哪个做的，但是就北京新闻界游嬉好弄的人算起来，总不外几个人。再除了今天到场的，可猜的人更少了。因此便有人，猜这事是甄伍德做的，回得家去，翻出甄伍德旧来的信札，和请柬上的字迹一对，笔画完全相对。这是甄伍德所为断然无疑了。大家一传说，不免大为埋怨。都说你要和柳爱梅开玩笑，尽管去和柳爱梅开玩笑，谁也不会来干涉，可是拿了许多新闻界同志做陪笔，耽误半天的工夫，也不过给柳爱梅加上一个失信的名儿，这是何苦呢？有人说主张把甄伍德找了来，然后上当的朋友，大家将他当面审判一下，罚他将所有下了请帖的朋友，通统补请一次。不然，就把他逐出新闻界。

这个议案，说是说了，还不曾实行，话就传到甄伍德的耳朵去了。甄伍德听了这话，倒吓了一跳。自己做事，做得很机密的，怎样会让别人知道。若是新闻界同志，真照那个议案实行，就算认罚，在北京也站不住脚。可是在人未质问以前，又不便先行否认，心里只是估量，要怎样地安排？他正在这样盘算之际，这天晚上，新闻界忽然一阵有七八个人，到《九州日报》奉访，这不是来兴问罪之师，却是为何？自己虽然是个智多星，也就忙中无计，一看房门是开的，连忙将门掩了，便靠近窗户，听来人说些什么。他住的是北屋子，东屋子是客厅，客厅里人说话，是听得很清楚的。只听得有一个人说道："这次公府的堂会，真是不坏，把北京所有的男女伶人，都搜罗殆尽。办事的人真想得到，除了点心不算，下午七点钟，还备有酒席让听戏的人去吃。免得看好戏饿肚子，美中不足。我们是公正无私，每家报馆送入门券两张。"

甄伍德听了这话，来不及由房门走了。这是新式的窗子，将两扇玻璃门向外一推，一脚踏上窗门便跳了出来。一个不留神，脚让大铁钩挂住了，来了一个鹦鹉倒挂，由窗台上直扑下来，口里喊道："是哪几位来了？我还没有出来招待呢。有什么东西，请交给我。"说着，才慢慢地将铁钩摆脱爬了起来，拍了一拍身上的灰，就跑到客厅里来，笑着问道："票在哪里？票在哪里？"这时来宾中有一位袁伯谦先生笑道："要什么票？火车票呢？轮船票呢？"甄伍德道："你们不是说公府堂会，发券招待我们吗？那不行。你们想包办吗？非给我一张票不可。"他这一争执不打紧，把所有的来宾，一个个笑得弯腰曲背，直不起来。甄伍德见大家发笑，以为人家看见他摔了一跤，便道："你们这些人，真是幸灾乐祸，这有什么可笑。"袁伯谦道："甄先生，你打一生的雁，今天让雁啄瞎眼睛了。他们与我打赌，说是你今天不见客，无论是谁，也没有法子把你请出来，我不相信这话，倒要试一试。不料偶施小计，居然把甄先生请出来了。"甄伍德一听这话，才恍然大悟，笑道："你们都了不得，撒谎也能够合作，这是人家所不及料的，今天你们是以多许胜少许，不足为奇。"袁伯谦笑道："这样说来，前天漪澜堂的那一回事，你是以少许胜多许了？"甄伍德不等第二个人再说起来，向大家拱了拱手道："这件事与我完全无关，那种无稽之谈，都是误会，不要提了，不要提了。"说毕，人已早到了门外，转身便不见了。

大家都笑起来，说是可惜得很，未曾以其人之道，反治其人之身，最好花点儿成本做一张入门券，也让他去碰一回壁。袁伯谦道："公府堂会，这是何等易于宣传的事，有与没有，只可蒙混他一时，时候久了，他岂有不知之理的吗？今天这小小手段，也就够他丢面子的了。诸位不见他窗户上一个倒栽葱，栽将下来吗？"于是大家一阵哈哈大笑。有几个笑得厉害些的，还居然鼓起掌来。甄伍德在自己屋子里听了，好个难受，一个人咬牙着暗道："姓袁的，今天总算我上了你一个当。但是此仇不报非君子，总有一日，叫认得我甄伍德！"把这计划想在胸里，只是待机而发。

第十六回

十日沉吟衣香如未去
两番晤对心影证无言

过了两天，爱梅这一场公案已经烟消云散，他又照常地高起兴来。这天编辑同人吃晚饭的时候，甄伍德闲谈，就说袁伯谦这个人在报界里很活动，不见他有什么嗜好，这人将来一定要发财。在桌上吃饭的人，没有注意他的话，也就不会有人来理会这事。甄伍德道："启圣，你知道他有什么特别嗜好吗？"仲启圣坐在他对面正计划着。今天的消息太多，要怎样地编法，就随口答道："有一种很特别的嗜好。"甄伍德听在心里，吃过了饭之后就特意到仲启圣屋子里去，问刚才所说袁伯谦有一种特别嗜好，却是什么？仲启圣一想，自己原是信口开河的话，为什么他对于这事却如此注意？不要他对这位先生又要开什么玩笑吧？这只好对他说一个不关金钱的事情才好，因笑道："他这种嗜好，的确是特别得很。"甄伍德道："这事虽然与我无干，但既是特别的事情，我就要研究研究。让我来猜猜看。"于是风雅的如玩古董，特别的如打吗啡针，猜了有七八样，仲启圣都说不对。最后告诉了他说，是袁伯谦喜欢打灯虎。甄伍德道："这也不成其为嗜好啊！你知道他还有别的嗜好没有？"仲启圣道："他的确就是喜欢这个，差不多比穿衣吃饭还要看得重，怎不算是嗜好呢？"甄伍德见仲启圣说得如此斩钉截铁，料想不会错，笑道："这也是无独有偶了，这个人的嗜好，竟和我很相同。我这些时候，正把我十几年来做的灯虎，清理了一清理，本想登报招股印一本小册子，不晓得为了什么事，把这事搁下来没有办。现在经你一提，我就要登广告了。"仲启圣一听他这话就知道他要害袁伯谦的一种什么玩意儿。好在袁伯谦并不爱灯虎，有广告尽管让他登去，料是碍不着什么事的，也就并不理会。

当日晚上，甄伍德很高兴，就拟了一则广告，在报上发表。大约说，有某君擅制谜，空灵巧妙，每一揭底，闻者无不拍案叫绝，现某君将其生平所制之谜，择其最佳者，编为专集，以供同好。集中有谜二千余则，分为廿四类，按类研究，足以引起无限趣味。惟某君困于经济，无力付印。现愿将此书让给同道中有财力之人出版，该书并不索酬，以结文字因缘，有同好者，可与《九州日报》甄伍德先生接洽一切。这广告拟好了，发给了排字房。一面就告诉前面门房，从明天起，若是有个姓袁的来找我，或者找报馆的人，不问三七二十一，你就说不在家。直等他来过三四回之后，再给我一个信。又告诉里面做事的听差，若有姓袁的打电话来找人，你总想法子回断他，不给他传话。听差们因为他在报馆里有权，都答应了。甄伍德心里想着，袁伯谦既是一个喜欢灯虎的人，看了这种广告，他一定要来奉访的。不料这广告登出快一礼拜，也不见袁伯谦前来，心里好生奇怪。一个极好灯虎的人见了这样一个广告无异寻得了一个金矿，何以竟不理会这件事？莫非他没有看到这个广告。既然如此，我索性就把这广告剪了下来，用信寄给他，看他态度，究竟如何？

正这样想着，听差却拿了一张名片进来，说是这人是专门前来会甄先生的。甄伍德拿了名片一看，乃是梁寒山，踌躇着道："终年也不见面三次的朋友，他来专门拜访我做什么？这个人向来不曾和我有过什么纠葛，和他见面，当然不会有什么坏处。"因此就吩咐听差，直把他请到书房里来谈天。梁寒山一进来，便笑着声说道："无事不敢来吵闹，乃是看了广告而来的。"甄伍德一想，糟了，怎么把这个事外之人，引了前来，因道："是不是为了那三千则灯谜来的？"梁寒山道："对的，不知道要什么代价？敝书局很想借去印行。"甄伍德既不便说没有，又不能说可以拿去印，便只管一味地敷衍。谈到最后，梁寒山道："这一次来，我一半是为公，一半也是为私。既是不能给书局里付印，这底稿在什么地方，借来一观，可以不可以？"甄伍德道："当然可以。不过底稿并不在我这里，等我去和前途接洽。直待商量好了，我再写信通知梁先生到我这里来看底稿。"

梁寒山心里很是诧异，既然登了广告去招揽主顾，有了主顾上门，又要将他来摆脱，这是什么意思？可是人家既说另有前途，不能逼着人家就在这时拿出来，只得闲谈了一些别的话，把这事丢开。至于甄伍德何以要这样转个大弯，自己却始终不能明白。好在这种事情，书局当事人，不过附带地想办一办，有与没有，不生什么关系。既是办不到，也就不再谈这事。甄伍德见他脸上颇有些不快乐的样子，便笑道："梁先生不要误会了，并不是我故意推诿，说东西不在这里，实在因为前途是个固执的人，他怎样说了，只好怎样地办。梁先生若是不肯信，明天中央公园开书画展览会的时候，你不妨去参观一下。其中有署名双驼馆主的，就是这位先生，而且他本人，也必定在会场的。你只要对他的作品做出羡赏的模样，他自然就会出来招待你。"梁寒山道："他是怎么一个样子？"甄伍德顿了一顿然后笑道："乃是一位须发皓白，蔼然可亲的老者。"梁寒山见他说这话时，是沉重的样子，似乎不至于撒谎，便问道："那位老先生姓什么？"甄伍德将手伸到后脑下，搔了几下，笑道："因为这位老先生穷且益坚，且不许人随便宣布他的姓名的。好在梁先生久在文坛上的人，一见面也许认得他，用不着我来多事了。"梁寒山因为他如此郑重声明，这人或者也是个沦落的老文人。这人既弄得连自己编制的灯虎都不能出版，其穷可知，同病相怜，未免加上一番钦慕意思。当日和甄伍德谈了一阵子，越觉得这人，也是斯文一脉，人家说他是刁滑好弄，却是靠不住，因之谈得很高兴地回家。

过了两天，中央公园，果然有一个书画展览会。这日适值天气晴和，又没有刮风，令人自然的游兴勃然而生，因此吃过早饭，就径到中央公园来。这时已到了春光七八分的时候，公园的树木，多半放了芽，尤其是那水边的杨柳，都拖着丈来长的条子，稀稀地缀着许多绿中带黄的芽叶，让太阳光一照，颜色格外娇媚。柳条拖着，摆起一层浪纹来，便有一阵风拂面而过，令人精神为之一爽。且不要去看书画展览会，这景色动人，可以先在柳树下，消受消受这一种清新的空气。于是慢慢走到小池边来，见两棵柳树绿荫最浓之下，放了两张露椅，正对着一渠清波，水里的柳树影子，倒转过来，夹着水塘栏杆，一齐荡漾起来。

在这水里面，却有一个穿了浅霞色长衫女子影子，也一般地摇摆着。更有一阵细微的香气，由上风头直吹过来。抬头看时，只见一个细长身材的女子，手扶着一把白绸花伞，侧着半面身子，只看了那荡漾作波的春水出神，良久良久，身子不曾移动一下。梁寒山也奇异起来，莫非这水里有什么特别的东西，可以玩味，不由得也就注意水里影子，但是始终不曾看到水里有什么，而水里那个人影子，却仍旧是倒站在水里头，让那不定的水纹来摇动她。她是一副鹅蛋脸儿，长睫毛里大大的眼睛，那前额的刘海发直罩到眉毛上来。当她注意水里的时候，斜靠小桥的朱色栏杆上，真像一轴仕女画。

这时，却听得一个人在身后突然叫了起来道："张，你还这里等着吗？

真对不住。"梁寒山回头看时，见又是一个女郎，从走廊栏杆上跨越过来，直向着那站的这个女郎，迎将上去。分明她们是朋友，而原来这个女郎是姓张的了。那姓张的女郎，便道："我爱这一塘春水很好，所以站在这里看呆了，你来了，何不也在这里坐坐？"那个女郎道："走吧。到了公园里来了，应当散散步，干吗老坐在这里？"说时，她二人携着手就走开了。梁寒山倒让女郎一句话提醒了，就面对池水，在露椅上坐下，消受那一阵阵的碧柳风柔。坐了许久，也就站起身来，向书画展览会慢慢而行，远远地就看见那走廊上的男女，络绎不绝地向会场里面去。心想，这时候，一定是会场开得最盛的时候，赶快到会里去看看，也许会碰到那个双驼馆主。

　　这样想着，已是到了会场门口，左边的地方，横了一张小桌，上设笔墨纸簿，墙上贴了白纸帖儿，大书参观诸君，请在此处签名。桌边又坐着一个人，见人来了，就站起来笑着请人签名。梁寒山觉得直挺挺地走了过去，并不理会人家，未免不好意思，况且签一个名也无伤大雅，便将签名簿展开，写上一行名字。在签字之间，来了一阵风，将簿子一刮，刮过一页来，忽然看到簿上有三个秀弱的字，签名是张梅仙。梁寒山不由得猛吃一惊，心想她也来了。莫非刚才站在水边的那个女郎就是她？这个问题，倒急于要解决，签了名走进会场，首先注意的，便是参观中的女宾。果然那个穿浅霞色绸衫的女郎，正背着人，昂了头，看壁上挂的一幅《雪景》中堂。同时在她身边的，还有一个女子，正是刚才在走廊上叫她的。自己知道她姓张，在会场里的女宾，不知道还有姓张的没有？若是没有，签名簿有了一个张梅仙，会场里只有一个姓张的，那就是她无疑了。张目四望，会场里虽还有几个女宾，老的老了，小的又太小了，都不像是自己揣想中的张梅仙。由自己看来，十之八九，张梅仙就是这位女士。依着常通信说起来，已是很熟的朋友，向前去招呼，不算冒昧。然而此张非那张时，这一请教就非碰钉子不可。心里这般迟疑着，就无心赏鉴书画，更无心去物色那有三千灯虎出售的双驼馆主了。于是遥遥地站在一轴画下面，不时地看那穿浅霞色长衫的女郎。又怕她不一定是张梅仙，还不时地望着别处。

　　她看了那轴《雪景》之后，沿着这张列字画的墙壁，四周巡览了一下，似乎感不到什么兴趣，因为同伴的女郎，连说了两声走吧，她也不再坚执，就携手走出会场去了。梁寒山越看那女子，越猜她是张梅仙，不过没有十分证实，总不敢上前说话。一直等人家走了，这才觉得无缘对面不相逢这一句话，真是大大的有点儿道理。这个人本来是不期而遇，既无人介绍，把她放下了也罢，还是来找找这灯虎大家双驼馆主。

自己于是将所有画下的落款，都仔细看了一看，哪里有这一个名字！不但画上没有这个名字，就是甄德伍所说发须皓白的老者，又何尝有这等人，莫非他是凭空撒了这样一个大谎。据许多朋友说：甄伍德是个撒谎的大王，一桩事情，到了可以称王，绝非等闲，自己见他说话时那样诚恳，就以为果有其事。焉知那诚恳样子，正是撒谎以内必具条件哩！那么今天这一次公园，又中了甄先生一个谎上加谎的妙计了。因此在会场里，无须乎留恋，也就转身要走了。到了会场门口，另有一张桌子，还是摆了笔墨纸簿，壁上加贴了一张黄纸，大书特书欢迎批评。梁寒山见椅子边站着一个身悬红绸条会人，料是会员了，又向他请教，会员里究竟有双驼馆主的作品没有？会员说并不知道有这样一个人。所有参与人的作品，都陈列在会场上，先生要找什么人作品，可以随便去调查下款。梁寒山见他说得如此干净，当然没有所谓双驼馆主，自己这也用不着再问了，当时出了会场，就在柏树林下大路上徘徊。

正走着，忽转身边有一种清脆的声音道："那不是梁先生？"梁寒山回头看时，却是同乡郭春华女士，因笑道："我眼睛不管事，对不住。"郭春华道："梁先生游园总是孤独者，我碰到过好几回都是这样的了。"梁寒山笑道："那也是事出偶然罢了。郭女士今天是几个人？"这路边柏树之下，是茶社设座的所在。说着这话，就向她刚才坐着的地方看去，还有两个女士，不是别人，正是初在水边，次在会场见到的那位女士，不觉得心里扑通跳了一下。郭春华就笑着对那两位女士道："我给这位介绍一位朋友吧。"因便告诉她们梁寒山的姓名。又道："这是邱胜男女士，这是张梅仙女士。"

当郭春华从中介绍的时候，张梅仙对梁寒山一看，也不觉脸色为之一惊。但是立刻镇定住了，两手扶了伞柄，微微一鞠躬。在她的长眉毛簇拥着，知道她是俯视地面。郭春华笑道："你二位都是文学大家，应该让二位认识认识。"张梅仙道："文学大家四个字那是不敢当的。尤其是当着文学大家不能说这话。"梁寒山也不知怎样谦逊是好，连连弯腰，只道得一声客气二字，就说不下去了。因郭春华说请坐下，就把这句话牵扯过去。

梁寒山一时莫名其妙的，当在张梅仙对面，却不便向人家平视，只是侧着身躯，闲向郭春华说话。偶然之间，才和邱胜男张梅仙各说一二句。张梅仙端坐着，倒是比邱胜男所答复的话较多。而所谈的，只是这三位女士学校里的情形如何。自己是个久和教育界隔绝的人，问的话，总是隔靴搔痒，连问了几回，都是不对，自己就也不好意思再问。因之没有和张梅仙谈到一句彼此交际的话，很不合适，只得首先站起来，和三位女士告辞。觉得老是如此很感到无聊，而且还阻碍别人的谈话。只有桌上碟子里的瓜子，是自己解围的东西，不住地抓起来嗑着。瓜子完了，郭春华心料得他是为了和生人坐在一处，谈不下去，这也就不挽留他，由他告辞而去。梁寒山拿着帽子在手，和大家点了一个头，将手挽在背后，慢慢地离开了那里，向河边石栏杆边走来。

这里有一张露椅，不由得随身就坐下来了。心里却想着刚才坐在茶座里，只觉那里有一种极浓的香气，不知从何而来。论到那位郭女士，她除非平常用些粉，不会带那一种香气。至于那邱女士，很带着男子气，也不像是她身上带着的。那么，这香一定是佩带在张梅仙身上的了。她人是极沉默的，可是装饰却偏在艳丽方面，这倒可以说是端庄流丽兼而有之。她初见我的时候，发出那种惊异的样子，她似乎对于我有点儿不像理想中所揣摸的人物哩。梁寒山想到这里，又不觉将刚才同座时她那种沉静的态度，清秀的面孔，复又温习了一回。觉得她说话时，虽极力地表示大方，但是每值我一望着她，她就有一点儿害臊的样子，脸上两朵浅浅的红晕，始终也不曾减退下去。她是向来如此呢，还是见了我才如此呢？若说向来如此，在现时这种男女社交公开的时代，她又是个中学堂教员，似乎不应当如此。若说是见了我如此，我们虽然有书信往来，除了讨论文字而外，不曾有一个字涉及儿女私情。难道信上可以说得落落大方，到了见面又是羞人答答的吗？此中情形，好生参解不透。我未曾知道她和此两位女士交情如何，我自然不便将彼此通信的事，先提了出来。偏是她却也毫不现于颜色，果然就像我们是未曾通过函件一样。我倒不解，她为什么要把这事守着秘密，像这样文字神交的朋友还不能公开吗？不过男女交谊，若带着一点儿神秘的意味，这事就显着有点儿可贵重。就以我而论，本来可以在一处多坐一会子的，只是为着受了那一种浓厚的香味，有点儿不能支持的样子，于是就溜开那里了。我并没有什么急事，不必忙着要走，我又并不怕什么香气刺激了脑筋，为什么要躲开香气？就以此点而论，似乎我自己的无端避嫌还有甚于张女士，这是我舍了光明之路而不走了。

他一个人沉沉地想着，便不禁得想到所学相同的人，固然是容易交朋友，就是结合一个家庭，也会比较能圆满一点儿。一个学文学的人，花前月下，每到有所兴感的时候，不用自己说出来，先有一个人代你说了，那是多么痛快！譬如捧了一本优美的诗文，在灯下曼声吟诵，就有一个人，站在身后，随声附和。回头一看，于是一个玉立亭亭的人儿，含了笑容，靠住身子站定，这一下子，也就不觉得其人于高山流水之间的了。

　　想到此处，心旷神怡，果然就有一阵脂粉香气，习习而来，仿佛是有其人站在身后，而自己在灯下读书了。回头看时，只见张梅仙背着一把绸伞，一个人顺着御河桥的栏杆，走将过来，她身后却并没有郭邱两位女士。梁寒山猛然向上一站，待要招呼，她这才看见了，好像吃了一惊，突然站定。梁寒山笑问道："还有二位呢？"张梅仙定了一定神，才道："她们由后门走了。我是由前门回去便当一点儿。原来梁先生还不曾回去。"梁寒山道："原是有点儿事情，急于要回去的。但是一看时候不早，回去未必赶得上。我爱一湾清水，两行杨柳，带着这些皇城，一角箭楼，大有画意，就坐在这里赏鉴赏鉴。"张梅仙道："如此说，也许是梁先生在这里作诗，我走了过来，未免打断诗兴了。"说着，将绸伞拿下收了。刚收下，脸上似感到不妥又撑开背在右肩上了。梁寒山知道她是要走的表示，据理说应该向她谦让一两句，让她坐着谈谈，或者说一句到贵校去奉看。然而这两种话，似乎都不大合适，其余的，又不是匆促的时间所能说的，只怔怔地望着张梅仙。张梅仙道："梁先生还坐一会儿吗？我要先走了。"于是点着头说了一声再见，她就走了。

　　梁寒山望着她冉冉而去，那一阵浓厚的香气，却是还在身边酝酿着不曾吹散。平常自己是不大喜欢浓厚的香味的，每次到洋货店里买东西，偶然闻到一种香气，便觉有些熏脑子。但是这香气一从女子身上吹下来，虽然十分浓厚，也不觉讨厌。而且越浓厚就越令人沉醉，这究竟是什么缘由，也就参解不透了。这样想着眼望着那一柄绸伞，在那柏树林子里越走越远，渐渐地就看不着了。自己想着人都走了，一个人站在这里发呆做什么？于是也就一步一步地向前门走去，心里好像是今天得了一样什么东西，同时又好像今日失了一件什么东西。两种不同的思想，只管在心里起伏，人就不知所之，也不知是几时出了公园，自己正是要向西走的，抬头一看，出公园向东边走来，已经有一里路了。这才站定了脚，重雇着一辆人力车向西城而来。

回到家里，打开桌子抽屉，将保存着张梅仙以前来的几封文字应酬信，都拿出从头看了一遍，这信封纸上，也有一股香气，正是和她身上的香气一样的了。那些信，有是最近日子的，也有是最远日子的，也还不过尔尔。这最远日子的，从头至尾一读，回想到当时先去的一封信，和后复的一封信，那个时候，对于彼此的交情，似乎太幼稚。唯其幼稚，才感到今日知道她的深切。因此，读这过去的信，也就不亚于看小说之有味了。他先是将一捧信拿出来，先抽了几封看看。后来又将信的次序理齐，再从第一封至最后一封，挨次地看来。不过这一看之后，却不由得令人转入疑阵。由着信的成绩说，似乎是很熟的朋友。然而今天见面之下，落落若不相合。其初还以为她是碍着那郭邱二女士的面子，后来单独地遇着她，她也是和初次订交的朋友一样，怪乎不怪？或者她理想中的梁寒山，不像是我这样子的。所以书札往来，意思之间很愿做一个朋友。及至见面，不是她理想中所见认识的那一种人，她自然就谈不来了。一个同性的朋友，在人家不屑与交时，还不应当去将就。一个异性的朋友，人家不愿订交，哪里还能勉强？如此想着，自己也不由得清淡下来。本来想一回家之后，就写一封信给她，说今天此会，属于幸遇的。现在把写信的这一番意思，就完全打消了。于是把信收起，放在写字台最下一个抽屉里，将暗锁锁了。一时高兴，将桌上的纸条，信笔写了封台大吉四字，涂一点儿胶水，就贴在抽屉的锁口上。完了这一道手续，把自己一番妄想，都已付之流水了。

　　不料到了次日早上，又接了张梅仙的一封信。在未开封之前，只看那信封上写的字迹，下面又写着东城张缄，便知道是张梅仙的手笔了。拆开那信来时，信上就是说昨日公园相遇，很是幸会。自己向来拙于言辞，见面之时言辞不到，都请原谅。梁寒山读了这一封信之后，把昨晚一番懊悔之意，都付之流水。将信看了两遍，还是把写字台末了那个抽屉上的封条撕去，打了开来，将捆了一束信封解开，把这一封信还加到一处去。这样一来，还是和她恢复文字之交吧。于是找了一张信纸，就立刻回了张梅仙一封信，内容无非说见面之后，愈觉钦佩，来信那样谦逊，更是不敢当。将来如有机会，愿到贵校来爽谈。若是不以这种要求过于冒昧，就请回赐一封信，约一个日子。这信写好，不敢多耽误，马上贴好邮票，就叫听差送到邮筒子里去。而且为着求速到起见，吩咐听差须送到邮政局门口的邮筒子里去。

　　信已经投去了，复又想到来的信，还有几句话，不曾记得，于是把那封信再拿出来又从头至尾看了一遍。在这看信之中，微微之间还含一种袭人的香气，拿着仔细嗅了一嗅，觉得这香气是沾在信纸上，也觉得香气是沾在信封上，不过觉得沾染的香气并不是撒了香料在上而已。梁寒山只管把一封信颠来倒去地看着，到后来，只觉拿着信封的手指上，都沾染了一些香气了。于是这一封信，且不收入那最下一个抽屉，就随便地放在西装的怀里口袋内。过了一天，又是一天，这封信始终放在袋里。有时在袋里掏东西，随带着将那封信带了出来。嗅觉就极端的灵敏，把在公园里见面时那一种衣香，又仿佛在左右了。因为这样，便想到那一回没有和张梅仙畅谈，未免是憾事。一时兴来，就以这番意思写了一封信给她。而且说难以文字之交，犹厄瓜李之嫌。言外之意，自是说不能面谈了。这一封信去后，次日一早就来了一封回信。回信说：

奉读来示，弥见诚挚，梅落落寡交游，殊不自今日始，亦不限于异性，一迫于教课，二由于疏懒，三又实不善言辞也。苟为衣冠之会，何有瓜李之嫌？窃以为男女之限，当始于周公，姬周以前，应不如此之甚。所谓乱臣十人，有妇人焉。则三代之间，女子且参政，何限于交际乎？吾人信札往还，本久为精神之交，先生如以不弃，能进而教益之，则耳提面命，固所乐从。日来公园绿荫如盖，芍药未谢，不妨一寻北方未尽之春。敬订日曜正午，候驾于今雨还来之畔，不必有烦杯铛，而把茗临风，当亦不厚雅人兴致也。敬候寒山先生起居。

梅仙谨启

寒山将这信看完，却是出于意料的事，自己屡次想约她会面，都不曾开这个口，她却大大方方地先约起来了。据她的意思看来，竟是像和同性的朋友相会一样，也许她还要约个几位到一处，所谓衣冠之会，一定是客客气气，说两句不相干的话就算了。这就算相会，又有什么意思。不过有这个约会，倒是极好的机会，万万不可失却，当然把来做个极好的成绩去获得了。看信之后，马上查一查日历，今天是星期四，还有三天便是星期了。于是将信揣在身上，就逐日地将日历撕下。原来像撕日历这种小事，终年也不会按着办一回的。向来都是陈忠去撕，这几天陈忠一来撕，便见

233

早已撕去一页，大概很急于等那日子来了。哪一天要日历不撕了，这件事哪天就办过去了。陈忠是如此想着，索性就不撕这日历，专让梁寒山去撕。

梁寒山撕到了星期这一日，心里先是一喜。心想今天也不知道有些什么人，衣服是愈朴素愈好，宁可让人疑我穷酸，不让人疑我轻佻，便预先将西装脱了，换了一件布夹袍子和青呢马褂。到了正午，又踌躇了一下子，还是先去等人呢，还是让人家去了等我呢？人等我固然不妥，我等人又嫌情急，只有折中两可，先上公园在里面散步，等遇到了她再坐下。他终于决定用这个法子，就上公园来，绕着社稷坛红墙外柏林散步。初来之际，不曾有张梅仙，直待绕了三个圈圈以后，就坐在走廊上休息休息。

刚坐不多时，忽听到有人轻轻地道："有劳久候了。"梁寒山这才看清楚是张梅仙来。原来她今天是换了绿色的衣服，同时也换了一把青绿色的绸伞。自己心目中，只印下一个穿浅霞色衣服和拿绸伞的人，却不曾料到她今日又是这等装束的，因笑道："我正望着远处，却不料张女士已来了。"说着话，随站起身来，信着脚步向来今雨轩走。茶房见有人来，早上前伺候。张梅仙却一直向前，挑了行人路边，靠栏杆下的一副茶座，将绸伞和手上夹的书包一齐放下。梁寒山正踌躇着不知要拣怎样清静的地方才好，见她竟是择座在轩敞的所在，觉得她的大方，倒有过于自己，便相对坐了。因看见书包，便问道："张女士是刚下课来吗？"张梅仙笑道："梁先生莫非是看到我带了这一个包袱？里面书倒是书，可并不是上课用的。若上课还带这些参考书，学生们会早把我轰起走了。"说时，她已将包袱打开，里面大大小小，有上十本线装书，因指着书道："虽不是珍贵的版子，却是新从南方寄来的，奉送给先生，塞塞书架。而且，今天是星期，先生发愤忘时了。"

梁寒山感到失言，笑着红了脸，便抛开前话道："君子不夺人之所好，这些书，既是张女士千里迢迢从南方得来的，怎又好分给我？"张梅仙道："若是就是这一份，我也不见得能割爱。当我写信托买书之时，就是请人一样买好几本来，早就有意以供同好的。"这时，茶房已经将茶泡了来。梁寒山斟着茶分饮了，然后才接过书来，翻着看了一看，有两本是诗集，其余的都是词集，版子都很好，因道："这书若在北京买，便是一种古董，很可珍贵的。好书人人所爱，张女士既是送我，我就愧领了。"张梅仙便笑了，自去饮茶。

梁寒山看这样子，竟是她一人前来赴约，并未邀人前来的。应该怎样说话，自己也不知道，只好等她先开口，让她说了，照着她的话因转，那么，也就不会露什么破绽了。于是默然不语，静等张梅仙开口。不料张梅仙慢慢地呷着茶，却是一语不发，两下里都沉寂起来。梁寒山先也呷了两口茶，然后却抽了一本书来看。这正是一本词集，翻了两页，翻到了白石填的疏影，口里随念一句："犹记深宫旧事，那人正睡里，飞近蛾绿。"张梅仙才问了一句道："先生对白石的词，很喜欢吗？"梁寒山笑道："要是不撒谎的话，说了出来，我简直是蜻蜓撼石柱。"张梅仙笑道："这样说，先生对白石，是反对的了。"梁寒山道："以言反对，那未免太不自量了。但是可以说一句非性之所近罢了。"张梅仙道："如此说来，梁先生当然持之有故的，我愿闻其详。"

梁寒山正苦于对坐此地，无辞可措，有了这个题目，正好发挥，便笑道："好在不是当大庭广众之中说话，便算说得不对，也不过张女士一个人见笑，那倒是不要紧的。说到词，谁也知道要空灵而不质实。但是我想空灵二字，空是诗家的超脱，灵是诗家的流利。合起来说，就是言外有意，文从字顺，不要拖泥带水。或者是死板板的。"张梅仙笑道："先生作诗，是主张性灵的，于此益信了。白石果然是不走此道的。"梁寒山道："我们生在数百年之后，也不敢说他不走此道。可是他的词，人家说是空灵，要对不懂词的人说，恐怕也可以说是含糊。譬如暗香疏影，是千古绝唱了。这疏影第一句，便是'犹记深宫旧事，那人正睡里，飞近蛾绿'。因为寿昌公主是梅花点额的，用那人暗射寿阳，用蛾绿暗射眉黛，用近蛾绿暗射额，用飞近蛾绿暗射额上的画梅，再用全句暗射疏影，而疏影本射的是梅花影，可是梅花之影，还是遥有寄托的。他本来慨然于南宋已事不可为呢。这个弯子，绕得实在不小。"张梅仙怔怔地听着，不觉得扑哧一笑。梁寒山道："设若这人不懂梅花点额这个典故，就会不知道这句说的什么，就算懂得这个典，这也不过是个灯谜的谜面，说破了一点儿余味没有。"张梅仙道："这真是不谋而合了。我从前曾有这样一个感想，以为白石的词，有许多处可以割裂，来做几个谜面。不料梁先生今天谈到白石的词，却也是说他可以做谜面，真凑巧之至了。"梁寒山道："那么张女士也不是趋重这一派作家的了。但不知女士爱好的是哪一派？"张梅仙道："我是爱婉约一路的词，倒不专重哪一家。"梁寒山道："主张尽管不同，那办法是很对的。"于是两人又由这上面将研究词的范围，放开了出去，话也就越谈越多，把欲谈无题的这个困难，总算解决过去了。

谈了半天的词，张梅仙笑道："与君一席话，胜读十年书。"梁寒山道："这个我到不用谦逊，是彼此共之的。学问本贵在讨论，以言讨论，师徒之间，又不如朋友之间，因为师徒是传授的，朋友是互相交换的。若有不合的地方，很容易指摘出来。"张梅仙笑道："可是我还要补充一点儿意思。朋友互相讨论，必须要对于一桩事情，有相当的明了，而且还正在继续地读书。那么，可以互相纠正发明。若是不然，彼此均闭门造车，那就越说越远了。"梁寒山道："要说对于文学，有相当的明了，不敢自承，可是书总不曾间断着看的，所以我相信能常和张女士研究研究……"说到这里把字音拉长，一面却去观察张梅仙的颜色。张梅仙便接着道："我也是很愿意领教的。不过我有工夫的时候，先生未必有时间。先生有了时间，或者我又不得空，我很愿和先生多多以书函来往讨论。"梁寒山道："很好很好，那样办时间是非常自由的。我的工作是无所谓，也就不必为了闲谈，妨碍张女士的工作。"张梅仙沉思了一会儿，笑道："教书匠的工作，无所谓妨碍，根本上就不容你抽身，将来如有工夫，我以电话约先生面谈吧。"梁寒山见她说着这话，已是将那柄绸伞，由桌子边拿了过来，便道："张女士大概是功课很忙。"张梅仙将伞又放下来，笑道："也无所谓。"只这四个字以后，她又不说什么了。

梁寒山觉得谈了许久的话，还是默然起来，未免不好。还是将词的内容举出了几点，慢慢地谈起，复又谈了一个钟头。张梅仙谈着话，已是将手表看了好几次，然后站起来，绸伞提到手里，笑道："还有三十分钟，就要替一班四年级补课，她们快毕业了，读书很认真，我不好意思无故请假的。"梁寒山笑道："这是我冒昧了，我不知道张女士今天星期是有课的，那么，不必客气，就请便吧。我今天得了许多新书，我要在这里先看几页。"张梅仙道："那我也用不着虚伪的客气了。"于是一点首而去。梁寒山斜靠藤椅子，望着张梅仙冉冉而去，人去得不见了，还是向那边望着。邻座上的人见这人呆望，不知有什么事，也有些人跟着望。梁寒山一回头，见人家向自己看看，又向前面看看，这才知道引起别人的注意，于是乃改为翻书消遣。

看了几页书，忽然有人在石栏外喊道："寒山，怎么是你一人在此？"梁寒山抬头一看，却是贾叔遥，因笑道："今天没有去听戏吗？"贾叔遥道："这样好的天气，不到花前柳下去坐坐，跑到乌烟瘴气的旧式戏园子去做什么？难道这雅人深致的事，就只许你姓梁的做吗？"说着话，他也就走过来，加入茶座。梁寒山道："我并不是说你就只应当到戏园子里去消遣。不过我这里是另有说法的。我觉得你到戏场，不是到戏场，乃是到情场，和别人听戏的目的不同，趣味也就自然不同。"贾叔遥道："我说给你听，你会不相信，我已经对她请了两个月的假，在我假期中，我是到南方去了。"梁寒山笑道："去就去，不去就不去，何必撒这么一个谎？"贾叔遥道："撒谎本来是不应当的，但是她撒谎也撒得太多了，我就只撒这一回，那是很对得住她的了。"梁寒山道："据你说是公平的。不过彼以谎来，你以谎去，爱情之道苦矣。"贾叔遥道："你这话不对，难道男女交朋友，就有爱情寓其中？然则你承认你认识的女子都是爱人吗？"梁寒山笑道："生在这年头儿的人，难道这一点儿事都不知道。不过一个捧角家和一个女伶交朋友，这里面多少总有些问题。"贾叔遥道："这也不能下这种断语。譬如我和薛爱青是朋友，总不能说我和她也是恋爱人。因为她在坤伶里面，已算得是大王了，我决计没有和大王去谈爱的资格。"

梁寒山笑道："我仿佛听见谁说过，坤伶家里，布置得最好的，要算是薛家。这话确吗？"贾叔遥道："确！这其间有两个原因。其一，因为她很认识几个字，以文明种子自负，不肯和其他坤伶一般，弄得俗不可耐。其二，她是跟了她师傅学的。她师傅就是一个好排场的人。"梁寒山道："她师傅是谁？"叔遥道："也该明白一点儿了。"梁寒山道："人家都说她的戏像夏秀云，我看不但像，而且是青出于蓝。难道夏秀云就是她的老师？"贾叔遥道："她也并没有拜门。不过经人介绍之后，夏秀云常是尽义务和她说戏。"梁寒山笑道："那太危险了。像夏秀云这种人，还屑于做柳下惠不成？至于薛老板呢，她又何尝不是个多情人。"贾叔遥笑道："这是人家儿女私情，我们就不得而知了。不过夏秀云以师兼友，对于她确是爱护备至。经济方面，少不得也有点儿帮助。"梁寒山笑道："居然还有经济上的帮助吗？这关系就更觉得深切了。"贾叔遥道："唯其是这样，所以她屋里的陈设非同等闲。她不但陈设得好而已，真个还有点儿雅人深致。若说是一个文人来拜访她，或者作一首送她，她却是很高兴的。"

梁寒山道："文人我们不敢自负，若说仅抓诗，这却非难事。你上次约我，可以介绍和她见面。现在到了时候没有？"贾叔遥沉吟着道："去倒可以去。不过这薛老板和他人不同，她有些孤高自赏。我们若是不得她的同意，突然而去，她有些不乐意的。最好是我先去和她说一说，过两天我再和你去。她虽不见得有盛大的欢迎，我相信她对于你，一定是十分客气的。"梁寒山笑道："据你这样说，这倒有些像去觐见大总统，先要向传达处挂号了。"贾叔遥道："这也难怪，我们设身处地和她想一想，像她这种人，哪里还少了甘心拜倒石榴裙下的。设若她又抱放开主义，来者不拒，她家里岂不会门庭若市？只要是规矩人，她决计欢迎的。你想，一个唱戏的，有不愿人家捧场的吗？"梁寒山笑道："你真能代她善为说辞，那么，我就相信你的话，请你去先容，我就静候你的佳音吧？"贾叔遥笑道："今天去，倒真是个机会，今天没有戏，她是在家里休息的。我去见她，就说你有几首诗要送她看。"贾叔遥坐着闲谈了一会儿，当真就告辞向薛爱青家来。这又引起了一段韵事。

第十七回

三次走奔车忙中得趣
双方佩珍物戏外传奇

　　果然在这个时候，薛爱青因今天没有戏，是清闲得很，正手上拿了电话机，和人打着电话。听到老妈子说有一位贾先生来会，便向电话里笑道："别说了，我来了客了。"停了一停，又道，"你可别瞎说，人家是很客气的朋友，挂上吧。有什么话，回头再说吧。"说毕，将电话径自挂上，就到前面客厅里来。

　　见着贾叔遥，因笑道："让您久等，真对不住。"贾叔遥道："刚刚到，并没有多候，我知道薛老板今天无事，所以过来谈谈。这两天看什么小说没有？"薛爱青道："这两天跟着夏老板学两出戏，简直没有工夫看书。"贾叔遥道："夏老板倒是一个热心朋友。"薛爱青脸皮一红，顿了一顿，然后一笑道："要说他帮我忙的，那可帮大了。不过这也就止于朋友交情而已。有几家小报上，前两天，造了许多谣言，说是我们要结婚，这可成了笑话了。坤伶拜男伶的门，那有的是。况且现在社交公开，男女交朋友，都是不成问题了。"贾叔遥道："我这话问得冒昧一点儿，夏老板也知道这事吗？"薛爱青笑道："你是个文明人，怎么也说这话。我瞧报上和杂志上，外国人那些女明星，常常就有报馆里人当面去访问她的婚姻问题。"说到这里，她又微笑一笑道，"我虽然比不上那外国的明星，可是情形总是一样。问上一问，那要什么紧？"贾叔遥笑道："既然如此，我就敞开来问了。夏老板虽然谈不上婚姻问题，他对于薛老板难道一点儿爱情也没有吗？"薛爱青笑道："若是据我的意思说，我觉得要论爱情，还谈不到。至于夏老板的意思，或者他会联想到爱情两个字上去。可是真要这样办下去，我们的友谊恐怕是要受影响的。"

　　贾叔遥一听，心里暗想，这位姑娘，总算大方到极点了，对一个平常的异性朋友，却肯把这种话都说了出来。薛爱青见他立刻没有话答，似乎在想什么，便笑道："贾先生你想我这话有点儿不对吗？"贾叔遥笑道："不是，不是。我想到夏老板对薛老板那样热心，恐怕不是没有缘故的。只可惜他是早有家眷的了。要不然，倒也算是郎才女貌。"薛爱青笑道："大概外面人都是这样猜吧？不过不过……不过……"她说到此处，沉吟了一会儿，又微微一笑道，"可是很奇怪，我对于他，尽管觉得待我很好，可是一点儿爱情之念也生不出来。"她说到这里，就搭讪着把面前的茶杯拿起来慢慢地呷茶。

贾叔遥一想，这个问题，不宜再讨论下去了，因道："听说薛老板又要到汉口去，是吗？"薛爱青放下茶杯，在胁下掏出一条紫手绢，在嘴唇上按了两按，笑道："要论到成绩，大概是在汉口的成绩最好了，不过我不愿意。那里有几位捧角家，真有点儿死心眼儿。"贾叔遥道："大概银行界的人……"只说了这句，心里不由得想起来，刚才自己觉得说冒昧了，怎么又把这种话直截了当地说了出来，因之突然顿住，偷看了一看她的颜色。薛爱青笑道："倒是有几个银行界的人捧我的场，后来我回北京，恰好又有一个银行经理同车，这话传到了北京，又不免满城风雨。老实说一句，唯有我们吃戏饭的人，行动最容易让人注意。像贾先生所问我的话，我早已知道了。而且外面所说的话，恐怕比贾先生所说的还要过分十倍哩。"

贾叔遥见她都是这样直率答复，却也不好再问了，因道："有一个会作诗朋友，想来见见，不知道可以不可以？特意让我来为之先容。"薛爱青笑道："这个欢迎之至。是贾先生的朋友，哪还有俗人？何必还用先容呢？"贾叔遥听她今天说话，痛快极了，很是欢喜，正还想谈些什么，老妈子来笑着说："有电话请薛老板说话。"薛爱青道："叫他回头再打电话吧，我这里有客呢。"贾叔遥一看那神气，料定是夏秀云打来的电话，自己很不必在这里久坐，耽误了人家的情话，便起身告辞。薛爱青笑道："没关系，没有什么要紧的事情。贾先生难得来的，来了也不谈一谈就要走。"贾叔遥只笑着，也不说什么，已经就走出客厅门了。薛爱青因他已坚决地表示走，也就不必再留，只送到院子门，就不送了。

她回到上房，电话耳机正挂在一边的钉子上。她于是接过电话来问道："你这人怎样了？叫你等一会儿再打电话，你还是等不及。你这一打电话不要紧，把我的客也给催走了。"一边就说："客走了很好，我来陪你谈谈吧，你可别出去。我来了，你要是不在家，我非等着你回来，我是不

240

走的。"薛爱青笑道："你爱等到什么时候，你就等到什么时候。等急了也是活该。"说毕，就把电话挂上。可是真不到十五分钟，大门口一阵汽车喇叭响，这就是夏秀云到了。他下车走将进来，他也并不要什么通知，一直就向上房而来。他隔着帘子先笑着嚷道："客来了，让进来吗？"薛爱青笑道："你这不是废话，我不让进来也得成呀！"夏秀云这就打着一阵哈哈，自掀了帘子进来笑道："刚才是一个什么客？让我一个电话给轰跑了。"薛爱青笑道："不是捧我的，是一个报馆的人来谈戏的。"

夏秀云一面说着一面坐在薛爱青附近一张椅子上，两手扶了椅子靠，两脚向地下一伸，人向椅子背上一靠，伸了一懒腰，望着薛爱青笑道："也不知道怎么了，这几天是真倦。"薛爱青道："这一个礼拜你也没上台，为什么倦？"说着话看他时，只见他穿着月白印度绸夹袍，外套青纱花马褂，真个是黑白分明，因笑道："穿这样漂亮的衣服，你就是这样随便地躺下，你又不怕坏了你的衣服。"夏秀云笑道："我只顾着和你谈话，什么也都忘了，你信不信？"薛爱青望了他一眼，什么也不说，抿嘴微微一笑。夏秀云道："我知道你总不肯相信我的话。"薛爱青笑道："我又没说什么，你怎么知道我不信你的话？"夏秀云笑道："一个唱戏的人，从小儿就学的是做手做脚，岂有看不出人家脸色的道理？"

薛爱青笑道："不要胡扯了。今天你规规矩矩坐在这里把《娥媚将军》那出新戏，给我说一说吧！"夏秀云笑道："你一个聪明人，这句话可说得有一点儿过于老实。人家正说我丢了事情不干，教你的戏。我们应该避一避才好，干吗还要把我自己编的戏让你去演。以后你要学戏，还是让我给你说些老戏吧。"薛爱青道："我糊涂吗？你才糊涂呢？你教给我的腔调，你教给我的身段，上台一演出来，都像是你唱的一样，不唱你的新戏，人家就不知道吗？"

夏秀云道："你这话也有理，不过一唱我新编的戏，那就更明白了。今天我一不来说戏，二不来聊天，我想和你一块出去溜达溜达，你赞成不赞成？"薛爱青道："我正想在家里休息，你又要我出去？像上次和你到汤山去碰到了熟人，多不方便。"夏秀云道："今天去的一个地方，无论是谁也不会碰到的。我有一出带外国味儿的戏，快要唱了，我想到印度洋行去买点儿印度绸来做行头，这件事儿，倒没有你在行，你替我去挑一挑好不好？"薛爱青笑道："那也不见得。不过我也想去看看，倒可以给你去做一做参谋。"夏秀云一听说，马上站立起来，将那顶巴拿马草帽戴在头上，说道："最好是就走。"薛爱青笑道："瞧你穿得这样花花公子似的，我不换一件衣服，就好意思和你一处走道吗？等着吧。"她于是进房去，从从容容地换衣服。

夏秀云在外面屋子等了许久，不见她出来，在院子里走走，走了一会儿又进屋子来，进了屋子来复又出门，拐到她的窗子外来。薛爱青在屋子里嚷道："瞧你急得这个样子。"她家人对于她的朋友来了，向来是不敢有所过问的。这会子她的母亲，薛奶奶就答言道："你就快点儿吧，让人家夏老板老等着。"说了这话，便由这边厢房里走将出来，对夏秀云又点头又招手，嚷道："反正玩儿去，迟早没关系。要不，你到我这儿来坐一会儿吧？"夏秀云连连摇着手，只对她微笑着，却没有说出什么来。薛爱青这才笑着出来，两只手可还在扣脖子上那高领的扣子，因瞧着夏秀云道："你越是急，我越是不忙，看你摆来摆去，摆到什么时候！"夏秀云说："我又没说什么，我摆来摆去，你就让我摆着得了。"薛奶奶道："是呀！人家可没说什么呀。"薛爱青道："我就不信他这一股劲儿，真能忍耐，倒要瞧瞧他要老憋着呢？可是妈又给他说上了话了。"夏秀云道："这也不算受憋呀！我哪样事又不能等着你呢？"薛爱青此时已走出屋子门，便道："走吧，别废话了。"她说着话，径是在前面走。夏秀云觉得薛爱青是极富于艺术的，她纵然是生气或者小骂，似乎都含有艺术性，值得人去赏鉴，所以薛爱青一说他废话，他倒乐了。眼见得她上了汽车，夏秀云也就跟着上来，不多一会儿到了印度洋行。

这家洋行，只卖外国货物与绸料的，对外国人自然欢迎，中国人去买东西，却不大理会，然而上门的，倒是以中国人为最多。夏秀云的汽车停在门口，和薛爱青一路进那洋行，见两个店伙，正陪着两个外国兵，半鞠着躬，笑嘻嘻地和他们说话。这边却只有年轻些的，似乎是个学徒的样子，望了一望道："买什么？"夏秀云道："我们买一点儿印度绸。"那小店伙将头一偏道："那边去买。"看那情形，很随便的样子。另外有一个店伙，看到门口停了一辆最精致的汽车，料想是夏秀云的，这才一点头道："请上这边来吧。"夏秀云和薛爱青一路走过去，在玻璃格子里，挑了几样颜色的，各剪了一件料子。这时，另有个店伙微微一点头道："先生，你今天来剪点儿料子？你好久不来了。"夏秀云道："我和胡总长来过两次的，你还认得？"那店伙立刻满脸是笑道："怪道呢？我说好面熟了，你是我们的老主顾。"说毕，一回头，向小柜台里一个正写账的外国人说了两

242

句外国话。那外国人也就放了笔，走将出来和夏薛二人点了点头。夏秀云向来没有和外国人做过交易，这倒愣住了，不知道要怎样才好。那外国人倒很客气，连说我们东西好，真正西洋来的，请你多照顾，夏秀云也不知道说什么好，只是对了他微笑。薛爱青一看这样子僵得厉害，倒成了不受抬举了，便拉着夏秀云的手道："你瞧，这料子不错。"说着向玻璃窗子里一指。借了这个机会，这才把夏秀云的窘状遮盖过去。夏秀云因为外国人亲自都出来招待，这给了面子不小，因此又挑选不少的材料。最后一结账，共是三百多元，他一点儿也不踌躇，就在身上掏出钱来给了。

二人上了汽车，绸料堆了一大堆，薛爱青笑道："你说是叫我来给你拣材料，我买的倒比你多。"夏秀云道："你说这话，我要罚你。我们还能分个彼此吗？我这不能说是送你的东西，要送你的东西，恐怕你又未必肯呢？"薛爱青道："这话可怪，你送我的东西，总是好意。听你这话，好像是我不乐意你送似的。"夏秀云有一句话要说出来，想了一想，又停住了。薛爱青道："我瞧你有一句什么话要说似的，说呀！怎么又忍回去了。"夏秀云笑道："不说了，等着送你东西的那天再说吧。"薛爱青听他的口音，也就猜个七八，他既不说，也不问了。

车子复回到了薛家，夏秀云便吩咐车夫，把车子里的东西送了进去。车夫以为所有买的，都是薛老板的，一件也不留，完全送了进去。夏秀云只管和薛爱青说话去了，他就没有留心到汽车里搁的绸料，却是两份。这时汽车夫完全拿了进来，他才醒悟过来，分明是自己一份，也让拿进来了。多送薛爱青一份绸料，这倒不算什么，只是今天上印度洋行去买东西，算白跑了一趟了。偏是薛爱青的母亲见拿了许多东西进来，就笑嘻嘻地上前去，将绸料一包一包地接了过去，口里还说道："这是怎么好？要夏老板送这么些东西。"夏秀云道："这又值什么呢？不过是几件衣裳料罢了。"薛爱青的母亲道："哟！我们这一礼全收吗？"夏秀云笑道："这又不是过什么虚套，送人的礼，还要自己留下一半？要送自然是全送的。"薛爱青道："你不是说你剪料子吗？怎么全送我呢？"夏秀云道："我要不那样，你不肯剪许多的，那岂不要和你费许多唇舌吗？"薛爱青对于这话，不再回问，就让她母亲把东西全收了。谈了一会儿，薛爱青笑道："你多坐一会儿吧，今天晚上，我请你吃饭。"

夏秀云见她自动地请吃饭，这一喜非同小可。只是和家里说了，一定回家吃晚饭的。若是不回去，家里一疑惑就会推想到是到此地的，说话不应点，以后出来就更不方便了，便笑道："你请我吃饭，我一定到的。可是我在五六点钟，还有个约会，要应酬一下才好。"唱戏的人，都感到应酬是一桩很要紧的一件事。所以夏秀云说要去赴约，薛爱青倒很谅解，因道："那是自然要去的。我就叫家里缓点儿做菜，等一等。"夏秀云见薛爱青并不见怪，心里很欢喜，因为要早去，马上就告辞出门。

他坐汽车到了家里，表面上一点儿也不露形迹，等着和家人同吃晚饭。饭端上了桌，只推心里不大舒服，只随便吃了一点儿东西，就放下碗了。饭后推说上胡同口王小仙老板家里去坐坐，也不坐汽车，就步行到王小仙家来。王小仙是个唱花旦的人，倒常是和夏秀云配戏。他二人无论公私，做事都是共同行动，所以有许多事，夏秀云不便在家里办时，就到王家来办。王小仙家里，局面小得多，遇到请人吃酒，或者请人打牌抽头的时候，也假座夏秀云家里。

这时夏秀云一人走到王家来，王小仙道："这两天，你正和小青儿上劲，怎么还有工夫到我这里来？"夏秀云道："女朋友得上劲，男朋友也得上劲才好。"一面说话时，一面掏出怀里的金表来看一看。王小仙道："别挨骂了，来给我上劲，又不知道有什么事，要在我这里绕弯儿哩。"夏秀云笑道："总算你聪明，让你猜着了。劳驾，给我打个电话到汽车行里，给我叫一辆车来。"王小仙道："自己有车不坐，干吗又要到外头去找车？"夏秀云道："小青儿请我吃晚饭呢。我是刚才由她那儿坐了汽车回来的。这会子，又坐了车子去，让家里知道，又是个麻烦。"王小仙道："怎么样？我就猜着这里头有文章。吃饭是很公开的事情，能不能够带上我一个？"夏秀云道："我倒没有什么，可是我没有先给她说明，多带一个人去，怕人家不乐意。"王小仙道："我说着玩罢了，谁真要去呢？"他说着，就去打个电话叫汽车。

当他打电话的时候，夏秀云趁他离不开话机，伸手摸了一摸他的脸，笑道："这孩子越过越要好，你瞧，在家里都抹上这些个粉。"王小仙尽管让他摸着，把电话打完了，然后将夏秀云的手拿着，笑道："干吗摸我，摸得我怪痒痒的。这儿姓王，不姓薛，别在这儿出了神，拿我开心。"夏秀云笑道："我为什么出了神？你拿镜子瞧瞧，你脸上的这粉，够多么厚。你这衣服里的小衬衫，又是粉红色的。由脖子望上瞧，白的是肉，黑的是头发，真会想你是个大姑娘。"王小仙道："我哪里擦粉来着，不过是抹上一点儿雪花膏。你在家里就不使这个吗？你要是说我这个脖子白，别到薛

244

家去吃晚饭，就在我这儿瞧脖子吧。"夏秀云道："这孩子一张泼妇嘴，真够硬的。打此以后，我真不敢和你说话。"

二人闹了一阵，门口就是汽车喇叭响。王小仙道："车来了，去吧，问问薛老板好。"夏秀云道："干吗要你带个好去？她和你有什么交情吗？"王小仙道："交情这两个字，可是你说的，怪不着我胡说。老实说，咱们交情是有，向来是很秘密的，可不知道怎么样让你把这件事调查出来了，是小青儿对你说的吧？"夏秀云道："好孩子，你真会占我的便宜。"王小仙道："这话怪了，怎么会是说我占你便宜，嘿！真有你的，这小青儿就算是你的人了。"夏秀云一伸手，将王小仙的粉脸，又掐了一把，笑道："得，算你说赢了，现在我没有工夫和你瞎聊，回头有工夫，我再来和你算账。"说毕，也不等王小仙的回话就匆匆出了大门，上了汽车。

到了薛爱青家，她正背了手，昂着头，站在院子观望天色呢。夏秀云就笑道："现在日子长，别望着天还没黑，可是已经不早了。我真对不住，让你等久了。"薛爱青的妹妹薛爱芳，就比姐姐喜欢说话。她看到夏秀云就一脚踏出了屋子来远远地向着他笑道："你既然知道时候晚了，干吗不早来？我们老等着，饿得肚子直嚷嚷。现在你虽然是来了，非罚你不可。"夏秀云就爱听她姊妹俩说俏皮话，当时就答道："真该罚，但是罚我什么呢？别罚我的酒，喝了闹嗓子，怎么上台呢？"薛爱芳道："罚酒，那是好过你了！要罚你五大碗饭。若是吃不下去……"夏秀云道："吃不下去怎样呢？还得罚上加罚吗？"薛爱芳道："这个我就不便再说，你问一问我姐姐，应该怎么就是了。"夏秀云听说，就掉过脸来，望着薛爱青。薛爱青笑道："依我说，压根儿就谈不到罚。我们既是请人家，来就是赏面子，不来也不算得罪了咱们，迟来早来听客的便，主人翁哪里管得着？"夏秀云道："呀！这不是好话呀。得，我自己来罚吧。就请二位，快快赏我饭吃吧。"

薛家的人，从亲至疏，从上至下，无论是谁，也得过夏秀云好处的。一声说到夏秀云要吃饭，大家早是七手八脚，将预备好了的酒菜，一阵风似的端上。酒菜摆在客厅旁边一间屋子里，只有三副杯筷，就是薛氏姊妹二人奉陪他，老妈子是不喊不进来。薛爱芳的饭，吃得很快，便是老早地吃了饭先出去，屋子里主客二人，慢慢地浅斟低酌，夏秀云虽不敢多喝酒，但是他觉得今天极端地容易醉，只喝了一杯半葡萄酒，人就有些支持不住了。他忽然一醒悟，可不能再喝，家里人原以为是到王小仙家去了，待会儿回家去，一股酒气冲天，问起来是怎样的说法，因此便停杯不饮，笑道："别尽管让我喝酒呀。喝醉了怎么办呢？"薛爱青先还以为他是随便的一句推辞话，后来一想，他若是果然喝醉了，会引起家里人注意，就不再劝他喝了。

夏秀云吃过了饭，掏出金表一看。薛爱青道："别当着我的面只管看表，你若是有什么事要走你就请便。"夏秀云道："这可不对。难道当着面看表，那就算告辞吗？"薛爱青道："你是真不走，还是假不走？你若是能坐一会儿，我倒有几句话要和你说一说。"夏秀云待说什么时，薛爱芳在屋子外叫道："停一停办交涉吧。王小仙打电话来了。"夏秀云一听，连忙去接电话，只听到王小仙道："嘿！你忘了是打我这里雇汽车走的吗？你家叫人找你来了。我也没让他进来，我就告诉他们马上就回去。就是这么一档子事，你瞧着办吧。"夏秀云道："好，好，我这就回来。"

薛爱青站在旁边，等他挂了话机，便道："你们大奶奶下了圣旨了吗？"夏秀云道："你别瞎扯。这是王小仙在他家打来的电话。他说林总长由天津回来了，现在他那儿等着我呢。"薛爱青道："既是到王家去，你干吗在电话里说就回来呢？"夏秀云道："这也犯不着挑眼，我不过是说急了一点儿罢了。你若是不让我去，我就给林总长打电话。"薛爱青道："那更胡闹了。林总长不是像从前，能天天和你见面了。现在他由天津来一趟，很不容易，也许当天就走，你不去见他那是什么话呢？"夏秀云心里巴不得她如此说，却站着发愣，似乎有些不知道如何处置是好的样子。薛爱青道："自己有事，当然去办自己的事，难道为吃了一餐便饭，把正经事都得耽误了才痛快不成？"夏秀云道："倒不是为这个，你说有一句话要和我说，我没有听到，心里老是不安的，你能不能先把话告诉我。"薛爱青道："这话很长呢。等你没有事的时候，我再慢慢地把话告诉你。若是不走，我有话还不告诉你呢。"

夏秀云听了这话，就放大了胆，告诉回王小仙家来。王小仙听到汽车响，早就迎了出来。夏秀云刚一下车，王小仙就两手一伸，做拦阻之状，口里连道："你快回去吧。车钱我给你开发就是了。"夏秀云道："这孩子就是这样没见识，又有什么事，忸得这个样儿？"王小仙将他拉到身边轻轻地对着他耳朵边说道："你家派人来找你，说是老婶娘有事和你说呢。若是知道并不在我这里，是打我这里汽车走的，还说我和你串通一气，我是吃不了兜着走呢。"一面说，一面就把他向着阶下推。

夏秀云的母亲，最是厉害，平常管得儿子最是严谨。夏秀云一听是母亲派人来叫，也不敢再耽误，匆匆忙忙地走回家去。到了家里，直就去见他母亲夏大奶奶。夏大奶奶的身边又坐着夏秀云的老乳母魏奶妈。夏大奶奶板着一张黄瘦似的枯蜡脸儿，像丧门神的样子，翻着一双吊角眼望了夏秀云。那乳母却像大母猪似的胖，单提那个大肚子，就活像胸面前挺着一卷大棉絮。她正坐的是一把小围椅，满身的肉，都由椅靠子上挤了出来。不过她身虽是如此肥胖，头却比平常的人，还要小一点儿。因此外人见着她，都称呼她为兔儿奶奶。兔儿奶奶自己虽是这样的肥，可是她奶着夏秀云兄弟，都刚健婀娜，一个是青衣，一个是花旦。夏家念她奶得孩子好，所以夏氏弟兄都娶妻生子了，还留着她在家里做活。

　　这时夏大奶奶望着夏秀云有生气的样子，兔儿奶奶便将一双肉泡眼，先笑成一条缝，然后将脸泡上那块肥肉一缩，笑道："大奶奶有话要和你商量呢。大爷，就是有这样的大爷脾气，无论到哪儿去，只要有乐子，就会把正事忘了。"夏秀云道："我哪是玩？林总长今天下午由天津来了，刚才他由王家门口经过，下车坐了一会儿。人家老远地来了，见了面我能不到人家坐一会儿吗？"夏大奶奶原是满脸都带有几分怒色，一听到林总长三个字，那怒色不由得慢慢淡下去，及至把话听完了，连忙问道："林总长还在王家吗？怎么不到我们家来呢？林总长这人真好说话，有几句好话说着，他就软了的。别是小仙这孩子使鬼，不让他上这儿来吧？照说是不能够的。他总是帮着你的忙，没有说过一个不好字儿，不能说是他现在不做官了，就不管你的事了。"夏秀云道："人家是有公事来的，听说今天晚上又要回天津去呢。刚才到王家去是因为他车打王家门口过，停了车子下来坐坐，他哪里有工夫到我们这儿来坐呢。听说他待一会儿就要走，我倒是想到车站上去送他一送，可是今天太够忙了。"夏大奶奶道："白天一点儿事没有，谁让你那样忙？这会子真有事了，你倒又嫌累不去。"夏秀云道："知道车夫在不在家呢？"夏大奶奶道："你真随便，你是全不在乎，大财神爷让人家抢了去了，也是活该。"兔儿奶奶就接嘴道："是呀！别说你了。就是我真也得了林总长不少的恩典，他要让我见面，我就真愿给他磕一个。我瞧着这齐齐整整的屋子和你那亮光光的汽车，我就想林总长人真不错。咱们总别忘了人家的好处。"夏秀云一想，这事情算办得成熟了，用不着再废话，便道："现在快要到时候了，既是那么着我这就得去。"于是就吩咐汽车夫开车，直待他上了汽车，然后才告诉他是到薛爱青家里去。

这一回来，薛爱青却是出于意料以外的。夏秀云走到上房门外，正听到薛爱芳道："小夏儿真有点儿大爷脾气。刚才自己车没来，还另外雇了汽车来，坐一趟洋车，也不要什么紧呀！大老板到底是大老板。"夏秀云就在外面笑道："不敢当！不敢当！这回是自己车来的，算不算大爷脾气呢？"薛氏姊妹一同哟了一声，一齐向外看。夏秀云笑道："我并不是非坐汽车不行，因为赶着到这儿来，怕是坐洋车慢了。这是我够朋友，怎么算是大爷脾气呢？"薛爱青笑道："真是凑巧，一提到你，你就来了，幸亏是没有骂你，若是骂了你，那可糟糕了。"夏秀云道："那也没有什么糟糕，我是最爱挨骂的人，若是老有你们骂我，我倒乐了。"薛爱芳道："姐姐，咱们别依他，他说要咱们骂才好，他意思是说打是疼骂是爱呢。"薛爱青抿嘴一笑道："谁有那么些个工夫，和他说那些废话。"于是大家就一阵笑。

　　薛爱芳见他今日一天，连来三次，必有所谓，大家坐在一处，显着不合适，因此借个缘故，就避开去了。薛爱青瞧了夏秀云一眼，笑道："你怎么回事？来了又要去，去了又要来。"夏秀云道："我本来打算不来的了，可是你对我说，还有一句话要说，我不知道有什么好话要对我说，你不对我说明，我心里怪难受的。"薛爱青瞧着他半晌，才问道："你以为我有一句什么话要和你说呢？"夏秀云道："就因为是我不明白，我才来问你，我要知道你有什么话要和我说，我就不来问了。"薛爱青微笑了一笑，然后才道："这话说得是很有理，我驳你不倒。可是我猜你心里，一定以为我有句什么要紧的和你说，所以你等着我的回话。其实……"薛爱青说到这里，又微笑了一笑，然后才道："其实是一句不相干的话，现在事情过去了，我也懒得说了。"夏秀云道："你不是说，回头再对我说吗？我总算不敢失信。"薛爱青道："这样说，你是说我失信了。"夏秀云笑道："我绝不敢那样说，不过我这人对朋友有点儿死心眼儿，你说着什么，我就信什么。现在说没有什么可说的，你就不必说了。"薛爱青想了一想，微笑道："其实没有什么大不了的事，过两天瞧瞧，能告诉你就告诉你，不能告诉你就不告诉你，你等着吧。今天你坐着两辆车，跑来了三趟，也真够累的了，坐着休息休息吧。"

　　夏秀云果然就靠着沙发坐下，头靠了椅背，一个劲不住地微笑。薛爱青道："你又该走了吧。你不是又有什么约会吗？"夏秀云摇着头道："不。我今天晚上什么事都没有了，预备来谈个三点钟四点钟的。"薛爱青笑道：

"照你这样一说，我成了开废话公司的了。"说毕，咯咯咯地一笑。夏秀云道："我就记得这样一句话。酒逢知己千言少，话不投机半句多。废话不废话，原是没有一定的。"薛爱青道："你哪里听来的这两句文章，我只听到说酒逢知己千杯少，没听说千言少的。"夏秀云道："我真恨从前没有读书，现在遇到要谈字的地方，都透着困难。你肚子比我宽得多了，要不，我就拜你做老师吧。"薛爱青道："说着说着，又讨我的便宜来了。"夏秀云道："拜你做老师，怎么倒是讨便宜?"薛爱青将头一伸，向他点了两点，笑道："你不要装傻了。你想想那《得意缘》的戏里试试看，是谁拜谁做老师呢。你就常露这一出戏，在这里安下了机关，占我的便宜哩，你以为我不知道吗?"夏秀云经她一提，倒醒悟过来，笑道："原来我真没有想到，可是真这一说，连我也觉得是有点儿讨你的便宜。其实一个人真有那么一个好太太，拜她做老师真也值。"薛爱青道："说你占便宜，你索性倒敞开来说了。"夏秀云被她封住了门，话就不好向下说，便躺着微笑。

薛爱青向门外望了一望，微笑道："今天有一桩事对不住你，一直到吃过了晚饭以后，我才明白。"夏秀云愕然道："你这话我不明白，你有什么事对不住我呢?"薛爱青笑道："你这人太爱一点儿面子。今天上印度洋行买料子去，不是为你自己要做行头，赶着去买吗? 到我家来的时候，你的汽车夫又不明白，把你自己的料子和着送我的料子一齐送了进来。我们家里人都糊涂，也不问问，就一块收下来了。你明知他们错了，想着要说不是的，一来怕我们不好意思；二来也嫌自己寒碜，所以索性充一个大方，全送我了。你说对不对?"夏秀云道："不是那样的，你猜错了。那点儿东西算什么? 交朋友在乎此吗?"薛爱青笑道："我说你这人爱虚面子不是?"她说这话的意思是说的夏秀云让人识破了，还不肯认。夏秀云却误会了她的意思了，以为她指着刚才那点儿东西算什么几个字说的，因笑道："你瞧着吧! 我虽然爱虚面子，有时候也会是爱实面子的。"他说了这句话，就不再提了。薛爱青本是批评他的话，他自己既然不提，当然也不便和他说什么，这一场交涉，就此过去了。当晚夏秀云在薛家谈天，一直谈到十二点钟方才回去。临去的时候，再三约定薛爱青明日在家里等他的电话，明天有要紧的话和她说。薛爱青料着他所说要紧的事，也无非是天天这一套，也就不把来挂在心上。

到了次日正午的时候，夏秀云果然有一个电话来，他说有一样东西，要拿来看看，叫薛爱青无论如何不要出门，总等着他。薛爱青因他说得很慎重，就坚决地答应了，无论如何不出门，等到天黑，也不走开。夏秀云笑着说，绝不让你白等的。于是笑着挂上电话了。在通电话以后，约莫有两个钟头，夏秀云果然来了。他笑嘻嘻地走进门，手可插在插兜里。薛爱青道："你不用说话，我先猜一猜看，你这袋里又带了什么玩意儿来了吧。"夏秀云道："带是带了一样东西来了，可不是玩意儿。"说着手向外一伸，拿着一个很精致的洋瓷印花扁匣，约莫有成寸见方大小。薛爱青道："这是什么呢？"夏秀云道："你瞧吧，西洋玩意儿。"一伸手将那扁匣子打开，里面又另是一个紫海绒的匣子，紧紧地被套着。取出这个紫绒匣子来，再一打开，里面又是翡翠也似的绿绒里子，正中亮晶晶地嵌着小蚕豆似一粒钻石，拿起看时，这钻石在一只白金戒指上。薛爱青自从走红以来，什么珠宝都也看过。像这样的钻石，朋友之中，竟没有见人戴过，真是可爱，托在手上，不住展玩了一番。

夏秀云道："你看这东西怎么样？"薛爱青道："这样大的钻石做戒指正好。既不寒碜，也没有笨相。"夏秀云道："既然是这样说，大概你也很赞成了，我索性让你看上一看。"于是又伸手到衣兜里，再掏出一个锦匣子来，那个匣子，正是和刚才掏出来，差不多大小。打开来，也是装着一粒钻石。薛爱青托在手掌心里，掂了一掂，正是分量、形式、光彩，无一不同，因笑问道："这钻石果然不错，你在什么地方收罗来的？"夏秀云："这个你别管，你到底是看了合意不合意？"薛爱青笑道："这样好的东西，谁不爱？"夏秀云道："你爱就好，我今天跑了好几个地方，收到这样一对，花了三千块钱，才买到手。这戒指我自己戴一个，送一个给你，你能不能赏脸收下来？"说时，脸望着薛爱青尽管微笑。薛爱青笑道："夏老板，你是成心损我吗？你送我这样的好东西，还问我赏收不赏收，难道我那样不知好歹吗？"

夏秀云听她如此说，就扶着她的右手，拿了一只戒指，轻轻地给她套在指头上，然后自己也在右手无名指上，戴了一只。于是伸手出来两人比一比，夏秀云道："这戒指今天咱们是一路戴上的，我要看看将来是谁先摘下。"薛爱青笑道："不是今天初戴上，我说那丧气的话，就凭我这点儿不相干的本领，大概再混个几年，总也能够糊自己的口，还不至于靠卖了这戒指来换饭吃吧？"夏秀云道："你不要瞎扯，我的意思不是这样说。我是说戴着戴着，总有一天不愿意戴的时候，所以说着谁先摘下。"薛爱青将戴着钻戒的那只手放在面前看看，又伸了出去，远远地看了一看，笑道："这东西果然不错，我没有看见谁戴过。要说有来有往，你送了我这重的礼，我应该送你什么东西才好？我可拿不出三千块钱来送你这样一个重礼呀。"夏秀云望着薛爱青，半晌没有作声，却只管微笑，因道："你还是装傻呢，还是真不知道呢？难道送礼是做买卖，来一个半斤，就要换回八两吗？只要人情到了，我想是千金不为多，四两不为少的，你瞧我这话说得通不通？"薛爱青却只管笑着。夏秀云道："你怎么不说话？"薛爱青道："你真能说，让我说什么呢？"

夏秀云见她说话时一双亮晶晶的眼珠望着人，两颊上晕着浅红，含羞脉脉，柔情动人，觉得她虽不说什么，可是就在这不说话之间，已经给人一种很深的影响。半晌，这才想起了一句话，因问道："你老把这戒指戴着，设若有人问起你来，你怎么样说法呢？"薛爱青眼珠一转，已经明白了他的意思，因道："那有什么不好说的。若是生人，随便怎么说，也没有关系。若是熟人，我戴着一个，你也戴着一个，我就不说，人家也明白的。"夏秀云笑道："人家明白什么？"她道："那还要提吗？人家一定猜是你送给我的了。"夏秀云听她这话，又望着她的脸，就禁不住由心里直乐将出来。在薛爱青倒无所谓今昔，在秀云，就好像自己眼里看着薛爱青今日是格外美丽，而且也是格外有情。自从两点钟说话起，直谈到七点钟，在薛家用过了晚饭，王小仙打了电话来问，说是林总长今天真来了，你赶快回家去吧，说不定他会到你家去的。夏秀云就是不敢得罪林总长，而且也怕昨天撒的谎，会让家里对证出来，因此不敢多耽误，就回家去了。

夏秀云一走，薛家人就一阵风似的一齐围着薛爱青，要看那钻石有多么大。她母亲先就说，夏老板人最好的，多么大气。她母亲这样一说，大家都觉有理，也跟着说起来。薛爱青当着众人便道："人家的礼物，咱们是受了。可是人家有个条件，都得戴上，谁先摘下，谁就没理。"大家都说自然要戴上，这样好的宝物不摆出来，难道还收着在箱子里不成？薛爱青就是怕家里反对此举，既是家里都答应了，这就敞开来戴着。在家里戴着，出外戴着，在戏台上演戏也戴着。她总算是个头等红角，与平凡的坤伶不同的。有一天，她演《汾河湾》的柳迎春，也是照样地把那钻戒指戴着，并没有取下。过了一日，报上就登出一种不好的戏评来。说是《汾河湾》的柳迎春，饭都没有吃，全靠儿子打雁充饥，怎么她手上还戴着一个钻石戒指？这钻石在电灯下，有一种光耀射人，决计是真的，不知道是哪个大阔佬，送了她这样一个，让她舍不得除下。

当这篇戏评刚刚登过去两天，恰好夏秀云也演《汾河湾》，照样戴着那钻石戒指，未曾除下。台下听戏的人，有几个注意的，这就看出来了，他们两人戒指圈儿，都是白金的，这未免相同得太凑巧了。于是又有人把这事作了一篇戏评，投到报上去。大意说，老戏原不能十分写真，《汾河湾》的柳迎春，弄成一个叫花子出台，固然令人感到不快。但是这可以是必有的白金钻石戒指，这一男一女，两位名青衣，何以都戴着呢？唱戏的戏子多半是看小报的，大报虽然有这种批评，夏秀云却还是不知道。

　　有一天薛爱青在一张小报上，看到捧她的人，作有戏评给她辩护。说是中国的旧戏，向来是讲美观，不讲实际，要不然，谁的胡子，会长着盖了嘴。戏台上的古人，胡子都是长在上唇的。又像长靠，就是古人的盔甲，打仗的人，哪能穿得那样的花哨。再说靠后的四面令旗，不能无所谓，真要那样打起仗来，有多么不便。像这样不合理的装束，老戏里到处都有，为什么都不管，就只攻击这一只小小的白金钻石戒指呢？再说这白金戒指，既然有得卖，就谁也可以戴。不能说有人戴着同样的戒指，就会有什么关系。薛爱青看这篇戏评，倒辩护得理由充足，但不知对谁而发。因此向小报界的朋友，四下打听，这才知道有关于自己和夏秀云的两篇文章。这虽是司空见惯的事，不过自己的意思，是不愿学芳芝仙去嫁华小兰做二房的。若是像报上这样鼓吹都不去更正，越传越坏，将来一定会传得弄假成真，有一天摆脱不了的日子。与其到将来无可辩护的时候再来辩护，不如先说明白了是干净。如此一想就分途去和报界接近的人物来接头。她想到贾叔遥也是和新闻界人常到一堆去的，大概找他帮一点儿忙，他也不会推下的。她本知道贾叔遥的住址，草草地写了一封短柬给他，说是有事，请他来面谈。贾叔遥接了信，第二日就来了。

第十八回

联袂闲游蹑踪作幻想
倚栏小立拾帕赏余香

薛爱青却将贾叔遥招待到客堂里，供过了茶烟，于是一点儿也不隐瞒，把始末告诉他，因道："一个朋友，送我一只戒指戴，这也很平常的事，为什么许多人，就要大惊小怪起来？"贾叔遥道："这也因为你是社会上有名的人，一举一动都会有人注意。若像我们，就是送十只戒指给人，或者人家送十只戒指给我，也没有哪个会来管这一桩闲事。这一件事人家说过去也就算了。若是一定更正过来，更是会让人家注意。"薛爱青道："我倒不怕现在有人骂，就是怪这话越传越厉害，回头弄假成真。"贾叔遥笑道："这我又要批评一句了。假也好，真也好，这事不碍着旁人，全靠薛老板自己。薛老板愿意弄假成真，我想无论是谁，还是假的，那也过不下去。薛老板愿意老让他假着，一辈子也真不了。只要您自己拿定主意，旁人爱说什么让他说去，那都是瞎扯淡。"

这几句话，倒真打入她心坎里去了，因笑道："据您这样说，我就不必管了。可是现在还有人请我拿出钱来办机关报，专门替我自己鼓吹呢。要是鼓吹没用的话，我倒不必去花这笔冤钱。"贾叔遥笑道："我多少和报界有点儿关系，薛老板这话，可把报界人挖苦透了。要知道开一家报馆，究竟和开一家烟卷摊子不同一点儿呀。"薛爱青笑道："贾先生真不信吗？您想我总不是那种角色，会绕着弯子来挖苦人。我给您一个东西瞧瞧，您就相信我不是撒谎的了。"说着话，就到屋子里去拿出一张稿子递了过来，笑道，"我还怕失落了，放在保险箱子里呢。"

贾叔遥接过来一看，却是一张硬料格子洋纸，格子原是蓝色的，这却像做新式簿记一般，另外又把红线拦了。上面写的字，正正端端却是一笔卫夫人体的小楷，开头一行，乃是《梨花日报》预算，即呈薛爱青老板批准。计开，每月印刷费一百八十元，纸张费八十五元，用编辑一位兼校对，月薪二十五元，报差一名兼信差，月薪十元……再望下看，都是一笔款子兼儿笔用的，一共有四百多元的预算。随后又附着一行小注道：其房屋电灯电话等各费，因设在舍下，均可省去。人工一层，凡是舍下之人，均可当作家事，出而维持，乃有事半功倍之效。办报之便利，未有如此轻易者。

贾叔遥扑哧笑道："预算案开得这样文气通天的，我也是今天第一次看到，这人的学问倒也不凡啊！这真是新闻界的人吗？"薛爱青笑道："现在您相信了。那天我看了这张预算，连忙退还他，说是请您找别人帮忙吧。我一个女戏子，哪有这大的力量，一个月拿出儿百块钱请人来办报。他就说这原是开支，但是报馆也还有收入。可抵销一半，其实你能拿出二百多元来，报也就办成功了。"贾叔遥笑道："没有的话。天下岂有如此容易办的事业？"薛爱青道："您说这钱少了吗？可是真要照他的话办，连这么些个钱不要呢？他现在倒住了一所二十四块钱的屋子，打算拨出两间厢房来，专门办报。听说有个大学生，家里寄了钱来，到手就花光，现在不能住公寓，住在他家里。他要是把报办起来了，这个学生就给他办事，工夫算是抵了房饭钱。不然，他就会轰大学生出门的。据说，就只要买点儿纸，给点儿印刷费就得了，共起来也不过百多块钱。有几家戏园子里，他还能找点儿广告费。实在的话，我只要能贴补他们六七十块钱，他这报就维持住了。"

贾叔遥偏着头想了一想，口里念道："《梨花日报》？《梨花日报》？"于是点了点头，笑起来道，"有这家报没这家报，我不知道。可是据他这一篇话说起来，果然是个小内行才说得出来的。不过他开口要四百，便不算多，减价打对折减到二百，我已觉得是不可能的事。最后索性减价，减到只剩一百多，就算薛老板肯拿出来，他难道还能在那里面落下个三十五十的吗？若是不能落个三十五十，这张报，办得又有什么意思？我倒知道一点儿报务，像他这样的算法，我实在不明白。说了半天，这个人究竟是谁？请你告诉我，我倒要去请教一二。"薛爱青笑道："这个人也许贾先生认识。这份报未必办得成功，不把他说出来也罢。"贾叔遥一想，或者这个人有说不得的苦衷，也就不追问了，因笑道："我也不抢他这笔买卖，不知道他也就算了。薛老板打算怎样，究竟是办不办呢？"薛爱青道："我真办这么一张报，与我也没有什么关系。可是要一点儿不答应，这个人在梨园行里，真也有点儿拉拢，把他得罪了，也不大好，所以他要是肯凑付的，我这儿打算每个月送他五十块钱。他怎么办，我都不管。"贾叔遥笑道："别再往下谈了。再往下谈，恐怕会落到一月只要十二块钱津贴，就能办报了。"

薛爱青听说，也不由得笑将起来。但是她请贾叔遥来，原有两桩事。一是请他出来辩护，二是请他当顾问，问一问办报的内容。现在这两件事俱谈得没有什么结果，一刻倒想不起什么可研究的问题。她又是自命善于谈论，不同凡俗的女子，若默然地坐着现出词穷的样子，又是不愿意，因随便说了一句道："近来的天气很好，贾先生也常到公园里去玩玩吗？"贾叔遥道："公园里人太多，我不大去，倒是偶然一高兴，还去北海一两趟。那里和公园一样是人工造成的。但是比较着近于自然一点儿，不像公园里，有形无形之间，端着一种洋气。"

薛爱青听他这样说，眼睛却不由得向他身上望了一望。贾叔遥见她如此，低头一看，不由得先笑起来，因道："是了，薛老板看我穿着洋服觉得讨厌洋气，这句话有点儿不合适，对与不对？"薛爱青道："我可不敢说不对，不过不明白您的意思。"贾叔遥道："我自然有点儿意思的。穿洋服就嫌着没有中国材料，若有中国材料，春秋二季，最好是大家都换上，做起事来，比穿长服便利得多。做长衣绸料虽好看，但不结实。布料结实，又不好看。所以春秋二季，我总是穿西服。若是我不做事，在家里专门做大爷，那我也许穿长衣不穿西服了。"薛爱青道："你这样爱穿西服，怪不得喜声园的人，都叫你作洋学生。这一程子和飞霞见面没有？"贾叔遥道："她找着了一个有子儿的小白脸要出阁了，我们这些朋友，还去见她做什么？那岂不是自讨没趣。"

薛爱青挺了一挺腰，似乎暗中叹了一口闷气，因道："唉！这话说来也难。爱美的心思，男女谁不是一样？飞霞和李小掌柜交情虽然很好，可是小李那种又黑又粗的样子，要说她看得中意，那话可屈心。但是小李也有几样好处，有钱是不提了。一来他媳妇死了，飞霞过去，是真正续弦的。二来老李就是捧金飞霞的，将来是干爹做公公，上面人也好说话。三来小李没兄没弟，人又很老实，将来一定是全听飞霞指挥。所以飞霞除了瞧着不顺眼而外，其余的事，可以都对付过去了。"贾叔遥道："若是小李是个穷小子，她能不能够嫁他呢？"薛爱青笑道："照着爱情说，当然是不问穷富的。可是这也不可一概而论，各人有各人的难处。您想，飞霞那一双爹妈，她要是不理穷富，只管乐意就嫁，办得了吗？"贾叔遥道："这样说来，她嫁李黑胖有许多原因，最大一个原因，还是为了钱。她们在戏台上演戏，演新排的，固然是提倡自由恋爱。就是演旧戏，也是闹那些佳人才子，讲个郎才女貌。何以到了自己身上，就会把这些完全丢开，专看上几个钱。"

薛爱青听了这话，脸也不由得一红，勉强笑道："你们是好朋友，你不该这样损她呀！"说着昂头想了一想，又微笑道，"她本约后日到公园里去溜达溜达的，既然是你很赞成北海，我就约她改游北海吧。"贾叔遥笑道："这倒奇了，我喜欢不喜欢逛北海，和二位有什么关系？"薛爱青望着他，先是抿嘴笑，然后才道："像你这样一个聪明人，还有什么不知道的。我们大概是吃过午饭，慢慢地走。在下午三点以后，五点以前，准在北海。要阴凉一点儿，大概我们还是在五龙亭。不过在第几个亭子我们现在不能说得那样一定。贾先生您都听清楚了没有？"贾叔遥笑道："明白明白，薛老板倒是有做东劝和的意思呢。其实不是我不见她，见了面，不好说什么，倒怪难为情的。"薛爱青道："我是给您一个信儿，至于您有工夫去没工夫去，那在乎您自己。可是这话，我也不会先对她说的。"贾叔遥笑道："很好……"就只说了这很好两个字，要想说别的，一时却说不上。薛爱青笑道："那么，找着一个会东的人了。"

贾叔遥又是一笑。因无什么话可说，坐了一会儿，就起身走了。在他当时，觉得薛爱青是笑话，就不必认真，她说约金飞霞到北海去，就让她去约，到了那日，失信不失信，没有什么关系。自己出了薛家的门，同时就丢了薛家所听到的话。

到了第三日，这天的天气却是十分的好，黎明的时候，下过一阵大雨，不久太阳出山，满天乌云尽散，温度不是那样暴躁，空气非常和润。由家里坐车到书局子里，经过长安街，一点儿飞尘也没有，马路旁的树木经雨洗过，绿绸子似的青，让阳光一蒸，还发出一种清芬之气。在这时候，看见路上那些轻装楚楚的男女，便觉得他或她今天都是趁着好天气出来游历的。自己也就游兴勃勃。及至到了书局子里去，将做事写字台边的铁纱窗打开，对着院子里几株槐树枣树，和地上一片长短不齐的青草，就是一点儿花朵没有，也觉好看。恰是一阵风从树间吹到窗子洞里来，风是又香又凉，令人精神为之一爽。不觉手上拿着笔出了神，不曾放下去，眼睛只管望着绿网外的青天。

忽然有人在肩上轻轻拍了一下，接着道："窗明几净，日朗风清，大概想到了什么好文章吧？"贾叔遥回头一看，见梁寒山将手抚着在他肩上，因笑道："文章可没有想到。天气这样好，我想在家里绞脑子很可惜，应该找个风景好的地方，散步散步才不辜负这天。"梁寒山道："我也觉得今天的天气太好，到哪里去玩玩呢？"贾叔遥道："北海如何？"他心里想着老早就答应介绍他见一见薛爱青，今天可是个机会了。可是说出之后，又感到于自己有所未便，倒为起难来。又依然望着窗外，在出神之中，答这话的声音，可是极低。梁寒山道："为什么怕说得，我也很同意啊！赶快把事情弄完，我们就走吧！"贾叔遥见他也说去，心里为之一快，马上就加劲工作起来。把事情完全做了，还只有三点半钟。一回头看梁寒山还在低头写字，因道："时候是来得及，到了北海也不过四点钟罢了。"梁寒山道："你从来完事没有如此的快，今天完全是北海之神打的吗啡针。"这一说两人都笑起来了。于是马上出门，就向北海来。

湖里的水，正涨得满满的，那出水面漂着的新荷叶，陪着几只零落的野鸭，在日光罩下的白色波纹里颠动，却很有意思。梁寒山道："太阳还不十分晒人，我们先沿着水岸走，不到树林子里去，好吗？"贾叔遥是无不同意的，两人由南向北，沿着湖岸走。那湖里的水，在新雨之后，没有一点儿浮尘，整个湖面的水起了花纹，只是荡漾不已。同时，水底里的晴天白云，也在微微颠簸。梁寒山道："这种景致，的确看得心旷神怡，我们慢慢走吧。"

于是二人沿着水旁的一条走道，只管一步一步地走。因为两人都在玩赏景，只管走路，却没有说话。道路并不很直，正走到凹进来的所在，便看见到凸出去的一角。这角上恰有一丛树，两人依着一丛树，向外张望。忽听得有一片唧唧咻咻之声，不觉得都定了神，听着说什么。仔细听时，却是两人说话。一个说："我要走了，我总怕碰到人，你摸着我心口，还乱跳呢。"又一个道："青天白日，在这里坐，就是碰到人也不要紧。"梁寒山和贾叔遥相视而笑，于是退了一退，将脚步走得放重些，然后才走了过去。到了近处看时，有一个十五六岁的女孩子坐在一张露椅上，低了头在那里抚弄一把绿绸伞。水边另站了一个黄脸西装男子，约莫有三十多岁。那男子正在远远地看着琼岛白塔上一抹斜照。梁寒山在远处也正要看他们，及至走近，连忙就偏着头过去了。那女孩子低了头却是未曾看到。

走过来了许多路，贾叔遥笑道："这真岂有此理。人家没有什么为难之处，你倒先害起臊来。"梁寒山道："你有所不知，其中有一位，是我认得的，我怕人家难为情，所以我抢着走开。"贾叔遥道："现在的女子，真比男子要懂事多少倍。刚才那位小姐，也不过十五岁罢了，就和一个中年男子在这里情话了。但是我觉得有点儿不平等，不知那位小姐是用意何在？"梁寒山笑道："我觉得你的话，对于两性问题，有点儿不彻底。你要知道，女子所以情窦早开，是因为年轻的男子去引诱她。若是同她年纪相等的男子，手段实力，都没有引诱的资格，怎么样能够结合起来呢？你因为看到最年轻的女子和年轻的男子在一处，以为女子比男子懂事多少倍，其实那正相反。正因为她不懂事，才有这不平等结合呢。我看世界上的女子，可以分作四种。一种为金钱而牺牲。一种为虚荣而牺牲。一种也不为金钱，也不为虚荣，却是为男子手段所笼罩。此外，不过有极少数的女子，是能照着她自己的意思谈恋爱罢了。"

贾叔遥摇了摇头道："你还算不懂得，只有一、二两项是对的。这因为人生在世，都无非是求名求利，女子若没有职业，自然把身子去换金钱。女子若没有技能，在社会上没有地位，所以又把身子去换虚荣。此外你所举的第三种，无论男子什么手段，不外乎名与利，中了男子的手段，她就是为名为利。又你举的第四种，说她可以照自己的意思去恋爱。她又有什么意思呢？无非是求名与求利，所以你说的四种人，其实是两种人。"梁寒山道："不然吧？社会上有许多女子花钱和戏子谈恋爱的。又有许多小姐，跟着仆人偷跑的。这是为名为利吗？"

这一反问，把贾叔遥逼得无可再驳了，便笑道："那也是有的，不过是例外。"梁寒山道："例外只有一个，两个例外，就应该算是一种。据我个人的经验来谈，大概女子们第一需要的是金钱，第二需要的是虚荣。若是有了以上两项的一项，再要一项，比平常人自然又容易一点儿。那么，她们对于恋爱上可以纯洁一点儿了。设若以上两项，一样都没有，就不容易上爱情之路的。"贾叔遥笑道："我们两人，今天在这没有人的北海，尽量地侮辱女性，设若在什么交际公开的地方，说了这些话，你猜会怎么样？恐怕有人报告到女子联合会去，要我们的好看吧？"梁寒山道："我不过是一种理论，多少还说有谈爱情的女子。可是你倒一针见血，说定了女子无非为着金钱和虚荣哩。不过你说的话，我倒又可以原谅你，因为你是受过一种刺激的，说这话，正是一种反响。"

贾叔遥更不说什么了，依然是微笑说着话，走路就不嫌远，不知不觉就由东岸走到了北岸。贾叔遥记着薛爱青的话，她和飞霞都在这里，所以老远的，就在路两头张望，看看可有她两个人。可是一直将五龙亭五个亭子都走过去了，两个人之中，一个人也不曾看见。心想她或者是有事在南岸耽误了，这时还未曾来到北岸，便和梁寒山道："现在时候尚早，你我不必就坐下来喝茶，还是由这里走回去溜达溜达吧？这地方走道，很有意思，我们还是走一走。"梁寒山道："由这边老远地走了来，你还觉得没有走够吗？"贾叔遥笑道："这好的路，多走一回，又何妨呢？"梁寒山并不知其命意所在，以为他果然爱水边树荫下的路，也就转身慢慢和他走了回去。把一道北岸，走尽了头，就站着不动，背了手站在树下望着一湖水景，不觉出了神。

梁寒山道："我们还是走到五龙亭去找个座位吧。"贾叔遥点了点头道："也只好如此。"梁寒山道："你这句话是什么意思？好像很有些无可奈何似的。"贾叔遥觉得自己言语出口失于检点，便吞了一吞。于是二人，依然走到五龙亭，找着桥头上放的一副座位坐了，这里倒是东南西北，无论什么地方都可以看见。贾叔遥在这儿坐了许久，哪里曾见薛爱青金飞霞的踪影？因见太阳更是西沉了，便道："我要回去了，你怎么样？"梁寒山道："来一趟不容易，怎么不多坐一会儿？"贾叔遥道："也坐的时候不少了，而且我想起了一件事，我想回去一趟。"梁寒山见他很有些坐立不安的样子，他不愿在这里久坐，当然有他的缘故，也不拦阻他，便道："你既有事，请便，我还是在这里坐一会儿。"贾叔遥道："一个人不嫌寂寞吗？"梁寒山道："我一个人出来玩很是常事。我觉得一个人玩也有一个人玩的好处。"贾叔遥本觉得邀了人家同来，不和人家同走，是对不住人，既是他这样说，倒不必客气，就先走了。

梁寒山坐在一弯石桥上，喝过了一壶茶，呆呆地望了那一片湖光，猛然间一想，这又何必一定坐在这里？沿着岸，走一会儿坐一会儿，不比较有趣些吗？于是付了茶资，沿岸而行。由北岸又走到东岸，临水一个石码头上。只见聚着一丛男女，也有坐的，也有站的，也有拿了小照相机子，左一比右一比的，嘻嘻哈哈，老远就听到他们的笑语风生。看那样子，分明是一群男女同学。梁寒山一想，现在的大学生，比五年前的大学生，真是安稳得多了。燕侣莺俦，尽正正堂堂地联合起来，这样一放开，给人间添了多少的有情眷属。不过据自己所知道的，自从社交公开以后，不免有许多男子的恋慕，上了人家的欺骗。就像这一群人中，大家都是那样快乐。果然能结为圆满婚姻的，当然是有，但是谁能保证个个如此？心里这样想着，身边有一张露椅，就挨身坐下，远远地且看那些人找些什么乐趣。坐了许久，看那些人，虽然是彼此聚在一处，然而隐隐之中，似乎总有一个男子依着一个固定的女子，这里自然分出亲疏界限来。

离着这班人，约莫有一二丈路，那里也有一张露椅。椅上有个女郎，侧身而坐，手上拿了一柄七寸小扇子，有时招了两招，有时又将扇子放到鼻子下，掩了嘴唇。梁寒山看那女郎不是别人，正是张梅仙。她居然和这么些人在一处，却是出乎意料以外的事。因为每次信札往还，她都表示愿离群独处，避开无味的应酬的。不过她虽然和那些人在一处，究竟有些不同，却没有和那些人一样跳跃嬉笑。心想且不要惊动她，看她究竟如何。于是转过身子去，只是斜着看了这边。

约莫有半个钟头，那一群人，也不知有了什么新决议，大家哄的一阵，就向前面走了。张梅仙却是坐在露椅上，有点儿不大愿走的样子，慢慢地站了起来，手扶着椅子靠背，却沉吟了一会子。看那情形，却似乎不赞成那些所举行的什么游艺。她正如此沉吟着，过来两个女郎，带说带笑，拉着她就走，于是她也笑着跟他们去了。

梁寒山远望着这些人已经去远了，便走到石码头上来。见这石头上散着几张粉纸，和两三截烟卷头，红红绿绿的，倒散了不少的小黑片。仔细看时，乃是包口香糖陈皮梅的纸，蹲着身子捡着那些小纸片，不由得笑了起来，就转身坐到露椅上，望了那草地出神。一低头，这露椅下，是一片浮沙，一路印着好几个脚印。这印子却不像平常人的脚印那样肥大，只后面和前面，印得显明，中间却是迷糊的。尤其是后面半截，印到浮沙里去很深，分明是女子高跟鞋留下的印子。刚才张梅仙坐在这里很久，后来又有那两个女郎挽她去。这一群脚印，无非此三人了。这些脚印子很是杂乱交错，究竟哪个印是哪个人留下的，却没有法子去分别。

看了一看脚印，便想道：自己坐的这张露椅上，刚才岂不是张梅仙在这里坐下的吗？这上面并没有留什么痕迹，就不如这一片浮沙，能留下许多芳迹，给人赏鉴。比较是没有趣了。可是想到露椅，它倒是个饱有情场阅历的人，这个时候，伴着我一个孤独者，对于我这孤独者寂寞无聊，只管赏鉴人的脚印，一定好笑。将来我去了，天色黑了，电灯暗处，或者有一对青年男女到这里携手谈心。他们所谈的话，是不便有第三者来听的。他们说话时候的一种态度，也许更不便有第三者来看见的。可是无论如何藏躲，瞒不了这张露椅。那个时候，不知道露椅对了他们，有什么感想？

露椅有知，恐怕是最难堪的时候吧？前两天，我看到了一段社会新闻，有个少年，因为失恋，在北海一张露椅上留下遗书，跳水死了。不知道可就是这张露椅？若果是这张露椅，我想那个自杀的少年，一定和他的恋人，于夜间人静，月暗花阴的时候，也在这里绵绵情话过。所以自杀的日子，还是在这张露椅边下。这张露椅，总算给了一个莫大的刺激。露椅有知，对于这件事，又当怎样难过呢？我想北海公园树荫下这些露椅，对于这件事，在一个夏季，真不知道要经过多少。它若是个人，现身说法把这件事说出来，一定是可歌可泣的。他由这里一想，更觉得这件事又趣又玄。设若将这张露椅，编成一章寓言短篇小说，说他所亲身目睹的事情，那么，这一篇小说，至少可以让一部分青年男女听了，觉得有点儿正中心病。露椅若有知，对于我现在这种感情，一定要抱无限的同情……

正在这样想着，忽觉靠露椅上的手胳膊有点儿颠动，仿佛就是这张露椅显起灵来了，这倒不由得吓了一跳。急忙闪了一边看时，原来是朋友王佐才站在椅子边，摇着自己的手呢，因笑道："你也是一个人？"王佐才道："不，今天殷先生在濠濮间开讲学会，已经散过了，我在这里散步。"梁寒山道："哪个殷先生？讲什么学？"王佐才道："就是殷积之先生。"梁寒山昂头想了一想，笑道："就是现在的财政总长殷家谟吧？我记得他是号寄枝呢？"王佐才道："对了，就是殷先生。他今天讲的是大战后的世界文学。"梁寒山道："他一个经济家，怎么倒讲起文学来了？"王佐才道："殷先生是无书不读的人，尤其对于世界有关系的大问题，他肯下心思去研究。这事且不讨论，你一个人在这里做什么？"

说着话时，梁寒山已经慢慢地走到水边下，背了两手，看着湖水。只见水草里面，藏着一群游鱼，露着黑背，游来游去。小的鱼，有两三寸长，大的鱼，竟有长到尺多的。梁寒山见鱼如此之大，又如此之近，便不由得看出了神，只管看去。王佐才走上前，执着他的手道："你看什么？看得这样入神？"梁寒山道："你看水里的鱼，看得清清楚楚，多少有意思？我们手上若有捕鱼的东西，这一下，不就可以捕到许多鱼吗？"王佐才道："古人说临渊羡鱼，不如退而结网。你现在站着呆望，你还是你，鱼还是鱼，不是一着好计划。"梁寒山道："你这话果然是有理，但是我又有我的思想。临渊虽是羡鱼，却不一定要得着鱼。这种羡而不得的趣味，长够人想一辈子的。"王佐才道："我很蠢，你说的这话，我一时却解不开。你详详细细把这种理由，说给我听一听看……啊哟！殷先生来了。"

说着，他也不理会梁寒山，转过身一直向树荫底下大道上而去。

梁寒山看时，那树荫下面，果然有一大群人，簇拥着一个略有胡子穿长袍马褂的人，在一处走。远远地看着，和几家照相馆门口挂的相片，有些像，那正是财政总长殷家谟了。只见王佐才如苍蝇赶血一般，扑上前去，老远地就对了他一鞠躬，鞠躬之后，他退了一步，垂着两手，站了个挺直。远远地看那神情，分明是站着回禀什么话，然后让殷家谟走过去，就在他后面紧紧地跟着。

梁寒山看到，摇了一摇头，也就不去看他了。由水边走过来，复坐到那露椅上，只一低头，又看到了张梅仙她们留下的脚印，不过许多脚印之外，却又添了一行大些的印子。这脚印不是别处来的，正是自己的脚印，却有几处，和人家的脚印相混了。他想着，这样看来，一个人还不如一个脚印的艳福，就是这个印子，它还比我强，能够和那脚印成一个团体。可是这话又说回来了，刚才王佐才说的，临渊羡鱼，不如退而结网，我呆呆地只管看着些脚印，由今天看到明天，看过今年，再由今年又看过这一辈子，那又有何用处？还不像刚才水边看鱼一样，只是空看吗？一个人坐在露椅上，将手靠椅背，只管向地下出神。这样耽误时间，自己延误到了什么时候，自己也不知道。只是眼前的湖光，由金黄色渐渐转为暗淡。望那水的对岸时，已是红日西沉，只剩一面带紫色的云彩。糊里糊涂在这里一坐，也不知如何，就坐到这黄昏时候了。站起来，扑了扑身上的灰尘，于是背了手在那槐荫大道下，一步一步地走着。

水边已都是那样暮色苍茫，在这浓密的槐荫下，更是黑暗了。在那电灯距离稍远，摆着露椅的地方，只见一对一对人影，在那儿一闪一闪，同时，也就唧唧哝哝发出一种可辨不可辨的声音来。心想这地方摆着露椅，总也算是大行方便的事。若是没有露椅，大家岂不要站着说话吗？人都是这样，在他用不着爱情，或者没有施爱的机会的时候，就觉得这种名胜地方，有了幽会的人儿，就成了桑间濮上，未免玷污了好风景。等到自己有必要的时候，还要嫌这里不十分僻静，依然有人来往呢。

一个人静悄悄地走过了这一条绿荫大道，将要过一道长桥的时候，只见一群男女，由对面大道上而来，也是要由这桥上过去，头里几个人，都是女子，第一个便是刚才看见的张梅仙。心里忽然一想，她向来是表示不屑与众人为伍的，今天她却和这些人在一处嬉笑无度，未免与她的所说不符。若是和她招呼，她心里先会觉得不能受用，事后又必定要想法子来解释，岂不是给人家大大的一种不快。因此连忙向后一缩，缩到一株石榴花后去。这里正有一张小露椅，于是背着去路坐下，让她们那班人走过去。

停了一会儿，猜着那些人走了，这才起身走出来。不料走到桥上，正碰着张梅仙一路看了过来，似乎是寻找什么。这道桥中间，是无可躲闪的，不能见了面还不理会人家，便道："张女士，一个人吗?"张梅仙抬头笑道："梁先生才出来吗? 我不是一个人，有一大班男女朋友哩。"梁寒山点了一下头，啊了一声。张梅仙道："今年到北海来还是第三次。不然这第三次还不知要展到那一天的。无如我们有几位同乡今天太高兴，约了来划船，我不能十分拒绝他们。来了人多船少，船又没有划，只是在这里胡跑一阵，我真有些倦了。刚才都要出大门了，我发觉丢了一条手绢。这也不知丢在那里，我只好乱找一阵。找到这里还没有，我也就不找了。"

梁寒山心想，我又不曾问她这些，她何以一见面就说了这一大套，因笑道："这样的天色，在这种大地方，要找一条小小的手绢，岂不是一桩难事?"张梅仙笑道："所以到了这里，我就知难而退了。"梁寒山也微笑说道："这句话倒用得很恰当，张女士一定善于制灯虎，因为用现成的句子，俯拾即是。"张梅仙道："梁先生倒是善善从长，不肯埋没别人的好处，于是人家随便一句话，梁先生也夸奖起来了。"梁寒山笑道："既然善善从长，当然一字一句，都可以夸奖了。"张梅仙又笑了，一时却找不着可答复的话，只将手上扇子抚弄，斜靠桥边的石栏杆。梁寒山道："张女士的同伴呢?"张梅仙道："是啊! 他们坐在桥那边等我呢。"说毕，她就说声再见，匆匆地走过桥去了。

她一过去，梁寒山又不觉大悔起来。刚才她走回来，似乎就是为了要解释一番。解释之后，或者她还有别的话要说，也未可知，所以她靠了石栏杆，若有所思。我一说她的同伴，倒好像是催促她走的意思，她就不得不走了。这种办法，似乎也是焚琴煮鹤一流的事情，很是煞风景。她只说同伴在桥边等着，分明是一句敷衍的话，岂有她在这里慢慢闲谈，让一大群同游之人远远等着的。越想越觉得自己不对，可是事情已经做错了，又没法子挽回，只是背了两手，在桥上走来走去。

不料走了两次，却在电灯光下，发现桥板上有一块手绢。他连忙一弯腰，将手绢拾起来，恰是一条英绿色两角绣花小方巾，还不等仔细看着，已是香气袭人。在这香上，似乎觉得和张梅仙衣衫上那种香气，无大差别。那么，这一条手绢一定就是她的了。将手绢玩弄了一回，心想她原来

263

是来找手绢的，不料由此倒失了一条手绢了。这个我给她保留，明日用信给她寄回去吧。可是转身一想，依然不妙，因为她来找手绢的时候，让人家知难而退。人家不找了，又寄回人家。好像当时想把人家的手绢吞下，过后又追悔似的，倒不如实行吞没下来倒无所谓了。自己已经算了一会子，还是不能决定，且将手绢揣在袋里，就趁着一点儿月色，走出了大门，只挑那冷静的街巷，步月而还。

他所走的，正是府左街，长长的一条半弯的街，街边稀稀落落的有些绿树，这边树下一道红墙，那一边树下全是闭了门的人家，一条很宽的马路上，铺着那水也似的月色，越显得这两边是寂寞的地域了。走着路，忽然有人劈胸一把将他抓住，笑道："你往哪里走！"他突然被人抓住，倒吃了一惊。抬头看时，却是新闻界的朋友高乐天，因笑道："你这人太冒失，幸而这是路边下，你将我吓一跳也没有什么关系。设若你在路正中，也是如此，我以为是撞上了汽车，真会大叫起来。"高乐天道："不是我存心吓你，因为我看见你尽管低着头，好像是在想什么呢？难道你走路都不肯闲着？所以临时起念，要吓你一下。"梁寒山笑道："我因为月色很好，只管走着，玩弄这景致，其实也说不出想什么。"高乐天道："我也是出来踏月的，这倒不谋而合了。既然有了伴，我们找一个地方去消磨这上半夜，你同意不同意呢？"梁寒山笑道："今天倒没事，可是逛窑子不来。"高乐天道："那为什么？难道你就没有走过这一条路吗？"梁寒山道："先是走过，可是我在这里面现在没有人，我也不愿陪考。"高乐天道："近乎此的，去不去呢？"梁寒山道："那些鬼鬼祟祟的地方，是违警的，我更不要去。"高乐天笑道："你以为是哪里，什么违警不违警，我是邀你上落子馆听大鼓书去。"梁寒山道："这个我倒同意，不过你有点儿拟于不伦了。"于是二人就雇了车子，向太平园落子馆来。

依着梁寒山，找个散座的座位，听听说相声的，说两个笑话，可以了。可是高乐天一进门，这里的伙计，早有两个满脸是笑的走上前来对他又点头又鞠躬道："您才来？二号还空着呢。"高乐天哼了一声，也不加什么可否，就走进去，直奔台口的包厢。梁寒山既是陪他来的，也不能推却，就跟着后面一路到包厢里来。这包厢虽然摆着四个小方凳，但是只走进两个人也就无周转之地了。这包厢的横栏，离着台口也不过一二尺，就是台上入耳话，包厢里也听得清清楚楚。两人刚一坐下来，伙计们早把茶壶瓜子碟水果碟，摆了一横栏板。

梁寒山轻轻地笑着对高乐天道："原来你在这里有这样深的资格，以前我未免把你小看了。当然不能无目的，你是捧谁的？"高乐天笑道："到这来的人，无非都是临时取个乐儿，这个乐儿，不捧是不成的。"梁寒山道："你先不用解释，我对这事极谅解的。我只问你捧的是谁？"高乐天道："你不要问，过了一会儿你就知道了。"梁寒山因他如此说，也就不再问，只是等着。

先是一班唱莲花落和说相声唱双簧过去的了，随着就是女子大鼓书上场。就在这个时候进来两三个人，其中有一个中年汉子，头发梳得溜光，像乌油缎子一般，走过人面前，便有一种香气，扑着鼻端。他穿着一件绿哔叽长衫，走起来有一种飘飘然的兴致。他由高乐天的二号包厢前抢了过去，就在隔壁的一个包厢站着。他伸手将头上的帽子取下，就向站在旁边的茶房手上一抛，然后两手一卷长衫的底摆，向前面一抄，向一张靠背椅子上坐下，人向后一仰，昂着头问茶房道："贵仙来没有来？"茶房将一个热手巾把子弯着腰，双手递了过去，笑道："她来了。"那人接着手巾，只将手擦了一擦，然后一反手将手巾向茶房扔去。在那克罗克斯的眼镜里，瞪着眼望着茶房道："既是来了，为什么瞧不见人？"茶房一努嘴道："你瞧，她不是在帘子底下望着你吗？"于是那人和同来的两个人，都乐了。

梁寒山见那人一种狂放不羁的样子，倒好像是个公子哥儿，只因相隔太近，只对他望望，却不曾问高乐天。高乐天这时却和那人搭话了，笑问道："今天什么事耽误了？可来得不早。"那人道："不要提起，一下午有三个应酬，哪里忙得开来，最后一餐饭，我只吃了凉碟子就走了。"他说着一口扬州话，说起来，扬着脸，有一种得意的样子。梁寒山看到，很有几分不乐意，然而各坐各的包厢、各听各的曲子，谁也不能干涉谁。

正是这样想着，高乐天却来介绍，这才知道这位林一心先生，他是在这里捧一个唱大鼓书的刘贵仙，每日必来，至少是一个包厢，有时还要两个三个的。这天他只带两个朋友来，没法子铺张，坐一个包厢就算了。过了一会儿，他所捧的大鼓娘上台了。早有一个照立台面的，拿了一把扇子，走到包厢口，将扇子轻轻一展，露出了三四折，然后弯着腰低声向林一心道："三爷今天要听什么？"林一心反着巴掌，向外一挥，皱了眉道："我今天没有工夫多听，随她便，唱两个就行了。"那人连点着头，连着答应两声是，然后就走开了。梁寒山看台上那两个女子，约莫有二十岁附近，穿了一件极长的葱绿色绸旗衫，前面长发，梳了个歪桃儿，配着一脸

265

的胭脂粉。虽然还有几分姿色，却是有点儿近于俗。看她那样子，将脸绷紧紧的，站在那里唱，可是林一心就像中了魔一般，台上唱一句，就叫一句好。跟他来的那两个朋友也有一阵地附和着。梁寒山虽然觉得讨厌，但是大家花钱，大家听曲子，叫好鼓掌，也是人家的自由，谁又能干涉谁？因此只冷眼看着他，也不说什么。一直等刘贵仙把这支曲子唱完了，换了别个上台来唱，他才停止了叫好，

梁寒山以为这可以听上几句了，偏是隔壁包厢里也有两个大个儿，将两只大巴掌高抬过额，像大龙虾伸出两个钳子一般，在空中摇动着，只管一张一合。那嗓子比林一心更大了，破锣似的，啊哇啊哇地叫着好。梁寒山觉得这落子馆的风味，实在大不如戏馆子那样的环境，这里不讲听，只讲闹。听过两个鼓姬，不能再听了，就对高乐天道："真对不住，我头痛得厉害，我要回去睡觉，只得先走了一步了。"说着，就要向外走。高乐天要想留他，看他两道眉毛几乎皱到一处，已是十分不堪，这还要留他，未免有点儿不近人情了，便道："明天我请你到先农坛去喝茶吧，那里比较清静。"梁寒山正在要走，随口答应了一声，也就走开回家了。

第十九回

传扇令人怜为花请命
迎门留客坐代父宣劳

到了次日，高乐天吃过了午饭，就跑梁家里来，一直走到书房里，见着寒山笑道："这样好的天气，在屋子里待着，多么无聊，走走。"说着拖了梁寒山的手就要让他走。梁寒山笑道："你拖着我就跑，打算把我拖到哪里去？"高乐天将一个食指点着道："咦！昨天我们约好了先农坛，怎么你会忘了？"梁寒山道："天气再好，我没有工夫去玩，也是枉然。"高乐天道："天气好不好，还另是问题，就是那里柏树林下，新开了一家书场，我捧的人儿，她在那里。今天他们新开张，我在义务上，非去一趟不可。你能不能给我帮忙？同我去争场面？"梁寒山道："你有的是同志，为什么要来拉我去？"高乐天道："谁叫你昨天晚上答应我的约会呢？去吧去吧！你不肯去，昨天就不应该说，我现在临时到哪里去找人？"还是拉了梁寒山那只胳膊，要他起来。梁寒山笑道："这简直是不讲理了。"也就只得站起身来，和着高乐天一路上先农坛而来。

这个时候，天色正午，这清朗的日光，由高古的翠柏枝上射来。地上映着那朦胧的树影，由树荫里大道上走，看那四周的新绿树，配着红墙黄瓦的古殿，格外觉得幽雅。在那苍翠的柏树林里，悬着几幅长长的茶社布市招，让风一刮，在树荫里微微地展动，给这里的风景，添了不少的韵致。两人不走大道，在柏树林子下穿过，绕着古殿却到那边行人稀少的柏树林子去。这里约莫走有一二十棵古柏去，便遥遥有弦索鼓板之声，穿林而来。

梁寒山见林中有一个古树兜子，凶根怒出，有如板凳一般，因笑道："坐在这里听着就好，何必一定要到大鼓书场上去呢？"高乐天笑道："那不行，我拉你来，就为的是去捧场。你在这里闹个雅人深致，她怎么会知道？"说时，已是伸出手来。梁寒山站起来笑道："又该拉了，走吧。"说着，他反是在前面引道。到了那大鼓书场上，是搭的一所芦席棚子。约莫有二十来副座位，对了一所一丈见方的小唱台。各座位上就不曾坐满。台上两个弹弦子拉胡琴的人，斜坐在方凳上。一个穿绿旗衫梳油辫子的鼓姬，手里敲着两块铜片叮叮当当响着。回看棚子外面，柏树森森，凉风由树林里吹来，那一片的响音，在这种空气中传播，很有一种凄凉的意味。

走进了那鼓书棚子，便有茶房上前，引他们到靠里的一副座位上坐着。高乐天刚是坐下，肩膀上却有人连连拍了两下，笑道："你这时候才来，可晚了。"高乐天回头看时，却是林一心，笑道："自然我比你来得迟。"林一心就挨在这副座位上坐下，笑道："我今天只有一个人，正是寂寞得很，咱们大家凑付到一处坐吧。这位没有请教。"他一面坐下，一面向梁寒山脸上看来。高乐天从中一介绍，林一心笑道："啊！久仰久仰！"立刻伸出手来，向寒山连连地握住紧摇着，梁寒山见他如此客气，也就起了身子向他笑笑。

唱台上的鼓姬换过了几个，梁寒山是无所谓的，依然捧了茶杯听着。高乐天忽然醒悟过来，向林一心道："俊卿已经唱过去了吗？"他笑着回答道："早挂过牌子，她今天请假了。"高乐天皱了眉，苦笑了一声。梁寒山笑道："一定拉我来捧场，现在扑个空，你有何话说？"林一心笑道："不必懊丧，我来请客，准可以补偿损失。"梁寒山一想，和人家是初次成交的朋友，怎好无缘无故扰人家一餐，正要婉辞推谢，高乐天也就笑着答道："可以。我想你一定是要介绍刘贵仙、刘贵喜和我们在一处谈谈吗？欢迎，欢迎。在什么地方吃饭？"林一心道："何必还去另找地点？就是这先农坛里面，就有馆子，不问口味好不好，我们先图个凉快。你能不能把素兰也叫了来呢？"高乐天笑道："你做东，我倒没有什么不可以。可是将来叫我还礼的时候，我请得起你吃饭，我可给不起车饭钱。"林一心笑道："在这地方，可不要说这种话。捧得起大鼓娘，难道还给不起她们车饭钱吗？"梁寒山听着就也笑了。高乐天道："寒山兄，你是没有捧过大鼓，不知道这捧法之冤。和她们在一处吃饭，连师傅带车夫，我们得给六七块钱一位呢。一个是六七块，叫个两三位，你想这应该花多少钱？"梁寒山这才知道自己误会了，幸是不曾把话说了出来，原来还有这样一道周折的。

这时，书场上已收拾过去，人也全散了，林一心便让梁高二人到附近一家新开的豫菜馆来。梁寒山觉得一定不去，未免太拘执了，只得一路走入那家酒馆柏树底棚下，相率坐着。那林一心屁股一落板凳，左手将右手袖子一捋，右手便向伙计招着道："来来，给我拿笔砚来。"伙计将笔砚拿来了，他又站起来笑道，"不吧？就在这里，还过什么这个虚套，让我自己把她们叫来得了。"说着就走了。他走了一会子，只见他很高兴地跑了回来，对高、梁二人笑道："她说一会儿就来，一会儿就来，你们等着吧。"于是自搬了两椅子到桌子边，又叫伙计添上两只茶杯，自己在桌上先斟了五杯茶，笑道："都预备好了，不能说不会伺候差事了。"

但是他这样说了，又等了许久，他所要请的人并不见来。他便笑道："怎么没有来，我去看看。"说着，他二次起身，向对过书棚去了。这次去的时间很短，不多一会儿，便老远地摇着手，一头钻进棚来，笑着向梁高二人点头道："快来了，快来了，女子们总是磨咕的，她们有她们的事情，你要有事相烦她，她真忙得厉害，可是仔细说出来，又是不值一个大钱的事。"梁高二人本无见他所捧者之必要，自不在心上，又很等了一会儿，林一心脸上，不免泛着一点儿红色了，他便诧异着道："怪啊！等了如此之久，她还会不来，不能吧……我们约会得好好儿的。"他说时，抬头望了一望棚外的天，人已站起来走出棚外，似乎他说了一句当有此理。不过声音很低，为时极短，一刹那间，他已走远了。这第三次，他可去得极久，约莫有半个钟头，他才回来，远远地看去，果然他身后随着有两个艳装的女子。

林一心走进棚来，将手绢擦着头上的汗，笑道："真不是个玩意儿，简直是三顾茅庐了。"说着话时，那两个女子已经进来，虽然远望还有几分姿色，只是满脸上的脂粉，也不少讨厌之处。梁寒山以为她虽不是卖笑生涯，而实际上妓女所当做的事，她们也未尝不做。那么，在她们见着客人之时，可就应当和颜悦色地先寒暄上几句。不料她们跟着林一心来时已经是走得很慢，及至进了棚，可就大刺刺地一步迈不了三寸，只把眼睛向着梁高二人望了一望，却没有怎样招呼。林一心倒笑嘻嘻地给介绍道："这是刘贵仙姑娘，这是刘贵喜姑娘。"说着话时，却用手指着高、梁二人，"这是高先生、梁先生。"贵仙、贵喜听了，这才和高、梁二人微微点了个头。高、梁二人都还只有二十多岁，总不失为青春时代，纵不受人欢迎，也不至于惹人讨厌，而况以现在的资格来论，却是花钱的大爷。不料这位大鼓娘，却是如此之大模大样，毫不在乎。

高乐天是常捧大鼓的，知道她们的脾气，却也无所谓，梁寒山向来不曾和这些人来去，看了这种样子就有些不大舒服，也偏过头来和高乐天说话，不理会那两个大鼓娘。说了几句，回头看时，她们已经在林一心所预定的椅子上坐下了。那贵仙年纪大些，虽在剪发盛行的年头儿，犹自梳着一条乌油轻松的辫子。长长的旗衫，长长袖子，手里拿了一柄牙骨扇子，却不张开，只是左手轻轻地拿着打右掌的掌心。偶然一回头和梁寒山四目相射，却笑了一笑，在红嘴唇里露出她几个白牙齿来。梁寒山看了她这样子，觉得一句话不说，未免有些不对，便笑问道："你二位相隔几岁呢？看去是姐姐妹妹，都差不多呀。"他这样说了，自己觉得无中生有说这样一句，也是很无聊的，不过要不说这一句，凭空这样对她笑一笑，那就更是无聊了。他说了这一句，以为总可引起刘贵仙的话来，然后才不至于寂寞。不料贵仙笑了一笑，两只手慢慢地将扇子展开，招了几招，然后才慢吞吞地说了两个字道："是吗？"

梁寒山心里想着，凭你那一点子色艺，何至于就骄傲到这般田地。若说不是骄傲，是她赋性沉默，然而看她这种装饰以及她的职业，也不是沉默的人物。于是生了一番厌烦之心，也就不和她说话。高乐天见他脸上忽然变了一个状态，只拿了一个指头，将桌上泼的剩茶画字，画了一个，又画一个，心里就猜想到了一大半。于是就引着他说话，以解他的寂寞。梁寒山心里，终究是不痛快，匆匆地把这一餐饭吃完了，就告辞走去。高乐天和他是同来的，也只好和他一路地走。

梁寒山在路上问高乐天道："这两个大鼓娘，怎么和两个蜡人似的，为着什么呢？为的我们是两个穷酸吗？"高乐天笑道："冤枉冤枉，她们够得上搭什么架子，干脆是怯场，像她两个人，还是常出来走走的，你说话她答不上来她还能够懂，若是其他的人，相隔极远，你说东来她以为是西，那才无味呢。"梁寒山笑道："虽然如此，我是不想和她再会面的了。"高乐天知道他受了不少的刺激，就不再说了。

偏是事有凑巧，只隔了一日的工夫，有一位朋友的家里，却也到了二三十位客。酒席之外，以助来宾余兴的，恰是一班大鼓书，一间敞厅外面接着寿棚，来的那些大鼓娘，就在寿棚里几张客座上坐着。这里最容易令人注意的，便是那刘氏姊妹，也侧着身子坐在人丛里，却不住地用眼光来射到敞厅里的来宾上。偏是这些来宾里，有了高乐天，也有了林一心。高乐天悄悄地走到梁寒山身边，握住他的手，轻轻摇了几下道："怎么样，感到不痛快吗？昨天你说不和她们见面，今天是整大群地会着她们了。"梁寒山道："讨厌倒是讨厌，所幸今天和她们不会发生丝毫关系……"话不曾说完，只见林一心蹲着身子向前一挤，伸着头轻轻地道："今天对不住，要给兄弟一点儿面子。"说着话，手里伸出一把扇子来。梁寒山见那柄扇子，不过是平常的白纸页，扇骨子黄里翻黑，尤其是柄骨的转轴处，有一层一层的黑垢，心想，他如此一个时髦的人物，如何会用脏到这样情形的扇子。正自这样犹豫着，林一心却已把扇子慢慢地展开来，露出了两摺，一看那扇上，写着蚕豆大小极恶劣的字。那字并不是什么诗文，原来是大鼓书的曲名，这才心里明白，是她们大鼓娘的歌扇。然而这是书场上伙计们兜搅生意的，何以落到他手上？

高乐天也同他是一样的思想，便轻轻地笑问道："老林，怎么回事？你在哪家落子馆里干事？怎么会把这扇子拿在手上？"林一心笑道："她两人知道我这里熟人多，要我帮她一点儿忙，请在场的人，点几个曲子。说不得了，谁让我们有交情呢？我只好出面给她们邀请了。"说着，他就不住地向那寿棚下面指手画脚。原来那寿棚的南端，搭了一座低低的小台，正有大鼓娘在台上唱曲子。高乐天道："你这未免多事。这是人家家里做寿，你干吗要在这里张罗？"林一心笑道："你别褒贬，褒贬也是要你点一两个的。难道说这一点儿面子，都不能给我吗？"说着，他可就掉过脸来和梁寒山讲话，因笑道："我原不要多这种事，无奈贵仙姊妹俩，近来亏空得不少，要我帮她们一个忙，我有什么法子帮她们的忙呢？今天遇到这种堂会，少不得总要每人点一两个曲子，敷衍敷衍的，我就索性给她们多邀几个，在点的人不过是出两块钱点一出无所谓，可是我对于她集腋成裘，好处就大了。"说着拱了一拱手笑道，"阁下以为如何？觉得我很冒失吗？"梁寒山一想，这倒好，昨日吃了你一餐，今天就要我来还礼。他既好意思说，就不容推辞，因连说可以，但是我不懂这个，请你代点一则就行了。林一心笑道："点一则吗？还来一个吧？"梁寒山因是生朋友，人家当着面有这样一个小要求，不过多花两块钱的事，不能不答应，只得笑着点了一点头。

林一心也不再加声明，便回转头来向高乐天道："阁下怎么样呢？"高乐天笑道："我捧她姊妹俩的时候多了，哪在乎今天。"林一心道："平常自然你捧过的。不过今天在这里，你要不帮忙，别人关系浅的，就更不肯帮忙了。你不点缀哪行？"高乐天道："既然如此，我就来一个吧。"林一心道："梁先生是新朋友，只听她们一回大鼓，还点两则呢……"高乐天皱了眉，连连点着头道："得得得，我还来一个吧。"林一心见他答应了，两手捧着扇子，就给高乐天连连拱了两下手，笑道："对不住，对不住，让她姊妹俩好好儿地唱一唱吧。"然后他将扇子招了几招，就向寿棚里而去。到了寿棚，他一直奔刘氏姊妹。远远地见他又点头，又微微地笑，刘氏姊妹却站起来，走到林一心身边，也笑嘻嘻地说笑着。林一心似乎得了什么捷报一般，口里连说好好，就向寿堂里来。见着客人是在这里间坐喝茶的，他都向前招呼道："刘贵仙姊妹俩要上台唱了，大家去给我捧捧场吧。"

这些人有认得林一心的，也有不认得林一心的，现在经他一催，就不得不去敷衍面子。况且这听大鼓书也是取乐，又不费什么，何必不去，因此大家都到寿棚里来。今天这里做寿的主人翁是福建人，福建人对于这北方大鼓书，是感不到多少兴趣的，主人翁如此，客人里边喜欢大鼓书的也不会占着多数，所以寿棚里那样热闹，弦鼓并奏，可是坐在那里真正听书的，却是寥寥无几。这时让林一心一召集，棚子里的座位，立刻坐满。林一心他心里想着，只我这样一招呼，马上来了许多人，可见我这能力非小。因此他索性不坐在固定的地方，这个人身边坐一坐，那个人身边也坐一坐，以表示在座的人，都是他的朋友。刘贵仙姊妹在台上唱时，林一心就在座领首，引着大家拍手。同时，他又问人唱得怎么样？人家知道林一心是捧场的，当然当着面说好话，都笑道："唱得很好。"林一心听说，就把手上拿的折扇，向外一伸，笑道："若是讨厌的话，我就不说了。既是还有可听的，那就请你做一个人情，点她们一则曲子。行不行？"人家有极好的意思在先了，怎能说不点，便点了一个。可是点了一个之后，林一心他又要请人来个双份儿。这还是对于生人的表示，若是熟人，他更不客气，硬性做主给人点上两则或四则，他这里坐一坐，那里钻一钻，把这满堂的客都打搅了。曲子点得多了，刘氏姊妹哪里唱得过来，索性随便唱了两则，就算了事。

这是下午的事，到了晚上吃过寿筵，他又照办，一日夜之间，大概点了五十则曲子。这五十则曲子，就是一百块钱了。这里做寿的主人翁，碍了林一心的面子，不能不特别赏钱，除了正式开销之外，又对她姊妹俩各赏了三十块钱。刘氏姊妹到了晚上一点多钟回去，每人都有八九十元，这天总算不虚此行了。林一心一想，她们既有这些钱，家又住在天桥附近的冷僻街上，这样夜深回去，若遇到了歹人怎样办？因此访得宾客中有坐汽车的，走上前笑嘻嘻地给人作了三个揖，说是有点儿急事，要借汽车一用，一个钟头以内一准回来。人家见他如此客气，却不好意思推辞得，只好应了。林一心不料一请便得，心里一喜，又给那人作了三个揖，然后笑着引了刘氏姊妹出门，同上汽车而去。

到了刘家门口，汽车停了，林一心笑道："总算把二位送到家里，不知道还有什么差事，给我办的没有？"刘贵喜笑道："今天真劳驾了，还有什么事敢劳驾的哩？"刘贵喜向来对于林一心不假以辞色的，现在忽然也笑起来，林一心这一种快活，简直无法可以形容，便拱拱手道："不敢当，不敢当，差事办得不好，不要见怪。"刘贵仙见着，也不由得抿嘴一笑。这时，刘家人已经起来开了大门，刘氏姊妹下车，林一心还开了车门，伸出半截身子来笑道："我们哪一天见？"刘贵仙已进了门，回转身来，向他招了招手道："今天晚了，我不让你进来了，明天早点儿到我们这儿来，我预备一点儿好吃的东西给你吃，可别忘了。"林一心不料今天这一捧，大大地捧出了好处，刘氏姊妹马上就约着吃饭，因笑道："来的，无论如何，我也是要来，您就等着吧！"说毕，高高兴兴地坐了汽车回去。

他的意思，以为刘氏姊妹说了这话，自是一定的，否则，她不说这话也没有人怪她，又何必撒上一个谎呢。因此到了次日，一点儿也不考虑，在上午十一点钟，坐了自己的包月车，一头就撞到刘家姊妹家来，只一敲门，刘家有人出来，笑道："三爷，您歇一会儿吧，她姊妹俩，都出门去了。"林一心听了这话，觉得有些不对，原来是她们约我来的，现在我来了，她们倒偏偏不在家，岂不是有点儿存心开玩笑？因问道："怎么一早就走了？有什么要紧的事吗？"那人道："贵仙上医院瞧病去了，贵喜是陪她去的，也许瞧了病，还要到别地方去。"林一心听这话，真有些不像话，待要仔细盘查一番，未免大煞风景，在门口站着踌躇了一会子，只得说道："既然如此，我就回去了。"那人始终拦着门，也不让开路来，好像屋子里保守着什么秘密，怕人进去识破一般，笑了笑就走开了。

林一心想着，人家都说她姊妹俩，让两个下野的武人包围了，我却不相信，因为不曾见她们有什么秘密行动。据现在的情形看来，莫非这话是真的？不然，就是让我进去坐坐也不要紧，何至于把我挤在门外呢？林一心狐疑了一阵子，究竟也猜不透虚实，只得扫兴而回。其初，心里总还疑惑着，她们还不至于故意背着自己，后来在街上没有走多少路，只见一家一个教曲子的师傅，提一把三弦子，迎面而来。林一心又有点儿猜疑，就用扇子招了一招，叫那人过来，停着车子问他哪里去，他道："上刘家

273

去。"林一心道："她们在家吗？"他道："三爷不是在那儿来吗？她刚刚打电话来的，等着我去呢。"林一心点了点头，不再置可否，也就走了。但是他反躬自省，再三地思量，也不知道是哪一点让人家不满意。就是有不到之处，头一晚上，还给她筹了一二百块钱，有这点儿小功劳，也可以把以前的过失掩盖过去了。不料她是如此的不谅解，转过脸来就不记前情。她能生我的气，我就不能生她的气吗？我也歇两天不去捧她，看她怎么样，想着，果然也就歇了两天不上书场。

到了第三天，偶然到游艺场里去混混时间，恰好又碰到了高乐天，因问道："一个人吗？"高乐天笑道："算是你走运。有个朋友订了包厢请我听坤班戏，他偏有事走了，我一个人坐包厢，无聊得很，你也去坐坐如何？"林一心道："我正没有乐儿，怎么不去？"高乐天道："不能啦。贵仙那儿，这两天，你正大勺子向火上加着油呢，难道还像水一般，把火会泼熄了吗？"林一心听了他这话，招着扇子，微微一笑。二人说着话，一路走进戏场包厢，不由得二人同时一怔。原来就是这包厢同排的一个厢里，刘氏姊妹和两个中年汉子，坐在那里听戏。高乐天心里，以为是林一心已经包了厢在这里，故意地不说。林一心又以为高乐天明知道她们在这里，故意将自己引了来，气上一气。现在见了面，也只好忘了前几天她避而不见之罪，和她招呼招呼。这样想着，望着刘贵喜，正待点头，不料刘贵喜不先不后，就在这个当儿，偏过头去和刘贵仙说话。刘贵仙留心听她妹妹说话的样子，眼光可射在台上出了神。林一心讨了一个没趣，自在包厢里坐下，不去理会。

高乐天究竟忍不住，便问道："三爷怎么回事？你没有看见刘家姊妹吗？"林一心笑了一笑。高乐天看着那边包厢里，只见有个肉胖子，口里衔着一支烟卷，刘贵喜却擦了火柴，笑嘻嘻的给他点着烟。心里恍然，她们和林一心，也是不期而遇哩。但是林一心在她姊妹俩身上花的钱，以及那一份效力，总算一个忠实的信徒，何至于理也不一理？大鼓娘并不是哪一个客人的专利品，陪着这个客人绝不能陪其他的客人。然而这胖子，或者是大花钱的主儿，只好狠心不理林一心，亦未可知，也就自宽自解。

一会儿一出唱功戏上场，这两个男子不耐听，都走了，只剩她姊妹二人，心想这时她们要来敷衍了。不料这一下事实正相反。原来刘贵仙分明知道林一心在这里，只当没有看见。后来她看到这边老是偷着看了过去，她索性脸向这边望着，脸上冷笑一笑，接上又将嘴一撇，然后才向着台上。看她那意思好像说我偏不理你们，你能拿我怎么样？我看你那样子，才是瞧不起你哩。高乐天心想你不理会我们也就罢了，怎么倒还向我们冷笑？便回头向林一心冷笑道："总要你捧大鼓娘，你瞧，这是你捧大鼓的结果！"林一心倒还不在意，微笑道："那算什么，她不理会我，我以后不和她来往就是了。"高乐天道："你倒看得破，我旁边人可是看不破。"林一心轻轻地拍着他的肩膀道："干吗和她们这种人生气？我们出去溜达溜达吧。"高乐天道："干吗呀！她不躲避我们，我们还躲避她吗？大爷有钱坐包厢，可不是坐人家的包厢装面子呢。"林一心明知道他这话有语病，可是也无法和他细辩，只得一笑了之。

在听戏的时间，不多大一会儿，刘贵仙包厢里那两个客人又回来了，大摇大摆地坐着，一走进包厢，刘氏姊妹站起来让座，看那样子，却是故意装出巴结阔佬的样子来，给这边包厢里看。高乐天转念一想，本来林一心捧她，就是七拼八凑的局面，纵然花的钱多，她也知道是穷小子一个，这只怪林一心自己不争气罢了。高乐天想了一阵子，实在也犯不着生气，就把这件事抛开。

戏散了，林一心拉着他的手笑道："今天的戏，听得是有些不痛快，我们先找一个小馆子吃饭，回头我们一块到胡同里走走，你看如何？"高乐天笑道："你这人还不死心吗？我劝你现在不要逛吧。等你发了十万八万银子的财，然后再大逛一下，省得花了钱，还让人家瞧不起。"林一心听了，依然还是笑上一笑，并不怎么分辩。高乐天用手指着他，点了一点头笑道："你这人是不可救药。"说毕，就走开了。走出了坤戏场，看见男男女女正向花园里行走，也就缓步而入。

沿着荷花池，绕了半个弯，却有人在身后连连叫了几声乐天先生。回头看时，那人取了草帽在手上，深深的度数点着头笑道："好久不见，近来好？"高乐天看时，却不十分认识。但是人家叫出姓名来，又如此恭敬，绝不能够置之不理，也就只好向他点了几点头，可是脸上少不得现出有点儿犹豫之色。那人却十分明了，走近一走，先笑道："高先生忘了，我是魏建成，在赵先生家里见面多次。"高乐天这时想起来了，曾听得赵先生说，这魏先生交际手段高明得很，当时倒不知道他手段怎样高明，虽然疑心，也没有证明出来，如今见了他，又想起了前事了，便笑道："是是，我的脑筋健忘得很，魏先生好？"他听说皱了皱眉，又吸了一口气。高乐天看他这种情形，分明是不好的样子，却又不便多问，也就算了。魏建成却反问道："高先生的景况是很好的，忙着哪有工夫出来玩呢？"高乐天道："也不一定，所谓忙者，也不过是每日之中，几个钟头，其余的时候，也就很自在的。"魏建成道："几时有工夫到我舍下去谈谈，好不好？"说时，他便由身上掏出一张名片，弯着腰递到高乐天手上。接过来一看时，那名片却也印着四五路官衔，不过每路官衔顶上，都加上一个前字，下款便是详细住址，乃是大桥杠胡同内小坐椅胡同，镜花庵正对面，门牌八号，借用电话东分局四二一，借用电话东分局五二一，借用电话东分局六二一。高乐天正看这里，魏建成便道："这三个电话，随便你打哪个都成。这都是左右街坊，你若是多说两声劳驾，他们不能不给你送电话的。"高乐天道："那就是了。"当时，说了几句话，也就分手而去。

高乐天在北京，本来组织了一个小家庭，不过趋于旧的一方面，平常他要不在家，他的夫人是不代表见客的。这天高乐天和魏建成见了面，第二日下午，他就到高家来拜会，正值高乐天不在家，就把他挡驾回去了。高乐天以为这种泛泛之交的朋友，不过是因昨日的谈话，偶然高兴来看一看，说过去也就算了，不料到了次日下午，还是这个时候，他又来了。这时，高乐天照例不在家，他还是扑了空回去。高乐天回来知道了，心里很过意不去。人家既然来了两次，不能不去回看他一次，这天过了，到了次日，也就把魏建成的名片搜罗出来，然后照着名片上的地址，直找了去。

找到魏家，倒是所独门独院的房子，高乐天敲了许久门环，才听到门里一阵脚步响，有一阵娇滴滴的声音，问了一个谁字。高乐天答应是拜访魏先生，然后那门才开着，开门的并不是佣仆之流，乃是一个十六七岁的女郎，她穿了一件翻领对襟的白短衫，在那领子下套了一根水红色的带襻。除了两只胳膊，露了十分之七八在外面而外，那翻领挖着低低的，前面还露出一大块雪白的胸脯子来。高乐天知道她决计不会是下等人，就取了帽子在手和她点了一点头，笑道："魏先生在家吗？"那女郎向高乐天浑身上下打量一番，然后笑道："你先生贵姓？"高乐天说了，她就笑着啊了一声道："是高先生，请到里面坐吧。"高乐天料想魏建成一定在家，便跟着那女郎一路进去。

她倒不见外，就引高乐天到东边一间厢房里来，那屋子里倒也有几件椅桌和字画，有点儿像客厅。那女子让高乐天坐下，就在他对面一张椅子上坐了。她似乎知道高乐天的意思的，先就笑道："魏建成是家父。"说着就在身上摸索着，摸索出一张小小的名片儿，双手递将过来。高乐天接过那名片来一看，上面现着有凹印的本色玫瑰花片，中间有小字横列，第一排乃是她的姓名魏露斯，下面一行一行地推排下去，就是住址及借用电话的号码。高乐天这就明白了许多，因笑道："原来是魏小姐，现在在哪个学校呢？"魏露斯口里唧哝了一阵，说着是个什么大学。因为大学两个字声音很大，也很清晰。大学上面两个字，可是含糊得很，却听不出来。高乐天并无知道她所在学校之必要，既听不清楚也就算了。而且自己觉得是她父亲的朋友，和她的地位高一等，一时谈不拢来，便道："令尊回来，请给我致意。我有事，不久谈了。"说着，就起身告辞。

魏露斯送他出门，还不曾关好门，院子里早有人嚷着密斯魏，嚷了出来。原来她在会高乐天的时候，另外还有她父亲一个朋友乌泰然在里面小书房里。这乌泰然只二十一岁，头发常梳得像膏药一般油光。一套粗哔叽西服，虽然大半年穿着，却是紧合身材，一点儿脏迹也没有，加上他说话是非常之从容，态度又非常之和蔼，倒是个漂亮青年。只是有一层，他生来是一种黄中转黑的肤色，微微起着鱼鳞纹的皮质，若不是他那一身衣服陪衬住了，真有些像煤铺里小掌柜。因之他有一些朋友，给他起了个绰号，叫作小黑脸儿。魏建成和乌泰然原不认识，只因为有个集会场上，两人在一处会了面，同时，魏小姐也在一处看到，由朋友介绍大家见了面。魏建成因为手头拮据，并不约朋友上公园和茶楼酒馆，都是约人到他家里去谈话。自从和乌泰然见了一面以后，也是约他上家里去。乌泰然第一次到魏家去，和高乐天今天到魏家来一样，彼此并未见面，乃是魏露斯小姐出来见面的。来得多了，他和魏小姐的友谊更深。乌泰然是个研究文学的人，同时又是研究艺术的人，一谈起话来，少不得将西洋文学家、西洋艺术家，从头至尾说上一套。今天来了亦复如此。说到得意的时候，不由得就把文学问题、艺术问题，更又谈到爱情问题。一说到爱情，将头偏到一边，斜了眼睛望着魏露斯，只管微笑。

今天他正谈到一本西洋爱情剧，这本戏，他除了译成过汉文而外，并且还亲自登台表演过一回。正谈到得意之际，偏是高乐天来了，打断了话柄，非常地不痛快。正拿了桌上放下的帽子，表示一种要走的样子。魏露斯却笑道："你忙什么呢？还不知道来的是谁？让我去看看吧。"当魏露斯开门引高乐天到小客室里去的时候，乌泰然就在他上屋里坐着，和魏露斯的母亲魏太太谈话。魏太太是个半新半旧的交际家，对于听戏打牌这些事，却相当的内行，乌泰然也就丢了西洋文学、西洋艺术，来谈梅兰芳程砚秋。由戏又谈到红中白板，词锋不断，却也不让魏太太感到寂寞。后来知道高乐天走了，他连忙抓了帽子在手，抢出院子来，及至走到门口，魏露斯留他不走，他就跟了露斯一块到小客室里去。

露斯道："你和我妈谈些什么？"乌泰然道："和你母亲在一处自然说你母亲所愿听的话了。"露斯道："在我一处，也就讲我所愿听的话了。"乌泰然笑道："那不见得。"露斯道："不见得，难道还说我不愿听的话吗？那说些什么呢？当然是三从四德、贤妻良母、三纲五常……"乌泰然连忙摇着手道："我说不见得，并非就是说你不愿听的话。不过不像对于你母亲说话一样，只是迎合她的心理。对你说话，我是处处用理智来限制我的情感。人是感情动物，尤其是两性之间，处处都能引动情感。这若由着情感的行动，不用理智去制裁……"露斯道："你说些什么？我全不懂。我问你是不是说我愿听的话，情感理智，瞎扯上这一大堆。"

乌泰然说得正得趣，给露斯拦头一下断住，只好先微笑上一阵，然后说道："这就是我能说你不愿听的话了。同时，我也想得愿听的几句话，就是你托我的事，我已经有七八分把握。"这半天露斯才笑起来，因道："有七八分把握了吗？是我的事呢，还是我父亲的事呢？"乌泰然笑嘻嘻道："你父亲的事有六七分，你的事也许有八九分，平均起来，是七八分吧？这个星期日子，你若是有工夫的话，我就可以介绍你和前途见面。你是愿意吃中菜，还是吃西餐呢？"露斯笑道："介绍就介绍，干吗还要请客？"乌泰然道："当然要请客，不请客，难道让大家在当街见面不成？"露斯听说，就偏着头想了一想，笑道："我看是撷英不错，最好是四点多钟去吃晚餐，那个时候，早客已经过去了，晚客又没有上座，菜既然好吃又清闲得很，不知道你赞成不赞成？"

乌泰然听说，就点了一点头，原来他的计划，魏露斯要是吃中餐时，就请到市场里，一家便宜居餐馆去吃包子和面。她要是吃西餐时，就请到学生番菜馆，吃一顿三毛钱一客的早茶。而今魏露斯自说出要到撷英吃晚餐，乃是一元四五毛一位，再加上汽水小账以及车钱，这真可观，便笑道："四点钟去吃饭，未免早一点儿，我们索性提前找地方吃早茶去，不好吗？早上起来早一点儿，我来邀你，趁着新鲜空气，也不要坐车，在长安街绿树林子里慢慢地走。只当柔软运动，到了番菜馆子里，也可以吃个饱。吃饱了，我还是陪你由那里回来，当着饭后运动。"露斯将嘴一撇道："得了吧，你说的不是学生菜馆吗？为了三毛钱的早茶，我得来去走上七八里，谁那么馋？干脆，你就约他到公园里去，在柏林里亭子下见面，省事得多。"

　　乌泰然脸一红道："密斯魏，你的意思，是说我舍不得钱吗？那可成了笑话了。我无论如何，我介绍你去见前途，是为着你的事，我又不要从中取得什么，我就不请密斯魏，密斯魏也不怪我的，那我何必既要请，又舍不得钱呢？"露斯笑道："那算我说错了，你可别见怪。"乌泰然道："对于女子，总应当原谅的。漫说你没有说错，就是说错了，也不应当见怪。就是依着你的话，明天下午，我们在撷英会面吧！"露斯笑道："你不要误会了我的意思，我并不一定要你请我，我只要你介绍我和前途见面，找到一份工作，我就很感谢你的了。"乌泰然道："工作替你找，饭也当请你吃，我明天准在那里等，到不到，我就不管了。"露斯笑道："有了前途在那里，我怎么能够不去？"乌泰然听了很喜欢，笑道："去是去，不过有一个条件。就是这个约会，请你暂守秘密。因为见了前途，事情哪天发表，还不知道。若是先传扬出去，不能马上发表，我介绍人固然是没有面子，你自己也没有面子，最好到发表那个日子再说出原委来，让你们家里人惊异一下子。"露斯听说，虽不知他的命意所在，然而对家里人守秘密的事，多添上一样，极不关重要，就毫不考虑地答应了。乌泰然又说了一会子，自告辞出去。

第二十回

订约不忘典裘供小叙
结交有术敷粉发奇谈

　　乌先生出门之后，第一件事，自然是去找这笔开支。先去找了两个手头宽裕一点儿的朋友，不料事情不凑巧，都不在家。这也无法，只好回去。却也是人无绝路，却在半路上，遇到一个代课学校的会计，一把拉着，同站到马路边下，因半鞠着躬笑道："我有一件事要求你。明天我有一点儿燃眉之急，想和你通融十块钱用一下子。"会计先生最怕这一着，凡是教职员，特意找着他，或是发狠，或者赔笑，都不免于伸手。因为向例会计是兼出纳的。但是这是学校里的事，若是在大街上，却不用得提防这一着。现在不料乌泰然会突然碰到，开起口来，因笑道："乌先生你难道因为我是个会计，就走到哪里身也会带着钱吗？"乌泰然笑道："这个没关系，我本打算明天早上到学校去的时候，再去看你的。因为这里碰到了你，我就先对你说一句。这个忙，我务必要你帮一帮的。"会计因他拦住了去路，料想是不答应不行，便笑道："好在是十块钱的事情，明天我总给你想点儿法子。"乌泰然听他如此说，总算答应了，这才告别而去。

　　可是回家以后，总还有些不放心，次日一早，就跑到学校里去找会计。不料这会计说话，有点儿不顾信用，这天早上，他竟没有到学校来。乌泰然昨晚上就算着，除了请客之外，还有几块钱富余，可以买点儿东西送露斯。今天一日，要过个十分痛快而又甜蜜的日子。现在会计不在这里，钱落了空，自己所想得的乐趣，完全落空了。向学校里各处打听，都说他今天有事，到董事长家里去了，恐怕十二点以前，不能回来。乌泰然一听，更为着急。若是十二点钟回来，他还是没有钱，那就要到别处去找钱，也是赶不上四点钟的用。为慎重起见，还是另想别法吧。

　　他踌躇了一会儿，走到学校门口，复又回来，还是到会计室门口，徘徊了一阵，复问了问听差，只是说不定什么时候回来。乌泰然一想，学校里的会计，是大家的粮食行，照例是不应该出门的。就是出门，也不应该一去几点钟。我若是这学校的校长，纵然不免除他的职务，也要当面申斥他几句。这实在没有法子，只得走出门来，雇了车回去。

乌泰然是兄弟五人的家，除了各人衣服零用是自备而外，家里房饭用度，却是公摊的。他想来想去，只有一条妙计，因他大哥收入宽裕点儿，钱周转不过来的时候，就由大哥垫出来，然后大家再将款子摊还他。好在他大哥抱定了上当只一回的目的，若是这次垫了款收不回，他就不再垫款了。大家怕回家来吃不着饭，也不敢拆他的烂污。这时趁他大哥在家，便向他笑道："刚才我在咱们粮食行门口过，他们掌柜的找着我说，我们的米钱和面钱，得给他了。"他老大就道："什么话，我昨天亲自把钱送给他掌柜的手里，怎么今天又和我要钱？"乌泰然一听，不由脸上一红。他哥哥想起来了，将手点着他道："老五，你是又要请女朋友，没筹着款，打算在我这里想法子吧？"乌泰然道："没有的事，没有的事。"口里说着，他那小黑脸儿一红，可就变成了紫色，便溜到自己屋子里去了。

说着乌泰然到了屋子里，先向炕上一倒，慢慢地转着念头。这真是糟糕，计划已经想好了，客也约定了，钱还是没法筹，难道就这样对人失信了事吗？自己仰面躺在床上，不免睁了两眼向屋子四周看去。忽然跳了起来，自言自语道："天下没有走不通的路。"于是把床头边一只木箱子打开，将里面所有的衣服，一件件拿了出来，重新展开看看。可是到了现在，有点儿埋怨自己了。平常做衣服，要爱个漂亮，总是做西服。一时想在钱上打算，拿衣换钱去，这就发生了困难。西服要合身腰的尺寸，卖是没人要，当是当店里不收。仅仅只有一件八成新羊皮袍子，还可以拿去当。于是把那件皮袍子提起抖了两抖。然后折叠着，用一块白布，紧紧地包裹了。盖好了箱子，先定了一定神，跟着就偏头听听外面，哥嫂们有什么话没有。后来外面声音是寂然的，这就把包袱一夹，侧了身子，就向外面跑去，口里还念道："啊！这书真沉，我简直提不动。"一个劲儿地直跑到大门外去。在这大门外，停着很多人力车子，就一拥向前，把他包围着，问道："五爷，上哪儿？我拉去吧，特别加快？"乌泰然道："我就到胡同口上洗染坊去，要车干什么？"车夫见他说不要车，自然也就算了。可是那些未曾抢上前的车夫，见抢上前的车夫碰了一鼻子灰，不由得在后面发笑。乌泰然提了包袱，听到车后有笑声，以为是人家笑他当当，越发不好意思，提着脚，赶快走了几步，转过这个胡同去。

所幸走了不远，就有一家当铺，站在当铺门口，正待要去，顶头却遇到两个朋友，便迎上前招呼道："到我家去坐坐吗？我把两件衣服送到洗染房去取点儿油迹，马上就回来的。"两个朋友谦逊了两句，自过去了。乌泰然也像并不知道当铺就在面前似的，提了包袱，只管走了过去。走过一截路，有一个横胡同里有个穿堂门，正是通到当铺栅栏子门里又出去的。于是走到穿堂门口，只当是个过路人走了进去，这才到了当铺里。将衣服向柜上一送，柜上人仔细看了看，又向乌泰然看了看，见他是个中流以上的人，便道："给你写四两银子吧。"乌泰然道："合多少洋钱呢？"店伙道："有五块多呢。"乌泰然道："不行，那怎够用，你给我凑上八块钱吧。"店伙又不肯，说来说去，当了七块钱，倒正合了乌泰然估计的价值。将钱到手，当票子叠好，放在裤子的小口袋里，所有几张钞票，放在皮夹子里装着。装停妥了，不肯走大门出来，依然由穿堂门边回，在附近地方，找了一家理发馆去刮了一个脸。刮脸之后，也就到了三点多钟了，于是从从容容地到番菜馆来。

　　坐了不多大一会儿，魏露斯就来了。她一进雅座，并不见屋子另外有个什么前途，只见乌泰然道："我昨天一回家，就和他打电话，约好三点半钟，到他家里去邀他的。今天上午，他回了我一个电话，说是不必等他，他还有点儿事，准四点钟来，大概也就快到了。叫茶房先开瓶汽水来喝一喝吧。你要哪一种的？"露斯见他说得那样自然，心想也许是事实，便坐下来同喝汽水，好在乌泰然的话非常之多，倒不感到寂寞。两瓶汽水喝完了，已经快到五点钟，约的人还不曾来，露斯道："怎么还不见来？你能催一催吗？"乌泰然道："让我去打电话，也许来了呢。"他说着，果然出去打了一个电话到书铺子里去，问新出版的杂志，到了没有。打完了电话，回座告诉露斯道："阔人儿的事真难说，他还不曾回家呢，今天算我专请你一个人吧。"露斯虽然不高兴，然而这是前途托大，不肯来，以乌泰然而论，他总算卖力，不能怪他。他既是说算是专请一次，不便拒绝，而且也没有进了馆子不吃就走之理，只得笑道："这倒叨扰你了。"乌泰然笑道："我们这样的朋友，谁吃谁一餐，也不算什么，叨扰二字，从何而起？"于是向茶役招了招手，让他拿了菜单子来。

　　乌泰然将菜牌子看了一看，觉得没有哪一样不可吃，只看了一看，站起来双手便将菜单子递给魏露斯看。露斯就和他不同了，二个菜单一汤四菜，就换了三样，最后点了一样，又要换冰激凌。茶房见她把菜单子几乎全盘推翻，虽是不敢说什么，然而脸上总有点儿不以为然的样子。露斯也知了，却装了不瞧，因笑对乌泰然道："这家番菜馆已经是很有名的了，可是一和真正的外国菜馆子一比，就差远了。昨天我和几个朋友在北京饭店吃晚饭，我们连菜单子也没有看，就让他开来，觉得很是合味呢。"说到这里一看茶房，已经走开了，便接着道："他们还大闹香槟酒呢。"乌泰然虽然没有喝过香槟酒，可知道价钱贵得厉害，大概再当上一件皮袍，也不够两人喝，便笑道："要喝香槟酒，除非到北京饭店去。中国番菜馆子，哪里预备得起，就是预备着，那也只好让外行去喝的。这山海关的汽水，倒是不错，叫他们拿一瓶来好不好？"露斯道："干吗拿一瓶？要喝就各喝一瓶。"乌泰然心里想着，两客饭是三块，汽水二毛一瓶，喝两瓶一共四毛，倒不会恐慌，就慨然答应了。

茶房开了两瓶汽水，一人面前倒一杯。露斯只喝了一口，摇摇头道："太辣太辣，我受不了。"见茶房立在身边，便问道："你这儿有沙士水吗？"茶房道："有，给您开一瓶。"乌泰然瞪了茶房一眼，也没说什么，一转身茶房就拿了两瓶沙士水来了。乌泰然正拿着刀子挑了玫瑰酱，向一块面包上乱涂。一见之下，一只手拿着刀子，一只手拿着面包，一齐向空中乱摇。口里又嚼着几块冷菜，一时说不出话来，先哼了几声。茶房问道："先生，您不要这个吗？"乌泰然使劲一下将口里的食物，吞将下去，然后才道："不是全不要。我不喝沙士水的，你只开一瓶就得了。"茶房道："您喝啤酒吗？"乌泰然脸一红道："要喝我们自然会说，你麻烦什么？我们只两个人，能喝多少呢。"露斯见他有些不乐意的样子，也就不说什么，立刻沉默起来。吃过了两个菜，二人都不曾说一句话。

乌泰然先是觉得露斯有些开玩笑，开了汽水来不喝，又要喝沙士水，心里不高兴，可是两分钟以后，他又以为要尊重女权，不能为朋友多喝一瓶汽水就得罪她，因道："密斯魏今天还有事吗？吃过饭，我们到市场要去遛遛，随便买点儿东西。到了晚上，我陪你看电影去，今天的片子都不错，你愿意上哪一家呢？"露斯正想看电影，这句话，倒中了下怀，她就笑道："无论哪一家都可以，只要片子好就行。"乌泰然笑道："回去晚了，你不害怕吗？"露斯道："有什么害怕？难道还怕洋车夫在半道上打劫我吗？"乌泰然道："不是那样说，夜深的时候，一个人经过好长的街道，究竟是很寂寞的。寂寞的极端，也就可以解释着是害怕。"露斯笑道："如此说法，或者可通。那也没有什么困难，人情做到底，请你送我回家去就是了。不知道你肯送吗?"乌泰然连连答应道:"一定送,一定送,若是不送,我就不算人。我和你也交过两三个月朋友,我对你说话,失过多少次信呢?"露斯笑道:"我不是说你失信,因为到了那夜深,你也是急于要回家的,哪抽得出工夫来送我哩?"乌泰然道:"今天晚上我倒是有一篇文章要写一写。但是为了送你回家,我不妨把写文章的时期,压下去一二小时,今天晚上的月色,一定是好的,你若是高兴的话,我可以陪你踏月回去。长安街两边的树木,长得青郁郁的,马路平坦坦的,慢慢地走回去,是非常舒服的。"露斯道:"不行,我就走不动的,要我由东城跑到西城去,那可要我命的,罢罢罢,你不送我……"

乌泰然听她这样说,深怕她连电影都不去看,可把既成之局打破,未免可惜。因道:"我不过是这样譬方着说,散了电影以后,已是十二点钟了,何至于再和你慢慢地走回去呢?我自然是雇车送你。"露斯原是不大高兴,经乌泰然这一阵恭维,心里就痛快了许多,因笑道:"今天是要你给我介绍一个朋友的,怎么倒要你花上许多钱?又要耽搁许多时候的工夫。"乌泰然笑起来道:"那是哪里话呢?我就怕你不赏脸呀。"于是喜气洋洋地和露斯谈笑起来。

到了喝咖啡之后,料着露斯是不吃不喝的了,不过心里还想做点儿人情,就问道:"还要点什么吃?"本来露斯也就不想再要什么了,因他如此一问,便想着若是不要,倒显得我这人受一点儿小惠就知足了,那如何使得?因道:"吃了油腻的东西,倒用得着两口烟,叫茶房来盒大炮台烟吧。"乌泰然问了人家的话在先,等到人家要了东西,可不能含糊过去,只得叫茶房拿盒大炮台来。露斯将烟接到手,抽出一支来,乌泰然早拿着火柴,擦了一根,走到露斯面前,给她点着。露斯将烟伸过来,就着火柴头上的火焰,含着微笑吸上了,可就和他点点头道:"劳驾。"乌泰然见她的态度如此之好,心里也是痛快的,于是自己也就拿了一根烟出来,自己划着火柴吸上了。自己本来没有烟瘾的,这样吸,也无非是在高兴的头上拿来助兴。而且这烟在番菜馆里,总得合四五毛钱,一根烟就是四五分了。烟味究竟如何,总要细细地咀嚼,不可大意过去了。

正是这样盘算着,露斯只抽了那烟小半截,却放下了。乌泰然笑道:"平常不曾看到密斯魏抽烟,你真有瘾吗?"露斯笑道:"我哪里有烟瘾,闹着好玩罢了。"说时她将那大半截烟卷,索性向痰盂子里一丢。只听痰盂子里哧的一声,大概有两三分钱,就是这下丢去了。乌泰然想着,你倒说得好，给我闹着玩，一下子就玩去了四五毛之多，要是这样耗费，那真有些受不了。当时烟已丢了，也没法子挽回，只好罢了。

一会儿茶房开了账来，乌泰然接过来一看，却是四块多钱，拿一张五元票给茶房，连小账就不能全够。在女朋友面前，不愿现出酸涩的样子来，只得掏出一块钱来让茶房破了，另给几毛小账。这样一算不要紧，当来的七块钱，只剩一块多了。心想赶快离开这花钱的地方吧，她再要玩一个花头，我就无法出门了。出得门了，把上东安市场的念头，也改了。那里什么东西都有，若是依着女子需要的东西论起来，恐怕带五百块钱去，也不定能走出大门，因道："密斯魏，不要上市场吧，那地方烦躁得很，全是些又忙又俗的人在那里踱来踱去。依着我，还是到公园里去走走吧。"魏露斯本也不一定要上市场，就依了他的话一路上公园来。到了公园里，乌泰然道："公园这种地方，本是风雅之区，根本上就不应当卖茶卖酒。你看那柏树林子里，乱七八糟，摆上那些桌椅，俗不可耐。"露斯笑道："咱们不要批评，我知道你是不愿意上茶馆做东，对不对？"

乌泰然心里打着这个哑谜，以为总可以省去自己一元八角的茶资。不料谜面刚一说出，就让人家猜着了，只得笑道："那更是笑话了。这些茶馆的茶叶都不大好，要不然，我们光喝汽水吧。"露斯笑道："干吗又喝汽水，先还没有喝够吗？我是和你开玩笑闹着玩的。"乌泰然原是想着，她真要上茶座的话，我陪着她去，反正把上电影院的钱省下来，也就够开销的了，所以豁出去了索性请她喝汽水。不料天下事真有意想猜不到的，自己做一个大方，不料她反而退缩起来，给自己把这笔钱省了，因笑道："密斯魏，你看我这人怎么样？总不是一种无聊的滑头吧？有些人对于女宾，总是二十四分谦恭。可是谈到两性的真谛，他一点儿也不懂。我就不然，有什么程度，就做什么程度。譬如我今天学校里发了薪水，我可以请你吃大菜，就请你吃大菜。过两天薪水用光了，我没有力量做东，老实不客气，我就说不能做东。这样子办，我不敢说这就是老实，反正我这人总是死心眼儿地交朋友，就是不讨朋友的喜欢，总也不用欺诈的手段。密斯魏，你这人实在不错，要人请就要人请，不要人请，就不要人请，省了许多无味的虚套话，这就好。我一生没有别的长处，就是不肯恭维人，不是那样真有十二分好的人，我绝不恭维他一个字的。"露斯望了他的一眼，未加深辩，向他一笑。

说着话就在公园里面兜了两个圈子。露斯走累了，一掉头就在路边树底下一张露椅上坐了。这里正是树林深处，靠近墙的一段小路边，除了望着隔树林外，有一对一对的男女络绎于途而外，这身边并没有一个人影子，地方是十分的寂静了。乌泰然和她说话时，只管向远处绕着弯，绕到这里来。明知道这里有一张露椅，可是不便先行坐下，以至于在女友面前失礼，现在看露斯毫不客气，倒先坐下了，就道："只顾说着话，我们绕了几个圈子。"不住地用拳头去捶着腿，也就趁势坐到露椅上来。露斯道："什么？走这样一点儿道儿，你会受累得坐下来，你真不如我了。"乌泰然不说什么，却对了她一笑，两只眼睛，几乎合成了一条缝，露斯看他，嘴撇了一下，然后又轻轻咳嗽了两声。乌泰然道："密斯魏，像你这样一个人，正应该求学，为什么倒急于找事？"露斯叹气道："无非是受了经济的压迫。"乌泰然道："那差不多，设若你个人的学费有了着落，家庭的经济问题还有没有牵涉呢？"

露斯忽然听到他提出这个问题来，似乎不能无故而至，便道："你为什么问这个话，你能帮我一点儿忙吗？"乌泰然道："这话我不敢说定，反正我有这一点儿心事罢了。我不知道你的环境怎么样，所以我也不敢胡说。"露斯道："我的环境，你有什么不知道，我家里不但不能供给我的学费，连零用钱早就没有法子管了。我若是能够自己找出学费来，家里总算轻了一场累，何至于还把家庭的经济问题来干涉我呢。可是我要读书，不光是缴了学费就算完事的。此外还有许多附带的用费，我都不能不预筹一下的。不然到了上课的日子，车钱没有，点心钱没有，甚至于连笔墨钱都没有，我哪里有心去读书呢？所以我对于读书这件事，非常的消极。"乌泰然道："如果你肯接受我帮忙的话，我想这一点儿事情，我还敢负责任承担下来。但是不知道你家庭同意不同意？"

露斯听他说得这样恳切，就不由得笑了，因道："有这样好的事，我家里为什么还不同意？"乌泰然望着她，也是微微一笑，才说道："现在社会上的人心，都是自己怎样也猜人家怎样，我无条件地帮助你读书，人家不疑惑我抱什么野心吗？在未说这话以前，连你也会疑心到我的。所以我早把一句要告诉你的话，一直耽误到现在，我还不敢说出来。我不料你倒是这样很诚恳地接受的。"露斯听他如此说，分明是十分诚恳帮忙的了，心下很喜欢，便道："你若是愿意帮助我缴学费，我为答复你的盛意起见，我就不找事了。今天你约的前途既是没有来，也就不必再约了。我现在是决定了意思，专门念书。"乌泰然对于她读书不读书，倒没有什么关系，唯有她说不必找前途了，这倒是如释重负，便道："好极了。我一定尊重你的意思。今天咱们且乐一天，明天我和你从长商议。"两人商议了一阵，都很欢喜。到了八点钟，二人才出公园来。露斯也就真依了他的主张，不坐车子，和他一路走到电影院去。

在电影院里，露斯是看电影，泰然却是谈话。电影散场了，露斯倒先说了，别坐车，慢慢地走着谈话，走了回去吧。乌泰然道："看了电影，走回家去，是最好不过的。先是静静地坐着，欣赏肃穆的艺术，现在走着路，用很平正的运动来活动血脉，非常调和的，现在你会觉得我主张走路，不是为着省钱了。"露斯也没有什么可答复的，听了这话，可就笑起来了。二人走到长安街，乌泰然为着欣赏夜景，可就带了她在树林子里走。二人并肩齐着步子，低着声音说话，声音既低，两人自然远离不得，露斯比乌泰然身材短一点儿，步子也开得小一点儿。乌泰然为催着她走快一点儿起见，就在她左肩伸过一只手去，抹着她的右肩，带一点儿推挽的势子。露斯只管谈话去了，虽然有人挽着她的肩膀，她也并不知道，二人走着谈话，忘路之远近，也就不觉出了树林子。迎面来了一个警察，皮鞋嗵嗵地响着，乌泰然猛可地吃了一惊，就把手缩了回来，故意把声音放大起来，和露斯说话。那警察偏着脸对露斯乌泰然看了一看，也不能怎样，自走开了。乌泰然越高大了声音，越将脚步走得快，离得那警察远了，这才放慢了脚步，和露斯很柔和地谈了下去。

一直送到魏家门口，替露斯拉了门铃，里面有人答应着，乌泰然才向后一闪，闪到大门旁边的墙壁角上去。魏家有人出来将门开了，露斯挨身进去，乌泰然才转身回家。走到胡同口上就在电线杆路灯底下，赶快就把袋里那些钞票铜子票一齐拿出来，点了一点，大概只剩四毛钱。预备过一冬的一件皮袍子，现在只乐了半天就没有了。明天来时，她要我招待时，我哪里再有皮袍子当。若不招待，岂不将今天这一番水磨工夫，付之东流？自己便计划着，要怎样地应付这一个关节。借着这思维的工夫，当着消遣，也就可以忘行路之疲倦，于是就不知不觉到了家门口。敲门进去，家里人都睡了，各屋子里的窗户都是黑漆漆的。自己摸进房，擦了洋火点着灯，才看见床头边那口木箱不曾锁住。箱子里的衣服，却是乱七八糟，在床上堆成一片，原来是出门当皮袍子的时候，只管赶着钟点，不曾收好呢。这箱子里东西，还是很凌乱地放在床上，不能不拣好了来睡觉，于是无精打采将那些东西慢慢地向箱子里放。放完了，自己不觉自言自语地说了几句道："管他呢，这年头儿过一天算一天。"这才躺在床上睡。

到了次日，乌泰然到学校里去教书的时候刚一进校门，却碰到了校长。那校长轻易不到学校里来，遇到了教员们，少不得敷衍两句，因对乌泰然道："我总想到府上去看你，又把门牌忘了。"那校长本是大学校的教授，这里的校长是挂名的。这时，正要赶到大学校里去上课，说着话，将胁下夹的大皮包紧了一紧，左肩向上耸了一耸，右手拿着的斯的克，向地下撅了两撅，这就表示有要走的样子。乌泰然笑着点了一点头道："校长，校长，请你等一等，我有几句话和你说。"校长见他那样急迫的样子，料着总有要紧的事，只得停住了脚步。乌泰然笑道："不是别的事，有几家书局子，再三要求，要我和他们写点儿东西。我推辞的回数太多了，不能不写一点儿敷衍面子，因为我写了一本艺术的人生观，稿子全得了，就差前面几篇序不能含糊，总要找几个对于我有相当认识的人落笔。校长和我会面虽少，是很知道我的，我想请您作一篇序。"

校长以为什么了不得的事，说破了，是这样不相干，便点着头道："可以，可以。几时要？"说毕，挟着大皮包的肩膀耸了一耸，又要走。乌泰然抢上前一步，两手一伸，拦着他的路，笑道："我还有一句话，请您等一等。"校长以为他真有什么话，就等着了。乌泰然笑道："这话原是不好开口，但是我受环境的压迫，请您原谅。"校长急于要走，哪有工夫和他客气，便道："我一定谅解。请你说吧。"见校长答话的情形，谅其不致对他所求十分拒绝，想了一想，又伸起一只手来，扒了一扒脸，然后吸了一口气笑道："我这两天，不幸得很，老母得了一种时疫，花了许多钱医病。现在虽然是病好了，但是还要钱调养……"不等他说完，校长就明白了，便道："既是老太太有了贵恙，那是特别情形，小忙自然是不能不帮，但不知泰然兄需用多少钱？"乌泰然看他那样子，虽是考虑中，然而钱是松口了，也不敢说多，便道："若有十块钱也就解围。"校长笑道："我以为你困难要多少钱来解救哩？原来不过十块钱。不必又闹到会计那里去了，就在我这里先移挪十块钱去用用吧。"说着他就在身上摸索出皮夹子来，抽了一张十元的钞票，交给乌泰然，并道："请告诉我府上的门牌，我明日到府上去看老伯母。"乌泰然笑道："不敢当，不敢当，今天再调养一天，明天也就好了。"校长笑道："既然如此，我也就不客气了。改天见吧。"说毕，他就走了。

乌泰然不料随便说一句话，就弄了十块大洋到手，究竟老母这两个字，暂时还不能抛弃，这一天高兴得很，上台讲起课来，也格外有精神。上完了课，首先就跑到大街上洋货铺里去买化妆品。进了洋货铺，那一阵香水香脂，味儿先就芬芳扑鼻。用艺术的眼光去看，也就不知道要买哪一种好，这已经够令诗人陶醉的了。乌泰然在玻璃柜上徘徊了许久，才挑了一条花绸手绢，塞在西装的上层袋里。然后买了一些东西，和铺子里要了一个纸盒子，装得平平正正。心里高兴极了，夹了那个纸盒，乘车向露斯家来。

露斯昨日听到乌泰然能在经济上帮忙的话，也是快乐得起坐不安。现在家听到门响，逆料是他来了，连忙就到外面来开门，一见果是他，而且胁下还夹了一个包裹。露斯对于几家有名的洋货铺，都有相当认识。这时看到纸盒外的皮包纸，恰是一家熟铺子里的招牌，大概是他买着东西送礼来了，不然，他不会带上一包东西向这里看女朋友，笑道："你这人倒不失信，说什么时候来，就是什么时候来的。"乌泰然走进来，替她关上了门。露斯却把右手一个食指，按着下嘴唇低头说道："我让你到哪儿坐呢？"乌泰然道："随便什么地方都可以的，这要踌躇做什么？"露斯笑道："你有所不知，我来了一个女朋友。"乌泰然将头一伸，向她笑道："一个女朋友？谁？我见过吗？"露斯笑道："就因为你没见过，我很踌躇。我不知道是介绍你们见面好，还是让你先到一边等着好？"乌泰然道："你介绍一下子多么好，大家坐在一处谈话，不热闹些吗？你叫我躲开女朋友，大开起倒车来吗？"露斯最怕人说她开倒车，连忙道："有什么不能见面的。不过人家愿见不愿见，是个问题，我可不瞎代人家做主。既是你骂我开倒车，我就硬要去见她一见。"说着，人在前面走，向乌泰然招了一招手。乌泰然含着微笑，一路跟她走去。

到了类于客室的屋子里，不由得乌泰然蓦然一惊。这里坐着娇小玲珑的女郎，穿了一件粉红的短褂子蓝绸裙儿，托出乌油的头发和雪白的皮肤来。乌泰然对少女之美，最赞成有长的睫毛，这个女郎正是一双很灵活的眼睛，藏在长长的睫毛里。露斯还不曾介绍那人来，他掏了一张横列印字的名片，弯了腰，双手递过去。那女郎伸手接了，笑道："对不住，我没有带片子。"在她这一笑之间，雪白整齐的牙齿露了出来，乌泰然笑着鞠了一个躬，自己报着自己的名字道："乌泰然。"深觉得她另有一种笑时的美，肩膀一抬，就笑起来。

露斯在一边问道："你笑什么？"乌泰然不料她有这样一问，脸先红起来，笑答道："这一位，我好像在哪里会过哩。"露斯这才介绍道："也许你见过的。这是密斯严守贞。对于舞蹈一层，最是拿手，凡是有规模的游艺会，总有密斯严在内。"乌泰然笑着点头道："对了，对了！密斯严的跳舞，实在是好。那回我看见了之后，脑筋里就常有那样一个跳舞的影子。"严守贞听说乌泰然瞧过她的跳舞，便笑道："是在什么地方？"乌泰然想了一想道："是春明舞台。"严守贞摇了一摇头道："不对，我从来没有在那地方跳舞过。"乌泰然点了点头道："也许是我记错了吧？但是我的确在一个地方，看过密斯严的跳舞，那一回，我还记得清楚，是歌舞剧《月明之夜》。"严守贞笑着点了点头，没有作声。乌泰然笑道："怎么样？我说很确不是？"露斯道："你别说了，越说越不对。密斯严虽然跳舞，却是从来不表演歌舞剧的。"乌泰然的脸上，不觉黑中透紫，笑道："反正我不是撒谎，总看过密斯严几回的。"严守贞笑道："这很不成问题，从前见过，我们现在是朋友。从前没有见过，我们也是朋友。"

乌泰然听了这话，很觉她替自己解了围，而且看她这人说话是这样干脆，一定也是很开通的人，倒觉很合脾胃，便靠在近她的椅子上坐了。首先几句话，少不得就是问学校里的事。她说，现在所上学校的功课不大好，打算要另找一个比较好的学校。乌泰然一拍手道："这是一个很好的机会了，密斯魏也正在托我找一个相当的学校，我来招揽这一部分义务，密斯严和密斯魏同进一个学校，好吗？"严守贞笑道："调学校我是很希望的，可是同时我又怕考。"乌泰然连忙抢着答话道："行行行，我既然出来和二位找一个学校，一定想法子免考。就是要考，也总有其他的法子可想的。"

严守贞见乌泰然谈话那样和蔼，看他的脸色，又是那样正经，觉得这人很不错。在她心里这样猜度着，对乌泰然就不免多看了几眼。乌泰然看这情形，也就知道她的意思了，越发摸了一摸领带的结，又将大襟整了一整，把往日容易发笑的样子，完全收了起来。露斯这时已将乌泰然送来的纸盒子打了开来，将里面的化妆品，分别查点了一点，大概值钱不少，笑着对乌泰然道："我早就望你来商量考学校的事，原来你和我去买东西去了，这倒难怪。"乌泰然道："也不是存心要送礼，我走这洋货铺门外过，看见那玻璃窗里美丽的装潢，我就想到美丽的女郎们。这个世界若是没有女子来点缀，那未免太枯燥了。女郎们若没有这些化妆品使用，也就少了一层烘托之美。有些人说，化妆品会掩饰天然之美，我觉得不对的。我觉得化妆品也是一种神秘的东西。丑人用了，增加她的丑态。美人用了，就也增加她的美丽。譬如白石阶上，堆了一层白雪，自然是像玉一样。阴沟里铺上一层雪，就变成烂泥了。我有了这个感想，我就情不自禁，受了爱美性的冲动，进去买了些化妆品。我这东西买来了，你说我应该送给谁呢？"

露斯听了这话，倒先笑了，便问道："密斯严，你觉得他这话怎么样？有些人说，女子擦脂抹粉是丧失人格。我以为这话不通，有人格无人格，不在乎这上面。"严守贞是一个美术化的女子，一日也离不开胭脂粉的，露斯说的话，和她向来的主张正是不谋而合。便将她右手捏着的白骨扇子，在左手心里一击，点着头道："对极了！我就是这样说。有些男子，专门攻击女子爱美，其实男子又何尝不爱美？他们穿着俏俏皮皮的西服，系着红绿的领带，五天一理发，一天一刮脸，这不都是爱美吗？据我一个朋友调查，男学生寝室里平均是一个人一盒半雪花膏，那似乎不亚于女生吧？"

乌泰然道："这话可又说回来了，依我主张，一盒半雪花膏真不算多呢。男子实在因为他没有用胭脂粉的资格，设若有的话，一定赛过女子去十倍。有些男子说，女人就是艺术，他以为是侮辱了女子。其实不啻反过来说，男人不是艺术，这不是侮辱自己吗？唯其是女人是艺术，所以胭脂粉是女人独有的。男人不是艺术，男人就不配用胭脂粉。"露斯笑着说了四个字："岂有此理。"也没有别的话来责难他。严守贞却望了他的脸笑道："那么，你擦粉不擦粉呢？"她以为这一问可以把他难倒。不想他举起手来摸着脸道："擦的擦的，不过不是用粉，只抹雪花膏罢了。我还有个奇异的嗜好，喜欢用女人剩下来的雪花膏。因为那在心理上给了我不少安慰，擦过那剩余的雪花膏，对镜子一照，觉得我漂亮多了。"这两位小姐对了他的奇谈，真是再没有其他的话可说，只互相看着一笑。

第二十一回

计钞做东席前佯骂酒
解围共座案下巧传音

乌先生并没有感觉两位小姐的笑，有什么不好的意思。生平都觉得女人对我笑，那就是好的。他索性不客气，就问严守贞道："密斯严，你看我这种主张怎么样？站得住脚吗？"严守贞笑道："很好吗！"说着点了一点头。乌泰然站将起来，连连拍着手道："我不料今日无意碰到一个同志，以后我要写点儿东西，把密斯严的言论加入，这不啻增加我一支生力军了。"他在这里这样高兴地说着，可是露斯一言不发，等他把话说完了，她才鼻子孔里哼着冷笑了两声。

乌泰然一想不好，这几句话把魏露斯得罪了，连忙转过脸向露斯赔笑道："不用说，你是对于我的主张完全在赞成一方面的人了。我今天下午请你们吃小馆子，并且请密斯严作陪，不知密斯严赏脸不赏脸？"严守贞笑道："若是专请我，我不敢当。若要我陪客，我当然不辞。"露斯笑道："这话就不对。应该说是密斯严让我来做陪客。因为老乌和我熟识一些，和密斯严可是初次见面。"严守贞道："不敢当，不敢当。请客，不在熟不熟上面分别的。"她两人这样谦逊一番，可是谁也不说不去。乌泰然买了两块多钱的化妆品，身上还有七块多钱，要说做东请客，总算是绰有余裕。这就放宽着心陪魏严二位女士，大谈而特谈，一直谈到黄昏时候，然后三人一齐跑到小酒饭馆子里去。一面吃喝着，他一面说是和教育界有些什么联络。魏严二人在他这一份殷勤的态度上看了去，觉得他这话句句是真。

等饭吃完了，乌泰然先问露斯道："明日什么时候在家？也许我来看你。"露斯记挂着他答应补助经费的一件事，便道："出去是不出去，不过你要约定了时候来，我一定在家里等你。"乌泰然偏着头想了一想，笑道："这可说不定。你也不必在家里等我，我若是会不着你，我就向令堂留一句话，约了地点再谈就好了。"露斯以为很便利，也就答应了。乌泰然便道："二位女士，都要雇车吗？密斯严府上住什么地方？"严守贞笑道："不客气，不客气。我自己雇车得了，回家没有多少的路。"乌泰然道："密斯魏绝不应该客气的，先给你雇一辆车，好吗？"露斯笑道："我客气什么？你不给我雇车，我也要叫你替雇车的。"乌泰然连忙告诉了伙计地点，让伙计即刻和露斯雇车，自己却一面陪了这二位来宾说话。伙计一会儿来报告，说是车子雇好了。露斯分明听到乌泰然给自己报告住址，所谓车子雇好了，一定就是自己的车子雇好了，这用不着客气，自己先走了。于是挽了严守贞一只胳膊道："你走回去吗？"严守贞笑着点了一点头，露斯道："明天我在家里等你，我们详细地谈一谈，今天可没有谈得好呢。"严守贞还是不说什么，又点了一点头。乌泰然道："不忙，我们一齐走吧。"

于是会了饭账，一同走出店门。到了门口，替露斯雇妥了的人力车，搁着门口放下车把，露斯也没有考量，坐上车去，就拉着走了。这里乌泰然却向严守贞道："密斯严，真要走了回去吗？"严守贞道："路不远，走回去吧。"乌泰然道："一个人走路究竟不好，我送密斯严回府去吧。"他说了这话，就跟着严守贞走。他刚才走了来，而且态度非常殷勤，说话也越柔和，严守贞怎能说出不要他送的话，所以两人很接近地走着，一步一步向着胡同里走去。严守贞原住在很僻静的地方，当然是小胡同了。这小胡同里，很远很远的，只有一盏电灯，人在胡同里走着，虽是前后跟着走，也有些看不清。乌泰然格外地紧走两步，靠住了严守贞。两个人走一步靠一步，衣服都摩擦得发出瑟瑟的声音来。严守贞也不走快，也不走慢，只是合着乌泰然的步伐走，却一点儿也不作声。

乌泰然先也守着沉默，到了最后他忍不住了，就对严守贞道："今天晚了，我是不便到府上去打搅，我想明天密斯严若是无事的话，我很希望密斯严能许我来奉看。"严守贞笑道："哟！你干吗说得这客气？你明天不是要和密斯魏去商量学校里的事吗？"乌泰然道："不，那是下午的事，上午我很闲的。我想在明天密斯严未曾出门以前的时候就到，不知道行不行？"严守贞笑道："你这话有点儿玄，你知道什么时候，是我出门以前？什么时候，是我出门以后呢？"乌泰然道："我想上午九点以前，总是密斯严未曾出门的时候吧？"严守贞道："那也不一定，有时候一到八点半，我就出去了呢。"乌泰然道："好吧！我明天准于八点半以前来奉看。"严守贞沉默着想了一想答道："你起来得有那早吗？"乌泰然道："有有有，我七点钟就起了床的。若是来早了，府上还没有开门的话，我就站在大门外等上一等，那也不要紧。我这人无论做什么，都是专一的。"严守贞越想推辞，把这约会倒弄得越是结实，只好索性不作声了。乌泰然将她送到了家门口，退后两步站定，等她进去了，然后才转身回去。

到了次晨七点钟，他就起床了。马上倒了一盆热水，拿出剃头刀来，将短胡桩子，先刮了一会儿。又拿出一盒雪花膏伸着两个指头，挖了一大撮在指头上，于是放入掌心，两手一搓，完全糊在脸上。西装只这一套，无可换的，脱下来使劲掸了一阵子灰，用刷子又刷上一阵，然后这才对镜子照了几次，整好衣服，雇了车向严守贞家而来，到了严守贞家门口，一看手表，刚刚是八点。人家是否起来了，这却不敢断定，马上敲门，又怕人家不愿意，在门口先踌躇着不能决定。待了一会儿，听到里面有咳嗽声，料是有人起来了，就拍了几下门环。门环响过，可没有人答应。时候本来太早了，又不便再敲，只得再等一会儿。约莫有二十分钟的工夫，里头又咳嗽了两声。这次下了决心了，非把门敲开不可，便使劲将门乱拍了一阵。里面有个苍老的声音，骂了出来道："死倒马子的，越来越早。谁都像你们，天一黑就躺着去。我们晚上熬到十二点钟，还不定能睡不能睡呢！扑通扑通把门乱打一阵，把人吵起来，真是讨厌。"

乌泰然明知道里面的人是误会了，又不便回驳，只好默然站着，等她把门开了，一开门却是一个五十以上的老仆。她见是穿西装的少年，勉强把一脸怒色收了，一瞪眼问了声找谁？乌泰然一见老妈子这种不妥协的样子，这要说是来见她小姐的，未免不入耳，因之望着她的脸，犹豫一会子。老妈子见他不说话，只管发愣，便问道："你到底是找谁？说呀！一大清早，就来麻烦。"乌泰然笑了一笑，用极低的声音说道："你们小姐在家吗？"这一句话一共七个字，就是乌泰然自己，也只能听到五个字，就是你们在家吗。那小姐两个字，声音细得无以复加，只不过有点儿嘴唇皮颤动而已。那老妈子倒是有相当的聪明，虽听不出什么来，就在他这种神情上，和他一套西装上去猜想，也逆料是为小姐而来的了，因道："这么早会不在家吗？家里人都没有起来。"

乌泰然见她虽是有些气鼓鼓的样子，然而据这种情形加以揣测，大概就是到他们家来拜访小姐也是不妨事的了。于是把胆子壮了一壮，问道："你们小姐约了我这时候来的，她几时能起来呢？"老妈子道："那说不定。"说完了这四个字，她手扶着两扇门，就有要关起来的样子。乌泰然也扶着门问道："大概九十点钟能起来吗？"他一只手扶了门，一只手就伸到衣袋里去，掏出几张铜子票来，向老妈子手里一塞道："这个给你买包茶叶喝。"老妈子伸了一只手接住票子看了一看，约莫有一百多枚铜子，不由得脸上皱纹一齐发现出来，眼睛合了缝，笑着向乌泰然道："哟，还要您先生花钱？您贵姓？"乌泰然道："我姓乌。你们小姐醒了，请你对她说一声，就说我一早来拜会她的。"老妈子笑道："不价，您要是能等的话，请您等一等，我去把我们小姐叫起来。"乌泰然笑道："行的，我能等，随便等到什么时候都可以。"说着这话，已经推着门挨身而进。老妈子将他引到客厅里，笑道："您坐坐吧，我去叫她去。一定会叫起来的。"乌泰然坐下，那老妈子笑着去了。不多一会儿，她拿了几张报来了，笑道："乌先生，您先瞧瞧报吧，她已然起来了，待会儿就会出来的。"

乌泰然正觉得无聊，这报拿来，正好解解闷，于是展开报带看带等，把一张报都翻完了，严守贞果然出来了。她穿了白地黑花的旧长衫，头发一把向后梳着，微微地蓬起，一种晨妆未上的情态，非常妩媚。她走到客厅门口，手扶着门站定了，且不进来，淡淡地笑道："你真早啊！我没有想到你这早就来。"乌泰然见了她进来，早已站起，远远地就一鞠躬，笑道："昨天你不是约好了我这时候就来的吗？"严守贞将手理着头发，脸上满是不高兴的样子，慢慢地低着声音道："昨天我说话是闹着玩的，你倒是信以为真。老实对你说，这不是我家，是我一个叔叔家里。我叔叔婶婶都是睡得很晚起床的，早上来客……"说到这里，不觉又笑了一笑。乌泰然道："那么，我是太老实了，对于老实的朋友，你应该谅解的。"

严守贞虽然满肚子不高兴，然而乌泰然一再地道歉说好话，脸上又是那样地极力表现出和蔼样子来，无论如何，这气是不容再发的，便笑道："这无所谓谅解不谅解，本来是我约你来的，要错我先错了。"乌泰然站起来道："其实我并没有事，若是密斯严早上还要看功课我就先去看两个朋友，回头再来。"说着，将桌上的帽子拿到手里，向严守贞便弯着腰点下头去。她见乌泰然如此，更过意不去，将手两边一伸挡住去路，笑道："笑话笑话。我也没有什么事，很欢迎朋友来谈谈的。"乌泰然将帽子放下，笑道："我正想借今天早上这点儿闲工夫，和密斯严讨论讨论我们青年出路，密斯严是个极聪明的人，一定可以指示我许多法则。"严守贞口里谦逊着，心里就默想这人和其他男子不同，绝对不托大的，也就不觉走

295

进屋来坐下。乌泰然谈了一些青年应有的态度，慢慢谈到文学，又更谈到艺术，最后就谈到他的人生观，是偏重于爱美与活泼的一方面。读书固然不是关门做的事，就是找生活，也不要太单调了。造化是这样奇妙，生一女子，就生一个男子来陪伴她。这人生若是没两性的调剂，一切都没有意思。他说到这种地方，就去偷看严守贞的颜色，见她脸色如常，又接着道："异性朋友叫我做事，我是不辞劳苦的。唯其分明是有了这种劳苦，才能鼓励我为生活而奋斗。"

严守贞虽然觉得他的话有些着痕迹，然而他的意思，是偏重于恭维一方面的。一个人拿话来恭维着，无论他怎样的方式，总无可厚非，因之对于他的话，不赞同也不回驳，只是微微一笑。乌泰然看到她不但默受，而且微笑，这认为是个可以攀谈的朋友，于是就放胆一谈。由八点多钟，谈到十点多钟，没有一点儿倦容。后来还是严守贞笑道："请你坐一会儿，让我进去看看家叔起来了没有？"说着就回上房去了。好在这客厅里还有几份报，便拿起来消磨时间。报本是看过了大致的，这时，就把要闻社会新闻一些极不相干的消息，都看了一个仔细。副刊和杂姐，是早看过了的，现在又温上一遍。把这些东西都看过了，严守贞还没有出来。于是把分类广告、论前广告都看了，最后连整版宣传卖药的广告也看了一个小字不漏，也不知严守贞有什么事耽误了，始终不曾出来。

看完了字画还在屋子里小小兜了两个圈子，严守贞才笑着出来道："真对不住，家叔起来了，有点儿事要我做，我抽不开身，真是让你等了好久。"乌泰然道："我原没有什么事，多等一会儿也没有关系，我也本想着你有事，应该走的，可是不当着主人面告辞一声儿，那是无礼的举动，我不能在一个新朋的面前如此无礼。"严守贞见他这样的谦逊，把那发出来了的逐客令，只发出来一半，又收回去了，便随便地说了一句，多坐一会儿也不要紧。乌泰然拿着帽子的手，慢慢放了下来，帽子又放在桌子上了，因道："我不必在这里久坐了，密斯严若是没有什么事，我倒很希望能够陪着您上公园去一趟。然而这话虽是很冒昧，可是在这样男女社交公开的时候，这是我们应当认为平凡的，密斯严以为如何呢？"严守贞笑道："这本来很平凡的。"乌泰然站起来一拍手道："我就知道密斯严是个新时代的女子，和别的小姐派不同。今天的天气很好，上午的时候，公园里游人不多，我们有什么可研究的问题，正好在这好的环境里提起精神谈上一谈。异性朋友为什么就不能和同性的朋友一样，有了什么问题，可以到公园里去畅谈呢？"

严守贞本不想和他到公园里去的，现在她不上公园去，就是落伍的女子，这句话是不能承认的，不过说到有问题研究，这算捉着了一个机会了，便笑道："什么问题？这样地费研究？"乌泰然就猜着不免有此一问，而今果然。他道："这个是不必问的，自然在学问一方面的话，一个新式的女子，女子心里，她似乎不怕人家拿什么问题来和她讨论的。"严守贞不料他会说出这句话来，自己若要自命是个新式女子，就无法拒绝他提出问题来讨论了，笑道："那么，我请你等一等，我去和家叔说一声，免得回头他来找我，我又不在家。"乌泰然听说她肯去，再等一会儿，这是毫无问题的事。

严守贞进去了许久，却换了一件绿哗叽的旗衫，银灰高跟皮鞋出来，远远地就看见她脸白了许多。其一，固然是新擦上一层粉。其二，是头发梳得漆黑油光，将脸的白色衬露出来了。她一面走着，一面抬起一只手来，将头发按了几下。这是合了乌泰然这一句话，美人擦胭脂粉，美人儿更美，可以让他慢慢地来赏鉴了。当时二人出了大门，就一路向公园来。

到了公园里，就先就请严守贞喝咖啡吃点心。吃过了点心又问严守贞午饭吃中餐呢，是吃西餐呢？她说你何必那样客气，这样一来，倒让我要拘束起来了。乌泰然笑道："密斯严自己要拘束起来，我也没有法子。我的人生观有点儿奇怪，以为只要自己觉着痛快，就无论花钱请人也好，花钱自己一个独乐也好，或者人家花钱请我也好。只要看得人生花钱是求安慰的，就用不着客气，若要玩客套，那就涉于虚伪。虚伪的人生观，这是无意义的。我希望密斯严，不要走进这一条路去。"严守贞将脖子一偏道："这话我诚意地接受，我绝不会讲客套的。你请我也可以，我要吃西餐。"乌泰然道："当然是请你吃西餐。我知道有一家学生饭店，弄出来的菜，真正是俄国口味，我们上那里吃去。那里的午餐，虽然只要七毛钱一客，然而我们吃东西，是讲究口味合不合，不是讨论钱多钱少的问题，所以我总是照着我的意思专在那里请客。漫说那里的菜实在好吃，就是不好吃，我们既是学生，在学生饭店吃饭那也算是英雄本色。"

严守贞起初的意思，以为公园里有的是吃大菜的地方，在园子里吃也行了，现在他说到吃东西要不失学生本色，这就只好和他一路上学生饭店了。二人谈着话，一路走出公园。好在去路不多，二人并排步行而去。到了那家菜饭馆里找了一个座，乌泰然装着小便的样子走出屋来，在小便处将身上的破皮夹子掏出来看了一看，计一共还有四元二角的藏资，纵然吃两客饭，带给小账，也不过是一块六七角钱，下余的还可以请看电影。自己还怕心里估计得不准确，就掏出日记本子来，用铅笔写了个临时预算表，果然连电影休息时间买糖果的钱都列入在内，一共不过三块钱，这可以大着胆子入席的了。于是将日记簿揣在怀里，笑嘻嘻地复身入座。还不曾坐到椅子上去，首先就问道："密斯严，你还要吃什么吗？这里的东西都不算贵，在这里吃东西，都是身受实惠，并不奢华，你的意思以为如何？"严守贞笑道："不必客气了，一切都依照你的话办。你以为怎样是不客气，我也就怎样地吃。"

这一句话，正合上了乌泰然的计划，他就吩咐茶房，各来一客菜。茶房问要不要酒？严守贞向来酒量大，尤其是爱喝白兰地，昨天说话之间，曾和乌泰然表示了这句话的，说是自己酒量有点儿把握。乌泰然明知道她能喝，而且白兰地要几毛钱一小杯，就向茶房道："我们是学生，学生会喝酒吗？给我们拿一瓶汽水来就得了。"严守贞心想，幸而我要喝酒的这句话没有说出来，要不然，未免失仪了。汽水拿来了，但是瓶子小，玻璃杯子大，一瓶汽水，他只好倒一杯。严守贞的杯子倒完了，不能将乌泰然的杯子空着，又开了一瓶，给乌泰然杯子里倒上。乌泰然向茶房看了一眼，茶房也不知道对于主顾，是哪处招待不周，让人家生了气，手里哆嗦着将汽水倒完，便退到一边去。

这里乌泰然笑嘻嘻地陪着严女士将饭吃完，也就有一点多钟了，因笑道："我觉得高尚的娱乐，只有看电影，一方面有艺术的欣赏，一方面又保守着我们的沉默。一个星期无论如何我是要到电影场去两次的。"严守贞道："我是最爱看电影的，只要有了好片子，无论怎么忙法，我也要去看的。"乌泰然笑道："好极了，不料我无意中得了一个知己，今天我就请密斯严去看电影，不知密斯严愿意上哪一家？"严守贞要说不去，自己先已承认了是个爱艺术的人。要说出来，得向家里通个消息，怕乌泰然笑她家里专制，只得说道："现在不过一点钟，还早着啦。"乌泰然道："不要紧，我们还到公园里去遛两个弯儿，一两个钟头的时候，还不一遛就过去了吗？"严守贞笑道："遛一两个钟头的弯儿，这腿可够瞧的了。"乌泰然道："说是遛弯儿，并不一定要走着不歇，你能够坐着和我谈谈，那更好了。"严守贞总觉乌泰然的话，是在于有理的一方面，还是依着他的话办去好，便笑着点点头。

乌泰然掏出钱来，会了饭账，共是一块三毛一分，应该找九分之多。乌泰然给了他一块四毛，让茶房找铜子回来。茶房以为给他小费，还不止加一，所以等找了零钱回来，然后一块儿给小费，急忙忙，很高兴地将铜子找来了。这时严守贞已走出雅座去，乌泰然接过铜子向袋里一揣，转身就要走。茶房只得向旁边一闪，拦着去路轻轻地笑道："先生，小费没有算在里头呢。"乌泰然将脸一板，回过头瞪了他一眼道："胡说，我回回在这里吃东西，都是算在账里，为什么这回倒不是呢？"伸手到袋里，估量着还藏着铜子的一小半，显出不曾计算，而又毫不在乎的样子，将手上的铜子向桌上一扔，叫了一声拿去，掉转身三步两步，赶快地走了开去。茶房追了出来时，他已走远了，也就只好不追问。

　　乌泰然陪着走上了大街又转到了公园里去，果然遛到三点钟，就和严守贞一路上电影院。看完了电影，还雇了一辆车，送着她回家去。一直送她到了门口，才踌躇着道："密斯严，我们可不可以再订一个约会？"若是在十二点以前，严守贞听了这话，大可以婉辞谢却。现在和他有一天的情感，而且觉着这人究竟不坏，便笑道："你太客气了。只要您有工夫，我欢迎和你谈谈的。"乌泰然道："若是明天密斯严没有什么事的话，我再来奉看，但不知道是什么时候才合宜？"严守贞道："要不然，我们明天下午在密斯魏家会面吧。"乌泰然想了一想，嘴里又微微叹了一口气，答道："密斯魏是个活泼的人，关于讨论学问一方面，也是取着活泼态度的。依我说还是我到密斯严这儿来吧。时间就是下午准一点，你看如何？"严守贞不能再推诿了，便点了点头，于是乌泰然高高兴兴地回家去。

　　这便电灯上火多时了，他们俩乐了这一天，可把那在家里约的魏露斯，等得如热石上蚂蚁一般。要出去呢，误了今天的约会事小，乌泰然答应帮自己忙的，这样一来，把一桩好机会，会让严守贞一人抢夺去了。要说不出去，在家里闷坐着，一点儿事没有，实在烦闷得很。找了一本小说，坐着看了几行，又到大门口望望，望望之后，又坐到房里去写几个字。她就是这样来来去去，坐立不安，一直等到天色黑了，电灯也来了火了，这才知道乌泰然是决计不来了，叹了一口气，不再等了，拿了一条红纱围巾披在脖子上，就出了大门。但是时间这样晚，无论会什么朋友也不大方便，就在夜市上逛了一趟，散闷散闷。看到浮摊上摆着那些东西，自然不少可爱的，本想买两样，无如身上的钱不方便，只好望了一望，就离开浮摊而去。心想若有一个人在经济一方面帮助，住洋楼坐汽车，纵然是想不到，若说买这些零碎东西，无论如何那是不成问题的。依着自己的脾气，本来要和乌泰然决裂的，可是一想，刚刚得着一条活路，这就要把这条路塞死了，未免太傻。虽然他今天对于我失约了，以他向来对我那样拼命接近的态度而言，绝不能突然就把我抛弃了。我想，到明天他一定会向我解释这种误会的。如此一想，转觉心旷神怡起来，倒高高兴兴地回家。

她预料着，十二点以前，乌泰然一定会来的，上午又坐在家里静静地等着，不料又等了一整天，还是未曾到。露斯这就奇怪起来，他那天临别的时候，切切实实约定，准第二天来和我商量学校里的事，要说他有事耽误了，只应该昨日一天，何以接连两天，都不回我一点儿音信，这种态度似乎不是偶然的，莫非他和严守贞交情攀好了，却将我抛到一边？但是他们不过初次见面，何至于马上联合一气，抛开我这介绍人呢？露斯自己一个人疑惑了一会子，又不能解决人家是不是真联合了。光是乌泰然不理会，要交男朋友有的是，那也不算什么。若是乌泰然本愿继续帮忙的，却是严守贞霸占独吞了，这人未免有点儿不讲交情，那我对于她，非执相当的报复手段不可。

想了一天，实在放心不下，次日上午，便亲自到严守贞家去见她。这个时候刚刚是九点多钟，露斯料着严守贞也不过将起来，现在来找她一定是找得着的。不料到了严家那条胡同，只一进口，就见乌泰然和严守贞两个人，笑嘻嘻地由大门内出来，这儿由西口进，他们却是要由东口出。露斯只得老远地嚷着密斯严。严守贞听到，一回头看见是她，就住了脚。露斯走上前去，只见乌泰然离开严守贞两三尺路，斜斜地站着，黑脸上却有点儿紫色。露斯走近了，他点着头微微一笑。露斯也不理他，却对严守贞道："这几天都没有见你，我知道你一定忙得不能开交，所以今天赶一个早来找你，以为你总在家里的。不料你比我还早，已经打算出去玩了。打算上哪儿去呢？这样早呀，能带我去一趟吗？"严守贞红了脸道："我忙什么，今天一早密斯脱乌来了，他要约我到你那儿去，和你谈谈学校里的事。谁知道你今天早上，也想起来了邀我呢？"露斯道："你当然不会料到我来的，可是我也料不到你们俩这个时候会去邀我！"严守贞脸色一正道："密斯魏，你的话，恐怕有些误会。"露斯冷笑道："有什么误会，在这样社交公开的时候，谁愿和谁交朋友，就和谁交朋友，第三者来干涉，那本来等于扯淡。"严守贞也冷笑道："是啊！第三者干涉那算扯淡。可是有些第三者，她硬要扯淡，又有什么法子呢？"露斯将脸红着，挺了脖子道：

"干涉那还在其次，有些人拉人家的朋友去做朋友，不但是扯淡，还有些无聊呢。"

乌泰然在旁边听到这些言语，看到这种情形觉得她两人的势子已有些僵，不能不从中解劝了，便笑道："我们这是在什么地方？"露斯笑道："在什么地方？不是在严府门口吗？"乌泰然道："绝对不是，这是在百花深处，听着画眉鸟在斗嘴呢。这是多么有趣的一件事呀。"魏严二人，对于他的话，都有些不耐听，可是又不便反对他的，都向他一笑。乌泰然就借着这一笑，向二人中间一站，笑道："我来做个小东，请二位去喝杯咖啡吧。"露斯道："去就去，要什么紧？我还有事要请教哩。就是密斯严不去，我一个人也要去的。"严守贞道："为什么不去哩？"于是用俏皮的句子，将一个字喊着乌泰然道，"乌，你说上哪一家呢？只要你爱到的地方，我都愿意到的。走哇！"说时，她就伸手将乌泰然胳膊一扣。露斯斜着眼睛看了，心里如热油煎着一般，不由得呆了一呆。乌泰然先是有点儿不好应付，现在看到她们也不至于十分决裂的，倒乐得逗着她们玩，就笑嘻嘻地道："得啦，得啦！别到马路上开雄辩会了，有话我们到咖啡馆里去说吧。"

三人各不言语，一同进了咖啡馆，伙计一看是三个青年，两个女的，一个男的，心里明白，将他们引进雅座，接上就把门帘子放了。伙计进来，先问严守贞要什么？严守贞却不答他的话，反过脸来问乌泰然道："你要什么？"乌泰然也不曾考量，顺口就答道："我想要杯柠檬水，你呢？"严守贞笑道："你要柠檬水，我也要柠檬水。"露斯对伙计道："我也要柠檬水。"伙计心想，既是大家都要柠檬水，干脆就说要三杯柠檬水，干吗绕上这样一个大弯子。伙计笑着去，端了三杯柠檬水上来了。露斯坐在上面，严守贞却和乌泰然对面，吸着水的时候，只管向乌泰然微笑。露斯看了，心里好个不服，低了头，只管用管子吹着水，忽然计上心来，因看乌泰然杯子里的水，干下去了一大半，便道："我喝水的量小，少喝一点儿吧。你那个给我。"于是一伸手将乌泰然面前的杯子，拿过来，却将自己面前的杯子，向乌泰然面前一推，向他嫣然一笑道："你喝这个。"乌泰然也笑道："谢谢。"他拿过去，刚刚只吸了一口，露斯先向严守贞瞧了一眼，然后偏着头问乌泰然道："这个更甜些吗？"乌泰然答应一句是甜些，怕得罪了严守贞，要说不甜，又怕得罪了露斯，只好笑着点了一点头。

严守贞望到，却冷笑一声，红着脸静坐了一会儿，忽然问道："乌泰然，我问你一句，你和密斯魏是朋友呢，还是比朋友更进一步的人呢？"乌泰然还不曾答话，露斯却对她答道："也许进一步，也许退一步，可是这种事，只有当事人自己做主，别人管不着。"严守贞道："密斯魏我又没有问你的话，何必要你答复？"露斯道："没有提到我的姓名，我自然不管，提到了我的姓名，你所问的两个人里面，有我一个，我怎样不答复？"严守贞道："你那种答复藏头露尾，算得什么？若是要我答复，或者进一步，或者退一步，干脆我就答应出来，为什么说也许？这年头儿交朋友，没有什么不可公开的。要是不能公开，就不算光明正大。"

露斯先说那几句话，以为可以逼得严守贞没有话说，不料她更厉害，说是要公开出来。照着她的话，公开出来吧？自己不过是个朋友，那还有什么可胜人家之处。不公开，又让她说了不是光明正大，这更是不承认的一件事。这两个问题在肚子里一踌躇，就不免把这答话的时间展长。严守贞见她答复不出来，一脸怒色，就慢慢地变成了笑容；一脸笑容，缓缓地向着露斯露出不屑的态度来。露斯分明知道她的意思所在，将嘴一撇，自己又微微一笑。

可是这时倒让乌泰然为难起来。原来他是逗着这两个人好玩的，现在一想，不能到哪里都把二人带着。若是带着一个扔下一个，那就会弄得更僵。这要想个什么法子，才能把这件事敷衍过去哩？而且这个解决的时间，也就快要来到，一出这咖啡馆，再向哪里去，便是问题了。口里喝着柠檬水，心里就只管在想计划。最后想到了，这不能不用一点儿手腕，于是将左脚轻轻地踢了严守贞一下，又将右脚向露斯踢了一下，然后才道："我今天要给你们打听学校的事情去了，不能玩了，二位可以在家里等我的消息。"严守贞被他踢着，料他是摆脱开了露斯，再来邀自己去，便道："我也有点儿头晕，要回去休息去，你请便吧。"说着在桌下敲了一敲乌泰然的腿。露斯心里也想着：这一杯柠檬水的效力，不在小处，乌泰然一定是又转过来了。他踢我一下，又说要先走，分明要离开严守贞，要到我家里去和我解释误会的，她生气，说是头痛要回家，活该你生气。你以为我在面子上会钉着乌泰然吗？我要当面瞒你一个死呢。你这傻瓜，你这傻丫头！因道："我为着学校里的事，急得不得了呢。你快去打听着，给我一个好消息吧。"说着，伸了脚在乌泰然的黑皮鞋尖上，轻轻踏了几踏，又向他微笑了笑。乌泰然口里连说好好。严守贞心里反正有了暗约的，首先

302

就说回去。露斯要表示并不和乌泰然在一处，也说走，于是两个人都不客气地走出雅座。至于这个啡馆里的茶账，仿佛都有一种定律，那是应当男子尽纯粹义务的了。因此乌泰然落后一步，也就会了账才出来。追到街上，两位女友，一个站在街东，一个站在街西，却等他出来告别。乌泰然只好站在街心，和两边各点了一个头，约着回头见。

乌泰然离开了她们，且先回家去。他母亲乌老太太，这两天正患着咳嗽，咳嗽得且非常厉害。一见乌泰然，由屋子里迎到院子里来。一只枯蜡似的手，还不住地捶着胸口，就慢慢地道："老四，我病得这样，你也给我放下几个零钱，让我买点儿东西吃。"乌泰然道："老大老二老三都不给钱，只问我一个人要？"乌老太太道："怎么没给，都给了呀。你大哥养活着这一大家子，我不能老朝着他要。老二是前天留下五块钱的，今天我上医院全花了。老三这两天也闹饥荒，发薪水的日子还早，所以我今天先和你要两个钱使使。"乌泰然道："不成，我也闹穷呢。"他老大由屋子里跑了出来道："你穷什么？今天早上，我还听到你身上揣着洋钱响呢。我知道，你的钱是要请女朋友的。你挣来的钱，你爱请不请，我们管不着。可是以后你别作那肉麻的文章在报上登着，什么滚在母亲怀里，什么我是母亲的儿子，那全是废话。瞧报上你倒像个孝子，可是真真养活老娘，还是别人的事。"乌泰然道："你真是专制，我在报上做文章，你也管得着吗？"他老大道："谁管你？可是你在报上做文章，把大家的老娘，给你一个人做幌子，我是不能答应的。"他母亲道："真的，老四，你有些专做面子上的好人，你有在报上那样亲热我的心眼儿，为什么不在家里，做一点儿给我看呢？"乌泰然道："这样子是绑我的票了，我不给钱不行的了，你拿去吧。"说着，一伸手到他西服袋里去，掏出一块钱现洋出来，就向地下一扔，当的一声，滚到他母亲脚下。乌老太太道："瞧你这孩子。"他老大一弯腰将那块钱拾了起来，笑嘻嘻地走过来，远远地向他西服里一塞，点了一点头道："得！你带着吧，这还可以买两张电影票呢。"乌泰然道："不要就罢，钱放在袋里，也不会咬我。"他一转身回他的屋子去了。

屋子桌上有几封信，拆开来看，料着是会计通知向校长借的十块钱，已经转账了。懒懒地拆开来，顺便瞧了瞧，这一瞧，不由人大喜过望。原来信虽是会计处来的，不但借的钱不曾转账，而且他通知本月的薪金，就是今天完全照发。下午一点钟，本有一堂课，打算请假不到的。现在既然有薪水发，当然是要去的。一看还只十一点一刻，也来不及吃午饭，马上找了课本，出了门坐着车就向学校而来。到了学校直奔会计处，那会计先生坐在桌子边，面前摆着算盘、账簿、印泥盒，还有大小的木戳子。算盘上倒插着一支笔，笔头儿向上，他正在忙着清理账簿上的款目，尽管低了头去翻看，却没有理会到有人进来。

乌泰然走到他的面前，就轻轻地笑着问道："庄先生，今天发薪水吗？"那庄先生抬起头来，将乌泰然望了一望，不过是个代课小教员，就哼着答应了一声道："是的。"说时，身子略略站起来一点儿，其实也不过三四寸，这是他表示着谦逊，不敢大样对着来人的意思。只这一起，马上又坐下了。乌泰然目的只在领薪水，他是谦逊或是傲慢，这倒与大体无关，也不去理会，因笑道："庄先生就请你给我吧，我还要上课去呢！"庄先生向着他的脸望了一望，因道："你不是一点钟的课吗？"乌泰然笑道："你倒记得清楚，可是我在这里是一点钟的课，就不许我在别处有早些的课吗？再说我自己还念书呢。"庄先生对于他这种解释，似乎就没有听到他说了些什么，于是在他面前抽出了一张纸条将算盘上的那支笔，一齐送到乌泰然面前。乌泰然写好一张三十元的收条，在最末尾签了一个英文字。庄先生道："怎么样，今天又不盖章吗？"乌泰然笑着和他点了一点头道："你对付着吧！无论如何，下次我不会忘的。反正钱是收了，我不能不承认。"会计先生拖长着话音，说了"那是自然"四个字。

乌泰然向来把什么家什么家，一律都不看在眼里，一个拨算盘子的会计先生，哪会看得中意。但是这时候等着掏钱出来，却不敢得罪他，站在桌子边，望到他在抽屉里拿出一卷钞票来，点了又点，分出一小叠钞票，递了过来道："乌先生，这个月该请我们吃饭了吧？"乌泰然心想，我是凭本领换的钱，又不是捡来的钱，就是捡来的钱与你什么相干，倒要请你吃饭呢！他心里这样想着，可是嘴里却说不出来，还笑道："可以的，为什么不可以呢？"说话时，钱已拿到手里，也不等会计先生再说，就走出会计室了。

身上有了钱，便觉立刻精神饱满。先到学校对门一家小咖啡馆里喝了一杯咖啡。这样从容容地吃喝，也就把上课的时间混到。这一堂课，是中国历史，照着课本子一念，不到十五分钟就把应讲的讲完了。所余的时间很多，自己不曾预备课本外的材料，又不便站着讲台上发呆，一句话不谈，便把最新版的爱情小说来介绍了一下。学生听了这个，大为起劲，就请他下个批评。乌泰然于两性学问，向来有研究的，就大发其议论，直到打了下堂钟，学生一个也不肯离开位子，只管听乌泰然讲了下去。然而他还要等着去见两位女士，哪里能耽误，早已飞步走出课室去了。

出得学校门，那些围在门口，成了半环形的人力车夫队，早有一部分拖着车子向前来兜揽生意。这一下子，倒让乌泰然为难起来，还是去会密斯魏呢，还是去会密斯严呢？照说，这两位女士，都是活活泼泼的，抛下一个，也觉有些不舍。为两全计，先到密斯魏那里去混一下子，然后再到密斯严那里去。好在并没有约定时间的，来去迟早，她们都不疑心的。这样想着，马上就坐了车子先到魏家来。他只一按门铃，里面娇滴滴地问了一声谁。那便是露斯的声音，因答道："我姓乌。"这就听到咯的咯，很忙的一阵皮鞋响，果然是露斯来开门了，她一见，就将嘴一撇道："你让我等了这一大半天，你是上人家那里安顿好再来的吧。"乌泰然道："我今天一点钟有一堂课，你不是知道的吗？现在还只两点二十分，学校到这里有这样的远，你想想，我还有工夫到别个地方去吗？"露斯笑道："你真要有事去办，请一堂假，也不算什么呀。"这才引着他到客厅里坐。

露斯先问道："你既是和严守贞那样好，你就跟她好得了，为什么又约我，你是把我当玩物拨弄吗？"乌泰然脸色一板胸脯一挺，望着她道："凭你说这话，就该罚。男子固然要尊重女子，就是女子自己，也存不得一点儿人家不尊重我的心事。人家把你当玩物的话怎么都说出来呢？"露斯倒不料他会说出这种话来，自己终不能硬叫人家把自己当玩物，因笑道："只要你能这样，那就很看得起我，也就很看得起你自己了。答应我经济上帮助一层，现在怎么样呢？"乌泰然听了这话，倒不觉吓了一跳，连忙伸了一只手到口袋里去将那一小叠钞票摸了一摸。心想这一叠小小东西，放在袋里，无论如何，她是不会知道的，便笑道："我这人对于人，没有别的好处，就是一个不撒谎。我既说了帮助你，不成问题，决计帮助你。老实说，这两天小应酬的款子，我都不大方便，大概还有一个礼拜，我学校里的薪水，可以发了。一发之后，你学校的事马上进行。"露斯道："那也行，不忙在这一两天。我母亲还有几句话对你说，你等一等，我叫她来。"露斯说毕去了，果然唤她母亲来。

魏太太来了，先也谈了一些学校的事，后又谈了些妇女运动的事，由妇女运动，转谈到女子经济独立之难，因道："这不必说，就把我自己来做一个例子吧。我们魏先生因为有点儿急事到天津去了，不免走得忙，忘了留下家里的日用款，我就没法子来维持这家务。虽然有地方可以移动几个钱，可是不是那样极熟的人，说了出去，恐怕不会发生效力，所以我借钱，非遇着那一说就借的慷慨之人，我是不轻易开口的。"乌泰然一听，不好不好，这样子她是要和我借钱，我哪有这种闲钱来给人家去花呢？他也不等魏太太开口，便道："可不是？我也是这样脾气。若要借钱，非是一借就成的不和他们开口。这一个礼拜，我也是穷得要命，但是几个知己些的朋友目前都很穷，我也就硬扛着，没有去和别人开口。"说时，笑着叹了一口气道，"这年头儿，真只是死得穷不得。"魏太太一套哭穷，和他商量几块钱的话，还没有说出来，见他先就嚷上了一顿穷，这话只好忍回去了。乌泰然道："魏先生到天津去了，什么时候回来？"魏太太道："大概要一个星期吧！"乌泰然道："既是如此，我下个星期来会他吧。下星期我发了薪水，倒可以做一个小东呢。"说毕就起身告辞了。

第二十二回

事料几分试衣问良母
心倾一见登门访少年

乌泰然一出大门，就雇车到严守贞家来。在半路里碰到魏露斯的父亲魏建成，低了头在马路一边走，彼此也不曾打什么招呼。到了严守贞家，一敲门又是那老妈子出来开的。乌泰然身上还有几张毛票，自己也不肯算一算就向老妈子手上一塞。老妈子早就看到面上一张是毛票，这手上握的总数，决计不会是小数目，连忙微笑向乌泰然蹲着一请安笑道："怎么又好要您花钱？小姐在家里呢。您先进来坐吧，我去叫她去。"于是将他引到客厅里，自向里面通知去了。

不到多大一会儿的工夫，严守贞便笑嘻嘻地出来，一进门便道："我真等了你一个够，怎么这时候才来呢？"乌泰然笑道："我自己也知道多耽误了一点儿时候，是我没有法子。因为我上完课之后正要出门，偏是校长有事不能来，他代的两点钟课就让我代理。我想起你的约会，本来不肯代，但是这两点钟课除了校长只有我能教，那些学生和我感情又特别的好，我不教心里过意不去，所以我为了这个，把钟点延误了。但是这是不得已而为之的事情，我想你一定能原谅我。在社会上做事，就是这样，太没有专门技能混不到饭吃，可是有了一样可靠的专门技能，有时你又一定尽许多无味的义务，就像这一堂课，我若是不懂，就用不着我代理了。"说时，伸手到袋里一掏，将那卷钞票掏了出来，扬了一扬，当即向兜里一插，笑道，"也就靠了这一点，可以聊为解嘲罢了。"严守贞且道："原来是学校里发了薪水，今天应该请我们吃啦。"乌泰然道："一定，一定。"严守贞道："还是请我一个呢，还是请我陪密斯魏呢？"乌泰然道："你倒提她，我和她就是这样完了。"严守贞道："这话靠不住的，你在我这里这样说，见了她恐怕又要说和我没关系了。"乌泰然道："你这话就不对。你想，我要是两边倒，昨天喝咖啡的时候，就不会暗下约你了。我既然是暗下约了你，这就是我倾向你这一方面的明证。这一层，你也应该明白的，还用得着找出来吗？"严守贞将嘴一撇道："我才信哩！"

　　乌泰然见她分明是相信了，便约着她一路去吃晚饭。吃过晚饭，又约她看电影，看完了电影，又订着明日的约会，就这样一日一日地下去，共有三天之久。乌泰然那衣裳里三十块钱，快要完了，他忽然对严守贞道："我想我们这种办法不对。人生既然为着找快乐的，但是说到找快乐，就也可以得一个极短时间的快乐，那有什么宝贵呢？依我说，我们图目前的快乐要紧，图永久的快乐也要紧，我们可别为了目前的快乐，误了将来的快乐。那些光图目前快乐的青年，那是害了近视眼的病，我想你一定赞成我这种论调的，因为我平常听你的言论，你的眼光是很远大的。"

　　严守贞听他说了一大遍，不知他的命意所在，她后来赞成说自己眼光远大的，也不容细加分辩，就承认了那图未来快乐的论调。乌泰然因她赞成了，便笑道："这些天，老实说，我们有些近视眼的毛病了。依我说，以后我们的友谊，要精神上形迹上，一同并进。我主张我们还是日日见面，可是只在一处研究学问，不要出去玩。就是出去玩，也只能一个星期一次。你对于我这种办法，要不要我细细的解释一下。"严守贞道："你已经说明在先了，还要解释什么？"乌泰然一拍手道："怎么样？我就说你的眼光很远大呀！但是现在不天天出去玩，我也不让你感到寂寞。"严守贞听他这样说着，也就无可辩驳，当然都依他的话照办了。乌泰然和她有了这个约会，也就省下许多，每日都到严家相会一次，说着只是来研究学问。

　　原来严守贞的叔父，在天津一个小机关里做事，这里就只有她的婶母和母亲。婶母是麻将团里的人，每天都出去打麻将，要闹到两三点钟回家，家里的事简直就不大问。严守贞的母亲，乃是姨太太扶正的，自己少年就喜欢交际，而今女儿交际，当然也是不管的，所以乌泰然天天到严家去，是非常自白。这里去得勤了，露斯那边又冷下来。露斯所猜定了是在严家的，但是到严家来找了两回，老妈子开了门就说小姐不在家，无论如何，没有勉强挤进人家屋子去的道理，只得饱尝闭门羹而回。她想着和乌泰然绝交，那都没有什么关系。只是自己相信，无论品貌学问年龄，都不会让严守贞比了下去，何以自己的爱人会让她夺了去，这一口气凭空咽了下去，实在有点儿忍耐不住。严家去不得，乌家总可以去得，现在就直接去找乌泰然，见了面之后，看他怎么样。这人真是不可测，从前要和我发生爱情的时候，一天到晚在我家里，我要怎么样就怎么样，而今突然把我丢了，我非问他一个所以不可！

她这样想着，一天起早，直向乌泰然家里来。正好他由屋里出来开门，他开了门并不理会，径自向胡同口外走了。露斯一急，便大叫起来，在她这大嚷声中，也不知道她说的什么，只觉得哗啦哗啦而已。但是乌泰然下了决心了，无论露斯说些什么，他也不管，已是走出胡同口不见人影了。露斯要到乌泰然家里去吧，无如他家里人是一个不认识。要是就这样回家去吧，无端自找上门来受了这一顿侮辱，有多么难受。因之，在胡同口徘徊了一阵，自己也不知道如何是好。她随后一想，乌泰然虽然许下条件，但是一样也没有实行，就是和他将友谊保存着继续交下去，怕也未必能得着他有什么帮忙之处。如其将来彼此不和，这个时候就分开倒也干脆。如此转身一想，这才雇了一辆人力车子回家去。今天本来起身得比平常早一点儿，加之又是一肚皮烦恼，因之回家之后马上就倒在床上睡了。

到了吃午饭的时候，才让她母亲到床上来摇撼着身体，强迫着给她吵醒了。露斯坐了起来，两手揉着眼睛道："人家睡一会儿也不容得，硬把人家吵醒来。"这时，便鼓了嘴。魏太太道："还说我吵你呢，你也不看看是什么时候。若是像你这样，起早回头再睡一会儿，睡到半下午，这有什么关系，人人都可以起早了。吃饭吧，我带你到一个地方去。"露斯道："有了好玩的地方，你就会自己去，肯带了我一路去吗？"魏太太道："你忘了吗？今天李三小姐在欧美同学会结婚，那里有些个熟人呢。"露斯听到有结婚的场合，也不知道什么缘故，自己好好儿地兴奋起来，就连忙起来打开小梳妆匣子，用梳子梳头。魏太太道："你忙什么？人家是三点钟结婚，吃过了饭，从从容容地去，一点儿也不会迟。"

露斯梳着头发，看见镜子里自己的衣裳，忽然想起一件事，将手上的梳子，忽然向桌上一拍道："我不去了。"魏太太道："这孩子又发脾气，说得好好儿的，为什么不去？"露斯道："你想想，我穿什么衣服？我就这样子去参观人家结婚吗？"魏太太道："就有了好衣服再去，这件事，我可没有办法，干脆你就别去吧。"露斯道："李三小姐，老早地就约我参与她的婚礼，到了这个日子，我倒不去吗？"魏太太笑道："我早就料到你有这一套麻烦我，你打开那柜子瞧瞧，有什么没有？"

露斯听到这话，果然将柜子打开，可不是有一件印花绸的旗袍在那里吗？不但有这个，另外还有一双长筒丝袜和一双银灰色的高跟皮鞋。露斯道："这也没有什么稀奇，不过是你借来的罢了。不穿也罢，穿坏了，我可没有力量去赔人家的新东西呢。"魏太太望了她笑道："你别管是怎么样来的，你先穿来试试看，是不是全合身材？"露斯因母亲说了这话，以为这或者不是借来的，于是将高跟鞋穿着试了一试，竟是十分合适。再将旗袍一穿，不肥不瘦，不长不短，竟和自己新做的一样。心里想道真怪了，哪里借来有这样合身的衣服。衣服大小差不多，还不容易看得出来。这鞋子可不许差一点儿事的，怎么也是不大不小，这样的合适。当时便笑道："这是哪里借来的东西？就像是我自己的一样。"魏太太道："你索性把丝袜子穿上，到了欧美同学会，我再告诉你，也许你就可以把这个据为己有了。"露斯道："那是什么缘故？你何不再告诉我，让我先穿上，也好安了心去参与人家的婚典。你若是不告诉我，我怕把人家的衣服穿坏，我就不去了。"

魏太太道："老实告诉你，这东西绝是为你今天要去看人家结婚，给你预备下的。事先不告诉你，就是要让你惊异一下子。"露斯道："这话我不相信，家里的零用钱都不够，哪有钱给我买这些东西呢？这怕不要二三十块钱吗？"魏太太道："置是和你置的，不过不是由我出的钱。"露斯道："不是你出的钱，是哪里来的东西？难道人家鞋子铺绸缎庄都肯白舍吗？"魏太太微笑道："我难道还冤你，反正是你的东西就是了。到了今天晚上，我就可以告诉你这东西是哪里来的。或者，我就是不告诉你，你自己会明白过来也未可知呢。"

露斯对于她母亲这样闪烁其词，虽有些不乐意，可是自己也有一番好奇心，既是母亲说回头也许可以明白，就按下不问，看看究竟是怎么一回事。和母亲一同吃过饭，修饰一番，魏太太也换了一身衣服。她想这衣服也是以前没有见过的，难道母亲也是借来的吗？这事太奇了，索性不问，留待将来解决。当时母女两人将大门关了，由后院里转着后门出来。原来后门两间房，转赁给一家穷人家。这家老公母俩，带着一个孙子，正好和他们看门。魏家有什么事，要老妈子听差以及书童的时候，这穷人家就都可以像出赁三新棉被一样，临时出赁。他们一家人各都有事，免不了全要出去，因之出去的时候，就关了大门，出后门去，家里托老公母俩管着。今天出去，自然也是照原来一样。

二人雇了两辆人力车，直奔欧美同学会。露斯到了门口时，见汽车马车停着连成一片，同学会大门口，国旗交叉之下，就有两个穿西装的汉子，戴了红花，垂着红绸条，似乎是招待员样子。露斯一想，到这里来的人，都是坐汽车坐包月车的，若是连包车没有，还要当着人家的面给车钱，未免透着穷相。因此身上掏出一张毛票，算多给了十多个铜子。向车子上一抛，人就向里走，免得站着当地给车钱，不像是自己的包车。魏太太却没有体谅到她女儿的心事，连问车夫道："她给了多少钱的铜子票，多了，你得找出钱来。"那声音说得很大，不但站在门口的招待员可以听得很清楚，就是这周围许多的人力车夫汽车夫也可以听得很清楚，这一下子，真把露斯气得要昏晕了过去，站在门口等着，更难为情，挺着胸脯，高跟鞋踏得咯的咯响，就走向里边去了。

这门口两位招待员，也是不明白她的用意，跟着后面追进来道："那位小姐，这里还有红花，请你戴了去。"露斯听他们嚷着，先前怕是要车钱，心里好个不高兴，后来他们说是领喜花的，这才站着了脚，回转身来，拿着花挂在身上。有一个招待，见露斯是个漂亮小姐，要特别地献殷勤，便问道："门口车钱，由门房里给吧？"露斯红了脸道："我自己有包车。"她只说了这样一句含混的话，就走进了二门子。这里设了有签名簿和招待员的桌椅。早有招待员过来，请露斯在桌上签名，并问露斯是什么车，以便给车饭钱。露斯道："我是汽车，现在送我父亲出去了，也许回头要来接我的。"招待员听说是坐汽车的客，连说了几句是是，就公推了一位穿西服的招待员，专门送她到客厅里去。

原来这位新娘父亲做过交通部的司长，结婚的男方，又是个次长的儿子，所以今天的客，倒是上中下各层阶级的人都有。因为这些来宾，既是分了阶级的，所以各一个阶级的来宾，就各自在一个客厅里。好在欧美同学会东西两厢，有的是客厅，让他尽管去分区域。这时露斯进来，招待员听说她有汽车，知道有汽车的女宾，都在东厢第一个客厅里，就把露斯向第一个客厅里引。他本来并没有存着什么阶级观念，不过他料想都是男女两宅有汽车的朋友，必然有好多互相认识的，当然要物以类聚才好，所以把她引到这里来。

露斯进了客厅，看看女宾们，珠光宝气，花团锦簇，满屋的富贵气象，这其间，没有一个是认识的。不过既进来了，就要表示大气一点儿，不能看到没有熟人又退了出去，因此大着步子走到客厅里边，有一张小沙发还不曾有人坐，就坐下了。女人看女人，向来比男人还要厉害。看到别个女子长得漂亮，总要仔细地观察一下，找出她一点儿破绽来，以为讲究竟不能算美。看到别个女子长得寒碜，心里就要好笑，以为她这种样子也要出来现眼。总之，美女子看女子，存一种鄙观态度，相比之下，自己更是美，甚至于还要故意多说几句话，多走几步路，让人家注意。心里说，你别美，看看我是怎么样？丑女子，存一种不服的态度，人家美，硬说不过如此，也可以找出坏处来呢。人家或者也丑，她这一得意，就不用提了，以为我总比她好，常听人说我是个丑女子，今天我也看见不如我的了，我究竟不丑。有了以上的情形，像露斯这样一个漂亮年轻的女子进来，满座的嘉宾，哪里有不看她一看之理。

露斯不但不怕别人看，而且很欢迎人看。只是这屋子里一个熟人也没有，像模特儿似的，呆呆地坐着让人看，也有点儿未便，就昂着头闲看那壁上挂的油画山水，以避开众人直射的目光。在她偶一回首之间，却有一个人对她笑了一笑，这个人本来一进门就注意到的，是个西洋女子。在那些女宾客中，真是个最显明的目标。她也和女宾中一两人谈话，说的都是外国话，露斯就只念两本初中的英文教科书，她说的是不是英国话，也没有这能力去辨别。因此也不敢多看她，怕她会说起话来。这时人家对着自己一笑，这不能不理会了，也就向她报之一笑，她先说了一句外国话，露斯白瞪着眼望了她，不知所答。她见露斯答不上来，料是不懂，便改添着中国话道："小姐你好吗，你贵姓？"露斯告诉了她姓名。本想要问问她的姓名，但是听到教英文的先生说过，西洋人初见面，问姓名，是不大好的。人家问了过来，一时又找不着话来寒暄，自己倒有点儿慌乱。

那西洋女子似乎也知道露斯的困难似的，就在手提的小皮包里取出了一张名片，笑嘻嘻地递了过来，这倒用的是中国人的办法，一面印的是英文，一面印的是汉文。露斯将英文的一方面看了，先看这边的汉字，乃是周哈玛利。看了这几个字，可想而知就是她这名片，也是采用中西两方面的办法。是了，常听到李三小姐说，有一位周太太是法国人，在美国生长的，能说好几国的话，李小姐曾跟着她学过英法文。不用提，一定是她了，便笑道："原来是周太太，我久仰得很，李小姐常和我说过的。"周太太想了一想，才答道："不要客气。"只说了这四个字，她笑了笑，就不说了。看那样子，不但是不大会说中国话，而且也不大懂中国话。这种情形之下，她怎么会嫁给了中国人？这不能不认为是一桩可怪的事了。

只在这时，有个穿西装的男子，在客厅门外站着向周太太一点头。原来主人翁，本不曾将男女来宾分座，可是自然而然的，女宾和女宾坐到一起。在座有几个男宾，觉得有点儿不便，自走开了。因之这位周太太虽是西洋人，交际很大方的，然而到了这时，也不得不随乡入俗坐在女宾客厅里。这个和她点头的，便是她的先生周国粹，现时在外交部当了一个二等差事，每月有四五百元的收入。周太太一见，便站起来迎上去，他两人向来是用法语谈话的，于是周太太就望着来宾，咕里咕噜和周国粹说了一阵。那周太太看人的时候对于露斯却有十二分注意的神气，同时周国粹将那小胡子笑着翘起，也向露斯看来。露斯心里想着，像他们这样的文明人都很注意看我，自己便只管矜持起来。人人望着她，她却不肯望别人。

这时那周国粹先生却走了过来，手扶着帽子和她点了一个头。露斯见阔人和她招呼，这是很有面子的事情，便也笑嘻嘻地站了起来，和周先生点头。周国粹道："你这位小姐贵姓是魏呢？"露斯笑道："是的，你是周先生吧？我好像在什么地方会见过你的。"周先生见她是魏小姐，已经很客气，而今她又说见过面，也不问真见过与否，便道："也许见过的，因为是常到李小姐家里去，大概是在那边会过了。我内人说，密斯魏很像她一个学生，这个学生回南去了两年，她很疑心密斯魏和那人是姊妹。"露斯道："但不知那人姓什么？"周国粹道："内人是不认识中国字的，只知道英文拼出来的姓，仿佛也是魏字，不知道对不对？"露斯笑道："对的，我有一个姊妹和我相貌差不多，回南有两年了。"周国粹也愿意问得对，就把这意思翻译给周太太听了。

周太太很是欢喜，拉着露斯的手问长问短。周国粹倒新添了一种差事，只好向两方面不住地翻译着。他一张嘴除要替两张嘴说话之外，有时自己还有些意思，要告诉两边的人，于是一张嘴成了三张嘴，这忙法也就不亚于戏台上的一套场面，各处要照管着。后来周太太说，请露斯到她家里去玩玩。周国粹得了这个机会，就笑嘻嘻地向露斯道："内人说非常地欢迎密斯魏到舍下去谈谈。不知道密斯魏最近可有空余时间没有？"露斯笑道："我没有什么，随便哪一个时候，都可以过去奉看的。可不知道周先生周太太什么时候准在府上？"周国粹道："每天上午，我们都在家的。密斯魏若是能光临的话，最好给我一个电话，我知道密斯魏会到，无论如何总在家里等候。"周太太见周国粹那样笑嘻嘻地向着露斯说话，眼睛是斜看着，腰子是微弯着，那种情形很有些可疑，连忙就追着问他说的是些什么？周国粹经太太盘问着，不能不回答，便掉转身去。外国人究竟是外国人，周国粹随便一扯，这事也就扯过去了。

露斯才把向周国粹注视的目光掉转过去，只见她母亲在走廊下缓缓地走着向这里面看着，看她那样徘徊的样子，似乎已经在客厅外面等了不少的工夫了，便走出来对魏太太道："妈，你没有看见吗？那位有外国太太的周先生，他和我说了许久的话，那外国太太也和我谈了许久，她还要约我到他们家里去呢。"魏太太拉着她走开来几步，用嘴向周国粹一努，轻轻地道："是他吗？他在外交部有差使，听说在总长面前很红呢。他既然邀你到他家里去，那倒是人家一番好意，你不能不去敷衍人家一下了，要不，你和他约一个日子我陪着你一道去吧。"露斯道："你和人家又没有一点儿交情，你去做什么？"魏太太笑道："你这孩子，我有点儿机会总是携带你，你有路子就不肯携带我。你不让我去我就不去。我倒有个朋友给你介绍。"说着，拉了露斯的手就一路向石阶下来。

　　只见那院子中心，有一个穿西装的男人，衣服穿得是非常整齐，头发梳得是溜光，远望着也是个翩翩少年。看到她老远地就向这边点头点脑，似乎母亲要介绍的就是这个人了。走上前一看时，原来这人是个过去的少年了，虽然他把胡子剃得光光，然而他大概是个有连鬓胡子的人，因此两腮上还现出两道青隐隐胡桩的痕迹。黄黄的面孔，偏是左一个红疙瘩，右一个疙瘩，那一个小红萝卜鼻子，还红得发光。这样的人，偏穿上一套蓝呢的西装，系上一根大红领带，那一份寒碜，就不必提了。他倒真是客气，等着魏氏母女到了面前，便是一鞠躬。魏太太给露斯道："这是钱则顺先生。钱先生现时在银行里办事，他令兄就是银行界大有名的人，他看到你的相片，就要我介绍和你认识呢。"

　　露斯听了一想，父亲曾说有个银行界姓钱的，很有些钱，路子也很宽广，倒有点儿线索可以去找他，只是一穷一富，怕他不理。大概所说的就是这人的哥哥了。母亲既然很殷勤地介绍着，不能不理会人家，也就只得笑了一笑道："哦！就是钱先生，我是很久仰的了。"钱则顺道："不敢当。早几天我就对伯母说过，要去和密斯魏谈一谈。伯母说是不必，约了今天在此地相会，真是有劳玉步了。"露斯想道，这不是扯淡吗？我和李家来道喜，要他从中说劳步，便笑道："这也无所谓，本来我要来参观婚礼的。"魏太太道："你俩谈一谈吧，我要到客厅里去应酬应酬。"说毕，回转身就走了。

　　露斯让母亲扔在这里，要是这里陪着钱则顺，实在是不高兴。若是不陪他，又扫了她母亲的面子，只得默然无声的，站在石阶边。钱则顺看了看露斯身上的衣服，又看了看露斯脚下的皮鞋，好像这里面藏着有什么问题，可资研究似的。露斯忽然心里一动，是了，母亲说的，我这新衣服新皮鞋子也许就是我自己的。又说到了欧美同学会，或者可以明白了。这样隐隐约约的话，当然不是毫无根据。现在看钱则顺的神气，分明是这衣服和皮鞋，都是他送的了。可恨母亲受人家这样的礼，事先却是一点儿也不过知，弄得自己这时在人家面前，不好怎样措辞，真是为难极了。这也没有别的法子，只好装着不知道，看他怎样说。

这般想着，就笑着对他道："钱先生为什么不到舍下去谈谈呢？今天我也是在这里做客，招待两个字又谈不到，过一天我再约钱先生谈谈，请您指教指教吧。"钱则顺听说，只管说不客气，可没有说不去。露斯一回头，见走廊上有两个熟人过去，和他们点了一点头，借着这个机会对钱则顺道："我们再谈吧。"就走开了。露斯回转身走上台阶的时候，不觉将台阶重重地踏了几下，心里说，我才不敷衍你呢！上得台阶，还是到刚才的那个客厅里去。可是就在这一段应酬中，周国粹夫妇双双地不见了，自己心里好悔。好容易认识这样一个阔人，偏是为了这个红鼻子误了，于是一个人就待在走廊下。

只在这时，就听人声一阵喧哗，客厅里的人都向外跑，都说新人到了。接上隐隐的音乐之声，由远而近。过了一会儿音乐队直闹到院子中心，上面正厅里，就有两个男傧相，扶着新郎前去亲迎，这三个人，一律都是大礼服，只有新郎的左襟，另外插了一朵柏叶衬托的红花。这个新郎倒不过如此，唯有这两个男傧相，乌光的头发，雪白的脸子，用这浑身的黑呢一衬托，非常的漂亮，这两个傧相比较之下，尤以左手下那个少年最是俊秀。他们三人在这和谐的音乐声中，一步一步地数着一二三四慢慢走着，面孔虽然是极力地板住，可是就不住在两颊上透出笑容。这些来宾中的女宾，哪个不是带了三分注意，向那三人看着！这三人迎出二门，然后引导新人进了休息室，所有男女来宾，早是一阵风似的，一齐拥到休息室里去。

露斯虽然与新娘是熟人，对于新郎却是刚才一面，大家既然都围着看，索性也就跟了去看着。拥到人丛中时，恰好那个最漂亮的傧相，却由屋子里走出来，口里只管说着道："劳驾，劳驾。"这人向外挤着出来的路线，正是露斯挡着的地方，他口里说着劳驾，眼睛就看着露斯。据露斯看去，他脸上就带着一点儿笑容，连忙往旁边一闪。这一下子，可把那个人的面孔看得更加清楚了，果然是合了俗言所说，细皮白肉。如要和乌泰然一比，简直一个是白玉一个是黑炭，刚才那个钱则顺，那更是比不上了。正是这样羡慕着，听到旁边一个女宾说，这个男傧相是谁？我看是看见过。又一个女宾说，怎样会不认识？不就是那有外国太太的周先生的兄弟吗？他们和另家沾亲，所以他来做了傧相。露斯听了这话，心下大为欢喜，无意之中，把这个青年的来历，找到了。周先生都和我极端地表示好感，并且约我到他家里去，那么，要和这位小周先生认识，是绝对不成问题了。这样想着，看起新人来也格外觉得有兴。一会儿音乐复作，新人到大厅上行结婚礼。露斯先是站在新娘这一边看，后来看的人你拥我挤闹个不休，就把露斯挤到新郎这一头去。人家都是看新娘，露斯却换了一副目光，只是看傧相，一直等结婚礼看完了，大家业已散场，露斯站立在原场上，还不免有些发呆。

还是魏太太从人群里走了上前将她一把拉住，轻轻地问道："你看见钱先生没有？怎么分开了呢？"她这才明白过来，原来这是在大庭广众之间的礼堂上哩，因道："什么钱先生、票先生，我和他新认的朋友，倒和他一路吗？"魏太太不料在这里碰了自己小姐的钉子，所幸这里的人，倒并没有注意到她娘儿俩的行动。因之魏太太赶快将露斯拉到一边，轻轻地责备她道："你怎么回事？还不明白吗？你可知道今天这一身新，全是人家办的。"露斯冷笑道："我怎么不知道，我也不至于那样不值钱，仅仅为了这一身新，就和他在一处混。这也不值什么，这两天我就可以在周先生那里设一点儿法子，把他这一笔钱退还了他，凭他那一点儿小人情，我也不至于对不起他。"魏太太道："周先生虽然是个官，但是论起家产来，恐怕周先生还差得远。在我现在正要人帮忙的时候，我希望你不要只顾到一方面才好。"露斯听了她母亲这种理，倒不觉为之默然。魏太太道："那钱先生下个礼拜日要请我们吃饭，我希望你对钱先生表示一下，那天一准到。在几天之内，他大概能帮我们几百块钱的忙。"露斯听到母亲说，要有一番表示，很不以为然，后来听到母亲说，人家能帮几百块钱的忙，便答应了去赴约。魏太太原怕还要费多少唇舌，不料依允了，这才心里落下一块石头。

一会儿就是开席的时候了，露斯却到处找这位周哈玛利，找遍了各客厅，也不见她的踪影，只得随便坐在一个席上，吃酒的时候，恰有人谈到她，原来她还不会用中国筷子，中国宴会向来是不到的。露斯这才明白，原来这位周太太是不赴中国宴会的。既是如此，算是白等了许久了。大半天的忙碌不知为着是什么，自己也不免一阵暗笑。吃过了这场酒筵，许多青年男女，都想找着新娘新郎开开玩笑，还在欧美同学会等机会。露斯一肚皮都是心事，就早早地回去家了。

到了次日，就穿了这身新衣服，到周先生家里去拜访。周先生自昨日和她见面以后，脑筋里面，自然地就印下了那一个芳影，现在露斯亲自登门拜访，这却不可大意，连忙吩咐听差一声请，一面由上房里迎接出来。露斯在客厅里会面之后，首先一句话，自然就是周太太在家没有？周国粹道："她陪着两个朋友去收买古董去了。"一面说话一面让到客厅里对坐着。露斯道："周太太很爱中国的古董吗？"周国粹听到这话，眉毛微微皱了皱，淡淡地一笑道："不能提，那是充分地去当冤桶。那些古董商，只要看到是外国人上门，操着那不规则的英语一阵乱嚷，说的英国话，英国人都不懂，况何我们这一位又是法国人呢？她也不知道是古不古，是好不好，只靠了一班外国朋友自作聪明地断定，是什么时候的东西，有什么价值。她自以为认识一种古董了。到等一上古董店，看到有同样的东西，就不住地赏鉴，只要值钱不十分大，她就买下了。"露斯道："东西古，值钱又不贵，自然是可以买的了。"周国粹道："唉！不但是不能古，而且还怕不能真。我们这位太太当了冤桶，还只肯居冤桶之实，而不肯当冤桶之名，所以她拿了古董回来，她要怎样赏鉴，要怎样品玩，都只好由她去，却是一句也批评不得。"

露斯从来崇拜西方文明的，一个西洋女子和中国人结了婚，这自然是极端地开通，能了解恋爱的真谛，彼此情感之和睦，当然是不可以言语形容的了。不料周先生一见生朋友，开机关枪似的，就把他太太乱批评了一顿。漫说是在西洋文明风俗里面，不应该有这种态度，就是在中国，夫妻纵然有点儿意趣不和，也不能见了朋友，就说出来的。这样看起来，他们那极端自由的婚姻，也不见得就圆满的了。她心里这样想着，对着周先生，却只管微笑。

周国粹道："密斯魏，你是没有到舍下来过，不知道我家里面是一个很有兴趣的家庭，你若是来的次数多了，你就会觉得我这话是一点儿都不错的了。"露斯道："府上还有些什么人？"周国粹道："我一个舍弟，内人一个舍弟，此外便是我两个孩子。"露斯笑道："不错的，昨天在欧美同学会做男傧相的有一个不就是二先生吗？"周国粹道："是他，密斯魏和他认识吗?"露斯道:"不认识。"周国粹道:"这我倒可以介绍介绍,我们这一位舍弟,有点儿欧化,也是崇拜社交公开,喜欢交朋友的哩。"说着,周国粹就按了一按铃,叫一个听差进来,对他道,"把二爷请了来。"

不一会儿的工夫,昨天那个当傧相的青年进来了。不过在他身后,另有一个很时髦的女郎,紧紧地随着。周国粹连忙站起来给他二人介绍着道:"这是密斯韩。"露斯先猜着,以为这或者是周国粹的妹妹,及至他说出来密斯韩三个字来,心里才恍然大悟,至少的限度,不是爱人,也是很好的朋友了。当着周国粹介绍的时候,露斯心里就难过极了,接上就对着那个密斯韩的周身上看了一看。那密斯韩见客对着她如此地注意,就向着露斯一笑。在她这一笑之中,似乎像爱克斯的镜一样,将人心肝五脏,都瞧了一个遍。也不知道怎么着,脸上就是一红。

周国粹极力地客气,将大家招呼得坐下了,还是露斯先开口,向周二先生道:"昨天二先生受了累吧?"周二先生道:"无所谓,这个玩意儿,我还是头一回,不过是朋友拉着,不得已而出此。"周国粹便笑着向他道:"你们的日子也快了,趁此练习练习也好。"他说着话,接上又向密斯韩望了一望。密斯韩听到周国粹这种话,望了他微笑一笑。露斯看了这种情形,心里更是明了了,就不肯向下多说了。周二先生也只谈了几句,就对露斯道:"我还有点儿事,密斯魏请多坐一会儿吧。"说着话,就站起身来,回头对密斯韩道:"现在不早了,我们打球去吧。"二人就笑嘻嘻地走出客厅去了。露斯心里头一个计划,碰了这个钉子,总算完全取消了。

第二十三回

璧合中西室家增负担
风同上下闺闼苦周旋

　　周国粹并不知露斯有什么意见来的，依然对她笑嘻嘻地谈着话。说到这里，却听到门上，啪啪敲了两下响，周国粹随便地答应了一句康闽，客厅门一推，就有一个西装少年走了进来。像周国粹这种人家，有个穿西装的少年，当然不足为奇的。可是这个人，不但是身上穿的是西装，而且头发也是黄的，眼睛也是绿的，鼻梁梗也是高的，这不用提，整个儿是欧化人物了，但是欧化到面孔得改了，却是一件不容易的事。正自惊异着，周国粹就起身介绍道："这是我舍亲。"他说了这句话，觉那意思还不足，又补充着一句道，"这是内人的令弟勃劳先生。"

　　露斯这才明白，原来他并不是一个欧化的中国人，乃是一真正的西洋人，于是就站起来，仿着西洋礼节，伸出手来和他握了一握。这位勃劳先生，其性情恰是和他的令姊相反，说了一口很好的中国话。就坐下来问露斯现在是在哪个学校念书，府上住在哪里，问了个不断绝，人也很和气似的。说起话来，脸上总露着一丝笑容。露斯总不觉得西洋的男子怎样可爱，然而他这一副雪白的面孔，比较钱则顺那样长着一脸紫疙瘩的面孔，总好看得多，而且又有周先生介绍的关系，总得敷衍两句，所以勃劳尽管絮絮叨叨和她说话，她并不觉烦琐，也就含了笑容继续地因话答话。周国粹起先以为介绍了一下子，勃劳像周二先生一样就要走开的。不料勃劳却不是这样，他也觉得露斯和蔼可亲，枝枝节节，跟着谈起话来。周国粹坐在一边，瞪了他两眼，他也不理会，而且对露斯道："密斯魏什么时候在家里呢？我可以去拜访吗？"露斯一想：若是有个外国朋友到家里去拜访，朋友们一见，这面子就大了，因道："上午总在家，若是密斯脱勃劳有工夫去谈谈，我是非常之欢迎的。"周国粹望着勃劳道："她府上那个地方，很不好找……"

这下面一句话，还不曾说出来，只听到门外面，叽里呱啦，有一阵怒骂的声音。露斯虽不知道是怒骂些什么，然而那种声音，是妇人说话，大概是周太太用法国话骂人。周国粹一听见，连忙出去迎着。不多一会儿，果然是周太太进来。周太太后面，跟着两个小孩子，一男一女，都是洋装小孩，皮肤雪白，头发微黄，两只眼睛，倒漆黑的，女孩子手上，左手抱了个小洋娃娃，右手牵着一条巴儿狗，男孩子手上捧了一支长气枪，腰上又拴着一个小喇叭。巴儿狗一见生人，连忙吠起来，男孩子吹着喇叭，女孩子抱了洋娃娃直跳，立刻屋子里热闹起来。周国粹皱着眉道："有客在这里，斯文一点儿，就不要胡闹了。"两个孩子不但不听，还拖着周国粹要上公园去。周太太用法国话说他们，他们也就用法国话回答。就是这一会儿的工夫，好像百鸟朝凤一般，露斯在一边只好看着人家说话了。他们用法语战成一团，最后还是逼出周太太一句中国话来道："不要闹了，要上公园回头我们就一块儿去吧。"露斯一看人家家里在吵闹，也就用不着在这里令人难堪了。因之站起身和他们告辞，说是过两天再来谈。周国粹也看出来了，人家是不愿意在舌战场边观战，就和勃劳二人送出大门了。

回来之后，周太太一句也不说，却在身上掏出一张字条给他。周先生接过来一看，乃是巴黎洋行的一张账单，今天周太太共拿了三百多块钱的东西，这递账单过来，没有别的意思，就是要他给钱了。周国粹操着法国语和周太太道："我很抱歉，这个月已经替你付了三百多元的用款了。现在外交部的薪水，早已用光，就靠两处兼差的薪水维持家用。若是付了这笔款的话，家用哪里去筹呢？请你原谅，把这东西退回洋行吧。"周太太笑道："亲爱的，你忍心让我为这件小事发愁吗？这都是我爱的东西，我怎能不要？而且这里面有一件新衣，是预备礼拜六，去赴公使馆宴会的，若是没有这件衣服的话，我就要失约了。"说时，周太太就走近前来，替周国粹整领结，又将头靠在周国粹的肩上。

周国粹和他太太，虽然都是年将四十的人，然而周太太是欧洲人，是爱玩这个调调儿的，周国粹多情，又最是受不得这个。太太只管靠了他的肩膀央告，他就拿账单看着犹豫起来。周太太一见，那就更央告得厉害。周国粹道："我自己实在拿不出钱来，你真是非用不可的话，我到朋友那里去借一笔款子，给你把这些事了了吧。"周太太一听大喜，就拖着周国粹的脸子在他脸上连吻了两下。原来周国粹自从有了这位法国太太，上下就整个儿地法国化起来。他们家里的仆役们，对于这些欧洲妇女的状况，也就司空见惯。不过周国粹本人，恰站在一家人的反面，家里人越是欧化，他越觉得中国样样都好，甚至连穿了二十几年的西服，都要改过来。

原来周国粹当年在法国留学的时候，正值着欧战正酣，男子们都上前线为国捐躯去了，一大部分的女子，都感到小姑居处本无郎的痛苦。在那个时候，无论哪一国的旅法侨民，他都有娶得法国夫人的可能。中国人在欧洲虽然是没有人看得起，然而留学的青年，只要皮肤长得白净一点儿，态度活泼一点儿，法国姑娘也往往不得已而思其次。那时周国粹的房主人，是个老太太，两个儿子都牺牲在炮火之下，就剩下这位玛利姑娘。周国粹觉得这老夫人其志可嘉、其情可悯，就极力地安慰她，加上手边的钱又很方便，常常接济她们的家用。法国的女子，她们无论如何境遇不好，不会忘了装饰，不会忘了娱乐的，在感激周国粹之余，成了极好的朋友，又常常和他一路出去找娱乐。

久而久之，玛利证明了周国粹是个未婚的男子，颇有不远中法，而联秦晋之好的意思。但是这一点，玛利的母亲却十分地反对，她不能让她女儿嫁"东方病夫"的中国人。周国粹在法国那些个年月，自不免深深地染了许多法国习气，眼见许多人都讨了一个法国夫人，自己未尝不可学习一下子，因之他对于玛利，也不无脊脊。后来玛利的母亲，忽然提到法国人不应该嫁中国人，藐视中国人太甚，他心里十分地不平。他就对玛利说，你母亲既然看不起中国人，其余一切和我不认识的法国人，更会看我不起，我在法国住着，还有什么意思，不过是徒遭人家的藐视而已。现在我决定回中国去，你若爱我，你就同我回中国。玛利当时很难答复他这个问题，不无犹豫。周国粹以为她也有些藐视中国人，更决定了回国。

恰好这个时候，中国外交总长有几个电报打到驻法公使馆，聘周国粹回国做官，周国粹就借了这个机会，和玛利告辞，而且把公使馆转来的电报给她看。玛利一见外交部特聘他回国做官，一定是了不得的事情，一方面舍不得他走，一方面又很愿他前途成功，只好放了他走，可是她那一颗芳心，已经是寸碎了。不料天缘巧合，在周国粹要动身的前一个礼拜，玛利的母亲却得着急病死了。玛利料理完了母亲身后之事，便是周国粹回国的日期。现在是一点儿障碍都没有了，便舍却了繁华的法兰西，同着周国粹到"东方病夫"的中国来。由法国到中国，海船上要经过一个多月的时候，两人都觉得寂寞，便适用那船长证婚的办法，在船上结了婚。二人结婚之后，自然感情极好。

后来到了中国，周国粹就在北京外交部就了职。不过太太一到北京，就感到十分不便，第一是所住的房子，没有洗澡盆，没有自来水冲洗的厕所，而且那烧煤的煤灶没有烟囱，厨房里弄得漆黑，各处都觉得不卫生，周太太只在搬的新房子里住了一天，次日就一人到六国饭店去住着。这不但周太太感到如此，就是周国粹在外国住久了，也觉得中国的屋子处处不合适。好在外交部附近，有的是洋式的房子，就出了一百八十元月租的价钱，租了一所洋式房子，立刻搬进去。可是这时候周国粹的正式薪水，也不过四百元，什么也不办，每月就划分一半薪水去了。搬到这洋房子来了以后，周太太又要他买上等洋式家具，又要他雇用男女仆人，又要他买汽车。以上两项，周国粹都答应了，对于买汽车这事，就说这要考量一下子。因为中国人不像欧美人，非有最上等的生活不能坐汽车。就以外交部而论，除了总长司长，坐汽车的也只有两个。自己在外交部的地位，还到不了三等，若是坐了汽车，恐怕人家说闲话，甚至于人家疑我们不曾做什么好事，结果非弄得影响到事业前途不可。若是你有坐汽车必要的话，可以随便到汽车行里叫汽车。周太太虽然不愿意，但是不能不顾到丈夫的饭碗，只好勉强答应了。

可是自从那时起，周太太的用度，只管一天一天大起来，周国粹虽然有些不乐意，然而有了一个外国太太，因着外国太太，又认识了许多外国在华的外交官。外交部有些小事情，仗着自己和外交界方面私人的友谊，也就一说一了，因此外交部也就觉得此人不可少，所以他在外交部的地位，倒因此十分稳固。周太太久在交际场中走，这一层，当然也是看得出来的，所以她也觉得并不是完全倚赖丈夫，自然有一部分帮忙之处，对于衣食住行物质上的要求，不断地发生。周国粹先是敷衍，慢慢地就生厌。然而不久就添了一个男孩子，要离婚的话，周太太就要把孩子带走。等到孩子大了些，第二个孩子又出了世。刚才看到的两个孩子是最小的，他的大少爷已经中学毕业了。为了这些缘故，周国粹总是忍耐。

今天这三百元本拿不出，只为周太太是置装饰赴茶会的，若得罪了她，也许她以后不办交际，自己会在外交界失了地位，那更糟了，自己当时勉强答应下来，想了一想，还只有找项次长去。这个项次长也讨了一位外国夫人，这夫人原是欧洲一个小国的人民，却入了法国籍，对于法国人是极肯攀同乡的。在交际场上认识了周太太，彼此是一国人，又同是外交官的夫人，感情好极了。周国粹为了夫人的缘故，也就和这项次长关系密切，然而项次长比他更年纪大，已是五十岁。项太太呢却是半续弦的。

何以叫作半续弦呢？原来项次长在法国和项太太结婚的时候，他的原配中国太太，还是活跳新鲜的一个人。项次长虽然犯了重婚罪，但是他的中国太太，却在乡下住着，和外面绝对不通音信，国内也就没有多少朋友知道，何况是国外呢？项次长为了这层，却立誓在他的太太未死以前，绝对不回国。也是天从人愿，不两年的工夫，他的中国太太居然在国内死了。项次长得了这个信息，其初还以为是人家撒谎的，后来从各方探听，就证实了果然是死了。于是也就按着他发的誓带了项太太回国来。到了中国以后，他才宣布有太太已经死了，不过把死的年月，倒填了三年。项太太明知不确，也只好麻糊一点儿。所以她前三年是小，后二年是续弦，成了半续弦了。项太太在欧洲也是一个弱小民族的女子，她流落在巴黎，为了生活而嫁项次长，才只有十五岁哩。所以项次长老了，她还是个外国徐娘。项次长和周国粹又不同，他是始终醉心外国的，因之对于项太太却肯敷衍。项太太又因为是个假法国人，也不十分自抬身价，两下倒将就了。周国粹为了外交的事而外，对于家里的事，也常是到次长家里去请教。今天又因为要用钱，便想到次长或可通融缓急，于是就特意到项次长家里来。

项次长在他的屋外小花园里，坐在一张露椅上，正牵了一条德国狼狗，用手去摸狗的毛。狗昂着头，拖出半截舌头，直舔项次长的脸，项次长一面摸着一面笑着说淘气，见周国粹来，才放了狗，对他笑道："我看你形色慌张，有什么急事吗？"周国粹笑道："并没有什么急事，不过少两个钱花罢了，我想和次长通融个几百块钱，行吗？"项次长道："国粹，你近来有点儿胡闹吧？薪水发过去几天，怎好你又要借钱了？"周国粹见项次长安然坐在露椅上，便走近一步，半弯着腰向他道："次长，您还有什么不知道的，无非是内人不断地发生事故，多了许多特别开支。"项次长道："什么开支，添衣服买首饰呢，要招待客呢？"周国粹笑道："次长一猜就猜中了。"项次长道："我何须要猜，我家里不就也是这一套吗？有些事情，你该限制一下，不能让着太太们一味胡闹。"周国粹皱了眉，又叹了口气道："我简直一点儿法子没有。不知道次长方面，可能想出什么限制的法子？"项次长听了，用手搔搔头发道："限制当然有个限制的，可是她总不大愿意听，我也只好麻糊一点儿，只要挪移得出来，我就凑乎着给她。"

正说到这里，项太太来了，她穿了那西洋坎肩，露出两条肥藕似的胳膊，手上拿一个网球拍子，笑嘻嘻地而来。你看她那头螺旋形金发黄丝直垂下来，掩住了两边的耳朵，额角上犹自汗涔涔的，她那一捻细腰，踏着那高跟鞋，远远地看着，绝想不到是个年近四旬的妇人。她倒是喜欢说中国话，看见周国粹，就将网球拍子，映了日光对周国粹招了两招，笑道："周先生什么时候来的？周太太没来吗？"周国粹道："她没有来，我有点儿事来求次长，没有通知她。"说到这里，就笑起来了。不过那笑容，是非常的勉强，分明是由脸上发出来的笑，不是由心里发出来的笑了。项太太走了过来，伸着手让周国粹握了一握，笑道："这个样子，我看你就是和次长议论她的事哩，自然是不让太太知道。"

周国粹正因为项次长不肯借钱想不到法子进言，而今项太太来了，知道项次长人老心不老，是个富于爱情的人，何不就趁着这个机会，向项太太求求情，因道："项太太既然说破了，我就不必再隐瞒。就是为了她要去赴茶话会，新置了一点儿东西，要个四五百块钱开销，哪儿也想不到这一笔钱，只有和次长来商量一下子，次长又说我太耗费了，不肯帮忙，真是没有法子。"说话时，站立不定，现出十分踌躇的样子来，望了项太太笑，好像有一腔心事说不出来一样。

项太太道："不错，是有一个茶会，那个会，我也打算去的，这虽是个茶会，却是个极大的纪念日，那去的人，是非常之多，不能不到的。"周国粹道："呀！那天不能不到的？但是我拿不出钱来和她预备一切，怎么办呢？"项太太道："你打算借多少钱呢？"周国粹道："借钱不是挣钱，自然是……"项太太笑着说道："自然是越少越好。"周国粹道："也不能那样说，虽是少才好，总也要够用。"项太太道："那么，你要多少钱才够用呢？"周国粹道："大概三百以上，四百块钱以下，不知道项太太能可帮我一个忙？"项太太笑道："我哪里有钱？面前有个能借钱的人，你何不向他借去呢？"说着，望了项次长微微一笑。周国粹道："我正是要和次长借，次长说没有，我也没有法子，只好托项太太了。"项太太望了项次长道："这一笔钱也是万万少不了的，你就帮他一个小忙，借给他得了，昨天你还收了一笔款子进来，并不曾用掉，放在家里也是白放着，你何不移挪给人来一用呢？"项次长到了这时，要推移也推移不了，只得微笑了一笑。

周国粹因为项太太帮了这一个大忙，一刻儿又无以为报，便笑道：

"项太太的北京话，现在说得更流利了，内人她可不同。根本上就懒说中国话，一家里面，由大人到小孩，由主人翁到听差的，就是各说各的，各干各的，我这个主人翁真有些受不了。其实呢，她到中国来的年月，比项太太还早得多，可是一比起来，就相差很远了。"项次长有人当面恭维了他太太，比人家恭维了他，还要欢喜十倍，笑道："这一点是我比你聊足解嘲的了。"说毕，抬了肩膀，只管咯咯地笑。项太太道："你现在已是很高兴了，我说的人情，你是准不准呢？"项次长虽然觉得三百元的数目，未免大一点儿，然而太太发的命令，却也不敢十分执拗，只得向周国粹道："款子我当然借给你，但是决定什么时候拨还我呢？能不能在薪水上扣？"周国粹对于这个问题，却不便轻易地答复，只是微笑。项太太道："你也太小气了，难道周先生还会少你这几个钱吗？"项次长实在无奈他太太极力地敲边鼓，老是不依允，也许会因一点儿不相干的事情，倒引了太太生气，便对周国粹笑道："你总算会借债。将来财政部经济困难的时候，也可以请你帮忙了。"说毕，就到屋子里去，给周国粹开了一张三百元的支票，笑嘻嘻地拿了出来，递到周国粹手上。周国粹道了声谢，又向项太太点了一点头高高兴兴而去。

项次长可就望了项太太道："这一位先生浪费是最有名的，你怎么极力催我借钱给他。不过这一借，你是很合算，他要大大地欠你一个人情了。"项太太将一只手挽了项次长的脖子，一同坐了下来，笑道："亲爱的，你不愿意人家大大地给我一个人情吗？"当项太太那只胳膊伸了过来之时，随着有一阵粉香，送到他的鼻子里头。项次长直到如今，依然自负是多情种子，艳香传送到鼻子里来，叫他怎样还把持得住。原是站着的，这就不知不觉的，一齐和太太一路坐下。头枕着项太太那弯玉藕，微笑着道："这完全为你的面子啊！不然，我何必借这一笔钱给他呢。"项太太见他说出这种话来，索性把这一只手，轻轻地连托了他两下下巴颏，笑道："当然啊，你不是很爱我吗？你既是爱我，我要办的事，你总管尽着力去办的呀！"项次长笑道："我借出去这三百块钱，就是人家不还我，我也很值，因为你已经知道我对你是尽力而为了。"项太太笑道："那自然啦，有个人有钱，不为他所爱的花，倒要为他所不爱的花吗？"说着又向项次长一笑道，"亲爱的，我知道你是很爱我的，那么，你为我花钱，你不是越乐意的吗？"

项次长听到太太这左一句亲爱的，右一句亲爱的，快活得了不得，心想索性恭维她两句，让她大大地高兴一番，因道："可不是，我对于你总是尽力而为的。"项太太道："你可不要说我乘机而入，不久，不是妇女交际会要开会了吗？我是会里的干事，少不得要忙两天。"项次长连忙接着道："这是当然的事啊。你愿意忙几天，就忙几天。"项太太道："不光是忙，恐怕也要花几个钱呢！"项次长还没有理会到她是要钱，便道："相当的钱总也是要花的。那又何必先挂念起来呢？"项太太道："我不能不挂念呀。据我算，没有六百块钱，恐怕不成功呢。"项次长不料这极不相干的事情，她竟开六百块钱的大口，这要答应，连那三百就去了一千了。若是不答应，自己又早答应在先了，未免前言不符后语。于是也不说什么却只向项太太笑了一笑。项太太道："你能不能给我预开一张支票呢？你不是新存了三千块钱吗？开一张六百块钱的支票，在你总不算多，你能不能照办呢？"项次长想了一想，答道："什么时候要呢？"自己以为这句话问得很俏皮，等到项太太说日子还早，那就可以推着到了那时再说了。项太太道："什么时候要，你不必问我，难道你还为了六百块钱的利息，要迟个十天半月才给我吗？"

这一句话真把项次长问到了，自己很公开地新吞了三千块钱，若是不给她倒也罢了，既是答应给，非等到日子不可，不是为了利钱却为什么？笑道："不是那样说，我不知道你是要现款呢，还是要支票呢？若是要支票，我好填明日期，不要把日期填过去了。"项太太道："我不能把六百块，一次用了出去，你还是先取出现款来，等我慢慢地用吧。"项次长绝对没有法子再推了，只得和太太一路到屋子里去，开了即期的一张支票给项太太。项太太一笔交际费又有了，很喜欢，便一定要拉着项次长去逛公园。

项次长每次高兴逛公园的时候，求着太太陪伴，太太总是另有交际不肯前去，结果，一手扶着斯的克，一手牵着那条德国狼种犬去了。今天太太倒俯就着要去，这自然是打破纪录的一件好事，哪里还可失却？不过屡次让太太别扭得够了，今天倒不能不出这一口气，因笑道："每次要你上公园，你总是不得闲，我真不敢邀你去了。今天你要我去，偏又是不凑巧，我还有两个约会呢。"项太太道："你不同我去吗，好吧，从今以后，你别再约我到哪里去了，我也不再约你到哪里去了。"说毕，将身子一转，高跟鞋走着地下的咯的咯乱响，径自走了。项次长好容易逗得太太欢喜了，自己拿什么乔，又把太太的脾气弄僵了，后悔不迭，便追了上去。

项太太知项次长追下来了，越是挺着脖子昂着头走，对于后面追来一个人，就像完全不知道一般。看看由屋子里快要追出二门，到那大院子了，项次长便连连叫着碧兰碧兰。这碧兰二字，原是从项太太法文原名译音出来的，项次长每到有诚恳的表示时候，就会说出这两个字来的。项太太听了项次长这样叫着，不能不站住脚了，便掉转身问道："你找我有什么事？你说。"项次长远远地望着她就笑了，因道："碧兰，我怎样是找你？不是你约我上公园去吗？我现在放下公事不办，正要跟着你去，你怎么倒说我找你呢？"项太太将光胳膊一摔，脚一顿道："从今以后，我永世不……"项次长听到，对了她两手只管乱摇，口里连道："别那样说，别那样说，我不能遵从你那个条件的。"

项太太看到他那样着急的样子，倒不觉哧哧一声笑，因道："你既是这样着急，为什么刚才又推辞不肯和我去呢？"项次长将脖子一缩，笑道："我先是和你闹着玩，我觉得随便怎样说也不要紧。现在你认真起来了，我哪里还再能闹玩呢？"项太太道："我生气了，你就说是开玩笑。我只不生气，你就是推诿着不去了。"项次长一想，总算不错，她还没有猜到我是拿乔，只说我是推诿，因答道："就算你的话完全对了，我也不过是懒一点儿罢了。你说破了不就是了吗，又何必生气呢？得，我扶着你一点儿，我们一块儿走吧。"说着，便来扶项太太的手。项太太这时本来可以宣告战胜了，然而她还是执着不屑于的态度，只管向前走，不理会项次长。项次长道："得了，你别再生气了，我回头再和你正式道歉。"说着微微一鞠躬。项太太看到他这样子，不便再执拗着，就咯咯一声笑着，将左胳膊微微地弯着，让项次长挽了，于是同走出大门上了汽车，向公园而来。

项太太到了公园里，转上两个圈圈。将圈圈转完了，然后到来今雨轩喝一点儿饮料，再绕一个圈子便回去。她在交际场上，比项次长的交际还强胜十倍，一到公园里来，就不断地有人点头打招呼。太太打招呼在前，项次长没有绝对置之不理，应该也跟着和人点头，因此和太太到公园，虽是很有趣的事，也有点儿美中不足。这天一路逛着，在会晤了二十五个人之后，项次长觉得今天会到的人太多，深以为苦。

正待转身，项太太又遇到一个人，就如苍蝇见了血一般，高跟鞋子走得前仰后合追了上去。项次长看去，那人穿了青呢西服，显出雪白一个脸子，只是脸子上加了一副极大的墨晶眼镜，在宽边子之下，竟遮住了人半边脸，看不清楚，那是谁人。不过当项太太走到那人身边时，那人执礼甚恭，早是一弯腰给她行了个鞠躬礼，用很柔和而又低微的声调对她道："项太太，好久不见了，您好？"那话却是道地京白。项次长这才明白了，这是那最负盛名的旦角华小兰。凡是唱戏的人，对于公众娱乐场所，向来是不大到的。纵然是要到，也得戴上一副顶大的墨晶眼镜，或者简直把脸子遮住了。华小兰出门，若不是有他家里人陪着一处的话，必定有他一部分文字朋友在前后护卫。今天他既没有家里人跟着，又不见一班长衫护卫，倒不知道他为了什么一个人在公园里溜达。

正自远远地犹豫着，只见他夫人，站在华小兰面前，仿佛是站不住似的，如风摆柳一般，又说又笑。项次长慢慢上前来，华小兰就伸着手和他握了一握。项太太也不待项次长开口，就先说道："今天是赵博士请密斯脱华在来今雨轩吃饭，他出来运动运动。我告诉你一个好消息，密斯脱华已经答应了我们，对于这次妇女交际会的周年纪念，一定加入，给我们表演一出戏。有了密斯脱华表演，我想那天到会的人，是十分的踊跃，给我们会里，增加了不少的光彩。"项太太说着，简直眉开眼笑。项次长听说她有一个好消息相告，也不知道是什么好事。及至项太太说出来，却是华小兰要加入妇女交际会去表演。本来妇女交际会，就是一班高等太太小姐们闲起哄的事，与项次长就没有多大的关系，至于华小兰是不是加入妇女交际会表演，更与项次长无干。不过项太太既是很高兴地说了出来，也不能不敷衍太太两句，因道："那实在很好，好极了，我想那天到会的人，一定是很多的，不知密斯脱华打算演什么？"

这一句话，本来是项次长敷衍他的，因为项太太说了那一大套夸奖之词，若是对于华小兰绝对不加以赞成，恐怕太太说是瞧不起唱戏的，未免不好。因瞧不起唱戏的，原是中国人的恶习惯，纵然把所有的戏子，一齐得罪了，这也不能算他故意如此。若是瞧不起华小兰，直接是瞧不起项太太的朋友，间接就是瞧不起他太太。等他太太发现了瞧不起她，那还了得！可是虽要敷衍，急迫之间，又找不出一句相当的话来，因之就随便问了一句唱什么戏。不料这一句话，可真把华小兰问倒了，他知道这妇女交际会，一半是外国人，一半是极爱美的中国太太小姐。中国太太小姐，谁没看过自己的戏？若是用平常的戏去敷衍，自然是烦腻。若是用新奇一点子的，可是这班外国太太们，对于极烦腻的，恰是久闻其名，很不少指着要一种熟戏看的。若是不演，又不足以应外国太太之命。这种进退两难的情形，自从妇女交际会推代表来要求他演戏，他就感到了。也曾和他那班秘书式的朋友商量一阵子，究竟应当演哪一出戏，自己也曾预定，只好托人征求太太们的意见，然后从多数情愿的地方入手。不料现在见着项太太，劈头一句，就问道要唱什么戏，红了脸，勉强地答应一句道："我正是为了这一层踌躇，究竟不知道应当演哪一出好呢？谈到这一层，那就正好了，我想拜托项太太一下，在贵会里征求征求大家的意见，看来应当演什么戏？"

项太太常是对人说，和华小兰友谊很好，也和华小兰在一处，跳过好几次舞。只是这样对人说了，可没有法子使人相信。而今华小兰托她去征求妇女交际会员的同意，正好借了这个题目，普遍地向各会员宣传一下子。一听之下，连忙就答道："可以的，可以的，这件事，我一定替你代劳。若是得了结果的话，我到你府上去通知你。"项太太说这句话，实在出于热忱，并不是虚谦。但是华小兰哪里理会得，以为这样的办，那简直是一种虚套。一个次长的太太特意来报告一个消息，已是可贵。何况这位次长太太，又是外国人，更是出于人情以外，自己放老实一点儿，拒绝她前来的为是。因弯一弯腰，笑道："那万分地不敢当。您要是征求了诸位同意的话，赐我一个电话就得。"项太太道："不，还是我亲自去报告吧，而且我也要去参观你府上呢。"华小兰听到她说要去参观，无论如何，再不能挡驾的了，便笑道："项太太真有工夫去玩玩的话，也请先赐一个电话，我好事先就吩咐内人，让内人预备着招待。"说着这话时，少不得就偷偷地去看看项次长的颜色，看他取的是一种什么态度。

项次长是个受了极深欧西文明洗礼的人，太太要出去拜会一个朋友，当然是不能拦阻的，不过太太现在所要去拜访的，并不是个平常朋友，乃是一个举世羡慕的男子。自己犹豫的就是让太太专诚去拜访他，这未免有点儿过于放浪，因站在一边，淡笑了一笑。华小兰一见项次长这样子，就知道他有些不高兴，这就不应该再向下说了，因对项次长夫妇一鞠躬道："那边还等着入座，再见吧。"说着，向后退了两步，然后才转身而去。

太太望了华小兰的后影，非常地高兴，又跟着微笑道："这个人很是和气，真有些西洋人文明风味。"项次长真不敢多说了，免得说多了，又要出岔，只得笑了一笑，不过项太太心里，这时凭空加了一个替华小兰征求演戏的戏目的责任，对于别的事情，也就不暇过问，立刻便和项次长道："对不住，我有一点儿小小的要求，不知道你肯答应不肯答应？"项次

329

长笑道："难道还会比要六百块钱的事还重要一点儿吗？"项太太笑道："当然不会，百分之一那样重要也没有。"项次长一听是如此轻易的事，就笑道："你不必绕了弯子说，我慨然的答应就是了。"项太太笑道："那就好了，对不住，请你雇洋车回去吧，我坐了汽车去会几个朋友。"

项次长知道太太的脾气，这一定是为戏的事，去征求会员同意去了。他这样想着，少不得就犹豫了一阵子。项太太看他有考量的样子，便道："你倒是愿意不愿意呢？你若是不愿意，就说不愿意。我也好打电话去叫一辆汽车来，我自家坐了出去找人。"项次长笑道："我一句话也没有说，你怎么就知道我不答应让车给你？你要坐车，你就先走吧，我还要在公园里绕两个圈圈儿呢。"说着，又伸着手拍了拍项太太的肩膀，笑道，"你绝不能为了我稍微答应得慢了一点儿，你就生我的气。你真要生我的气，让我回了家再和我办交涉也不迟，你千万不要为了在公园里和我生气，倒耽误了你去会客的时间。"项太太听了他这种话，不由得把一肚子怨气，都压下去从汗毛孔里排泄出去了，望着项次长，抿嘴笑了一笑。项次长笑道："你想想看，我的话对不对呢？为了生气耽误了正事不办，那也是不合算的事情啦！去吧，别耽误了正事了。"说时，扶了项太太的胳膊，又向前推了一推。项太太正也等着要走，不能和项次长客气什么，挺了脖子，高跟鞋踏着走廊上的水门汀地面，的咯的咯，一直响到大门口来。

一出公园大门，他的汽车夫一见是太太出来了，连忙就开过车来伺候，项太太坐上车，车夫见次长并没有同来，料着不是回家，就请示先到哪里。项太太倒有些为难了，自己一股子劲要去拜访妇女交际会的会员，究竟哪个会员，究竟哪个会员这时在家，却是一点儿把握都没有。先到哪一家立刻真答不出来，汽车夫见太太一刻儿想不出到哪里去，也不能就开了车子走，只得手扶了车门，呆望项太太。项太太脑筋里，印得最深的就是周太太，随口便答道："我们先到周家去吧！"答了这一句话，才把困难的问题解决，然后将车子开着走了。项太太到一家，就在一家宣传一遍，说是华小兰派她为代表，说时，脸上那一份得意，简直不能用言语来形容。项太太一班男女朋友，听说华小兰请她为代表，也是欣羡不置。大家商议的结果就是，点明华小兰唱哪一出戏，有点儿不恭敬，最好就是请华小兰自己斟酌，演一出大家可以明了的戏。再说华先生的戏，本就样样都好，不懂戏的人，实在也无从说出。

项太太跑了三天三晚，汽油大概跑掉了六七十块钱，所得的结果，就

330

是原璧奉还，依然是请华小兰先生自己去决定。不过项太太倒不以为这是无结果，又加了一些大家仰慕的话，说是华先生一定能知道什么戏最合于妇女交际会这般人的眼光，由华先生自己定戏去演，比之外行胡乱猜着，还要好得多。华小兰听了这种话，自然是很舒服，认为项太太所托不虚，也就信了她的话了。项太太本来是交际会的副会长，会里的太太们小姐们，又以她不是真正的法国人，不十分看得她起。自从她借着华小兰的事，向各处游说以后，大家以为她和华小兰的友谊不错，大可请她介绍和华小兰认识，因之都和她好起来。项太太为了和华小兰奔走，落得朋友们大捧一顿，心里高兴极了，越加倍地卖力，把这妇女交际会的会务，大大地宣传一阵。这种宣传，外行还是不大清楚，必得懂洋文而又善于交际的，才能着手，因之项太太老实不客气，就把这事委托了周国粹代办。

周国粹虽然在外交部办事，可是项太太叫他办的，比外交部的公事，还重要得多，这就因为在外交部的差事，有了项太太帮忙，项次长固然是要维持他，就是外交总长也常和项太太跳舞，有了项太太一句话，无论如何，也不敢更动他的位置。所以除了友谊不谈，在利害一方面，也是要和项太太尽力的。

这天上午，项太太打一个电话到周家，将周国粹叫到公馆里去，说是这次常会，华小兰演拿手好戏，必得大家到会，以襄盛举，关于中国方面的会员，都得将姓名写上，登到报上去，好让人家知道是名媛闺秀，以后入会的，就更要多了。周国粹对于这事，也用不着有多少考量，当日回去，就编了一段新闻式的文字，说是这次妇女交际会，是怎样的热闹，中国会员有名字发表，就据着各人的身份开了一张名单，那最前面几位是李总长太太、项次长太太、杨墨慧贤女士、刘总长三女公子、韩古香督办夫人、董八小姐、总长四女公子、周国粹夫人。就照着这样写了下去，总以为按部就班，无甚问题的。这篇稿子作完之后，第一步自然是赶快送到报馆里去。报馆接得这种稿子，认为有两点可取，第一点是带着国际关系，第二点是有女人的关系，因之照原文发表了。这一发表出来，引动一般看报人的好奇心，觉得这名单里的称呼，颇有玩味的价值。于是就有那好事的人作了一篇稿子，投到报馆里去评论。中间有一段说：

李总长太太者，李总长之太太也，非太太姓李而名总长也。项次长夫人者，项次长之夫人，性质同于太太者，然不曰太太而

331

曰夫人者，以向来之称呼如此，而视略舍新闻意味者也。何则，以项次长夫人，乃外国人也。杨墨慧贤女士者何？不曰太太非旧也，不曰夫人，亦有异于新其所新也。杨者何？女士之夫姓也。墨者何？女士之父姓也。慧贤者何？女士之名也。称女士者何？以其向来自能在社会上谋生存，自能在社会上立声誉，其名足以自树一帜，无须假于人也。然不假于人，而非密斯乃密昔斯，非冠以杨字不可，而况杨姓亦复为总长者也。刘总长三女公子者何？非刘总长三为女公子，亦非谓刘总长有三女公子，盖刘总长之第三位女公子也。公子，公之子也。三女公子者，数以记之，性以别之也。韩古香督办夫人者何？非韩古香先生，有督办夫人差事也，谓韩古香督办之夫人也。夫人之以丈夫称者，姓而不名，此何以名？以韩古香人熟称之，不便分离也。董八小姐者何？不以其父官名之，因董八小姐，已成专门名词，更不能称女公子也。周国粹夫人者何？不以官名，以周国粹三字，响于官也。

第二十四回

料理新篇断剪京华梦
商量旧事来看蝴蝶图

这一篇文字发表了以后，轰动了全社会，凡是看报的人，没有不把这件事当作有趣的问题来讨论。跟着也有些人抓了那篇稿子的尾巴，继续投了几篇稿子到报上去登出来。周国粹看了这些文章，气得肌肉抖颤。所幸太太不识中国字，不会说中国话，若是太太能看报，或老人家看了报，讲了她懂得，那一场祸事，那还了得！心想自己对于知识阶级，向来太少联络，不但是新闻界一方面而已。一个人在外面谈交际，对于知识阶级不能认识，那并不能算交际家？同时，自己也不能打入知识阶级这一层壁垒去。这次，报上如此挖苦，当然也因为自己只是一个官僚而已。官僚在社会上，是人人愿意骂的，只有挨骂，不能回驳，又何待于问？有了这回教训，可以知道知识阶级，有联络之必要了。

他这样一想，于是就找了几个接近知识阶级的同事，一同出名，请了几回客。第一次请的是些名流，第二次请的是些教育界的名人，第三次请的是出版界的人物。到了出版界，比较的就复杂些了，新的也有，旧的也有，阔人也有，穿蓝布长衫的穷朋友也有。所以这一天请的人也不少，共有中国席面六桌之多。因为周太太知道他请客是含有作用的，为了给丈夫帮忙起见，也就照着外国的习惯，自己也出来陪客，把几位女客也罗致到一处来谈话。她这样一来，不但把周国粹弄得窘极了，就是几位女宾因为不懂外国话，没有一个不窘的。

周太太平常和中国人说话，不是周国粹给她当翻译，就是请家里一位教家庭课的女教授代理。这位女教授的法语，本来也不成，不过自在周家当先生以后，跟着学生说话，就学了不少的法国语。加上他们家里完全是洋派，耳熏目染，自然而然地学了许多法国话，所以到了后来，勉强凑合着，还能给周太太帮一点儿口头上的忙。这时，周国粹自己要正式地招待客，当然是很亡。便是那位女教授，她觉得这场盛会，她无法插脚，不曾前来。因此这位周太太，只是对着来宾点头笑笑而已。

周国粹在一边招待，一眼看见，想起太太是哑主人，在来宾之中，认识那位贾叔遥先生，他能说几句法国话，就走上前一把握了他的手，笑着点了一点头道："我很冒昧，有一件事要借重你，不知道你能不能答应？"贾叔遥料着是关于新闻方面的事，就一口答应道："可以可以，我决计帮忙。"周国粹道："那么，请你陪着我太太谈一会儿吧。今天来宾里边，能和她说话的很少，就请你坐过去吧。"说着，握了贾叔遥的手，只管摇撼不定。贾叔遥还不曾明了他的用意，果然就随着他一路到周太太旁边坐着。周国粹一介绍之下，贾叔遥为便利起见，首先就用法语和周太太说话。这一下子，真把周太太乐得什么似的，万万不想周旋了这半天，居然得着用舌头的机会了，便眉飞色舞地和他谈起来。先说的是些客气话，倒也无所谓，后来周太太要和其他的来宾谈话，却也烦贾叔遥来翻译。这些来宾，偏又都是女宾，说起话未免都斯斯文文的。贾叔遥夹在中间传话，说一句等一句，真是有些不耐烦。而且女宾是这样的多，这一个说一句，那一个说一句，都要经贾叔遥嘴里变化一回，其苦不堪言。

其间只有一个女宾，态度却十分沉重。除了偶然微笑一笑而外，却并不说一句话。后来还是周太太问到她，她才很简单地说了几句。贾叔遥看在眼里，倒很为注意，趁着一个空子，就和那女宾请教。她说是张梅仙，是一个中学校的教书匠。贾叔遥笑道："哦！是了，我很看过女士几部著作，倒不料今日在这里见面。"周太太一看到贾叔遥有惊异的样子，便问这是为什么？贾叔遥便告诉她了。周太太笑着问有翻译的本子没有？很愿看一看的。贾叔遥一问没有翻译的本子，就答复她了。周太太倒真是肯低心下问，又问了一问，这书的内容是讨论些什么？这一问，贾叔遥翻译了出来，不但自己感到了困难，就是张梅仙也觉得太啰唆，无论一本什么书，只要是出了版的，总有几万言。几万言里面，当然也就有若干的议论，随便说一句，那一定不对。若是一一详细说出来，那要费多大的事情呢？因此不说什么，且先笑了一笑。贾叔遥知道她有为难之处，就斗胆给她撒了一个谎，说是书的内容，一时怕说不完，今天密斯张回家去了，就可以将大概用英文写一个提要，给周太太报告。因为她法语虽不好，究竟英文还可以。周太太听说，这就很满意了。张梅仙虽不知道贾叔遥说的是什么，可是知道贾叔遥一定想了法子，给她解了围，倒很是感谢。

334

当时谈了一会儿，就分别入席。那周太太遇到一个女著作家，似乎很替女子争光似的，一定拉了张梅仙同坐在附近。周国粹为了太太加入，请的便是西餐，也就不免男女杂座。周太太索性请贾叔遥坐到一处请他翻译。真是忙极了。这一餐宴会起身，贾叔遥便深刻地印在脑筋里。不过聊可解嘲的，就是新认识好几位女友。这些女友之中，又要算这位张女士认识得最深，要交异性朋友，是真不如带一点儿洋风味的容易接近了。自己这样想着，刚才认为苦恼之处又不觉得忘了。那些女宾告辞，周太太少不得周旋一阵，他索性人情做到底，掺杂在宾主间去翻译。翻译到张梅仙面前，因乘机问道："密斯张的寓所在什么地方？"张梅仙以为是周太太问的话，也就老老实实地告诉了。将女宾的翻译事务办完，贾叔遥也就懒得再应酬，告辞而去，他今天心里觉得有一种说不出的感觉，嘴角上自然地会露出一丝丝笑容来。

　　他离开了周宅，回到书局子里去，那嘴角上的笑容，兀自不断地露了出来。同屋子的梁寒山看到，便禁不住问他，笑的是什么？贾叔遥更得意的，把在周宅当翻译的话告诉了他。梁寒山笑道："哦！原起张女士也在那里，你没有和她提到作诗的事吗？"贾叔遥道："她只说她来研究文学的罢了，至于研究哪一项文学，我还不得而知。"梁寒山笑道："你真大意，上个月我还录了这女士的几首大作给你瞧，你不是很赞成吗？"贾叔遥听了这话，偏着头想了一想，突然哦了一声道："我知道了，这位女士，是你的文字之交啊！我刚才这一番话，未免过于冒昧了。对不住，对不住。"说着站起来，隔了桌子，便连向梁寒山作了几个揖。梁寒山道："你这是什么话，难道我的朋友，还不许你认识吗？"贾叔遥道："不是那样说，因为……"梁寒山道："因为什么？"贾叔遥无其可说了，只得又笑一笑。梁寒山笑道："这个社会上，谈到那男女社交公开，真是还早啦。一个男子和一个女子交了朋友，这就稀罕到什么样子似的。同时，这个男子对于他所交的女子，也就视为一种专利品，不愿意她再和别人交朋友，这种态度，我真不明白用意所在了。大概你对于交异性朋友的态度，也是这样的揣测吧？那就未免有点儿误会了。"贾叔遥笑起来道："糟糕，我不解释倒还罢了，一解释之下，越就觉得态度不对了。"

　　梁寒山连摇了两摇手笑道："没有关系。我的朋友，难道不许你认识？就是你的女朋友一样也可以让我认识的。"贾叔遥道："我哪里有女朋友？你又从何而认识我的女朋友？"梁寒山道："怎么没有？金飞霞老板，不是你的女朋友吗?"贾叔遥道:"原来你说的是她?你不要说了,说了,我是加倍懊丧。我觉得我们太不懂事,为什么要去捧这种人,更不要提到朋友两个字了。"梁寒山道:"那为什么?从前你和她那样好,就是天上下大雪,也要跑了去听她的戏,现在连朋友两个字,怎么都不承认了?"贾叔遥道:"不是我不承认,我觉得有了这种朋友,也是我们的耻辱。从前我们所以捧她,就因为她在台上所演的戏,不是表演一个贞烈女子,便是表演一个多情姑娘。因为她演得入情入理,我也就把她当了贞烈女子,多情姑娘。尤其是关于反对买卖式的婚姻,她总是极力地表演出来。不料到了她自己的婚姻问题上,她把一切旧人物讲的道德,新人物讲的爱情,一齐推翻了。结果,只是为了拜金主义,嫁了个老斗的儿子。这人年过四十,目不识丁,又胖又黑,是个十足的市侩。"梁寒山笑道:"你真也够形容的了,还要加上什么形容词吗?你真未免恶而沉诸渊了。"贾叔遥笑道:"还算你说得好,没有说我是恶之欲其死。她们这班人,只有一个井兰芬够得上说是朋友,其余的人,恐怕用人来比她,有点儿伤失她的人格。"

梁寒山道:"这话我有点儿不相信。你和珍珠花,以前不是很好的吗?照你现在这样的说法,连珍珠花也不是好人了?"贾叔遥道:"她和我,那又当别论了。因为我并不是捧她的,我也不为了她多花一个铜子。当时我们到她家里去看她,完全是为面子上的敷衍,对于她好像就痛痒无关似的。因之她的前途,究竟是好是坏,我们也不大理会。其实她之不讲交情,和金飞霞一比较起来有过之无不及。真有为捧她花费上万的,精神和时间上的损失,更不要去算计了。到了后来,她就翻眼不认人,不远千里,跑到外省,嫁林老将军去了。所以嫁林老将军的原因,她无非是为了他更有钱,更有势,其余便非所问了。"梁寒山道:"这样一个人,真嫁了一个老头子了?真可惜。"贾叔遥道:"真是金钱为爱情之母。我不久要作一部书,叫作恋爱哲学,专谈没有钱的人不要谈爱情。"

梁寒山笑道:"不要谈这个问题了吧,越谈你是越忿激。你现在不是很感到生活上单调吗?北京城里有个爱情试验所,你知道不知道?你若是愿意尝试一下子的话,我们一同可以去试验。"说时,他满脸都是笑容,似乎一提到这事,就感到极有兴趣似的。贾叔遥道:"你提的逛胡同吗?到那种地方去试验爱情,岂不是问道于盲?"梁寒山连连摇着手道:"不是,不是,我既举出这样一个名词出来,当然有这样一个地方。"贾叔遥将手连连搔了两下头发,笑道:"这事太妙了,既是爱情试验所,当然不是凭空楼阁，我们要去，一定要给我们找个对手方。不知这个地方，是怎样加入的法子，……不对，不对，这是你冤我的，哪里会有这种地方？"说时，不觉望了他笑嘻嘻的。梁寒山道："我知道你是不肯相信的。本来这件事要人相信，也不容易。我现在给你一个真凭实据看，你就自然地相信了。"说着，就在桌子抽屉里一阵乱翻，翻出一张铅印传单来。送到贾叔遥面前，笑道："你很喜欢看报上的戏园子广告，你瞧瞧这个，准比戏报还有趣十倍。"

贾叔遥接来一看时，见前面是一大段缘起，内容大致说，方今社交公开之说甚盛，然而只有男子一方面，女界依然守着静默，不会到一切交际场上去。这样一来，男子固然不容易得着女友，就是有愿以身作则出来提倡社交公开的女子，也是无法找对手方，其弊完全在于缺少男女接近的场所。同人等有鉴于此，特设立一社交公开提倡社，征得女同志百余人为社员，专候文明男子前来为友。凡男界同胞，只需有正当职业，不论年岁籍贯，均可随意加入，如能携带亲友女伴一同前来尤为欢迎。此事在挽救一切男女之苦闷，以使社会活跃，促进人民之情感，俾得从事职业，更增兴趣，绝非些小问题，望同志急起加入。

贾叔遥看了，连连拍了两下手道："妙极，妙极，不料果然有这样一个地方，小生不敏，要前去瞻仰了。"梁寒山道："你别说，再向下瞧瞧那章程。"贾叔遥向下看时，那后面所列的章程，除了自己鼓吹之外，就是说：凡加入本社当社员的应具志愿书，交四寸半身相片一张。又保证金二元。便笑道："完了，完了，有了这一句话，把那洋洋洒洒一篇缘起，都可说不值半文了。"一面再向后看却是本社社址暂不宣布，通信处邮政局第二百号信箱，保证金可以邮票代。因笑道："这更是滑稽了，连个通信地点都没有，还让别人交保证金。"梁寒山笑道："就是为了这一点令人不能无疑，所以没办成功哩。老实告诉你，这也是一个朋友闹的玩意儿。他原是个心理学家，又是一个社会学家，他要研究社会上对于两性问题的态度，除化名为女子登报征婚，又曾冒充女子，应征报上征求女友的。他说，为了这事，得了许多材料，因此他故意做出这样藏头露尾的传单，看看可有人拼了两块钱，来冒这个险。后来人家劝他别弄得让警察注了意，他这才一笑而罢，只留下这一份传单。可是他为了研究婚姻问题，曾在他耳闻目睹的事情当中，提出了一十八对，作了一个《卅六鸳鸯传》，这一篇东西，也许有你的熟人在内呢。"

他们两人无意闲谈，旁边却有一个人听到，要借此想发一笔大财。原来这书局子里有个熊善才，从前是本书局管理印刷的人，后来他脱离了书局，自己集合了些穷大学生、小书摊主人、排字工人，成一种三角联盟，组织了一种野鸡书局。这书局表面上只是一个做印传单讲义的印刷所，内里他们就编印小书，散到书摊上去卖。所谓编，并不是真个拿了新著作来编，只是在报章杂志上，东剪一章西剪一篇，凑合到一块，就是一本书。这种事找穷学生去做，出一部书，也不过花二三十元编辑费而已。所谓印，不是平常印书的印，乃是将上海广东各书局出版的书，照样来翻版，这只花点儿纸张费而已，印刷又是自己办的，更是经济，分到书摊上去卖，和外面贩的书一样，价钱要公道四五倍。因之这野鸡书店，非常地赚钱。此外，他们还有一种买卖可做，就是私印性生活小书，只费几分钱的纸张，可以卖好几毛钱，这种书固然可以拼命地翻版，谁也不能来干涉，但是这书只卖一个新，顶多翻两回版，就陈旧了。因此，他也找了几个穷学生硬诌了一部书，各书摊子非常欢迎。

　　他这天正到编辑室来访朋友，听到梁寒山说了一句《卅六鸳鸯传》，连忙走上来笑道："梁先生，这是你朋友的著作吗？我和你商量一下，能不能够让给我们印刷所去印？"梁寒山笑道："你不要胡揽生意了，这位朋友连吃饭都没有钱，哪有闲钱印书。"熊善才笑道："我白和他印，不要他的钱还不行吗？"梁寒山道："你开印刷所，为的是挣钱，没有和他白印之理，你要什么条件，你说吧？我也好和他商量。"熊善才道："当然是抽出版税，照极优办法说，他抽百分之二十的书价。"梁寒山道："这样说，倒是两好凑一好，他正托我要把这稿子卖去，还没有说好呢。既是抽出版税，这版权永远算是他自己的，我想他或者愿意干。你明天到书局子里来，我把全书的稿子给你看。"熊善才笑道："一定有许多妙文，在这地方看，有些不妥当吧？"梁寒山哪里理会得了他的意思，笑道："这有什么不妥呢？都是同行，谁还能抢谁的生意吗？"熊善才听他如此说了，就约好了明日下午在书局看稿。

　　到了次日，梁寒山果然拿了几厚册线装的稿本给他看。熊善才拿过来看时，见虎皮纸的书面，笔飞墨舞，写了卅六鸳鸯一行大字，下面题着梦中说梦人题。翻开书页一看，里面行书带草的文字，只有豆大一个，密密层层，便是几十页一册。心想：这妙文还了得，一定可以大大地叫座。及至仔细一看，文字里虽然也有谈到男女问题上去的，可是和自己所悬想的，并不相同，未免大失所望。随手又取了一册打开来一看，只见书中间有一个简表，仿佛是总括全书的所在，这倒可以找点儿头绪，便留心看下去。

其十三漂亮的严守贞，却爱上了不漂亮的乌泰然。

其十四漂亮的露斯，却爱上了不漂亮的周二爷。

其十五周国粹有一个外国太太，苦于摆脱不了。

其十六项次长有一个外国太太，却唯恐他太太有一点儿不乐。

其十七魏建成魏太太明明规矩，暗中是浪漫不堪。

其十八百了和尚，以爱看《金瓶梅》出名，不犯淫行。柳爱梅是个浪漫明星，却没对手方。

以上这些人，拿来一比较，都是相处在反面的，若是大家调剂一下子，折中两可，岂不是都圆满了。

熊善才看到这里，这才知道所谓《卅六鸳鸯传》，原来是这么一回事。便将抄本收好，双手送到梁寒山面前向他拱拱手道："这种书，我不能印，印得了我可找不着销售的地方，只好白累你一趟了。"梁寒山道："昨天你那样欢迎，愿意印这部书。今天拿了来，你只翻了一翻就说不要，这个原因何在?"熊善才笑道："老实告诉你吧，我昨日听到你说的书名，是《卅六鸳鸯传》，凭这鸳鸯两个字，我就认为是现在最时行的妙书，及至拿起来一看，差得远了。"梁寒山笑道："我的朋友，会写字的很多。但是先生教他写字的时候，可不为了教他写《肉蒲团》《杏花天》。"熊善才一想，自己是有一点儿失言，连忙笑着拱了一拱手道："这是我不会说话的缘故把话说错了。我并不是说这种书没有价值，乃是说这种书我们野鸡印刷所不配去印。"他说完了，不等梁寒山再辩论，又拱了一拱手就走开了。

梁寒山对于他这位朋友的文字，倒是相信得过，拿着这样卅六鸳鸯传鲜艳题目，无论如何，总不至于写得像一册道学先生的语录一样，何至于这位熊先生只翻了一翻就置之不顾哩? 自己对于这一点，未免有点儿疑虑，因此将书拿回家去，仔细看了一看。觉得其中有八个字可以包括，乃是金钱事多，男女道苦。偌大的北京，这虽不能包括一切，但是这一角落，就很可以反映民国十年以后的北京，只是饮食男女而已。这样下去，

339

北京是快完了。将来把这书上的事做一个谈话的资料，竟也值得回忆。于是就和书局子里的经理介绍决计把这部书印行，并擅自替代改了一个名字为《京华断梦》。

在那书正付印的时候，这个《卅六鸳鸯传》的作者，说名字改得好，实在是个断梦。一定要梁寒山加上一篇序。而且说，希望特别增加兴趣起见，要找一位女子作一篇序，或者题一首诗填一首词都可以。梁寒山对这件事，倒有点儿为难。自己认得的朋友本来就有限，要说能提笔给人作一篇序，这可不容易。只有一个张梅仙她倒是个能作一点儿辞章的，可是和她还不曾有过这样文字应酬馈务，而且这一篇序又是替别人求的，更觉得淡漠了。因此只自己答应作一篇序，却回复了那个朋友，说是没有那样相当的女作家。那朋友却知道他认识张梅仙，以为他是故意不肯帮忙。因在贾叔遥那里，打听得张女士的住址，就把那油印征稿的启事，寄了去。这启事对收信人当然是很恭维的，收信的人，若是不知道这个情由，很容易中他的圈套。这一封信去了两天，梁寒山却收到一封张女士的来信，信上说：

寒山先生文鉴：

　　新凉一叙，阔别久矣。天高气爽，谅多佳兴。顷接署名大海一粟者来函。称与足下相识，因而知梅。遂掷下其大作征文启事一则，犀及不才，书中奖誉之加，无以克当，文字相知，令人惭而且感。兹敬为勉成小序一篇，乞为斧正，即交前途。苟得随附骥尾，以增荣宠，则佛头着粪所不敢辞矣。专此奉达，即颂秋佳。

梅再拜

随着信里，便是洋洋洒洒千余言的一篇序文。梁寒山看了信，不觉叫声惭愧，我和张女士白认识了许久，事前那一番推敲，完全不对。并不曾要自己的介绍，人家已经很慷慨地寄了一篇文章来了。自己不曾交卷的那篇序，这也不能不加工赶造起来，以便和张女士这篇大文，一块儿交了出去。

过了一天，序交出去了。那大海一粟先生，还托梁寒山代回一封信，说是将来书出版了，一定要送上几部书以答雅意。梁寒山这一封信还不曾回去，人家又来了一封信了。这封信还是说到那一篇序，说是怕其间有不妥之处，统请梁先生代为删改。信里另外附一张券，那是妇女交际会的十二周典礼参观券，地点在满氏花园内，梁寒山看到这张参观券，倒是正合心意。第一就听到说私家花园之中，以满氏为最好，这就应该去看看。其次，便是这妇女交际会，本很有名，也可以去看看究竟是怎样一些有名的人物，因之很高兴地将这张券收好了。不过张女士何以送了这一张券来，倒不可解，是她自己的转送给人呢？或者是有富余，送我一张呢？因为这妇女交际会，会员们很高自矜贵，每次的参观券，都印得极有限，是不容易得的哩。梁寒山有了这张券，也不和人说，免得又被别人硬要了去。

过了一星期，便是这妇女交际会举行典礼的日子。这日天气很好，暖和的太阳高高照着，天空一点儿云彩也没有。虽然有点儿南风，然而那风的力量，也不过刚刚拂动树叶，人在风里并不觉得有什么凉气。因此他精神很爽快的，高高兴兴拿了那张券直向满氏花园来。到了的时候，正是一辆汽车接着一辆汽车，紧紧两排列着，挤满了一条胡同，参与这盛会的人物，不断地向这花园里走。梁寒山知道这个会场，万万地谈不得英雄本色的，因此将新置的两件绸衣穿了来。那园门口新调来了四名警察，全副武装的，分别站着。在园门里，一路站着好几个穿了白色罩衫的茶役，见着那些阔人进去，他们不住地点头。尤其是对于一些华服的太太小姐们，你看他们会由心里直把笑推送出来，然后将那副可人意的面孔，向着人深深地鞠下躬去。那些太太小姐们，高跟鞋在水门汀的人行路上走得嘚嘚着响，挺了胸脯子，眼睛只朝前面，那里和她们鞠躬的，只算是白行了那种隆重的敬礼。梁寒山偷眼看他们时，丝毫也不介意。心想这种人生成贱骨，还是大模大样走进去的好。因此到了门口，只好将手伸到衣服里去，虚将口袋一掏，算是要取入场券的样子。恰好这个时候，有两个带马弁的人，紧紧跟在他后面。门口有两个穿西服的收票员，就不等他伸手取出入门券来，已是笑着一点头道："你请进吧。"梁寒山回头一看心里明白了，更是有点儿不服，索性挺着腰杆子，正着视线向前走去。那些穿白衣服的，果然把他当着了不得的人，也是那样很诚敬地鞠了躬下去。

这样一来，倒沾了他们一个很大的光，里面的招待员，以为梁寒山是个上上等的阔来宾，把他一直就向里面大客厅引。转过几重游廊院落，到了一所四角飞檐的大楼房之前，只在外面便闻到一阵很浓馥的脂粉香气。

在这一点上，对于妇女两个字的会场，已很能名副其实的了。上了那楼下的走廊，便有两个穿着礼服的听差，挺立左右。梁寒山幸而到过两处洋气冲天的地方，知道这是听差，不然，还要当他是两个有礼服的阔来宾呢。看见有人取下帽子，又掏了一张名片，放在帽子里，然后交给那穿礼服的听差，于是也照样地办了。再走进大厅，只见妇人们占十分之七八，男子们却只十分之二三。妇女们三个一圈，五个一群，或站或坐地说话，很是自由。男子们见着女子们，都是笑容可掬地一鞠躬，说起话来，也是先欠着身子然后再开口。这一个大客厅里，除了骄傲，便是虚伪的空气所弥漫。再看这屋子里，本来是新盖的皇宫式屋子，雕梁画栋，房顶上垂下来的八角宫灯和着彩琉璃的电灯花架，有那些彩绸条万国旗一衬托，已觉很是热闹，何况还有带着珠光宝气的人呢？这大厅里四周，虽然摆了许多椅榻，然而人太多了，哪里坐得下去，所以纷纷地向小客厅里，和别的屋子里去坐。

梁寒山睁眼一看，这里并没有一个熟人，若是在许多人中间乱混一阵子，却也无所谓，掉过来到少数人聚合的地方，那么，坐在一处的人，彼此的眼光，很容易接触的。接触之下，都不认识，招呼的好呢不招呼的好呢？他这样想着，就绝对不进那些小聚合的所在，只是在大厅里会混。好在这大厅里，各桌上都陈列了茶点汽水，可以随便用，在大厅椅角上一张沙发上坐了一会儿，见有些人一直向后面走，想起这地方，绝不是举行典礼的地方，当然还有个大礼堂，因此也向后面走去。只管跟人走着，却到了一个人家宴堂会的小戏馆子里，台上台下都让万国旗彩绸条笼罩，台口上的布置，尤其是令人注意，正面红红紫紫地簇拥着几十盆鲜花，台檐下扎的那假葡萄藤，绿叶油油地垂了下来，恰是和这鲜花相衬。台后壁垂了一幅极大的帷幔，乃是黄缎底子，绣着岁寒三友的大花，这一招眼就认得，是华小兰唱戏时垂下来的大幔。只是这正中，不是戏台上那一张桌子，两把椅子，乃是一张大餐桌子，罩了白毯子。光是白毯子，也怕太单调了，上面又陈设了许多盆景，和深蓝浅紫的一些花瓶。此外右边设了一小席，是预备记录的，左边却摆了一架钢琴。心想无论在什么地方开会，不见得有这样美化的会场。女子们无处不要好看，于此可见一斑了。

梁寒山在这里打量时，男女来宾也就纷纷地前来了。这个看戏的池座里，椅子旁边，贴了不少的字条，乃是会员席。两廊的柱子上，也贴着字条，却是来宾席。其下却注了一行小字，是看华先生表演时，可以入正座。这里所谓华先生，自然说是华小兰。除了把小兰二字改成先生不算，连唱戏两字，也不敢直用，只说是表演。这妇女交际会，对于华小兰之表好感，真是无以复加。梁寒山要知道她们这盛大的典礼是些什么，倒不能不看，只得绕过正座，走入来宾席里去。同时，其他的来宾也纷纷入座。约莫十分钟，只听到一遍乌隆嘀嗒之声，回头看时，原来是有一班音乐队，在那戏场进口之处奏乐。奏乐已毕，就听到一阵震天震地的鼓掌声。尤其是正面坐的一百女会员，鼓着掌还嘻嘻地彼此相向而笑。回头看时，原来是一个穿艳服的中国太太走上台了。梁寒山坐的座位，正邻台口右边，看到那里有一个木架子，上面糊着红绸，写了典礼秩序单子，第一项是奏乐，第二项是会长报告开会宗旨。这不用提，这位华服太太，就是妇女交际会长了。

那太太约莫也有五十上下年纪，脸上虽然涂着很厚的脂粉，可是她额角上几道皱纹，已经告诉人，她已经老了，她相貌虽老，穿的衣服，却极漂亮。她穿的是一件红色旗衫，浑身上下都绣着彩色的大蝴蝶，蝴蝶身上的彩色，却重于绿蓝白三方面，和红色极是调和。她的头发，烫得一层一层，成了堆云式，用一根珠辫来压着。就是她胸前面，也垂着一副很长的珠链。梁寒山看去，觉得这种做作，越是多来些，越觉得肉麻。不料这会场中的来宾，恰是相处在反面，就如看美景似的睁着两只大眼睛，黑眼珠子也不能转上一转。那位太太似乎也知道大家都注意她，她更是得意，便朝着台下演说起来。照理会长上台，报告开会宗旨，也不过几分钟就可以了结的，不料这位太太却远从西欧文明以及英法妇女参政的历史，说一个头头是道，约莫说了二十分钟之久，还没有归结到妇女交际会问题上来。

梁寒山一看那秩序单子上，正会长报告开会宗旨之后，还有副会长演说，不如到电影院里去看两个钟头的电影，还痛快得多。只是这秩序单最后余兴一栏，太好了，除了华小兰演公孙大娘舞剑而外，还有许多女士的音乐以及各种跳舞。这种真正名门闺秀音乐与跳舞，在别处和别的时候是不容易看到的，这个时候就走，未免可惜。因想不如暂到花园里去散步散步，等到演说一齐完了，余兴上场之时，再入座来看，也就不烦腻了。这样想着，趁着大家有一阵鼓掌，连忙起身向后退了几步，走出重围，溜出这剧场来。

这剧场旁门，有一道转廊，顺着廊子走过去，恰是一座太湖石堆的假山，假山外面花木扶疏，是花园了。假山这边，有一个小石头门，上面一块磨光了的石额，横题着四个字，乃是别有天地。洞门上垂下十几条带焦黄色的藤蔓，倒有点儿意思。正想举步走了进去，却听到有一男同一女的声音，从石洞里说着话出来。连忙将脚一缩，三步两步，向旁边一闪。这里回廊尽头，有一块堆云石，便闪到石的后方去，刚刚闪进去，那洞里两个人也出来了。那个男子是个西装少年，不知道是谁，女子却是那名妓玉月仙。这倒奇怪起来，这妇女交际会，都是上流社会的太太小姐，都是高自期许的，怎么会让她这种人物，钻到会里来，如此想着，在石头缝里张望时，只见那女子恰好停了步，抚了鬓发，靠廊柱站立。那男子向着她笑道："那一对人，你认识吗？"女子道："我怎么不认识？不是华小兰带着她二奶奶芳芝仙吗？这芳芝仙真是走运，嫁过来之后，不但样样都有了，就是大奶奶却也让了位死去了。"男子笑道："你要是跟着我，总也有这样一天，用不着冒充，像今天一样。"那女的笑着啐了男子一口，一扭身跑进走廊门去了。男子也随后跟了去，远远还听到有笑声呢。

梁寒山呆立了一会子，然后绕着石山走了过去。山外却是一个小池子，果然是华小兰夫妇在水阁上坐着，有许多男女，众星拱月似的将他围住。那华小兰夫人芳芝仙，似乎感到众人围困讨厌，却装着看花，走到假山旁边来。她一走动，就也有两位小姐，一路跟着她走，左一句华太太，右一句华太太，笑着握了她的手道："华太太，我们会里，今天欢迎华先生表演，同时也欢迎你加入我们这会里呢。"芳芝仙笑道："那可不成，我什么也不懂啊。"这不要项太太来驳倒她了，就是跟着那两位小姐，也连笑着说，太客气。

梁寒山闪到一丛矮竹子后，都看到了，不免长叹了一口气。在这一叹气中，却听到身后有步履之声，回头一看倒吃了一惊，原来是寄柬相邀的张梅仙，微微地啊了一声道："不料在这里相会！"张梅仙笑道："我让一个朋友勉强介绍，也是会里一个会员。我故意到得晚一点儿，所以刚刚才来，来了之后，只在会场里坐了一片刻就出来了。梁先生刚才为什么叹一口气，有什么感触吗？"梁寒山笑道："虽然有点儿感触却是不相干。我看到一个贫贱女子，求人都没有理会，如今嫁了一个好丈夫，个个人都去捧她，真是世态炎凉得很。"张梅仙道："所以呀！遇到交际两个字，我就有些怕，哪个交际场中，免得了这两个字？若把交际还组成一个会，不大好活动的人，就会不入调。既是不入调，不如离着远一点儿，倒省得加上一层烦恼。"梁寒山笑道："知道张女士在这里，所以今天这一会，又不知要增加你多少烦恼了。"张梅仙道："我本来打算不来的。只因为我明天要南下了，我趁着这个机会，和梁先生告别。"梁寒山道："什么，张女士要南下吗？从前并没有听到张女士提这一件事。"张梅仙道："本来是出于意外的，我在前三天，自己还不曾料到呢。"梁寒山道："哦！许是有什么临时问题发生，作一度短期旅行了。什么时候回来呢？"张梅仙道："这个我也说不定，但是我这次南下，出于匆促，一切事都没有料理，大概不能久去不来呢。"梁寒山道："既然如此，我应当给张女士饯行。"张梅仙道："我们文字之交，不必注重这种形式上的应酬吧。"说到这里，自然地笑起来了。

梁寒山正要再说时，却有两个女子追了上来，执着张梅仙的手道："密斯张，你原来在这里，我们哪里找不到，快去，快去，大家公推你记录呢。"张梅仙红了脸道："不是有人吗？"来的人道："一个人实在太累，请你去补充一个吧！"张梅仙见梁寒山站在面前，不便说不去的话，便笑道："我一定去的，别忙呀。"因对梁寒山笑道，"由这儿望东，有个扫叶楼，你不能不去看看，那里有好些可赏玩的字画。"说着，走上前一步，将手指着路径给他看。那女宾又催道："快去吧，人家等呢。"张梅仙点着头说了一声再见，和那女子一同走。走了几步，回头一看，见梁寒山还站在那里，又走回来一步道："寒山先生，你务必去看看。"梁寒山见她这样的郑重，再三叮嘱，便答应一定去。张梅仙似乎有什么问题解决了一般，又道了一声再见，然后才和两个女子走了。

梁寒山一想，这个扫叶楼有什么可看的东西，她非要我去看看不可？于是就照着她指示的路径，向前走去。经过重重回廊，果然有一幢小楼，向着一丛大树而起。楼正面一字吊窗，很是轩敞，这屋子里只有了一些简单的木器，正中一张琴案，放了一张古琴，旁边一张乌木架，陈列着许多布函黄绫签字的佛经佛典，果然古气迎人。壁上虽也挂了一些字画，却也不见得有什么可注意之处。由这里上楼，只见满楼的壁上，都是些大小不齐之屏条，还有画。上前看那些字画，多半有题跋。多半是说朋友相赠的，或者是在小市上、破字书摊子上收来的，无非是看到颇有可取之点，不忍埋没，取以收藏裱糊起来。梁寒山这才心中恍然大悟，所谓扫叶楼者，不是扫落叶之叶，乃是扫起这些断简残篇。人家费了一番苦心，将这些东西收集起来，当然有点儿好东西，倒不可不看，然而主人也未见得十分重视，若是重视，也不会悬在这种地方，让人家随便地看了。不过张梅仙再三地叮嘱自己到这里来看看，必有所谓，无论如何，我必须仔细看上一看，免得把她要给我知道的损漏了，因之就对字画，一件一件看去。

看不多久，却有一轴小屏射入眼帘，不由得将前尘影事，兜上心来，倒愣住了。这小屏是一双秋蝴蝶，蝴蝶之下，一片秋草，粘着几片红叶，并没有别的东西。记得前三年，偶然有点儿闲工夫，便抽出精神来学画。学画的结果，什么都没有学会，只学得蝴蝶一种。这个小屏，正是自己画的。那日是重阳节，画过之后自己很高兴，曾在上面题了两阕《浣溪沙》的小令。那词是：

寒木飘摇叶叶红，还随秋色到帘栊，被人唤着可怜虫。
老圃疏篱微雨后，乱山秋草夕阳中，不堪回首忆春风。

桂子香消一味凉，婆娑舞态转寻常，花丛看惯是沧桑。
几点幽花重九节，一行疏柳碧鸡坊，亏他到此也成双。

当时填这两阕词，也是一时之感想，并没有什么寄托，现在看起来，倒有点儿不切题。画过之后，并没有写着日月，也没有署名，不知道什么时候，就不见了。这种东西过去就算了，当然不值得研究，不料什么时候，这东西会流落到这地方来。但是这画改了旧观了，画边另题了几行字，乃是一段小跋：

顷于故纸摊上，得《秋蝶图》并有题词，笔致秀润。文字清婉，惜不知著作者姓名。然仔细玩味，此是一人之作也。

梁寒山道：这倒让他猜着了，这题跋的又是谁呢？再向下一看是：

闻扫叶楼主人，好牧藏风尘中之断简残篇，特以此为赠，使悬之楼壁，闻之其人，终有一日物逢旧主，亦一文坛佳话也。香雪斋主识。

这个香雪斋主，又不知是何人，这样地多事，这也是天涯沿路访斯人的意思了。心里想着，再将那笔迹细细一看，这个明白了，不就是叫我到扫叶楼来的张梅仙吗？这两阕词，曾投到一本杂志上登了出来。那下面正注着是自己的真实姓名，大概她也看到了那本杂志，自然知道是我的东西了。她之再三要求我来，就是想表示她一番相知之意。我曾为了她十阕词，辗转地访着她，她这是答报我相知之意了。最可玩味的，她既知道了，却不明对我说，只让我自己来找着，好猜想一番，这个人用心，真是太曲折了。

对了这一幅《秋蝶图》，呆看了许久，连自己在什么地方都忘记了。自己也不知道站了几分钟，因为阵阵凉风由脑后吹来，这才把自己惊悟。把这件事给证明了就是了，呆呆地尽管站在这里做什么？于是慢慢地走下楼，向花园里走来。心里有了一种新感触，便不住在花园里徘徊着，把来参加交际，以及要看跳舞听音乐的事，一切都忘了一个干净。

信脚所之，也不知是到了什么地方。抬头一看，却是花园里最荒僻的所在，由这里向前一望，全是些乱草。秋天这样深了，草长得有二三尺深，人在草里乱着走，蚱蜢儿只管乱飞。最前面就是一堵白粉墙，大概墙外是一条冷巷了。这地方没有什么意思，就折转身来，见面前有两块平直些的石头，放在水池边，随身就在石头上坐了。这水池里的水，虽然不深，倒是很清洁，人坐在石头上，看到自己的影子，和一切东西，都倒立在水里。在水里头忽然看到自己今天穿了一身华服，不由得笑了起来。纵然故意这样穿着，为了在仆役面前出一口气，这局量未免太小了，何至于要求片刻出气，和这些人去计较？

对着水里望了一会儿，心想不要老是这样望着，仔细向水里一栽，闹一个不得好死，人家还不知道是为了什么事呢！连忙掉转身来，还是向原来的方向走去。只这一转身之间，忽然看见一种五彩缤纷的东西，由面前一闪而过。正待仔细去看，那东西又闪了过来，不是别物，正是一双碗口大的蝴蝶，也不知什么缘故，只管是在头上飞来飞去。这个时候，天色虽然不早，半空里却没有一点儿风，看这一双蝴蝶飞来飞去，极是自得。寒山看得很有趣，蝴蝶飞到哪里，便跟到哪里，后来跟到短柏林篱下，蝴蝶一直飞过去，待人由旁边绕过来时，蝴蝶已去得远了。梁寒山站住了脚，周围一看，哪里有一个蝴蝶的影子。这蝴蝶真也不知道从何而来，也不知道从何而去，这倒有些奇怪了。自己无意中遇到自己所画的蝴蝶，现在无意中又遇到一双真的蝴蝶，天下真有这样巧的事，这莫非有什么预兆不成？但是果然这样想，近于迷信，那未免可笑了。这一阵追蝴蝶，追得实在疲乏了，树底下横搁了一张露椅，便一歪身坐在椅上，带睡带想着。

正自这样出着神，鼻子里却微微地感到一阵香气。心里想着，这地方哪来的香气，自己越想越涉及奇怪了，睁眼一看，不由得愣住了。原来张梅仙来了。她先笑道："我猜梁先生这时候还没有走，果然还在这里。"梁寒山站起来，笑道："我在这里有了两种奇遇，把我耽误了。"因把过去的事说了一说，又道，"张女士怎样地能抽身出来呢？"她道："会已散了，现在是闹余兴，不过是些陈陈相因的跳舞，我懒于看得，所以就到园里来散步，不料倒有个同志！"说着，她手扶了露椅的靠背，就坐下了。梁寒山道："张女士要我到扫叶楼去看，什么意思？"张梅仙笑着摇了一摇头道："事到于今，不应当还不明白吧？"梁寒山道："这样说来，那个香雪斋主，一定就是阁下。"说着，也向露椅上坐下来，望着她的脸，等她的回答。她抿嘴含着微笑，点了一点头。梁寒山道："天下事真是难说呀！我为了在旧书摊上收到张女士十阕词，曾发宏愿，要照着古人，欲把锦笺抄句去，天涯沿路访斯人。斯人不远，究竟会到了。张女士偏是照样收到我这一幅《秋蝶图》，也是要使之闻之，现在我也闻之了，你看这一往一复，巧是不巧？"张梅仙笑道："唯其是巧，所以我不说明，来等你自己找去。一找着了，自己多么感着兴味？若是事先晓得明明白白，就没有意思了。"梁寒山道："巧虽是巧，只是一层，明天张女士就要走了。"张梅仙道："我急也不在这一天，再耽搁一天也不要紧。"

说着，对水池边，几行秋柳，只管出了神，微微吟道，"几点幽花重九节，一行疏柳碧鸡坊。"可是也就只吟到这句，下面一句不吟。梁寒山道："这种句子倒劳你这样记得。"她向空中微点着头道："很好哇！"梁寒山见她老是闪开面孔去，似乎有点儿不好意思的样子，便道："我先说饯行一句话，赏光不赏光呢？"她这才回转脸来道："不要客气，我不久就回来的。"梁寒山道："真不久就回来吗？"她道："当然。"说了这两个字，她又偏过头去了。

梁寒山站起来，唉了一声道："那蝴蝶又来了。"张梅仙看时，果然一双彩蝶，在人前飞来飞去。梁寒山道："张女士，你看这两只蝴蝶，生长在花丛，多么可羡！"张梅仙道："用庄子的眼光看来，不见得可羡慕。有道是蝴蝶有生皆是幻。"梁寒山道："我给你对上一句，梅花无处不含情。如何？"张梅仙倒盈盈地笑了。这一笑是二人认识来所未有。在园中直谈到日落楼头，方才出去。出去以后，倒是到一家酒楼去小饮，至于这小饮是订交还是饯行？作书的就不得而知了。

图书在版编目(CIP)数据

斯人记 / 张恨水著. — 北京：中国文史出版社,2018.6
（民国通俗小说典藏文库·张恨水卷）
ISBN 978 - 7 - 5205 - 0024 - 1

Ⅰ. ①斯… Ⅱ. ①张… Ⅲ. ①长篇小说 – 中国 – 现代
Ⅳ. ①I246.5

中国版本图书馆 CIP 数据核字（2018）第 011171 号

整　　理：萧　霖
责任编辑：卢祥秋

出版发行：**中国文史出版社**
网　　址：http://www.chinawenshi.net
社　　址：北京市西城区太平桥大街 23 号　邮编：100811
电　　话：010 – 66173572　66168268　66192736（发行部）
传　　真：010 – 66192703
印　　装：廊坊市海涛印刷有限公司
经　　销：全国新华书店
开　　本：720×1020　1/16
印　　张：23　　　　　字数：388 千字
版　　次：2018 年 6 月第 1 版
印　　次：2018 年 6 月第 1 次印刷
定　　价：66.00 元